Jörg Erlebach

Leere Straßen in Frankfurt

SadWolf

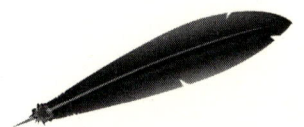

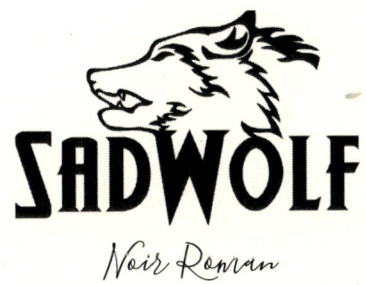

Noir Roman

Jörg Erlebach
Leere Straßen in Frankfurt

1. Auflage

© 2021 SadWolf Verlag UG (haftungsbeschränkt), Bremen

Autor: Jörg Erlebach
Umschlagdesign: Jaqueline Kropmanns
Lektorat/Korrektorat: Paula Bolte
Layout/E-Book: Johannes Wolfers
Zeichnungen: Mona Schmitt
Druck: Custom Printing

Klappenbroschur: ISBN 978-3-96478-046-1
E-Book Epub: ISBN 978-3-96478-064-5

Bibliografische Information der Deutschen Nationalbibliothek:
Die Deutsche Nationalbibliothek verzeichnet diese Publikation in der Deutschen Nationalbibliografie; detaillierte bibliografische Daten sind im Internet über http://dnb.dnb.de abrufbar.

Das Werk, einschließlich seiner Teile, ist urheberrechtlich geschützt. Jede Verwertung ist ohne Zustimmung des Verlages und des Autors unzulässig. Dies gilt insbesondere für die elektronische oder sonstige Vervielfältigung, Übersetzung, Verbreitung und öffentliche Zugänglichmachung.

Besuchen Sie den SadWolf Verlag im Internet
www.sadwolf-verlag.de

Daniel Debrien

Ich heiße Sie herzlich willkommen zu meiner neuesten Geschichte. Mein Name ist Daniel Debrien, ich bin Historiker und freiberuflicher Berater des Frankfurter Archäologischen Museums, sowie ein Weltengänger. Was ein Weltengänger ist, darauf gehe ich später noch genauer ein. Sollten Sie mich bereits aus meinen zurückliegenden Erlebnissen kennen, dann muss ich Sie leider enttäuschen, denn ich sitze diesmal *nicht* bei Sonnenschein vor einem Frankfurter Café und sinniere bei frisch gebrühtem Kaffee über vergangene Ereignisse. Dieser Umstand liegt nicht an dem trüben und regnerischen Wetter – immerhin haben wir Oktober und somit Herbst. In der Tat gäbe ich wirklich viel darum, wenn dies der einzige Grund wäre! Zu meinem Leidwesen kann ich Ihnen zum jetzigen Zeitpunkt leider nicht sagen, wo ich mich genau befinde. Warum? Nun ja, ich stecke aktuell in ziemlichen Schwierigkeiten! Zumindest kann ich Ihnen mitteilen, dass ich irgendwo in einem alten, schäbigen Frankfurter Keller, dessen Luft mit Moder und Fäulnis verpestet ist, mein Dasein friste. Ich bin an schwere Eisenketten gefesselt, die mit zwei Stahlhaken an der Decke festgemacht wurden. So hänge ich in der Luft, mit dem schrecklichen Gefühl der Erkenntnis, dass meine Schultergelenke jeden Moment ihren Dienst versagen werden. Mein ganzer Körper schmerzt und ich spüre wirklich jeden einzelnen Knochen im Körper. Die Augen sind derart geschwollen, dass ich so gut wie nichts erkennen kann und das Verlangen nach Wasser bringt mich schier um. Beim kleinsten Geräusch geht mein Puls schlagartig nach oben und nackte Panik macht sich breit. Die ständige Angst, dass meine Peiniger erneut dieses Loch betreten, bringt mich fast um den Verstand. Das letzte Mal als sie mich besuchten, haben sie meine Oberschenkel mit massiven Holzstäben malträtiert und meine Brust als Aschenbecher für ihre Zigaretten benutzt. Minuten wurden zu Stunden und während sie mich folterten, stellte ich mir immer wieder die gleiche Frage: *Hätte ich vielleicht doch JA sagen sollen?*

Aber halt, ich sollte natürlich von vorne beginnen, um Ihnen die missliche Situation, in der ich mich gerade befinde, begreiflich zu machen.

Wie alles begann ...

Wie ich eingangs schon erwähnt habe: ich bin ein Weltengänger – besser gesagt, ich entstamme diesem uralten Geschlecht. Und zweifellos werden Sie sich jetzt fragen, was es mit diesen Weltengängern auf sich hat. Wir sind über die ganze Welt verstreut und haben nur einen Auftrag: Einen eingekerkerten Dämon unter Stonehenge zu bewachen, damit niemand auf die äußerst dumme Idee kommt ihn freizulassen. *Dämon??* Fragen Sie zurecht. Nun, es gibt eine Welt, die neben unserer menschlichen existiert. Eine Welt, in der Magie und vermeintliche Fabelwesen sehr real sind. Die Menschen können diesen Kosmos jedoch nicht mehr wahrnehmen, da sie vor langer Zeit die Fähigkeit verloren haben, an diese Dinge zu glauben. Heute ist die neue Magie Logik, Wissenschaft und Technik und Fabelwesen existieren nur auf der Leinwand. Die Wesen der anderen Welt hingegen haben über die Jahrtausende Möglichkeiten gefunden, sich vor den Menschen zu verstecken – sich quasi unsichtbar zu machen, obwohl sie da sind. Wir haben einfach verlernt genauer hinzusehen. Wird die Gabe eines Weltengängers erweckt, so ist er in der Lage diese unterschiedlichen Universen wahrzunehmen. Er sieht die Dinge, die dem normalen Menschen verborgen bleiben. Stellen Sie sich vor, ein Mensch hätte von Geburt an den grauen Star. Er würde die Welt nur schemenhaft sehen und vollkommen davon überzeugt sein, dass es nichts anderes gibt. Er glaubt, sein

Sichtfeld wäre die absolute Wahrheit – doch stellen Sie sich nur vor, er würde operiert und kann plötzlich seine Umwelt klar und deutlich wahrnehmen. Eine völlig andere Welt erschließt sich ihm, obwohl es die Gleiche wie vorher ist. So ähnlich ergeht es uns Weltengängern, wenn wir erweckt werden – die trübe Linse vor unseren Augen verschwindet. Und so lernte ich die Tiefenschmiede kennen. Eine riesige Bibliothek unter einer Frankfurter Grünanlage namens Bethmannpark. Hüter dieser magischen Buchsammlung ist mein Mentor und Lehrer Zenodot von Ephesos. Er war der erste Verwalter der längst untergangenen Bibliothek von Alexandria und mittlerweile über zweitausend Jahre alt. Ihm zur Hand gehen zahlreiche kleine Helfer vom Volk der Waldkobolde. Die *Jungs*, wie ich sie gerne nenne, sind alle durch die Bank ausgemachte, aber uneingeschränkt liebenswerte Schlitzohren. Sie haben uns, insbesondere mir, schon mehrmals die Haut gerettet und mussten dafür einen hohen Blutzoll zahlen. Viele Kobolde haben unsere letzten beiden Unternehmungen leider nicht lebend überstanden, denn bereits zwei Mal stand Frankfurt im Mittelpunkt von Auseinandersetzungen. Auch die andere Welt bringt nicht nur Gutes hervor und in beiden Fällen versuchten schwarze Mächte dem eingesperrten Dämon zur Flucht zu verhelfen. Bedauerlicherweise stand immer die Tiefenschmiede, und damit auch ich, im Zentrum des Geschehens. Manchmal frage ich mich wirklich, was ich im Leben verbrochen habe, dass ich ständig zum Spielball zwischen Gut und Böse werde. Aber eigentlich ist es nicht weiter verwunderlich, denn bei unserer letzten Auseinandersetzung wurde ich von einem sogenannten Schemen berührt. Dies hatte zur Folge, dass ich einen ungewollten Ausflug ins Reich der Toten machte und nur durch zutun der altägyptischen Gottheit Osiris wieder unter den Lebenden verweile. Osiris hatte mich in einem Zwischenreich aufgespürt und mir mitgeteilt, dass ich dort nichts zu suchen hätte, da noch einige Prüfungen im menschlichen Dasein auf mich warteten. Er drückte mir einen leuchtenden Stein in die Hand und schickte mich wieder zurück. Als ich erwachte, war der Stein verschwunden und stattdessen prangte auf meiner rechten Handfläche, zusätzlich zu dem Symbol der Weltengänger, das Zeichen von Osiris – die gekreuzten Königsinsignien Krummstab und Geißel. Die Gottheit hatte mich somit unter ihren persönlichen Schutz gestellt, was, wie mir Zenodot versicherte, in der Vergangenheit erst einmal vorgekommen sei. Es scheint wohl so, dass dieser Osiris mehr weiß als wir alle, was mir zugegebenermaßen ziemliche Bauchschmerzen bereitet. Wenn dich ein Gott unter seinen Schutz stellt, weil ein paar Prüfungen auf dich zukommen, dann macht es einen schon nachdenklich, wie gefährlich es dann im Ernstfall wohl werden wird. Ein Vorteil hat es jedoch, wenn du mit einem solchen Mal gezeichnet bist: Wunden heilen extrem schnell und gegen dich gerichtete Zauber bleiben wirkungslos. Allerdings mit einer kleinen Einschränkung – die Magie ist nur dann unwirksam, wenn derjenige, der sie gewirkt hat, den ägyptischen Gefilden entstammt. Aber ist bei solchen Geschenken nicht immer irgendwo ein Haken?

Kommen wir also zu meiner prekären Situation: Es war vor genau zwei Wochen, als mich Julian Schwarzhoff in meiner Wohnung in Bornheim, einem Stadtteil von Frankfurt, besuchte. Julian ist Hauptkommissar der Kripo Frankfurt. Kennengelernt haben wir uns, als ich bei meinem ersten Abenteuer in einen seltsamen Mordfall verwickelt wurde. Schnell war ich der Hauptverdächtigte und wurde von Julian ins Visier genommen. Im Laufe der Ermittlungen wurde unser Kommissar ebenfalls in die andere Welt eingeweiht – was ihn als bodenständigen Beamten ziemlich mitgenommen hatte. Doch er hat sich tapfer geschlagen und ist mir mittlerweile ein guter Freund, der auch in der Tiefenschmiede ein gern gesehener Gast ist. Vor etwa vier Wochen hatten wir mit seiner Hilfe einen Schemen, das ist eine Art Geistwesen, der in der Frankfurter Unterwelt sein Unwesen trieb, unschädlich gemacht. In der Zwischenzeit hatte ich nur sehr sporadisch von ihm gehört. Ich vermutete, dass unsere letzte Unternehmung ziemlich viel Papierkram verursacht hatte, der irgendwann auch einmal aufgearbeitet werden musste. Deswegen war ich etwas überrascht, als er ohne Vorwarnung plötzlich vor meiner Wohnungstür stand. Er sah er ziemlich ausgemergelt und durch den Wind aus.

»Was ist denn mir dir los? Komm erst mal rein.« Ich trat zur Seite.

»Danke Daniel. Sorry, dass ich so einfach reinplatze, aber es ist wichtig. Wir müssen uns unterhalten!«

Ich zog die Stirn in Falten, denn das konnte nur eines bedeuten – es ging um die andere Welt. »Willst du einen Kaffee?«

Er schüttelte den Kopf. »Lieber einen Whiskey oder Cognac! Falls dein Haushalt so etwas hergibt.«

Ich seufzte innerlich auf, wenn er jetzt schon einen Drink brauchte, dann war das, was ich gleich erfahren würde, sicherlich nichts Gutes. »Dann scheint es in der Tat wichtig zu sein. Ich glaube, ich habe einen Cognac da. Setze dich schon mal ins Wohnzimmer.«

Nach Alkohol verspürte ich aktuell keinen Bedarf. Ich brühte mir stattdessen einen Espresso und schenkte Julian einen Hennessy ein. Mit beiden Getränken kam ich zurück ins Wohnzimmer, setzte mich und schob ihm den Cognacschwenker hin. Nachdenklich beobachtete ich, wie er den Drink mit einem Zug runterkippte. Schließlich fragte ich mit gewissem Unbehagen: »Also, was ist passiert?«

Er ließ sich in das Sofa zurückfallen und blickte mich mit leeren Augen an.

Etwas stimmt hier ganz und gar nicht, schoss es mir gedanklich durch den Kopf, denn so hatte ich unseren Kommissar noch nie erlebt.

»Du erinnerst dich an unser Erlebnis vor vier Wochen?«, begann er unvermittelt.

»Natürlich, einen Ausflug ins Totenreich vergisst man nicht so schnell«, meinte ich etwas sarkastisch.

Er nickte abwesend und fuhr fort. »Etwa zwei Tage später zitierte mich Schouten, Leiter der Frankfurter Kriminaldirektion und natürlich mein Chef, in sein Büro. Dort traf ich zwei Kollegen an.«

»Mist!«, fuhr ich dazwischen. »Sie haben also ein internes Ermittlungsverfahren gegen dich eingeleitet?« Mir war nur zu bewusst, dass Julian eine ständige Gratwanderung durchmachte. Wenn ein Wesen der anderen Welt einen Menschen meuchelte, was immerhin schon ein paarmal vorgekommen war, dann war es für den Kommissar fast unmöglich eine plausible Erklärung in seinen Ermittlungsberichten zu präsentieren.

»Nein …« widersprach mir Julian. »… es wurde kein Verfahren gegen mich veranlasst. Es verhält sich völlig anders.«

»Aha? Und wie?«

»Die zwei Kollegen stellten sich als Beamte des Bundesministeriums des Inneren vor. Und das erste was sie unternahmen, nachdem ich das Büro meines Chefs betreten hatte – sie schickten Schouten vor die Türe!«

Ich riss die Augen auf. »Echt jetzt?« Dann kicherte ich leise. »Da hat dein Chef sicherlich am Rad gedreht.« Ich wusste aus Julians Erzählungen, dass dieser Schouten ein ziemlich unangenehmer Mensch mit eigentlich immer mieser Laune war.

»Er war, gelinde gesagt, *not amused*. Der eigentliche Hammer kam aber, als wir allein waren. Wie gesagt, die zwei arbeiten für das Bundesinnenministerium, sind aber keine internen Ermittler, sondern gehören einer Abteilung namens S.M.A. an. Was mir erst einmal nichts sagte, denn meines Wissens existierte im Innenministerium keine solche Sektion.«

»Aber es scheint sie tatsächlich zu geben? Und was bedeutet die Abkürzung?«, fragte ich jetzt wirklich neugierig geworden.

Er machte eine bestätigende Geste. »Ja, und dieses Dezernat führt eine Art Inseldasein. Sie operieren im Hintergrund – im Schatten, wenn du so willst. Diese Jungs sind mit weitreichenden Vollmachten ausgestattet und verstehen ziemlich wenig Spaß.«

Irgendetwas begann tief in meinem Inneren zu rumoren und ein ungutes Gefühl schlich sich durch die Hintertür. Ich hakte etwas eindringlicher nach: »Spann mich nicht auf die Folter, Julian. Was bedeuten die Buchstaben und mit was beschäftigt sich diese ominöse Abteilung? Du kreuzt hier nicht auf, wenn es nicht wirklich wichtig wäre.«

»S.M.A. bedeutet *Sonderabteilung für magische Aktivitäten*. Was selbstredend bedeutet, dass der Staat Kenntnis über die *andere Welt* besitzt.«

»Du scherzt jetzt mit mir?«, stammelte ich völlig von der Rolle.

Es folgte ein freudloser Lacher, als er mit ernster Miene mein entgeistertes Gesicht musterte. »Ich wünschte es wäre so«, sagte er dann leise.

Nachdem ich mich wieder einigermaßen beruhigt hatte, begannen die Gedanken zu kreisen. »Und was wollten sie von dir? Ihr Besuch war sicherlich nicht nur rein freundschaftlich, um dich kennenzulernen.«

»Nein, natürlich nicht. Sie legten mir Bilder von den vergangenen Fällen vor – dem toten Notar, den zwei tiefgefrorenen Kanalarbeitern, sowie dem zersprungenen Fremdenführer in den Kasematten. Dann begann ein etwa einstündiges Gespräch, in dem sie sich über die durchgeführten Ermittlungen erkundigten.«

»Und – was hast du ihnen gesagt?«, fragte ich mit trockenem Mund.

»Ich habe mich natürlich bedeckt gehalten und ihnen gesagt, dass wir momentan keine pathologische Erklärung für diese Todesfälle haben. Im Gegenzug spielte ich den Ungläubigen und stellte ihnen ebenfalls tausend Fragen. Alles andere wäre wohl auch zu augenscheinlich gewesen. Magie und Zauberei gehören offiziell ins Reich der Märchen. Wenn also zwei Ministeriumsmitarbeiter einem Kommissar das genaue Gegenteil erläutern, dann wird seinerseits zwangsläufig eine entsprechende Reaktion erfolgen – Ungläubigkeit, Verwunderung und Zweifel. Genau das habe ich getan, denn nur so konnte ich erfahren, was dieses ominöse Dezernat tut oder bereits weiß.«

»Und?«

»Umkehrt verhielt es sich natürlich genauso, sie wollten wissen was ich weiß. Es war also ein gegenseitiges Abtasten, zwischen den Zeilen lesen, Reaktionen beobachten und dann seine Schlüsse daraus ziehen. Die S.M.A. wurde bereits vor vier Jahren gegründet. Aus wie vielen Personen sie besteht, wem sie Bericht erstatten und wer die Entscheidungen trifft, darüber haben sie sich ausgeschwiegen. Viele können es jedenfalls nicht sein, denn sonst wäre es schon längst irgendwo durchgesickert. Was mich jedenfalls überrascht hat, war folgende Aussage: Fälle mit äußerst mysteriösen Todesursachen, also ähnlich unserem Notar, den Kanalarbeitern und dem Fremdenführer, verzeichneten in den letzten drei Jahren einen rasanten Anstieg. Allein in den vergangenen vierzehn Monaten, gab es wohl bundesweit fünfzehn ähnlich gelagerte Fälle!«

Bestürzt zuckte ich zusammen. »Das sind ja mehr als einer pro Monat!«

Er musterte mich nachdenklich. »Ja, aber ich glaube das ist nur die Spitze des Eisberges. Was wissen wir schon von den Möglichkeiten, wie die bösartigen Wesen der anderen Welt Menschen töten können? Nichts! Und warum? Weil wir einfach keine Erfahrung haben. Insoweit finde ich die Gründung einer solchen Abteilung als durchaus begrüßenswert.«

Ich kniff skeptisch die Augen zusammen. »Doch sehe ich ein großes *Aber* auf deiner Stirn blinken!«

»Ich habe mehrfach nachgefragt, doch der eigentliche Zweck der Abteilung blieb immer im Dunkeln. Man sollte doch meinen, dass sie der Verbrechensbekämpfung dient, zumindest nach dem herkömmlichen Sinne, doch ehrlich gesagt – ich weiß es einfach nicht.«

»Vielleicht haben wir auch nur zu viele Hollywood Filme gesehen. Da gibt es doch auch immer irgendeine geheime Organisation, die an einer großangelegten Verschwörung beteiligt ist«, unkte ich, setzte aber nachdenklich hinzu: »Aber ganz im Ernst. Was wollten sie jetzt eigentlich genau von dir – außer, dass du etwas zu den Bildern und dem Stand der Ermittlungen sagen solltest. Sie haben sicherlich nicht ohne Grund die Hosen runtergelassen und dir erzählt, dass es eine Sektion gibt, die sich mit Magie beschäftigt.«

»Natürlich nicht«, bestätigte Schwarzhoff. »Sie machten mir ein Angebot ins Innenministerium zu wechseln. Ich glaube, die S.M.A. vermutet, dass ich wesentlich mehr weiß, als ich ihnen gegenüber zugegeben habe.«

»Was ja in der Tat auch zutrifft. Und? Hast du dich bereits entschieden?«, fragte ich mit einem flauen Gefühl im Magen. Den Gedanken, dass Julian Frankfurt verlassen würde, empfand ich als verstörend, denn es gab nicht viele Menschen in meinem Umfeld, denen ich mich anvertrauen konnte. Mal ganz abgesehen davon, dass er mittlerweile ein guter Freund geworden war.

Er rümpfte die Nase und machte eine abwinkende Handbewegung. »Das ist die Krux an der Sache. Sie werden mir ihren eigentlichen Auftrag selbstverständlich erst dann mitteilen, wenn ich zusage. Das wiederum würde für mich einen kalten Sprung ins Wasser bedeuten. Und ehrlich gesagt – ich traue diesen Leuten aktuell keinen Millimeter über den Weg. Ich vermute, dass die S.M.A. mich nur an Bord haben möchte, um mehr über die andere Welt zu erfahren – danach lassen sie mich fallen wie eine heiße Kartoffel.«

»Und was veranlasst dich zu dieser Annahme?«

Schwarzhoff seufzte leise. »Sie fragten mich, ob ich mit dem Namen Zenodot von Ephesos etwas anfangen könne.«

Wie vom Donner gerührt starrte ich ihn an. »Wie bitte?«

»Ja, du hast richtig gehört. Unser Bibliothekar scheint prominenter zu sein, als uns lieb ist. Woher und warum sie allerdings seinen Namen kennen – keine Ahnung. Ich konnte schlecht zugeben, dass es den Alten tatsächlich gibt und ich ihn auch noch persönlich kenne, oder?«

»Nein, *natürlich* nicht«, antwortete ich stockend, während meine Gedanken Purzelbäume schlugen. *Was wusste diese Organisation des Innenministeriums und welche Ziele verfolgten sie?* Mich hielt es nicht mehr auf meinen Platz – ich sprang auf und lief desorientiert im Wohnzimmer auf und ab.

Der Kommissar beobachtete mein zielloses Umhergehen und meinte schließlich lakonisch, »Ja, Daniel – genau deshalb habe ich mich die letzten zwei, drei Wochen nicht gemeldet. Ich musste das selbst erst einmal verdauen und mir meine eigenen Gedanken dazu machen. Außerdem vermute ich, dass sie mich beobachten, um vielleicht mehr in Erfahrung zu bringen.«

Ich blieb stehen und sah ihn an. »Stelle dir nur vor – das gesammelte magische Wissen der Tiefenschmiede in den falschen Händen. Das wäre eine unglaublich mächtige Waffe. Ich glaube, ich brauche jetzt auch einen Cognac.«

Er grinste mich an. »Ich würde ebenfalls noch einen nehmen.«

Nachdem ich uns zwei Drinks eingeschenkt hatte, setzte ich mich wieder und sah ihn fragend an. »Was machen wir nun oder anders Gesagt, wie gehen wir jetzt mit diesen Informationen um? Und vor allem – was gedenkst du zu tun?«

Schwarzhoff prostete mir zu und kippte seinen Weinbrand, wie den ersten auch, in einem Zug hinunter. »Ich habe der S.M.A. weder zu noch abgesagt. Ich meinte, um eine so weitreichende Entscheidung treffen zu können, benötige ich eine angemessene Bedenkzeit. Ich werde versuchen, sie so lange wie möglich hinzuhalten. In der Zwischenzeit musst du den Bibliothekar informieren, denn ich werde mich die nächste Zeit von der Tiefenschmiede fernhalten und keinen Kontakt aufnehmen. Das ist aktuell sicherer für alle. Vor allem die Kobolde sollten ihre kleinen Eskapaden in den Apfelweinlokalen einstellen.«

Jetzt musste ich lachen. »Das wird den Jungs nicht gefallen.« Die Kobolde, allen voran Tarek Tollkirsche, unternahmen gerne kurze Ausflüge in örtliche Kneipen, bevorzugt die, die Apfelwein ausschenkten. Die kleinen Schlitzohren liebten dieses Getränk über alles, was hin und wieder für ordentlich Ärger sorgte, wenn sie dann ziemlich angesäuselt in die Tiefenschmiede zurückkamen.

»Das ist mir egal«, gab Julian unwirsch zurück. »Wenn diese Abteilung Wind davon bekommt, dann ist mit der beschaulichen Ruhe um die Tiefenschmiede ein für alle Mal vorbei.«

»Schon gut! Zenodot und ich werden es ihnen nachdrücklich ans Herz legen. Wobei du genau weißt, was sie von solchen Anordnungen halten werden – es macht sie nur noch neugieriger. Wenn Aussicht auf ein neues Abenteuer besteht, dann schmeißen sie alle Besonnenheit über Bord.«

»Also sollte das besser nicht passieren. Ich werde sporadisch mit dir Kontakt halten, um dich auf dem Laufenden zu halten. Und Daniel, du musst ebenfalls sehr vorsichtig sein. Wie gesagt, wir wissen nicht, wie viel diese Abteilung bereits weiß. Wenn dir etwas Seltsames auffällt, gib mir bitte sofort Bescheid.«

Ich nickte. »Versprochen, Julian.«

»Gut, dann mache ich mich wieder auf die Socken und sorry nochmal für die Störung.«

Ich verzog das Gesicht. »Ha ha – ich würde sagen, du hast mir gerade ziemlich den Tag versaut.«

Er erhob sich von seinem Platz und gab ein glucksendes Geräusch von sich. »Was meinst du, wie es mir die letzten Wochen ergangen ist? Mein Chef macht mir das Leben zur Hölle! Dass er aus seinem eigenen Büro rausgeschmissen worden ist und ich ihm nicht berichtet habe, was die zwei vom Ministerium von mir wollten, nimmt er ziemlich persönlich.«

»Entschuldigung«, murmelte ich betreten, »das wusste ich nicht.«

»Schon gut. Tu mir nur den Gefallen und sei wachsam.«

Als der Kommissar meine Wohnung verlassen hatte, rauchte mir der Kopf. Das was ich gerade eben erfahren hatte, verhieß in der

Tat nichts Gutes. Ich musste unbedingt zur Tiefenschmiede, um Zenodot zu informieren.

Reichsstadt Frankfurt – 1550 a.D.

Tief geduckt schlich er durch das dichte Unterholz, immer darauf bedacht nur kein Geräusch zu verursachen. Durch die braunen Lederhosen und sein dunkelgrünes grobes Baumwollhemd verschmolz er mit seiner Umgebung zu einer Einheit und wurde somit fast unsichtbar. Das war auch gut so, denn sein Unterfangen war strafbar und gefährlich. Hans Winkelsee war auf der Jagd, wohlwissend das er dies eigentlich nicht dürfte. Er gehörte nicht zum Bürgertum und nur unbescholtene Bewohner der Stadt Frankfurt, die den Bürgereid geleistet hatten, durften gegen Bezahlung im Stadtwald jagen. Zwanzig Schillinge mussten dem Stadtrat entrichtet werden, der zudem prüfte, ob der Bürger seinen Steuerpflichten auch ordnungsgemäß nachgekommen war. Diese stattliche Summe war ein Reichtum, den sich Winkelsee kaum vorstellen konnte, wenn man bedachte, dass ein Gulden 24 Schillinge und 24 Schillinge ganze 216 Heller maßen. *Zwanzig Schillinge*, dachte er kopfschüttelnd, *und das nur, damit man ein Wildschwein oder Hasen erlegen darf, die sich ohnehin massenweise im Wald herumtreiben*. Wer sonst im Stadtwald vor den Toren der freien Reichsstadt Frankfurt jagte, galt als Wilddieb und mit Wilddieben wurde kurzer Prozess gemacht. Wurde man erwischt wartete mindestens der Kerker, im schlimmsten Falle jedoch der Galgen. Natürlich war er sich dessen wohl bewusst, doch davon konnte er seinen Hunger nicht stillen und die Eltern nicht ernähren. Was blieb ihm also anderes übrig, als sein Leben für Hasen oder Frischlinge aufs Spiel zu setzen. Unvermittelt zuckte er erschrocken zusammen, da vor ihm ein leises, aber deutliches Rascheln ertönte. Instinktiv drückte er sich auf den

Waldboden. Natürlich hatte der Stadtrat mancherlei Maßnahmen ergriffen, um der Wilderei Einhalt zu gebieten, so hatte man seit neuestem Hüter angeworben. Diese Männer streiften in den Wäldern umher, immer auf der Suche nach unrechtmäßigen Jägern wie ihm. Behutsam holte er seine Büchse vom Rücken und nahm die Waffe vorsichtig in Anschlag. Er spähte durch Kimme und Korn und ließ den Lauf der Flinte langsam von links nach rechts gleiten. Nichts, doch irgendjemand oder irgendetwas musste diesen Laut verursacht haben. Er blieb still liegen und beobachtete sorgfältig das vor ihm liegende Terrain. Da – eine kaum wahrnehmbare Bewegung im Unterholz. Sein Puls schnellte nach oben, doch er zwang sich zur Ruhe und versuchte gleichmäßig zu atmen. Dann, im Spiel von Licht und Schatten bemerkte er das dunkelbraun gemusterte Fell eines Wildschweins. Das würde Fleisch für mindestens zwei Wochen geben und er konnte sogar noch einen Teil verkaufen. Langsam spannte er den Hahn des Steinschlosses und schüttete ein wenig Zündpulver in die Pfanne. Der gefährlichste Teil kam jetzt, denn wenn sich einer dieser verfluchten Wildhüter in der Nähe befand, dann würde er den Schuss unweigerlich hören. Konzentriert nahm er die Bache ins Visier und drückte ab. Der Flintstein schnellte auf die Pfanne mit dem Zündpulver und der Schuss löste sich. Ein ohrenbetäubender Knall hallte durch den Wald, gleich gefolgt von einem jammervollen Quieken. Winkelsee blieb still an Ort und Stelle. Dass die Kugel ihr Ziel tödlich getroffen hatte, verriet ihm schon der beklagenswerte Laut des Tieres. Langsam lichtete sich der dichte Pulverdampf und gab die Sicht auf das vor ihm liegende Geländer schrittweise wieder frei. Jetzt galt es abzuwarten, ob sich jemand in der Nähe befunden und den Lärm gehört hatte. Es verging fast eine halbe Stunde, ehe er sich aus seiner Deckung wagte. Die Dämmerung war mittlerweile hereingebrochen und das Licht wurde zunehmend schwächer. Winkelsee kroch vorsichtig zu dem Kadaver und musste sich bei dessen Anblick selbst auf die Schulter klopfen – die Kugel steckte direkt im Herzen. Diesen Schuss und das bei teilweise verdeckter Sicht, würde ihm keiner so schnell nachmachen. Er kniete sich neben das tote Tier, zog sein Messer und wickelte ein um die Hüfte gerolltes Seil ab. Jetzt schlang er den Strick um die Hinterläufe, warf das andere Ende über einen hervorstehenden Ast in der Nähe und hievte das Tier in die Höhe. Nachdem er das Tau mit dem Stamm eines Baumes verknotet hatte, erfolgte ein tiefer Schnitt in die Kehle, denn damit würde das Schwein endgültig ausbluten. Zufrieden lehnte er sich an einen Stamm und betrachtete, wie die Blutlache unter dem Kadaver immer größer wurde. Als die rote Flüssigkeit nur noch in vereinzelten Tropfen zu Boden fiel, machte sich Winkelsee daran, die Bache auszuweiden. Er würde sie den Rest des Weges auf dem Rücken tragen und darauf vertrauen, dass ihm niemand, vor allem keiner der Hüter, im Wald begegnete. In der Nähe seiner Hütte hatte er einen geheimen und gut geschützten Platz – dort würde er dem Schwein das Fell abziehen und es in handliche Teile zerlegen. An diesem Ort konnte er auch das Fell zum Trocknen aufspannen – gut geschützt vor den Blicken fremder Personen. Ja, das Dasein als Wilderer war gefährlich, aber auch äußerst aufregend. Gerade in Momenten wie diesen, fühlte er sich unglaublich lebendig, obwohl die Schwingen des Todes ständig mahnend über seinem Kopf schwebten. In diese Vorstellung versunken wickelte er nachdenklich das Seil wieder um seine Hüften. Als er die Innereien sorgfältig vergraben hatte, wuchtete er das Tier mit einem leisen Ächzen auf seine Schultern und machte sich auf den Weg zu seiner Heimstatt. Die Sonne war bereits ganz hinter den Bäumen verschwunden und im Wald erwachte nun allmählich die Dunkelheit. Winkelsee kam jetzt nur noch langsam voran, was nicht nur an der schweren Beute auf seinem Rücken lag, sondern vor allem dem Umstand geschuldet war, dass er am Boden Wurzelwerk und lose Zweige nur noch schlecht erkennen konnte. Jedes kleine Geräusch konnte ihn verraten. Zudem blieb er immer wieder stehen und lauschte in die düstere Umgebung, ob vielleicht ungewöhnliche Laute zu hören waren, die einen umherstreifenden Waldhüter verrieten. Doch alles blieb still und ruhig, bis er ganz plötzlich ein leises Knacken vernahm. Erschrocken stoppte er mitten im Lauf und sein Herzschlag schnellte nach oben. Vorsichtig ging er in die Hocke, was ihm angesichts seiner schweren Last, die Schweißperlen ins Gesicht trieb. Nur unter größter Anstrengung hielt er seinen Atem unter Kontrolle und betete, dass sein leises Keuchen nicht gehört wurde. Angespannt lauschte er der Stille des Waldes und hörte unvermittelt zwei sich unterhaltende Menschen.

»Bist du dir ganz sicher, dass du vorhin einen Schuss gehört hast? Ich habe nämlich nichts vernommen.«

»Wenn ich es dir doch sage – ja – es war ein Gewehr. In weiter Entfernung zwar, aber es war eine Büchse.«

»Aber wir sind jetzt schon über eine halbe Stunde unterwegs und nichts ... keine Menschenseele. Ich glaube du hast dich getäuscht, Jannick. Lass uns zurück gehen, außerdem sehen wir in paar Augenblicken ohnehin nichts mehr.«

»Hmm, vielleicht hast du Recht«, schien der andere zu überlegen und brummte dann schließlich forsch: »Nein, Johannes! Ich habe mich nicht geirrt. Wir suchen weiter und sollten wir den Wilddieb erwischen, dann schuldest du mir zwei große Krüge Bier.«

Auf diese Antwort folgte ein gequältes Stöhnen des Mannes namens Johannes. »Du bist ein unverbesserlicher Sturkopf!«

Ein heißeres Lachen brandete auf. »Deswegen hat *mich* der Rat zum Hüter ernannt und *dich* nur zum Gehilfen.«

Hans Winkelsee zuckte zusammen und seine ohnehin angespannten Knie wurden nun weich wie Butter. *Wildhüter* dachte er voller Panik, denn jetzt hing sein Leben tatsächlich am seidenen Faden. Wenn sie ihn mit der Sau auf dem Rücken erwischten, war der Kerker die geringste Strafe, die ihn erwarten würde. Und trotzdem blieb ihm nichts anderes übrig, als in seiner jetzigen Haltung auszuharren, denn jeder noch so kleine Laut würde ihn augenblicklich verraten. Sein Glück war nur, dass die beiden so in ihr Gespräch vertieft waren, dass sie vermutlich nicht auf Geräusche in ihrer Umgebung achteten – zumindest hoffte er das. Der Schweiß rann ihm mittlerweile in Strömen am Körper hinab und der Kadaver wurde schwerer und schwerer. Endlich, nach einer gefühlten Ewigkeit, entfernten sich die Stimmen langsam. Mit einem leisen Seufzer der Erleichterung ließ er das Tier auf den Waldboden gleiten und lehnte sich keuchend an einen Baumstamm. Seine Oberschenkel brannten wie Feuer und Winkelsee massierte sie mit viel Druck, um einen aufkommenden Muskelkrampf zu verhindern. Als sich alle Körperteile wieder beruhigt hatten, schulterte er das Schwein erneut. Nochmals vergewisserte er sich welchen Weg die Wildhüter genommen hatten und eilte mit schnellen Schritten in die entgegengesetzte Richtung davon.

Nach einer halben Stunde erreichte Hans Winkelsee schließlich seinen Unterschlupf. Die letzten Meter hatte er mehr erahnt als gesehen, denn draußen herrschte nunmehr schwarze Nacht. Zu allem Überfluss war der Himmel tief mit Wolken verhangen und so konnte auch der Mond sein silbernes Licht nicht in Wald werfen. Dieser Umstand hatte ihn heute vielleicht vor der Entdeckung durch die Wildhüter gerettet. Müde und ausgelaugt von dem langen Marsch, ließ er seine Beute auf einen länglichen Tisch fallen und entzündete zwei Fackeln, die an der Wand in Eisenringen steckten. Der Unterschlupf war seine zweite Heimat – eine Zuflucht von der niemand, auch nicht seine Eltern, Kenntnis hatten. Er hatte diesen Bau heimlich und unter größten Anstrengungen angelegt und er würde sein Geheimnis bleiben. Vater und Mutter wussten natürlich um seine Wilderei, aber nicht, wo er die erlegten Tiere verarbeitete. Das war auch gut so, denn je weniger sie wussten, desto sicherer waren sie und somit auch er. In jahrelanger mühsamer Kleinarbeit hatte er die Höhle dem Erdboden abgerungen und immer wieder erweitert. Der Ort war gut gewählt, denn in der Nähe floss ein kleiner Bach und so hatte er stets frisches Wasser. Zuerst hatte er eine tiefe Grube gegraben, dann die Wände mit Balken stabilisiert und zuletzt eine Holzdecke darübergelegt. Über die Holzdecke hatte er die überschüssige Erde verteilt und im Laufe der Zeit hatte die Natur ihr übriges getan. Durch die Decke hatte er zwei hohle Baustämme gezogen, die schließlich mit dem Waldboden zu einer Einheit verschmolzen waren. Dadurch hatte er sichergestellt, dass immer ein leichter Durchzug in der Höhle gewährleistet war. Dieser stetige Windhauch war wichtig, denn so fielen die aufgespannten Felle nicht der Verwesung zum Opfer. Mit der Zeit war so eine geräumige unterirdische Kammer entstanden, in der er seine vielen Jagdutensilien aufbewahrte. Sogar ein Bett und eine große Truhe hatten ihren Weg in den Unterschlupf gefunden. Oftmals blieb er über Nacht, denn in Anbetracht einer erfolgreichen Jagd war Eile geboten, bevor das Wildfleisch verdarb. Erschöpft gönnte er sich einen kleinen Krug Wein und zog das schweißnasse Hemd aus. Mit dem Becher in der Hand, trat er langsam vor den Kadaver des Wildschweins und nahm ihn genauer in Augenschein. Das Fell wies eine schöne Musterung auf und glänzte leicht silbern – ein Zeichen, dass das Tier gesund gewesen war. Wenn er den Gerbvorgang abgeschlossen hatte, würden aus dem Leder ein Paar warme Winterstiefel für Maria, seine Mutter werden. Nachdenklich vermaß er das Tier im Kopf – vielleicht reichte es sogar noch zu einem weiteren Paar für ihn selbst. Er blickte sich im Raum um und entdeckte schließlich was er gesucht hatte – das scharfe Messer zum Abziehen des Fells. Er stellte den Wein auf ein kleines Regal, das über dem Arbeitstisch hing, holte die Klinge und machte sich an die Arbeit.

Ein Blick auf die heruntergebrannte Kerze sagte ihm, dass inzwischen mehr als zwei Stunden vergangen sein mussten. Das Wildschwein lag, die Knochen fein säuberlich ausgelöst, in handliche Stücke zerteilt, vor ihm. Das Fell war von Fleisch -und Fettresten befreit und hing bereits im Spannrahmen zum Trocknen. Er schenkte sich einen weiteren Becher Wein ein und betrachtete zufrieden sein Werk. Draußen herrschte nun endgültig tiefschwarze Nacht und da er nicht nach Hause gekommen war, wussten die Eltern, dass er seine Jagd erfolgreich zu Ende gebracht hatte. Jetzt würde er das Fleisch noch pökeln, um es haltbar zu machen. Die zwei Hinterläufe würden später im Haus über dem Herdfeuer im Rauch hängen und einen guten Schinken abgeben. Zu guter Letzt zerteilte er die Knochen mit einem schweren Beil, denn sie waren die Grundlage für Mutters legendären Steckrübeneintopf. Allein bei dem Gedanken an dieses Gericht lief ihm schon das Wasser im Munde zusammen und plötzlich wurde ihm schmerzlich bewusst, dass er seit Stunden nichts mehr gegessen hatte.

Nachdem er sich einen Kanten trockenes Brot, ein kleines Stück Käse und einen Apfel einverleibt hatte, ging er frisch gestärkt ans Werk. Er holte aus dem hinteren Bereich der Kammer einen Sack Salz. Stück für Stück rieb er nun das Wild damit ein und legte die Teile auf ein großes Wandregal. Das Gestell hatte anstatt Querbrettern daumenbreite Holzstangen, denn so lagerte das Fleisch von allen Seiten trocken und luftig. Die Zeit würde ihr übriges tun, denn das Salz entfaltete nach einer gewissen Weile seine Wirkung und begann dem Wildbret die Flüssigkeit zu entziehen. Der Trocknungsvorgang würde etwa sechs Wochen dauern, dann war das Fleisch für mindestens ein Jahr haltbar. Er blickte befriedigt an der Wand entlang – dort standen zwei weitere Regale, die bereits zum Bersten voll mit gepökeltem Wild waren. Sie würden über den Winter genug zu essen haben und da er einiges von dem Trockenfleisch den Schenken und Gasthäusern feilbot, gab es noch reichlich hartes Münzgeld obendrauf. Die Verkäufe fanden im Geheimen statt und zweifellos ahnten die Wirte, dass seine Ware unrechtmäßig der Wilderei entstammte. Aber sie kauften trotzdem bei ihm, da er das Fleisch erheblich günstiger als auf dem Markt anbot und damit die Gewinnspanne der Wirte deutlich höher ausfiel. *Die eine Krähe hackt der anderen kein Auge aus*, dachte er grinsend. Wobei das Risiko der Wirte gegen Null ging, seines allerdings dafür umso höher ausfiel, denn schließlich spielte er bei jeder Pirsch mit seinem Leben. Aber bevor seine Gedanken zu düster wurden, zuckte der Wilderer mit den Schultern und murmelte sich selbst aufmunternd zu: »Hans Winkelsee ist bis jetzt nicht erwischt worden – und das wird auch in Zukunft nicht passieren. Halte deine Sinne zusammen und lasse genug Vorsicht walten, dann wird dir nichts geschehen!«

Pia Allington

Pia Allington, kurz Alli genannt, saß in ihrem Lieblingspub *The Bell* in Amesbury, der nur zwei Blocks entfernt von ihrer Wohnung lag. Das Bell war ein typisch englischer Pub – dunkle Täfelungen an den Wänden, gemütliche Stühle und Sessel und natürlich reichlich gute Biersorten. Alli hatte sich für ein Abbot Ale entschieden. Das Bier hatte eine bernsteinähnliche satte Farbe und schmeckte leicht bitter. Sie hatte an einem der Fenster zur Hauptstraße Platz genommen und wartete nachdenklich auf ihr bestelltes Getränk. Ihre Augen wanderten unstet die Straße auf und ab – eine alte Gewohnheit, die sich nur schwer abstellen ließ, denn die Engländerin gehörte dem Geschlecht der Weltengänger an. Trotz ihres jungen Alters von gerade mal vierundzwanzig Jahren wurde sie innerhalb der Gemeinschaft der Weltengänger mit einer der wichtigsten Aufgaben betraut – in ihrer Obhut lag die Bewachung des in der Nähe liegenden Monumentes *Stonehenge*. Gemeint waren nicht die Steinsäulen selbst, sondern vielmehr das, was sich darunter verbarg. Tief unter dem historischen Denkmal, der genaue Standpunkt und der Eingang waren selbst Alli nicht bekannt, befand sich ein Dämonenkerker. Dieses magische Hochsicherheitsgefängnis beherbergte ein kolossales Ungeheuer – einen Dämon, dessen Bosheit und Macht mit keinem anderen schwarzmagischen Wesen verglichen werden konnte. Vor Jahrtausenden von einem völlig verblendeten Zauberer aus dem Äther beschworen, hatte es Tod und Verderben über die Welt gebracht. Dieses Wesen hatte den Exodus verursacht und war ebenso verantwortlich für die Pest, die im Mittelalter in weiten Teilen Europas gewütet hatte. Zu dieser Zeit bekam der Dämon erstmals einen Namen – man taufte ihn den *schwarzen Tod*. Und es war eigentlich schwer zu glauben, dass es trotz dieser Ereignisse immer wieder verkommene Subjekte gab, die dem Dämon zur Freiheit verhelfen wollten. In den letzten Jahren war dies bereits mehrere Male vorgekommen, doch letztendlich war es bei den Versuchen geblieben. Dennoch war der gezahlte Preis hoch gewesen, denn zahlreiche Menschen und unzählige Wesen der *anderen* Welt hatten dafür ihre Leben gelassen. Wer also wollte es Alli verdenken, dass sie eine gewisse Paranoia an den Tag legte und ständig ihre Umgebung im Auge behielt. Endlich kam die Bedienung und stellte das Ale mit einem Augenzwinkern auf den Tisch. »Roger hat gerade ein neues Fass aufgemacht, es ist also ganz frisch! Lass es dir schmecken, Alli.«

Die Weltengängerin lehnte sich grinsend zurück. »Vielen Dank Molly, dann werde ich es natürlich doppelt genießen.«

Die Bedienung nickte herzlich und verschwand wieder in Richtung Tresen.

Alli nahm den ersten Schluck, stellte das Glas wieder ab und nickte dann anerkennend. Das Ale schmeckte ausgezeichnet und sie spürte die typische, leicht bittere Note auf der Zunge. Nochmal ein kurzer Blick auf die Straße, dann entfaltete sie die mitgebrachte Zeitung und überflog die ersten Überschriften. Sie wollte gerade zum zweiten

Mal nach dem Bier greifen, als sich plötzlich ihre Nackenhärchen aufstellten. Die Weltengängerin stellte das Glas sofort zurück auf den Tisch und blickte sich angespannt um. Inzwischen hatte sie gelernt auf solche Anzeichen zu hören, denn das hatte sich so manches Mal als richtig erwiesen. Doch es war nicht das kleinste Anzeichen auf eine mögliche Bedrohung ausmachen. Niemand hatte in der Zwischenzeit den Pub betreten oder verlassen und auch auf der Straße war alles ruhig. Kein Auto war von den sichtbaren Parkplätzen abgefahren und ebenso kein Weiteres hinzugekommen. Zudem konnte sie zu beiden Seiten der Straße keinerlei Fußgänger entdecken. Ein zweites Mal ließ sie ihren Blick umherschweifen, nur um ganz sicher zu gehen, dass sie wirklich nichts übersehen hatte, aber alles war und blieb unverändert. Sie schüttelte irritiert den Kopf und beugte sich gerade erneut über die Zeitung, als ein eiskalter Schauer durch ihren ganzen Körper lief. Einen Wimpernschlag später wurde ihr Gehirn von solchen Schmerzen heimgesucht, dass sie glaubte es drohe zu zerspringen. Stöhnend sackte sie im Stuhl zusammen und hielt sich den Kopf mit beiden Händen. Doch so plötzlich wie der Schmerz gekommen war, so schnell verschwand er wieder. Das Ganze mochte kaum mehr als eine Sekunde gedauert haben, doch ehe sie ihrem Entsetzen Ausdruck verleihen konnte, begann der Boden unter ihren Füßen zu beben. Erschrocken sprang sie auf, warf dabei den Stuhl um und erntete demzufolge von den wenigen Gästen im Pub verwunderte Blicke. Nur mühsam hielt sich Alli auf den Beinen, denn das Schwanken nahm an Intensität immer weiter zu. Krampfhaft krallten sich ihre Finger um die massive Tischplatte, während all ihre Gedanken nur um ein einziges Wort kreisten – *Erdbeben!* Sie wollte den anderen Gästen eine Warnung zurufen, aber als sie in deren Gesichter blickte, blieb ihr jedes Wort im Hals stecken. Jeder Anwesende im *The Bell* musterte die Weltengängerin mit offenem Mund und verstörter Miene. Zwischen all den Eindrücken traf Alli abrupt die Erkenntnis, dass *nur* sie von diesen bizarren Symptomen heimgesucht wurde.

Schon spürte sie eine Hand auf ihrer Schulter – es war Molly. »Alli? Ist alles in Ordnung mit dir?« In der Stimme der Bedienung lag echte Besorgnis.

Dann war plötzlich alles vorbei – kein Schwanken, kein Beben, keine Schmerzen. Mühsam presste die Weltengängerin hervor: »Schon gut Molly – ich hatte anscheinend einen leichten Schwächeanfall.«

»Soll ich einen Arzt rufen? Du bist leichenblass im Gesicht«, stellte die Bedienung beunruhigt fest.

Alli winkte sofort unwirsch ab. »Nein, es geht mir schon besser. Gib mir noch ein paar Minuten und ich bin wieder ganz die Alte.«

Molly zog skeptisch die Augenbrauen zusammen, gab sich aber mit Allis Aussage zufrieden. Sie stellte den umgefallenen Stuhl wieder auf. »Ok, dann setz dich erstmal wieder. Ich mach dir einen heißen Tee, doch das Bier nehme ich mit, denn das wäre in deinem jetzigen Zustand mit Sicherheit kontraproduktiv.«

Alli brachte nur ein mattes Nicken zustande, während sie sich mit zitternden Beinen auf den Sitzplatz hievte. *Was in Gottes Namen war hier gerade los?* dachte sie immer noch völlig durcheinander. Sie war körperlich topfit und ein Schwächeanfall war es ganz sicherlich nicht gewesen, die Ursache lag also woanders – doch wo? Noch während sie darüber nachdachte, ertönte mehrmals hintereinander ein leises *Ping*. Natürlich kannte sie dieses Geräusch, denn es handelte sich um den eingestellten Ton für Kurzmitteilungen auf ihrem Handy. Sie blickte auf das Display und riss erstaunt die Augen auf – sieben Nachrichten allein in den letzten drei Minuten. Immer noch leicht fahrig öffnete sie die App auf ihrem Smartphone. Die Meldungen kamen allesamt von anderen Weltengängern. Die erste Mitteilung stammte von Cornelia Lombardi, einer Weltengängerin, die ihr Domizil in Rom hatte. Alli hatte gemeinsam mit ihr und Daniel Debrien in Frankfurt ein gefährliches Aufeinandertreffen mit einem Mann namens Nicolas Vigoris gehabt. Es stellte sich heraus, dass dieser ein schwarzmagischer Diener des eingesperrten Dämons war, der versuchte seinen Herrn mit allen Mitteln zu befreien. Diese Ereignisse lagen zwar schon mehr als zwei Jahre zurück, waren aber Alli immer noch in bester Erinnerung. Sie tippte auf die Mitteilung und begann zu lesen:

> *Hast du das eben auch gespürt? Die leichte*
> *Erschütterung und den leichten Druck im Kopf?*

Sie öffnete die zweite Nachricht. Ein Weltengänger namens Roman Polak, der in Athen lebte, hatte sie abgeschickt.

Hi Alli, was war das gerade für ein Beben? Hat sich wie mehrere Erdstöße angefühlt, doch nur ich konnte sie wahrnehmen.
Habe so etwas schon mal in anderer Form erlebt – es handelte sich damals um eine magische Entladung. Geht es dir gut?

Sie klickte die anderen Mitteilungen durch und stellte schnell fest, dass alle von gleichem Inhalt waren. Also schien jeder Weltengänger die gleichen Symptome, jedoch in unterschiedlicher Ausprägung, gespürt zu haben. Den Nachrichten war eindeutig zu entnehmen, dass es Alli – und zwar mit weitem Abstand – am stärksten getroffen hatte. Ihr Magen verkrampfte sich schlagartig, denn das ließ nur einen einzigen Schluss zu: das Epizentrum musste sich nicht nur in England, sondern zudem hier in der Nähe befinden – der Dämonenkerker! Augenblicklich war sie völlig klar im Kopf. Eine magische Entladung in dieser Stärke direkt in Stonehenge? Ihr wurden die Knie weich, denn wenn sich nun ihre schlimmsten Befürchtungen bewahrheiten sollten, dann würde über die Welt die Hölle hereinbrechen. Sie sprang auf und eilte zur Theke. Eben stellte die Bedienung ihren Tee auf ein Tablett.

»Ich muss gehen Molly. Was schulde ich dir für das Bier?«

»Aber dein Tee ...«, stotterte diese überrascht.

»Ok, dann mit dem Tee – wie viel?«, meinte Alli schroff.

Jetzt fixierten Mollys Augen Alli mit finsterem Blick. »Ich denke, du solltest wirklich einen Arzt aufsuchen! Es ist offensichtlich, dass es dir nicht gut geht.«

Alli schluckte den aufkommenden Ärger hinunter und rang sich ein Lächeln ab, schließlich meinte es Molly ja nur gut mit ihr. Sie schlang der Bedienung die Arme um den Hals. »Mir geht es gut – ehrlich! Ich habe nur gerade eine Nachricht bekommen, die mich für einen Moment aus der Bahn geworfen hat.«

»Etwas Schlimmes?« fragte ihr Gegenüber besorgt.

»Nein ...«, log Alli, »... nichts, was nicht zu lösen wäre.«

Sie sah Molly an, dass sie ihr nicht glaubte.

»Du musst wissen was du tust ...« meinte die Bedienung schließlich. »... 3,75 £!«

Alli rundete auf fünf Pfund auf, bedankte sich nochmals für die

Hilfe und eilte zum Ausgang. Sie musste so schnell wie möglich raus nach Stonehenge und das waren etwas mehr als fünf Meilen – mit dem Auto etwa eine Viertelstunde.

Zehn Minuten später saß sie bereits im Wagen und jagte mit ihrem Golf durch Amesbury. Sie ließ den Amesbury Bypass hinter sich und fuhr nun auf die A303, die direkt an dem Steinmonument vorbeiführte. Um zum Steinkreis selbst zu kommen, musste sie allerdings die A303 noch zwei Meilen weiterfahren, dann über den Longbarrow Roundabout rechts auf eine Seitenstraße einbiegen, die sie direkt zum Stonehenge Visitor Center führte. Von dort führte ein kleiner Weg direkt zum Monument. Früher war das ganze Areal frei zugänglich, aber nach dem immer mehr Menschen, die auf der Suche nach ihren keltischen oder angelsächsischen Wurzeln waren, dorthin pilgerten, wurde das Gebiet schließlich mit hohen Zäunen abgegrenzt. Nicht zuletzt deswegen, weil viele Möchtegern Indiana Jones ihre eigenen persönlichen Ausgrabungen mit Hacke und Schaufel anstrengten. Mit der Zeit wurde Stonehenge immer populärer, was sicherlich auch den vielen wissenschaftlichen Untersuchungen und Fernsehdokumentationen zu verdanken war. So mussten die Behörden letztendlich eingreifen, um die Besucherströme entsprechend zu kanalisieren. Das kam den Weltengängern natürlich sehr entgegen, denn die Gefahr, dass irgendjemand durch einen zufälligen Umstand Hinweise auf den magischen Kerker fand, wurde somit sehr eingeschränkt. Unbehagen verursachte Alli nur, wenn die Behörden irgendwelchen Archäologen Ausgrabungen genehmigten. Dann musste sie ständig vor Ort sein, um zu beobachten was die Wissenschaftler dort so trieben. Notfalls konnte sie ein Ablenkungsmanöver starten, sollte es zu dem unwahrscheinlichen Fall einer Entdeckung kommen. Zenodot, einer der Wenigen, die die genaue Lage des Kerkers kannten, hatte ihr einmal gesagt, dass er so tief in der Erde verankert war, dass selbst Ausgrabungen mit Großgeräten keine Gefahr darstellten. Sogar seismische Untersuchungen würden zu keinem Ergebnis führen, da die Magie das Gefängnis komplett verschleierte. Sei, wie es sei, Alli war bei solchen Forschungen trotzdem vor Ort – man wusste ja nie. Langsam kam der Steinkreis näher und Alli erkannte bereits die großen Sarsensteine. Diese Sandsteinart kam fast ausschließlich in der Grafschaft Wiltshire vor und wurde von den Erbauern des Steinkreises über viele Meilen nach Stonehenge transportiert. Alli mochte sich gar nicht vorstellen, was das vor tausenden von Jahren für eine Plagerei gewesen sein musste. Als das Monument in seiner ganzen Größe vor ihr auftauchte, setzte ihr Herz schockartig einen Schlag aus und unwillkürlich legte sie eine Vollbremsung hin. Sie lenkte den Golf an den Straßenrand und stieg aus. Wild hupend fuhren zwei Fahrzeuge vorbei, dessen Fahrer sie aufgrund des abrupten Haltens wüst beschimpften. Doch Alli hatte nur Augen für den Steinkreis, denn über der Monolith Struktur hatte sich eine blauschimmernde durchsichtige Kuppel gebildet. *Nein, nein, nein ...* dachte sie völlig fassungslos, denn ihr ultimativer Alptraum schien gerade wahr zu werden.

Sie holte mit zitternden Händen ein Fernglas aus dem Auto und suchte panisch den Steinkreis ab. Die Besucher konnten die Wölbung anscheinend nicht wahrnehmen, denn die meisten verhielten sich völlig normal. Von einer eventuellen Panik keine Spur, doch waren einige Passanten mit Hunden an der Leine unterwegs. Ihre Vierbeiner schienen die Veränderung mit ihren Sinnen zu spüren, denn sie legten ein ungewöhnliches Verhalten an den Tag. Einige bellten wie verrückt, während andere mit eingekniffenem Schwanz auf dem Boden lagen und sich keinen Millimeter vom Fleck rührten. Die Halter gaben sich alle Mühe, ihre Tiere unter Kontrolle zu halten oder zu beruhigen. Hoffnung keimte in Alli auf, denn wenn der Dämon tatsächlich seinen Kerker verlassen hätte, dann würde hier längst alles in Schutt und Asche liegen. Doch dann blieb immer noch die Frage – was war passiert? Im Auto hörte sie ihr Smartphone klingeln. Sie schnappte es vom Beifahrersitz und blickte auf das Display – es war Daniel.

Daniel Debrien

Mir ging das Gespräch mit Julian nicht mehr aus dem Kopf. Es gab also in unserem Staatsapparat einen neuen Bereich, der sich mit Magie beschäftigte! Das hatte mich erst einmal kalt erwischt. Aber dass Zenodot und die Tiefenschmiede bereits in den Fokus dieser ominösen Abteilung geraten waren verursachte mir dann doch ziemlich heftige Bauchschmerzen. Natürlich war mir bewusst, dass aufgrund der heutigen Technik die Entdeckung der *anderen Welt* durch die »normalen« Menschen nur eine Frage der Zeit gewesen war, aber musste es nun ausgerechnet in Frankfurt passieren? Andererseits hatten die Vorfälle der letzten Jahre sicherlich ihr Übriges dazu beigetragen, dass sich viele Augen auf meine Stadt gerichtet hatten. Nicolas Vigoris hatte seine Schwarzmäntel zum Meucheln losgeschickt. Seschmet hatte ein schattenartiges Geistwesen, das jeden tiefgefror, sobald er in die Nähe dieser Kreatur geriet, in der Kanalisation freigelassen. Und als wäre das noch nicht genug, hatte diese feine Dame auch noch den Wasserpavillon, der sich fast direkt über der Tiefenschmiede befand, abgefackelt. Keine guten Voraussetzungen, um wirklich unentdeckt zu bleiben. Trotzdem hatte mich die Nachricht ungemein getroffen, denn mein ohnehin schon kompliziertes Leben wurde durch diesen Umstand eindeutig nicht leichter. Verständlicherweise war ich somit mehr als angespannt. Gerade auch im Hinblick auf Zenodot, denn ich hatte nicht den leisesten Hauch einer Ahnung wie der Bibliothekar auf diese Neuigkeiten reagieren würde.

Nachdem ich mehr oder weniger planlos meine restliche Hausarbeit erledigt und ein paar berufliche Mails verschickt hatte, machte ich mich schließlich auf den Weg zur Tiefenschmiede. Es war später Nachmittag und ich spazierte die Bergerstrasse hinunter in Richtung Bethmannpark. Diese Straße verband die Stadtteile *Bornheim* und *Nordend* und war mit mehr als drei Kilometern Länge eine der beliebtesten Ecken in Frankfurt. Die Bergerstrasse umgaben unzählige Bars, Restaurants, zahlreiche Einkaufsmärkte, sowie Läden des Einzelhandels. Große Einkaufsketten suchte man hier vergeblich, vielmehr findet man kleine Shops und Boutiquen, die zum Stöbern einluden. Und genau deshalb liebte ich die Berger, wie sie kurz genannt wurde – sie ist vielfältig und nicht so ausdruckslos wie der monotone Einheitsbrei unserer heutigen Fußgängerzonen. Bis zum Bethmannpark benötigte ich etwa zwanzig Minuten, wenn nichts dazwischenkam und das konnte durchaus vorkommen. Immer wieder traf man auf bekannte Gesichter, hielt ein kleines Schwätzchen und schon dehnte sich der geplante Fußmarsch unversehens in die Länge. So war es auch heute – ich lief gerade auf meinen Stammfriseur, Mr. Leons Scherenhände, zu, als mir schon ein dreifaches Hallo entgegenschallte. Inhaber Leon, sowie die Friseure Günther und Eddie standen vor dem Laden und winkten mir zu.

»Hi Mumiengräber«, meinte Eddie schalkhaft. Günther und Leon konnten sich ob dieser Begrüßung ein Lachen nicht verkneifen. Natürlich wussten alle drei um meine berufliche Tätigkeit und zogen mich ein ums andere Mal damit auf.

Ich spielte mit und winkte theatralisch ab. »Was lungert ihr vor dem

Laden herum und belästigt arglose Passanten? Gehen die Geschäfte so schlecht?« Plötzlich fiel mein Blick auf die Schaufenster des Friseurs und mir entfuhr ein leises *WOW*.

Leon war meinen Augen gefolgt und entgegnete, nicht ohne einen gewissen Stolz in der Stimme: »Sieht gut aus, oder?«

»Gut? Das ist der Wahnsinn!«

Wir hatten Ende Oktober und somit stand Halloween unmittelbar bevor. Entsprechend schauerlich war die Frontseite dekoriert – alles war mit Spinnweben verhangen und eine riesige Vogelscheuche mit Totenkopf stand mittig im Fenster. Erleuchtete Kürbisse starrten mir entgegen und ein Skelett kauerte bleich über einem kleinen schwarzen Sarg. In der Tat war die Dekoration gelungen und wirkte folgerichtig ziemlich gruselig. Eigentlich kein Wunder, denn Leon hatte ein echtes Händchen für skurrile Ausstattungen. Jeder der einen Blick ins Innere seines Ladens warf, konnte sich sofort von dieser Tatsache überzeugen. Von ausgestopften Krähen, über Fledermausskelette, Schlangen in Formaldehyd bis hin zu alten Planetenbildern war alles vorhanden und liebevoll arrangiert. Natürlich wirkte der Laden auf den ersten Blick leicht morbide, doch schwere Ledersessel, viele uralte Holzvitrinen und eine warme Beleuchtung vermittelten trotzdem eine wohlige Behaglichkeit. Ein verwegener Gedanke über die Kobolde löste innerlich ein schalkhaftes Grinsen bei mir aus. Ich malte mir aus, wie Tarek Tollkirsche einfach stumm und unbeweglich in einer Ecke des Ladens stehen würde. Er ginge mit Sicherheit als Deko durch und niemand würde ihn für echt oder gar lebendig halten – in der Tat eine ziemliche drollige Vorstellung. Was mich anging, so war jedenfalls ein Besuch bei Leons Scherenhänden immer wieder ein Erlebnis, zumal sie auch noch gekonnt die Haare schnitten. Was wollte man also mehr?

Ich unterhielt mich noch einen Moment mit den Dreien, bevor mich ein Blick auf die Uhr zum Aufbrechen veranlasste. Allerdings nicht ohne vorher noch einen Termin zu vereinbaren, denn Eddie meinte zum wiederholten Male, dass die Frisur der Vogelscheuche im Fenster mit meiner derzeitigen Haartracht eine verblüffende Ähnlichkeit aufwies.

Zum Glück kam es zu keinen weiteren Unterbrechungen und ich erreichte den Bethmannpark zwanzig Minuten später. Ich betrat die Anlage durch das große Eisentor und schwenkte sofort nach links, denn innerhalb des Parks befand sich der Chinesische Garten, unter dem sich mein eigentliches Ziel, die Tiefenschmiede, versteckte. Der Eingang in den asiatischen Bereich wurde von zwei großen steinernen Löwen flankiert, die als stumme Monumente über die eintretenden Besucher wachten. Ich hatte die Statuen fast erreicht, als mich ein merkwürdiger Schwindel überkam. Die Herzfrequenz ging schlagartig nach oben, während mein Blick glasig und meine Knie weich wie Butter wurden. Ein Anflug von Panik erfasste mich, da ich keine Ahnung hatte, was gerade mit mir passierte. In der Nähe stand eine Bank, doch nur unter Aufbietung aller Kräfte schaffte ich die drei Schritte und ließ mich mit einem leisen Aufstöhnen auf die Sitzgelegenheit fallen. Doch so schnell dieses seltsame Phänomen aufgetreten war, so schnell verschwand es auch wieder. Binnen wenigen Augenblicken hatte sich mein Körper vollkommen beruhigt und erholt, als wäre nie etwas gewesen. Verwundert und etwas irritiert blieb ich noch einen Moment auf der Holzbank sitzen und dachte über das geradeeben Erlebte nach. Ich nahm mir vor, in allernächster Zeit einen Arzt zu konsultieren, denn so eine körperliche Reaktion war nicht normal und sollte deshalb vorsorglich untersucht werden. Als ich mich wieder einigermaßen im Griff hatte, stand ich auf und lief dem Eingang des Chinesischen Gartens entgegen. Kaum war ich auf der Höhe der beiden Steinlöwen, als ich von diesen auch schon begrüßt wurde. Ja, Sie haben in der Tat richtig gelesen, denn ich habe eine sehr seltene Gabe unter den Weltengängern die *Graustimme* genannt wird. Diese Fähigkeit macht es mir möglich mit behauenen Steinen, Skulpturen und Büsten in gedanklichen Kontakt zu treten, was natürlich auf umgekehrtem Wege ebenfalls passieren kann.

»*Sei gegrüßt, Graustimme. Ich freue mich dich zu sehen*«, drang ein raues Brummen von rechts in meinen Kopf.

»*Und ICH freue mich ebenfalls!*«, kam es sofort vom linken Steinlöwen, der eine deutlich hellere Klangfarbe in seiner Stimme besaß. Allerdings erfolgte dieser Gruß mit einem tadelnden Unterton, der aber nicht an mich, sondern an den rechten Löwen gerichtet war. Die zwei Statuen waren sich selten einig, weshalb es immer wieder zu kleineren verbalen Reibereien kam.

»Hallo ihr beiden. Ich hoffe es geht euch gut?«, versuchte ich die Situation zu entschärfen.

»Ob es UNS gut geht? Dem da drüben sicherlich deutlich besser als mir«, grummelte die linke Statue sichtlich ungehalten.

Und schon verfluchte ich mich innerlich nicht aufgepasst zu haben. Wie kam ich nur dazu die dämliche Frage an Steine zu richten, ob es ihnen gut gehe.

Von links fuhr es fort: *»Wie würdest du dich denn fühlen, Weltengänger, wenn dir die Menschen permanent ihre Hand in den Mund legen?«*

Aha, daher wehte der Wind also. Der linke Steinlöwe trug eine Kugel zwischen den Zähnen. Es galt unter den Besuchern des Chinesischen Gartens als Usus, vor dem Betreten oder nach dem Verlassen der Anlage die Kugel im Maul hin und her zu rollen, denn das sollte Glück bringen.

»Also ICH kann nicht ganz so viel klagen wie mein mürrischer Nachbar, wenn man einmal von den letzten paar Minuten absieht!«, raunte die Stimme der rechten Skulptur durch meinen Kopf.

Jetzt stutzte ich. »Warum? Was ist denn in den letzten Minuten passiert?«, fragte ich argwöhnisch.

»Eine gewaltige Erschütterung der magischen Ordnung! Irgendwo auf der Welt scheint etwas passiert zu sein«, antwortete der linke Steinlöwe völlig ungerührt.

»Ja und du musst es bemerkt haben, denn schließlich bist du ein Weltengänger?«, kam es nun etwas überrascht auch von rechts.

Jetzt fiel der sogenannte Groschen! Mein ominöser körperlicher Schwächeanfall hatte also nichts mit meiner Gesundheit zu tun, es handelte sich vielmehr um die Reaktion auf eine außergewöhnlich starke magische Entladung. Einerseits atmete ich erleichtert auf, andererseits bedeutete ein solches Phänomen mit Sicherheit nichts Gutes.

»Natürlich habe ich es gespürt«, gab ich vorsichtig zurück und schickte mit einem gewissen Unbehagen gleich eine Frage hinterher. »Ist so etwas schon einmal vorgekommen und habt ihr eine Erklärung für diese Erschütterung?« Allerdings war ich mir nicht sicher, ob ich überhaupt eine Antwort hören wollte. Nun, wie dem auch sei – sie fiel jedenfalls anders als erwartet aus.

»Ich weiß nicht, warum du dich immer beklagen musst. Ja, du hast eine Kugel im Mund – na und? Es gibt Schlimmeres! Stell dir nur vor, dass du in einer dunklen Katakombe ohne Licht, ohne Menschen und ohne Worte

dein Dasein fristest«, blaffte der rechte Steinlöwe seinen Nachbarn an, ohne meine Frage auch nur im Ansatz zu beachten.

»*Aber es ist nun mal nicht so. Ich habe ...*«, begann es von links, doch ich ging sofort dazwischen.

»Ruhe jetzt! Und zwar alle beide!«, schnauzte ich die Steine an und handelte mir damit einen ziemlich entsetzten Blick von einem Pärchen ein, das gerade den Chinesischen Garten verlassen wollte. Ich hob entschuldigend die Schultern, lächelte das Paar freundlich an, zog mein Handy aus der Tasche und meinte lapidar: »Telefonkonferenz mit Ohrhörer.« Der Mann schüttelte missbilligend mit dem Kopf und eilends liefen sie an mir vorbei in Richtung Parkausgang.

»So – und nun wieder zu euch beiden. Ihr könnt euch meinetwegen später die Köpfe einhauen, aber ich will jetzt eine Antwort auf meine Frage!«, raunte ich, jetzt ziemlich gereizt.

Stille.

Es war zum Haare raufen, denn nun spielten beide anscheinend den Beleidigten. Leider waren Steine klar im Vorteil, wenn es um Zeit und Geduld ging, was bei mir definitiv nicht der Fall war. Ich seufzte leise auf. »Jetzt kommt schon! Wenn ich mich im Ton vergriffen habe, tut es mir leid.«

Immer noch Stille.

»Muss ich erst auf die Knie fallen?«

»*Ja, bitte!*«, kam es leise von links. Die Aufforderung wurde von einem krächzenden Keckern von rechts begleitet.

Jetzt blieb mir doch glatt die Spucke weg.

Ehe ich meinem aufkommenden Ärger Luft machen konnte, meinte der rechte Löwe ernst, »*Nein Weltengänger, wir haben so etwas in diesem Ausmaß noch nicht erlebt. Irgendwo scheinen zwei unglaublich starke weiß- und schwarzmagische Kräfte aufeinandergeprallt zu sein – nur so wäre die gewaltige Erschütterung zu erklären.*«

»*Wobei ein Kniefall wirklich entzückend gewesen wäre!*«, kicherte der andere.

Ich beachtete ihn gar nicht und fragte seinen Nachbarn, »Was könnte der Auslöser gewesen sein?«

»*Wenn die zwei Seiten der Magie aufeinandertreffen, dann handelt es sich vermutlich um eine gewaltsame Auseinandersetzung!*«

Ich schluckte schwer, denn sollte die Statue recht behalten, dann schien wirklich etwas Außergewöhnliches passiert zu sein. Ich musste unverzüglich zu Zenodot, denn ich war mir ziemlich sicher, dass mir der Bibliothekar mehr Antworten geben würde als die beiden Steinlöwen. »Habt Dank für die Auskünfte. Ich werde jetzt die Tiefenschmiede aufsuchen.«

»*Achte auf dich, Weltengänger, es scheinen stürmische Zeiten zu kommen!*«, sagte die rechte Figur, während sich die linke in Schweigen hüllte. Wahrscheinlich hatte ich ihr den Spaß verdorben, nachdem ich keinen Kniefall gemacht hatte. Schnell ließ die beiden hinter mir und betrat den Chinesischen Garten.

Der Wasserpavillon im Inneren der asiatischen Anlage war von einem Bauzaun aus Stahl umgeben. Rund um das Gebäude – in einem Umkreis von mindestens zehn Metern war der Boden rußgeschwärzt oder völlig verbrannt. Der Bau selbst war nach dem Feuerinferno in sich zusammengestürzt und nur ein paar übriggebliebene verkohlte Holzbalken ragten wie ein abgenagtes Skelett traurig in den Himmel. Obendrein hing, nach nunmehr mehr als vier Wochen, immer noch ein leichter Brandgeruch in der Luft. Ich schüttelte, wie so oft die letzten Male, beim Betreten des Gartens fassungslos mit dem Kopf, denn Seschmet und Kerry Morgan hatten wirklich ganze Arbeit geleistet. Beide hatten mit ihren magischen Feuerbällen den wunderschönen Holzbau regelrecht dem Erdboden gleich gemacht. Nachdem ich mich vergewissert hatte, dass sich niemand mehr in der Anlage aufhielt, betrat ich mit einem unguten Gefühl eine kleine Grotte. Sie befand sich am Fuße eines Hügels, direkt gegenüber dem abgebrannten Pavillon. Ich legte meine Hand auf eine unscheinbare Vertiefung, sprach die Losungsworte und Sekunden später löste der magische Sperrmechanismus einen Riegel. Mit einem leisen Knirschen schwang die Felswand nach innen auf und gab den Blick auf blauschimmernde Kristallstufen frei. Diese kristalline Treppe führte direkt in Zenodots Arbeitszimmer, dass ich jedoch einsam und verlassen vorfand. Ich durchquerte den Raum und lief auf eine breite Holztüre zu. Der Durchgang führte direkt auf eine dahinterliegende Empore, von der man dann die ganze Bibliothek überblicken konnte. Als ich die Galerie betrat, empfing mich ein altbekanntes Gefühl – grenzenloses Erstaunen. Die Bibliothek schraubte sich unter mir zylinderförmig über insgesamt sieben Stockwerke in die Tiefe. Jede Etage war vollgepfropft mit Büchern, Schriftrollen, schweren Folianten, alten Steintafeln, Dokumenten und Papyri. In der Mitte war eine schwere Eisenkette an der Decke befestigt, die über alle Stockwerke bis ganz nach unten reichte und am Boden in einer gewaltigen Kupferschale mündete. An dieser Kette waren auf jeder Etage riesige Kerzenkandelaber befestigt, die den ganzen zylinderförmigen Raum mit einem warmen Licht ausleuchteten. Die am Boden stehende Schale diente nur einem einzigen Zweck, nämlich das herabtropfende Kerzenwachs aufzufangen. Eine Wendeltreppe wandte sich spiralförmig von Stockwerk zu Stockwerk und endete schließlich ganz unten im Wohnraum der Tiefenschmiede. Ich lehnte mich über die Brüstung und blickte in die Tiefe. Schlagartig war es mit dem erhabenen Gefühl vorbei, als ich unten auf dem Boden eine Blutlache bemerkte. Meine Augen wanderten zu einer großen Tafel, die frei mitten im Raum stand. Dort entdeckte ich den Bibliothekar und bei seinem Anblick setzte mein Herz einen Schlag aus. Zenodot saß zusammengesunken in einem Stuhl, seine langen Haare hingen wirr im Gesicht und die graue Kutte war in Brusthöhe tiefrot gefärbt. Mehrere Kobolde hatten sich um ihn geschart und an ihren Gesten erkannte ich, dass sie heftig diskutierten. Immer zwei Stufen auf einmal nehmend rannte ich panisch die Treppe hinunter. Noch bevor ich überhaupt den Wohnraum erreichte, brüllte ich schon von oben herab: »Was ist mit Zenodot?«

Die Köpfe der Spitzohren schnellten herum. Sofort erkannte ich Garm Grünblatt, Tarek Tollkirsche, Rombur Rittersporn und Tobias Trüffel, den Koch der Tiefenschmiede. Ihre Mienen sprachen mehr als Bände – es spiegelten sich Unsicherheit, tiefe Sorge und Hilflosigkeit darin. Ich erreichte schweratmend die unterste Etage, sprintete auf den Bibliothekar zu und schob dabei Garm und Tobias ungewollt grob zur Seite. Zenodot war wach, doch er atmete flach und schwer, während seine Augenlider unrhythmisch flatterten. Ich nahm sanft seine Hand und fragte leise: »Was ist passiert?«

Doch anstelle von Zenodot antwortete Garm Grünblatt. »Wir wissen es nicht. Ich stand mit Zenodot vor einem Regal und wir unterhielten uns über dieses Buch.« Dabei zeigte er auf einen Wälzer, der auf der Tischplatte lag und berichtete weiter. »Plötzlich verkrampften meine Muskeln und mir wurde schwindlig. Der Bibliothekar allerdings griff sich mit beiden Händen an den Kopf und stieß einen markerschütternden Schrei aus. Er begann sich unter scheinbar starken Schmerzen zu winden, während Blut aus seiner Nase hervorschoss. Dann brach er zusammen und sackte bewusstlos zu Boden.«

»Schon gut, Garm. So leicht bringt mich nichts um und langsam geht es auch wieder«, murmelte eine zittrige Stimme. Zenodot richtete sich schwerfällig in seinem Stuhl auf und versuchte in eine bequemere Haltung zu gelangen. »Tobias, dürfte ich dich um ein Glas Wasser bitten? Und vielleicht ein sauberes Tuch?«

»Aber natürlich Meister Zenodot«, rief der korpulente Koch der Tiefenschmiede sofort aus und hastete eilig aus dem Wohnraum in Richtung der Küche.

Indessen wurden die Augen des Bibliothekars zunehmend klarer und er nahm endgültig eine gerade Haltung an. Mit ernster Miene blickte er jeden der Umstehenden einzelnen an. »Ihr alle habt die Erschütterung gespürt?«, fragte er leise und zögerlich.

Jeder, auch meine Wenigkeit, nickte zur Bestätigung.

Dann suchten und fanden seine Augen mich. Seine Stimme war scharf, aber dennoch voller Sorge. »Daniel, du musst sofort nach oben und Alli anrufen. Ich muss wissen was in Stonehenge vor sich geht.«

Jetzt wurde mir heiß und kalt. Sollte etwa der eingekerkte Dämon für diesen Ausbruch magischer Kraft verantwortlich sein? Was unweigerlich zu der Frage führte: *War er überhaupt noch eingesperrt?* Allein bei diesem Gedanken huschte mir ein eiskalter Schauer über den Rücken.

»Du meinst doch nicht etwa, dass ...«, begann ich stockend, doch Zenodot schnitt mir das Wort ab. »Daniel – ich meine nicht! Ich muss wissen! Also bitte – geh und ruf an.«

Ich nickte und verkniff mir weitere Kommentare. »Passt auf ihn auf!«, befahl ich den Kobolden und rannte auf die Wendeltreppe zu. Ich hetzte nach oben, zurück in das Arbeitszimmer und befand mich kaum zwei Minuten später auf den blauen Stufen der Kristalltreppe. Erneut sprach ich die Losungswörter und die Felsentüre schwang leise knirschend nach innen. Argwöhnisch streckte ich meinen Kopf durch die Öffnung, konnte aber zum Glück keine Besucher in der

Grünanlage ausmachen. Langsam und vorsichtig verließ ich deshalb die kleine Grotte, jedoch immer auf der Hut vor eventuellen neugierigen Blicken. Die kühle Luft roch nach feuchtem Laub und verkohltem Holz. Erst als ich komplett im Freien stand und mich mehrmals vergewissert hatte, dass auch wirklich niemand da war, zückte ich das Handy und wählte Allis Nummer.

Nach dem dritten Freizeichen vernahm ich ihre Stimme. »Hallo Daniel.« Und schon am Tonfall der Begrüßung hörte ich, dass etwas nicht stimmte. Mein Magen krampfte sich schlagartig zusammen.

»Hi Alli – was ist passiert?«, fragte ich deshalb ohne Umschweife.

Statt zu antworten stellte sie sofort eine Gegenfrage. »Du hast es also auch gespürt?«

»Ja – und das nicht zu knapp, doch Zenodot erging es richtig übel. Und ja – es geht ihm schon wieder besser. Er trug mir auf dich anzurufen, um zu fragen was in Stonehenge vor sich geht. Also Alli – was ist bei dir los?«

Es entstand eine kurze Pause, dann meinte die Weltengängerin stockend: »Ich weiß es noch nicht genau, Daniel. Ich befinde mich in diesem Moment einen Steinwurf weit weg von dem Monument. Irgendetwas ist in jeden Fall passiert, denn über dem Steinkreis hat sich eine blauschimmernde Kuppel gelegt. Die Menschen können sie anscheinend nicht wahrnehmen, denn alles geht seinen normalen Gang. Lediglich die Hunde zeigen ein auffälliges Verhalten.«

»Also, ist der Dämon noch an Ort und Stelle?«, fragte ich mit einer gewissen Erleichterung.

»Ich denke schon, denn sonst läge hier sicherlich alles längst in Schutt und Asche.«

»Aber was zum Teufel, ist dann vorgefallen. Die Erschütterung war vermutlich weltweit spürbar«, überlegte ich laut.

»Ich weiß es wirklich nicht, aber ich bleibe dran. Vielleicht finde ich doch noch etwas heraus«, meinte Alli kämpferisch.

»Ok! Und Alli …«

»Ja?«

»Schön, dass es dir gut geht! Tu mir einen Gefallen und sei vorsichtig.«

Was folgte war ein helles Lachen. »Du kennst mich doch, Daniel! Ich kann gut auf mich selbst aufpassen. Aber ja – ich verspreche es.

Grüße Zenodot von mir und sollte er mit den wenigen Fakten etwas anfangen können, dann gebt mir bitte Bescheid.«

»Natürlich, das ist doch selbstredend. Solltest *du* mehr in Erfahrung bringen, dann melde dich ebenfalls bei uns. Pass auf dich auf!«

»Mache ich.«

Es klickte und die Leitung war tot. *Eine blauschimmernde Kuppel?* dachte ich im Stillen. *War das nun gut oder schlecht?* Grübelnd lief ich zurück zur Grotte und verschwand in der Tiefenschmiede.

Julian Schwarzhoff

Als der Kommissar die Wohnung von Daniel verlassen hatte, lief er nachdenklich zurück zu seinem Dienstwagen. Seit Wochen drehten sich seine Gedanken nur noch um das seltsame Gespräch im Büro seines Chefs. Was wollte diese ominöse Abteilung von ihm? Sie spielten nicht mit offenen Karten, das war ihm ziemlich schnell klar geworden – doch warum? Auch hatte seit diesem Aufeinandertreffen ein befremdliches Gefühl schleichend von ihm Besitz ergriffen. Das Gefühl beobachtet zu werden und er war lange genug im Geschäft, um zu wissen, dass es sich nicht nur um bloße Einbildung handelte. Schwarzhoff hatte zwar noch keine handfesten Beweise, doch es war nur eine Frage der Zeit, bis die andere Seite einen Fehler beging und er Gewissheit erlangte. Seitdem waren seine Sinne im Alarmzustand, ständig behielt er seine Umgebung im Auge, um ungewöhnliche Aktivitäten schon früh zu erkennen. Doch nach mittlerweile vier Wochen fing er an zu zweifeln – sich zu fragen, ob er nicht langsam paranoid wurde. Endlich erreichte er das Auto und gewohnheitsmäßig sondierten seine Augen den näheren Umkreis, doch wie immer – nichts! Der Kommissar stieg ein, ließ den Motor an und fuhr los. Er war kaum zehn Meter weit gekommen, als hinter ihm ein wildes Hupkonzert begann. Instinktiv stoppte er. Im Rückspiegel erblickte er einen grauen, unscheinbaren BMW, der zügig ausparken wollte, doch anscheinend einen von hinten kommenden Toyota übersehen hatte. Es kam zu einem fast beinahe Zusammenstoß, in dessen Folge der Fahrer des Toyotas ausstieg und eine wilde Schimpfkanonade begann. Die zwei Insassen des BMWs blieben bemerkenswert gelassen und Schwarzhoff drehte nun den Kopf, um die beiden durch die Heckscheibe genauer in Augenschein zu nehmen. Da keine Reaktion auf seine wüsten Beschimpfungen erfolgte, begann der Toyota Fahrer heftig an die Seitenscheibe zu klopfen. Jetzt wurde es einem der Männer des BMWs wohl zu bunt und er verließ das Auto. Schon löste Schwarzhoff seinen Sicherheitsgurt und machte sich bereit einzugreifen. Völlig ruhig baute sich der Mann aus dem BMW vor seinem Gegenüber auf, griff in die Innentasche seines Jacketts und zückte einen Ausweis. Er machte eine kurze und anscheinend ziemlich deutliche Ansage, denn der andere begab sich ohne weitere Widerworte zu seinem Toyota. Auch wenn er es zu verbergen versuchte, der Mann mit dem Ausweis warf einen düsteren Blick in seine Richtung, als hoffte er darauf, dass sein Vorgehen unbemerkt geblieben war.

»Scheiße!«, entfuhr es dem Kommissar laut. Jetzt hatte er seinen Beweis – sie beobachteten ihn! Unverzüglich legte er den Gang ein und gab Gas.

Zurück im Polizeipräsidium holte er sich erst einmal einen Kaffee und lief dann nachdenklich in sein Büro. Die endgültige Gewissheit zu haben, dass er nun tatsächlich ausspioniert wurde, hatte seine Laune tief unter den Nullpunkt gedrückt. *Doch was tun? In die Offensive gehen und diese ominöse Abteilung direkt angehen?* Nein, diesen Gedanken verwarf er sofort wieder. Vermutlich würden sie ihm mittteilen, dass es Standard sei, einen potenziell neuen Mitarbeiter vorher zu überprüfen und ließen ihn damit ins Leere laufen. *Vielleicht den Spieß umdrehen und nun, da er um seine Überwachung wusste, im Gegenzug SIE beschatten?* Blödsinn – er hatte weder die Mittel noch die Beamten dazu. Zumal niemand, auch nicht sein Chef, von dieser seltsamen Abteilung wusste. Wie also, sollte er so einen Einsatz rechtfertigen und begründen? Wütend zerknüllte er ein Stück Notizpapier und warf es quer durch das Büro – was seine Stimmung selbstverständlich keinen Millimeter anhob. Er ließ sich seufzend in den Sessel zurückfallen und starrte an die Decke. Er konnte sich mit niemanden austauschen, wenn man von den Weltengängern und Zenodot einmal absah, doch diese Option schied, aufgrund seiner Überwachung, nun endgültig aus. Die Gefahr, dass er diese Organisation direkt zur Tiefenschmiede führte, war einfach zu groß. Zumal er keine Ahnung hatte was sie im Schilde führten. Plötzlich klopfte es an der Bürotür. Schwarzhoff schrak aus seinen Gedanken und brummte gewohnheitsmäßig ein lautes *Herein*. Die Türe öffnete sich und im Rahmen stand breit grinsend der Pathologe und Forensiker Dr. Matthias Bredenstein – Spitzname Potter. Dieser Beiname kam nicht von ungefähr, da Bredensteins Haare ständig in alle Richtungen standen und er außerdem eine ähnliche Brille wie die besagte Filmfigur trug.

»Tag Julian. Hatte gerade im Präsidium zu tun und dachte ich schau mal vorbei«, begrüßte ihn der Forensiker herzlich, hielt dann aber sofort inne. »Was für eine Laus ist dir denn über die Leber gelaufen?«

»Hallo Matthias. Tja, ganz schlechter Zeitpunkt!«, antwortete der Kommissar kryptisch.

Sofort kam die Gegenfrage: »Was ist passiert?«

Schwarzhoff blickte sein Gegenüber finster an. »Das ist, nun ja, kompliziert. Ich kann nicht darüber sprechen.« Er hatte den Satz noch nicht richtig ausgesprochen, als er sich schon innerlich dafür verfluchte.

Natürlich hatte Bredenstein die Situation augenblicklich erfasst. »Was heißt das? Du *kannst* nicht …?«

Der Kommissar stützte die Ellenbogen auf die Schreibtischplatte und rieb sich müde mit den Händen über sein Gesicht. »Es geht einfach nicht, Matthias«, sagte er leise.

Doch es war zu spät – der Pathologe hatte bereits Blut geleckt. Er schnappte sich den Besucherstuhl vor Schwarzhoffs Schreibtisch und setzte sich. Dann lehnte er sich konspirativ nach vorne und meinte mit ernster Stimme: »Julian, wie lange arbeiten wir jetzt schon zusammen?«

In diesem Moment entdeckte der Kommissar am inneren rechten Handgelenk von Bredenstein ein seltsames Mal. Es sah aus wie eine kleine Wellenlinie. Er zeigte darauf und fragte: »Was hast du denn da?«

Schnell zog der Pathologe den Ärmel seines Jacketts nach vorne. »Nichts Schlimmes. Hab mich am Wochenende verbrannt. Das kommt davon, wenn man meint, den Backofen bedienen zu müssen, um sonntags Brötchen aufzubacken. Aber du hast meine Frage nicht beantwortet. Wie lange schon?«

»Keine Ahnung – sag du es mir«, spielte Schwarzhoff den Ball flapsig zurück.

»Hmm, ich kann es dir ehrlich nicht mehr genau sagen.«

Jetzt hob der Kommissar erstaunt den Kopf, denn dass Bredenstein den Beginn ihrer Zusammenarbeit vergessen haben sollte, sah ihm gar nicht ähnlich. Seine eigene Antwort, also dass er vorgab keine Ahnung zu haben, war jedenfalls eher als Scherz gedacht gewesen. »Zwölf lange Jahre, mein Lieber!«, gab er deshalb dem Forensiker zur Antwort. »Herrgott, was haben wir schon alles an Mist durchgemacht und uns gemeinsam Deckung gegeben, wenn es bei den Vorgesetzten brenzlig wurde …«

Jetzt beugte sich Bredenstein noch weiter nach vorne und knurrte den Kommissar regelrecht an: »… und deshalb kenne ich dich mittlerweile gut genug, um zu sehen, dass dir der Arsch gerade auf Grundeis geht. Also verkauf mich nicht für dumm, indem du mir erzählst du *kannst* irgendetwas nicht!«

Schwarzhoff blieb die Spucke weg und er musterte erstaunt seinen Kollegen. Dann, im Wimperschlag einer Sekunde, traf er urplötzlich und völlig intuitiv eine Entscheidung, denn sein Freund und Mitstreiter hatte Recht! Wenn er irgendjemandem etwas anvertrauen konnte, dann diesem strubbligen Leichenfledderer, der ihm gerade gegenübersaß. Tief atmete er durch und verbannte den Gedanken, was Zenodot wohl zu dieser Idee sagen würde, in den Hinterkopf. Dann stand er auf, ging um den Schreibtisch herum, schloss die Bürotür und drehte den Schlüssel zweimal im Schloss.

Bredenstein verfolgte sein Tun mit einem fragenden und zugleich unbehaglichen Blick, doch er sah von jeglicher Kommentierung ab.

Schwarzhoff setzte sich wieder und nahm ein Schluck seines mittlerweile kalten Kaffees. Als er die Tasse abgestellt hatte, sah er dem Pathologen tief in die Augen. »Alles Matthias, was ich dir jetzt erzähle bleibt hier in diesem Raum. Sollte ich jemals etwas anderes vernehmen, werde ich es bis aufs Blut abstreiten und dir das restliche Leben zur Hölle machen!«

»Julian, ich muss gestehen, jetzt machst du mir echt Angst«, meinte dieser und begann unruhig auf seinem Stuhl hin und her zu rutschen.

»Noch kannst du gehen, nichts ist passiert und alles ist gut. Doch wenn du bleibst, wird sich dein Leben von Grund auf ändern, das versichere ich dir! Es ist allein deine Entscheidung«, sagte Schwarzhoff ruhig, denn wenn einer wusste, dass diese Worte der Wahrheit entsprachen, dann war er es.

Augenblicklich konnte er sehen, wie es in Bredenstein arbeitete und nagte. Seine Mimik sprach Bände – auf der einen Seite unverhohlene Neugier, andererseits Argwohn, Besorgnis und echte Angst. Dann erwiderte der Doktor leise: »In was für eine Scheiße hast du dich reingeritten, Julian? Ich weiß wirklich nicht, ob ich es wissen will.«

»Da hast du verdammt recht, Matthias. Ich habe dir keine hohlen Phrasen an den Kopf geworfen – es mir bitterernst mit dem, was ich sagte. Wenn du es erfährst, wird sich dein Leben auf den Kopf stellen – das ist so sicher wie das Amen in der Kirche! Und noch etwas. Solltest du ablehnen, werde ich dir in keiner Weise einen Vorwurf machen, noch wird es unsere Freundschaft oder Zusammenarbeit in irgendeiner Weise beeinträchtigen. Das verspreche ich dir!«

Langsam und wie unter tonnenschweren Gewichten erhob sich der Pathologe aus seinem Stuhl. Er lief unschlüssig im Büro hin und her und schien einen innerlichen Kampf auszufechten. Schwarzhoff ließ ihm Zeit seine endgültige Entscheidung zu treffen.

Schließlich blieb der Pathologe stehen, blickte ihn zwar immer noch etwas unschlüssig an, sagte aber dann: »Ok, also was hast du ausgefressen?«

»Du bist dir ganz sicher?«, fragte der Kommissar nochmals energisch nach.

»Ja!«

Schwarzhoff nickte und bat Bredenstein sich wieder zu setzen. Er atmete tief durch. »Also Matthias, alles begann vor etwa zweieinhalb Jahren. Ich bekam seinerzeit die Meldung auf den Tisch, dass ein Notar in der Nähe der Frankfurter Kleinmarkthalle tot aufgefunden wurde. Sicherlich erinnerst du dich daran?«

»Dunkel, aber ja«, kam die Antwort.

Wieder stockte Schwarzhoff. *Machten sich beim Doktor etwa erste Anzeichen von Demenz breit? Er arbeitete damals intensiv an dem Fall mit und es hatte ihn wirklich aufgefressen, dass er die Todesursache nicht endgültig klären konnte. Wie also konnte er sich daran nur vage erinnern?*

»Es handelte sich um eine Art Mumifizierung und wir konnten uns damals die Todesursache nicht erklären«, fuhr er fort, während der Forensiker anfing zu lächeln und ein leises *Ach ja, jetzt erinnere mich ich* einwarf. Schwarzhoff berichtete nun über alle Geschehnisse der letzten zwei Jahre. Einer inneren Eingebung folgend vermied er es jedoch, zu genaue Details zu erwähnen. So sparte er etwa den Standort der Tiefenschmiede aus, genauso wie Daniels Fähigkeiten als Weltengänger oder seinen Verdacht, dass er von dieser seltsamen Abteilung S.M.A. ausspioniert wurde. Als er schließlich endete, standen ihm Schweißperlen auf der Stirn. Dessen ungeachtet musste er sich innerlich eingestehen, dass es guttat, sich diese Dinge endlich von der Seele zu reden. Bredenstein war während seiner ganzen Schilderung der Ereignisse zwar aufmerksam, aber völlig stumm geblieben. Auch das sah ihm gar nicht ähnlich, denn normalerweise hakte er nach und ließ sich Unklares noch einmal ganz genau erklären. Aber dem Kommissar war auch klar, dass der Pathologe die gerade eben vernommenen Fakten vermutlich erst verdauen musste und viele Fragen erst später gestellt werden würden.

Schließlich flüsterte der Doktor mit leicht bebender Stimme: »Julian, ist das wirklich dein Ernst? Zauberei, Kobolde, Dämonen und eine Abteilung des Innenministeriums, die sich mit Magie beschäftigt? Das ist sehr schwer zu glauben.«

»Jedes Wort entspricht der Wahrheit, Matthias! Ich schwöre es.«

Bredenstein stand mit einem Ruck auf. »Ich glaube, ich brauche etwas frische Luft, um mir in Ruhe Gedanken darüber zu machen.«

Der Kommissar nickte mitfühlend. »Nur zu verständlich – es ging mir damals auch nicht anders. Schlaf eine Nacht drüber und wir reden morgen, okay?«

Es folgte eine matte Bestätigung und der Pathologe meinte angeschlagen: »Gute Idee – ich muss das alles erstmal sacken lassen.«
Schwarzhoff stand auf und schloss die Bürotür wieder auf. Er drehte sich um und raunte dem Doktor mit scharfem Ton zu: »Und kein Wort! Zu niemanden! Hast du mich verstanden?«

»Ja, ja – das war die Absprache. Versprochen.«

Er streckte seinem Kollegen die Hand entgegen. »Danke Matthias, du ahnst gar nicht wie viel mir das bedeutet – endlich kein Einzelgänger mehr zu sein. Wir sehen uns morgen.«

»Und ich bin mir noch nicht sicher, ob das jetzt wirklich schlau von mir war.«

Schwarzhoff grinste ihn breit an. »Das ist jetzt ohnehin egal, Mister Potter.«

Seltsamerweise zeigte der Forensiker auf die Nennung seines Spitznamens keinerlei Reaktion. Gewöhnlich ging er gleich an die Decke oder es kam zumindest eine spitze Bemerkung zurück. Aber vermutlich war Bredenstein einfach überfordert, was Schwarzhoff ihm nicht verdenken konnte.

»Dann bis morgen, Julian. Ich melde mich bei dir«, sagte der Pathologe ernst und verließ das Büro.

Der Kommissar trat hinter ihm auf den Flur und blickte dem Doktor mit etwas gemischten Gefühlen hinterher. Nachdenklich fragte er sich, ob die Entscheidung, ihn einzuweihen richtig gewesen war. Als Bredenstein im Treppenabgang verschwand, ging er zurück zu seinem Schreibtisch und schaltete den Computer ein. Es wurde Zeit etwas Produktives zu tun, denn da wartete noch jede Menge Arbeit auf ihn.

Er war kaum fünf Minuten gesessen, als es erneut an der Türe klopfte. Genervt rief Schwarzhoff ein *Herein* und dachte *Es ist zum Mäusemelken – man kommt hier wirklich zu gar nichts!* Bredenstein stand erneut grinsend im Türrahmen. »Hi Julian, da ich mich in einer Viertelstunde mit einem Kollegen treffe, ist es doch selbstredend, dass ich auf einen Sprung bei dir vorbeikomme.«

Der Kommissar starrte ihn an, als stände ein Gespenst in der Türe. »Du verarscht mich jetzt, oder? Du hast vor genau fünf Minuten mein Büro verlassen, nachdem wir uns mehr als eine halbe Stunde unterhalten haben.«

Jetzt war es an dem Pathologen völlig verwirrt auszusehen. »Was redest du da für einen Unsinn? Ich bin gerade eben zum Haupteingang rein. Wie sollte ich da also vorher bei dir gewesen sein?«

Schlagartig wurde es Schwarzhoff heiß und kalt – erst jetzt erkannte er, dass sein Gegenüber eine völlig andere Kleidung trug als wenige Augenblicke vorher. Intuitiv stellte er eine Frage: »Matthias, vor zwei Jahren hatten wir einen äußerst rätselhaften Fall.«

Das Gesicht des Doktors verfinsterte sich schlagartig. »Erinnere mich bloß nicht daran! Die mumifizierte Leiche des Notars Thomas Schulz. Wurmt mich bis heute, dass wir die Todesursache niemals rausgefunden haben!«

»Verdammte Scheiße!«, brüllte Schwarzhoff und rannte panikerfüllt aus seinem Büro in Richtung Haupteingang …

Pia Allington

Alli stand immer noch am Straßenrand und beobachtete das steinerne Monument. Die blaue Kuppel schimmerte weithin sichtbar, zumindest für die, die sie wahrnehmen konnten. Stück für Stück suchte sie mit dem Fernglas das Areal ab, um einen möglichen Hinweis auf den Auslöser der magischen Erschütterung zu finden. Nach dem Telefonat mit Daniel war ihr klar geworden, dass dieses Ereignis höchstwahrscheinlich nur ein Vorbote für Schlimmeres gewesen war. Nicht auszudenken, wenn dieser Dämon einen Weg fand, seinem Gefängnis zu entfliehen! Sie war sich fast sicher, dass der Zorn dieses Wesens, gerade weil es bereits so lange eingekerkert war, grenzenlos sein würde. *Diese verfluchte Kreatur wird eine Katastrophe epischen Ausmaßes über die Welt bringen*, dachte sie im Stillen, während ihr ein kalter Schauer über den Rücken huschte. Dazu durfte es niemals kommen – und Alli war bereit ihr Leben dafür zu geben.

Nach dem sie nichts Auffälliges entdeckt hatte, stieg sie wieder ins Auto. Die Weltengängerin fuhr die restlichen drei Meilen zum Besucherparkplatz, um den Ort des Geschehens nun direkt in Augenschein zu nehmen. Dort angekommen zahlte sie wie alle Gäste murrend den überzogenen Eintrittspreis von fast 18,00 £ und lief jetzt zu Fuß über einen breiten Kiesweg auf den Steinkreis zu. Nach ein paar Minuten erreichte sie einen kleinen hüfthohen Zaun und befand sich somit gute zehn Meter vor den aufgestellten Sarsensteinen. Sie ließ einen prüfenden Blick über die Umgebung schweifen. Der Betreiber des Monuments ging auf Nummer sicher, um zu verhindern, dass auch ja kein Tourist über den kleinen Zaun kletterte. Alli zählte insgesamt elf Wachen mit Warnwesten und Funkgeräten, die um den Steinkreis patrouillierten. Es gab drei Menschen, die einen Hund an der Leine mitführten. Die Tiere spielten immer noch verrückt, weshalb zwei Hundehalter bereits entnervt den Rückweg angetreten hatten. Sie musterte jeden einzelnen der Anwesenden. Alles wies auf einen völlig normalen Besuchertag hin, wäre da nur nicht das blaue Flimmern über ihrem Kopf gewesen. Entweder war der Verursacher schon weg oder der Dämon selbst hatte die Erschütterung verursacht. Das wäre allerdings in der Tat sehr bedenklich, denn das hieße, die Kreatur wäre wieder stark genug, um die Grenzen seines Kerkers auszutesten. Sie beobachtete weiter die vorbeilaufenden Menschen, immer auf der Suche nach einem Detail, das nicht ins Bild passte. Als ihre Augen am Monument vorbeihuschten, um einen Fußgänger weiter zu verfolgen, nahm sie im Bruchteil einer Sekunde eine kaum wahrnehmbare Störung zwischen den Steinen wahr. Sofort schoss ihr Kopf herum und suchte nach dem Grund – doch da war nichts. *Hatte sie sich getäuscht?* Nein! Sie irrte sich nicht – ein leichtes Flimmern über dem Boden, direkt neben einem der großen Sarsensteine. Alli blickte sich verstohlen um. Es waren nur wenige Besucher in der Nähe und das Wachpersonal stand ebenfalls etwas weiter entfernt. Sie konzentrierte sich, um den *Wächterblick* einzusetzen. Sofort nahm die Umgebung eine schwarz-grau Färbung an und eine leuchtende, goldene Linie erschien. Dieser schmale gelbe Faden zeigte ihr an, wie sie sich ungesehen und unbemerkt in das Monument schleichen konnte. Alli folgte der Linie, sprang über den Zaun und war binnen weniger Augenblicke in der Nähe der Stelle, an der sie das seltsame Flackern zum ersten Mal bemerkt hatte. Sie hob den Wächterblick wieder auf und kauerte nun tief geduckt hinter dem Stein. Hektisch suchte sie den Boden ab. In unmittelbarer Nähe entdeckte sie ein merkwürdiges Objekt – eine tiefschwarze Kugel, kaum größer als ein Tischtennisball. Auf der Oberfläche der Kugel schimmerten fremdartige Zeichen und das Ding war, das spürte die Weltengängerin sofort, von einer bösartigen Aura umgeben. Konzentriert untersuchte sie die Sphäre mit den Augen, denn berühren wollte sie dieses Teil auf keinen Fall! Rund um den Gegenstand waberte die Luft regelrecht, schien sich aber zusätzlich auch noch zu verdichten. Somit war klar, wie das Flackern, dass Alli wahrgenommen hatte, entstand. Sie zog ihr Handy aus der Tasche und schoss mehrere Fotos aus verschiedenen Positionen. Sicherheitshalber schaltete sie ihr Smartphone noch in den Videomodus und nahm ein paar Sekunden auf. Sie wollte schon auf *Stop* drücken, als der schwarze Ball plötzlich anfing krampfhaft zu zucken. Schnell ging die Weltengängerin auf Abstand, zoomte aber gleichzeitig mit der Kamera näher heran. Es folgten noch ein paar ruckartige Bewegungen, dann zerfiel die Kugel vor ihren ungläubigen Augen zu Staub. Wie ein kleines Wölkchen schwarzer Asche nahm der Wind den Staub mit sich und verteilte ihn auf nimmer Wiedersehen. Zeitgleich fiel nun auch die magische Kuppel in sich zusammen und zerplatzte so lautlos wie eine Seifenblase. Schnell prüfte sie das Video – perfekt – sie hatte jedes Detail aufgenommen.

»He, Sie! Was machen Sie da?«, brüllte plötzlich eine Stimme.

Alli zuckte zusammen – einer der Wachleute hatte sie entdeckt. Erschrocken brachte sie sich mit einem Sprung hinter den Stein in Sicherheit und war somit augenblicklich außer Sichtweite. Sie hatte, fasziniert von diesem seltsamen Gegenstand, unvorsichtigerweise ihre direkte Umgebung völlig vergessen. Es folgte ein kurzer Moment der Konzentration und der Wächterblick war wieder da. Sie eilte, dem leuchtenden Pfad folgend, zwischen den Steinen hindurch, sprang erneut über den Zaun und stoppte in der Nähe einer größeren Besuchergruppe. Verschmitzt grinsend beobachtete sie den Wachmann, der seinerseits nun ebenfalls über das Gatter gesprungen war und jetzt ratlos zwischen den Monolithen stand. Suchend blickte er umher, kratzte sich schließlich verwirrt am Kopf und trat den Rückweg an. Alli schlenderte inzwischen in Richtung Haupteingang. Sie wollte vermeiden, dass sie der Aufseher vielleicht an ihrer Kleidung erkannte. Während sie lief, schrieb sie Daniel eine kurze Nachricht:

Es gibt Neuigkeiten! Sobald es dir möglich ist,
melde dich bei mir.
Wir müssen reden. Zenodot sollte bei dir sein.
Gruß Alli

Anrufen hätte ohnehin nichts gebracht, da sich Daniel vermutlich bei Zenodot in der Tiefenschmiede befand und somit, tief unter der Erde, keinen Empfang hatte. Sobald er wieder die Oberfläche betrat, würde er die Nachricht erhalten und sich melden. Bis dahin musste sie sich wohl oder übel in Geduld üben. Die Weltengängerin erreichte ohne weitere Zwischenfälle ihr Auto und trat den Rückweg nach Amesbury an. Sie fuhr gerade am Ortseingangsschild vorbei, als ihr Handy klingelte. Sie drückte auf den Knopf ihrer Freisprechanlage.
»Pia Allington.«
»Hi Alli – habe gerade deine Nachricht bekommen. Was gibt es denn für Neuigkeiten? Ach ja – Zenodot hört übrigens mit.«
Aus dem Hintergrund vernahm sie die Stimme des Bibliothekars.
»Hallo Alli.«
»Hallo Zenodot«, begrüßte sie ihn und setzte gleich hinzu: »Ich komme gerade von Stonehenge und bin in etwa zehn Minuten zu Hause. Geht bitte in Zenodots Arbeitszimmer – ich werde euch über Skype anrufen, dann kann ich euch nämlich gleich mehrere Bilder und ein Video zeigen.«
Es folgte eine überraschte Pause, dann fragte Daniel neugierig: »Bilder, Video? Was hast du entdeckt?«
»In ein paar Minuten, Daniel! Es ist immer besser, wenn man es selbst sieht, anstatt es zu beschreiben müssen.«
»Okay, dann bis gleich, wir warten auf deinen Anruf.«
Es klickte in der Leitung und die Freisprechanlage verstummte.

Augenblicke später verließ sie die Hauptstraße, bog in die Salisbury Street ein und passierte rechterhand das *The Bell*. Kurz vor ihrem Ziel musste sie noch eine große Kreuzung überqueren, worauf die lästige Suche nach einem Parkplatz in der Abbey Lane begann. Glücklicherweise meinte es das Universum gut mit ihr, denn fast in Sichtweite zu ihrer Wohnung parkte just im selben Moment ein großer SUV aus. Mit ihrem wesentlich kleineren Golf eroberte Alli den freigewordenen Stellplatz sogar im Vorwärtsgang. Sie eilte in ihre Wohnung im ersten Stock und schaltete sofort den PC an. Nachdem er hochgefahren war, überspielte die Weltengängerin das Video und die Bilder auf die Festplatte, rief dann Skype auf und kontaktierte die Tiefenschmiede.

Es dauerte ein paar Sekunden, bis die Verbindung zustande kam und das vertraute Gesicht des Bibliothekars auf dem Bildschirm erschien. An seiner rechten Seite saß Daniel, während links das Oberhaupt der Waldkobolde, Garm Grünblatt, Platz genommen hatte. Erschrocken stellte Alli fest, dass Zenodot bleich und eingefallen wirkte – die Erschütterung schien beileibe nicht spurlos an ihm vorübergegangen zu sein.

»Guten Tag Alli«, begrüßte er sie und kam ohne langes Vorgeplänkel sofort zur Sache. »Also, was hast du herausgefunden?«

»Hallo ihr drei …«, begann die Engländerin und berichtete nun von der Erschütterung bis hin zu der blauschimmernden Kuppel über dem Monument.

Als sie die Farbe des magischen Schirms erwähnte, entfuhr Zenodot ein tiefer Seufzer der Erleichterung. »Dem Himmel sei Dank, die Zauber haben gehalten.«

Alli blickte argwöhnisch in die Kamera über ihrem Bildschirm. »Könntest du mich bitte aufklären!« Daniel schien es ebenso zu ergehen, denn auch er sah den Alten fragend von der Seite an.

»Der Kerker unter Stonehenge ist mehrfach gesichert. Wir haben damals versucht alle möglichen Wege und zukünftige Absichten das Gefängnis zu öffnen, in Betracht zu ziehen. Was, wie ihr sicherlich verstehen werdet, eine fast unlösbare Aufgabe gewesen ist, vor allem, wenn man für viele Generationen im Voraus denken muss. Einer dieser Sicherheitsmechanismen ist ein Schutz gegen schwarzmagische Angriffe, und zwar von außen, wie auch von innen. Das was du, Alli, gerade berichtet hast, lässt mich vermuten, dass eine ebensolche Attacke stattgefunden haben muss. Der Schirm wurde aktiviert und hat die einwirkende schwarze Magie absorbiert. Hätte die Kuppel stattdessen einen schwachen Orangeton angenommen, dann ständen wir in der Tat vor einem großen Problem. Das würde bedeuten, dass der Angriff die unterirdischen Gewölbe erreicht hätte und der Dämon sich mit neuer dunkler Kraft versorgen konnte.«

Alli nickte verstehend. »Also ich glaube die Attacke wurde von außerhalb gestartet, denn ich habe das hier gefunden.« Sie holte die Datei mit den Bildern und klickte sie an. An der Seite des Bildschirms erschienen die Fotos der schwarzen Kugel. Wie auf ein geheimes Kommando beugten sich Zenodot, Daniel und Garm nach vorne, um die gezeigten Aufnahmen genauer in Augenschein zu nehmen.

»Was ist das?«, hörte Alli Daniel fragen.

Der Bibliothekar sog scharf die Luft ein und Garm gab einen erstaunten Laut von sich.

»Das ist ein *Nigrum Oculus* – ein schwarzes Auge!«, sagte der Alte und in seiner Stimme schwang eine deutliche Betroffenheit mit.

»Ein was bitte?«, platzte es aus Alli heraus.

»Dieser Gegenstand speichert enorme Mengen an schwarzer Magie, ganz ähnlich einer Batterie. Es muss Jahrhunderte her sein, dass ich so ein Artefakt das letzte Mal zu Gesicht bekam.« Dann blickte der Alte fragend in die Bildschirmkamera. »Ist das alles was du an Bildmaterial hast?«

Ohne Kommentar klickte die Weltengängerin das Video an. Auf dem Monitor erschien erneut die schwarze Kugel. Deutlich konnte man die ruckartigen Bewegungen erkennen, bevor die Sphäre in ihre Einzelteile zerfiel und sich in Staub auflöste. »Das ist alles. Danach zersetzte sich auch der magische Schirm«, fügte sie erklärend hinzu.

»Du sagest es ist lange her, dass du so eine Kugel gesehen hast. Was hat es damit auf sich?«, fragte Daniel.

»Alli zeigst du mir nochmal die Bilder?«, meinte der Alte stirnrunzelnd, jedoch ohne auf die gestellte Frage näher einzugehen.

Die Engländerin tat wie ihr geheißen.

»Kannst du dieses …«, Zenodot deutete auf ein Foto, dass sich rechts unten am Bildschirm befand, »… vielleicht vergrößern?«

Alli nickte und zog es größer. Jetzt erkannte man deutlich fremdartige Zeichen und sie ergaben plötzlich einen Sinn. Rund um die Sphäre verlief eine Art Band und trennte somit die Kugeloberfläche in zwei Hälften. Das Band bestand aus winzigen ägyptischen Hieroglyphen, während mittig auf jeder Hälfte des schwarzen Balles ein Symbol ähnlich einer Wellenlinie prangte.

»Kennst du die Bedeutung dieser Zeichen, Zenodot?«, fragte Alli überrascht.

»Das bedarf erst einer genaueren Überprüfung. Könntest du mir dazu die Bilder zusenden?«

»Selbstverständlich, ich schicke sie dir nach Beendigung unseres Gespräches.«

Jetzt schaltete sich Daniel wieder ein und blickte den Bibliothekar fragend von der Seite an. »Also nochmal Zenodot, was ist ein Nigrum Oculus und welchem Zweck dient es?«

Alli nickte zustimmend. »Ja, das würde auch mich brennend interessieren.«

Der Alte schien einen Moment zu überlegen, dann räusperte er sich und begann zu erzählen. »Das Nigrum Oculus ist ein Relikt aus den lange vergangenen Tagen des alten Ägyptens. Einer Zeit, in der das Land noch in die Königreiche des oberen und unteren Nils geteilt war.«

Daniel pfiff durch die Zähne. »Die Vereinigung der Reiche fand, wenn ich mich recht erinnere, so ungefähr dreitausend Jahre vor Christi Geburt durch einen Pharao namens Menes statt.«

Zenodot nickte anerkennend und fuhr fort: »Ich sehe, dass du in deiner Studienzeit gut aufgepasst hast. Ich selbst kenne die genauen Details nicht, da diese Ereignisse lange vor meiner Zeit stattfanden. Mein Wissen darüber stammt zu einem großen Teil aus alten Steintafeln, Grabinschriften und Überlieferungen. Magie gehörte damals zum Alltag und diente dazu, Tätigkeiten zu erleichtern, zu heilen und zu helfen. Doch liegt es in der Natur des Menschen, die Grenzen des Machbaren auszutesten. So gab es auch Personen, die die dunkle Seite des arkanen Wissens studierten und selbstverständlich auch anwandten. In diesem Zeitraum, also vor dem Zusammenschluss der Reiche, wurden auch die ersten Forschungen zur Beschwörung von Dämonen aus dem Äther angestellt. Aus diesen Studien ging so manch gefährlicher Gegenstand hervor – unter anderem auch das Nigrum Oculus. Sein Zweck war denkbar einfach: Es handelt sich um einen Speicher schwarzer Magie. Jeder Zauberkundige wird euch bestätigen, dass seine Kräfte endlich sind, denn er kann nicht unbegrenzt Magie wirken. Viele der damaligen Dynastien und Herrscherhäuser beschäftigten mehr als einen Ratgeber, der die arkane Kunst beherrschte. Und in Kriegszeiten wurde nicht davor zurückgescheut, schwarze Magie gegen seine Gegner einzusetzen. Stellt euch vor, ein Magier wirkt einen tödlichen Abwehrschirm. Jeder Gegner, der mit diesem in Berührung kommt, stirbt auf der Stelle, während die eigenen Soldaten gut geschützt sind. Nun das Problem: Was, wenn dem Zauberkundigen während dieses Kampfes die Kraft verließ? Er selbst wäre schutzlos. Im schlimmsten Falle bricht der Feind durch die eigenen Reihen und die Schlacht ist verloren. Deshalb hielt der Kriegsfürst immer mehrere Magier in der Hinterhand. Sie nahmen nicht am Kampfgeschehen teil, sondern halfen ihren arkanen Brüdern, wann immer diese Hilfe benötigten. Schwanden einem von ihnen die Kräfte, sandte man ein schwarzes Auge. So konnte der geschwächte Hexer seine magischen Kräfte wiederauffüllen, ohne dass der gewirkte Zauber in sich zusammenfiel. Hatte er die Kraft aus dem Nigrum Oculus in sich aufgesogen, so entmaterialisierte sich das Auge und kehrte zu seinem Besitzer zurück.«

Alli blickte den Bibliothekar stirnrunzelnd über den Bildschirm an. »Willst du damit andeuten, dass dieses Ding, als es vor meinen Augen zu Staub zerfiel, gar nicht zerstört wurde, sondern zu irgendeinem schwarzen Hexer zurückkehrte?«

»Ja, genau das, Alli«, hallte es blechern aus dem Lautsprecher des PCs. »Und das ist das eigentliche Problem. Ich glaube, ein sehr mächtiges Wesen versucht gerade die Grenzen des Dämonengefängnisses auszuloten.«

Sonderabteilung für magische Aktivitäten – S.M.A.

Dr. Matthias Bredenstein oder besser gesagt, sein Doppelgänger, ging, nachdem er das Büro des Kommissars verlassen hatte, dem Anschein nach tief in Gedanken versunken, in Richtung Ausgang des

Präsidiums. Als er die wuchtigen Glastüren passiert hatte, nahm er einen tiefen Atemzug und eilte unmittelbar auf den Besucherparkplatz. Zielstrebig führte ihn sein Weg zu einem dort geparkten grauen BMW. Er öffnete die Türe und nahm auf dem Beifahrersitz Platz.

»Was war los? Das hat ja ewig gedauert!«, empfing ihn eine dunkle Stimme in vorwurfsvoller Tonlage.

Anstatt zu antworten, griff sich der vermeintliche Dr. Bredenstein mit beiden Händen an den Hinterkopf und suchte nach einer bestimmten Stelle. Er fand sie und zog die Kopfhaut auseinander. Als er sich der Maske entledigt hatte, veränderte diese sofort ihre Form und Farbe. In den Händen des Mannes, es handelte sich um Fabian Grube, Mitarbeiter der Abteilung S.M.A., lag nun eine unscheinbare weiße Stoffhülle. Er betrachtete sie von allen Seiten und meinte schließlich zu dem Fahrer: »Diese magische Maske ist der Wahnsinn – einfach überziehen, ein Foto der gewünschten Person ansehen und das Teil nimmt die genaue Nachbildung des gezeigten Gesichts an. Es würde mich wirklich interessieren, aus welcher mysteriösen Schublade unser Chef dieses Teil gezogen hat.«

»Ja, ja – wissen wir alles. Und?«, fragte der andere nochmals.

Grube verzog sein Gesicht zu einer hässlichen Grimasse, ließ ein selbstgefälliges Lachen ertönen und gluckste dann amüsiert: »Du wirst es nicht glauben, Schwarzhoff hat so vertrauensselig geplappert, als säße er seiner Mama gegenüber! Ich habe so ziemlich alles erfahren was wir wissen wollten.«

Der Mann auf dem Fahrersitz, sein Name war Stefan Bauer, horchte überrascht auf. »Tatsächlich? Und er hat keinen Verdacht geschöpft?«

»Kein bisschen! Er war so mit dem Erzählen beschäftigt, dass er zu meinem Glück nur ganz sporadisch Fragen gestellt hat. Und bei diesen wenigen Fragen konnte ich mich gut aus der Affäre ziehen. Eigentlich war alles was ich machen musste zuhören und erstaunt aus der Wäsche schauen«, meinte Grube kichernd.

»Und was heißt das nun für *uns*?«, brummte Bauer.

»Wie wir vermutet hatten – er wurde in die andere Welt eingeweiht. Und er kennt diesen Zenodot von Ephesos persönlich! Aber jetzt lass uns erst Mal verschwinden. Ich habe den echten Bredenstein gerade im Foyer gesehen!«

Bauer startete den Wagen und fuhr los, als im selben Moment die Freisprechanlage anschlug. Er drückte auf einen Knopf am Lenkrad.
»Bauer.«

»Hier ist Lobinger!«, hallte es scharf aus dem Lautsprecher. Instinktiv zuckten beide Insassen des Autos kurz zusammen. Der Anrufer sprach, ohne auf irgendeine Begrüßung zu warten, weiter. »Wie ist es gelaufen? Also Grube – schießen Sie los. Ich will Ergebnisse hören, und zwar möglichst positive!«

»Oh Mann ist der Alte wieder mies drauf«, flüsterte Bauer leise.

»Das habe ich gehört Bauer! Und ja, Sie haben Recht. Ich habe eine scheiß Laune und die hätten Sie auch, wenn Sie das gleiche Telefonat wie ich vorhin geführt hätten«, polterte es aus der Freisprechanlage. »Und jetzt, Grube, fangen Sie endlich an.«

Der Angesprochene rollte theatralisch mit den Augen, seufzte still auf und begann über das Treffen mit dem Kommissar zu berichten.

Der Anrufer namens Lobinger hörte still zu und fragte, als Grube geendet hatte, mit scharfem Tonfall: »Wir wissen also immer noch nicht, wo der Aufenthaltsort dieses Zenodot von Ephesos ist?«

»Nein. Schwarzhoff hat diesbezüglich immer um den heißen Brei geredet«, gab Grube kleinlaut zurück.

»Für was schicke ich euch zwei Hans Würste eigentlich los?« blaffte es aus dem Telefon. »Wir hatten nur diese eine Chance. Spätestens, wenn der echte Bredenstein und Schwarzhoff wieder aufeinandertreffen, weiß der Kommissar, dass er verascht worden ist.«

»Aber wir wissen, dass er ihn kennt. Es ist also nur eine Frage der Zeit, bis er uns zu diesem Zenodot von Ephesos führt«, versuchte Grube die Situation zu entschärfen.

»Reden Sie keinen Scheiß, Mann! Wenn Schwarzhoff erfährt, dass er nicht mit dem echten Pathologen gesprochen hat – was glauben Sie wird er tun? Dieser Kommissar ist beileibe kein Blödmann! Das, was er sicherlich *NICHT* tun wird, ist diesen Zenodot aufzusuchen. Ganz im Gegenteil – er wird sich ihm nicht mal auf einen Kilometer nähern, nur um den Mann nicht zu verraten. *Aber* ... er wird versuchen ihn so schnell wie möglich zu warnen und das kann logischerweise nur über eine andere Person erfolgen«, schnarrte Lobinger ungehalten.

»Debrien?«, fragte Bauer vorsichtig dazwischen.

»Das ist sicherlich die wahrscheinlichste Option! Es könnte aber genauso gut diese Pia Allington sein. Egal, ihr überprüft beide auf Herz und Nieren. Sobald ihr sie aufgespürt habt, werden die beiden lückenlos überwacht. Ich will alles wissen – bis hin, was sie heute zum Frühstück gegessen haben.«

Beide, Grube und Bauer, seufzten auf, denn das versprach eine Menge Arbeit und Zeit.

Nachdem er das Telefonat beendet hatte, ließ sich Karl Lobinger, Spitzname Charly, nachdenklich in den Sessel zurückfallen und überlegte, wie die nächsten Schritte auszusehen hatten. Doch ohne es zu wollen, drifteten seine Gedanken zurück in die Vergangenheit. Alles hatte seinen Anfang vor etwa zwanzig Jahren genommen. Er, Fabian Grube und Stefan Bauer hatten sich in der Grenzschutzgruppe 9 der Bundespolizei, kurz GSG9, kennengelernt. Der damalige Leiter ihrer Einheit war ein gewisser Bernd Winkelmann. Durch viele und teilweise auch gefährliche Einsätze war man sich nähergekommen, hatte Vertrauen aufgebaut und war sich schließlich freundschaftlich verbunden. Doch die Tätigkeit in einer solchen Sondereinheit ist endlich, denn mit fünfundvierzig Jahren war man den körperlichen Herausforderungen nur noch eingeschränkt gewachsen. Als schließlich alle diese Altersgrenze erreicht hatten und aus dem aktiven Dienst der Spezialeinheit entlassen wurden, verlor man sich etwas aus den Augen. Lobinger war inzwischen im Bundespolizeipräsidium Potsdam untergekommen. Er befasste sich dort als Leiter der Abteilung 4 mit internationalen Angelegenheiten und europäischer Zusammenarbeit. Alles in allem führte er zwischenzeitlich ein beschauliches und geregeltes Leben. Grube und Bauer versahen ihren weiteren Dienst als Zielfahnder der Bundespolizei an den verschiedensten Orten in Deutschland. Dann, vor etwas mehr als drei Jahren, trat sein ehemaliger Vorgesetzter Bernd Winkelmann an ihn heran. Mit großem Erstaunen vernahm Lobinger, was aus ihm geworden war! Winkelmann hatte eine Bilderbuchkarriere hingelegt und war zu einem der führenden Köpfe bei Interpol aufgestiegen. Er arbeitete in Frankreich, im Hauptquartier von Interpol, in Lyon und bat ihn nun seltsamerweise um ein Vieraugengespräch. So wurde ein Termin in der Heimatstadt von Winkelmann, Frankfurt am Main, vereinbart. Zwei Wochen später kam es in der Lobby des Steigenberger Frankfurter Hofs zum ersten Aufeinandertreffen seit ihrem Ausscheiden aus der Spezialeinheit. Und was ihm sein ehemaliger Vorgesetzter nun zu berichten hatte, verschlug Lobinger glatt die Sprache, denn Winkelmann sprach von einer anderen Welt. Von einem Universum, in dem Zauberei, weiße und schwarze Magie nicht irgendwelchen Legenden angehörte, sondern absolut real war – und das genau unter den Augen den Menschen. Er sprach von Wesen wie sie man nur aus Büchern oder Filmen kannte und von Mächten, die einem mehr nehmen konnten als nur das Leben. Kopfschüttelnd erklärte Lobinger den Mann von Interpol für verrückt. Bis, ja, bis Winkelmann ihm einen unumstößlichen Beweis lieferte und *das* änderte alles. Dann ließ sein ehemaliger Vorgesetzter die Katze aus dem Sack und teilte ihm den eigentlichen Grund für dieses Treffen mit. Interpol war seit geraumer Zeit auf politischer Ebene unterwegs, um mit vielen Ländern den Umstand, dass eine magische Parallelwelt existierte, zu erörtern. Natürlich waren alle Gespräche in dieser Hinsicht geheim und wurden als Verschlusssache betrachtet. Man war übereingekommen, dass diese Tatsache – und als Tatsache wurde es nach Vorlage von einschlägigen Beweisen erachtet – als äußerst bedenklich einzustufen sei. Alle Innenminister der teilnehmenden Länder wurden einbestellt und über den Sachverhalt informiert. Es wurde der Beschluss gefasst, dass Interpol eine Abteilung aufbauen solle, um dieser Bedrohung entgegenzuwirken und notfalls zu bekämpfen. Jede Regierung verpflichtete sich, innerhalb ihres Landes eine geheime Sektion ins Leben zu rufen, die dann Interpol unterstellt wurde. Winkelmann bat ihn, Lobinger, die deutsche Abteilung als leitender Beamter zu übernehmen und aufzubauen. Natürlich kam nur absolut vertrauenswürdiges, sehr erfahrenes und vor allem diskretes Personal in Frage, weshalb sich Bernd Winkelmann an die alten Kollegen Grube und Bauer erinnerte. Keine sechs Monate später wurde der deutsche Ableger der S.M.A. gegründet, die bis zum heutigen Zeitpunkt acht Mitarbeiter zählte. Lobinger berichtete fortan direkt an Winkelmann, der sich unterdessen zu einem echten Imperator gemausert hatte und die internationale S.M.A mit eiserner Hand führte. In den vergangenen drei Jahren hatte Lobinger viel über diese Welt gelernt. Aber wohlgemerkt nur gelernt, denn zu einer praktischen Studie war es bisher nie gekommen, da sich diese Wesen immer wieder einem Zugriff entziehen konnten. Die Kreaturen waren Meister im Verschleiern und fanden ständig Mittel und Wege sich gewissermaßen unsichtbar zu machen. Doch irgendetwas ging in den letzten zwei Jahren vor sich, denn es häuften sich Todesfälle mit ungewöhnlichen, beziehungsweise nicht erklärbaren Ursachen. Das Spektrum reichte von Mumifizierungen, über angeblich spontane Selbstentzündungen, bis hin zu tödlichen Erfrierungen im Sommer. Die S.M.A. beschlich das Gefühl, dass diese Häufung an seltsamen Vorfällen nur Vorboten für etwas Größeres schienen. Winkelmann übte Druck an allen Ecken und Enden aus, was schließlich zu der Ergreifung eines Weltengängers in Belgien führte. Diese mysteriöse Gruppe, das hatte die belgische S.M.A. sehr schnell in dieser Vernehmung festgestellt, verbarg irgendein Geheimnis. Doch was es war, das blieb im Dunkeln, denn laut Winkelmann zeigte sich die festgenommene Person zu keiner Zeit kooperativ. Als man infolgedessen körperliche Maßnahmen ergriff und den Druck im Verhör deutlich erhöhte, fiel das erste Mal ein Name – Zenodot von Ephesos, sowie der Name einer Stadt – Frankfurt am Main. Und damit kam er, Lobinger, ins Spiel. Winkelmann hatte ihn über das Ergebnis der Vernehmung informiert und den Auftrag erteilt, unter allen Umständen diesen rätselhaften Mann aufzuspüren und dingfest zu machen. Die S.M.A. musste wissen, was hinter diesen Morden steckte. Also war das Erste was Lobinger unternahm, alle ungewöhnlichen Mordfälle mit ungeklärter Todesursache in Frankfurt am Main zu untersuchen. Es dauerte nicht lange, da stieß er bei seinen Recherchen auf mehrere Fälle in den letzten zwei Jahren und jedes Mal war ein gewisser Kommissar Schwarzhoff leitender Untersuchungsbeamter. Sorgfältig durchforstete er die von Schwarzhoff verfassten und eingereichten Berichte nach eventuellen Ungereimtheiten und wurde tatsächlich fündig. Immer wieder schweifte der Polizeibeamte in seinen Angaben von den Fakten ab und erging sich in Spekulationen. Der Leiter der deutschen Sektion der S.M.A. gewann den Eindruck, dass der Kommissar in seinen Ausführungen diese Hypothesen ganz bewusst niedergeschrieben hatte, gerade so als wolle er vom eigentlichen Tatbestand ablenken. Das geschah zwar alles sehr filigran und vorsichtig, aber es veranlasste Lobinger zu der Annahme, dass der Kommissar unter Umständen mehr wusste als er seinen Vorgesetzten gegenüber zugeben wollte. Wenn das allerdings zutreffen sollte, dann wurde Schwarzhoff interessant für die S.M.A., denn mit ihm bot sich vielleicht die Möglichkeit mehr über das Wirken der *anderen Welt* in Frankfurt zu erfahren. Im besten Falle ergab sich, auch wenn der Kommissar ihm selbst nie begegnet war, ein Hinweis auf diesen ominösen Zenodot von Ephesos. Lobinger kontaktierte Ralph Schouten, den Leiter der Frankfurter Kriminalpolizei und somit Vorgesetzten von Schwarzhoff. Von diesem erfuhr er, dass der Kommissar von untadeligem Ruf war, einen guten Job machte, aber auch seine Ecken und Kanten besaß. Wenn Schwarzhoff also tatsächlich mit dem Paralleluniversum in Berührung gekommen war, dann wäre er durchaus ein neuer Kandidat für die Spezialabteilung magischer Aktivitäten. Genau aus diesem Grund schickte Lobinger Fabian Grube, Steve Marnell und Stefan Bauer nach Frankfurt, mit dem Auftrag Schwarzhoff auf den Zahn zu fühlen. Sollten sich seine Vermutungen bestätigen, dann hatten seine Mitarbeiter die Order, dem Kommissar das Angebot einer Versetzung zur S.M.A. zu unterbreiten.

Lobinger schreckte aus seinen Gedanken und schlug mit der flachen Hand verärgert auf die Schreibtischplatte. In der Theorie waren das gute Vorsätze gewesen, doch praktisch hatte sich die Sache nun in eine völlig andere Richtung entwickelt. Schwarzhoff wusste nicht nur über die andere Welt Bescheid, sondern war zudem eingeweiht und hatte direkten Kontakt zu Zenodot von Ephesos. Als wäre das noch nicht genug, versuchte er die andere Seite auch noch zu schützen und verweigerte jede Zusammenarbeit. Zwei Fragen drängen sich Lobinger immer wieder auf: Was veranlasste Schwarzhoff dazu, aber vor allem – warum war sein Vorgesetzter so versessen darauf, diesen Zenodot in die Finger zu bekommen? Bevor er mit seinen Mitarbeitern in Frankfurt telefonierte, hatte sein Chef angerufen. Winkelmann tobte am Telefon und wollte mit aller Macht Ergebnisse sehen. Lobinger hatte gar den Eindruck, dass es Winkelmann ziemlich eilig mit der Ergreifung dieses mysteriösen Mannes hatte. Was unweigerlich zu der Frage führte – wieso? *Wieso* drängte der oberste Leiter der S.M.A. so darauf und warf jegliche Vorsicht und Besonnenheit über Bord? Irgendjemand schien gehörigen Druck auf die S.M.A. auszuüben. Doch wer war dieser jemand? Eines war Lobinger bewusst – es musste eine sehr, sehr mächtige Person oder Organisation im Hintergrund agieren. Die S.M.A. war mit unglaublich weitreichenden Vollmachten ausgestattet und konnte, wenn es sein musste, jegliche Bundesbehörden der einzelnen Länder zurückpfeifen. Außerdem stand Winkelmann in dem Ruf ein eisenharter Knochen zu sein, doch so hatte ihn Lobinger noch nie erlebt. *Was zum Teufel ist da im Gange?* dachte er und ließ sich missmutig in die Lehne seines Bürostuhls fallen.

Fabian Grube und Stefan Bauer fuhren, nachdem das Telefonat mit ihrem Vorgesetzten Karl Lobinger beendet war, die Eschersheimer Landstraße weiter in Richtung Stadtmitte.
»Mann, war der Alte heute schlecht drauf«, meinte Grube nach einer Weile.
»Wahrscheinlich hatte er vorher mit Winkelmann telefoniert.« Dann ließ Bauer ein kehliges Lachen hören. »Und was glaubst du, wenn Lobinger erst erfährt, was hier wirklich läuft.«
»Er wird komplett ausrasten.«
In diesem Moment schlug die Freisprechanlage ein weiteres Mal an.
»Wenn man vom Teufel spricht … es ist Winkelmann«, stöhnte Bauer und drückte am Lenkrad den Annahmeknopf. »Bauer …«
»Tag die Herren. Ich gehe davon aus, dass die Operation planmäßig stattgefunden hat?«, hallte es fragend aus dem Lautsprecher.
»Ja, doch unser eigentliches Ziel, den Aufenthaltsort von diesem Zenodot von Ephesos festzustellen, haben wir leider nicht erreicht. Schwarzhoff hielt sich in dieser Hinsicht äußerst bedeckt und vermied jeglichen Hinweis über einen möglichen Standort«, meinte Bauer betont vorsichtig.
Einen Moment herrschte eine erdrückende Stille, bevor der Anrufer wieder das Wort ergriff. »Berichten Sie!«
Also erzählte Grube die ganze Unternehmung erneut. Er versuchte sich an jedes noch so kleine Detail zu erinnern, denn aus Erfahrung wusste er, dass der oberste Chef der S.M.A. einen messerscharfen Verstand besaß. Umso ausführlicher die Berichterstattung, desto weniger entstanden Rückfragen – was sich wiederum direkt auf

die Gemütsverfassung ihres Befehlshabers auswirkte. Zum Ende gekommen meinte Grube: »Lobinger gab uns zum Schluss die Order Debrien und diese Allington zu überwachen und ihr Leben komplett zu durchleuchten.« Winkelmann hatte sich während der Darstellung der Ereignisse auffallend zurückgehalten, was Bauer als gutes Zeichen wertete.

»So viel Zeit haben wir nicht«, brummte der Leiter. »Schnappt euch Debrien und quetscht ihn aus. Sobald ihr den Jungen in Gewahrsam habt, gebt mir Bescheid und ich komme nach Frankfurt. Und kein Wort zu Lobinger – habe ich mich deutlich ausgedrückt?«

Grube und Bauer sahen sich überrascht an und beide dachten haargenau dasselbe: *Wenn der Chef höchstpersönlich auftauchen würde, dann musste dieser Zenodot unglaublich wichtig sein. War nun die Zeit etwa endlich gekommen?*

Reichsstadt Frankfurt – 1550 a.D.

Hans Winkelsee erwachte in seinem unterirdischen Schlupfwinkel und streckte sich schlaftrunken. Von draußen vernahm er das lärmende Gezwitscher der Vögel, die bereits fröhlich den neuen Tag begrüßten. Müde schälte er sich aus dem Bett und ging zu einer Waschschüssel, die gegenüber seiner Schlafstatt auf einem grobgezimmerten Beistelltisch stand. Noch etwas verträumt griff er nach dem Holzeimer, der unter der Anrichte seinen festen Platz hatte und schüttete einen Schwall Wasser in die Schale. Mit beiden Händen tauchte er hinein, fuhr sich über das Gesicht und spürte schlagartig eine belebende Kühle. Mit geschlossenen Augen tastete er nach einem Stück Tuch und trocknete sich ab. Nach dem er sich angekleidet hatte, frühstückte er einen kleinen Happen und dachte über den nun vor ihm liegenden Tag nach. Er würde zuerst seine Eltern aufsuchen, um ihnen die Wildschweinkeule vorbeizubringen, damit sie diese in den Rauch hängen konnten. Der weitere Weg würde ihn in die Stadt führen, um ein paar von seinen Kostbarkeiten an den Mann, beziehungsweise den Wirt, zu bringen. Vor diesem Hintergrund lief er nachdenklich seine Regale auf und ab, suchte ein paar gut abgehangene Wildstücke aus und wickelte sie sorgfältig in gewachste Tücher. Dann verpackte er die Keule vom Vortag und stopfte alles zusammen in einen großen Sack.

Winkelsee hatte seine Erdbehausung sorgfältig verschlossen, indem er verwittertes Reisig und Laub über den Eingang gestreut hatte. Nun war er unterwegs zu seinen Eltern, mit denen er auf einem kleinen Hof vor den Toren der Stadt Frankfurt lebte. Die wenigen Erträge, die das gepachtete Land abwarf, reichten gerade so für Abgaben und Steuern. Bei den Winkelsees konnte man das alte Sprichwort »*Viel Arbeit, wenig Brot*« in der Tat wörtlich nehmen – und so war ihr Dasein mehr schlecht als recht. Das Schicksal hatte, wenn man es genau betrachtete, Hans Winkelsee gleichsam dazu gezwungen nach anderen Einkommensquellen Ausschau zu halten. Seit er sich dazu entschlossen hatte, und das trotz der drakonischen Strafen, dem Handwerk der Wilderei nachzugehen, verbesserte sich ihr Leben zusehends. Natürlich hatten die Eltern seinen Entschluss nicht gutgeheißen, doch letzten Endes waren sie dankbar für Fleisch und Geld, das die Wilderei jetzt einbrachte. Gedankenverloren trottete er über einen kaum sichtbaren Pfad, der sich beinahe unbemerkt zwischen den Bäumen hindurchschlängelte. Die Stille des Waldes umhüllte Winkelsee wie einen flauschigen Mantel – sie behütete ihn und versprach Sicherheit. Mit Graus dachte er bereits jetzt an die an die engen Gassen der Stadt Frankfurt. Wenn er nur an den Lärm der brüllenden Händler vor ihren Ständen, das Krachen der Fuhrwerke auf dem steinigen Untergrund dachte, stellten sich ihm die Nackenhärchen auf. Er war und blieb ein Kind des Waldes. Lieber saß er zwischen den Bäumen und genoss die wohltuende Ruhe als mit einem Krug Bier zwischen plappernden Menschen in einer Schenke.

Endlich kam das Anwesen der Eltern in Sicht und er sah seine Mutter, wie sie tief gebückt in dem kleinen Gemüsebeet vor dem Haus in der Erde wühlte.

»Na, bist du beim Schnecken sammeln?«, fragte er neckisch, als er sich leise hinter sie geschlichen hatte.

Anna Winkelsee zuckte ängstlich zusammen. »Hans! Beim lieben Herrgott, wie kannst du mich nur so erschrecken? Willst du, dass deine Mutter tot umfällt.«

Mühsam versuchte sie aufzustehen, weshalb er sie am Arm griff und sanft nach oben zog. Dann umarmte er sie und flüsterte: »Du und tot umfallen? Du bist gesund wie eine starke Eiche und wirst uns noch alle überleben. Schön dich wiederzusehen, Mutter.«

Sie entwand sich gespielt theatralisch seiner Umarmung und kicherte: »Du bist und bleibst ein alter Charmeur.« Dann fiel ihr Blick auf den Leinensack, der neben ihrem Sohn auf dem Boden lag. »Du warst erfolgreich?«

Er nickte nur stumm und zwinkerte sie an.

Sie sah sich verstohlen um und raunte verschwörerisch: »Dann lass uns hinein gehen und sehen, was du mitgebracht hast.«

Er verstand die Reaktion seiner Mutter nur allzu gut – überall gab es neidische Menschen, die für ein paar Kupfermünzen jeden an die Obrigkeit denunzierten. Und bei Wilderei lohnte es sich doppelt, denn der Rat stellte Belohnungen, je nach Vergehen, von bis zu zwei Gulden in Aussicht. Er folgte seiner Mutter ins Haus, schloss die Türe und legte den Sack auf die Küchenanrichte. Erwartungsvoll beobachtete Anna wie er langsam den Knoten des dünnen Stricks löste und den Beutel öffnete. »Hier – eine gute Wildschweinkeule für euch. Zwei Monate im Rauch und sie wird sicherlich einen ausgezeichneten Schinken abgeben.«

Seine Mutter nickte anerkennend und schnalzte genussvoll mit der Zunge. »Ich wünschte die zwei Monate wären schon vorbei.«

Er lachte lauthals auf. »Ein wenig Geduld müssen wir schon aufbringen, dafür schmeckt er dann umso besser.«

»War das alles?« fragte sie neugierig.

»Ja, den Rest versuche ich in der Stadt an den Mann zu bringen. Ich benötige neues Salz zum Pökeln, außerdem brauchen wir Mehl und neues Saatgut. Wo ist eigentlich Vater?«

»Wo wird er wohl sein? Auf dem Feld – und arbeitet sich den Rücken krumm, damit die Kirche ihren Zehnten bekommt. Von den Abgaben an die Stadt will ich gar nicht reden«, grollte sie missmutig.

»Dann wollen wir hoffen, dass das, was ich in der Stadt verkaufen will, gutes Geld bringt.«

Sie schaute ihn bitter an. »Hans, aber zu welchem Preis? Und ich meine jetzt nicht die Kupferstücke.«

Natürlich wusste er nur zu gut was sie damit andeutete! »Ich bin vorsichtig, versprochen. Aber ohne das Wildfleisch kommen wir nicht über die Runden.«

»Ich weiß, Hans, ich weiß«, sagte sie leise und die Traurigkeit in ihrer Stimme brach ihm fast das Herz.

Er umarmte sie sanft und flüsterte ihr ins Ohr: »Ich muss jetzt gehen und bitte mach dir keine Sorgen.«

Sie nickte nur stumm und löste sich langsam aus seiner Umarmung. »Pass gut auf dich auf, mein Sohn. Keinem ist geholfen, wenn du unvorsichtig wirst.«

Er trat einen Schritt zurück und während er nach dem Sack griff, meinte er nur lakonisch: »Versprochen!«

Dann schulterte er den Beutel und verließ ohne weitere Worte das Haus, doch deutlich spürte er die besorgten Blicke seiner Mutter im Rücken.

Das Anwesen der Eltern lag am Rande einer kleinen Lichtung – fast genau dort, wo sich zwei Handelswege von und nach Frankfurt trafen. Winkelsee schlug die südliche Straße ein, denn diese führte ihn direkt zu einem kleinen Vorort von Frankfurt, genannt Sachsenhausen. Das Wetter war sonnig und so würde er schnell vorankommen, da die Straße jetzt trocken, und nicht wie bei Regen tief verschlammt, war. Er schätzte den vor ihm liegenden Fußmarsch auf kaum mehr als eine halbe Stunde, vorausgesetzt es ergaben sich keine weiteren Schwierigkeiten. Immer wieder patrouillierten Außenposten der Stadtwachen auf den Handelswegen, um Reisende entweder zu kontrollieren oder aber sicheres Geleit in die Stadt zu geben, wenn man Kenntnis von marodierenden Banden in der Gegend hatte. Außerdem befanden sich mehrere Soldatenlager in der Nähe – die ersten Boten eines heraufziehenden Krieges, was Winkelsee ein heftiges Schauern verursachte. Ein einsamer Wanderer mit einem Sack voll Wildbret, war selbst für Soldaten ein gefundenes Fressen. Was sollte man auch tun, wenn plötzlich eine Horde von altgedienten Frontkämpfern vor einem stand und die Herausgabe der mitgeführten Ware forderte? Nichts! Das Militär, zumindest die untersten Ränge, wurden schlecht bezahlt und so versuchten die Landsknechte, sich mit solchen Gelegenheiten ein Zubrot zu verdienen oder ihre kargen Mahlzeiten aufzubessern. Wer konnte es ihnen verdenken? Und wenn man sich bei der Obrigkeit beschwerte, verlief der Vorgang erfahrungsgemäß im Sand, da die Soldaten sich gegenseitig deckten. Also hoffte Winkelsee auf Gottes Gnaden und betete, dass er niemanden auf seinem Weg begegnen würde und wenn doch, dass er rechtzeitig am Straßenrand in Deckung gehen konnte. Schnellen Schrittes zog er los und während er die Straße entlanglief, stellte er erneut fest, dass ihn ein ständiges Gefühl des Unbehagens begleitete. Dieses Empfinden hatte er auf seinen Schleichwegen im Wald nie, was wohl daran lag, dass er sich im Schutz der Bäume deutlich sicherer fühlte. Sein Weg führte ihn über freie Flächen, die als Ackerland genutzt wurden und bei vielen Feldern trieben die ersten Sprösslinge bereits aus. Er freute sich im Stillen, dass das Korn noch nicht allzu hochstand, denn somit konnte er mögliche Bedrohungen bereits von weitem erkennen. Als er eine kleine Anhöhe passiert hatte, tauchte in der Ferne die Silhouette eines großen Turms auf. Winkelsee dankte dem Herrgott für sein Einsehen, denn nun hatte er sein Ziel vor Augen – Sachsenhausen. Der Turm war der südliche Eingang und beherbergte eine große Pforte, die den seltsamen Namen *Affentor* trug. In früheren Zeiten hieß es wohl *Ave Tor*, denn dort hatte man den Reisenden ein letztes *Ave-Maria* mit auf den Weg gegeben. Durch die Frankfurter Mundart wurde irgendwann aus dem *Ave* mehr und mehr ein ausgeschliffenes *Avve* bis es schließlich Affe hieß, wodurch das Tor seinen heutigen Namen erhielt. So zumindest hatte es Hans Winkelsee bei einem seiner spärlichen Besuche in den Frankfurter Schenken aufgeschnappt. Ohne weitere Vorkommnisse erreichte er die großen Holztore des Eingangs und zwei Stadtwachen stellten sich ihm dienstbeflissen in den Weg.

»He da, wohin des Weges?«, rief ihm der rechte Wachtposten entgegen.

Er hielt an und deutete eine leichte Verbeugung an. »Hans Winkelsee mein Name. Unser Hof liegt eine halbe Wegstunde entfernt von hier.«

Der linke Mann wiegelte sofort ab und fragte argwöhnisch: »Was hast du in dem Sack?«

»Gepökeltes Schweinefleisch. Wir haben eine Sau geschlachtet und ich möchte mehrere Stücke in der Stadt verkaufen.«

Der Wächter winkte ihn heran und schnarrte: »Mach auf und lass sehen.«

Wortlos nahm Winkelsee den Beutel von der Schulter, löste den Strick und zog das Leinen auseinander, damit der Wächter hineinsehen konnte.

»Alles klar – er kann passieren«, rief dieser dem anderen Wachtposten zu, der darauf hin zur Seite trat.

Gottseidank können diese Anfänger Wildfleisch nicht von normalem Fleisch unterscheiden, dachte Winkelsee erleichtert.

Die Wache, die den Sack untersucht hatte, brummte ihn missmutig an: »Willkommen in Sachsenhausen und Frankfurt. Aber ich warne dich, Hans Winkelsee – wir sind freundliche Menschen, wenn du aber Böses im Schilde führst, dann wird dich unsere ganze Härte treffen.«

»Natürlich Herr und danke«, meinte der Wilderer unterwürfig, während er sein Bündel wieder verschnürte.

»Ich will´s nur nochmal gesagt haben. Und jetzt troll dich.«

Schnell eilte Winkelsee durch die Pforte, froh die beiden Posten hinter sich zu lassen. Er wandte sich Richtung Brückenstraße, denn diese würde ihn direkt zum Main führen. Über den großen Fluss spannte sich majestätisch eine sagenhafte Steinbrücke. Die *Alte Brücke* – so wurde sie von den Bürgern genannt, verband Sachsenhausen mit der eigentlichen Reichsstadt Frankfurt. Während Winkelsee durch die Sachsenhäuser Gassen schlenderte, hoffe er auf gute Geschäfte und überlegte welchem Wirt man das Fleisch zuerst anbieten sollte. Er entschied, es zuerst auf der Frankfurter Seite zu probieren. Die meisten der wohlhabenden Bürger pflegten ohnehin in den Wirtshäusern rund um das Rathaus, genannt Römer, zu speisen. Entsprechend teuer waren in diesem Viertel auch die Preise. Das bedeutete im Umkehrschluss, dass seine Chancen für einen lukrativen Handel gutstanden. Er würde sein Wild zu einem besseren Preis als auf dem Markt verkaufen können. Der Wirt hingegen sparte immer noch und hatte somit eine größere Gewinnspanne.

In der Vergangenheit hatte er am Römer seine Ware ein ums andere Mal für gutes Geld verkauft, weshalb er mehrere Köche bereits kannte. Dieser Umstand sollte die bevorstehenden Verhandlungen sicherlich vereinfachen – zumindest hoffte er das. Endlich tauchte auch der erste Brückenturm vor ihm auf, doch was er jetzt zu Gesicht bekam, ängstigte ihn fast schon. Eine lange Schlange von wartenden Menschen stand vor dem Tor und wollte über die Alte Brücke nach Frankfurt. Er beobachtete Händler jeglicher Art, darunter viele mit Fuhrwerken, wie sie lautstark mit der Stadtwache diskutierten. Höher gestellte Edelleute, die zuerst vorgelassen werden wollten und sich deshalb auf ihren Stand beriefen. Dienstmägde mit Einkaufskörben, Knechte mit schweren Rucksäcken und Handkarren, sowie Reisende zu Pferd oder zu Fuß. Alles in allem hatte sich ein wirres Knäuel vor dem Übergang gebildet und jeder brachte lautstark ein dringliches Anliegen vor, in der Hoffnung die Wache ließ ihn zuerst über die Brücke. Winkelsee stöhnte leise auf. Das war einer der Gründe, warum er die Stadt nicht mochte und sich schon jetzt wieder nach seinem Wald sehnte. Missmutig lief er auf die Menschenansammlung zu und hoffte, dass die Wachtposten die Leute möglichst zügig abfertigten. Doch es blieb ein hehrer Wunsch, denn die Soldaten nahmen es sehr genau und überprüften jeden Einzelnen akribisch. Er war nun schon öfters über die Alte Brücke nach Frankfurt gekommen, doch noch nie hatte er die Stadtwache so streng kontrollieren sehen – es musste irgendetwas vorgefallen sein. Er wartete also geduldig in der Schlange bis er, nach fast einer Stunde, endlich an der Reihe war.

»Ich wünsche einen guten Tag. Ist in Frankfurt etwas vorgefallen, da Ihr die Leute so genau kontrolliert?«, fragte er die Wache höflich, als diese auf ihn zukam.

Der Posten brummte etwas Unverständliches und machte eine Kopfbewegung in Richtung der Wachstube, die sich auf der rechten Seite des Brückenturms befand.

Die Türe zu den Räumlichkeiten der Wache stand weit offen und im Inneren erspähte Winkelsee hektische Betriebsamkeit. Ein hoher Offizier führte gerade eine unangemeldete Inspektion der Wachmannschaft, sowie eine Kontrolle der Zollbücher durch. Wild gestikulierend diskutierte der Offizier mit einem der Wachhabenden, der mit besorgter Miene versuchte, sich zu erklären.

Jetzt wurde ihm auch klar, warum die Posten an der Brücke so dienstbeflissen kontrollierten. »Ich verstehe ...«, flüsterte er dem Soldaten zu. »Immer das Gleiche mit den hohen Herren. Sitzen den lieben langen Tag an ihrem Schreibtisch, aber wenn sie ihre Stube einmal verlassen, dann halten sie den ganzen Laden auf.«

»Wohl gesprochen der Herr!«, schnarrte der Mann schlecht gelaunt. »Das geht nun schon seit zwei Stunden so. Nicht mehr lange und die Leute gehen uns an die Gurgel.« Dann musterte er Winkelsee skeptisch von oben bis unten. »Und Euer Anliegen in der Stadt wäre?«

Ohne zu Fragen öffnete Winkelsee seinen Sack und schob ihn vor die Wache, damit diese hineinsehen konnte. »Gepökeltes Schweinefleisch – für den Verkauf auf dem Markt.«

Der Mann zog die Augenbraue nach oben. »Ist das nicht ein bisschen dunkel für Schweinefleisch? Sieht mir eher nach Wildbret aus!«

Schlagartig wurde dem Wilderer eiskalt und nur mühsam hielt er seinen Körper unter Kontrolle. Er hoffte inständig, dass die Wache sein leichtes Zittern in der Stimme nicht bemerken würde und antwortete in einem möglichst ruhigen Tonfall: »Das Fleisch ist gut abgehangen und da es zudem lange gepökelt wurde, nimmt es mit der Zeit eine dunklere Färbung an. Es wird sehr zart und ist jetzt von allerbester Qualität. Genau richtig für die Gaumen der hohen Herren, weshalb ich hoffentlich einen hohen Preis erzielen kann.« Mit klopfendem Herzen wartete er auf eine Reaktion seines Gegenübers und stellte freudig fest, dass anscheinend die richtigen Worte gesprochen wurden.

Der Wachtposten machte eine kaum sichtbare, leicht obszöne Geste und zischte aufgebracht, »Pah, erst stehlen sie uns die Zeit, um dann noch allerbestes Fleisch vorgesetzt zu bekommen, dass sich unsereins nicht mal an den hohen Feiertagen leisten kann.«

»Ich weiß, aber bitte macht mich nicht dafür verantwortlich. Es bedarf viel Mühe und Aufwand, um gutes Fleisch zu liefern. Die Sau, die fressen will, das teure Salz, die lange Zeit des Reifens. Ich bin froh, dass es die Oberen essen, denn so kann ich meine Familie ernähren.«

»Ja, ja schon gut, jeder schlägt sich durch so gut er kann. Also dann, ich wünsche Euch gute Geschäfte und denkt daran – bis

Sonnenuntergang müsst ihr die Stadt verlassen haben, denn dann schließen die Tore bis zum nächsten Morgen«, meinte die Wache in versöhnlichem Ton und Winkelsee fiel augenblicklich ein riesiger Mühlstein vom Herzen.

»Habt Dank und ich wünsche Euch, dass der Offizier baldmöglichst von dannen zieht.«

»Euer Wort in Gottes Ohr«, raunte ihm der Posten leise zu, dann hob er seinen Kopf und brüllte: »Los jetzt, der Nächste! Ja genau, Ihr da mit dem Handkarren. Und etwas schneller, wenn es geht.«

Winkelsee betrat unterdessen erleichtert die Brücke über den Main. Sofort wurde es ein wenig kühler, denn eine schwache Brise, die einen leichten Geruch von Fisch und Algen mit sich führte, wehte über die steinerne Brüstung des Übergangs. Er blieb stehen, trat an den Rand und blickte gedankenverloren über den Main. Mehrere kleine Handelsschiffe machten gerade an der Kaimauer fest, während ein riesiges Floss, auf dem sich unzählige Kisten und Tonnen stapelten, gemächlich unter ihm vorbeizog. Eine Art Fernweh machte sich in ihm breit, während er darüber nachdachte, welch wundersame Orte diese Seeleute wohl schon gesehen haben mochten. Doch plötzlich riss ihn Glockengeläut aus seinen Träumen – die Domglocken schlugen die Mittagszeit an und mahnten ihn lautstark zum Aufbruch. Mit einem leisen Stoßseufzer schulterte er seinen Sack und eilte der Frankfurter Seite entgegen. Als er den Frankfurter Brückenturm erreichte, ließen ihn die Wachleute ohne weitere Kontrollen durch, denn wer von der anderen Seite kam war schon überprüft worden. Er passierte das wuchtige Tor und betrat schlagartig eine andere Welt. Rechts und links des Brückenturms hatten Händler ihre Stände aufgeschlagen und boten unter viel Geschrei ihre Waren feil. Reisende, die Frankfurt verlassen wollten, deckten sich hier mit den letzten Nahrungsmitteln, Erinnerungsstücken oder sonstigen nützlichen Utensilien ein. Die, die in die Stadt kamen und eine lange Reise hinter sich hatten, brachten Hunger und Durst mit. Winkelsee erblickte Stände jeglicher Art: Bäcker, Sattler, Schuster, Fischverkäufer, Fassbinder, Stoffhändler, Salzhändler. Ja sogar ein Priester war vor Ort, um den Reisenden seinen Segen mit auf den Weg zu geben – natürlich nur, wenn man ein entsprechendes Scherflein in einer kleinen Opferschatulle hinterließ.

Schon nach wenigen Augenblicken dröhnten ihm die Ohren und er suchte das Weite. Es war ihm unverständlich, wie man dieses Getöse den ganzen Tag auszuhalten vermochte. Schnellen Schrittes eilte er die Fahrgasse hinunter. Diese Straße war einer der Hauptwege nach Frankfurt hinein und führte direkt zur Bornheimer Pforte, die auf der anderen Seite der Stadt lag. Aus diesem Grund nutzten entsprechend viele Menschen die Fahrgasse, was etliche Schenken, Herbergen und so manche Geschäfte an diesen Ort gelockt hatte. Doch sein eigentliches Ziel war natürlich nicht das Tor zu Bornheim, sondern der Samstagsberg. An diesem großen Platz befand sich der Sitz des Stadtrates, kurz Römer genannt. So mancher Kaiser oder König war hier schon gekrönt worden, denn es führte eine lange Gasse vom Römer direkt zum Frankfurter Dom – der so genannte Krönungsweg. Der sakrale Prachtbau ragte nun majestätisch vor ihm in den Himmel und wirkte wie ein stilles Mahnmal, das die Menschen dazu aufforderte, Gott und Kirche zu ehren. Als er an den Seitenschiffen des Doms vorbeilief, wurde ihm erneut bewusst, wie riesig dieser Kirchenbau eigentlich war. Er kam sich klein und unbedeutend vor, was vermutlich auch die Absicht hinter der Errichtung solch großer Bauwerke gewesen sein mochte. Er ließ den Dom hinter sich und ging nun auf dem Krönungsweg in Richtung Römer. Jetzt galt es, die richtige Herberge oder Schenke zu finden, damit er sein Fleisch verkaufen konnte. Auf dem Samstagsplatz stand ein weiteres, jedoch viel kleineres Gotteshaus – die Nikolaikirche und direkt daneben befand sich der *Schwarze Stern*, ein Gasthaus, das auch Zimmer vermietete. Hier würde Winkelsee es zuerst probieren, denn er kannte den Koch und hatte in der Vergangenheit schon manches Geschäft mit Albrecht Tannenspiel verhandelt. Endlich hatte er den Römer erreicht und verzog missmutig das Gesicht, denn auch hier hatten Händler ihre Stände aufgebaut. Entsprechend viele Menschen bevölkerten den großen Platz, was unschwer an dem lauten Stimmengewirr zu erkennen war. Er wandte sich nach links und drückte sich an die Häuserwände, da er den Weg durch die Enge des Marktes unbedingt vermeiden wollte. Als er schließlich vor dem Eingang des Schwarzen Sterns stand, atmete er erleichtert durch. In Gedanken freute er sich schon darauf, der Stadt endlich wieder den Rücken zu kehren und die Stille des Waldes zu genießen. Natürlich würde er den Gasthof nicht durch den Vordereingang betreten, sondern das Gebäude erst umrunden. Auf der Rückseite befand sich üblicherweise der Eintritt für das Gesinde und die Händler, denn so wurden die Gäste im vorderen Bereich nicht gestört oder gar belästigt. Als er die kleine Türe erreichte, klopfte er drei Mal an.

Wenige Augenblicke später öffnete ein junges Mädchen den Eingang und musterte ihn argwöhnisch. »Ja? Ihr wünscht?«

»Einen schönen Tag, gute Frau. Ich wünsche den Herrn Tannenspiel zu sprechen«, sagte er freundlich.

Sie verzog ärgerlich das Gesicht und meinte mürrisch: »Es ist Mittagszeit! Wie Ihr unschwer erraten werdet, ist der Gastraum voll und die Küche hat viel zu tun. Kommt später wieder.«

Schon wollte sie die Türe wieder schließen, doch Winkelsee stellte einen Fuß in den Rahmen. »Bitte, ich komme von weit außerhalb der Stadt. Ich habe ausgezeichnetes Fleisch für den Koch dabei. Tannenspiel kennt mich, denn schon mehrmals hat er Ware von mir erworben. Es dauert auch nicht lange. Richtet ihm einen Gruß von Hans Winkelsee aus«, meinte er und setzte dabei eine äußerst mitleiderregende Miene auf.

Sie seufzte theatralisch auf. »Gut, wartet einen Moment – ich frage den Koch, ob er einen Moment erübrigen kann. Doch wenn er keine Zeit hat, dann müsst Ihr gehen. Versprecht Ihr mir das?«

Er verbeugte sich leicht und zog seinen Fuß aus dem Türrahmen. »Ja, natürlich. Verbindlichsten Dank, gute Frau.«

Sie schloss den Eingang mit einem kurzen Nicken. Winkelsee hoffte, dass Tannenspiel einen Augenblick Zeit hatte, dann er hatte keine Lust weitere Gaststuben abzuklappen und damit noch länger in der Stadt zu verweilen als nötig.

Zu seiner Erleichterung wurde nach wenigen Momenten, die Türe erneut geöffnet. Doch statt der jungen Frau füllte nun ein schwergewichtiger Mann mittleren Alters den Türrahmen aus. Er trug ein, mit vielen Fettflecken, beschmutztes Leinenhemd, dass gerade so seinen dicken Bauch bedeckte. Die weite Hose wurde von einem dunklen Hanfseil gehalten – daran hing eine Tasche mit verschiedenen Messern und ein Stofflappen, der sicherlich schon seit Jahren keine Seifenlauge mehr gesehen hatte.

Ein breites Grinsen erschien auf dem Gesicht von Albrecht Tannenspiel. »Winkelsee, alter Wilderer! Ich habe gehört, dass du gutes Fleisch für mich hast«, dröhnte er lachend und lautstark.

Winkelsee zuckte erschrocken zusammen und blickte sich entsetzt um, ob irgendjemand die Begrüßung des Kochs gehört hatte. »Himmel Meister Tannenspiel, könntet Ihr es noch lauter in die Welt hinausposaunen.«

Der Koch winkte belustigt ab. »Regt Euch doch nicht auf. Schaut Euch um – es ist niemand hier und die Gehilfen sind alle in der Küche. Also beruhigt Euch wieder!«

Winkelsee vergewisserte sich nochmals, dass keiner in der Nähe war und öffnete seinen Sack. Er holte ein Stück Wild hervor und reichte es Tannenspiel zur Begutachtung. »Es ist gut abgehangen, lange gepökelt und wie Ihr sicherlich gleich bemerkt habt, satt mit Fett durchzogen.«

»Wildschwein also«, meinte der Koch und musterte den Wilderer skeptisch. »Was habt Ihr noch?«

»Nur Wildschwein – Schulter, Filet und Bauch«, gab Winkelsee zur Antwort, wobei sich ein flaues Gefühl im Magen einstellte, denn Tannenspiel hatte seine letzte Frage mit einem gewissen Unterton gestellt.

»Gut ich nehme es. Wie viel?«

Erleichtert atmete Winkelsee innerlich auf. »Fünfunddreißig Heller.«

»Dreißig und keinen Heller mehr!«, brummte der Koch.

»Gut, dann Zweiunddreißig. Das ist mein letztes Wort und bedenkt – das ist immer noch weit unter dem Preis der Markthändler«, gab er zur Antwort und streckte Tannenspiel die Hand entgegen.

»Ja, ja schon gut. Abgemacht«, meinte Tannenspiel grinsend, doch statt einzuschlagen, verbarg er seine Hand hinter dem Rücken. »Und wisst Ihr was – ich gebe Euch die geforderten fünfunddreißig Heller, plus einer weiteren Summe, denn ich benötigte Eure Hilfe in einer anderen Sache. Sagt Ihr ja, soll es Euer Schaden nicht sein.«

Winkelsees Magengrummeln verstärkte sich schlagartig. »Hilfe bei was?«, fragte er zögerlich.

»Übermorgen hat sich eine Gesellschaft hochstehender Bürger zu Speis und Trank angekündigt. Sie wünschen sich Reh – Keule und Rücken. Schwer zu bekommen dieser Tage«, meinte der Koch in einem völlig belanglosen Ton, doch seine Augen funkelten Winkelsee nervös an.

Der Wilderer blickte sein Gegenüber entgeistert an. »Seid Ihr von Sinnen? Sämtliche Rehe in den Wäldern gehören dem König. Eine Sau wildern ist eine Sache, aber Rotwild zu erlegen, und noch dazu in der Schonzeit, etwas ganz anderes – erwischen sie mich, droht unweigerlich die Todesstrafe.«

Tannenspiel zuckte mit den Schultern. »Zwei Schillinge, Winkelsee! Gutes Geld für etwas Arbeit – so viel verdient Ihr im ganzen Jahr nicht.«

Winkelsee glaubte sich verhört zu haben. »Kein Mensch zahlt so viel für ein Reh, zumal Ihr sicherlich auch noch daran verdienen möchtet. Wer hat sich bei Euch angemeldet? Der Schultheis oder gar der König selbst?«

»Lasst das nur meine Sorge sein. Also wie steht es?«, brummte es zurück.

Winkelsees Gedanken rasten – zwei Schillinge, das wären vierhundertzweiunddreißig Heller! Fürwahr ein fürstlicher Lohn, doch das Risiko war mehr als hoch. Zumal er übermorgen schon liefern müsste.

Albrecht Tannenspiel beobachtete das Minenspiel seines Gegenübers und sagte dann in einem scharfen Ton: »Eines muss ich noch hinzufügen: Wenn Ihr annehmt, seid Ihr mir verpflichtet. Solltet Ihr also das Wild nicht bis übermorgen liefern, dann werde ich dafür Sorge tragen, dass Ihr zukünftig in Frankfurt kein ein einziges Stück Fleisch an den Mann bringen werdet. Außerdem – wer weiß schon, was dann der Obrigkeit in Sachen Wilderei so zugetragen wird.«

»Ihr droht mir?«, zischte Winkelsee ungehalten.

»Nein, ich mache Euch nur auf die Konsequenzen aufmerksam, denn auch mein Kopf steht im Kreuzfeuer, wenn Ihr die Abmachung nicht erfüllt. Wir hätten also beide etwas zu verlieren. Und? Bekomme ich nun eine Antwort?«

Das Bauchgefühl des Wilderers hatte sich längst entschieden, denn die Summe war einfach zu verlockend. Sein Verstand hingegen schrie förmlich ein *Nein* in die Welt. Sein Körper straffte sich mit einem Ruck. »Der Handel gilt!«

Jetzt streckte ihm Tannenspiel seine Hand hingegen. »Guter Mann, ich wusste, dass ich mich auf Euch verlassen kann.«

Sie schüttelten sich die Hände. Dann überreichte der Koch Winkelsee die fünfunddreißig Heller und drückte seinen Zeigefinger auf die Brust des Wilderers. »Ihr solltet spätestens übermorgen, und das vor der Mittagsstunde, wieder hier sein!«

»Ihr sagtet es bereits, Meister Tannenspiel.«

»So wünsche ich Euch eine gute Jagd«, meinte der Koch und verschwand ohne weitere Worte im Inneren des Hauses.

Die Tür fiel mit einem leisen Knirschen ins Schloss. Zurück blieb ein zutiefst beunruhigter Hans Winkelsee, der sich nun allen Ernstes fragte, was ihn da gerade geritten hatte in diesen Handel einzuschlagen. Er schalt sich innerlich einen Dummkopf, doch jetzt gab es kein Zurück mehr. Geistesabwesend trat er den Rückweg an. Er lief erneut um die Gaststätte und kam vor dem Hauteingang zu Stehen. Mit einem letzten skeptischen Blick begutachtete er das Gebäude, stieß einen kleinen Seufzer aus und wandte sich endgültig zum Gehen. Auf die Menschenmasse am Samstagsberg verspürte er nicht die geringste Lust, weshalb er sich suchend nach einem anderen Weg umsah. Er entdeckte eine schmale Gasse. Ein halbverwittertes Schild wies auf den Namen des kleinen Durchgangs hin – *Seilergässchen*. Sie lag eingezwängt zwischen zwei Häuserzeilen und führte anscheinend parallel zum Samstagsberg in Richtung Dom. Als er die Gasse betrat, empfing ihn eine drückende Düsternis, denn die Häuser standen so eng, dass die Sonne den Boden nicht erreichte. Der Straßenlärm verebbte langsam und eine unnatürliche Stille senkte sich über den eigenartigen Ort. Unwillkürlich ergriff ein beklemmendes Gefühl Besitz von ihm und wieder fragte sich Winkelsee, ob es eine gute Idee gewesen war, genau diesen Weg einzuschlagen. Wer wusste schon, was sich für Gesindel in dieser dunklen Ecke herumtreiben mochte? Bedachtsam und mit Vorsicht lief er weiter, während seine Augen angestrengt das Halbdunkel absuchten. Plötzlich vernahm er ein Geräusch – ein leises Schleifen, gefolgt von einem rhythmischen Pochen. Mit klopfendem Herzen blieb er stehen und suchte nach der Ursache für die merkwürdigen Töne. Das Pochen kam näher und er verfluchte sich, in diese Gasse gelaufen zu sein. Kein Mensch würde ihn hören, wenn er einem Verbrechen zum Opfer fiel. Langsam schälte sich ein Umriss aus der Dunkelheit und Winkelsee glaubte eine gramgebeugte Gestalt zu erkennen. Sein Körper entspannte sich, als er feststellte, dass es sich tatsächlich um einen alten Mann handelte. Er trug eine schäbige Kutte, die Kapuze tief ins Gesicht gezogen und stützte sich mit einem großen Stab. Bei jedem Aufsetzen des Stocks ertönte ein leises Klopfen, was das seltsame Geräusch verursachte. Jetzt hatte die Gestalt anscheinend auch ihn bemerkt, denn sie stoppte mitten in der Bewegung. Eine krächzende Stimme erhob sich: »Falls Ihr mich ausrauben wollt, ist das vergebene Liebesmüh – ich besitze nur die Kleider, die ich am Leib trage.«

Winkelsee atmete auf. »Niemand will Euch schaden, alter Mann. Ich bin nur ein Reisender der Stadt verlassen will«, rief er hinüber.

Ein heißeres Lachen erfüllte die Gasse. »So, so – und doch will er nicht gesehen werden, warum sonst läuft er durch diesen dunklen Ort?«

»Dasselbe könnte ich Euch fragen«, antwortete er.

»Recht gesprochen. Also treffen sich hier zwei Reisende, die Geheimnisse mit sich führen. Kommt näher damit ich Euch sehen kann«, forderte die Stimme ihn auf.

Er lief dem alten Mann entgegen, bis er vor ihm zum Stehen kam. Langsam hob dieser seinen Kopf und Winkelsee erkannte ein vom Alter gezeichnetes Gesicht mit vielen Furchen und Falten. Nur die obere Gesichtshälfte lag im Schatten der Kapuze, so dass er keine Augen erkennen konnte. Dennoch war es offensichtlich, dass der Alte ihn neugierig musterte.

»Nun, so stehen wir hier. Zwei rätselhafte Fremde, die sich in einer dunklen Gasse begegnen. Was also fangen wir mit dieser Begegnung an?«, kicherte der Alte.

Winkelsee blickte ihn erstaunt an. »Was wir damit anfangen sollten? Nichts! Wir wünschen uns einen guten Tag und jeder zieht anschließend seiner Wege.«

Ein Nicken erfolgte. »So wollen wir es halten – doch vorher zeigt mir Eure Hand.«

»Meine Hand?«, fragte er völlig überrascht.

»Ja, ja – nun gebt sie mir schon.«

Der Wilderer streckte ihm die Hand entgegen. Der Alte nahm sie, drehte die Handfläche nach oben und studierte sie lange.

»Seid Ihr ein Wahrsager oder Seher?«, platzte es aus Winkelsee heraus. Er versuchte instinktiv die Hand wegzuziehen, doch der

Alte hielt sie wie ein Schraubstock fest – mit einer Kraft, die man ihm gar nicht zugetraut hätte.

Nach einer gefühlten Ewigkeit ließ die seltsame Gestalt endlich seine Hand los und blickte ihn durchdringend an. Dann sagte der Alte betont langsam und mit fester Stimme: »Was nützt der einem beste Handel, wenn es das Vortrefflichste kostet, dass man besitzt?«

Irritiert zog Winkelsee die Hand weg. »Was sollte ich an Wertvollem schon besitzen? Nichts!«

»Dein Leben, du Narr, dein Leben«, kicherte die seltsame Figur und drückte sich ohne weitere Worte der Verabschiedung oder Erklärung an ihm vorbei und verschwand in der Dunkelheit.

Winkelsees Gedanken überschlugen sich. *Wie konnte der Mann von seiner Abmachung mit dem Koch des Schwarzen Sterns wissen? Oder war es nur eine hohle Phrase gewesen, die einfach in die Welt gesprochen wurde?* Er drehte sich um und rief fragend in die Düsternis: »Wer seid Ihr?«

»Nur ein alter Mann. Aber keine Angst, wir sehen uns wieder«, hallte es zurück, während das Pochen des Stabes mehr und mehr abebbte.

Was für ein seltsamer Tag und welch merkwürdige Begegnung, dachte der Wilderer sichtlich aufgewühlt und setzte nachdenklich seinen Weg fort.

Daniel Debrien

Als wir die Skype-Konferenz mit Alli beendet hatten, entschuldigte sich Garm Grünblatt, um die Kobolde zu informieren. Zenodot ermahnte ihn ausdrücklich, nur die aktuellen Fakten zu nennen, um nicht zusätzlich Öl ins Feuer zu gießen. Garm verzog für einen kurzen Moment das Gesicht, nickte aber nur. Er wusste genau, dass der Bibliothekar recht hatte, denn wenn Tarek und seine Jungs ein mögliches Abenteuer auch nur von weitem rochen, dann war es mit

Ruhe und Vorsicht vorbei. Als der Wortführer der Waldkobolde das Arbeitszimmer verlassen hatte, ließ sich Zenodot nachdenklich in den Stuhl zurückfallen. »Erschreckende Neuigkeiten! Wirklich erschreckend!«

Ich schluckte schwer, denn ich hatte ja ebenfalls noch Informationen, die dem Bibliothekar ebenso wenig gefallen würden. Das Gespräch mit Julian über diese mysteriöse magische Abteilung S.M.A. hatte ich bewusst nicht vor Alli angeschnitten, da ich mit Zenodot erst unter vier Augen sprechen wollte. Da Alli in Amesbury lebte, betraf sie dieser Umstand derzeit nicht unmittelbar und sicherlich hatte sie, aufgrund der aktuellen Vorfälle in Stonehenge, genug um die Ohren.

»Da hast du allerdings Recht, Zenodot, doch es sind leider nicht die einzigen Neuigkeiten, die uns zu schaffen machen werden«, begann ich deshalb vorsichtig.

Beiden Augenbrauen in Zenodots Gesicht verbanden sich schlagartig zu einer durchgehenden Linie. »Was ist noch passiert?«, fragte er skeptisch.

»Ich hatte heute Besuch von Julian und was er mir erzählt hat, wirst du nicht glauben«, sagte ich bedrückt und schilderte ihm ausführlich was mir der Kommissar berichtet hatte.

Als ich fertig war, reagierte Zenodot einmal mehr völlig anders, als ich es vermutet hätte. »Na ja, es war irgendwann zu erwarten, dass sie auf die *andere Welt* aufmerksam werden. Wir haben die letzten zwei Jahre ziemlich viel Staub aufgewirbelt.«

Ich blickte ihn perplex an. »Und das ist alles was du dazu zu sagen hast? Dir ist schon klar, dass diese geheimnisvolle Abteilung anscheinend hinter dir her ist? Und ihre Absichten nachdem *Warum* liegen völlig im Dunkeln.«

Jetzt hob er den Finger und meinte ernst: »Das was mich viel mehr beunruhigt, ist deren Aussage, dass es in den letzten Jahren zu vielen Angriffen gekommen ist und vermutlich genau deswegen diese S.M.A. gegründet wurde. Irgendetwas geschieht im Hintergrund, von dem wir nichts wissen – und das, Daniel, hat keineswegs etwas mit den Menschen zu tun. Diese Vorfälle kommen aus unserer Welt und verständlicherweise reagieren nun die Behörden darauf. Wer oder was lässt also die schwarzmagischen Wesen von der Leine? Das ist die entscheidende Frage! Und ich bin mir ziemlich sicher, dass der Grund dafür unser eingekerkerter Dämon unter Stonehenge ist. Alle Vorfälle, jedenfalls von denen wir Kenntnis haben, hatten letztendlich damit zu tun, diesen Unhold zu befreien.«

»Du meinst also, dass Nicolas Vigoris und auch Seschmet nur Handlanger einer weit höhergestellten Person gewesen sind? Die beiden waren unglaublich mächtig und wir haben sie nur unter größten Mühen in die Schranken weisen können. Wenn du Recht haben solltest, wie mächtig muss dann erst dieser Jemand im Hintergrund sein? Könnte es gar der Dämon selbst sein, der aus seinem Gefängnis heraus agiert?«, schlussfolgerte ich mit einem dicken Kloß im Hals.

»Mit dem ersten Teil fürchte ich, dass du richtig liegst. Der zweite Teil, dass es der Dämon selbst sein könnte, klingt zwar logisch, ist aber höchst unwahrscheinlich. Nein, der Kerker ist sicher ...« Jedoch hörte ich bei seinen letzten Worten wenig Optimismus heraus und wurde in meiner Annahme sofort bestätigt, denn er setzte leise seinem letzten Satz hinzu: »... zumindest jetzt noch.«

Ich schüttelte niedergeschlagen den Kopf. »Was können – was sollen wir tun? Momentan stochern wir nur im Nebel. Es gibt keine festen Anhaltspunkte, wir wissen nur, dass ein anscheinend sehr mächtiger Gegner aus dem Schatten heraus agiert und eine Behörde deinen Kopf will«

Der Bibliothekar nickte nachdenklich. »In der Tat, wir müssen uns etwas überlegen. Lass mich jetzt bitte allein, ich möchte in Ruhe über die aktuellen Ereignisse nachdenken. Wir reden später weiter.«

Das war nun wieder ein typischer Zenodot – immer dann, wenn einem brennende Fragen auf den Lippen lagen, zog er sich zurück. All die Jahre, die ich den Alten nun kannte, hatten mich aber eines gelehrt – *weiteres Nachbohren zwecklos, Füße stillhalten und warten.*

»Gut, dann mache ich mich jetzt vom Acker.«

Verwirrt hob er den Kopf. »Von welchem Acker?«

Ich lachte schallend auf. »Vergiss es Zenodot – das war nur eine Redewendung. Ich gehe jetzt nach Hause und versuche noch einmal Julian zu erreichen. Er sollte wissen was in Stonehenge vorgefallen ist.«

»Wie? Äh, ja, ja mach das ...«, kam es undeutlich vom Herrn

der Bücher, womit sofort klar war, dass er mit seinem Gedanken bereits ganz woanders war.

Ich ersparte mir weitere Kommentare und verließ über die blauschimmernde Kristalltreppe die Tiefenschmiede. Als ich aus der kleinen Grotte ins Freie trat empfing mich tiefe Dunkelheit. Erstaunt blickte ich auf die Uhr und stellte fest, dass es bereits nach zweiundzwanzig Uhr war. Mein Besuch hatte, wie mittlerweile schon fast üblich, länger gedauert als gedacht. Ein Geräusch in der Nähe ließ mich aufhorchen, doch der Verursacher war schnell gefunden – er entpuppte sich als Tarek Tollkirsche. Wie ein schleierhafter Schemen tauchte er aus dem Dunkel der Nacht auf und kam grinsend auf mich zu.

»Hallo Daniel. Du bist schon am Gehen?«, fragte er mit unschuldiger Miene.

Ich schmunzelte in mich hinein, denn ich kannte Tarek gut genug, um zu wissen, dass er natürlich nicht rein zufällig hier draußen war. Also spielte ich mit. »Hey Tarek. Ja, ich wollte gerade nach Hause. Was für ein Zufall, dass du auch gerade im Garten bist.«

Erstaunt legte der kleine Kobold den Kopf schief und musterte mich argwöhnisch.

»Was ist? Habe ich irgendetwas an mir?«

Er verzog das Gesicht zu einer Grimasse. »Was soll das? Natürlich weißt du, dass ich auf dich gewartet habe!«

Ich lachte auf. »Alles andere hätte mich auch gewundert. Also was willst du wissen. Du brennst doch schon vor Neugier. Das, was euch Garm berichtete, hat dir nicht ausgereicht – oder täusche ich mich etwa?«

Er senkte den Kopf und fuhr mit einem Fuß im Kies hin und her. »Nun ja, was er erzählt hat, war nicht wirklich viel und zudem begleitet von ständigen Ermahnungen.«

»Mit Recht, Tarek, mit Recht. Irgendetwas geht vor sich – und solange wir keine Ahnung haben, was es ist, halten wir die Füße still. Wir …«, schon merkte ich mein Fauxpas und schlug ich mir leicht auf die Stirn. »Verdammt,« murmelte ich leise und selbstverständlich ließ die Reaktion des Kobolds nicht lange auf sich warten.

Seine Augen begannen zu leuchten und völlig aufgeregt fragte er: »Was ist los? Ich will alles wissen.«

Ich seufzte leise auf, denn wenn Tarek erst Lunte gerochen hatte, verbiss er sich wie ein Terrier in deine Wade und ließ erst dann locker, wenn seine Neugier gestillt war. Und ganz ehrlich, dass konnte er richtig gut. Kennen sie den Animationsfilm *Shrek*? Dort kommt ein gestiefelter Kater vor und vielleicht erinnern Sie sich an dessen Gabe jemanden herzzerreißend anzusehen. Tja, gegen Tarek war dieser Kater ein Waisenknabe. Seine spitzen Ohren erschlafften augenblicklich und klappten nach vorne. Langsam weiteten sich die grünen Augen und sein Blick sandte eine nie gekannte Traurigkeit in die Welt hinaus. Die Mundwinkel zogen sich leicht nach unten und fingen bemitleidenswert an zu bibbern. Er stand zum Steine erweichen da, faltete zum Schluss pathetisch die Hände und hauchte ein langgezogenes *Biiiiitttttteeee*.

Ich nickte anerkennend. »Respekt, du bist wirklich ein guter Schauspieler. Die Nummer ist zwar bühnenreif – zieht aber bei mir nicht!«

Sein Körper straffte sich wieder. »Jetzt komm schon Daniel. Bin ich nicht vertrauenswürdig?«

Ich lachte auf. »Natürlich, dass steht außer Frage, Tarek. Doch dein Leichtsinn im Umgang mit gefährlichen Situationen hat uns ein ums andere Mal in Schwierigkeiten gebracht.«

Jetzt setzte er ein diebisches Grinsen auf. »Und? Hat es nicht immer Spaß gemacht?«

Ich durchbohrte ihn mit einem finsteren Blick. »Das ist genau was ich meine, du Schlawiner. In Situationen zu geraten, in denen dein Leben auf dem Spiel steht, hat nichts mit Belustigung zu tun.«

Er verschränkte die Arme vor der Brust und setzte eine wichtige Miene auf. »Dann werde ich mich bessern, versprochen! Somit hätten wir das also geklärt und du kannst loslegen.«

Ich stöhnte gequält auf. »Bei dir ist wirklich Hopfen und Malz verloren. Also gut, aber nicht hier. Ich wollte noch mit Julian telefonieren und dann Hause gehen. Treffen wir uns also in meiner Wohnung.«

Begeistert klatschte er in die Hände. »Prima! Gibt es Apfelwein?«
»Ich habe noch eine Flasche im Kühlschrank«, seufzte ich.
»Reicht die denn?«
»TAREK!«

»Ja, ja schon gut. Man darf ja wohl noch fragen dürfen. Also bis gleich.« Sprachs und verschwand wieder im Dunkeln.

Ich schüttelte nur mit dem Kopf, aber so waren sie einfach – diese kleinen Spitzohren. Und ehrlich gesagt, konnte man ihnen auch nicht wirklich böse sein.

Etwa zwanzig Minuten später kam ich zu Hause an. Ich hatte den ganzen Weg über mit Julian telefoniert und wollte ihm eigentlich über Stonehenge berichten. Doch das Gespräch nahm eine völlig unverhoffte Wendung, denn was ich von ihm zu hören bekam, drückte meine ohnehin schlechte Laune noch tiefer zu Boden. Sein Kollege und Freund, der Pathologe Dr. Matthias Bredenstein, hatte ihn heute Vormittag in seinem Büro aufgesucht. Julian war wohl angesichts der ganzen Sache mit dieser ominösen S.M.A. etwas durch den Wind und brauchte einen Vertrauten. Mit Bredenstein arbeitete er schon seit Jahren zusammen und die beiden kannten sich eine gefühlte Ewigkeit. Im Laufe der Zeit hatte mir Julian mehrfach gestanden, wie sehr er es hasste den Pathologen anzulügen und ihn ins Leere laufen zu lassen, obwohl er die Todesursache bereits kannte. So hatte sich Julian, einer inneren Eingebung folgend, dazu entschlossen seinem Kollegen und Freund von der *anderen* Welt zu erzählen. Ich verstand ihn nur allzu gut, denn es war wirklich eine Folter von all diesen Dingen zu wissen, es aber mit keiner Menschenseele teilen zu können. Sollte man sich doch dazu entschließen, dann war es echter Drahtseilakt, denn du bewegst dich auf ganz dünnem Eis. Im besten Falle glaubt derjenige deine Aussagen, was aber erfahrungsgemäß eher die Ausnahme darstellt. Wenn nicht, dann wirst du im Idealfall als durchgeknallter Spinner abgestempelt oder aber der schlimmste Fall tritt ein und sie entziehen dir vor dem Gesetz die Handlungs- und Geschäftsfähigkeit, was quasi einer Entmündigung gleichkommt. Im Falle Julians war das Ganze noch eklatanter, denn er war bekanntermaßen auch noch ein Beamter im Range eines Hauptkommissars. Es gehörte also schon eine große Portion Mut oder die nackte Verzweiflung dazu, sich einem anderen Menschen zu offenbaren. Ich denke bei Julian war es eine Mischung aus beidem, zudem hatte sich im Laufe der Jahre ein uneingeschränktes Vertrauen zu diesem Doktor entwickelt. So weit so gut, denn seine Absichten waren einleuchtend und absolut nachvollziehbar. Leider hatte sich im Nachgang herausgestellt, dass der Kommissar mit fliegenden Fahnen hintergangen wurde. Ein falscher Dr. Bredenstein, vom echten nicht zu unterscheiden, tauchte in Julians Büro auf, und erwischte rein zufällig einen goldrichtigen Zeitpunkt. Julian offenbarte sich und erzählte dem falschen Pathologen freimütig von der *anderen* Welt. Ein paar Minuten nach dem der Betrüger das Büro verlassen hatte, tauchte der echte Bredenstein auf. Schnell flog die Sache auf und Sie können sich vorstellen, was für eine emotionale Bombe in unserem Kommissar explodierte. Er rannte der falschen Person noch hinterher, konnte aber nur noch das gerade wegfahrende Auto identifizieren. Es handelte sich um den grauen BMW, der ihn bereits einige Stunden zuvor verfolgt hatte und damit war klar, dass die S.M.A. hinter diesem falschen Spiel steckte. Julian brach innerlich zusammen, denn er hatte ihnen gerade alle Informationen auf dem Silbertablett serviert. Doch durch dieses hinterlistige Vorgehen wurde auch klar, dass die S.M.A. von Anfang an ein anderes Ziel verfolgt hatte. Der Vorschlag einer Versetzung des Kommissars in diese Abteilung war somit nur ein Vorwand gewesen, um mehr über Zenodot zu erfahren. Letztendlich hatte ihr Plan, wenn auch nur durch einen puren Zufall, prächtig funktioniert. Julian war am Boden zerstört und während unseres Telefonates hatte er sich nicht nur gefühlte tausendmal entschuldigt, sondern sich mit Selbstvorwürfen regelrecht zerfleischt. Allerdings hatte er, einer innerlichen Eingebung folgend, vermieden, den Standort der Tiefenschmiede preiszugeben. Somit wussten sie zwar, dass Julian engen Kontakt zu dem Bibliothekar hatte, aber nicht wo er zu finden war – wenigstens ein winziger Lichtblick in dieser Katastrophe. Der S.M.A. war natürlich klar, dass ihre Scharade auffliegen würde – spätestens, wenn der echte Dr. Bredenstein auf Julian treffen würde. Und sicherlich konnten sie sich denken, dass der Kommissar ab diesen Zeitpunkt einen Riesenbogen um Zenodot machen würde. Somit würden andere ins Visier geraten und darunter war unzweifelhaft auch ich. Sie hatten Julian schon seit längerem beschattet und waren ihm mit ihrem BMW bis zu meiner Wohnung gefolgt. Man musste also kein großer Prophet sein, um zu erkennen, dass sie vermutlich bereits wussten, wo ich wohnte. Somit wurde es in Zukunft auch für mich ein gefährliches Unterfangen die Tiefenschmiede aufzusuchen. Ich hatte jedoch einen entscheidenden Vorteil gegenüber Julian, denn als Weltengänger besaß ich den Wächterblick und konnte mich somit auch ungesehen bewegen. Während des Telefonats mit dem Kommissar widerstand ich mehrfach dem Drang umzukehren, um Zenodot von den Ereignissen zu berichten. Endlich schloss ich nachdenklich, müde und niedergeschlagen meine Wohnungstüre auf – froh zu Hause zu sein.

»Wo warst du denn? Ich warte bereits ewig!«, brummte plötzlich eine Stimme neben mir.

Tarek! Den Kleinen hatte ich in der ganzen Aufregung ganz vergessen. Bevor ich reagieren konnte, schlüpfte er durch den Türspalt und ich bemerkte, dass er etwas in beiden Händen hielt.

Meine Augen verengten sich zu Schlitzen. »Was ist das?«

»Ja, nach was sieht es denn wohl aus? Natürlich Apfelwein. Nachdem du vorhin gesagt hast, dass nur eine Flasche im Kühlschrank ist, habe ich noch zwei besorgt«, meinte er und hob dabei unschuldig die Schultern.

»Besorgt??«, fragte ich skeptisch, setzte aber sofort hinzu: »Vergiss die Frage. Ich will es gar nicht wissen!«

Er grinste mich dreist an. »Das ist auch gut so. Hauptsache wir haben welchen, oder?«

Ich ließ die Türe kopfschüttelnd ins Schloss fallen. »Das nimmt noch mal ein schlimmes Ende mit dir!«

Er stolzierte mit seiner Beute ins Wohnzimmer, stellte die zwei Flaschen auf den Couchtisch und machte eine wegwerfende Handbewegung. »Warum ein schlimmes Ende? Du kennst mich doch, ich bin immer auf der Hut und sehr vorsichtig.«

Jetzt lachte ich schallend auf. »Du bist und bleibst ein unverbesserlicher kleiner Schelm.«

Er zwinkerte mir zu. »Gut, dann können wir jetzt einen trinken. Ich komme nämlich um vor Durst, außerdem wolltest du mir noch etwas erzählen.«

»Gib mir nur eine Minute, mich kurz umzuziehen«, sagte ich und lief ins Schlafzimmer zum Kleiderschrank.

»Wegen mir bitte keinen Aufwand«, kam es kichernd aus dem Wohnzimmer.

Schmunzelnd zog ich mir eine bequeme Jogginghose und ein Sweatshirt über, als ich auch schon das Klappern von Gläsern vernahm.

Plötzlich stand Tarek mit grimmiger Miene im Türrahmen. »Die Flasche im Kühlschrank ist ja nur noch halb voll!«

»Wirklich? Ich dachte sie wäre noch ungeöffnet«, antwortete ich in gespielter Überraschung, denn natürlich hatte ich von diesem Umstand gewusst.

»Na, da haben wir ja wirklich Glück gehabt, dass ich noch Apfelwein mitgebracht habe!«, murrte er.

Jetzt grinste ich rotzfrech. »Ja, was für ein Segen.«

Er blickte mich argwöhnisch an und schien zu überlegen, ob ich es ernst meinte oder nicht. Schließlich zuckte das Spitzohr mit den Schultern. »Gut, ich schenke dann mal ein.«

»Komme gleich – ich wasche mir nur noch die Hände.«

Als ich ins Wohnzimmer kam, war das erste Glas von Tarek bereits geleert und er schenkte sich gerade erneut nach. Mit gespannter Erwartung rückte er sich ein Kissen zurecht und blickte mich dann neugierig an. Ich grinste innerlich, als ich den Kleinen so auf meiner Couch sah. Da seine Füße nicht bis zum Boden reichten, hatte er lässig seine kurzen Beinchen auf der Sitzfläche übereinandergeschlagen, die Arme hinter dem Kopf verschränkt und wartete ungeduldig. Ich setzte mich gegenüber der Couch in einen Ledersessel und griff nach meinem Glas.

Wie eine Schlange schnellte Tarek nach vorne, schnappte sich ebenfalls seinen Äppler, streckte den Arm hoch und rief: »Wohl bekommt´s«, dann wurde der Inhalt wie eine Baggerfuhre weggekippt.

»Das ist doch kein Genuss, Tarek, das ist Druckbetanken!«

Er winkte sofort ab. »Andere Völker, andere Sitten. Ich beschwere mich auch nicht, wenn du langsam trinkst. Und jetzt fang endlich an – ich will wissen was los ist.«

Man muss sie einfach gernhaben, dachte ich bissig und stellte mein Glas wieder auf den Tisch. Ich nahm eine bequeme Haltung ein und fing an zu berichten – von der geheimen Abteilung, dem Vorfall in Stonehenge, bis hin zum eben geführten Telefonat mit Julian. Zu meiner Überraschung blieb er völlig ruhig, hörte aufmerksam zu und stellte keinerlei Zwischenfragen. Das war in der Tat ungewöhnlich für Tarek, so zappelig wie er eigentlich war, aber – vielleicht hatte er den Ernst der Lage ja erkannt. Ich hatte diesen Gedanken noch nicht richtig zu Ende gedacht, als ich auch schon eines Besseren belehrt wurde.

»Das riecht aber sowas nach einem neuen Abenteuer!«, rief er mit leuchtenden Augen und klatschte dabei begeistert in Hände.

Ich verzog ärgerlich das Gesicht. »Hast du eigentlich zugehört? Wir sind kurz davor entdeckt zu werden, eine Bundesbehörde ist auf der Jagd nach Zenodot und in Stonehenge versucht jemand den Dämon zu befreien.«

Er blickte mich erstaunt an und meinte: »Natürlich habe ich dir zugehört und das sind alles keine guten Neuigkeiten, aber ich meinte mit dem Abenteuer auch etwas anderes.«

Jetzt war es an mir verdutzt aus der Wäsche zu schauen. »Und was genau?«

Erneut schnellte sein kleines Ärmchen vor und ehe ich es mich versah, verschwand der dritte Apfelwein. Ich schüttelte nur mit dem Kopf.

Tarek wischte sich zufrieden über den Mund und sagte in einem verschwörerischen Ton: »Julian kann nicht mehr in die Tiefenschmiede kommen, ohne den Standort zu verraten, oder?«

Ich nickte.

»Demzufolge werden sie sich nach Anderen umsehen, die ihnen den Standort der Tiefenschmiede liefern könnten. Julian hat deinen Namen im Gespräch mit dem falschen Pathologen mehrfach erwähnt. Für so eine Abteilung wird es ein Leichtes sein, alles über dich zu recherchieren – Wohnort, Steuern und all so ein Krempel, von dem ich nichts verstehe. Daher werden sie sich auf die Person Daniel Debrien konzentrieren.«

»Das war auch meine Vermutung«, bestätigte ich Tareks Annahme – ohne zu wissen auf was er eigentlich hinauswollte.

Daraufhin rieb er sich diebisch die Hände. »Und genau deshalb müssen wir ein bisschen Verwirrung stiften.«

Jetzt ging mir ein Licht auf. Ich überlegte einen Augenblick und fand die Idee in der Tat gar nicht so schlecht. Wenn sie mich beschatten sollten, konnten wir sie dank der Gabe des Wächterblicks gehörig an der Nase herumführen. So würden wir ihre Aufmerksamkeit auf einen falschen Standort lenken und Zenodot somit aus der Schusslinie nehmen.

Ich grinste den Kleinen an. »Auf dieses kleine Abenteuer könnte ich mich sogar einlassen.« Ich hob aber zu meiner Aussage vorsorglich warnend den Finger. »Mit aller gebotenen Vorsicht natürlich!«

Was soll ich Ihnen sagen – ich saß plötzlich einem Engel mit Heiligenschein gegenüber oder zumindest ließ der Gesichtsausdruck von Tarek in dieser Hinsicht keine Zweifel aufkommen. Mit fast feierlicher Stimme stellte er klar: »Selbstverständlich Daniel. Vorsicht ist mein zweiter Vorname.«

Ich hatte gerade das Glas Apfelwein an den Mund gesetzt und verschluckte ich mich nach dieser sensationellen Äußerung dermaßen heftig, dass ich Atemnot bekam. Als ich mich endlich wieder unter Kontrolle hatte, griff ich mir stöhnend an die Stirn – *dieses unverbesserliche kleine Schlitzohr!*

Pia Allington

Alli hatte den Laptop zugeklappt und starrte gedankenverloren aus dem Fenster. Der Mond stand bereits hoch am Himmel und seine Sichel tauchte die Umgebung in ein silberfarbenes Licht. Die Straße lag ruhig und verlassen da – nur eine Katze schlich zielbewusst auf die andere Seite und verschwand zwischen zwei Mülltonnen. Die eben beendete Skype-Konferenz mit Zenodot hatte ihr wieder einmal schmerzlich bewusst gemacht, wie fragil das Gleichgewicht zwischen den weißen und schwarzen Mächten dieser Welt war. Und dieser verfluchte Dämon unter Stonehenge würde, sollte er jemals seinem Gefängnis entfliehen, diese Balance entscheidend verändern. Bildlich gesprochen – bei einer ausgeglichenen Waage mit je einem Kilo rechts und links, fiel ein zweitonnenschwerer Felsbrocken auf eine der beiden Seiten. Allein die Vorstellung an eine mögliche Flucht, verursachte ihr einen kribbelnden Schauer, der über den ganzen Körper huschte. Seit das Gespräch mit Frankfurt beendet worden war, beschäftigte sie ununterbrochen dieselbe Frage: Zenodot hatte angedeutet, dass die schwarze magische Kugel, das Nigrum Oculus, von anderer Stelle nach Stonehenge gesandt worden war. *War es dann nicht anzunehmen, dass die gegnerische Seite einen Beobachter geschickt hatte, um die Wirkung des Oculus vor Ort zu überprüfen?* Alli wäre zumindest so verfahren und genau deshalb war sie sicher, dass sie mit ihrer Vermutung richtig liegen würde. Damit stand auch ihr Entschluss fest, morgen nach verdächtigen Personen Ausschau zu halten. Wobei sie sich schmerzlich bewusst war, dass dies der Suche nach einer Nadel im Heuhaufen glich. Schließlich war der Ort Amesbury Ausgangsstation für fast alle Touristen, die die Sehenswürdigkeit Stonehenge besuchen wollten. Insoweit wimmelte es in den Pubs, Restaurants und Hotels nur so vor Fremden. Irgendwann übermannte Alli die Müdigkeit und schlaftrunken schlürfte sie ins Bad. Nach einer kurzen Katzenwäsche fiel sie wie ein Stein ins Bett und schlief auf der Stelle ein.

Am nächsten Morgen drangen laute Geräusche durch das gekippte Fenster und die Weltengängerin wurde unsanft aus dem Schlaf gerissen. Leicht gereizt blinzelte Alli ins grelle Tageslicht und sofort begann der innerliche Kampf: Aufstehen, Fenster schließen und wieder hinlegen oder aufstehen, Rollladen hoch und frühstücken. Den Radau auf der Straße hatte sie mittlerweile eindeutig identifiziert – die Müllabfuhr leerte gerade einen Flaschencontainer, der in unmittelbarer Nähe zu ihrer Wohnung stand. Missmutig schlug sie die Bettdecke zurück – der Kampf war entschieden und der Hunger hatte gewonnen.

Nach einem reichhaltigen Frühstück bestehend aus Marmelade, Honig, Rühreiern und Toast, überlegte Alli, wie sie die heutige Suche nun angehen sollte. Einfach in der Stadt umherwandern würde nichts bringen und in den Pubs und Restaurants ging der Betrieb erst zur Mittagszeit los. Sie sah auf die Uhr – es war kurz nach neun. Also entschied sie sich nochmals raus nach Stonehenge zu fahren, denn vielleicht entdeckte sie dort etwas Auffälliges.

Gesagt, getan und so parkte sie eine halbe Stunde später ihren Golf auf dem Parkplatz des Besucherzentrums. Als sie auf den Eingang des Monuments zulief, erspähte sie zu ihrer Überraschung ein bekanntes Gesicht hinter dem Ticketcounter – Mitchell Foster. Sie hatten sich vor geraumer Zeit im *The Bell* kennengelernt und waren ein paarmal gemeinsam unterwegs gewesen. Mitch war Student an der Oxford Universität, die von Amesbury etwa eine Autostunde entfernt lag. In der Studienzeit lebte er auf dem Gelände der Uni, doch in den Semesterferien zog es ihn meistens zurück in seine Heimat. Während sie ein erstes Drehkreuz passierte, hatte unterdessen auch Mitch Alli erkannt und winkte ihr freudestrahlend zu. Vor seinem Schalter befand sich allerdings noch ein älteres Pärchen, dass sich gerade lautstark nach einem Seniorenrabatt auf den Eintrittspreis erkundigte. Sie reihte sich hinter dem Ehepaar ein und wartete geduldig, bis sie an der Reihe war. Nach ein paar Minuten zogen die Senioren zufrieden von dannen und Mitchell Foster winkte sie zu sich.

»Hallo Alli, wieder einmal hier, um nach dem Rechten zu sehen?«, begrüßte Mitch sie mit einem schelmischen Grinsen.

Bei ihren Treffen in der Vergangenheit hatte sie dem Studenten von ihren regelmäßigen Besuchen des Steinkreises berichtet. Offiziell war Alli eine angehende Studentin der angelsächsischen Geschichte, die sich noch nicht entscheiden konnte auf welcher Universität sie zukünftig studieren wollte. Damals hatte sie Mitch erklärt, dass sie von Stonehenge und seiner Geschichte fasziniert sei und dazu beitragen wolle, das Monument dauerhaft zu erhalten. Inoffiziell bekam sie genügend Geld aus einem Fonds, den die Familie der Weltengänger bereits vor vielen Generationen ins Leben gerufen hatte. Aus diesem Fundus wurden Weltengänger finanziell unterstützt, die innerhalb der Gemeinschaft mit Sonderaufgaben betraut wurden und deshalb einer regelmäßigen beruflichen Tätigkeit nicht nachgehen konnten. Doch darüber hatte sie dem Jungen gegenüber selbstverständlich Stillschweigen bewahrt.

»Hallo Mitch, na klar – ich kann doch meine geliebten Steine nicht aus den Augen lassen«, scherzte sie zurück. »Aber was machst du eigentlich hier? Wir haben Oktober und somit sind doch gar keine Semesterferien.«

Er deutete einen leichten Schmollmund an und zuckte niedergeschlagen mit den Schultern. »Momentan stehen keine Prüfungen an und das Geld ist knapp geworden. Also heißt es arbeiten. Ich habe nicht das Privileg von reichen Eltern finanziert zu werden. Doch das entspricht leider an der Uni Oxford durchaus der Normalität, was sich die Kneipen und Geschäfte natürlich preislich zunutze machen.«

Alli nickte verständnisvoll. »Wem sagst du das – nicht jeder hat die Gnade einer hohen Geburt. Aber schön, dass wir uns zumindest so wieder über den Weg laufen.«

Mitchells Mine hellte sich schlagartig auf. »Ja, das sehe ich auch so.«

»Na, dann gib mir mal bitte eine Eintrittskarte«, sagte Alli und zog die Geldbörse aus der Innenseite ihrer Jacke.

»Spinnst du? Lass das Geld stecken!«, empörte sich der Student und drehte sich in seinem Stuhl nach rechts zu einem kleinen Schreibtisch. Er durchwühlte ein paar kleinere Kartons, die auf dem Tisch standen und murmelte leise: »Wo sind denn die Dinger? Ah – da!« Er griff in eine der Schachteln und fischte ein viereckiges Kärtchen heraus, das an einem Bändchen baumelte. Strahlend schob er seinen Fund über den Tresen zu Alli. »Hier bitte. Häng dir den Ausweis um – er weist dich als Mitarbeiterin eines archäologischen Teams aus. Damit kommst du so rein.«

Jetzt war Alli baff. »Echt jetzt? Und bekommst du dadurch auch keine Schwierigkeiten?«

Er zwinkerte ihr zu. »Nein, außer du gehst damit haussieren oder solltest dich als fachlich inkompetent herausstellen! Was ich allerdings für denkbar unwahrscheinlich halte, denn schließlich studierst du Geschichte und dein größtes Hobby ist Stonehenge.«

»Super, dann vielen Dank!« Jetzt versuchte Alli einen beiläufigen Ton anzuschlagen, gerade so, als wäre ihr noch etwas eingefallen. »Ach ja. Gab es irgendwelche besonderen Vorkommnisse?« Sie wusste, dass ihre Frage Mitch gegenüber seltsam klingen musste, weswegen sie schelmisch grinsend hinzusetzte: »Du weißt schon – was ich als Mitarbeiterin eines Archäologen Team wissen müsste?«

Sie hatte die Frage noch nicht richtig ausgesprochen, als sich der Mann im zweiten Counter verschwörerisch zu Mitch beugte und dann zu ihr blickte. »Seit ein paar Tagen lungern hier zwei komische Typen rum. Sind von irgendeiner Behörde – hatte mir zwar beim ersten Mal den Ausweis zeigen lassen, habe es aber wieder vergessen.« Dann lachte er und meinte weiter: »Haben den Ausweis wahrscheinlich nur gezückt, um den Eintrittspreis zu sparen. Typisch Beamte.«

Als Alli seine gedämpften Worte durch das Glas hörte, hielt sie unwillkürlich die Luft an. *Sollte es so einfach sein?* dachte sie irritiert. Wie dem auch sei – sie war dankbar für diese unvermutete Information, denn jetzt würde sie sich auf dem Gelände doppelt vorsichtig bewegen und natürlich Ausschau nach diesen Männern halten.

Mitchell Foster hingegen verzog besorgt das Gesicht. »Bitte Alli – tu mir den Gefallen und geh den beiden aus dem Weg. Nicht das ich doch noch Ärger bekomme.«

»Natürlich Mitch – ist ganz fest versprochen!« Sie hob den Ausweis und sagte erneut, »Nochmal lieben Dank.«

Er nickte und lächelte sie gequält an. Die plötzliche Nachricht von den Behördenmitarbeitern verursachte ihm nun doch ein paar Bauchschmerzen. Alli hingegen dachte gar nicht daran ihm den Ausweis zurückzugeben und den Eintritt zu zahlen. Sie verdienten genug an ihr – so oft wie sie an diesem Ort war. Sie winkte nochmal kurz, verließ den Schalter und überquerte die Zufahrtsstraße, denn der eigentliche Eingang zu Stonehenge befand sich auf der anderen Seite. Der überdachte Vorbau war die letzte Hürde, um endlich in die Nähe des altertümlichen Steinkreises zu gelangen. Sie betrat das nach allen Seiten offene Bauwerk, zeigte bei der Kontrolle ihren Ausweis vor und wurde ohne großes Aufsehen durchgelassen. Vom Eingang führte nun ein breiter Kiesweg direkt in Richtung Monument. Obwohl sie schon so oft diese kleine Promenade entlang gelaufen war – jedes Mal, wenn die aufgestellten Steinmonolithen näherkamen, stellte sich ein eigentümliches Gefühl ein. Es war eine Mischung aus Faszination, Erstaunen und grenzenloser Bewunderung für die unglaublich mühevolle Arbeit, die hier vor Jahrtausenden geleistet wurde. Über das, was diese Steine schon alles gesehen hatten, wollte Alli erst gar nicht nachdenken. Ein wenig neidisch und wehmütig dachte sie an Daniel und seine Gabe der Graustimme. Wer weiß, was er alles erfahren würde, sollte er einmal mit den Sarsensteinen in Kontakt treten. Schnell verscheuchte sie die Gedanken aus ihrem Kopf und konzentrierte sich auf die Umgebung, denn inzwischen hatte sie den Steinkreis erreicht. Mitchs Ausweis hatte sie weggesteckt, um keine unnötigen Fragen von neugierigen Touristen zu provozieren. Aufmerksam sondierte sie jetzt die Landschaft und da sich die Anzahl der Besucher in Grenzen hielt, fing Alli an nach den zwei vermeintlichen Behördenmitarbeitern Ausschau zu halten. Sie nahm dazu den kleinen Rucksack vom Rücken und holte ihre Digitalkamera mit Teleobjektiv heraus. Eine knipsende Touristin war hier am wenigsten auffällig und durch die Möglichkeit des Zoomens konnte sie auch Menschen, die sich weiter weg befanden, diskret beobachten. Sie stellte sich in einen hinteren Bereich und begann mit der Erkundung. Nachdem sie das Wachpersonal in ihren gelben Westen unzweifelhaft ausgeschlossen hatte, blieben zwei mögliche Ziele übrig. Beide Male handelte es sich um Männer, die paarweise, aber ohne weibliche Begleitung, Kinder oder zugehöriger Reisegruppe unterwegs waren. Ein Paar spazierte in direkter Nachbarschaft an ihr vorbei, so dass sie die Kamera nicht benötigte. Die Männer blieben an dem kleinen Zaun stehen. Sie betrachteten schweigend das steinerne Monument, als einer der beiden den anderen plötzlich zu sich zog und seinen Partner stürmisch küsste. Mit einem Schmunzeln im Gesicht strich Alli diese beiden Herren gedanklich von der Liste – blieb also noch ein Paar übrig.

Mit der Kamera suchte sie die zwei Männer und fand sie, vertieft in eine Diskussion mit einem der Security Mitarbeiter. Es gab wohl einen kleinen Disput, denn ohne die Worte zu verstehen, erkannte Alli die stürmischen Gesten alle drei Beteiligten. Sie machte ein paar Fotos von den beiden Unbekannten, damit sie später die Möglichkeit besaß, beide erneut zu identifizieren. Inzwischen wurde das Gespräch anscheinend hitziger und einer der Männer zog plötzlich etwas aus seiner Tasche. Er zeigte dem Wachmann irgendein Papier, deutete darauf und dann auf seinen Partner. Einer Intuition folgend zoomte Alli auf die Hand des Mannes, der das Dokument hielt und drückte den Auslöser zweimal durch. Der Mitarbeiter der Security veränderte, nachdem er einen Blick auf das vorgelegte Etwas geworfen hatte, ganz unvermutet seine Haltung. Er begann erkennbar zu Nicken, sprach noch ein paar kurze Worte und verabschiedete sich mit einem überdeutlich frostigen Lächeln. Als der Posten den Schauplatz des Geschehens verließ, warfen ihm beide Männer finstere Blicke hinterher. Aufgrund der gerade gesehenen Szenerie war sich Alli jetzt sicher, dass es sich bei diesen beiden tatsächlich um die bereits vermuteten Beobachter handelte. *Auf wessen Anweisung seid ihr in Stonehenge?* fragte Alli gedanklich die zwei Männer. Sie trugen normale Straßenkleidung – Turnschuhe, Jeans, wetterfeste Jacken, wie eben die meisten der Touristen. Allerdings verhielten sie sich atypisch, denn im Gegensatz zu den anderen Besuchern, fotografierten sie nicht wild drauf los, sondern behielten eher die umstehenden Menschen im Auge. *Sie suchen irgendetwas oder irgendjemanden*, fuhr es ihr durch den Kopf und augenblicklich erbleichte sie, denn die Antwort lag natürlich auf der Hand. Die Gegenseite, wer auch immer sie war, vermutete sicherlich ebenfalls, dass jemand der anderen Seite die gestrige magische Entladung untersuchen würde. Und wie Alli suchten die beiden nun ohne Frage nach dieser Person. Gott sei Dank waren die zwei Männer durch den Vorfall mit dem Wachmann abgelenkt gewesen. Und nur durch diese Fügung des Schicksals hatte Alli die Möglichkeit erhalten, Aufnahmen von ihnen zu machen. Schlagartig wurde ihr klar, wie viel Glück sie gehabt hatte, dass sie bisher unbemerkt geblieben war. Aber sein Glück sollte man keinesfalls überstrapazieren. *Sie musste weg – sofort!* Unauffällig drehte sie sich von den Männern weg, steckte die Kamera in den Rucksack und schlug die Kapuze über den Kopf. Langsam und gemächlich schlenderte sie zurück auf den Kiesweg in Richtung Ausgang, während ihr das Herz bis zum Hals klopfte. Mit Mühe unterdrückte sie den Drang schneller zu laufen, denn damit würde sie sich zweifellos verraten. Als Alli schließlich nach einer gefühlten Ewigkeit den überdachten Vorbau erreichte, gestattete sie sich endlich einen Blick zurück. Nervös wandte sie sich um, jederzeit darauf gefasst, dass die zwei Unbekannten plötzlich vor ihr auftauchten und sie zur Rede stellten. Aber Fortuna meinte es gut mit ihr – von den Beobachtern der Gegenseite war nichts zu sehen. Sie eilte durch den Ausgang, überquerte die Zufahrtsstraße und lief zielstrebig an den Schalter hinter dem Mitchell Foster saß.

»Hi Mitch, nochmals vielen Dank für den Ausweis.« Sie schob die Plastikkarte durch die kleine Öffnung unten in der Scheibe.

»Wie, so schnell?«, fragte Mitch erstaunt.

»Eigentlich nicht, aber ich bekam gerade einen Anruf und muss leider zurück nach Amesbury«, gab Alli als vorgeschobenen Grund an und hoffte, dass es zu keinen weiteren Nachfragen kommen würde.

»Na, dann haben wir ja alles richtig gemacht. Hättest du den vollen Eintritt bezahlt, dann wäre es ein teurer Spaß gewesen.«

»Ja und dafür gebührt dir doppelter Dank und ein Drink auf meine Kosten.«

Jetzt strahlte Mitch wie ein Honigkuchenpferd. »Dann haben wir ein Date?«

Alli grinste ihn schelmisch an. »Ja, haben wir, aber bilde dir bloß nichts darauf ein. Ich melde mich – deine Nummer habe ich ja.«

Mitchell Foster lachte auf. »Okay, hab schon verstanden – aber wenn du dich nicht rührst, dann melde ich mich, denn auf den Drink werde ich bestehen!«

Sie warf einen kurzen Blick auf die andere Seite und erschrak – eben verließen die beiden Männer den überdachten Eintrittsbereich und schickten sich an die Straße zu überqueren.

»Alles klar Mitch, so machen wir es«, verabschiedete sie sich in Windeseile und lief zügig zum Besucherparkplatz. Als sie endlich ihren Golf erreichte und zurückblickte, atmete sie erleichtert auf, denn die beiden standen vor dem kleinen Kiosk neben dem Ticketcounter und rauchten gemütlich eine Zigarette. Also hatte ihr Verlassen des Monumentes nichts mit Allis Anwesenheit zu tun gehabt. Sie setzte sich ins Auto und gab Gas.

Zurück in ihrer Wohnung, schaltete Alli sofort den PC an und entnahm der Kamera die Speicherkarte. Sie schob den Datenträger in das vorgesehene Fach und lud die Fotos auf die Festplatte. Nachdem alle Bilder abgespeichert waren, steckte sie die Memory Card erneut in den Fotoapparat und verstaute ihn sofort wieder im Rucksack. So war alles ständig bereit, falls sie eilig das Haus verlassen musste. Jetzt klickte sie das erste Bild an und atmete durch – es war gestochen scharf. Sie betrachtete die Männer, konnte jedoch nichts Auffälliges entdecken, genauso wie ihr die Gesichter völlig unbekannt waren. Beim zweiten Bild das Gleiche – keine Besonderheiten. Das änderte sich allerdings schlagartig beim dritten Foto, das ebenfalls perfekt gelungen war. Scharf sog sie die Luft ein, denn das, was sie jetzt erblickte, verschaffte ihr nicht nur die Gewissheit die Richtigen fotografiert zu haben, sondern es jagte ihr eine Heidenangst ein. Die hochauflösende Aufnahme zeigte genau den Ausschnitt einer Hand, die einen Ausweis hielt. An sich nichts Besonderes, doch auf der ID-Karte prangte ein nur allzu bekannter Schriftzug – *Scotland Yard*. Auch das wäre immer noch als Zufall erklärbar, wenn, tja wenn da nicht noch etwas anderes zu sehen gewesen wäre. Die Innenseite des rechten Handgelenks war tätowiert, und zwar mit einem Zeichen, dass wie eine Wellenlinie aussah. Und dieses Symbol hatte sie schon einmal gesehen. Mit zitternden Händen entsperrte Alli ihr Handy und suchte die Fotos der schwarzen Kugel. *Ach du heilige Scheiße*, murmelte sie leise, denn sie hatte sich nicht getäuscht. Auf den beiden Hälften der Kugel prangte das gleiche Symbol wie auf dem Bildausschnitt der Hand. Das war und konnte kein Zufall sein. Zugleich warf es eine Frage auf, die Alli erzittern ließ: *Hatte Scotland Yard etwas mit der magischen Entladung zu tun – ja waren sie vielleicht sogar dafür verantwortlich?* Das würde im Umkehrschluss bedeuten, dass eine staatliche Polizeiorganisation von Schwarzmagiern unterwandert worden war und diese Behörde nun für ihre eigenen Zwecke benutzte. Das wäre in der Tat eine unfassbare und sehr beängstigende Neuigkeit.

Und wie nah sie damit an der Wahrheit lag, konnte Alli zu diesem Zeitpunkt allerdings noch nicht wissen.

Reichsstadt Frankfurt – 1550 a.D.

Hans Winkelsee hatte die Stadt Frankfurt hinter sich gelassen. Eben trat er durch das Sachsenhäuser Affentor und schlug den Weg in Richtung des Elternhauses ein. Natürlich hatte er das von Mutter gewünschte Saatgut nicht vergessen und auch Salz zum Haltbarmachen des Wildbrets erstanden. Trotz dieser Ausgaben war noch ein ansehnlicher Betrag aus dem Verkauf des Wildschweins an den

Koch des Schwarzen Sterns, Albrecht Tannenstiel, übriggeblieben. Was ihm allerdings schwer auf der Seele lastete, war der heute Mittag abgeschlossene Handel mit dem Küchenmeister. Er hatte sich bereits zig Mal selbst verflucht, überhaupt darauf eingegangen zu sein und konnte sich einfach nicht erklären welcher Teufel ihn da geritten hatte. Ja, die zwei Schillinge waren ein hübsches Sümmchen – davon konnte er sich so einiges leisten und die Armut würde nicht mehr ganz so schwer drücken. Aber zu welchem Preis? Egal wie er es anstellte, er würde aus dieser Sache nur ungeschoren herauskommen, wenn er das Reh erlegte und fristgerecht ablieferte. Sollten sie ihn jedoch dabei erwischen, drohte der Galgen. Lieferte er nicht, würde Tannenspiel dafür sorgen, dass er überall als wortbrüchig galt und somit kein Fleisch mehr an den Mann bringen konnte. Und obendrein noch diese seltsame Begegnung mit dem alten Mann in der Seiler Gasse. Wie konnte dieser Greis von seinem Handel erfahren haben? Schließlich war niemand auch nur in der Nähe gewesen. Das war ihm wirklich ein Rätsel. Nachdenklich folgte er der Handelsstraße in nördlicher Richtung und hoffte, dass er vor Sonnenuntergang am Haus der Eltern eintreffen würde. Er beschleunigte seine Schritte, denn diese Gegend war bei Tageslicht schon unsicher genug. Bei Nacht jedoch kroch noch viel übleres Gesindel aus ihren Löchern – am besten saß man zu diesem Zeitpunkt schon Daheim am warmen Kamin. Er sehnte sich nach seinem Wald, denn dort fand er Ruhe und Sicherheit. Die wenigsten Menschen trauten sich so tief in den Stadtwald wie er, wenn man von den Wildhütern einmal absah. Dort waren ihm die Geräusche vertraut und er bemerkte Menschen, obwohl er sie noch nicht erblickte, schon von weitem. Ganz anders hier – zu beiden Seiten hohes Gras oder Korn und er in der Mitte der Straße, auf dem Präsentierteller.

Die Dämmerung zog bereits langsam herauf und die Scheibe der untergehenden Sonne verschwand Stück für Stück hinter dem Horizont. Und so war Winkelsee zutiefst erleichtert, als der Hof seiner Eltern endlich im Zwielicht auftauchte. Seine Mutter hatte wohl auf ihn gewartet, denn die Haustür wurde sogleich geöffnet und winkend stürmte sie ihm entgegen.

»Gott sei Dank Hans, du bist wohlbehalten zurück!«, rief sie erleichtert und fiel ihm um den Hals.

»Ich habe dir doch gesagt, dass du dir keine Gedanken machen musst«, meinte er lächelnd.

Anna Winkelsee stemmte demonstrativ die Arme in die Hüften. »Jede Mutter sorgt sich um ihr Kind – egal wie alt ihr Sprössling ist! Irgendwann, wenn du selbst Kinder hast, wirst du das vielleicht verstehen. So, jetzt komm erst mal ins Haus und dann musst du uns alles erzählen. Dein Vater wartet schon.«

Gemeinsam betraten sie das Haus und als er über die Türschwelle trat, duftete es im ganzen Raum nach frischem Brot. »Du hast extra gebacken?«, fragte er erstaunt.

Sie streichelte ihm liebevoll mit der Hand über die Haare. »Und dazu Käse, Butter und etwas Schinken. Wir haben uns gedacht, dass du bestimmt einen ordentlichen Hunger mitbringen wirst.«

Er lachte laut auf. »Ihr habt vollkommen richtig gelegen. Hallo Vater!«

Am Tisch neben dem Kamin saß ein von der Arbeit gezeichneter Mann und nickte ihm freundlich zu. »Hallo Sohn, komm setz dich zu mir und berichte, was du Neues in der Stadt gehört hast.«

»Ja, mach das Hans. Ich bereite inzwischen das Essen zu und höre mit.«

Er setzte sich zu seinem Vater Johann. »Was macht der Weizen?«

»Gedeiht gut, doch er würde etwas mehr Wasser vertragen – das Korn ist noch nicht so stark wie sonst um diese Zeit. Aber wenn mich meine alten Knochen nicht trügen, steht uns die nächsten Tage Regenwetter ins Haus. Und jetzt erzähle endlich! Was gibt es Neues in Frankfurt?«

Regenwetter würde die Jagd erleichtern, dachte Hans Winkelsee unwillkürlich. *Nasse Zweige brechen nicht so leicht und Wildspuren sind deutlich im aufgeweichten Boden zu erkennen.* Mittlerweile hatte sich Anna ebenfalls gesetzt und während sie speisten, begann er von seinen Erlebnissen zu berichten. Er erzählte von der beobachteten Inspektion am Wachturm der Alten Brücke und dass eine hohe Gesellschaft die nächsten Tage im Schwarzen Stern speisen würde. Als die Eltern schließlich hörten, dass er für das Wildbret fünfunddreißig Heller erhalten hatte, waren sie außer sich vor Freude. Er zog lächelnd einen kleinen Lederbeutel vom Gürtel, öffnete ihn und legte zwanzig Heller auf den Tisch. »Hier – für euch! Fünf Heller behalte ich für mich – vom Rest habe ich Saatgut und Salz gekauft.«

Sein Vater griff nach den Münzen, doch Anna klopfte ihm gespielt theatralisch und sanft auf die Finger. »DAS – verwahre lieber ich!«

Johann Winkelsee rollte pathetisch mit den Augen und sah zu seinem Sohn. »Siehst du Hans, so geht es einem, wenn man Frauen ehelicht. Überlege es dir also gut, denn das Geld ist dann nur noch halb so viel wert!«

»Johann!«, entfuhr es Anna unwillkürlich. »Setze ihm keine Flausen in den Kopf. Als ob es dir jemals schlecht mit mir ergangen wäre.«

Ihr Mann zwinkerte schelmisch und streichelte seiner Frau liebevoll über die Hand. »Natürlich nicht! Du bist das Beste, was mir widerfahren ist, Liebes!«

Plötzlich wurde Anna ernst und musterte ihren Sohn. »Hans, ich kenne dich gut genug, um zu sehen, dass du dir Sorgen über etwas machst. Was ist los?«

Die plötzliche Frage traf ihn wie ein Schlag in die Magengrube. Er hatte den Handel mit dem Koch bei seinen Erzählungen extra ausgespart, um seine Ängste von den Eltern fernzuhalten. Doch er hatte die Rechnung ohne die Instinkte einer Mutter gemacht. Jetzt zappelte er wie ein Fisch am Haken und dem Blick seiner Mutter zufolge, würde sie die Angel auch nicht mehr loslassen. Seufzend ließ er sich in die Lehne seines Stuhls fallen und berichtete nun von der Abmachung mit Albrecht Tannenspiel. Beide hörten stumm zu und während er sprach, sah er deutlich wachsende Sorgenfalten in den Gesichtern.

Als er geendet hatte, wiegte sein Vater nachdenklich den Kopf hin und her. »Zwei ganze Schillinge? Das ist wahrhaftig ein fürstlicher Lohn für ein Reh. Damit könnten wir endlich die Scheune umbauen und ein paar Stück Vieh anschaffen.«

»Und was, wenn sie Hans erwischen? Dann verlierst du deinen Sohn!« Anna Winkelsee legte ihre Hände vors Gesicht. »Du dummer Junge. Wie konntest du dich nur auf so etwas einlassen?«

Natürlich wusste er, dass seine Mutter Recht hatte. Leise murmelte er: »Das weiß ich selbst, doch der Handel ist gültig und mit

Handschlag besiegelt. Morgen werde ich auf die Jagd gehen und so Gott will, läuft mir eine schöne Ricke oder ein junger Bock vor die Flinte.«

»Pah, bete lieber, dass dir keiner der Hüter über den Weg läuft«, schimpfte seine Mutter zurück.

»Die Gefahr, dass man mich erwischt, besteht nicht erst seit heute. Es hätte mich jederzeit treffen können, Mutter. Diesen Umstand vergesst ihr nur allzu gern, wenn das Geld auf dem Tisch liegt«, erwiderte er gereizt.

Anna Winkelsee blieb still – natürlich hatte sie erkannt, dass ihrem Sohn keine Wahl blieb. Ein Handel war ein Handel und wenn der Koch seine Drohung wahrmachen würde, dann konnte er sich in der Stadt nicht mehr blicken lassen. Und über das dann fehlende Geld wollte sie erst gar nicht nachgrübeln. »Ich habe einfach Angst um dich, Hans«, flüsterte sie kaum hörbar.

Er nahm zärtlich ihre Hand. »Es ist bis jetzt nichts passiert und das wird in Zukunft auch so sein. Vertraut mir einfach.«

Sein Vater, von je her ein Mann, der nicht viele Worte verlor, nickte nur und meinte: »Das tun wir. Du bist uns ein guter Sohn.«

Hans schluckte schwer, denn selten kamen dem Vater solch lobende Worte über die Lippen. »Ich werde euch nicht enttäuschen«, sagte er deshalb sichtlich bewegt und erhob sich von seinem Platz. »Da Rehe bevorzugt bei Tagesanbruch auf die Lichtungen kommen, ist vermutlich die Aussicht auf einen Erfolg in der Dämmerung am größten. Ich gehe jetzt zu Bett, denn morgen ruft schon weit vor Sonnenaufgang die Tagwacht.«

Es war draußen noch pechschwarz, als Winkelsee das Haus verließ und sich zu seinem unterirdischen Versteck aufmachte. Und er musste zu seinem Unterschlupf, denn dort lagerten seine Waffen, die er natürlich benötigte, bevor er seinen Jagdzug antreten konnte. Die Fackel in seiner Hand warf ein flackerndes Licht auf den Waldboden und tauchte die Umgebung in ein gespenstisches Orange. Naturgemäß kannte er den Weg – er war den kaum erkennbaren Pfad oft genug gelaufen, um sich auch im diffusen Schein des Feuers zurechtzufinden. So dauerte es kaum eine halbe Stunde, bis er den getarnten Eingang seiner unterirdischen Kammer erreichte. Ein Blick in den Himmel genügte, um ihm zu zeigen, dass das Morgenrot nicht mehr lange auf sich warten lassen würde. Schnell öffnete er die verborgene Klappe und stieg in sein kleines, selbsterschaffenes Reich hinunter. Er entschied sich für den Bogen und das Gewehr, wobei er hoffte, dass er dem Wild nah genug kommen würde, um den lautlosen Bogen einzusetzen. Bei diesem Jagdausflug war die Flinte nur die letztmögliche Option, da man den Schuss weithin vernehmen würde. Er streifte sich sein dunkelgrünes Wams über, so besaß er die bestmögliche Tarnung im Unterholz. Sack, Messer und Seil verstaute er ebenfalls, dann schulterte er beide Waffen und verließ mit einem flauen Gefühl das Versteck. Die Jagd hatte begonnen und nun lag es an ihm, ob sie erfolgreich enden würde.

Immer tiefer drang er in den Frankfurter Stadtwald ein, denn sein Ziel lag inmitten von dichtem Unterholz. Es handelte sich um eine große, mit saftigem Grün bewachsene Lichtung und damit ein idealer Ort um sich auf die Lauer zu legen. Die Schneise lag abgeschieden – weit weg von den Wegen, die durch den Wald führten und von Menschen benutzt wurden. Aufgrund der Ruhe und Einsamkeit war es ein bevorzugter Platz, den das Wild zum Äsen aufsuchte. Allerdings wussten dies auch Raubtiere, wie etwa Wölfe oder vereinzelte Bären, weshalb solche Stellen durchaus nicht ungefährlich waren. Jetzt, tief im Wald, konnte er den Sonnenaufgang zwar nicht sehen, doch der Himmel wurde heller und heller. Er war nur noch wenige Gehminuten von der Lichtung entfernt. Alle paar Schritte riss er nun kleine Moosbüschel aus, warf sie in die Luft und beobachtete, wie der Wind stand. Endlich hatte er die Windrichtung eindeutig bestimmt und schlich sich leise und vorsichtig zum Rand der Waldschneise. Hier stand das Gras hoch und Winkelsee verschmolz aufgrund seiner dunkelgrünen Kleidung mit der Umgebung zu einer Einheit. Als er seinen Kopf langsam durch das Gras nach vorne schob und einen ersten Blick auf die freie Fläche riskierte, schlug sein Herz mit einem Mal schneller. Eine Gruppe Rotwild äste friedlich inmitten der Lichtung. Er zählte insgesamt sechs weibliche Tiere, zwei junge Böcke und einen großen Achtender. Doch sie waren zu weit weg, um mit dem Bogen etwas auszurichten. Winkelsee entschloss sich deshalb zu warten, denn vielleicht änderten sie während des Fressens ihre

Richtung und kamen, sollte ihm das Glück hold sein, auf ihn zu. Er richtete sich so bequem wie möglich auf dem Waldboden ein und behielt die Tiere genau im Auge.

Zu den großen Tugenden der Jagd zählte die Geduld und diese wurde nun bei Hans Winkelsee auf eine harte Probe gestellt. Das Wild wanderte zwar hin und her, doch leider nicht in seine Richtung. Ständig stellten die Tiere ihre Ohren auf und lauschten in den Wald, immer bereit sofort die Flucht zu ergreifen. *So nah und doch so fern*, dachte er gereizt und unterdrückte den Impuls nach der Flinte zu greifen. Also wartete er. Irgendwann blickte er erneut nach oben und begann zu grinsen, denn die alten Knochen seines Vaters sollten Recht behalten! Der Himmel zog sich langsam zu und dunkle Regenwolken türmten sich über ihm auf – nicht mehr lange und es würde in Strömen regnen. Das war eine Fügung des Schicksals, denn das Prasseln der Wassertropfen würde sämtliche anderen Geräusche übertönen. Das bedeutete zwar, dass er sich näher an das Wild heranschleichen konnte, das Gewehr war jedoch passé, da das Zündpulver auf der Pfanne sofort nass werden würde. Schon fielen die ersten schweren Tropfen auf den Boden und behutsam begann er, sich vorwärtszubewegen. Den Körper dicht auf den Waldboden gedrückt, kroch er Elle um Elle durch das dichte Gras der Lichtung. Immer weiter schob er sich dem grasenden Rudel entgegen. Plötzlich, wie aus dem Nichts, öffnete der Himmel seine Schleusen und ein sintflutartiger Regen ergoss sich über das Land. Leise fluchte er, denn die Tiere würden nun Schutz im Wald suchen – jetzt oder nie. Winkelsee rollte sich auf den Rücken, denn so konnte er den Bogen spannen, ohne sich gleich zu verraten. Ruhig legte er den Pfeil an die Sehne und vergewisserte sich, dass die Einkerbung am Ende des Geschosses auch richtig saß, denn er hatte nur diese eine Chance. Mittlerweile völlig durchnässt, versuchte er seine Anspannung unter Kontrolle zu bringen und machte sich bereit aufzuspringen. Alle Muskeln in seinem Körper richteten sich augenblicklich auf diesen einen Moment aus. *Er wollte, er konnte – nein – er durfte einfach nicht versagen.* Mit gespanntem Bogen drehte er sich zur Seite und schnellte wie eine Schlange nach oben. Während der Bewegung versuchte er sich zeitgleich einen Überblick zu verschaffen. Aufgrund seines plötzlichen Erscheinens war das Rotwild für einen winzigen

Augenblick wie gelähmt. Doch dieser Wimpernschlag genügte ihm, ein Ziel zu finden und den Pfeil von der Sehne zu lassen. Aber das Tier, ein wohlgenährter Bock, bewegte sich bereits wieder, während der Pfeil noch unterwegs war – dann schlug der Bolzen im Körper ein. Ein helles Quieken ertönte und Winkelsee fluchte lauthals, denn der Pfeil hatte den Bauch des Tieres getroffen und nicht das Herz. Mit gewaltigen Sprüngen brachte sich die ganze Herde aus der vermeintlichen Gefahrenzone in Sicherheit und flüchtete unter die Bäume. Er rannte los und hetzte dem verletzten Reh hinterher. Noch während er die über Lichtung spurtete, sah er die dunkle rötliche Spur im Gras und ein erneuter Fluch drang über seine Lippen. Sollte er die Fährte verlieren, würde der Regen das Blut innerhalb kürzester Zeit wegwaschen und seine Beute war für immer verloren. Er drang auf der anderen Seite der Schneise erneut in den Wald ein und folgte der Blutspur. Trotz des heftigen Regens hörte er, wie die Tiere panisch durch das Unterholz brachen, begleitet von einem schmerzvollen krächzen, dass sicherlich von dem verletzten Rehbock stammte. Seine Augen wanderten konzentriert über den Boden, denn Winkelsee war überzeugt, dass seine Beute mit dieser Verletzung nicht weit kommen würde. Er würde das Reh finden, aber nur wenn er dicht dranblieb und den Zeichen der Verwundung folgte. Doch das Tier erwies sich zäher als gedacht. Erst nach der Dauer einer zu einem Viertel niedergebrannten Kerze, fand er den jungen Hirsch in einer kleinen moosbewachsenen Mulde. Er war aufgrund des hohen Blutverlustes zusammengebrochen und dann verendet. Winkelsee schickte ein Stoßgebet zum Himmel und zählte bereits in Gedanken die klingende Münze von Albrecht Tannenspiel. Schnell machte er sich daran das Tier auszuweiden. Das Fell würde er erst in seinem Versteck abziehen, da der fallende Regen das Fleisch sonst schneller verderben lassen würde. Verdrossen seufzte er leise auf, denn ein langer beschwerlicher Rückweg stand ihm bevor, der außerdem von der ständigen Angst einer Entdeckung begleitet werden würde. Sein Pfeil, der zur Hälfte abgebrochen war, steckte noch im Körper. Mit einem kräftigen Ruck zog er ihn heraus, denn die Metallspitze war wertvoll und konnte wiederverwendet werden. Als er den Rumpf aufschnitt, ergoss sich ein Schwall Blut auf den Waldboden. Schnell war klar, dass sein Pfeil die Lunge durchbohrt und dann die Hauptschlagader verletzt hatte. Er griff mit beiden Händen in den geöffneten Bauchraum. Während er die Innereien vorsichtig ausräumte, achtete er peinlich genau darauf Magen -und Darmtrakt nicht zu beschädigen, denn das würde das komplette Fleisch ungenießbar machen. Schließlich war das Werk vollbracht und die Eingeweide im Boden vergraben. Mit dem Seil band er die Hinter -und Vorderhufe zusammen und schulterte seine Beute. So war alles was er jetzt noch brauchte, ein wenig Glück, damit er ungesehen und unentdeckt in seinem Versteck ankommen würde.

Hans Winkelsee war bereits seit Stunden unterwegs. Der Regen hatte mittlerweile nachgelassen, aber sein Körper zollte dem frühen Aufstehen und dem langen Marsch Tribut. Der Schweiß rann ihm in Strömen über das Gesicht und das Gewicht seiner Beute lastete schwer auf den Schultern. Auch wenn der Geist etwas anderes sagte, sein Fleisch schrie nach einer Ruhepause. Durch den wolkenverhangenen Himmel war die Sonne nur schemenhaft zu erkennen, aber er vermutete, dass es bereits auf die Mittagszeit zuging. Widerwillig entschied er sich, eine Rast einzulegen, bevor die Muskeln ihren Dienst ganz versagten. Nach ein paar Augenblicken fand er einen trockenen Platz unter den ausladenden Ästen einer großen Linde. Vorsichtig ließ der den toten Hirsch von seiner Schulter gleiten und schlagartig stellte sich eine unglaubliche Erleichterung ein. Mit einem Male hatte er das Gefühl zu schweben. Müde ging er zu Boden und lehnte sich, mit einem wohligen Seufzer der Entspannung, an den Stamm des Baumes. Dann schloss er für einen kurzen Moment die Augen und lauschte den Geräuschen des Waldes.
Er kam nach Hause. Seine Mutter stand im Garten und winkte ihm zu. Er legte seine Beute auf den Boden und nahm sie in den Arm. Sie drückte ihn zärtlich und umfasste mit ihren Händen sein Gesicht. Er zuckte heftig zusammen, als er die Eiseskälte ihrer Finger fühlte ...
Irritiert blinzelte er mit den Augen und sofort setzte sein Herz einen Schlag aus. Ihm wurde speiübel als er erkannte, dass es sich nicht um die kalten Finger seiner Mutter handelt, sondern um das Mündungsrohr eines Gewehrs. Er riss entsetzt die Augen auf und wollte aufspringen, doch der vor ihm stehende Mann setzte ihm den Lauf auf die Brust und drückte ihn nieder. Winkelsees Gedanken

überschlugen sich – er musste tatsächlich eingeschlafen sein. *Oh Gott, nein, das darf einfach nicht sein*, schrie er in Gedanken auf.

Der Mann über ihm begann breit zu Grinsen. »Wir haben schon immer vermutet, dass du, Hans Winkelsee, dem Handwerk der Wilderei nachgehst, doch konnten wir dich niemals auf frischer Tat ertappen. Was glaubst du, wie groß unsere Überraschung war, dich hier schlafend vorzufinden und noch dazu mit einem frisch erlegten Bock an der Seite. Ein Wildschwein zu wildern ist eine Sache, aber einen Hirsch?«

Es folgte ein heißeres Lachen einer zweiten Person, die sich irgendwo im Hintergrund befinden musste und somit außer Sicht war.

Der Mann vor ihm schüttelte den Kopf und ein befriedigtes Lächeln umspielte seine Mundwinkel. »Das bringt dich unweigerlich an den Galgen, Winkelsee! Und ich werde es genießen, dich baumeln zu sehen.«

Daniel Debrien

Schläfrig geworden meinte ich zu Tarek: »Ich weiß ja nicht, wie es mit dir ist, aber ich gehe jetzt ins Bett.«

Der Kleine starrte mich an, als ob ich ihm gerade mitgeteilt hätte, dass ich mich nun vom Balkon stürzen würde. »Wie – du willst jetzt schlafen? Ich dachte wir planen jetzt unser Ablenkungsmanöver?«

»Morgen Tarek – morgen.«

Der Schreck über meine plötzliche Offenbarung saß wohl tief, denn sofort stürzte er den restlichen Apfelwein in seinem Glas in einem Zug hinunter. Mittlerweile hatte der Kobold den kompletten Äppler vernichtet, wenn man von meinen zwei Gläsern einmal absah. »Dann schalte wenigstens den Fernseher ein, damit ich mich noch ein bisschen ablenken kann – ich bin noch nicht müde.«

»Aber keine Bestellungen!«, brummte ich.

Tarek verzog das Gesicht zu einer Grimasse, doch diese Warnung sprach ich nicht ohne Grund aus. Kobolde liebten, aus welchen Gründen auch immer, Shoppingsender und es war schon mehrfach vorgekommen, dass ich in den Tagen darauf irgendwelche Pakete bekommen hatte, deren Inhalt ich mir nicht erklären konnte. Bei den ersten beiden Malen – ich bekam vier rosafarbene Frischhaltedosen und sechs Gläser Bio Algensalat in verschiedenen Geschmacksrichtungen – hatte ich wirklich an meinem Verstand gezweifelt. Nach Rückfrage in den Callcentern wurde mir versichert, dass ich unter dieser Nummer angerufen hätte und die Waren ordnungsgemäß bestellt habe. Bis ich schließlich die nette Dame am Telefon fragte, zu welchem Datum und vor allem, zu welcher Uhrzeit denn bestellt worden wäre. Nachdem dies geklärt war, hatte ich mir den kleinen Herrn Tollkirsche zur Brust genommen. Und sicherlich können Sie sich jetzt vorstellen, dass der liebe Tarek sämtliche Register gezogen hat, um mir zu erklären, dass die erstandenen Dinge absolut überlebenswichtig waren. Wobei ich zugeben musste, dass das zuletzt bestellte Vakuumiergerät durchaus seine Berechtigung hatte und in der Tat ziemlich oft von mir genutzt wurde. Aber das würde ich dem Kleinen gegenüber selbstverständlich nie zugeben.

»Ich warte auf eine Antwort, Tarek!«

»Ja, Weltengänger, ich habe es verstanden – keine Bestellungen«, murrte er widerwillig.

Ich nickte zufrieden. »Dann eine gute Nacht und morgen reden wir über unser Vorhaben.«

Doch ich wurde bereits ignoriert, denn sobald die Flimmerkiste lief, ging die Aufmerksamkeit von Tarek seiner Umwelt gegenüber schlagartig gegen Null. Seufzend verließ ich das Wohnzimmer und ging zu Bett.

Der nächste Morgen verlief unspektakulär. Ich erwachte, stand auf und trottete verschlafen durch die Wohnung, um nach Tarek zu sehen, doch er schien sich bereits aus dem Staub gemacht zu haben. Das wunderte mich, denn ursprünglich wollten wir unser weiteres Vorgehen hinsichtlich der Irreführung der S.M.A. Agenten besprechen. Während ich noch über diesen Umstand sinnierte, keimte unvermittelt ein schrecklicher Verdacht in mir auf. Ich schnappte mir das Festnetztelefon, rief die Anrufliste auf und … atmete erleichtert durch. Die Befürchtung einer neuerlichen Bestellung bestätigte sich zum Glück nicht, denn den letzten protokollierten Anruf hatte ich selbst getätigt. Beruhigt stellte ich das Telefon wieder in die Ladestation, ging in die Küche und schaltete die Kaffeemaschine ein.

Nach einem kurzen Frühstück verließ ich die Wohnung um 9:30 Uhr und machte mich auf zu meiner Arbeitsstätte – dem archäologischen Museum. Wobei Arbeitsstätte eigentlich nicht der richtige Ausdruck ist. Ich bin, wie bereits bekannt, ein freiberuflicher Experte, der dem Museum bei Fragen hinsichtlich Altertümern 5. bis 16. Jahrhundert oder tiefergehenden Recherchen mit Rat und Tat zur Seite steht. Dennoch hatte ich das Glück, und das trotz meiner Beratertätigkeit, einen festen Schreibtisch im Museum mein Eigen nennen zu dürfen. Die Lage meiner Wohnung in Stadtteil Bornheim barg zusätzlich den Vorteil, dass ich einen verhältnismäßig kurzen Weg zum Museum hatte. Sieben Minuten Fußweg zur U-Bahnhaltestelle Bornheim Mitte, dann fünf Stationen bis zur Haltestelle Willy-Brandt-Platz und noch einmal fünf Minuten Fußmarsch bis zur Karmelitergasse. Während ich in Richtung U-Bahnstation lief, ging mir Tareks plötzliches Verschwinden nicht aus dem Kopf. Was hatte den Kleinen dazu veranlasst heimlich und in aller Stille die Wohnung zu verlassen? Gerne hätte ich ihn kontaktiert, doch Handys standen bei Kobolden nicht unbedingt ganz oben auf der Wunschliste. Wobei Tarek nie müde wurde zu betonen, dass diese Teile ein wahrer Segen für die andere Welt bedeuteten. Ich zitiere den Kobold hier gerne ihm Original: *Schau dich doch mal um, Daniel. Jeder glotzt nur auf dieses blecherne Knäckebrot, um ja keine Nachricht oder was auch immer zu verpassen. Sie haben kaum noch Blicke für ihre Umgebung, was uns völlig neue Möglichkeiten eröffnet hat. Haben die Menschen schon vorher wenig von den Wundern der Natur wahrgenommen, so sind sie seit diesen flachen Rechtecken völlig blind geworden.*

Was soll man dazu noch sagen, außer: *Ja Kumpel, du hast recht.* Und wenn ich Tarek jetzt noch erzählte, dass es bereits im Boden eingelassene Fußgängerampeln gab, um Unfälle mit abgelenkten Knäckebrot-Nutzern zu verhindern, dann würde er die Menschheit wahrscheinlich vollends für verrückt erklären.

Ich war kaum fünf Minuten unterwegs, als auch schon das blaue Schild mit weißer Schrift vor mir auftauchte, auf dem in großen Lettern die Aufschrift *U-Bornheim Mitte* prangte. Ich weiß nicht, ob Ihnen das auch schon einmal aufgefallen ist: U-Bahnen haben einen ganz eigenen Geruch. Sobald man in die Nähe von unterirdischen Stationen kommt, weht einem eine leichte Brise von Metall, Öl und Bohnerwachs entgegen. Direkt neben dem Abgang zur Haltestelle befand sich mein Friseur Mr. Leons Scherenhände und natürlich rief ich zumindest ein *Morsche* in den Laden. Eben wollte ich mit der Rolltreppe in die Unterwelt eintauchen, als mein Telefon klingelte. Ich trat schnell zwei Schritte zur Seite, stellte mich mit dem Rücken zum Straßenrand und nahm ab.»Daniel Debrien!«

»Hi Daniel – hier ist Julian. Hast du einen Moment?«

»Klar, für dich immer. Gibt es was Neues?«

Ich hörte noch das Luftholen von Julian, dann überschlugen sich die Ereignisse. Aus den Augenwinkeln bemerkte ich einen Lieferwagen, der von der Hauptstraße mit hoher Geschwindigkeit in die kleine Seitenstraße, in der ich telefonierte, abbog. *Wahrscheinlich irgendein Rohrbruch in der Nähe*, dachte ich im Stillen, als der Wagen auch schon mit quietschenden Reifen hinter meinem Rücken zum Stehen kam. Zeitgleich vernahm ich ein schabendes Geräusch, das vom Öffnen der Seitentüre herrühren musste. Ich wollte mich gerade umdrehen, als es auch schon schwarz vor meinem Gesicht wurde. Irgendjemand hatte mir etwas über den Kopf gestülpt – dadurch entglitt das Handy meinen Händen, während ich zeitgleich mit brutaler Gewalt nach hinten gerissen wurde. Mit voller Wucht prallte ich auf etwas Hartes. Mir blieb die Luft weg und schon wurde ich rücksichtslos in den Wagen hineingezerrt. Ich hörte wie die Tür wieder zugeschoben wurde. Jemand schlug ein paar Mal gegen die Wand des Transporters und brüllte, »Los, los – wir haben ihn.«

Der ganze Vorgang hatte kaum mehr als ein paar Sekunden gedauert und ich war zu überrascht gewesen, um überhaupt reagieren zu können. Das änderte sich jetzt schlagartig – ich begann wie ein Berserker um mich zu treten und zu schlagen. Mein Fuß fand etwas Weiches und sofort trat ich nochmals zu, was in der Folge zu einem schmerzhaften Aufstöhnen führte. Irgendjemand keuchte außer Atem:»Verdammt, halte ihn endlich still.«

Jetzt begann ich zusätzlich zu brüllen und um Hilfe zu rufen, was mir sofort einen gemeinen Fausthieb an die Schläfe einbrachte. Benommen sackte mein Kopf zur Seite und meine Gegenwehr erlahmte für einen kurzen Moment. Meine Vermummung wurde nach oben gerissen und ich erkannte schemenhaft ein Antlitz, dass sich sofort wieder verdunkelte, da mir etwas ins Gesicht gedrückt wurde. Ein widerlich süßlicher Geruch breitete sich in Mund und Nase aus, als mir blitzartig das Wort *Chloroform!* durch das Hirn schoss. Instinktiv versuchte ich die Luft anzuhalten, doch das wurde umgehend mit einem Schlag in die Magengrube quittiert. Automatisch rang ich nach Atem und sofort entfaltete das Narkosemittel seine Wirkung. Meine Arme und Beine wurden schwer wie Blei. Krampfhaft versuchte ich gegen die körperliche Reaktion anzukämpfen, doch es gab kein Entrinnen. Langsam wurde mir schwarz vor Augen und mein ganzer Körper erschlaffte. Das letzte, was ich wie durch Watte vernahm, war der Satz:»Los du Arschloch, jetzt schlaf endlich!« Dann fiel ich in ein tiefes, schwarzes Loch.

Als ich wieder zu mir kam, hatte ich keine Ahnung wie viel Zeit vergangen war, ob es Nacht oder Tag war oder wo ich mich gerade befand. Ich lag auf einer muffigen Matratze – zumindest fühlte es sich so an, da ich die Hand nicht vor Augen sehen konnte. Bei der ersten Bewegung rasselte etwas zu meinen Füßen. Stöhnend setzte ich mich auf und hatte dabei das schreckliche Gefühl, dass mein Kopf gleich in tausend Stücke zerspringen würde. Ich tastete mit den Händen in Richtung der Fußgelenke und stellte mit Entsetzen fest, dass ich festgekettet worden war. Sie, wer auch immer *SIE* waren, hatten mich tatsächlich auf offener Straße und das mitten in Bornheim, entführt. Diese Erkenntnis trieb meinen Puls schlagartig in die Höhe und ich bekam es jetzt wirklich mit der Angst zu tun. Natürlich stellt man sich in dieser Situation zuerst die Fragen *Wer, warum oder wieso*. Doch es dauerte einen Moment, bis ich mich wieder einigermaßen unter Kontrolle hatte und erste klare Gedanken fassen konnte. Je mehr Steine ich gedanklich umdrehte, umso sicherer wurde ich mir hinsichtlich der Beantwortung nach dem *Wer*. Es hatte auf jeden Fall etwas mit dieser geheimnisvollen Abteilung S.M.A. zu tun, denn mir fiel ehrlich gesagt sonst niemand ein, der mich auf offener Straße in einen Transporter zerren würde. Blieb die Frage nach dem *Warum*, aber auch hier glaubte ich eine mögliche Erklärung gefunden zu haben. Julian hatte berichtet, dass diese Leute nach Zenodot suchten, also war es durchaus möglich, dass sie mich als Mittel zum Zweck benutzen wollten.

Unwillkürlich durchfuhr ein gespenstischer Schauer meinen Körper. Die absolute Dunkelheit machte mich verrückt und dadurch schwappte ein nur allzu bekanntes, aber verdrängtes Gefühl an die Oberfläche. Ich wurde bei meinem letzten Abenteuer vor ein paar Wochen von einem geisterhaften Wesen berührt. Dem Tod näher als dem Leben, katapultierte mich dieser Zustand in das völlig finstere Zwischenreich der Toten. Dort hatte ich das gleiche Empfinden wie hier und jetzt – völlige Hilflosigkeit, gepaart mit unbändiger Angst und kategorischem Nichtwissen. Doch im Gegensatz zu damals war ich mir ziemlich sicher, dass diesmal keine altägyptische Gottheit namens Osiris aus der Dunkelheit auftauchen würde, um mich zu retten. Ich musste also etwas unternehmen! Nach mehrmaligen Versuchen stand ich endlich mit beiden Beinen auf dem Boden. Ich griff nach unten, tastete nach der Kette und suchte sie Glied für Glied nach möglichen Schwachstellen ab. So ging es Stück für Stück vorwärts, bis ich nach annähernd zwei Metern eine Verankerung in der Wand erreichte. Ich zerrte wie ein Verrückter an der Kette, doch leider waren alle meine Bemühungen vergebene Liebesmüh. Die vage Hoffnung, dass sich die Befestigung lockern würde, löste sich mit jedem weiteren Versuch in Luft auf. Mit Schweißperlen auf der Stirn tastete ich mich weiter an der Wand entlang, um vielleicht auf eine Tür zu stoßen. Dabei stellte ich fest, dass die Mauer aus unverputzten Ziegelsteinen bestand. Leider war das mit diesem Baustoff so eine Sache – meine Gabe der Graustimme, also die Fähigkeit mit Steinen gedanklich in Kontakt zu treten, half hier leider nichts, da Ziegel aus Lehm gebrannt wurden. Die Backsteine wiesen zudem eine Besonderheit auf – sie waren innen nicht hohl, sondern massiv gebrannt worden. Weiterhin fühlte ich eine deutlich raue, teilweise rissige, Oberfläche. Das veranlasste mich zu der Annahme, dass die Steine vermutlich nicht maschinell gefertigt worden waren und daher handelte es sich bei meinem aktuellen Aufenthaltsort um keinen Neubau. Alle weiteren Bemühungen erstickte der enge Radius der

Kette im Keim. Weiter als zwei, drei Meter kam ich nicht und von einem Eingang keine Spur. Entmutigt tastete ich in der Dunkelheit nach der Matratze und ließ mich demoralisiert auf den weichen Untergrund fallen. So blieb mir nichts anderes übrig als zu warten.

Nach einer nervenaufreibenden Ewigkeit hörte ich näherkommende Geräusche. Mein Herzschlag beschleunigte sich, als ich in diesen Geräuschen menschliche Stimmen erkannte. Zweifelsohne musste sich ganz in der Nähe eine Tür befinden, denn plötzlich hörte ich jemanden klar und deutlich fragen: »Und du sagst vor etwa einer Stunde wurde er betäubt?«

Als ich die Frage hörte erstarrte ich unwillkürlich. *Seit meiner Entführung war tatsächlich erst eine Stunde vergangen?* Wie einem die Zeit doch Streiche spielen kann – mir kam es vor, als würde ich schon tagelang in dieser Dunkelheit sitzen. Aber wenn dem so war und ich bereits eine ganze Weile in diesem Loch steckte, dann war ich definitiv noch in Frankfurt. Ein kleines Licht der Hoffnung keimte auf.

»Ja, er müsste bereits wach sein – die Dosis war eher gering und diente nur der Ruhigstellung«, gab eine helle Stimme zurück.

»Öffne die Türe!«, befahl die Person, die auch die Frage gestellt hatte.

Ein Riegel wurde zurückgeschoben und rechts von mir öffnete sich quietschend eine schwere Türe aus Metall. Eine Hand tastete suchend an der Wand umher und schlagartig flammten mehrere Neonröhren auf. Ich musste die Augen schließen, denn die gleißende Helligkeit stach wie kleine Nadeln auf meinem Sehnerv ein. Ich benötigte einen Moment, bevor ich blinzelnd die Lider öffnen konnte und gleich darauf zwei dunkel gekleidete Männer im Türrahmen ausmachte. Keiner von beiden sagte etwas, als wollten sie mir einen Augenblick der Orientierung geben. Bevor ich mich auf die Männer konzentrierte, blickte ich mich verstohlen in meinem Kerker um. Bis auf die Türe war der Raum fensterlos, kahl und nackt. Hinter mir entdeckte ich einen kleinen Tisch mit zwei Metallstühlen, ansonsten kein weiteres Mobiliar, wenn man von der völlig verdreckten und mit Moder durchzogenen Matratze, auf der ich saß, einmal absah. Als ich den blauschwarzen Schimmel auf dem Stoff bemerkte sprang ich voller Ekel auf die Beine.

»Auch der Bewegungsapparat funktioniert anscheinend wieder«, analysierte mich einer der Männer gefühlskalt.

Was mich nun dazu veranlasste, beide Herren genauer in Augenschein zu nehmen. Sie trugen schwarze Stoffhosen und schwarze Hemden. Einer war bereits graumeliert und mochte vielleicht zwischen vierzig und fünfzig Jahre alt sein. Sein Gesicht war blass und wirkte eingefallen. Die Augen lagen tief in den Höhlen und dunkle Ringe darunter zeugen von einem unsteten Lebenswandel. Der andere hingegen – deutlich jünger und aschblond. Er trug eine Nickelbrille und sein Mund war eingerahmt von einem Dreitagebart. Eine lange Narbe schlängelte sich an der rechten Wange vom Hals bis zur Schläfe. Beide sahen aus, als hätten sie schon einiges erlebt und eines wurde mir auf den ersten Blick sofort klar: diese Typen verstanden definitiv keinen Spaß. »Könnte mir jemand sagen, was das Ganze soll? Entführung am helllichten Tag und auf offener Straße ist nicht gerade ein Kavaliersdelikt!«, begann ich wütend.

Ohne Kommentar trat der Jüngere der beiden vor mich und verpasste mir eine schallende Ohrfeige, dass mir sofort die Ohren klingelten. »Du hältst die Klappe und antwortest nur, wenn du gefragt wirst. Beim nächsten Mal werde ich dich nicht mehr nur streicheln. Haben wir uns verstanden, Debrien?«

»Scheiße, woher ...«, fauchte ich aufgebracht.

Da passierte es auch schon – der Kerl rammte seine Faust mit voller Wucht in meine Magengrube. Ich klappte wie ein Taschenmesser zusammen, ging würgend in die Knie und übergab mich am Boden.

Er stand breitbeinig vor mir, sah auf mich herunter und brüllte: »Was ist daran so schwer zu verstehen, dass du auf diese Frage einfach mit Ja antworten sollst!«

Ich hatte immer noch keine Luft zu atmen und brachte deshalb nur ein mattes Nicken zustande.

»Geht doch.« meinte er zufrieden und zog mich mit einem Ruck auf die Beine.

Schmerzverkrümmt stand ich da und zitterte immer noch am ganzen Körper. Der Ältere durchquerte jetzt den Raum und nahm auf einer Seite des Tisches, mit dem Gesicht zur Türe, Platz. Gemächlich holte er eine Packung Zigaretten aus der Hosentasche und steckte sich einen Glimmstängel an. Nach dem ersten tiefen Zug lehnte er sich entspannt zurück, schlug die Beine übereinander und musterte mich interessiert. »Lass ihn von der Kette«, sagte er zu seinem Kompagnon.

Meine Fesseln wurden gelöst und der Jüngere blaffte mich an: »Setz dich.«

Mühsam schleppte ich mich zu dem noch freien Stuhl und ließ mich unter heftigen Schmerzen in die Sitzgelegenheit fallen. Keuchend saß ich nun dem Älteren gegenüber – zwischen uns nur der Tisch. Wie auf Knopfdruck setzte er ein superfreundliches Lächeln auf, doch es war so falsch wie frischgedruckte Blüten. Ein weiteres Mal zog der Mann an seiner Zigarette und blies mir den Rauch demonstrativ ins Gesicht. Währenddessen hatte sich der Jüngere hinter meinem Rücken postiert, so dass ich ihn nur schemenhaft aus den Augenwinkeln wahrnehmen konnte.

Es entstand eine unheimlich Stille, denn keiner von beiden machte Anstalten, das Wort zu ergreifen.

Ich zischte wütend: »Was soll das ganze Theater?«

Schon bekam ich von hinten einen groben Schlag auf den Kopf, gefolgt von dem Ausruf *Schnauze!*

Mein Gegenüber räusperte sich gekünstelt und meinte in freundschaftlichen Ton: »Nun, Herr Debrien, da sitzen wir also und sie fragen sich zweifellos nach dem *Warum*. Was soll ich Ihnen darauf antworten? Nur so viel – es ist kompliziert. Deshalb kann und will ich Ihnen diese Frage nicht in aller Ausführlichkeit erklären und hoffe, dass Sie ein gewisses Verständnis dafür aufbringen werden. Dennoch habe ich eine erfreuliche Botschaft für Sie: Sie können diesen Raum unverzüglich als freier Mann verlassen und alles was Sie dafür tun müssen, ist, mir eine einzige Frage beantworten.«

Ich blickte ihn nur wortlos an.

Unversehens klatschte er in die Hände und zeigte mit dem Finger auf mich. »Ha, ich sehe Ihnen Ihre Überraschung an! Dass es so einfach werden würde, hätten Sie nicht gedacht, oder?«

Was für ein Arschloch, schoss es mir durch den Kopf.

Dann machte er eine wegwerfende Handbewegung und lachte dabei ungezwungen. »Also, für einen intelligenten Menschen wie Sie, ist das doch ein Klacks. Wir sind keine Unmenschen und das ist doch sehr beruhigend, nicht wahr?«

Diese übertrieben falsche Freundlichkeit verursachte mir krampfartige Magenschmerzen, vor allem wenn man bedachte, dass ich auf keinerlei Hilfe hoffen konnte. Sie hatten mich entführt und mein Handy – die einzige Ortungsmöglichkeit – lag irgendwo auf der Straße. Ich selbst hatte nicht die blasseste Ahnung, wo ich mich befand, mit der Ausnahme, dass es vermutlich noch Frankfurt sein könnte. Das Einzige was mir in dieser Situation einfiel, war, möglichst viel Zeit zu schinden, damit sich Julian und Zenodot auf die Suche nach mir machen konnten. »Wer zum Teufel sind Sie?« Schon erwartete ich, aufgrund meiner Frage, einen neuerlichen Schlag, doch er blieb überraschenderweise aus.

»Lassen Sie mich es so formulieren – wir gehören einer Organisation an, die es sich zur Aufgabe gemacht hat, mögliche Bedrohungen für unser Land aufzuspüren und, wenn nötig, zu eliminieren.«

»Aha – so bin ich also eine Bedrohung, die beseitigt werden muss.« In meinem Rücken erfolgte ein kurzes Geräusch und instinktiv zog ich den Kopf ein.

Mein Gegenüber machte eine verneinende Handbewegung zu dem Mann hinter mir und meinte: »Ob Sie, Herr Debrien, eine Gefahr darstellen, wissen wir nicht – zumindest noch nicht! Der Ausgang unseren kleinen Tête-à-Têtes hängt allein von Ihnen ab. Womit wir nun bei der Frage angekommen wären, die ich bereits eingangs kurz erwähnt habe.«

»Und dazu mussten Sie mich gleich entführen? Vielleicht hätten Sie einfach um ein Treffen gebeten und mich dann gefragt«, zischte ich.

Ein heißeres Lachen war die Antwort. Dann drückte er seine Zigarette auf der Tischplatte aus und seine Stimme nahm einen gefährlichen Unterton an. »Wie Sie bereits bemerkt haben dürften, kennen wir Ihren Namen und natürlich ein paar Fakten mehr. Also tun Sie sich selbst einen Gefallen und verkaufen mich nicht für dumm. Wir können auch anders. Und bevor Sie sich nun echauffieren – ja, das war eine Drohung!«

Ich schluckte schwer – sagte aber nichts.

Er beugte sich über den kleinen Tisch und fixierte mich mit einem funkelnden Blick. »Gut, ich sehe wir haben uns verstanden. Hier somit meine Frage: Kennen Sie den Aufenthaltsort eines Mannes mit Namen Zenodot von Ephesos?«

Fuck dachte ich panisch, als sich all meine Vermutungen mit einem Schlag bestätigten. Ich wusste von Julian, aufgrund der Sache mit dem falschen Dr. Bredenstein, dass sie über meine Person informiert waren – leugnen schien also zwecklos. Jetzt war guter Rat teuer – was sollte ich tun? Sagte ich *NEIN*, dann war ihnen sofort klar, dass ich lüge. Mit *JA* zu antworten stand außer Frage, da ich keinesfalls den Standort der Tiefenschmiede preisgeben wollte. Wer weiß was diese Typen dann Schreckliches vor hatten. Unwillkürlich tauchte Tobias Trüffel vor meinem inneren Auge auf, wie er inmitten seiner geliebten Küche tot auf dem Boden lag. Nein – so etwas dürfte auf keinen Fall passieren. Ich beschloss mich erst einmal dumm zu stellen. »Zenodot wer …?«

Schlagartig verdunkelten sich die Augen des Älteren und seufzend ließ er sich in die Lehne seines Stuhls zurückfallen. Er fischte eine zweite Zigarette aus dem Päckchen und zündete sie sich an. »Ich habe Ihnen mehr als eine Brücke gebaut, Herr Debrien, aber anscheinend verkennen Sie wirklich den Ernst Ihrer Lage.«

Es folgte ein kurzes Nicken, hinter mir hörte ich ein leises Kratzen, dann verspürte ich einen Einstich im Nacken. Augenblicklich wurde es dunkel und ich kippte vom Stuhl.

Pia Allington

Immer wieder wanderten Allis Augen zwischen dem Bildschirm ihres Computers und dem Display ihres Smartphones hin und her. Schwarze Kugel – Handgelenk – schwarze Kugel – Handgelenk. Es waren unverkennbar zwei identische Symbole und das konnte nur bedeuten, dass die beiden Beamten von Scotland Yard etwas mit dem magischen Anschlag auf das Steinmonument zu tun hatten. Umgehend versuchte sie Zenodot über Skype zu erreichen, um ihm von ihrer Entdeckung zu berichten, doch der Anruf lief ins

Leere. Dann also Daniel. Nach dem zweiten Klingeln nahm er ab, doch beim Klang der Stimme erstarrte Alli. Am anderen Ende war niemand anderes als – Julian Schwarzhoff.

»Ju... Julian??«, stotterte sie völlig überrascht. »Wie kommst denn du zu Daniels Telefon?«

»Hallo Alli«, erfolgte die Antwort, doch es war beileibe keine überschwängliche Begrüßung. Die Stimme des Kommissars klang freudlos, düster und bedrückt.

Schockartig breiteten sich böse Vorahnungen wie ein Tsunami in Allis Bauch aus. »Was ist passiert?«

Schwarzhoff antwortete und wie es seiner Art entsprach, ohne große Umschweife. »Um es kurz zu machen – Daniel ist vermutlich heute früh, genauer gesagt um 9:38 Uhr, auf offener Straße entführt worden. Das spiegelt zumindest die aktuelle Faktenlage wider.«

»Du verarscht mich jetzt, oder?«, entfuhr es Alli ungewollt. Nach einer kurzen Entschuldigung fragte sie bestürzt nach: »Was genau ist vorgefallen? Und warum kennt die Polizei die Uhrzeit exakt auf die Minute?«

Julian Schwarzhoff vertröstete sie einen Moment, denn er wollte auf keinen Fall Daniels Telefon in Beschlag nehmen. Er rief Alli aus seinem Büro im Präsidium zurück und nun erfuhr die Weltengängerin was passiert war. Der Kommissar berichtete niedergeschlagen von dem Besuch seines Kollegen Dr. Matthias Bredenstein, seiner Entscheidung ihm von der *anderen* Welt zu erzählen und der entsetzlichen Entdeckung, wem er sich gerade anvertraut hatte. Aus diesem Grund kontaktierte er heute Morgen Daniel, um nachzufragen, ob ihm schon etwas Ungewöhnliches aufgefallen wäre. Der Kommissar machte sich, aufgrund seines unbeabsichtigten Fehltritts, große Sorgen um Daniel. Er erreichte den Weltengänger telefonisch um genau 9:38 Uhr. Nach einer kurzen Begrüßung brach der Kontakt plötzlich ab, nicht aber die Verbindung. Schwarzhoff vernahm einen dumpfen Schlag, der, wie sich später herausstellte, vom Aufschlag des Handys auf die Straße herrührte. Er hörte quietschende Reifen, als plötzlich eine Frauenstimme völlig hysterisch ein *Ist da jemand?* ins Telefon plärrte. Schwarzhoff gab sich alle Mühe die Dame zu beruhigen, die aber wenige Augenblicke später sichtlich erleichtert zur Kenntnis nahm, dass die Polizei bereits am anderen Ende der

Leitung war. Aufgelöst berichtete sie dem Kommissar, dass der Handyinhaber gerade eben in einen weißen Lieferwagen gezerrt worden war. Nachdem er den Tatort erfahren hatte, schickte Schwarzhoff sofort zwei Streifenwagen los. Er befahl der Dame nachdrücklich an Ort und Stelle zu bleiben, damit ihre Zeugenaussage aufgenommen werden konnte und begab sich unverzüglich nach Bornheim.

Als Julian endete, klappte Alli regelrecht in sich zusammen. Aber so hart es klingen mochte und so schwer ihr diese Einsicht fiel – es gab momentan nichts, dass sie von hier aus tun konnte. Doch da sie Julian nun mal am anderen Ende der Leitung hatte, erzählte sie ihm von ihrer Entdeckung. Als sie im Gespräch das seltsame Symbol, eine waagrechte Wellenlinie, beschrieb, unterbrach sie Julian mit einem lauten *Stopp, sag das nochmal!*

Plötzlich erinnerte sich der Kommissar ebenfalls eine Wellenlinie gesehen zu haben, nämlich auf dem rechten Handgelenk des falschen Dr. Bredenstein. Er hatte ihn sogar darauf angesprochen und was hatte er geantwortet? *Ich habe mich am Backofen verbrannt, als ich sonntags die Brötchen aufbacken wollte.*

Als Alli dies hörte, meinte sie völlig entsetzt: »Julian, was geht hier vor? Scotland Yard, das deutsche Innenministerium, die deutsche Bundespolizei – alle hängen da irgendwie mit drin. Eine Verschwörung auf höchster Ebene? Mit dem Ziel den Dämon zu befreien? Das wäre, gelinde gesagt – unfassbar!«

»Ja, Alli, das sehe ich ebenfalls so. Ich werde nachher die Tiefenschmiede aufsuchen, um Zenodot von allen Dingen zu unterrichten.«

»Er wird nicht begeistert sein, vor allem, wenn er erfährt, dass Daniel entführt worden ist«, antwortete die Weltengängerin besorgt.

»Und es meine Schuld gewesen ist, dass es überhaupt so weit kommen konnte«, flüsterte der Kommissar leise.

»Es hätte jedem von uns passieren können, also mach dir keine Vorwürfe. Wichtig ist nur, dass du alle Hebel in Bewegung setzt, um Daniel schnell zu finden.«

»Ich bin dran, Alli. Ich bin dran.«

»Gut. Versprich mir, mich sofort zu informieren, wenn es Neuigkeiten gibt.«

»Natürlich!«

»Okay, also hoffen wir das Beste.« Dann beendete Alli das Telefonat mit Tränen in den Augen. Daniel war entführt worden – verschleppt an einen unbekannten Ort.

Reichsstadt Frankfurt – 1550 a.D.

Hans Winkelsee war noch immer wie gelähmt. Er konnte es nicht fassen, dass er so leichtsinnig gewesen und unter dem Baum eingeschlafen war. Seine Gedanken überschlugen sich auf der Suche nach einem Entkommen, doch die aktuelle Situation war aussichtslos und beide Wildhüter waren nicht gerade zimperlich. Sie hatten ihn mittlerweile gefesselt und dabei hatte es reichlich Schläge gehagelt. Sein ganzer Körper schrie unter Schmerzen und das linke Auge war durch einen Fausthieb bereits zugeschwollen. Unter vielen Beschimpfungen wickelten sie ihm ein weiteres Seil um den Körper und zerrten ihn jetzt durch den Wald. Dem nicht genug, hatten die beiden den Kopf des Rehs abgetrennt und einen dünnen Lederriemen an beide Geweihenden festgemacht. So entstand eine morbide Trophäe, die sie ihm um den Hals hängten, damit jeder sofort sehen konnte, dass sie einen Wilddieb gefasst hatten. Da seine Hände hinter dem Rücken zusammengebunden waren, musste er nun bei jedem Schritt aufpassen, dass er nicht stolperte und stürzte. Wäre das der Fall, dann würde sich das Geweih, beim Aufprall auf den Boden, unweigerlich in seine Brust bohren. Aber es war inzwischen eigentlich egal, ob er auf diese Weise starb oder später am Galgen. Jeglicher Hoffnung beraubt, dachte er mit Grausen daran, welche Schande er über seine Eltern bringen würde. Er hatte mit hohem Risiko gespielt – und verloren. Doch dazu kam es nur, weil er so unglaublich dumm gewesen war und gegen jede seiner selbstauferlegten Regeln verstoßen hatte. Das schmerzte viel schlimmer, als die Schläge der Wildhüter.

Unterdessen hatte sie einen breiten Weg erreicht, der in gerader Richtung nach Frankfurt führte.

Einer der Männer gesellte sich an seine Seite. »Nicht mehr lange und wir werden die Stadt erreichen. Der Schultheis wird nicht lange fackeln und kurzen Prozess mit dir machen – eigentlich müsste dir der Hals schon jucken. Was mich angeht, bedaure ich das fast ein wenig. Ihr Wilderer verdient keinen schnellen Tod.«

Winkelsee blieb still – was sollte er dazu auch sagen.

»Jetzt fehlen dir die Worte, was?«, schnaubte der Hüter sichtlich amüsiert.

Und ohne weitere Vorwarnung verpasste ihm der Mann einen brutalen Faustschlag ins Gesicht. Ein Lichtblitz explodierte in Winkelsees Kopf und nur unter größten Mühen konnte er sich auf den Beinen halten.

Der zweite Mann, der hinter ihm lief, lachte nur lauthals und gluckste: »Lass ihn leben, Heinrich. Du willst den Schultheis doch nicht um das Vergnügen bringen, ihn baumeln zu sehen?«

»Ja, ja – schon gut. Unser Vergnügen, Ansgar, wird sein, wenn wir eine Belohnung einstreichen. Und die wird bei einem gewilderten Rehbock sicherlich größer ausfallen als bei einem Wildschwein.« Um diese Gewissheit noch zu unterstreichen, klopfte der Mann namens Heinrich seinem Gefangenen freundschaftlich auf die Schulter. »Und das nur dank dir, Winkelsee. Heute Abend werden wir einen großen Krug Wein trinken und dich hochleben lassen.«

Diese und viele andere Schmähungen setzten sich den ganzen Weg hinfort durch, bis sie schließlich das Affentor in Sachsenhausen erreichten. Von dort ging es durch die engen Gassen bis hin zur Alten Brücke, die sie über den Main nach Frankfurt führte. Die ganze Zeit über hielt Winkelsee die Augen starr auf den Boden gerichtet, um den fragenden, bohrenden, neugierigen und auch schadenfrohen Blicken der Menschen nicht ausgesetzt zu sein. Sie hatten eben den ersten Wachtturm der Alten Brücke passiert und wanderten über den Fluss, der zweiten Warte entgegen, als eine junge Frau an ihnen vorbeieilte. Winkelsee roch plötzlich einen Duft von Lavendel und Rosen. Irritiert hob er den Kopf und sah der Frau nach, als diese sich plötzlich umdrehte, ihn ansah und verschämt lächelte. Der Wind zerzauste ihr blondes langes Haar und der dunkelgrüne Rock flatterte leicht, als wolle er jeden Moment das Geheimnis ihrer Beine preisgeben. Dann zuckte sie plötzlich zusammen, als wäre sie bei etwas Unrechtem ertappt worden und eilte weiter.

Im gleichen Moment traf ihn ein Schlag in die Seite, der ihm den Atem nahm. Nach Luft ringend ging er in die Knie.

»Steh auf du Bastard. Was sollte das gerade eben? Reicht die Wilderei noch nicht? Musst du auch noch anständige Frauen belästigen?«, schnarrte Ansgar.

»Aber ...« Doch weiter kam er nicht, da unmittelbar ein zweiter Schlag erfolgte, diesmal von Heinrich.

»Halt die Klappe und lauf weiter. Und wenn du nochmal den Weibern hinterher glotzt, ist es mir verdammt nochmal egal was der Schultheiß sagt, denn dann prügle ich dich gleich hier tot.«

Stöhnend erhob sich Winkelsee und stolperte weiter. Sie liefen auf den zweiten Turm der Brücke zu – die letzte Station, bevor sie endgültig die Reichsstadt Frankfurt betraten.

Als die kleine Gruppe das wuchtige Eingangstor erreichte, kam Bewegung in die Wachmannschaft. Einer eilte in die Wachstube und kam einen Augenblick später mit einem zweiten Mann wieder heraus. Dieser hob sich durch seine Uniform deutlich von den anderen Soldaten ab – es handelte sich um den wachhabenden Offizier.

»Sieh an, sieh an, wen haben wir denn da?«, rief er der Gruppe entgegen.

Beide Wildhüter setzten ein breites Grinsen auf.

»Heinrich Müller und Ansgar Tannenspiel – wie ich sehe ist euch ein dicker Fisch ins Netz gegangen!«, meinte der Offizier schmunzelnd.

Als Winkelsee den Nachnamen des zweiten Wildhüters vernommen hatte, schoss sein Kopf in die Höhe. »Tannenspiel? Ihr seid verwandt mit Albrecht Tannenspiel?«, fragte er stockend.

»Wenn du den Koch im Schwarzen Stern meinst – das ist mein Vater«, antwortete Ansgar und setzte ein diebisches Lächeln auf.

Winkelsee wurde heiß und kalt. Seine Gedanken überschlugen sich regelrecht. *Konnte es sein, dass er einem perfiden Plan zum Opfer gefallen war?* Er hatte sich damals schon gewundert, dass Albrecht Tannenspiel zwei ganze Schillinge für ein einzelnes Reh gezahlt hätte. Eine übertrieben hohe Summe, die vermutlich kein Wilderer ablehnen würde. Der Wilddieb ging auf den Handel ein, Tannenspiel setzte ihm eine äußerst kurze Frist für die Lieferung und informierte seinen Sohn. Dieser lauerte dem Täter auf, kassierte von der Stadt eine Belohnung und jeder Beteiligte bekam einen Anteil.

Als er nochmals das Gesicht von Ansgar Tannenspiel musterte, war er sich sicher, dass es so gewesen sein musste. Der Wildhüter stand breitbeinig da und ihre Blicke trafen sich. Als dieser den völlig entsetzten Gesichtsausdruck des Wilderers bemerkte, umspielten die Mundwinkel ein diabolisches Zucken und seine kalten Augen schrien Winkelsee förmlich entgegen *Ich weiß es und jetzt weißt du es auch.*

Winkelsee begann wie ein Berserker an seinen Fesseln zu zerren und schrie Tannenspiel entgegen: »Ihr verfluchten Hunde! Der Teufel soll euch holen!«

Wieder hagelte es Schläge und der wachhabende Offizier trat vor ihn. In scharfem Ton sagte er: »Wenn Ihr die Situation nicht noch verschlimmern wollt, dann rate ich Euch, Euer Gemüt im Zaum halten.«

»Pah, was soll denn noch passieren? Ich bin doch schon so gut wie tot.« fauchte Winkelsee ungehalten zurück.

Der Offizier lächelte ihn gefährlich an. »Zwei- oder drei Tage in der Folterkammer und Ihr würdet Euch wünschen, dass man Euch gleich aufgeknüpft hätte. Oder wollt Ihr etwa abstreiten, den Bock ...«, und dabei zeigte er auf den abgetrennten Kopf, der um Winkelsees Hals baumelte, »... erlegt zu haben.«

»Nein ... ich ...«

Der Wachhabende unterbrach ihn rüde. »Ihr allein seid für Euer Tun verantwortlich! Diese beiden Männer haben nur das getan, wofür sie bezahlt werden – nämlich Wilddiebe wie Euch das Handwerk zu legen.« Dann zischte er bedrohlich zu den Wildhütern: »Schafft mir diesen erbärmlichen Wicht aus den Augen.«

Ansgar und Heinrich blickten sich unsicher an und einer meinte vorsichtig: »Und wohin sollen wir ihn bringen?«

Einer der Wachsoldaten, der die Frage anscheinend gehört hatte, eilte auf die kleine Gruppe zu. Mit dienstbeflissenem Gesicht meinte er fast entschuldigend zu seinem Vorgesetzten: »Hauptmann Straub, wir bekamen heute Vormittag Nachricht, dass der Kerker im Katharinen Turm gefüllt ist. Ich schlage deshalb vor, ihn in den Eschenheimer Turm zu bringen.«

Offizier Straub nickte. »Danke, Soldat.« Dann wandte er sich zu Heinrich Müller und Ansgar Tannenspiel. »Ihr habt es gehört. Kommt jetzt bitte mit in die Wachstube, damit ich Euch die notwendigen Papiere ausstellen kann. Dann geleitet den Gefangenen zum Eschenheimer Turm. Sobald er dort eingekerkert ist, könnt ihr eure wohlverdiente Belohnung in Empfang nehmen. Soldat!«

Die herbeigeeilte Torwache nahm Haltung an. »Ja, Hauptmann?«

»Ich gehe mit den Wildhütern in die Wachstube, um die Amtsdokumente auszufertigen. Ihr bewacht in der Zwischenzeit den Delinquenten. Flieht er, schrubbt Ihr für die nächsten zehn Jahre Latrinen in der Garnison!«

Der Soldat schlug die Hacken zusammen und bellte: »Zu Befehl, Hauptmann.«

Mit einem breiten Grinsen folgten Müller und Tannenspiel Hauptmann Straub in einen kleinen Raum, der sich rechterhand unter dem Torbogen des Wachturms befand. Zurück blieb Hans Winkelsee, der nun von dem Soldaten mit groben Stößen durch das Eingangstor getrieben wurde.

»Setz dich dort auf dem Holzschemel und rühr dich nicht vom Fleck«, raunzte er den Wilderer an.

Direkt neben dem Tor befand sich eine Pferdetränke damit die Händler ihren Zugtieren frisches Wasser geben konnten. An der Turmmauer fristete eine altersschwache Fußbank, die wohl zum Auf-und Absteigen für Reiter dienen mochte, ihr Dasein. Winkelsee schlich niedergeschlagen zu der besagten Bank und setzte sich wortlos. Diese ungewohnte Bewegung quittierte sein Körper sofort mit heftigen Schmerzen. Stöhnend rieb der sich die rechte Seite und lehnte sich vorsichtig an die grobbehauenen Ziegelsteine.

»Ich muss mich erleichtern. Wenn du auch nur einen Mucks machst, bringe ich dich persönlich zur Strecke«, blaffte sein Aufpasser und verschwand zügig in einem Seiteneingang, wo sich vermutlich der Abort befand.

In Winkelsees Kopf drehte sich alles und es fiel schwer einen klaren Gedanken zu fassen. Immer wieder kroch derselbe Satz durch sein Gehirn: *Eine Falle, es war eine verdammte Falle.* Und er war wie ein Anfänger hineingetappt. Allein die hohe Summe hätte ihn schon stutzig machen müssen, aber war das nicht häufig so? Rückblickend und mit kühlem Kopf betrachtet, stellte sich so manche Handlung als unbesonnen und überstürzt heraus. Meistens gab es genug warnende Vorzeichen, die einen vernünftigen Menschen davon abhalten sollten, sich auf dieses Vorhaben einzulassen. *Aber nein, er musste ja unbedingt gierig nach dem Geld greifen.* Sein Leben war verwirkt. So saß er da und beobachtete die vorbeiziehenden Menschen, die geschäftig ihrem Tagwerk nachgingen. Rechts und links des Tores hatten viele Händler ihre Stände aufgestellt, priesen ihre Waren lautstark an oder verhandelten wild gestikulierend mit interessierten Kunden. Plötzlich beneidete er all diese Menschen, denn sie konnten sich frei und ungezwungen bewegen, während er hier gefesselt auf den Tod wartete. Er war so tief in Gedanken versunken, dass er die Gestalt, die plötzlich neben ihm auftauchte, überhaupt nicht wahrnahm. Erst durch ein sachtes Klopfen auf seiner Schulter schreckte er hoch – und erstarrte!

Das Pochen an seinem Rücken entstammte einem langen Holzstab, an dessen Ende er den seltsamen Alten erblickte, dem er bereits im Seilergässchen begegnet war.

»Ihr??«, stammelte Winkelsee perplex.

Die wachen Augen des Alten musterten ihn durchdringend, dann schüttelte er vorwurfsvoll den Kopf. »Wie ich sehe, habt Ihr meine Warnung achtlos in den Wind geschlagen! Und nun seht Euch an – gefesselt und dem Tode näher als dem Leben.«

Wie beim ersten Aufeinandertreffen verschlug es dem gefangenen Wilderer erneut die Sprache. Er starrte den alten Mann mit weit aufgerissenen Augen an.

Ein durchdringendes Kichern erfolgte. »Und nun fragt Ihr Euch, wie dieser Greis davon wissen konnte?«

Stumm nickte Winkelsee.

»Ich weiß mehr über diese Welt, als Ihr es Euch je vorstellen könntet. Jedoch werde ich mich zu dieser Aussage nicht erklären, denn Ihr würdet es ohnehin nicht verstehen. Also belassen wir es einfach dabei, dass ich von Eurem Handel mit dem Koch wusste«, meinte der Alte sichtlich vergnügt.

»Es ist jetzt auch egal, wie Ihr davon Kenntnis erlangt habt – vor Euch sitzt ein toter Mann.«

»Hoffnung gibt es immer. Sagte ich nicht voraus, dass wir uns wiedersehen werden? Und nun seht – ich stehe vor Euch!«

»Und was sollte mir das helfen? Wollt Ihr die Wachen mit dem Stock vertreiben?«

Jetzt verdunkelte sich das Gesicht des alten Mannes und er zischte schneidend, »Spart Euch Euer Gespött für andere auf.«

Erschrocken zog der Wilddieb den Kopf ein, denn die Worte des Greises drangen wie ein frisch geschmiedeter, noch glühender Nagel, in sein Bewusstsein.

Zufrieden nickte der alte Mann und fragte knapp: »Wohin werdet Ihr gebracht?«

»Wenn man dem glauben darf, was ich gerade eben gehört habe, so ist es der Eschenheimer Turm«, flüsterte er leise.

»Hmm, das macht die Sache eben nicht leichter, aber ich werde Euch dort besuchen. Dann sehen wir, was wir für Euch tun können«, überlegte der Alte laut.

Winkelsee musterte den Mann aufmerksam. Er trug zwar die gleiche Kleidung wie bei ihrer ersten Begegnung, allerdings stach ihm heute eine kleine Veränderung ins Auge. Die schäbige Kutte war mit einem Seil um die Hüften gebunden und an diesem Strick baumelte etwas. Es handelte sich um eine kleine durchsichtige Phiole, in der eine trübe violette Flüssigkeit hin und her schwappte. *Vielleicht ein Heiltrank?* dachte er unwillkürlich. Winkelsee hatte von diesem lichtdurchlässigen Material schon gehört, man nannte es Glas. Doch wie kam jemand, der wie ein Bettler angezogen war, zu solch einem wertvollen Gegenstand? Zumal es in diesen Zeiten mehr als leichtfertig war, etwas so Kostbares, für jedermann sichtbar, an seiner Hüfte zu befestigen. »Wer seid Ihr, alter Mann? Wie ruft man Euch? Wir sind uns bis gestern noch nie begegnet und doch wollt Ihr mir helfen? Warum? Ich verstehe das nicht«, platzte es aus ihm heraus.

Ein kehliges Lachen war die Folge. »Ich trage und besitze keinen Namen. Doch wenn es Euch beruhigt – da ich Botschaften überbringe, nennt mich einfach *der Bote*.«

»Der Bote?«, wiederholte Winkelsee erstaunt. Schon wollte er eine weitere Frage stellen, doch als er den Kopf hob, war der seltsame Greis nicht mehr zu sehen. Verwirrt blickte er sich nach allen Seiten um, doch der Alte war wie vom Erdboden verschluckt.

Zu allem Überfluss kam jetzt auch sein Wächter zurück. Als er Winkelsee erblickte, stutzte er einen Moment und begann zu lachen. »Was ist denn mir dir los? Du schaust, als wäre dir ein Geist erschienen! So blass wie du bist, könnte man dich jetzt schon mit einer Leiche verwechseln. Kannst es wohl nicht erwarten, wie?« Da schien ihm plötzlich eine Idee zu kommen. Grinsend trat er vor Winkelsee und verpasste ihm zwei schallende Ohrfeigen. Dann beugte er sich hinunter, begutachtete das Gesicht des Wilderers und meinte schließlich zufrieden: »Na also, ein schönes dunkles Rosa. Siehst du und schon ist die Welt wieder in Ordnung.«

Der Soldat wollte noch etwas sagen, doch in diesem Moment traten Heinrich Müller, Ansgar Tannenspiel und der wachhabende Offizier durch den Torbogen des Brückenturms. Sofort nahm der Wachposten Haltung an und bevor jemand etwas sagen konnte, rief er zackig: »Keine besonderen Vorkommnisse, Hauptmann.«

Straub richtete seinen Blick auf Winkelsee, der wie ein Häufchen Elend zusammengesunken auf der Fußbank saß. Dann meinte er zu den Wildhütern: »Er gehört wieder euch. Bringt den Wilddieb zum Eschenheimer Turm und zeigt dem Turmwächter die Papiere. Er wird sich um alles kümmern und die Übergabe abzeichnen. Sobald er seine Unterschrift unter das amtliche Dokument gesetzt hat, geht ihr mit den Urkunden zum Rat der Stadt. Ihr wisst, wo der Schatzmeister seinen Sitz hat?«

Beide Hüter nickten voller Vorfreude.

»Gut, dann weg mit diesem Unrat. Und Ihr, Soldat – zurück auf Euren Posten!«, schnarrte der Hauptmann und begab sich ohne weitere Worte zurück in die Wachstube.

Tannenspiel gab Winkelsee mit dem Fuß einen Tritt und blaffte ungehalten: »Also hoch mit dir – der Kerker wartet!«

Unter Schmerzen stand der Wilddieb auf und setzte sich in Bewegung.

Plötzlich meinte der Wildhüter: »Halt, warte!« Er trat zu Winkelsee und richtete den abgeschnittenen Hirschkopf erneut aus, so dass dieser wieder in der Mitte der Brust hing. »Wenn du schon so ein schönes Schmuckstück um den Hals hängen hast, dann wollen wir es auch gut ins Bild setzen.«

Winkelsee funkelte ihn an und flüsterte leise, aber völlig ruhig: »Sollte ich dir oder deinem Vater widererwarten jemals in Freiheit begegnen, dann Gnade euch Gott. Ihr werdet euch wünschen mich niemals getroffen zu haben.«

Ob es nun an seinen gesprochenen Worten lag, oder in der absoluten Ruhe, mit der er diese aussprach – Ansgar Tannenspiel setzte erschrocken einen Schritt zurück. Er benötigte einen winzigen Augenblick, um sich zu fangen, doch dann erschien sogleich das altbekannte Lächeln auf dem Gesicht des Wildhüters, das jedoch alles andere als sicher wirkte.

Ebenso leise flüsterte er sarkastisch zurück: »Rede du nur. Letzten Endes werden wir die Belohnung einstreichen und dich mit Freude hängen sehen. Das war leicht verdientes Geld.« Er musterte Winkelsee von oben bis unten, dann legte er den Kopf schief und tat, als überlege er angestrengt. »Vielleicht sollten wir tatsächlich ein Geschäft daraus machen. Es gibt sicherlich noch so einige Strauchdiebe wie dich.« Dann erhob er die Stimme: »Und jetzt bewege dich endlich.«

Julian Schwarzhoff

An der U-Bahnstation angekommen, hatte sich bereits ein Menschenauflauf gebildet. Die Polizei vor Ort hatte alle Hände voll zu tun. Vor allem mussten die Rollentreppen freigehalten werden, damit Personen, die aus der U-Bahn nach oben kamen, Platz hatten und nichts ins Stocken geriet. Zuvor hatten die Beamten den betroffenen Teil der Bergerstrasse abgesperrt, während zwei weitere Polizisten damit beschäftigt waren Zeugenaussagen aufzunehmen. Schwarzhoff lief auf einen der Gesetzeshüter zu und fragte nach dem aktuellen

Stand. Der Mann verwies ihn an seinen Kollegen, der sich gerade in der Nähe einer großen Litfaßsäule mit einer jüngeren Frau unterhielt.

Der Kommissar trat zu den beiden und zeigte seinen Ausweis. »Kriminalhauptkommissar Schwarzhoff – ich hatte angerufen und den Vorfall gemeldet.«

Plötzlich streckte die Frau ihre Hand aus und lächelte schüchtern. »Ich bin Iris Berndt. Wir haben bereits telefoniert.«

Er nahm ihre Hand und schüttelte sie. »Und dafür herzlichen Dank, Frau Berndt. So manch anderer hätte das Telefon einfach eingesteckt oder hätte, um mögliche Unannehmlichkeiten zu vermeiden, den Vorfall einfach ignoriert und wäre weggelaufen.«

Die junge Frau errötete leicht und meinte: »Nicht der Rede wert, wobei ich zugegebenermaßen ziemlich schockiert war. Ich habe ihrem Kollegen …«, und dabei zeigte sie auf den anwesenden Polizisten, »… bereits alles gesagt, was ich beobachtet habe.« Sie fügte entschuldigend und leise hinzu: »Leider kann ich Ihnen weder das Kennzeichen noch die Marke des Lieferwagens sagen. Es ging alles so fürchterlich schnell – und wer rechnet schon mit einer Entführung, hier im beschaulichen Bornheim.«

Schwarzhoff wandte sich an seinen Kollegen: »Haben Sie alles notiert?«

Der Mann nickte.

»Die Adresse von Frau Berndt und wo wir sie notfalls erreichen können?«

Erneutes Nicken.

Der Kommissar wandte sich wieder der Frau zu. »Haben Sie vielen Dank! Sollten wir noch weitere Fragen haben, so werden wir uns gegebenenfalls bei Ihnen melden. Sie können jetzt gehen.«

Sichtlich erleichtert atmete die Frau auf und war offenkundig froh, endlich dieser unangenehmen Situation entfliehen zu können. Schwarzhoff sah ihr nach, wie sie die Treppen zur U-Bahn hinuntereilte und nahm dann den Polizisten ins Visier. »Also Herr Kollege – was haben wir?«

Der Beamte stellte sich als Polizeihauptmeister Heiko Thalmeier vor. »Darf ich Ihnen vorab eine Frage stellen? Stehen Sie mit dem Entführten in irgendeinem engeren Kontakt?«

»Ja, er heißt übrigens Daniel Debrien und ist ein langjähriger

Bekannter von mir. In dem Moment als es passierte, telefonierten wir gerade. Ich kann mir zwar nicht erklären, warum er entführt wurde, doch als Kriminalbeamter habe ich Folgendes gelernt: Egal wie gut du einen Menschen zu kennen glaubst, jeder hat ein zweites Gesicht, dass er bestmöglich versucht vor seinen Mitmenschen zu verbergen.« Schwarzhoff hoffte, dass Thalmeier die Anspannung und Sorge in seiner Stimme nicht bemerkte.

»Das kann ich nur bestätigen, Herr Kommissar. Also zur Faktenlage, die ich als ziemlich dürftig beschreiben würde«, meinte dieser dienstbeflissen und fing an, in seinem Notizblock zu blättern. Als er die gesuchte Seite fand, begann er zu berichten: Debrien stand mit dem Rücken zur Straße, etwa zwei Meter vom Eingang der U-Bahn entfernt und telefonierte, als ein weißer Lieferwagen – Kennzeichen unbekannt – von der Saalburgallee in die Bergerstrasse eingebogen war. Laut den Zeugenaussagen geschah alles in Bruchteilen von Sekunden. Der Transporter stoppte, die seitliche Schiebetüre wurde aufgerissen und Debrien eine schwarze Kapuze über den Kopf gestülpt. Sofort zerrten ihn zwei Männer auf die Ladefläche, doch dabei entglitt dem Entführten das Handy und fiel auf die Straße. Augenblicklich raste der Wagen mit hoher Geschwindigkeit davon und bog an der nächsten Kreuzung rechts in die Ringelstraße ab. Diesen Ablauf bestätigten insgesamt sechs Zeugen – alle Personalien wurden festgehalten.

Angesichts der Schilderung lief es dem Kommissar eiskalt über den Rücken und der Gedanke *Daran bist nur du schuld* lief wie ein Leuchtband durch sein Gehirn. »Konnte irgendjemand etwas über den Transporter sagen?«, fragte er bedrückt.

»Sie meinen die Marke oder etwaige Auffälligkeiten?«

»Ja.«

»Von Mercedes Sprinter bis Volkswagen Multivan war alles dabei, deshalb Fehlanzeige. Alle Zeugen berichten jedoch übereinstimmend, dass es keine Aufschrift oder sonstige Aufkleber gegeben hätte. Der Wagen war weiß – und das war es auch schon«, meinte der Beamte sichtlich enttäuscht.

Schwarzhoff blickte sich suchend um. Direkt gegenüber dem U-Bahneingang auf der anderen Straßenseite entdeckte er eine Filiale der Frankfurter Volksbank. »Checken Sie, ob der Eingang der Bank videoüberwacht wird. Sollte dem so sein, werden wir zwar nicht die Entführung sehen, aber vielleicht die Seitenansicht des Transporters samt Fahrer. Unsere Spezialisten werden sicherlich sofort Marke und Typ des Lieferwagens feststellen können. Und wenn wir ganz viel Glück haben, ist womöglich sogar das Kennzeichen zu sehen.«

Polizeihauptmeister Thalmeier nickte. »Ich kümmere mich gleich darum.«

»Gut. Ich gebe Ihnen meine Nummer, damit Sie mich auf dem Laufenden halten können. Geben Sie mir unbedingt Bescheid, wenn es tatsächlich Videoaufnahmen geben sollte. Zweifellos werden Sie mein persönliches Interesse verstehen. Ich werde mich inzwischen bei seinen Nachbarn und Freunden umhören.«

»Ja, natürlich. Könnten Sie mir noch die genaue Adresse von Debrien geben? Ich muss das in meinen Bericht schreiben«, sagte Thalmeier vorsichtig.

»Selbstredend und wenn ich etwas erfahre, melde ich mich ebenfalls. Ach ja, wo ist das Mobiltelefon von Debrien? Ich nehme es in der Zwischenzeit an mich und lasse es auswerten, vielleicht ergibt sich irgendein Hinweis.«

Schwarzhoff gab dem Beamten die Adresse von Daniel, der ihm im Gegenzug das Telefon aushändigte – natürlich nicht ohne eine entsprechende Empfangsbestätigung. Niedergeschlagen verließ der Kommissar den Tatort, denn ein weiterer Gang nach Canossa stand an. Er musste unbedingt mit Zenodot sprechen, um den Bibliothekar über die aktuellen Ereignisse zu informieren. Und in einem war er sich ziemlich sicher, die Neuigkeiten würden dem Alten überhaupt nicht gefallen, denn schließlich war Daniel sein persönlicher Schützling. Doch bis er die Tiefenschmiede betreten konnte, musste er leider bis Sonnenuntergang abwarten. Also würde ihn sein weiterer Weg zurück ins Präsidium führen, denn es war ohnehin noch genug Schreibkram zu erledigen. Ob er allerdings konzentriert genug dafür war, blieb abzuwarten.

In seinem Büro angekommen, ließ er sich nachdenklich in seinen Sessel fallen. Seine Gedanken kreisten um Daniel und er hoffte inständig, dass es dem Jungen gut ging und er noch am Leben war. Er schaltete seinen PC an und während der Computer hochfuhr, klingelte plötzlich das Smartphone von Daniel, das er auf dem Schreibtisch abgelegt hatte. Das Display zeigte eine wohlbekannte Person an – Pia Allington. Er wischte über den Annahmebutton, der immer ohne Eingabe von einem Passwort funktionierte.

»Hallo Alli.«

Es folgte eine lange Pause, dann stotterte die Weltengängerin: »Ju... Julian?? Wie kommst denn du zu Daniels Telefon?«

Mit schwerem Herzen berichtete er von Daniels Entführung und brachte Alli auf den neuesten Stand. Wie zu erwarten, wurde sie von den Ereignissen völlig überrumpelt, doch die junge Frau hatte sich gut im Griff. Wieder einmal staunte der Kommissar über die Reife der Weltengängerin, denn sie hatte sofort erfasst, dass sie persönlich an dieser Stelle nichts tun konnte. Doch auch in England hatten sich neue Entwicklungen ergeben, die ihm Alli nun im Gegenzug berichtete. Als sie ihre Entdeckung im Zusammenhang mit einem seltsamen Zeichen – einer Wellenlinie, schilderte, unterbrach er sie taktlos. »Stopp, sag das nochmal!« Dann teilte er Alli mit, dass er das Symbol ebenfalls gesehen hatte, nämlich bei dem falschen Dr. Bredenstein. Damit lag die Wahrscheinlichkeit ziemlich hoch, dass die S.M.A. nicht nur in die Entführung von Daniel, sondern auch in den magischen Anschlag auf den Dämonenkerker unter Stonehenge verwickelt war.

Nachdem das Telefonat mit Alli beendet hatte, rauchte sein Kopf. Wie die Engländerin, fragte er sich gleichermaßen, was hier vor sich ging. Es waren anscheinend mehrere Polizeibehörden von einer zwielichtigen Organisation unterwandert worden, das stand nach den aktuellen Ereignissen außer Frage. Doch zu welchem Zweck? Sollte es sich wirklich um die Befreiung des Dämons handeln? Schwarzhoff vermutete dies, denn warum sonst waren sie so scharf auf Zenodot. Daniel hatte einst erzählt, dass der Bibliothekar einer der wenigen noch lebenden Personen war, die um die Geheimnisse und Zugänge des Dämonenkerkers wussten. Nachdem bereits mehrere Versuche in der Vergangenheit, dieses Ungeheuer zu befreien, gescheitert waren, ging man dieses Mal anscheinend anders, besser gesagt koordinierter und effizienter vor. Die gegnerische Seite verließ sich nicht mehr allein auf die Möglichkeiten der anderen Welt, sondern nutzte nun auch die Vorteile des menschlichen Universums. *Magie, gepaart mit Technik, und das unter dem Deckmantel von staatlichen Behörden?* Das war selbst für Schwarzhoff eine völlig neue und im höchsten Maße beunruhigende Entwicklung. *Doch wer steckt hinter alledem – wer hielt die Fäden in der Hand?* Vielleicht hatte der Bibliothekar einen Verdacht, doch vor der Dämmerung konnte er die Tiefenschmiede leider nicht betreten. Außerdem musste er abwarten, ob sich hinsichtlich möglicher Videoaufnahmen etwas ergab. Nach dem er also zum Stillhalten verdammt war, knöpfte er sich missmutig seine Tagesarbeit vor und hoffte, dass sich Thalmeier bald melden würde.

Nach zwei Stunden im Büro, die sich endlos in die Länge zogen, wurde Schwarzhoff immer unruhiger, bis er es schließlich nicht mehr aushielt, zum Telefonhörer griff und Polizeihauptmeister Thalmeier anrief.

Als er die freundliche Stimme des Beamten durch den Hörer vernahm, legte er sofort los: »Ja, hier Kommissar Schwarzhoff. Haben Sie die Verantwortlichen in der Volksbank erreicht und etwas Verwertbares gefunden?«

Die Antwort folgte prompt. »Ja, es gibt eine Aufzeichnung. Wir sind gerade dabei das Material zu sichten.«

Augenblicklich richtete sich Schwarzhoff kerzengerade in seinem Stuhl auf. »Und?«

»Wir haben zumindest die Marke des Lieferwagens! Es handelt sich um einen VW Transporter 6.1 Kastenwagen mit Seitentüre, Baujahr 2018 oder 2019. Allerdings ist dieser Typ Nutzfahrzeug sehr beliebt bei Firmen und Lieferanten. Eine Recherche auf die Schnelle ergab, dass von diesen Transportern jede Menge verkauft und im Rhein-Main-Gebiet zugelassen wurden. Kennzeichen, leider Fehlanzeige.«

»Ist wenigstens der Fahrer erkennbar?« fragte Schwarzhoff enttäuscht.

»Erwartungsgemäß war die Überwachungskamera auf den Haupteingang des Bankinstitutes ausgerichtet und nicht die Straßenseite gegenüber. Aus diesem Grund ist der Stopp des Wagens nur am linken oberen Bildrand zusehen. Zu allem Überfluss ist an dieser Stelle kein hochauflösendes Aufnahmegerät installiert, daher haben wir nur ein sehr unscharfes Seitenprofil einer, vermutlich männlichen, Person.«

»Also nichts!«, murmelte der Kommissar deprimiert.

»Tut mir leid. Wir haben den Ausschnitt mit dem Fahrer bereits vergrößert und unser IT-Spezialist wird versuchen das Standbild über ein Bildbearbeitungsprogramm laufen zu lassen. Viel Hoffnung hat er uns allerdings nicht gemacht, aber man weiß ja nie«, meinte Thalmeier fast entschuldigend.

»Dann bleibt nur abzuwarten und zu hoffen, dass sich die Entführer irgendwann melden werden.«

»Sind Sie mit der Befragung der Nachbarn und Freunden weitergekommen?«, fragte der Beamte am anderen Ende der Leitung.

War ja klar, dachte der Kommissar gereizt. Das war genau einer der Momente, die Schwarzhoff so sehr hasste und ihn dazu veranlasst hatte, sich Bredenstein gegenüber öffnen zu wollen. Er verabscheute es aufs Tiefste seine Kollegen anzulügen. Natürlich wusste er, dass eine Befragung nicht notwendig war, da der Grund für Daniels Entführung offensichtlich auf der Hand lag. *Doch wie sollte er die Umstände erklären, ohne als nicht zurechnungsfähig abgestempelt zu werden?* Er versuchte seiner Stimme einen möglichst sicheren Klang zu geben. »Ich bin dran Herr Kollege – sobald sich ein Hinweis ergibt, melde ich mich.«

»Sehr schön, sollte die Überprüfung durch das Bildbearbeitungsprogramm etwas Verwertbares ergeben, dann informiere ich Sie. Viel Erfolg«, antwortete Thalmeier, verabschiedete sich und beendete das Telefonat.

Schwarzhoff legte frustriert den Hörer auf und stieß einen leisen Fluch aus. Jetzt blieb nur noch die vage Aussicht, dass der Bibliothekar mit den Möglichkeiten der anderen Welt etwas in Erfahrung bringen konnte. Jedoch setzte er gedanklich hinter diesen Hoffnungsschimmer ein … *wenn Zenodot mich nicht vorher einen Kopf kürzer macht!*

Endlich war die Zeit gekommen. Mit gemischten Gefühlen brach der Kommissar seine Zelte im Büro ab und machte sich auf den Weg zur Tiefenschmiede. Während er die Miquellallee in Richtung Nordend fuhr, durchlebte er ein Wechselbad der Gefühle. Einerseits hoffte er inständig, dass es Daniel gut ging und Zenodot irgendeine Idee hatte, die ihnen weiterhelfen würde. Andererseits fürchtete Schwarzhoff eine unkontrollierte Reaktion seitens des Bibliothekars, wenn er die Nachricht von Daniels Entführung überbrachte. Nicht, dass er dies dem Alten wirklich zutrauen würde, aber was wusste schon ein Polizeibeamter von den Launen eines Jahrtausende alten Mannes, dessen Schutzbefohlener den Wölfen gerade zum Fraß vorgeworfen wurde. Und die Schuld trug derjenige, der ihm genau diese Nachricht überbringen würde. *Alles in allem also beste Voraussetzungen für einen freundschaftlichen Gesprächsbeginn*, dachte er sarkastisch.

Als er in der Nähe des Bethmannparks seinen Dienstwagen abstellte, versank die Sonne gerade hinter der Silhouette der Frankfurter Skyline und tauchte die hohen Türme in ein blutrotes Licht. Er blickte auf seine Uhr – der Zeiger lag kurz vor siebzehn Uhr. Der Park war vermutlich schon geschlossen, doch seit mehr als zwei Jahren besaß er die Schlüssel für das Haupttor an der Berger Straße und den Eingang zum chinesischen Garten, der innerhalb des Parks lag. Nachdem er und seine damalige Kollegin Carolin Kreillig in der asiatischen Anlage von Schwarzmänteln angegriffen wurden, hatte er sich im Zuge der weiteren Ermittlungen Zweitschlüssel aushändigen lassen – diese aber nie zurückgegeben. Und nachdem sie auch nie zurückgefordert worden waren, hatte er sie einfach behalten. Das hatte sich im weiteren Verlauf – nachdem er in die andere Welt eingeweiht wurde, als wahrer Segen herausgestellt. Da Schwarzhoff ab diesem Zeitpunkt häufiger in der Tiefenschmiede zu Gast war, konnte er so den Park, als auch den chinesischen Garten, jederzeit betreten und verlassen. Als er das schmiedeeiserne Haupttor das Park aufschloss, waren bereits die letzten Sonnenstrahlen verschwunden und langsam zog die Finsternis herauf. Im Dämmerlicht eilte er weiter in Richtung der asiatischen Grünanlage, bis vor ihm die zwei steinernen Löwen aus dem diffusen Halbdunkel auftauchten. Die beiden Statuen flankierten ein großes Holztor, das den Zugang zum *Garten des himmlischen Friedens*, so der offizielle Name der kleinen Orangerie, bildete. Nochmals vergewisserte er sich, dass sich auch wirklich niemand mehr in der Nähe befand, dann steckte er den Schlüssel ins Schloss und die Türe öffnete sich mit einem leisen Knirschen. Er drückte sich durch den entstandenen Spalt und verschloss das Tor sofort wieder. Vorsichtig folgte er einem Kiesweg, der ihn zu einer schmalen Brücke führte. Sie spannte sich über einen kleinen Bach, der schließlich leise gluckernd rechterhand in einen See mündete, welcher, so hatte es ihm Daniel seinerzeit erklärt, *Jaspisgrüner Teich* hieß. Und auch der Übergang hatte, wie alles in diesem Garten, einen besonderen Namen – man nannte ihn die *Brücke des halben Bootes*. Nach ihrer Überquerung tauchte auch schon der zerstörte *Wasserpavillon* auf. Bei dessen Anblick überkam Schwarzhoff ein leichtes Schaudern, denn genau hier hatten sich Seschmet und Kerry Morgan einen heftigen Kampf geliefert, in dessen Folge das Holzgebäude in Flammen aufgegangen war. Direkt gegenüber dem Pavillon befand sich, versteckt in einer kleinen Grotte, der Eingang zur Tiefenschmiede.

Wie immer betrat er die unterirdischen Räumlichkeiten durch Zenodots Arbeitszimmer, das er jedoch verwaist und verlassen vorfand. Durch eine Seitentüre erreichte er die Galerie, von der sich eine Wendeltreppe über viele Stockwerke in die Tiefe schraubte. Die Bibliothek besaß die Form einer Rotunde, an deren Wänden sich Regal an Regal reihte. Abertausende von Büchern, Schriftrollen, Schiefertafeln und sonstige Dokumente, die sich mit jeglicher Art von Magie beschäftigten, waren hier zusammengetragen worden. Und egal wie oft er schon hier oben gestanden hatte oder noch stehen würde, dieser Anblick raubte ihm jedes Mal den Atem. Unfassbar, welches Wissen hier lagerte und unglaublich, dass dieser Umstand nur einem einzigen Mann zu verdanken war – Zenodot von Ephesos.
»Julian!«, rief eine Stimme unter ihm. Der Bibliothekar stand in der dritten Etage und hatte wohl gerade nach einem Buch gesucht, als er den Kommissar bemerkt hatte.
Sofort bildete sich ein Kloß in seinem Hals und zögernd setzte Schwarzhoff einen Fuß auf die erste Stufe der Wendeltreppe. »Hallo Zenodot, hast du einen Moment Zeit für mich?«
»Natürlich, komm herunter, dann gehen wir den Rest gemeinsam. Ich habe dich bereits erwartet!«, antwortete der Alte herzlich.
Für einen kurzen Moment stutzte der Kommissar – *wusste der Alte bereits Bescheid?* Im dritten Stock angekommen, nahm ihn ein lächelnder Zenodot herzlich in Empfang – nun war Schwarzhoff

eindeutig verwirrt. Zusammen stiegen sie die restlichen Treppen hinunter in den Wohnraum der Bibliothek. Als sie die große Tafel erreichten, meinte Zenodot aufmunternd: »Bitte setz dich. Hast du Hunger?«

Nein, ihm war nicht zum Essen zumute, obwohl er gerne gewusst hätte, was Tobias Trüffel in seiner Küche wieder gezaubert hatte. »Heute nicht Zenodot, doch vielen Dank für das Angebot.« gab er deshalb höflich zurück.

Die Augenbrauen des Alten zogen sich kurz zusammen und er musterte den Kommissar mit nachsichtigen Blicken. »Ich verstehe, dass du dir große Sorgen um Daniel machst. Ich weiß, du gibst dir die Schuld, was sicherlich zu einem kleinen Teil auch gerechtfertigt ist – aber eben nur zu einem kleinen Teil.«

»Du ... du ... weißt es bereits??«, stotterte Schwarzhoff perplex.

Der Bibliothekar lächelte milde und sagte nur: »Alli!«

»Natürlich! Alli hatte schon versucht dich zu erreichen.« Leise fügte er hinzu: »Es tut mir so leid, Zenodot. Ich weiß nicht, was mich da geritten hat.«

»Dein Verlangen war und ist zutiefst menschlich. Es konnte auch niemand ahnen, dass die Gegenseite dein Präsidium mit einer magischen Maske betreten würde. Und nachdem Alli es mir beschrieben hat, kann es sich nur um solch eine Maske gehandelt haben, denn sonst wäre die Illusion nicht so perfekt gewesen.«

»Er sah wirklich genauso aus, wie mein Freund und Kollege«, gab er kleinlaut zurück.

Der Alte sah ihn lange und wortlos an, bevor er erneut das Wort ergriff. »Und doch hattest du tief in deinem Inneren Zweifel. Das wäre der kleine Teil, bei dem du dich schuldig fühlen kannst.« Allerdings sprach der Bibliothekar die Worte ohne den geringsten Vorwurf in seiner Stimme, was Schwarzhoff mit Erleichterung und Dankbarkeit zur Kenntnis nahm. Zenodot fuhr fort: »Nach der Erzählung von Alli hat sich der falsche Kollege seltsam verhalten, weshalb du in deiner Offenbarung wichtige Details ausgelassen hast. Ich hoffe, ich gebe es richtig wieder?«

Der Kommissar nickte bestätigend und erzählte nun den ganzen Verlauf der letzten Tage – angefangen vom Besuch des falschen Dr. Bredensteins, bis hin zur neuesten Entwicklung hinsichtlich Daniels Entführung. »Hast du irgendeine Idee, wie wir Daniel finden können?« fragte er zum Schluss seiner Ausführung.

»In der Tat – die habe ich. Und ich habe bereits alles Nötige veranlasst. Es wird nicht einfach werden, aber wann ist es das schon.«

»Bitte spann mich nicht auf die Folter, Zenodot.«

Ein Schmunzeln erschien auf dem Gesicht des Alten. »Gedulde dich noch einen Moment. Wir sollten vorher noch über die Symbole, die du und Alli gesehen habt, sprechen.«

»Die Wellenlinie? Weißt du etwas darüber?«

Sofort verdunkelten sich die Augen des Bibliothekars und seine Stimme nahm einen harten Klang an. »Ja! Es braut sich etwas zusammen und diese Tatsache ist äußerst beängstigend, wenn man weiß, wem wir diese aktuellen Ereignisse zu verdanken haben. Diese Zeichen stellen keine Wellenlinie dar, sondern eine sich windende Schlange. Und dieses Symbol steht für niemanden Anderes als Apophis!«

»Apo… wer??«, fragte Schwarzhoff irritiert.

»Apophis. Einer der ältesten ägyptischen Gottheiten. Er ist *DIE* Verkörperung von Finsternis und Chaos – die weltenverschlingende Schlange. Unser Dämon unter Stonehenge ist ein Sprössling von Apophis, weshalb er auch so gefährlich und mächtig ist.«

»Irgendwie hört sich das nicht gut an. Warum habe ich plötzlich ein ganz schlechtes Gefühl?«, murmelte Julian leicht verstört.

»Die Mitarbeiter oder Agenten dieser Organisation S.M.A. tragen das Zeichen des Apophis auf ihren Handgelenken. Das ist keine leichtfertige Tätowierung, sondern ein Mal, dass sie als Sklaven des Weltenverschlingers ausweist. Das wiederum legt nahe, welche Absichten und Pläne sie verfolgen. Diese Gottheit hat seit je her nur ein Ziel – die Welt, so wie wir sie kennen, auszulöschen. So will der Vater seinen Sohn befreien, denn nachdem er selbst unsere Welt nicht betreten kann, soll das Werk der Zerstörung von seinem Nachkommen vollbracht werden. Und dazu ist Apophis jedes Mittel recht – auch eine Zusammenarbeit mit den von ihm so verhassten Menschen.«

»Und warum kann er die Welt nicht betreten, wohl aber sein Sohn?«, fragte Schwarzhoff mit belegter Stimme.

»Das ist das Fatale daran – der Sohn wurde vor Jahrtausenden durch einen verblendeten Hohepriester beschworen und somit in unsere Welt gerufen. Wenn du es in die heutige Sprache übersetzen willst – der Magier hat eine Einladung ausgesprochen und auch gleich Ticket, sowie Visum für den Einlass dazugelegt.«

»Was für eine verdammte Scheiße«, entfuhr es dem Beamten leise.

»In diesem Fall würde ich dir zustimmen, auch wenn ich dieses Wort missbillige.«

»Entschuldigung ...«

Zenodot winkte einfach ab und sprach weiter: »Diese Organisation ist im höchsten Maße gefährlich, denn sie sind die Helfer zur Vernichtung unserer Welt. Ob sich all ihre Mitglieder dieser Situation bewusst sind, ziehe ich allerdings stark in Zweifel! Erfahrungsgemäß lassen führende Köpfe die Untergebenen im Unklaren darüber, was die tatsächliche Absicht hinter ihrem Tun und ihren Befehlen ist. Sie sind die Bauern, die von den Königen im Spiel geopfert werden, um das eine große Ziel zu erreichen.«

»Wahre Worte, Zenodot«, pflichtete Schwarzhoff dem Alten bei. Nach einem kurzen Moment der Überlegung fragte er: »Das heißt es muss einen Mittelsmann geben, einer der sowohl Zugang zu Apophis, als auch zu unserer Welt hat?«

Der Bibliothekar nickte anerkennend. »Richtig und ich vermute, dass es sich um ein Wesen aus der Duat handelt.«

»Duat?«

»Genauso wie in der christlichen Religion, die Himmel und Hölle für sich beansprucht, gibt es im altägyptischen Glauben die *Duat* und die *Earu*. Die Duat ist die Unterwelt, das Totenreich. Im Gegensatz zur Düsternis dieses Reiches, markiert die Earu ein hellerleuchtetes Gebiet. Dorthin werden die Verstorbenen gesandt, deren Herz genauso viel wiegt wie die Feder der Wahrheit. Du hast von diesem Vorgang vielleicht schon einmal gehört – es nennt sich Totengericht.«

»Ja, das kommt mir bekannt vor. Und diese Unterwelt gibt es wirklich?«

»Natürlich – genauso wie das Elysium, die Hölle, Walhalla, die ewigen Jagdgründe oder Shangri La. Man nennt diese Orte in der Sprache der anderen Welt *Gefilde*.«

Schwarzhoff schüttelte fassungslos den Kopf. »Wenn ich es

nicht besser wüsste, dann würde ich dich jetzt als völlig verrückt bezeichnen.«

Der Alte lachte leise auf, wurde aber sofort wieder ernst. »Dieses Wesen überbringt die Befehle von Apophis, der im hintersten und schwärzesten Teil der Duat auf die Vernichtung der Welt wartet. Doch die Frage ist: *wem* überbringt die Kreatur ihre Botschaften? Höchstwahrscheinlich einem verblendendeten Menschen, der meint, sich mit Dämonen einzulassen, um aus diesem Handel einen persönlichen Vorteil zu ziehen. Das funktioniert am Anfang zumeist sehr gut – der Mensch erhält Macht, Geld und Stärke. Doch zum Schluss wird er bitter für seinen Hochmut bezahlen – so war es schon immer. Außerdem vermute ich, dass es sich um ein sehr mächtiges Geschöpf handeln muss, denn sonst würde es Apophis niemals in seiner Nähe dulden.«

»Also müssen wir den Menschen finden!«

»Ja, womit wir bei Daniel wären. Der Zweck seiner Entführung ist offenkundig – sie wollen mich«, erklärte Zenodot bitter.

»Und warum? Als mich die Männer der S.M.A. vor mehr als einem Monat das erste Mal aufsuchten, fragten sie bereits nach deiner Person.«

»Ja, das hat mir Daniel bereits berichtet. Die Organisation will den Dämon befreien, damit er endlich sein Werk verrichten kann. Deswegen auch der magische Anschlag auf den Steinkreis – es war ein erster Test, wie stark der Dämonenkerker wirklich gesichert ist. Und hier komme ich ins Spiel. Aus irgendeiner Quelle muss die S.M.A. erfahren haben, dass ich am Bau des Gefängnisses beteiligt war. Was liegt also näher, als meiner Person habhaft zu werden. Jedoch kannten sie meinen Aufenthaltsort nicht, doch dank dir Julian, stießen sie auf einen Vertrauten des Zenodot von Ephesos. Ergo handelten sie unverzüglich.«

Schwarzhoff zuckte, obwohl wieder keinerlei Tadel oder Missbilligung in der Stimme des Alten lagen, regelrecht zusammen, als die Worte *dank dir Julian* über Zenodots Lippen kamen.

Der Bibliothekar sprach indessen ungerührt weiter: »Sie wollen mich – sie wollen die Geheimnisse des Dämonenkerkers. Sie glauben ich war bei dessen Errichtung dabei, also kenne ich die Stärken genauso gut wie seine Schwächen.«

»Und warst du es?«, fragte der Kommissar.

»Nun, ich habe ihn damals natürlich nicht gebaut, daran arbeiteten andere. Aber ich war derjenige, der ihn gemeinsam mit mehreren hochrangigen Magiern geplant und später die arkanen Schutzvorrichtungen installiert hat.« Der Alte bekam einen leicht glasigen Blick und setzte murmelnd hinzu: »Seit dem sind bereits mehr als siebenhundert Jahre vergangen ...«

Schwarzhoff schluckte schwer, als er sich wieder einmal vor Augen führte, wie lange Zenodot auf dieser Erde wandelte und was dieser Mann schon alles erlebt haben musste. »Du hast vorhin erwähnt, dass du hinsichtlich Daniels Entführung etwas in die Wege geleitet hast?«

Die Frage riss den Bibliothekar von der Vergangenheit zurück in die Gegenwart. Ein kleines Zucken durchfuhr den Körper des Alten und er meinte entschuldigend: »Verzeih mir bitte, ich war mit meinen Gedanken gerade etwas abwesend.«

»Kein Problem.«

»Ja, ich hatte eine Idee und sie hat sich womöglich als richtig erwiesen – zumindest, wenn eine gewisse Person mitspielt. Du erinnerst dich an unser Entsetzen, als Daniel von dem Schemen berührt worden ist und langsam zu Eis erstarrte?«

»Natürlich, wir dachten wir hätten ihn für immer verloren«, flüsterte Schwarzhoff beunruhigt, konnte sich aber nicht erklären worauf der Alte hinauswollte.

»Osiris hat Daniel damals in dem Zwischenreich aufgespürt und wieder zurückgeschickt.« Zeitgleich hob Zenodot den Finger.

»... und er gab ihm ein Geschenk mit!«

»Du meinst das Zeichen an Daniels Hand – Krummstab und Geißel?«

»Genau und als ich mich daran erinnerte, hatte ich einen Geistesblitz. Osiris hat Daniel unter seinen Schutz gestellt, also ist es *ihm* vielleicht möglich seinen derzeitigen Aufenthaltsort ausfindig zu machen.«

»Und wie sollte das gehen? Dieser Gott lebt, soweit ich weiß, nicht in unserer Welt. Er lebt, wie sagtest du vorhin, in einem *Gefilde*.«

»Im ägyptischen Gefilde, um genau zu sein – der Duat. Er ist der Herrscher der Unterwelt und oberster Richter über die Toten. Ich habe deshalb meine Freundin Dr. Iuridae Malik in Kairo kontaktiert.«

»Du meinst Selket?«

Der Alte nickte. »Selket ist einer der wenigen Gottheiten, die es vorziehen, dauerhaft auf der Erde zu leben. Sie hat alle Epochen der Pharaonen persönlich miterlebt und ist gegenwärtig unter dem Namen Dr. Malik als leitende Kuratorin des Ägyptischen Museums tätig. Sie ist eine ausgewiesene und international anerkannte Expertin – auch wenn niemand ahnt, woher ihr Wissen wirklich stammt. Sie wird Kontakt zu Osiris herstellen und ihm unsere aktuelle Misere schildern. Ich denke, nachdem er seine schützende Hand über Daniel hält, wird Osiris sich nicht verweigern und uns helfen. Wie diese Hilfe allerdings aussehen wird, vermag ich leider nicht zu sagen.«

Dem Kommissar brannte eine Frage auf den Lippen. »Zenodot?«

»Ja?«

»Eines will mir nicht in den Kopf. Du sagtest doch Osiris ist der Herrscher der Duat und Apophis lebt in diesem Reich?«

Der Bibliothekar blickte ihn verwundert an, meinte aber nur: »Das ist richtig.«

»Also warum befiehlt Osiris diesem Apophis nicht einfach: Finger weg von der Erde und rücke sofort den Menschen Daniel raus? Damit wären doch alle Probleme auf einen Schlag gelöst, oder?«

Die gestellte Frage löste bei Zenodot einen kleinen Heiterkeitsausbruch aus, der jedoch genauso schnell verflog, wie er gekommen war. »Diese Frage, Julian, ist zwar durchaus berechtigt, aber die Wirklichkeit sieht naturgemäß anders aus. Ich will es dir an einem Beispiel verdeutlichen. Stelle dir die ordnungsgemäße Regierung eines Landes vor – sie ist quasi der Herrscher. Nun gibt es Organisationen, wie zum Bespiel die Mafia oder die Triaden, die aufgrund ihrer kriminellen Energie sehr viel Macht besitzen und häufig eine Art Schattenregierung darstellen. Auch wenn beide Seiten es niemals zugeben würden, so sind sie doch ein Stück weit voneinander abhängig. Man schließt ein Stillhalteabkommen und solange keine der beiden Seiten eine imaginäre rote Linie übertritt, toleriert man die Existenz des anderen. So ähnlich ist das Verhältnis zwischen Osiris und Apophis.«

Erbost zischte Schwarzhoff: »Also, wenn die Zerstörung der Welt keine rote Linie darstellt, dann weiß ich auch nicht.«

»Was meinst du, warum uns Osiris beim letzten Kampf gegen

Seschmet zur Seite gestanden hat? Genau aus diesem Grund! Natürlich wird er sich nie offen gegen Apophis stellen, sondern eher aus dem Hintergrund agieren – genauso macht es die andere Seite auch. Beide wollen einer direkten Konfrontation aus dem Weg gehen, wohlwissend, dass es dann im Zweifelsfall um ihr eigenes Dasein geht. Sie sind einander ebenbürtig, also kämpfen sie auf einem Schachbrett und lassen ihre Bauern in den Krieg ziehen.«

»So sind in diesen sogenannten *Gefilden* die gleichen politischen Intrigen im Gange wie hier auch?«

»Ich habe nie behauptet, dass die *andere Welt* auch nur einen Deut besser ist«, entgegnete Zenodot gelassen.

Seufzend stöhnte der Kommissar: »Warum ist das nur so?«

»Macht verlangt nach immer mehr Macht, das hat sich leider in all den Jahrtausenden nie geändert – weder in der einen noch in der anderen Welt! Finden wir uns also mit den momentan unveränderlichen Gegebenheiten ab. Für uns heißt es jetzt abwarten, bis Selket die Antwort von Osiris überbringt.«

»Hoffentlich lässt sich diese Gottheit nicht allzu lange bitten – für Daniel zählt nämlich jede Minute«, brummte Schwarzhoff gereizt.

»Ich weiß Julian, doch das liegt leider nicht mehr in unserer Hand. Zwar suchen die Kobolde ebenfalls nach Daniel, doch ich habe wenig Glauben daran, dass sie ihn finden werden. Obendrein wissen wir noch nicht einmal, ob er überhaupt noch in Frankfurt ist. Hoffen wir also das Beste«, erwiderte der Alte, doch seine tiefen Sorgenfalten waren nicht zu übersehen.

Daniel Debrien

Als ich wieder zu mir kam, durchzuckte ein stechender Schmerz meine Schultern und nur langsam kam die Erinnerung wieder zurück. Diese Scheißkerle hatten mir mit einer Spritze irgendein Narkotikum verabreicht und ich hatte keine Ahnung wie lange ich weg gewesen war. Doch es musste lange genug gewesen sein, um mich an den Armen, mit schweren Eisenketten, die in der Decke des Raumes verankert waren, aufzuhängen. Lediglich meine Zehen berührten leicht den Boden. Da ich mich in totaler Dunkelheit befand, wusste ich nicht, ob ich noch immer im gleichen Raum wie vorher war oder sie mich an einen völlig anderen Ort verschleppt hatten. Diese Ungewissheit, gepaart mit dem quälenden Schmerz und nagender Angst ließ mich in ein tiefes Tal der Hoffnungslosigkeit fallen. Schlagartig wurde ich mir meiner prekären Situation bewusst. Tränen liefen meine Wange hinunter, doch ob sie der Verzweiflung oder der unbändigen Wut auf diese Arschlöcher entsprangen, vermochte ich nicht zu sagen. Wie durch Watte vernahm ich ein schabendes Geräusch und plötzlich flammten grelle Neonröhren auf. Instinktiv schloss ich meine Augen, um sie vor der gleißenden Helligkeit zu schützen. Nach einigen Augenblicken öffnete ich vorsichtig blinzelnd die Lider, um den Pupillen Zeit zu geben, sich an das Licht zu gewöhnen. Mit großer Erleichterung nahm ich zur Kenntnis, dass ich mich im selben Raum wie vorher befand – nur eben hängend und nicht auf einer Matratze liegend. Dann vernahm ich von rechts eine schattenhafte Bewegung, als im gleichen Moment ein stechender Schmerz in meinem Oberschenkel explodierte. Ich schrie gequält auf, als mich derselbe Schmerz auch im linken Bein ereilte. Mein Körper sackte in sich zusammen, was ein lautes Knacken in den Schultern zur Folge hatte. Stöhnend versuchte ich die Gelenke zu entlasten, denn die Qualen waren kaum auszuhalten, doch ich fand mit den Zehen keinen Halt am Boden und pendelte hin und her.

Jetzt endlich hörte ich eine Stimme. Es war derselbe, übertrieben freundliche Tonfall, den ich schon vor meiner Bewusstlosigkeit zum Kotzen fand – es war der ältere der beiden S.M.A. Mitarbeiter. »So Herr Debrien, es tut mir wirklich außerordentlich leid, Ihnen diese Unannehmlichkeiten zu verursachen, aber leider zeigten Sie sich sehr unkooperativ, weshalb wir gezwungen waren, diese unschönen Maßnahmen zu ergreifen. Aber wir sind ja, wie ich bereits gesagt hatte, keine Unmenschen – sollten Sie sich also besinnen wollen und mir die Frage beantworten, dann könnte ich meinen Partner davon überzeugen, von Ihnen abzulassen.«

Unvermittelt spürte ich einen heißen Atem in meinem Nacken und die Person in meinem Rücken zischte mir boshaft ins Ohr: »Halt einfach die Klappe, damit ich noch ein wenig weitermachen kann. Du würdest sonst das Beste verpassen.« Es handelte sich um den Jüngeren und mit einem Seitenblick erfasste ich einen Gegenstand, denn er in der Hand hielt – einen langen runden Holzstab. Wie zur Untermalung seines Satzes holte er aus und erneut wütete eine Woge von Schmerzen durch meinen rechten Schenkel.

An dieser Stelle sei vermerkt, dass die Helden diverser Kinofilme in solchen Situationen erfahrungsgemäß tapfer und furchtlos keine Miene verziehen. Was für ein Schwachsinn!

Ich bin bestimmt kein Jammerlappen, aber wenn Hartholz auf weiches Muskelgewebe und Knochen trifft, dann ist es vorbei mit heldenhafter Stille – ich heulte auf vor Schmerzen. Und mein Schrei war noch nicht verebbt, als auch schon der nächste Schlag oberhalb des linken Knies niedersauste. Das war für meinen Körper eindeutig zu viel und benommen knickte ich ein. Durch das Erschlaffen aller Körperteile zog mein gesamtes Gewicht ruckartig an den ohnehin schon malträtierten Schultergelenken, die nun vollends überdehnt wurden. Vor lauter Qual versagte mir die Stimme und ich brachte nur noch ein röchelndes Stöhnen zustande.

Von sehr weit weg vernahm ich schleierhaft die sarkastische Stimme des Jüngeren. »Was für ein Weichei.«

Und ganz plötzlich roch ich Zigarettenrauch. Der Ältere stand anscheinend direkt vor mir, doch ich hatte keine Kraft, meinen Kopf auch nur ansatzweise zu heben.

»Nun Herr Debrien – ich frage Sie also nochmals in aller Freundschaft: Kennen Sie den Aufenthaltsort von Zenodot von Ephesos?«

Ich weiß nicht, ob das nun mutig oder einfach nur dumm war – jedenfalls stöhnte ich: »Keine Ahnung von wem Sie reden.«

Zum Dank für diese Antwort drückte er die brennende Zigarette direkt auf meiner Brust aus. Ein widerlicher Geruch von verbranntem Fleisch, vermischt mit Tabakrauch, schoss mir in die Nase. Das hatte einen Hustenanfall zur Folge, der meinen Körper bis ins Mark erschütterte und mich endgültig in die Abgründe einer Ohnmacht schickte.

Sie erinnern sich an die erste Seite dieses Buches? Somit hätten wir also meine eingangs geschilderte und ziemlich missliche Lage erreicht. Vielleicht hätte ich die Frage einfach mit JA beantworten sollen? Aber dafür das komplette magische Wissen der Tiefenschmiede preisgeben? Die Kobolde heimatlos machen? Zenodot diesen Verrückten ausliefern? NEIN – NIEMALS!

Reichsstadt Frankfurt – 1550 a.D.

Gleich nachdem sie das Stadttor an der Alten Brücke hinter sich gelassen hatten, begann für Hans Winkelsee ein regelrechter Spießrutenlauf. Seine Häscher Heinrich Müller und Ansgar Tannenspiel trieben ihn mit stolzgeschwellter Brust und unter vielen Demütigungen die Fahrgasse hinauf. Natürlich blieb die kleine Schar nicht unbemerkt, denn schließlich war es helllichter Tag und das Mittagsläuten war gerade erst vorüber. Neugierig blieben die Menschen stehen und musterten die vorbeiziehenden Männer. Winkelsee konnte Erstaunen, Abscheu, aber manchmal auch Mitleid in ihren Augen erkennen. Gerade kamen sie an einem Haus vorbei, vor dessen Fassade ein langer Stand aufgebaut war. In der Auslage lag, fein säuberlich geschichtet, jede Menge frisch geschlachtetes Fleisch, das ein enorm dicker Mann, mit Glatze und roten Pausbäckchen, lautstark feilbot. Ein dicker Stoff war von links nach rechts über die oberen Querbalken gespannt worden und schützte so die leicht verderbliche Ware vor einer direkten Sonneneinstrahlung. Mittig der Vorderseite des Standes prangte ein großes Schild – darauf zu sehen ein Stier mit zwei gekreuzten Äxten darunter. Das wies den fettleibigen Mann, vermutlich der Inhaber des Standes, da er eine blutbesudelte Schürze trug, als Gildenmitglied der Schlachter und Fleischer aus. Als er die kleine Gruppe erblickte, stockte er mitten in seinen Lobpreisungen und seine Augen verengten sich zu Schlitzen. Das ohnehin schon rötliche

Gesicht des Fleischers nahm schlagartig eine dunkelrote Färbung an. Mit Argwohn registrierte Winkelsee diesen Umstand und ging instinktiv schneller, denn diese Reaktion verhieß nichts Gutes.

Als Tannenspiel bemerkte, dass sein Gefangener eine raschere Schrittfolge anschlug, schien ihm das offensichtlich zu missfallen. Er gab ihm einen derben Stoß und schnauzte: »Mach mal langsam oder hast du es wirklich so eilig an den Galgen zu kommen.«

Doch es war zu spät! Der Metzger hatte seinen Stand bereits umrundet und eilte mit weitausladenden Schritten auf die Gruppe zu. Sein aufgedunsener Schmerbauch wackelte dabei so bedenklich, dass Winkelsee wünschte, der Mann würde aus dem Gleichgewicht geraten und der Länge nach in den Dreck fliegen. Doch dann erfasste er mit Entsetzen das wuchtige Fleischerbeil, dass der Mann fest umklammert hielt und gefährlich silbern in der Sonne glänzte. Endlich hatten auch seine Bewacher die Situation erfasst, zogen instinktiv ihre Waffen und gingen in eine Angriffshaltung über.

Kurz vor der Gruppe stoppte der Inhaber des Standes und zeigte mit dem Beil drohend auf Winkelsee. »Ein Wilddieb?«

Tannenspiel und Müller blickten sich fragend an, dem Anschein nach wussten sie nicht, was sie von diesem Auftritt zu halten hatten.

»Ja …«, antwortete Müller deshalb vorsichtig. »… und es wäre für uns alle sicherer, wenn Ihr Euer Beil senken oder noch besser wegstecken würdet.«

Betreten blickte der Mann auf das Werkzeug in seiner Hand. »Oh, ähh, nein – es ist nicht wonach es aussieht. Ich wollte Euch keine Angst machen.« Er schob das Beil in den Gürtel, nahm Winkelsee erneut ins Visier und zeigte mit dem Finger auf ihn. »Doch dieser Halsabschneider sollte sich vor mir in Acht nehmen!«, brüllte er zornig. »Strauchdieben wie ihm haben wir es zu verdanken, dass unsere Zunft in Verruf geraten ist. Sie jagen das Wild, dass der Stadt und dem König gehört! Sie verkaufen es zu Schleuderpreisen an die Wirte und Schenken. Häufig ist es auch noch falsch gelagert worden und deshalb verdorben! Doch wer wird verantwortlich gemacht, wenn die Menschen nach dessen Verzehr krank werden?«

Der dicke Metzger sorgte mit seinem Aufruhr dafür, dass immer mehr Passanten stehenblieben, um sich, neugierig geworden, das Spektakel anzusehen.

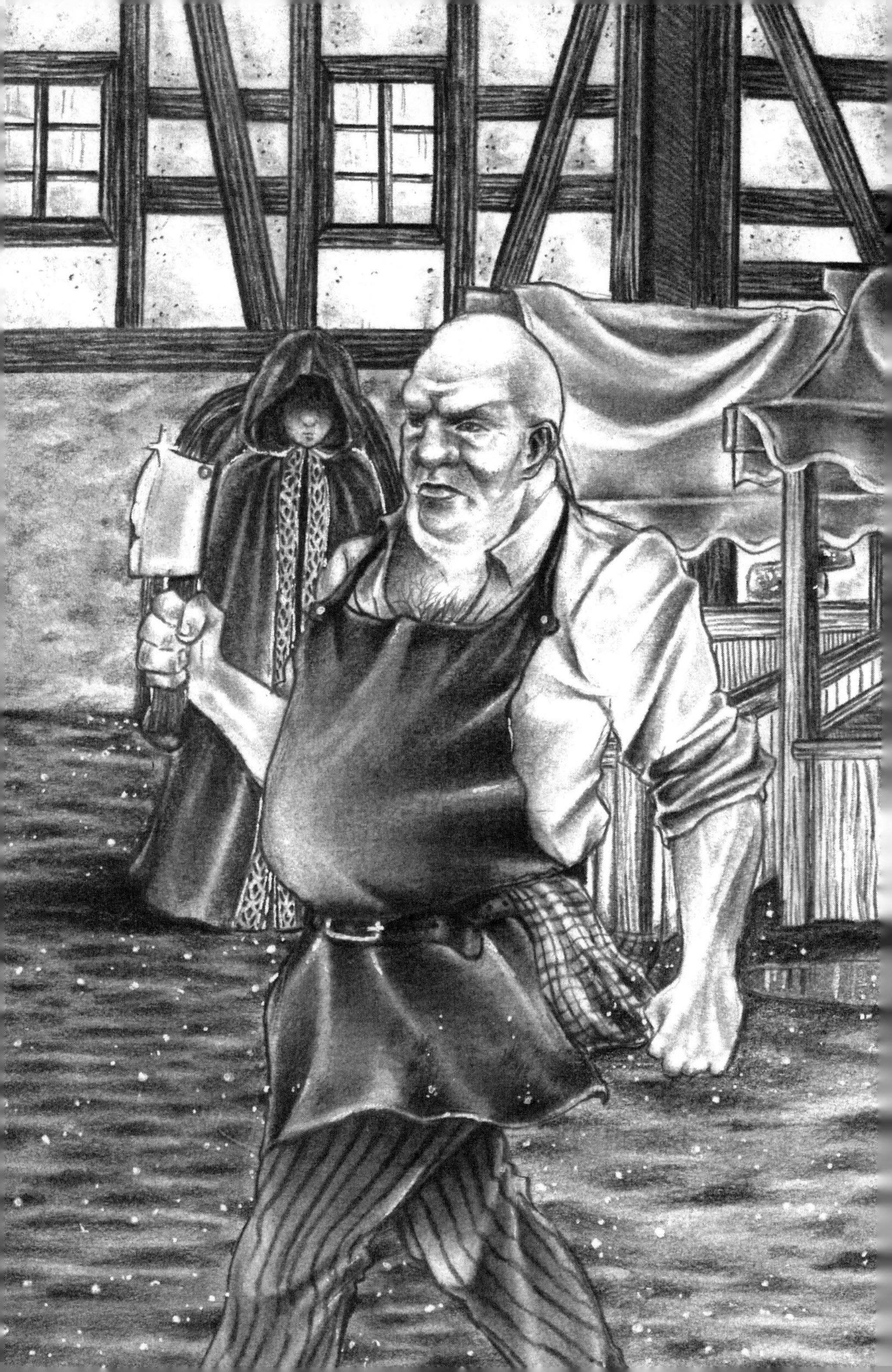

»Ich sage es euch! WIR, die Gilde der Fleischer werden schuldig gesprochen. Und dem nicht genug! Durch ihre unkontrollierte Jagd dezimieren sie das Wild in unseren Wäldern und was, werte Bürger von Frankfurt, glaubt ihr, wer den Preis dafür zahlt?«

Winkelsee klopfte das Herz bis zum Hals. Des Fleischers Worte fielen anscheinend auf fruchtbaren Boden, denn die Menschentraube begann ihn bereits feindselig anzufunkeln.

Bühnengerecht untermalte dieser seine Antwort auf die selbst gestellte Frage und schwenkte mit der Hand über die umstehenden Menschen. »Ihr zahlt die Zeche! Denn weniger Wild bedeutet teurere Preise und wieder werden wir, die Zunft, dafür beschimpft und auch noch der Preistreiberei bezichtigt. Und die Wurzel allen Übels steht dort, zwischen diesen beiden ehrbaren Waldhütern!«

Wie unheilbringende Vorboten, hallten Winkelsee die ersten aufgebrachten Beleidigungen entgegen. Seine beiden Wächter begannen sich sichtlich unwohl zu fühlen und ihren Blicken zufolge suchten sie fieberhaft nach einem Ausweg, der aufgestachelten Menschenmenge zu entfliehen. Doch dann entstand in den hinteren Reihen eine jähe Unruhe und einige der Leute fluchten erschrocken auf. Wie von selbst teilte sich plötzlich die Menge und ein Mann betrat den inneren Kreis. Bekleidet mit einer grauen Kutte blieb er stehen und stützte sich wortlos auf einen mitgeführten langen Holzstab. Unvermittelt kehrte eine beklemmende Stille ein und Winkelsee schluckte schwer. Es handelte sich um den seltsamen Alten, der sich selbst *der Bote* nannte und ihm vorhin am Stadttor einen Besuch abgestattet hatte.

Tannenspiel machte einen Schritt auf den fremden Mann zu und flüsterte leise, »Geht, solange Ihr noch die Gelegenheit dazu habt! Die Menge schreit nach Blut!«

Mit stoischer Gelassenheit ignorierte *der Bote* die Warnung und klopfte stattdessen mit dem Stock einige Male hart auf den Boden. Dann vernahm Winkelsee die schon bekannte krächzende Stimme, dieses Mal jedoch schwang ein fast hypnotischer Unterton mit.

»Beruhigt euch Leute. Wie ihr seht, liegt der Dieb bereits in Ketten und wird seiner gerechten Strafe zugeführt. Ihr alle kennt das Gesetz – wer Rotwild unberechtigt in den Wäldern vor der Stadt jagt, dem winkt der Galgen. Dieser hier wurde auch noch

auf frischer Tat ertappt und das bedeutet – er *WIRD* hängen!«
Bedächtig wandte er sich nun dem Fleischer zu: »Euer Zorn in allen Ehren, werter Herr, doch es ist niemandem geholfen, wenn Ihr die Leute aufhetzt. Sollte einer von ihnen den Wilddieb verletzen oder gar töten, was glaubt Ihr wird passieren? Wie wird man mit Euch, als Verursacher des Ganzen, verfahren? Der Rat der Stadt wird Euch mitverantwortlich machen und so steht *IHR* plötzlich vor Gericht – und nicht der Wilderer. Im Zweifelsfalle steht auch noch Euer Leben auf dem Spiel – und diese Genugtuung wollt ihr *DIESEM* da …«, dabei pochte er mehrfach mit seinem Holzstab gegen Winkelsees Brust, »… doch nicht wirklich geben?« Ohne eine Antwort abzuwarten, richtete der Alte sein Wort erneut an die Menge. »Lasst diese Männer ihre Pflicht tun und den Verbrecher in den Kerker bringen. Kommt zum Richtplatz, wenn er die Schlinge um den Hals trägt. Seid Zeuge, wenn er am eigenen Leib erfährt, was es heißt, die rechtschaffenen Bürger von Frankfurt zu hintergehen.«

Zustimmendes Gemurmel brandete auf und auch der Metzger begann einwilligend zu nicken. Und wie auf ein geheimes Kommando, begann sich die Menge wieder zu zerstreuen. Wenige Augenblicke später standen Winkelsee, Müller, Tannenspiel und der Fleischer allein auf weiter Flur. Einzig der absonderliche Mann mit Kutte, stand, auf seinen Stab gestützt, gelassen da und schien auf etwas zu warten.

Auch der Metzger wandte sich jetzt kopfschüttelnd ab und trollte sich wieder hinter seinen Stand, um geschäftig seiner blutigen Tätigkeit nachzugehen. Wortlos schnappte er sich ein großes Rippenstück, zog sein Fleischerbeil vom Gürtel und zerteilte es mit einem einzigen wuchtigen Schlag. Sein Minenspiel drückte das aus, was alle schon in seinen Augen sehen konnten: *Ich wünschte der Wilddieb läge auf diesem Hackbrett und nicht das Stück Schwein.*

Tannenspiel trat inzwischen zu dem wartenden Alten. »Habt Dank für Eure gewandten Worte. Ohne Euch hätte uns die Menge vermutlich alle verprügelt und den Wilderer gleich an Ort und Stelle aufgeknüpft.« Mit einem mitleidigen Blick begutachtete der Wildhüter den Zustand von Kutte und Schuhen ihres vermeintlichen Retters. »Können wir uns irgendwie erkenntlich zeigen?

Braucht Ihr ein paar Münzen?«, fragte er großherzig, doch seine Augen spiegelten eine andere Reaktion wider – tiefe Abscheu.

»Nein danke, gewährt mir nur einen kurzen Augenblick mit dem Gefangenen«, entgegnete der Alte ungerührt und überraschte mit dieser Antwort beide Wächter.

Misstrauisch blickte Tannenspiel zu Müller, der wiederum nur mit den Schultern zuckte und schließlich nickte. Tannenspiel schien sich aber damit nicht zufrieden zu geben. »Ist Euch der Wilddieb bekannt, dass Ihr ihn beschützt?«

Es folgte ein raues glucksendes Lachen und *der Bote* erwiderte belustigt: »Wenn Ihr unter *Beschützen* versteht, dass ich ihn gleichfalls anklagt habe, dass ich den Galgen verlangte und all die Leute dazu aufgefordert habe, seiner Hinrichtung beizuwohnen, dann scheint es sich in der Tat so zu verhalten.«

Beide Wildhüter blickten sich fragend an und Tannenspiel hakte verunsichert nach: »Heißt das nun, ja oder nein?«

Der Alte zuckte nur mit den Schultern, hob den Kopf und blickte sein Gegenüber durchdringend an. Bisher hatte die Kapuze das Gesicht des Alten verhüllt, doch nun fielen einige Sonnenstrahlen auf die bisher verborgenen Partien. Zum ersten Mal nahm der Wildhüter die eisblauen und völlig kalten Augen des Kuttenträgers wahr. Sein ausdrucksloser Blick verursachte bei Tannenspiel ein tiefes Unbehagen – er schluckte schwer und trat intuitiv einen Schritt zurück. Dann glaubte er einer Täuschung zu erliegen, denn ein glühendroter Schimmer huschte für den Bruchteil eines Wimpernschlages über die blauen Augen des Mannes. Erschrocken rief er, »Heilige Mutter Gottes!« und bekreuzigte sich drei Mal.

Der Mund des sogenannten *Boten* verzog sich zu einem verächtlichen Grinsen. »Diese Dame hat mit unserer derzeitigen Lage nun wahrlich nichts zu tun. Gewährt Ihr mir nun den Augenblick?«

Tannenspiel brachte nur noch ein wortloses Nicken zustande und trat zur Seite, damit der unheimliche Alte vor Winkelsee treten konnte. Müller nahm diesen Umstand zwar verwundert zur Kenntnis, enthielt sich aber jeglicher Äußerung, da auch ihm der Greis nicht ganz geheuer schien.

Der Bote hatte sich inzwischen so nah zu Winkelsee gesellt, dass die Wildhüter seine geflüsterten Worte nicht hören konnten.

»Nicht nur, dass Ihr meine Warnung missachtet habt, jetzt musste ich auch noch zum ersten Male Euer Leben retten.«

Der Wilddieb konnte sich zwar dem Bann des Alten nicht entziehen, doch was hatte er schon zu verlieren? Er war ohnehin dem Tode geweiht. »Das war nur ein Hinauszögern des Unvermeidlichen!«, meinte er deshalb mit Starrsinn in der Stimme.

Ein leises, kaum hörbares, Kichern erfolgte. »Man wird sehen, Wilderer, man wird sehen. Jedenfalls wird Eure Schuld mir gegenüber zusehends größer und zu gegebener Zeit werde ich diese einfordern!«

Was weiß dieser Bote und wer ist er wirklich? Kann er vielleicht sogar in das Morgen sehen? Diese Gedanken schossen Winkelsee urplötzlich durch den Kopf. Sofort verwarf er die Vorstellung als Hirngespinst, denn das erschien am Ende zu weit hergeholt und völlig absurd. »Egal wie viel ich Euch schulde, zuletzt kann ich die Rechnung nur mit meinem Tod begleichen.«

Wieder ein amüsiertes Glucksen. »Nun, so werde ich Euch erneut dem Schicksal überlassen und meiner Wege ziehen. Doch wir sehen uns wieder, dass kündigte ich ja schon an.«

Nach diesen Worten drehte sich der Alte um und wandte sich zum Gehen. Als er an Tannenspiel vorbeilief, schien ihm noch etwas einzufallen, denn er blieb unvermittelt und ruckartig stehen. Nach einem Moment des Nachdenkens, drehte er sich dem Wildhüter zu. »Eine vermeintlich gute Tat im Sinne des Gesetzes, kann sich ins Abscheuliche verkehren, wenn die Absichten dahinter heimtückisch und verstohlen sind. Bedenkt das, wenn ihr Euren Lohn erhaltet – und ich spreche nicht von klingender Münze!«

Tannenspiel klappte der Mund auf, doch *der Bote* hatte seinen Weg bereits fortgesetzt und entfernte sich unter dem leisen Pochen seines Holzstabes.

Müller sah verwundert zu seinem Partner. »Was hat er damit gemeint?«

»Was weiß ich. Zusammenhangloses Gefasel eines wirren Alten«, versuchte Tannenspiel auszuweichen, denn sein Gefährte wusste selbstverständlich nichts von der Absprache zwischen ihm und seinem Vater. Müller war nur der Gehilfe und bekam lediglich ein Viertel der Belohnung.

»Ich hatte aber nicht den Eindruck das er verrückt ist – eher unheimlich und rätselhaft. Seine Worte haben uns womöglich vor einer gehörigen Tracht Prügel bewahrt. So handelt niemand der krank im Geist ist«, gab Müller zu Bedenken.

»Das spielt doch jetzt keine Rolle mehr, was er damit gemeint haben könnte. Ich weiß es nicht, du weißt es auch nicht. Ich hingegen denke, wir sollten Winkelsee endlich dahin bringen, wo er hingehört, nämlich in den Kerker des Eschenheimer Turms. Wenn das geschehen ist, fordern wir die Belohnung beim Schatzmeister ein, um uns später in einer der Schenken ordentlich zu betrinken. Ich finde, wir hatten genug Aufregung für einen Tag!«

Sein Gefährte schnitt eine vergnügte Grimasse. »Da gebe ich dir allerdings recht!«

Tannenspiel atmete innerlich auf, dass Müller keine weiteren Fragen stellte und bevor sich sein Kamerad doch noch eines anderen besinnen konnte, schnauzte er den Gefangenen an. »Also los, wir haben lange genug herumgestanden. Es wird Zeit, dass du endlich ins Loch kommst!« Zur Unterstützung seiner Worte verpasste er dem Wilddieb einen kräftigen Stoß, sodass dieser sein ganzes Geschick aufbringen musste, um nicht zu stürzen.

Winkelsee blitzte ihn hasserfüllt an und fauchte: »Irgendwann Tannenspiel, irgendwann …!«

»Ja … ja, ich habe es verstanden! Und jetzt halt´s Maul und lauf weiter!«

Sie marschierten weiter die Fahrgasse hinauf, doch der Vorfall mit dem Gildemitglied hatte den Wildhütern eine nachhaltige Lektion erteilt. Statt lautstarker Schmähungen hüllten sie sich nun in Schweigen und versuchten so wenig Aufsehen wie möglich zu erregen. Selbst den abgetrennten Hirschkopf hatten sie dem Wilderer abgenommen und in einer angrenzenden dunklen Gasse auf einen stinkenden Abfallhaufen geworfen. Natürlich konnte sich Tannenspiel einen Kommentar nicht verkneifen: »Mach dich schon mal vertraut mit der Umgebung, wenn sie dich vom Galgen holen, verscharren sie dich in genauso einem Haufen Dreck.«

Winkelsee ließ es gleichmütig über sich ergehen, denn für heute hatte er bereits genug Schläge einstecken müssen.

Die Fahrgasse hüllte sich nun tief in Schatten, denn gerade eben passierten sie linkerhand die Rückseite des monumentalen Kaiserdoms *St.Bartholomäus*. In diesem Sakralbau wurde eine unglaublich wertvolle Reliquie aufbewahrt und inbrünstig verehrt – die Schädeldecke des Apostels Bartholomäus. Auch Winkelsee hatte in der Vergangenheit viele Male vor diesem heiligen Relikt aus Jesu Zeiten gekauert und um Erlösung seines Seelenheils gebetet. *Was vermutlich nicht viel helfen wird, wenn ich meine gegenwärtige Situation betrachte*, dachte er verbissen. Sie ließen den Dom hinter sich und bogen nach wenigen Schritten links in die Schnurgasse ein – hier begann das Viertel der Weber, Tuchhändler und Schneider. Augenblicklich umfing die Gruppe ein intensiver Geruch nach nasser Wolle, unter den sich Ausdünstungen verschiedenster Färbemittel mischte. Die Gasse war vollgestellt mit Ständen, sowie kleinen Auslagen, die sich vor den Türen der Werkstätten oder Verkaufsräumen eng an die Fassaden der Häuser schmiegten. An diesem belebten Ort konnten sich die Frankfurter mit Tuch, grobem Leinen oder feinsten Stoffen eindecken. Wobei letzteres nur für die wenigsten erschwinglich war, denn feingewebtes Gespinst oder gar Seide, war nur den reichsten Bürgern der Stadt vorbehalten. Der vorbeiziehende kleine Haufen wurde mit Argusaugen von den Händlern gemustert, doch im Gegensatz zu dem Fleischer, machten sie keinerlei Anstalten die drei Männer in irgendeiner Weise anzugehen. Der Grund dafür lag offensichtlich auf der Hand: beide Wildhüter hielten sich mit Äußerungen ihrem Gefangenen gegenüber diskret zurück. Vermutlich steckte ihnen immer noch der Schreck des letzten Disputs in den Knochen. Tatsächlich erreichten sie schließlich ohne weitere Vorkommnisse die Katharinenpforte. Sie durchquerten den kleinen Torbogen und betraten einen großen, momentan allerdings wenig besuchten Platz, an dem auch das Kloster der heiligen Sankt Katharina seinen Sitz hatte. Auf dessen gegenüberliegender Seite begann die Eschenheimer Gasse, an deren Ende ein majestätischer Bergfried in den Himmel aufragte. Beim Anblick des Bauwerkes wurden Winkelsees Beine schwer wie Blei, denn das eigentliche Ziel rückte in unmittelbare Nähe – der Eschenheimer Turm mit seinem Kerker.

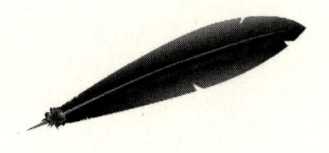

Die Tiefenschmiede

Zusammengesunken saß Zenodot an der langen Tafel im Wohnraum der Tiefenschmiede. Der Kommissar hatte, vor etwas mehr als einer halben Stunde, die Bibliothek sichtlich aufgewühlt verlassen. Was angesichts der aktuellen Situation nicht weiter verwunderlich war, denn ihm, Zenodot, erging es momentan nicht besser. Bei Schwarzhoff kam erschwerend hinzu, dass er erstens von dieser S.M.A. hinters Licht geführt worden war und heute, in dem gerade geführten Gespräch, viele neue Informationen über die andere Welt erhalten hatte. Das musste erst einmal verdaut werden. Zenodots Gedanken kreisten hingegen fortwährend um den entführten Daniel und die Frage, ob es ihm gut ging. Immer wieder spielte er gedanklich die verschiedensten Szenarien durch, wie man seinen Aufenthaltsort schneller ermitteln könnte, ohne auf eine Nachricht von Osiris warten zu müssen. Aber egal von welcher Seite er es betrachtete – alle Ideen oder vermeintlichen Geistesblitze liefen ins Leere. Ein Gefühl der Ohnmacht schlich sich still und leise in Zenodots Gedankenwelt und diesen Umstand nahm er mit einer gewissen Beklemmung zur Kenntnis. Es war lange her, dass er sich dem Schicksal so stark ausgeliefert fühlte. Er vernahm ein Geräusch und schreckte hoch. »Hallo Tarek«, meinte Zenodot und rang sich ein aufmunterndes Lächeln ab.

Ein am Boden zerstörter Tarek Tollkirsche stand mit hängenden Ohren in der Türe zu den Wohnräumen und der Küche. »Wir konnten ihn nicht finden …«, begann der kleine Kobold, während ihm eine dicke Träne die Wange hinunterlief. »Wir haben an allen möglichen und unmöglichen Stellen gesucht. Jeden weißen Lieferwagen, den wir finden konnten, unter die Lupe genommen – doch nichts, keine auch noch so winzige Spur.« Niedergeschlagen lief er auf die Tafel zu und kletterte neben dem Bibliothekar auf einen Stuhl. Dann stützte er sich mit beiden Ellenbogen auf die Tischplatte und nahm seinen Kopf zwischen die Hände. »Warum habe ich Daniel in der Früh nur allein gelassen«, seufzte er aufgelöst.

Zenodot streichelte ihn sanft und tröstend über den Kopf. »Das hätte vermutlich nichts geändert, Tarek!«

»Mag sein, aber vielleicht hätten wir jetzt eine Spur. Wäre ich in der Nähe gewesen, so hätte ich zumindest die Verfolgung aufnehmen können. Im dichten Straßenverkehr wäre es ein Leichtes dem Wagen nachzustellen.«

Verständnisvoll nickte der Bibliothekar. »Das verstehe ich, doch sich jetzt mit Selbstvorwürfen zu geißeln, bringt auch nichts. Ich glaube …«, dann hielt er mitten im Satz abrupt inne und starrte auf die große Kupferschale in der Mitte der Rotunde. Unversehens sprang er so stürmisch vom Stuhl auf, dass Tarek erschrocken auf die Tischplatte hüpfte. »Was ist denn das für eine Teufelei?«, rief der Alte schockiert.

Tarek, immer noch verwirrt, folgte dem Blick des Bibliothekars, als seine Augen ebenfalls etwas erfassten – etwas, das eigentlich nicht sein durfte. Direkt neben der flachen Kupferschale war aus dem Nichts ein winziges und leicht violett schimmerndes Loch erschienen. Es schwebte, in annähernd einem Meter Höhe, bewegungslos mitten im leeren Raum. »Was ist das, Zenodot?«, stammelte der Kobold. »Ich denke die Tiefenschmiede ist gegen Magie von außen geschützt?

Zenodot hatte einen kleinen Gegenstand aus seiner Kutte zu Tage gefördert. Tarek beobachtete, wie der Hüter der Tiefenschmiede eine Art Kompass in Richtung des seltsamen Objekts hielt. »Es ist jedenfalls keine schwarze Magie!«, stellte er sichtlich erleichtert fest. Jedoch schwebte in dieser Einschätzung gleichzeitig die Frage mit, um was es sich bei der Erscheinung tatsächlich handeln könnte. Tarek vermutete deshalb, dass der Alte genauso überrascht und ratlos, wie er selbst war. Er kletterte behände vom Tisch, gesellte sich neben Zenodot und zog einen kleinen Silberdolch – sicher war sicher.

»Bleibe jetzt nah bei mir«, flüsterte der Alte und machte eine fließende Bewegung mit seiner rechten Hand.

Tarek vernahm wispernde Worte in einer unbekannten Sprache, dann baute sich zwischen dem Gebilde und ihnen ein Netz aus feinen blauen Linien auf. Tief beeindruckt blickte der Kobold zu dem Bibliothekar hoch, denn Zenodot hatte gerade aus dem Stand einen magischen Schutzwall erschaffen. Und das anscheinend keinen Augenblick zu früh! Kaum als das letzte Wort verklungen war, zeigten sich an den Rändern des violett schimmernden Lochs kleine Brüche. Diese Risse breiteten sich nun langsam nach allen Seiten aus, so dass Tarek den Eindruck hatte, eine lila gefärbte Glasscheibe würde von ihrer Mitte nach außen zerbrechen. Die Erscheinung wurde immer größer und plötzlich nahmen sie hinter der gesplitterten Barriere eine Bewegung wahr. Zenodot ging sofort in Angriffsstellung und raunte Tarek zu: »Das ist ein Portal und irgendjemand will hindurch. Stell dich hinter mich – schnell!«

Tarek tat wie ihm geheißen, während Zenodot den magischen Schutzwall verstärkte, so dass alle Linien hell aufleuchteten. Unvermittelt tauchte eine menschliche Hand aus dem inzwischen mannsgroßen Loch auf. Tastend schien sie nach etwas zu suchen oder versuchte sich ihrer Umgebung gewahr zu werden. Dann wurde ein Fuß sichtbar, gefolgt von einem schemenhaften Gesicht und unversehens trat eine Gestalt in den Wohnraum der Tiefenschmiede. Der Kobold spürte die Anspannung des Bibliothekars, als dieser auch schon übergangslos einen leisen Schrei ausstieß. Ob aus Entsetzen oder aus Überraschung, vermochte Tarek nicht zu sagen. Er hatte, da er sich im Rücken von Zenodot befand, keine Sicht auf das, was da gerade durch das Portal gekommen war. Zu seinem großen Schrecken begann das von Zenodot gesponnene blaue Netz heftig zu flackern, fiel in sich zusammen und erlosch schließlich ganz.

Jetzt sind wir völlig schutzlos! schoss es ihm durch den Kopf, als sich der Bibliothekar zu allem Überfluss auch noch nach vorne bewegte. Er trat einen Schritt zur Seite, um besser sehen zu können und augenblicklich durchströmte ihn eine Welle der Erleichterung! Tarek blickte in das freundlich lächelnde Antlitz von Dr. Iuridae Malik oder besser gesagt, der altägyptischen Göttin Selket. Wer jetzt erwartet hatte, dass eine orientalische Schönheit, mit makelloser Haut, schwarzen langen Haaren und knapper goldbestickter Tunika neben der Kupferschale erschienen war, wurde sichtlich enttäuscht. Dort befand sich nämlich eine ältere Dame mit leicht ergrautem Haar, rundlicher Figur und altmodischer Hornbrille auf der Nase. Gekleidet in einen knielangen Rock mit Schottenkaro, eine weiße Rüschenbluse und schwarzen Halbschuhen stand sie strahlend da und breitete demonstrativ ihre Arme aus. »Ich bitte vielmals um Entschuldigung für mein plötzliches Auftauchen, Zenodot«, begrüßte Selket den Bibliothekar, der die Göttin zeitgleich mit finsterem Blick taxierte.

»Hallo Selket ...«, knirschte der Alte aufgebracht. »Es wäre wünschenswert gewesen, wenn du mir vorher Bescheid gesagt hättest! Zumal ich nicht weiß, wie du es fertiggebracht hast, hier ein Portal zu erschaffen, denn die Tiefenschmiede ist gegen derartige Zauber eigentlich geschützt! Aber wenn *DU* es vollbringen kannst, so können es vermutlich andere, weniger freundlich Gesinnte, auch.«

Anstatt zu antworten, lief Dr. Malik dem Bibliothekar entgegen und umarmte ihn mit einem entwaffneten Lächeln. »Reg dich nicht auf, mein Lieber. Das schadet nur dem Blutdruck!«

Als sich die Frau wieder von ihm löste und Tarek die Reaktion es Bibliothekars beobachtete, musste er sich wegdrehen, um sein Lachen zu verbergen. In Zenodots Gesicht spiegelte sich eine grenzenlose Verblüffung. Er hatte wohl eine unverzügliche Begründung erwartet, doch stattdessen wurde er von einer göttlichen Umarmung und der Sorge um seinen Blutdruck völlig überrumpelt. Er benötigte deshalb einige Sekunden, um sich wieder zu fangen.

Der Alte blitzte Selket wütend an und legte dann los. »Ist dir klar, dass diese Pforte ...« Er zeigte auf das sich vor sich ihn wabernde Gebilde. »... unsere ganzen Sicherheitsvorkehrungen auf den Kopf stellt. Ich habe Jahrzehnte damit zugebracht, hochkomplizierte Schutzzauber zu wirken, damit genau so etwas nicht passiert. Die Tiefenschmiede ist jetzt nicht mehr sicher, Selket. Also fordere ich dich hiermit auf, mir sofort Auskunft zu geben, damit ich dieses Leck möglichst schnell schließen kann.«

Eigentlich hatte Tarek erwartet, dass die Göttin zumindest *etwas* Verständnis für Zenodots Problem aufbringen würde, doch stattdessen stemmte sie beide Arme in die Hüften und fing herzhaft an zu lachen. Und erneut entgleisten dem Alten die Gesichtszüge. Langsam machte sich der Kobold ernsthafte Sorgen, denn das Gesicht des Bibliothekars war bereits dunkelrot angelaufen und er schien kurz vor einer Explosion zu stehen. Diese Reaktion schien Selket nicht entgangen zu sein, denn ihr Lachen erstarb schlagartig und ihre Stimme nahm einen gefährlichen Unterton an. »Was glaubst du wohl, wer in der Lage sein könnte ein Portal dieser Art zu öffnen, wohlwissend um die zahlreichen Schutzzauber der Tiefenschmiede? Also halte deine Gefühle im Zaum, Bibliothekar – denn schließlich warst du es, der mich zu ihm schickte!«

Ob es nun Zufall war oder eine geplante Aktion – genau in diesem Moment schob sich eine weitere Gestalt durch die magische Tür. Ein junger Mann in Jeans, T-Shirt und weißen Turnschuhen betrat die Tiefenschmiede und sah sich interessiert um. Als Zenodot ihn erblickte, verschwand jegliche Farbe aus seinem Gesicht und er ging sofort in die Knie. »Osiris …«, krächzte er entschuldigend, »… ich wusste nicht …«

Osiris, Herr über das ägyptische Totenreich Duat, Herrscher der Unterwelt und oberster Richter über die Toten nickte freundlich und ermunterte den Bibliothekar mit einer kurzen Geste, wieder aufzustehen. Dann blickte er dem Alten tief in die Augen und meinte sanftmütig, »Zenodot von Ephesos! So schnell sehen wir uns also wieder. Kaum, dass ich dir den Auftrag gegeben habe, dich um den Weltengänger zu kümmern, ihn auszubilden, so verlierst du ihn schon wieder?« Es lag keinerlei Vorwurf oder Schuldzuweisung in seiner Stimme, vielmehr eine gewisse Traurigkeit. »Selket hat mir deinen Hilferuf übermittelt. Und wie es scheint, hat mein alter Gegenspieler Apophis seine schmutzigen Hände im Spiel! Grund genug also, mir persönlich ein Bild zu machen. Ich hoffe, ich habe mich richtig gekleidet?«

Zenodot hatte keine Ahnung wie man im Totenreich an Jeans und Turnschuhe kam, hütete sich aber hierzu einen Kommentar fallen zu lassen. Natürlich war das auch nicht die wirkliche Gestalt von Osiris, aber als sie bei ihrem letzten Abenteuer auf den Gott getroffen waren, hatte er die identische Form seines jetzigen Aussehens gewählt – einen jungen Mann, der kaum älter als zwanzig Jahre alt sein mochte. »Ich würde sagen, die Kleidung passt in diese Welt und in diese Zeit!«, erwiderte er.

Mit einem erfreuten Nicken in Richtung Selket meinte Osiris, »So war deine Wahl gut, meine Freundin.« Er ging auf Zenodot zu und legte dem Alten seine Hand auf die Schulter. »Du weißt, ich kann mich offiziell nicht einmischen, aber eine Einschätzung der Situation und ein kleinwenig Hilfe, natürlich unter dem Deckmantel der absoluten Verschwiegenheit, sollte machbar sein.« Er zwinkerte mit dem Auge und setzte hinzu: »Deswegen auch mein Besuch in der magisch gut geschützten Tiefenschmiede, denn selbstverständlich habe ich diese Welt nie betreten. Für den verursachten Schock bitte ich um Verzeihung.«

Der Bibliothekar nickte zwar verstehend, doch seine Mimik zeigte ein großes Fragezeichen. »Natürlich Osiris! Doch gestatte mir eine wichtige Frage: Ist sonst noch jemand, dich ausgeschlossen, dazu in der Lage diese Räumlichkeiten zu betreten?«

Osiris schüttelte den Kopf. »Ich verstehe deine Sorge, doch ich kann dich in diesem Falle beruhigen. Nein, selbst die Macht von Apophis würde dafür nicht ausreichen. Er mag stark sein, doch er ist mir nicht in allen Dingen ebenbürtig. Niemals hätte ich euch unnötig in Gefahr gebracht. Somit hoffe ich, dass deine Frage ausreichend beantwortet wurde?«

»Ja!«, seufzte der Alte sichtlich erleichtert. »Komm, setzen wir uns – darf ich dir etwas anbieten? Ein Getränk oder vielleicht etwas zu essen?«

»Nein danke, Bibliothekar.«

Alle nahmen an der großen Tafel Platz und zum ersten Mal ruhten Osiris Augen auf Tarek, der sich die ganz Zeit über mucksmäuschenstill verhalten hatte. »Und wer ist dieser kleine Mann hier?«

Ärgerlich verzog Tarek seine Mundwinkel und verschränkte demonstrativ die Arme. »Ich bin Tarek Tollkirsche vom Volk der Waldkobolde und sicherlich *kein kleiner Mann*! Zudem würde ich gerne wissen, ob du uns jetzt helfen kannst. Daniel ist mein bester Freund – wir müssen ihn so schnell wie möglich finden!«

Zenodot bedachte Tarek mit einem entsetzten Blick, während Selket schmunzelnd das überraschte Antlitz von Osiris betrachtete.

Der Herrscher über die Unterwelt nahm es jedoch sportlich und meinte entschuldigend: »Nun Tarek Tollkirsche, so bitte ich dich für diesen Fauxpas um Verzeihung. Und ich versichere dir, dass wir deinen Freund aufspüren werden.« Ohne eine Erwiderung abzuwarten, wandte er sich wieder dem Hüter der Tiefenschmiede zu. »Und jetzt verschaffe mir bitte einen Überblick über die Ereignisse der letzten Tage.«

Zenodot nickte und begann über die zurückliegenden Begebenheiten zu berichten. Osiris hörte wortlos zu, enthielt sich aber jeglicher Kommentare oder Rückfragen. Als der Bibliothekar schließlich endete, blickten alle erwartungsvoll auf den Ägypter. Dieser hatte seine Augen jedoch geschlossen, sich still zurückgelehnt und schien mit seinen Gedanken auf Reisen zu sein. Eine seltsame Stille breitete sich in der Bibliothek aus, die nur von einem leisen Ticken der großen Standuhr durchbrochen wurde. Nach einer gefühlten Ewigkeit hob Osiris seinen Kopf und sagte leise: »Er ist noch am Leben, aber in körperlich schlechter Verfassung.«

Jetzt hielt es Tarek nicht mehr aus. »Wo ist er? Kannst du ihn ausfindig machen? Ist er schwer verletzt?«

»TAREK!«, mahnte Zenodot.

»Schon gut, Bibliothekar. Was wäre ein Freund wert, wenn er sich keine Sorgen machen würde? Selket, du hast die Gegenstände, die ich dir anvertraut habe, dabei?«

»Natürlich Osiris!« Dr. Malik durchsuchte einen mitgebrachten kleinen Beutel, förderte zwei Objekte zu Tage und legte sie vorsichtig auf die Tischplatte. Instinktiv beugten sich Zenodot und Tarek nach vorne, um die Sachen genauer in Augenschein zu nehmen. Vor ihnen lag ein kleines Glasbehältnis, dass eine grünlich schimmernde Flüssigkeit umschloss, sowie ein silberner Ball in der Größe einer Orange. Bei genauerer Betrachtung handelte es sich jedoch nicht um eine Kugel, sondern um eine Art Wollknäul, das aus einem aufgewickelten dünnen silbrigen Faden bestand.

»Was ist das?« fragte Tarek neugierig.

»Da ich den Weltengänger mit meinen Insignien gezeichnet habe, kann ich ihn in Gedanken zwar erreichen, weiß jedoch nicht an welchem Ort er sich gerade befindet«, erklärte Osiris und zeigte dann auf die Kugel. »Die aufgewickelte Faser ist ein neutrales *Obscurum*. Die Flüssigkeit in der Phiole nennt man *Wasser des Ratio*. Beides ist ausgesprochen schwer herzustellen und deshalb nur sehr wenigen Gelehrten bekannt oder gar im Gebrauch geläufig.«

Zenodot nickte wissend. »Ich habe von beiden bereits in Büchern oder Schriftrollen gelesen. Wenn ich mich recht erinnere, benötigt man allein dreihundert Jahre, um das *Wasser des Ratio* herzustellen, anschließend muss es weitere dreihundert Jahre an einem Ort der völligen Finsternis reifen. Fällt in dieser Zeit auch nur der winzigste Strahl Licht auf die Flüssigkeit, war die Arbeit von Jahrhunderten vergeblich. Nicht umsonst ist dieses Wasser unglaublich selten und äußerst kostbar.«

»Richtig, wie ich sehe nennt man dich nicht umsonst den Hüter des Wissens«, bestätigte der Herrscher erfreut.

Der Bibliothekar fuhr fort: »Das *Obscurum* besteht aus einer sehr seltenen Pflanzenfaser, genannt *Kraut der Unsterblichkeit*. Aber ...« Jetzt wirkte Zenodot etwas verlegen. »... wie helfen uns beide Gegenstände weiter? Mir erschließt sich der Zusammenhang nicht.«

»Nun, die Anwendung des Wassers hast du bereits in der Vergangenheit selbst miterlebt, Zenodot, auch wenn du es damals nicht wusstest«, schmunzelte Osiris, ohne auf die Frage des Bibliothekars einzugehen.

Der Alte riss die Augen auf und ein äußerst irritierter Ausdruck schlich sich in sein Gesicht. »Ich ... ich habe es selbst miterlebt? Wo sollte das gewesen sein?«

Belustigt kicherte der Herrscher auf. »Du erinnerst dich an den Bau des Dämonenkerkers unter Stonehenge? Was glaubst du, warum wir das Gefängnis so ungestört bauen konnten? Ist es dir niemals in den Sinn gekommen, weshalb keine Menschenseele in der umliegenden Bevölkerung, und selbst, wenn es nur zufällig gewesen wäre, vorbeigekommen ist?«

»Darüber habe ich nie nachgedacht. Ich war damals nur froh, dass es so war – ich war vollauf damit beschäftigt den Bau zu beaufsichtigen, denn jede Nachlässigkeit hätte das Todesurteil für die Welt bedeutet.«

Osiris hob seine Hand und zeigte auf den Alten. »Natürlich, denn das war deine dir zugewiesene Aufgabe! Also warum sollten wir dich mit Kleinigkeiten ablenken. Das Wasser des Ratio sorgte damals dafür, dass niemand in weitem Umfeld auf die Idee kam, dem Monument einen Besuch abzustatten – immerhin war und ist es noch heute ein Heiligtum unter dem äußerst starke weißmagische Meridiane wirken. Nicht umsonst haben wir diesen Platz für die Errichtung des Kerkers gewählt.«

Tarek rutschte nervös auf seinem Stuhl hin und her, schließlich hob er die Hand und schnippte mit den Fingern.

Selket lächelte verständnisvoll und meinte mit milder Stimme: »Wir sind hier nicht in der Schule, Tarek. Wenn du etwas beitragen willst, dann sprich.«

Verlegen rieb sich der kleine Kobold am Arm. »Nun, es ist interessant aus der Vergangenheit zu hören, aber könnten wir uns vielleicht etwas mehr auf die Gegenwart konzentrieren? Daniel muss gefunden werden, denn wie Osiris berichtete, geht es dem Weltengänger nicht gut. Wie können uns also diese Gegenstände helfen ihn zu finden?«

Der Ägypter lachte laut auf. »Ein wahrer Freund! Aber du hast natürlich recht, Tarek Tollkirsche. Das Wasser des Ratio wird uns helfen in Ruhe und ohne Störungen nach dem Weltengänger zu suchen. Die Phiole wird direkt über der Stadt zerbrochen und winzig feine Tröpfchen werden herabregnen – so klein, dass niemand sie bemerken wird. Innerhalb einer Stunde wird bei jedem Menschen und jedem Tier der unwiderstehliche Drang ausgelöst, sein Heim aufzusuchen, um sich schlafen zu legen. Der Schlaf wird genau vierundzwanzig Stunden andauern.« Osiris zeigte auf den Glasbehälter. »Dies ist nur ein sehr schwaches Wasser, es gibt bedeutend stärkere, die über viele Jahre wirken. Die Straßen werden wie leergefegt sein – niemand wird sich zeigen, was euch die Möglichkeit eröffnet, ungestört nach dem Weltengänger zu suchen.«

»Aber werden wir dann nicht auch einschlafen?«, fragte Tarek unsicher.

»Nein, denn die Tiefenschmiede ist entsprechend geschützt. Es sollten sich also alle, die sich an der Suche beteiligen, hier an diesem Ort aufhalten.«

»Dann müssen wir Julian sofort Bescheid geben!«, sagte Tarek aufgeregt.

Zenodot hingegen blickte zu Osiris. »Du hast mir noch immer nicht auf meine Frage hinsichtlich des Zusammenhangs geantwortet.«

»Das Obscurum«, begann der Herrscher, »ist ein Sucher. Wie ich vorhin schon bemerkte, ist es im Augenblick neutral, was bedeutet, es befindet sich in einer Art Ruhestarre. Erst wenn es mit einem bestimmten Gegenstand in Berührung kommt, aktiviert es sich. Dieses Objekt muss demjenigen gehören, der gesucht werden soll. Anschließend legt man das Knäuel auf den Boden und der Faden sucht sich seinen Weg.«

»Das kommt mir irgendwie bekommt vor«, überlegte Zenodot laut. »Vor etlichen Jahrtausenden bat mich ein anderes Gefilde, genauer gesagt das griechische, um Hilfe. Sicherlich sagt dir der Name Theseus etwas?«

»Aber natürlich! Das Labyrinth des Minotaurus auf Kreta. König Theseus erschlug den Stiermenschen und fand mit Hilfe eines Fadens wieder aus dem Labyrinth.«

Osiris nickte. »Theseus ließ damals einen Freund am Eingang warten und steckte ein Stück seiner Tunika ein. Als sein Vorhaben glückte, aktivierte er das Obscurum mit Hilfe des Stoffes und das Garn suchte seinen Freund.«

»Jetzt verstehe ich. Wenn das Wasser des Ratio seine Wirkung entfaltet hat, dann wird mit Hilfe eines Gegenstandes aus Daniels Besitz das Obscurum belebt. Der Faden wickelt sich auf und sucht unseren Weltengänger, während wir ihm völlig ungestört folgen können«, schlussfolgerte der Bibliothekar.

»So wäre der Plan. Aber nochmals – ich war niemals hier und selbstverständlich habt ihr die beiden Hilfsmittel nicht von mir erhalten!«, sagte der Ägypter in scharfem Ton.

Jetzt lachte Zenodot leise auf. »Was tatsächlich auch der Wahrheit entspricht, denn letzten Endes händigte uns Selket die Gegenstände aus. *Sie* verwahrte diese in *ihrem* Beutel und legte die Objekte schließlich vor uns auf den Tisch. Somit kannst du deine Hände in Unschuld waschen, Osiris.«

Ein verschmitztes Grinsen erschien auf dem Gesicht des Herrschers. »Ich sehe – wir haben uns verstanden! Und nun lasst euch bei euren Vorbereitungen nicht weiter stören – ich ziehe mich zurück. Selket wird euch alles Weitere erklären und wird, solltet ihr es wünschen, euch bei eurem Vorhaben unterstützen.«

Zenodot richtete sein Augenmerk auf die Kuratorin des ägyptischen Museums. »Jede Hilfe ist willkommen.«

Dann wandte sich Osiris an Dr. Malik. »Sehr schön! Selket, du informierst mich, wenn der Weltengänger befreit wurde. Ich muss mit ihm reden!«

»Natürlich Osiris.«

Der Herrscher stand auf und nickte allen zu. »Dann wünsche ich euch gutes Gelingen. Doch lasst mich zum Schluss noch einen

Rat geben: Seid äußerst wachsam und vorsichtig! Apophis ist ein mächtiger Gegenspieler, mit dem nicht zu spaßen ist. Natürlich wird er sich hüten direkt einzuschreiten, doch seid versichert, dass er genauso wie ich darüber nachsinnen wird, wie er seinen Dämonen Hilfe zu Teil werden lassen kann.«

Es folgte eine betretene Stille, die Osiris nutzte, um erneut durch das erschaffene Portal zu treten. Er winkte noch ein letztes Mal, dann verblasste sein Körper und er war verschwunden. Zeitgleich wurde der violett schimmernde Durchgang kleiner und kleiner, schrumpfte schließlich auf die Größe eines Golfballs und zerplatzte dann lautlos.

Tarek blickte Dr. Malik erschrocken an und fragte betroffen: »Und wie kommst du jetzt nach Hause?«

Schmunzelnd erwiderte Selket: »Wie jeder andere Reisende aus einem fernen Land auch – mit dem Flugzeug.«

Daniel Debrien

Als ich erneut aus meiner Bewusstlosigkeit erwachte, bestand mein Körper aus einem einzigen Schmerz. Wieder hing ich in der totalen Finsternis, allein mit meinen Gedanken und keiner Hoffnung. Mir war klar, dass ich mich auf weitere Torturen gefasst machen musste, wenn ich die Tiefenschmiede nicht preisgeben wollte. Momentan hatte ich noch die Kraft und den Willen *Nein* zu sagen, doch wie lange würde ich durchhalten? Und was würden sich diese Arschlöcher noch einfallen lassen, um mich zum Reden zu bringen. Nichts ahnend was auf einen zukam, außer der schrecklichen Gewissheit, dass es mit enormen Schmerzen verbunden sein würde – dieser Gedanke machte mich fertig!

Ob Minuten oder Stunden später vermochte ich nicht mehr zusagen, jedenfalls wurde irgendwann die Türe aufschlossen und das Licht flammte erneut auf. Im Gegensatz zu den letzten Malen vernahm ich diesmal noch weitere Stimme. Ich hörte die Frage: »Scheiße – lebt er noch?«

»Natürlich – und alles ist noch dran! Wir haben ihn mit Samthandschuhen angefasst.« Ich erkannte an der hämischen Tonlage den jüngeren der beiden S.M.A. Mitarbeitern.

Die unbekannte Stimme befahl in autoritärem Ton: »Holt ihn runter und setzt ihn auf den Stuhl.«

Es folgte ein Klicken und die gespannten Ketten wurden schlaff. Jegliche Extremitäten versagten mir augenblicklich den Dienst und ich sackte wie eine Gliederpuppe in mich zusammen. Ungebremst schlug ich auf den Fußboden und ein Feuerwerk an Sternen blitzte vor meinen Augen auf. Sofort wurde ich grob nach oben gezogen, durch den Raum geschleift und auf den Klappstuhl verfrachtet, der vor dem kleinen Schreibtisch stand. Durch die plötzliche Entlastung der Gelenke wurden die Schmerzen noch unerträglicher, während ich mit Entsetzen meine stark angeschwollenen Handgelenke registrierte.

»So, Sie sind also nicht Willens uns den Aufenthaltsort von diesem Zenodot zu verraten?«, begann der Fremde ohne Umschweife.

Unter größten Mühen hob ich meinen Kopf und musterte den Fremden. Er trug einen dunkelblauen Nadelstreifenanzug, ein weißes Hemd und eine fürchterliche blassrosa Krawatte, mit passendem Einstecktuch. Die Haare waren graumeliert und ein, scheinbar mit dem Lineal gezogener Seitenscheitel zeugte von einem ziemlich eitlen Charakter. Zudem ließ mich die blasse Hautfarbe vermuten, dass mein Gegenüber nicht gerade zu den Sonnenanbetern gehörte. Seine grünen Augen lagen tief in den Höhlen und die Mundwinkel umspielte ein fast diabolischer Ausdruck. Als sich der Unbekannte zurücklehnte, die Arme verschränkte und mich ebenfalls taxierte, strahlte er unverkennbar eine sehr bestimmende Autorität aus.

»Ich warte immer noch auf eine Antwort!«, schnarrte er ungeduldig.

Ich wollte gerade etwas erwidern, als sich etwas in meinen Geist schlich. Ein fremder Gedanke schien flehend an mein Gehirn zu klopfen und um Einlass zu bitten. Irritiert schüttelte ich den Kopf, um diese seltsame Reflexion loszuwerden. Allerdings wurde diese plötzliche Bewegung von meinem Gegenüber als Geste der Verneinung aufgefasst.

»Nein? Ihnen ist schon klar, dass meine Kollegen dort drüben weitaus effizienter vorgehen können, als sie es bisher getan haben?«

Ich hörte den Fremden nur am Rande, denn jäh durchbrach etwas meine gedankliche Mauer und ich vernahm klar und deutlich eine nur allzu bekannte Stimme. »Weltengänger, verhalte dich ruhig und lass dir nichts anmerken!«

»Osiris??«, brüllte ich voller Hoffnung in Gedanken auf.

»Ja! Halte durch – Hilfe ist unterwegs.«

Dann verklangen seine Worte wie ein langsam verebbendes Echo und ich spürte, wie sich sein Geist wieder zurückzog. Doch diese wenigen Sekunden hatten ausgereicht mir neue Zuversicht zu geben. *Hilfe ist unterwegs* – dieser kleine Satz rollte wie ein donnerndes Gewitter durch meinen Kopf.

Der Unbekannte hatte mich unterdessen aufmerksam beobachtet und schien nun darüber zu spekulieren, warum ich einen derart abwesenden Eindruck machte. In seinen Augen konnte ich die Feststellung *Irgendetwas stimmt mit ihm nicht* förmlich ablesen.

»Geht es Ihnen gut?«

Ich glaubte mich verhört zu haben, denn die Frage war in meiner derzeitigen Situation ein völliger Witz. Aufgebracht fauchte ich deshalb zurück: »Sie entführen mich auf offener Straße. Sie foltern mich und fragen mich jetzt ernsthaft, wie es mir geht? Was sind Sie denn für ein Arschloch?«

Ob ich ihn nun mit meiner Provokation getroffen hatte oder nicht – er zeigte jedenfalls keine erkennbare Reaktion. Stattdessen blickte er wortlos an mir vorbei und schon verpasste mir einer der beiden anderen von hinten einen Schlag an den Kopf.

»Noch so einen Spruch und du hängst wieder am Haken, doch diesmal nehme ich eine Eisenstange!«, plärrte der Jüngere.

Hilfe ist unterwegs! Diese Worte von Osiris wirkten wie ein Leuchtfeuer inmitten eines tosenden Sturms. Überraschenderweise nahm ich noch etwas anderes an mir wahr – die Schmerzen klangen langsam ab. Ob das wohl auch an Osiris lag? Zenodot erwähnte, nachdem mich der Herrscher der Duat unter seinen persönlichen Schutz gestellt hatte, dass Wunden schneller heilen würden. Verstohlen rieb ich mit dem Finger über die rechte Handfläche, denn dort prangte Osiris Zeichen, Krummstab und Geißel, auf meiner Haut. Alle Kraft zusammennehmend überlegte ich jetzt fieberhaft, welche Optionen mir zur Verfügung standen, um mehr Zeit für meine Freunde zu schinden. Ich hatte zwar keine Ahnung wie sie mich finden sollten, doch was wusste ich schon von den Möglichkeiten, die einer altägyptischen Gottheit zur Verfügung standen?

Erneut begann der Fremde. »Sehen Sie Herr Debrien, ich will das genauso wenig wie Sie. Aber lassen Sie mich eines ganz deutlich sagen: Wir wissen, dass Sie und dieser Zenodot …«, dabei überkreuzte er Zeige -und Mittelfinger, »… gewissermaßen so sind! Und woher wissen wir das? Weil Ihr guter Bekannter Kommissar Schwarzhoff uns gegenüber sehr mitteilsam gewesen ist. Leugnen wäre also völlig zwecklos. Wir werden das, was wir wissen wollen so oder so erfahren. Es liegt allein an Ihnen, ob es mit Schmerzen verbunden ist oder nicht!«

Ich schluckte schwer, denn natürlich wusste ich genau, dass seine Worte keine leere Drohung waren, denn sie hatten es bereits hinlänglich unter Beweis gestellt. Und in einem hatte er ebenfalls recht: Wenn ich jetzt weiterhin auf dumm machte, würde ich mir nur selbst schaden. »Gut, ich kenne Zenodot, doch angenommen ich wüsste wirklich, wo er sich befindet, wer garantiert mir, dass ich überhaupt lebend und in Freiheit hier rauskomme? Sie etwa? Oder vielleicht ihre zwei Folterknechte hier mir? Ich weiß ja noch nicht einmal, wer Sie sind.«

Ein gespieltes Lächeln erschien auf seinem Gesicht. »Sie werden verstehen, dass ich keine Namen nennen werde. Nur so viel sei gesagt: Ich bin der führende Kopf einer Organisation und extra wegen Ihnen aus dem Ausland angereist. Und eines versichere ich persönlich: Wenn ich den Befehl gebe, dann können Sie gehen und keiner meiner Mitarbeiter krümmt Ihnen auch nur ein Haar.«

Das war nun in der Tat eine wichtige Information – mein Gegenüber war der Chef der S.M.A. Ich benötigte Zeit – so viel ich bekommen konnte oder besser gesagt, wie viel sie mir zugestanden. »Ich brauche eine gewisse Bedenkzeit«, sagte ich lapidar und blickte dem Fremden unverwandt in die Augen.

Er zog einen Schmollmund und brummte gereizt: »Die hatten Sie bereits reichlich!«

»Wurden Sie schon einmal mit zerschundenen Beinen und fast

ausgekugelten Schultergelenken an die Decke gehängt?«, erwiderte ich leise und kaum hörbar. »Die Schmerzen füllen alles aus und nehmen Ihnen jegliche Möglichkeit einen klaren Gedanken zu fassen.«

Er überlegte einen winzigen Augenblick, dann stand er auf und stellte sich vor mich. »Sechs Stunden Herr Debrien – und sollten Sie mich zum Narren gehalten haben, dann wird Ihnen selbst Gott nicht helfen können.« Er blickte zu seinen wartenden Gehilfen. »Und, verdammt, gebt ihm Wasser und was zu Essen. Handschellen sind nicht notwendig – er kommt hier sowieso nicht raus, aber haltet trotzdem Wache vor der Türe.«

»Danke«, flüsterte ich.

Ohne einen weiteren Kommentar verließ der Fremde den Raum. Als ich die Türe zufallen hörte, wollte ich schon durchatmen, doch der Jüngere machte mir sofort einen Strich durch die Rechnung. Er schnellte nach vorne, nahm mich von hinten in den Schwitzkasten und zischte: »Wenn du jetzt glaubst, dass du die nächsten Stunden Ruhe vor mir hast, dann muss ich dich leider enttäuschen. Ich werde jede volle Stunde auf einen Besuch vorbeischauen und ein kleines Geschenk mitbringen.« Um zu unterstreichen was er damit meinte, löste er die Umklammerung, trat einen Schritt zurück und ließ den Holzstock auf meine linke Schulter niederkrachen. Stöhnend sackte ich zusammen. Sofort zerrte er mich aus dem Stuhl und gab mir einen brutalen Stoß in die Wirbelsäule. Ich kippte rudernd vornüber und schlug neben der Matratze hart auf dem Boden. »Na, da bitte ich doch vielmals um Entschuldigung. Habe ich doch glatt die Lage deines Betts falsch eingeschätzt.« Dann verließ er mit seinem Kollegen pfeifend den Raum – und sie vergaßen, dem Himmel sei Dank, das Licht auszumachen.

Kaum war die Türe ins Schloss gefallen, rollte ich mich zur Seite und versuchte umständlich aufzustehen. Unter großen Mühen gelang es mir schließlich, denn meine Beine versagten mir immer wieder kurzfristig den Dienst. Hinkend schleppte ich mich in Richtung der Türe und versuchte dabei krampfhaft jeden Schmerzenslaut zu unterdrücken. Als ich den Ausgang erreichte, drückte ich mein Ohr fest an das Metall. Wenn die beiden vor dem Eingang Wache halten mussten, so bestand die vage Hoffnung, dass ich vielleicht eine Unterhaltung belauschen konnte. Möglicherweise konnte ich so in Erfahrung bringen, wo ich mich befand. Und tatsächlich hörte ich gedämpfte Stimmen:

»*Sieht Winkelmann gar nicht ähnlich, dass er so nachsichtig ist. Ich hatte fest damit gerechnet, dass er Debrien gleich selbst in Mangel nimmt. Sonst ist er ein eisenharter Knochen, aber bei diesem Burschen war er ja geradezu lammfromm.*«
»*Vielleicht steckt mehr dahinter als er uns erzählt hat. Fakt ist jedenfalls, wenn der Junge nicht auspackt, müssen wir vermutlich ganz Frankfurt auf den Kopf stellen, um diesen Zenodot zu finden. Und ganz ehrlich – hast du dazu große Lust?*«
»*Nein Fabian, das habe ich nicht und wenn es nach mir ginge, könntest du dir sicher sein, dass der Rotzlöffel innerhalb einer Stunde alles ausplaudern würde – selbst welche Farbe die Buxe seiner Oma hat.*«
»*Aber es geht nicht nach dir, Stefan! Wenn Winkelmann extra aus Lyon hierherkommt, muss es unglaublich wichtig sein. Und was sagt uns das? Dass dieser Zenodot der Schlüssel für Stonehenge sein muss. Ich bin gespannt was Winkelmann in drei Tagen dort vor hat. Also halte dich zurück. Verpass ihm meinetwegen ein paar Ohrfeigen, wenn du dich dadurch besser fühlst, aber der Junge bleibt am Leben – und unversehrt!*«
»*Ja, ja – habe es verstanden.*«
»*Hoffentlich! Gut, dann gehe ich jetzt eine rauchen und besorge etwas zu essen.*«

Ich vernahm sich entfernende Schritte und es wurde still. Leise schlich ich mich zu der Matratze zurück und ließ mich seufzend fallen. Der oberste Chef hieß also Winkelmann und kam aus Lyon. Der Jüngere mit seinen sadistischen Zügen hörte auf den Namen Stefan, während man den Älteren Fabian rief. Und es drehte sich tatsächlich um den Dämon unter Stonehenge. *Verdammter Mist, die wollen tatsächlich mit Zenodots Hilfe den Kerker öffnen! Und etwas plant dieser Winkelmann in Stonehenge, und zwar in genau drei Tagen,* ging es mir durch den Kopf.

Gedankenverloren kratzte ich mir über die Brust und hielt überrascht inne. Ich blickte verwirrt an mir herunter und knöpfte in der Folge hastig mein Hemd auf. Von den Verbrennungen durch die ausgedrückte Zigarette war nichts mehr zu sehen. Die Haut war vollkommen glatt und intakt – keine Spur einer Verletzung. Also hatte Zenodot recht behalten – der Schutz von Osiris wirkte und Wunden heilten extrem schnell. Auch die Schwellungen an meinen Handgelenken waren merklich zurückgegangen, allerdings schmerzten Schultern und Beine noch ziemlich stark. Doch es gab momentan nur eines das zählte: *Ich war am Leben und hatte sechs Stunden Zeit gewonnen!* Jetzt konnte ich nur beten, dass sie mich schnell fanden ...

Frankfurt, Hotel Steigenberger – Frankfurter Hof

Bernd Winkelmann hatte es sich in seinem Hotelzimmer im Steigenberger Frankfurter Hof gemütlich gemacht und überdachte seine nächsten Schritte. Seine Mitarbeiter Grube und Bauer hatten ihn unterrichtet, dass sie Daniel Debrien, einen Vertrauten des von ihm gesuchten Zenodot von Ephesos, festgesetzt hatten. Aufgrund dieser Tatsache war er sofort vom Interpol Hauptquartier in Lyon in seine alte Heimatstadt Frankfurt gereist. Er hatte dem Jungen sechs Stunden Bedenkzeit zugestanden und dies war für seine Verhältnisse mehr als großzügig. Doch es war notwendig gewesen, denn wenn Debrien wirklich stumm bleiben sollte – und das lag sicherlich im Bereich des Möglichen – mussten sie ganz Frankfurt durchkämmen, was die Ressourcen der S.M.A. schlichtweg überfordert hätte. Nach Jahren der Vorbereitung und Planung trugen seine Bemühungen allmählich Früchte und das große Ziel rückte in greifbare Nähe – genauer gesagt, greifbar in drei Tagen. Da fielen die gewährten sechs Stunden nicht mehr groß ins Gewicht.

Er, Bernd Winkelmann, war innerhalb von Interpol zwar einer der führenden Köpfe, aber dennoch ein weitgehend gemiedener Außenseiter. Dies war einerseits seinem Ruf als Autokrat geschuldet, andererseits war er für die meisten Mitarbeiter von Interpol ein undurchsichtiger Nebel, von dem man nicht wusste, was sich dahinter verbarg. In Anbetracht seiner Tätigkeit war das auch gut so, denn selbst bei Interpol wussten nur eine Handvoll Eingeweihte welches Ziel die Abteilung S.M.A. insgeheim verfolgte. Bei diesem Gedanken wandelte sich das Gesicht von Winkelmann zu einer hämischen Fratze. Allein die bloße Vorstellung amüsierte ihn königlich, denn auch diese vermeintlich Eingeweihten hatten nicht den Hauch einer Ahnung was wirklich vor sich ging. Sie waren lediglich Bauern, die man hin und her schob und gelegentlich opferte. Und einer dieser Bauern auf dem großen Spielbrett war zum Beispiel der Leiter der deutschen Sektion Karl Lobinger. Unfreiwillig wanderte Winkelmanns Geist zurück in die Vergangenheit. Und sobald das geschah, zogen wie immer die gleichen Bilder aus jener verhängnisvollen Nacht vor sieben Jahren an seinem inneren Auge vorbei. Jene Nacht, die sein Leben völlig veränderte und seine Sichtweise auf die Welt für immer umformen würde. Nichts – rein gar nichts, blieb danach so wie es war. Er bekam damals Besuch von einem mysteriösen Mann oder sollte er besser mysteriöses Wesen sagen? Er wusste es bis heute nicht genau. Ihm wurde eröffnet, dass vor langer Zeit ein Vorfahre große Schuld auf sich geladen hatte. Diese Schuld hatte die Jahrhunderte überdauert, schlummerte tief verborgen und wurde erst ans Licht gezerrt, als die Zeit der Rückzahlung gekommen war.

Sieben Jahre zuvor:

Er hatte in einem einsamen Cottage am Rande eines kleinen Sees in Schottland Urlaub gemacht. Winkelmann lebte von jeher zurückgezogen, was sicherlich seiner anonymen Tätigkeit in der GSG9 geschuldet war. Doch in weniger als sieben Monaten war die Zeit des Abschieds gekommen. Er hatte die Altersobergrenze erreicht und schied deshalb aus dieser speziellen Abteilung der Bundespolizei aus. Wie viele Eisen hatte die Eliteeinheit schon aus dem Feuer geholt und damit unzähligen Menschen das Leben gerettet? Viele von den in der Öffentlichkeit immer vermummten Beamten waren echte Helden, doch niemand kannte ihr Gesicht und selbst ihr engstes Umfeld wusste wenig bis gar nichts über ihre gefährliche Tätigkeit. Partnerschaften konnten ohne Lügen nicht aufrechterhalten werden, gingen an diesen Umständen zugrunde und Trennungen waren vorprogrammiert. Aus diesem Grund hatte Winkelmann seine persönliche Diaspora gewählt und war zum Einzelgänger geworden. Seit Jahren machte er Urlaub in dieser Gegend, um Abstand zwischen sich und den Kollegen, den nervenaufreibenden Missionen und im Allgemeinen von den Menschen zu bekommen. Er freute sich darauf, auch zukünftig die Stille und Einsamkeit der schottischen Highlands genießen zu können, jedoch ohne sich von Verletzungen aus einem gerade beendeten Auftrag erholen zu müssen.

So saß er eines Abends zufrieden in seiner Hütte und frönte einem ausgezeichneten Single Malt Whiskey. Alle elektrischen Lichter waren ausgeschaltet und nur das Feuer im Kamin warf ein warmes Licht in den Raum. Er hing seinen Gedanken nach, als er plötzlich glaubte einer Täuschung zu erliegen, denn die Schatten lösten sich von der Wand und wurden lebendig. Auf dem schweren Holzboden bildete sich eine dunkle Wolke – sie wurde größer und größer, bis sich langsam ein klobiges Gebilde formte. Mit weit aufgerissenen Augen starrte er das seltsame Ding an, unfähig sich zu rühren oder gar zu schreien. Zeitgleich schoss ein nie gekannter Schmerz durch sein rechtes Handgelenk. Winkelmann hatte das Gefühl, als triebe man einen glühenden Nagel durch sein Gewebe. Sein Körper bäumte sich unter heftigen Krämpfen auf, doch seine Lippen blieben wie von Zauberhand verschlossen. Immer dichter und kompakter wurden die wabernden Konturen bis schließlich ein Mann aus der Dunkelheit trat. Suchend blickte er sich um und entdeckte den zu Stein erstarrten Winkelmann in seinem Sessel. Seine Augen wanderten zu der völlig verkrampften rechten Hand und ein wissendes Lächeln breitete sich über das seltsame Gesicht aus.

Eine dunkle Stimme erfüllte den Raum. »Dieser Schmerz ist nur ein Vorgeschmack darauf, was dich erwartet, wenn die Schuld nicht getilgt wird. Wie vorhergesagt ist die Zeit nun gekommen, das in der Vergangenheit gegebene Versprechen einzulösen.«

Winkelmann vernahm die Worte wie durch Watte, denn die Qualen seiner Hand vernebelten ihm die Sinne.

Die Gestalt fixierte ihn weiterhin mit prüfendem Blick, nickte schließlich zufrieden und der Schmerz verschwand so schnell wie er gekommen war.

Augenblicklich atmete Winkelmann erleichtert durch. Fassungslos rieb er sich das Handgelenk und bemerkte erfreut, dass seine Gliedmaßen wieder beweglich waren. Sofort richteten sich all seine Sinne auf die vor ihm stehende Figur. Immer noch etwas verwirrt, fragte er in kämpferischem Ton:»Welche Schuld? Welches Versprechen? Ich bin niemandem etwas schuldig. Und verdammt nochmal, wer sind *SIE* eigentlich?«

Außerdem machten sich jetzt die immer wiederkehrenden Abläufe aus den langen Trainings und den zurückliegenden Missionen der GSG9 bezahlt. Sein Gehirn schaltete automatisch in den Einsatzmodus: Beobachten – analysieren – Gegner einschätzen – Chancen abwägen. Während er die Frage stellte, nahm er die seltsame Erscheinung genauer in Augenschein. Der Fremde trug eine Art von Überwurf, der so schwarz war, dass man den Eindruck gewann, als wäre dieser Stoff die Nacht selbst. Das spärliche Licht aus dem brennenden Kamin machte es zudem schwer, dass Gesicht in allen Einzelheiten zu erkennen. Er konnte zwar Nase und Mund ausmachen, aber durch eine übergeworfene Kapuze lagen Augen und Stirnpartie völlig im Dunkeln. Die blutleeren Lippen umspielten ein diabolisches Lächeln, denn es war dem Mann bewusst, dass Winkelmann ihn fixierte und – er schien es zu genießen. Hände und Füße wurden von dem Umhang verdeckt und so erspähte der Beamte lediglich zwei Schuhspitzen, die unter dem langen Stoff hervorschauten. Die Haltung des Eindringlings war gebieterisch, denn er war es sichtlich gewohnt, alles unter Kontrolle zu haben. *Womit er durchaus recht hat*, dachte Winkelmann frustriert. Dieser Gegner war nicht einzuschätzen, vor allem im Hinblick auf das, was er gerade erlebt und gespürt hatte.

Endlich antwortete der Mann: »Es ist an der Zeit, dich über die Vergangenheit in Kenntnis zu setzen, denn nicht umsonst trägst du das Mal am Handgelenk.«

Überrascht hob Winkelmann beide Hände und drehte sie vor seinen Augen. Am rechten inneren Handgelenk prangte seit seiner Geburt ein Muttermal, dass bei so manchen Anlässen für Verwunderung bei Ärzten und Kollegen gesorgt hatte. Dieses Mal hatte zugegebenermaßen eine außergewöhnliche Form, denn es sah einer Wellenlinie täuschend ähnlich. Bei mehreren ärztlichen Untersuchungen wurde ihm jedoch immer bestätigt, dass es sich um einen normalen Geburtsleberfleck handelte, der zwar in der Tat eine bizarre Form besaß, aber ansonsten pathologisch völlig unauffällig sei.

Der Fremde sprach in kryptischen Worten weiter: »Zu deiner Frage, wer ich bin. Mein Name ist völlig unbedeutend. Doch bin ich ein Bote aus der Vergangenheit und die Nachricht, die ich überbringen werde, ist vor langer Zeit geschrieben worden. Also sei still und höre, was ich zu sagen habe.«

Wie zur Bekräftigung, damit Winkelmann auch ja nicht vergaß ruhig zu bleiben, schoss erneut ein gleißender Schmerz durch seine Hand. Gequält stöhnte er auf: »Aufhören – ich habe verstanden. Ich höre zu.«

Ein befriedigendes Nicken erfolgte als Antwort. »Gut, dann können wir anfangen«, meinte der Mann bestimmt, machte jedoch keine Anstalten irgendwo Platz zu nehmen, sondern blieb einfach an Ort und Stelle stehen.

Winkelmann nahm diesen Umstand interessiert zur Kenntnis. *Ich sitze – er steht! Er sieht auf mich herunter, damit ich ja nicht vergesse, wer hier das Sagen hat. Klassische Verhörtaktik!* analysierte er nüchtern.

Der Fremde begann mit seinen Ausführungen und schon nach wenigen Minuten vergaß Winkelmann Raum und Zeit, denn das, was er zu hören bekam, raubte ihm schlichtweg den Atem. Der Mann sprach von einer anderen Welt als der, die Winkelmann bisher gekannt hatte. Von Fabelwesen und Magie war die Rede, von einem ewigen Kampf zwischen diesen Universen erzählte er – und von einer Erbschuld, die seit Ewigkeiten geruht, aber nie in Vergessenheit geraten war. Vor mehr als vierhundertfünfzig Jahren hatte einer seiner Vorfahren die Chance erhalten dem Tod zu entfliehen. Doch die gebotene Möglichkeit war nicht nur ein einseitiges Angebot. Es war ein Handel, denn im Gegenzug verpflichtete sich sein Urahn Hilfe zu leisten, wenn Hilfe benötigt wurde – und dieser Kontrakt schloss alle nachfolgenden Generationen ein. Als Beweis dieses Bündnisses trugen alle Abkömmlinge bis zum heutigen Tage ein sichtbares Mal auf dem rechten

Handgelenk. Das Symbol, denn um ein solches handelte es sich, war das sichtbare Zeichen des Wesens, mit dem das Abkommen geschlossen worden war. *Der Bote* berichtete voller Ehrfurcht von dieser machtvollen Kreatur und nannte sie den Herrn und Meister. Dieses Geschöpf einer höheren Ordnung hatte vor langer Zeit ein Kind verloren. Wobei *verloren* der falsche Ausdruck sei, wurde Winkelmann versichert. Das Kind sei gefangen und weggesperrt worden und fristete nun seit vielen Jahrhunderten sein Dasein in einem unterirdischen Verließ.

»Womit wir bei deiner Verpflichtung angelangt wären!«, zischte der Fremde und riss Winkelmann damit aus seiner Konzentration.

Unwillkürlich verkrampfte sich sein Magen, denn tief im Inneren ahnte er bereits, dass ihm die nun folgenden Worte nicht gefallen würden. Rückblickend betrachtet war diese damalige Annahme jedoch eine Fehleinschätzung, denn es kam völlig anders als gedacht.

Der Schatten sprach weiter: »Die Zeit ist gekommen, dem Kind zu helfen seinem Verließ zu entfliehen. Doch dazu sind Vorbereitungen notwendig. Sollte das Vorhaben gelingen, so ist die Schuld getilgt.«

»Und wenn es nicht gelingt?«, fragte er vorsichtig.

Augenblicklich schoss ein weiterer Stich durch seine Hand und das Wesen zischte: »Ist dies Antwort genug?«

Winkelmann nickte mit verzerrtem Gesicht, denn im gleichen Moment wurde ihm schmerzlich bewusst, dass er aus dieser Nummer nicht mehr herauskommen würde – es sei denn in einem Leichensack. Er verfluchte diesen beschissenen Urahn, der ihm solch eine Suppe eingebrockt hatte.

Zu seiner Verwunderung wurde der Tonfall des Boten nun milder und weicher. »Halte dich an die Vereinbarung und es wird dir nichts passieren. Und nun lass uns darüber sprechen, wie wir dem Herrn seinen Herzenswunsch erfüllen können.«

Was nun folgte war ein Gespräch, das sich über Stunden hinzog. Langsam näherte man sich an und er gewöhnte sich an sein seltsames Gegenüber. Es wurden Pläne geschmiedet, wieder verworfen und daraufhin neue Strategien entwickelt. In diesen Stunden offenbarte der sogenannte Bote auch eine andere Seite. Er besaß einen hervorragenden analytischen Verstand, war von unglaublich schneller Auffassungsgabe und war, dass musste Winkelmann nach einiger Zeit feststellen, ein durchaus angenehmer Gesprächspartner. Schnell merkte er, dass die vielen Missionsplanungen der Sonderheit nicht umsonst gewesen waren, denn ein ums andere Mal nickte der Fremde bei seinen Einwänden, Bedenken oder Vorschlägen anerkennend. In manchen Augenblicken ertappte sich Winkelmann gar bei dem Gedanken, dass dieser Fremde als Leiter innerhalb der GSG9 eine durchaus gute Figur abgegeben hätte. Trotzdem war zu jedem Zeitpunkt klar, welchen Rang das Wesen einnahm und welchen er. Gemeinsam entwickelten sie eine Strategie, deren Planung und endgültige Ausführung mehrere Jahre beanspruchen würde. Und beiden war klar, dass für die Ausarbeitung der Details noch viele weitere Treffen nötig waren. In den nächsten Zusammenkünften, die immer nur nachts stattfanden, stieg mit jeder weiteren Begegnung Winkelmanns Bewunderung und Faszination für dieses Wesen und seine Welt. Jedoch immer zwei Stunden vor Sonnenaufgang verabschiedete sich *der Bote* mit den stets gleichen Worten: *Es ist Zeit zu gehen – ich habe Hunger.* Winkelmann stellte sich erst gar nicht vor, wie diese Kreatur ihr Verlangen nach Nahrung stillte und vor allem aus *WAS* diese Nahrung bestand. In dieser nervenaufreibenden Zeit wuchs kontinuierlich die Erkenntnis, welches Machtpotenzial sich jetzt für ihn persönlich erschloss. Ihr Plan sah vor, dass er eine führende Rolle in einer Behörde übernehmen sollte, doch es musste eine Administration sein, die ihm Zugriff auf die meisten persönlichen Daten der europäischen Bevölkerung ermöglichte. Zudem sollte diese Behörde weitreichende Verbindungen in möglichst viele Länder besitzen, damit ihm als Mitarbeiter eine Vielzahl von Datenquellen zur Verfügung standen. *Der Bote* bezeichnete es folgendermaßen: es musste ein Netz gewoben werden – mit Winkelmann als Spinne in der Mitte. Nach reiflicher Überlegung fiel die Wahl auf die größte Polizeiorganisation der Welt – Interpol! Doch eine Entscheidung zu treffen war das eine, diese umzusetzen war etwas ganz anderes. Und so zeigte sich im weiteren Verlauf zu diesem Entschluss das wahre Machtpotenzial der *anderen* Welt, denn sie sorgte dafür, dass für den Beamten Winkelmann ein kometenhafter Aufstieg begann. Heute – sieben Jahre später – dankte er seinem Vorfahren für diese einmalige Chance. Er hatte von der Macht gekostet und war ihr verfallen, er genoss sein Ansehen und seine Autorität. Auch wenn das Damoklesschwert des Misserfolges unablässig über ihm schwebte, war er ein völlig anderer Mensch geworden.

Das Netz war geknüpft und Bernd Winkelmann zur lauernden Spinne in der Mitte geworden!

Reichsstadt Frankfurt – 1550 a.D.

Hoch ragte der Eschenheimer Turm jetzt vor ihnen auf. Hans Winkelsee schluckte schwer, als er den Kopf hob und die Stockwerke in Augenschein nahm, denn irgendwo dort lag seine neue Bleibe – der Zwinger. Im Schatten des wuchtigen Torbogens standen zwei Soldaten der Stadtwache und musterten aufmerksam auf die kleine Gruppe. Heinrich Müller ging auf eine Torwache zu und fragte höflich nach der Stube des Turmwächters. Kommentarlos zeigte der Mann auf ein kleines Nebengebäude, dass sich linkerhand an die Mauern des Bergfrieds schmiegte. Ansgar Tannenspiel klopfte lautstark an die massive und mit Eisen verstärkte Holztüre, die sicherlich zwei oder vielleicht drei Finger breit sein mochte. Im Anschluss trat er zwei Schritte zurück und wartete, bis sich jemand zeigte. Nach einem kurzen Augenblick hörte man, wie ein Stuhl zur Seite gerückt wurde, gleich darauf folgten schnelle Schritte und eine kleine Klappe in der Mitte der Eingangstür wurde geöffnet. Im Sichtfenster erschien das Gesicht eines älteren Mannes, der Tannenspiel mit skeptischen Blicken beäugte. »Ja?«

»Seid Ihr der Turmwächter?«

»Wer fragt das?«

»Wildhüter Ansgar Tannenspiel. Mein Gehilfe, den Ihr dort drüben seht, und ich, überraschten einen Wilddieb auf frischer Tat.

Hauptmann Straub von der Stadtwache an der Alten Brücke schickt uns zu Euch. Alle Kerker, mit Ausnahme des Euren sind belegt.« Tannenspiel holte aus seiner Jacke die Papiere und wedelte damit vor dem Gesicht hinter der Türe hin und her. »Hier sind die amtlichen Dokumente. Ihr müsst sie gegenzeichnen und den Gefangenen in Gewahrsam nehmen.«

Der Mann taxierte die Schriftstücke mit starrem Blick, dann wurde unter griesgrämigem Gemurmel die Klappe mit einem heftigen Stoß zugeschlagen. Ein Riegel wurde zurückgezogen und die Türe öffnete sich mit einem leisen Knarren. Ein untersetzter Herr mit schütteren grauen Haaren trat hinaus ins Freie. Tannenspiel musste sich ein Grinsen verkneifen, denn seine Erscheinung entsprach nun wirklich nicht dem was er von einem amtlichen Turmwächter erwartet hatte. Der Mann trug eine knielange fleckige Hose und seine nackten Füße steckten in ein paar groben Holzpantoffeln. Er hatte anscheinend gerade gespeist, da um seinen Hals ein weißes Tuch gebunden war. Der Wildhüter tippte auf Eintopf, zumindest das von Spritzern übersäte Leinen, sowie ein kleines Stück Grünzeug im Bart des vermeintlichen Wärters ließ ihn das vermuten. Und der Mann war offensichtlich wenig erfreut darüber, beim Essen gestört worden zu sein. Mit finsterer Miene durchbohrte er Winkelsee mit Blicken und brummte: »Ich bin Berthold Leinweber und Herr dieses Turms. So, so, ein Wilddieb?«

»Ja, sein Name ist Winkelsee. Wir haben …«, begann Tannenspiel.

Sofort hob der Wärter die Hand, um ihn mundtot zu machen und schnarrte ungehalten: »Mich interessiert nicht, wie die Strauchdiebe heißen. Warum sollte ich mir die Namen von Totgeweihten merken? Sobald der Körper steif am Galgen baumelt, kräht kein Hahn mehr nach ihnen! Und jetzt zeigt mir die Dokumente.«

Als Winkelsee dies hörte, wurde ihm die Tragweite seines Tuns erneut schmerzlich bewusst. Dieser Mann war kalt und gefühllos, was bedeutete, dass er sich einen feuchten Kehricht um das Wohlergehen der Gefangenen scherte.

Tannenspiel trat einen Schritt vor und überreichte dem Aufseher die Papiere. Dieser riss ihm die Dokumente gereizt aus der Hand. »Wartet hier. Ich werde sie prüfen.« Dann ließ Leinweber die Gruppe einfach stehen, verschwand ins Innere der Wachstube und schlug die Türe hinter sich zu.

Beide Wildhüter sahen sich ratlos an und Müller zuckte mit den Schultern. »Hauptsache, er setzt seine Unterschrift unter die Anordnung, damit wir endlich von hier verschwinden können und unser Geld bekommen.«

Und so warteten sie eine gefühlte Ewigkeit, bis sich endlich die Türe der Wachstube erneut öffnete.
»Jede Wette, dass er zuerst sein Mahl beendet und *dann* die Schriftstücke geprüft hat!«, flüsterte Tannenspiel Müller wütend zu.
Leinweber baute sich vor ihnen auf und hielt ihnen die Schriftstücke entgegen. »Die Dokumente sind in Ordnung. Ich übernehme den Gefangenen in meine Obhut.«
Heinrich Müller fing an breit zu grinsen, während Tannenspiel nach den Unterlagen griff und ein knappes *Danke* brummte. Zu Müller gewandt meinte er, »Lass uns gehen – für uns gibt es hier nichts mehr zu tun.« Doch vorher lief er zu Winkelsee und raunte ihm leise zu: »Und wir beide sehen uns wieder, wenn du unter der Schlinge stehst. Schau nach unten und du wirst mich in der ersten Reihe finden! Ich will doch nichts verpassen.«
Der Wilderer funkelte grimmig und über seine zitternden Lippen kam nur ein einziger stockender Satz. »Noch hänge ich nicht – Tannenspiel – noch hänge ich nicht!«
Der Wildhüter klopfte ihm lachend auf die Schulter. »Immer noch so voller Hoffnung.« Er winkte seinen Kumpan zu sich. »Los, Heinrich, jetzt holen wir die Belohnung und genehmigen uns einen frischen Krug Wein.«
Dann verließen beide den Schauplatz des Geschehens, während Winkelsee allein zurückblieb und nervös zum Turmwächter blickte.
Berthold Leinweber verschränkte die Arme hinter dem Rücken und schlenderte auf seinen Gefangenen zu. »Was hast du geschossen, als sie dich erwischt haben? Einen Keiler?«
»Einen Rehbock«, flüsterte Winkelsee kleinlaut.
Der Turmwächter schüttelte entrüstet den Kopf. »Da hol mich doch der Teufel – dann ist dir der Galgen sicher, mein Freund. Man wird dich ohne viel Federlesen verurteilen.« Unterdessen hatte er die Fesseln in Winkelsees Rücken gelöst und band ihm die Hände nun vor dem Körper zusammen. »Du wirst meine Gastfreundschaft

nicht lange genießen können. Vielleicht auch besser so und jetzt geh unter den Torbogen, dort geht es hinauf ins Krähennest.«

»Krähennest?«

»Ist dir Kerker, Verließ oder Zwinger lieber?«, erwiderte der Aufseher lapidar.

Leinweber führte Winkelsee unter den Torbogen des Turms. Dort im Schatten begann rechts eine Treppe, die nach fünf Stufen an einer Tür endete. Der Aufseher entriegelte das Schloss und öffnete den Durchlass. Düsternis empfing die beiden Männer.

»Pass auf wo du hintrittst! Die Stufen sind eng, schmal und dunkel – deswegen habe ich dir die Hände vorne zusammengebunden, so kannst du dich im Notfall abstützen«, warnte der Turmwächter und ging weiter. Nach weiteren sieben Stufen erreichten sie einen kleinen Absatz, auf dem ein windschiefes Regal an der Wand lehnte. Darauf stand eine brennende Kerze, sowie eine große eiserne Leuchte mit Haltegriff. Winkelsee überlegte kurz, ob er dem Wächter einen kräftigen Stoß in den Rücken geben sollte, um dann sofort nach unten zu flüchten. Doch frustriert verwarf er den Gedanken so schnell wie er gekommen war, weit würde er ohnehin nicht kommen, da im Torbogen die zwei Wachen standen. Inzwischen hatte sein Wärter einen Kienspan aus dem Regal genommen, an der Kerze entzündet und fachte gerade ein Feuer in der Laterne an. Schlagartig wurde es hell und die schmale Treppe erstrahlte in einem warmen Licht. Die Stufen wandten sich spiralförmig so eng nach oben, dass man tatsächlich immer nur zwei Absätze vor sich erkennen konnte.

Leinweber hatte sich zu ihm gedreht und schien seine Gedanken zu erraten. »Ich sagte es bereits – eng und gedrungen.« Dann hielt er die Laterne hoch und begann mit dem Aufstieg. Als sie das erste Geschoß erreichten, öffnete sich vor Winkelsee ein großer Raum in dem ein paar Stühle und Tisch standen. Rechts war eine Tür in die Wand gelassen. Sie stand weit offen und gab den Blick auf einen breiten Balkon frei. Von diesem Vorbau hatte man einen Ausblick über die gesamte Eschenheimer Gasse bis hin zum Katharinenkloster. Und auch hier hatten Wachposten Stellung bezogen. Der Wilderer beobachtete zwei Männer in Uniform die gegenwärtig zu beiden

Seiten des Eingangs standen und sich angeregt unterhielten. Mit einem kurzen Nicken begrüßten sie Leinweber, während für Winkelsee nur ein paar verächtliche Blicke übrig blieben.

»Los, weiter nach oben«, raunzte der Turmwärter und stieg die steinerne Wendeltreppe weiter hinauf. Ihr Weg führte sie durch das zweite und dritte Geschoß. In diesen Etagen erblickte Winkelsee nur jeweils eine Türe, die offenbar in die Privatgemächer des Turmwächters führten. Das nahm er jedenfalls an, denn an beiden Türen war ein Schild mit der Aufschrift *Berthold und Maria Leinweber* angebracht. Also lebte der Aufseher offenbar gemeinsam mit seiner Frau in diesen Räumlichkeiten. Ihr Aufstieg wurde begleitet durch das ständige Geklapper von Leinwebers Holzpantoffeln. Er wunderte sich im Stillen wie der kleine dickliche Mann mit diesem Schuhwerk einen sicheren Tritt auf den engen Stufen fand, während er sich genau konzentrieren musste, wo er seinen Fuß hinsetzte. Aber als Turmwächter war Leinweber diese Treppen gewiss schon viele tausendmal auf- und abgestiegen, was ihm zweifellos diese traumwandlerische Sicherheit eingebracht hatte. Im vierten und fünften Stock – Winkelsee musste bereits schwer atmen – befanden sich weitere Räume, deren Zweck nicht erkennbar war. Zellen schloss er aus, da die Türen nicht verstärkt waren und weder über Riegel, noch Schlösser verfügten. Im sechsten Geschoß stand der Eingang offen und Tageslicht fiel durch enge Scharten in einen dahinterliegenden Wohnraum. Der Wilderer blieb für einen kurzen Moment stehen und warf einen Blick in das Zimmer. In der Stube standen zwar Schrank, Tisch und Bett, doch ansonsten wirkte die Kammer verlassen und nicht genutzt.

»Für die Wachen, wenn uns ein Gefangener mit seiner Anwesenheit beehrt«, meinte Leinweber schnippisch, was Winkelsee vermuten ließ, dass sie ihrem Ziel, dem besagten Krähennest, jetzt näherkamen. Sie stiegen weiter aufwärts, bis die Treppe schließlich in einem kleinen Vorraum endete. Von diesem Bereich gingen drei Türen ab, wovon zwei, eine rechts und eine links, offenstanden. Hinter jedem dieser Ausgänge befand sich ein Gang, der zu zwei Zinnen des Turms führte. Die vier kleinen Türmchen boten eine ausgezeichnete Sicht über die ganze Stadt und versetzte die Wachen zudem in die Lage, mögliche Gefahren, die aus dem Umland gegen

Frankfurt vorrückten, frühzeitig zu erkennen. Die letzte, die mittlere Türe, war mit massivem Metall beschlagen, besaß außerdem zwei stabile Riegel und ein Schloss aus Eisen. Und so war es nicht schwer zu erraten, welcher Raum sich hinter dieser Türe verbarg.

»Wir sind da! Stell dich dort an die Wand und rühr dich nicht vom Fleck«, kam es auch schon von seinem Aufpasser.

Winkelsee tat wie ihm geheißen. Leinweber löste währenddessen beide Riegel und griff nach einem Ring mit Schlüsseln, der an seinem Bund baumelte. Er benötigte einen kurzen Moment, um den passenden zu finden, dann entsperrte er die schwere Türe. Mit beiden Händen packte er einen, in die Türe eingelassenen Haltegriff und begann zu ziehen. Unter lautem Ächzen gab das Holz nach und kratzte Stück für Stück über den Boden. Das dröhnende Geräusche war sicherlich im ganzen Turm zu hören und würde jeden Fluchtversuch, der durch diese Türe führte, unweigerlich im Keim ersticken.

»Streck die Arme nach vorne, damit ich deine Fesseln lösen kann«, forderte ihn der Turmwärter auf.

Winkelsee hob die Hände vor den Körper und nach zwei schnellen Handgriffen seines Aufpassers glitt das Seil lautlos zu Boden. Mit einem leisen Seufzer rieb er sich die Handgelenke, um die Blutzirkulation wieder anzukurbeln.

»Essen gibt es morgens und abends, dazu einen großen Krug Wasser, der auch zum Waschen dient. Dort hinten steht ein Eimer für … nun ja … das wirst du sicherlich bald selbst herausfinden. Und jetzt rein mit dir. Willkommen im Krähennest.«

Mit einem dumpfen Gefühl der Verzweiflung trat Winkelsee zögerlich in seine Zelle und blieb entmutigt mitten im Raum stehen. Hinter ihm wurde die Tür mit dem gleichen durchdringenden Kratzen zugeschoben, gefolgt vom Drehen des Schlüssels und dem Vorschieben der zwei Riegel. Schlagartig legte sich eine unheimliche Ruhe über den Kerker, die nur von dem sich entfernenden Klappern von Leinwebers Holzpantoffeln gestört wurde. Als auch dieser Ton verebbte, entstand eine geradezu beängstigende Stille, die wie eine bleierne Vorankündigung seines Todes in der Luft hing. Niedergeschlagen musterte Winkelsee seine neue Bleibe. Drei Strohsäcke zum Schlafen, eine von Motten zerfressene Decke und der besagte Eimer – das war alles und scheinbar ausreichend für einen Todgeweihten. In die runden Wänden waren zwei Scharten eingelassen, die ein wenig Tageslicht in die Zelle ließen. Sie waren so schmal, dass sich nicht einmal ein Kind hindurchschlängeln konnte. Doch selbst wenn sie größer gewesen wären – was hätte es genutzt? Der Turm war sicherlich über einhundertfünfzig Fuß hoch und er befand sich im vorletzten Geschoß ohne Tauwerk. Von der Zelle führte eine kleine Leiter in die oberste Etage, die über eine Klappe in der Decke erreichbar war. Winkelsee ging davon aus, dass das Stockwerk über ihm, den Handwerkern diente, wenn das Dach des Turms ausgebessert werden musste. Jedenfalls war auch diese Öffnung mit einem massiven Schloss gesichert. Erneut traf ihn die Ausweglosigkeit und die Gewissheit in nächster Zeit unter dem Galgen zu stehen mit voller Wucht. Doch es schwang auch eine gehörige Portion Wut und Zorn mit, denn er war Opfer einer arglistigen Täuschung geworden. Sicherlich – er hatte seine jetzige Situation, nämlich aufgrund seiner maßlosen Gier, zum großen Teil selbst verschuldet. Aber dennoch – hätte ihm der Koch des Schwarzen Sterns, Albrecht Tannenspiel, nicht das verlockende Angebot gemacht, wäre er niemals auf die Idee gekommen Rotwild zu jagen. Mutlos ließ er sich auf die Strohsäcke fallen. *Was wohl Vater und Mutter sagen würden, wenn sie erfuhren, dass ihrem Sohn der Galgen drohte?*

Julian Schwarzhoff

Der Kommissar staunte nicht schlecht, als Tarek Tollkirsche plötzlich in seinem Büro auftauchte.

»Was zum …« Schwarzhoff fuhr von seinem Schreibtisch hoch, als der Kobold ihn am Hosenbein zupfte und unschuldig zu ihm aufblickte. »… Tarek??«

»Hi, Kommissar!«, grinste der Kleine.

Mit einer Geste der Hilflosigkeit reckte Julian die Arme in die Luft. »Bist du von Sinnen? Wir befinden uns mitten im Polizeipräsidium! Was wenn dich jemand entdeckt?«

Tarek legte beide Hände an seine fledermausartigen Ohren und ahmte ein Radar nach. »Hörst du das?«

Schwarzhoff lauschte erst und blickte dann verwirrt auf den Kobold hinunter. »Also, ich höre nichts.«

Jetzt verschränkte der Kleine die Arme vor der Brust und murrte: »Genau, Nichts! Kein Alarm, kein Geschrei und kein Tatütata. Und niemand brüllt *Oh schau doch ... da ist ein Kobold!* Also machen Sie sich locker, Herr Kommissar. Außerdem glaubst du wirklich, dass ich freiwillig hier bin – nur um dich einfach mal so zu besuchen? Das könnten wir in der Tat deutlich einfacher und weniger gefährlich gestalten. Nein – ich bin in einer wichtigen Mission unterwegs!«

Schwarzhoff stand auf, ging auf den Flur und blickte sich verstohlen um. Neben der Bürotür hing sein Namensschild und direkt darunter befand sich ein kleiner Schieberegler, den man auf *Rot* oder *Grün* stellen konnte. Er bewegt ihn auf Rot, was *Bitte nicht stören!* bedeutete und schloss mit einem Seufzer die Bürotür.

Tarek hatte sich die ganze Zeit hinter dem Schreibtisch aufgehalten, damit man ihn vom Gang aus nicht sehen konnte. Aber jetzt, da sie allein und sicher waren, hatte er umgehend Schwarzhoffs Bürostuhl in Beschlag genommen. Enttäuscht verzog er sein Gesicht. »Gemütlich stelle ich mir anders vor!«

»Das ist auch kein Stuhl zum Rumlümmeln, sondern zum Arbeiten! Und jetzt erzähl endlich, warum du überhaupt hier bist«, entgegnete der Kommissar gereizt, denn mit jeder Minute, die der Kobold anwesend war, wuchs die Gefahr entdeckt zu werden.

»Zenodot schickt mich. Ich soll dich sofort in die Tiefenschmiede geleiten. Und wenn er sagt sofort, dann meint er das auch so!«

»Was ist passiert? Aber bitte – mach es möglichst kurz.«

Tarek fasste die Ereignisse in der Tiefenschmiede tatsächlich in kurze Worte zusammen und berichtete über den Besuch von Osiris und die Möglichkeit, mit seiner Hilfe Daniel aufzuspüren.

Als er endete, nickte Schwarzhoff nur und meinte knapp: »Also los – gehen wir.

Ohne Zwischenfälle verließen sie das Präsidium und als Tarek auf den Rücksitz des Dienstwagens schlüpfte, fiel dem Kommissar innerlich ein Stein vom Herzen. Tarek hatte ihn beobachtet und meinte nun: »Was ist los? Du bist ganz bleich.«

»Das rührt wahrscheinlich daher, dass ein gewisser Kobold unangemeldet in eine Polizeibehörde gekommen ist!«, erwiderte Schwarzhoff sarkastisch.

»Ich weiß gar nicht, was du hast – ist doch nichts passiert.«

»Hätte es aber ...«, entgegnete er und wollte schon den Zündschlüssel drehen, als es im gleichen Moment an die Seitenscheibe der Fahrertür klopfte. Der Kommissar fuhr panikartig herum und blickte direkt in das Gesicht eines Kollegen in Uniform. Das alles ging so schnell, dass auch Tarek keine Zeit geblieben war zu verschwinden. Alle Farbe wich aus Schwarzhoffs Gesicht und er betätigte mit zitternden Händen den Hebel um die Scheibe herunterzulassen.

»J... J... Ja, bitte?«, stotterte er völlig von der Rolle.

»Hallo Herr Kommissar Schwarzhoff. Entschuldigen Sie bitte die Störung, ich ...«, begann der Streifenpolizist, brach aber mitten im Satz ab, während seine Augen, an Schwarzhoff vorbei, auf den Rücksitz wanderten.

Verdammte Scheiße. Irgendwann musste es ja mal passieren, doch warum ausgerechnet jetzt? dachte er und ließ frustriert den Kopf hängen.

Schon kam es von Seiten des Kollegen: »Was haben sie denn da für eine Figur auf dem Rücksitz? Hat eine gewisse Ähnlichkeit mit diesem Hauself aus Harry Potter. Wie heißt er noch gleich? Ach ja – ich glaube Dobby, oder?«

Schwarzhoff drehte sich um und blickte in den Fond des Autos. Tarek hing völlig bewegungslos im Rücksitz, den Kopf zur Seite gekippt und die Augen weit aufgerissen. Er sah aus wie eine zu großgeratene Spielzeugpuppe oder eine Marionette, nur ohne Fäden. Der Kommissar erkannte seine Chance und ergriff, ohne zu zögern den gereichten Strohhalm. »Für meine zehnjährige Nichte. Sie ist ein großer Fan dieser Filme und Bücher und ja – er heißt Dobby. Wenn Sie mich allerdings fragen – ich finde ihn ausgesprochen hässlich.«

Der Beamte lachte gequält auf. »Wem sagen Sie das. Ich habe zwei Sprösslinge mit acht und elf Jahren zu Hause. Tja die Zeiten ändern

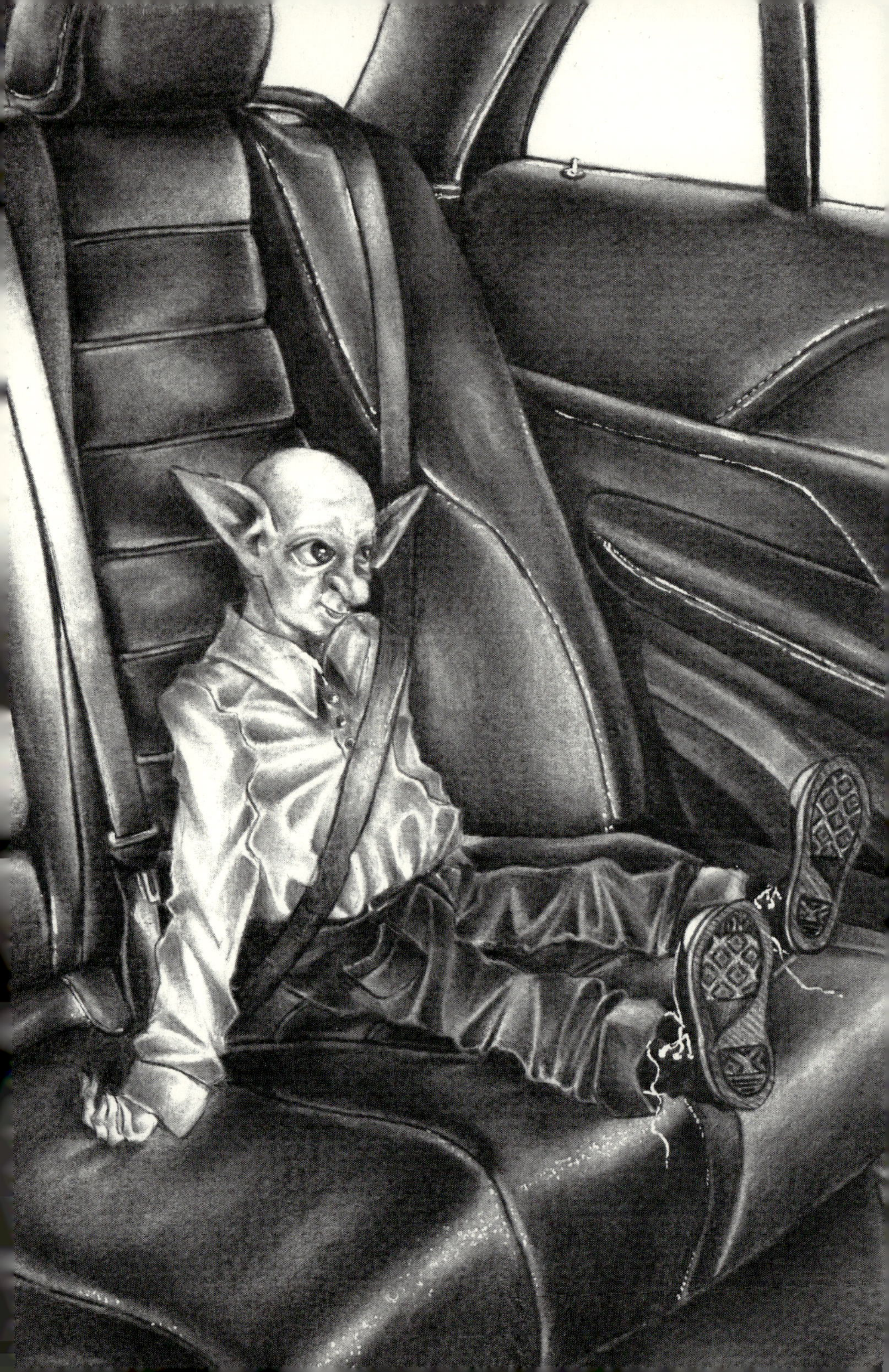

sich eben – in unserer Generation waren noch Winnetou oder Lederstrumpf das Maß aller Dinge, heute sind es eben Zauberlehrlinge oder irgendwelche Vampire und Werwölfe.«

»Ja, andere Zeiten, andere Helden, aber war das nicht schon immer so?« Schwarzhoff hatte die Befürchtung, dass sein Puls gleich durch die Decke ging.

Mit einem letzten Blick auf Dobby, alias Tarek wandte sich der Polizist wieder dem Kommissar zu. »Ich wollte Ihnen eigentlich nur sagen, dass Ihr rechtes hinteres Bremslicht einen Wackelkontakt hat. Es flackert und geht stellenweise aus.«

»Wirklich?«, fragte Schwarzhoff ungläubig, jedoch mit einer spürbaren Erleichterung in der Stimme. »Dann kann ich mich nur bei Ihnen bedanken! Ich werde umgehend den Fuhrparkleiter anrufen, damit ich einen Termin in unserer Werkstatt bekomme.«

Der Beamte tippte sich mit der Hand an die Stirn. »Gern geschehen und ich hoffe das Geschenk kommt gut an und Ihre Nichte freut sich darüber.«

»Hoffentlich. Was tut man nicht alles, um als guter Onkel dazustehen«, grinste der Kommissar und mit einem übertriebenen Blick auf seine Uhr am Handgelenk, meinte er: »Nun muss ich aber los. Nochmals – besten Dank.«

»Kein Problem, aber lassen Sie es baldmöglichst überprüfen!«, mahnte der Polizist.

»Natürlich, das ist selbstredend.«

Der Mann entfernte sich mit einem kurzen Gruß und Schwarzhoff sackte im Auto zusammen und atmete erst einmal tief durch. Dann drehte er sich nach hinten und meinte immer noch etwas angespannt: »Das war jetzt verdammt knapp!«

Augenblicklich erwachte Tarek aus seiner Starre, schoss kerzengerade hoch und funkelte ihn feindselig an. »So, so, ich bin also hässlich?«

Schwarzhoff verdrehte die Augen. »Herrgott Tarek, ich versuchte die Situation zu retten. Nimm das doch nicht wörtlich.«

»Lass deinen Gott aus dem Spiel, der hat damit nichts zu tun! Und du hast nicht nur hässlich, sondern *ausgesprochen hässlich* gesagt. Und rede dich nicht raus, denn ich habe es ganz genau gehört!«, zischte der Kobold empört.

»Sollte ich dich damit beleidigt haben, tut es mir leid. Es war nicht so gemeint.«

Tareks grimmige Haltung löste sich und auch das Funkeln in seinen Augen erlosch. »Dir ist schon klar, dass diese dreiste Entgleisung gegenüber uns Kobolden nach einer Wiedergutmachung schreit?«

Während Schwarzhoff rückwärts ausparkte, brummte er von unguten Vorahnungen geplagt: »Aha ... und was schwebt dir da so vor?«

Es entstand eine kleine Pause, bevor Tarek antwortete. Inzwischen legte der Kommissar den Vorwärtsgang ein und fuhr über den Parkplatz in Richtung Ausfahrt auf die Hauptstraße. »Nun, das weiß ich noch nicht ...«, begann der Kobold nachdenklich, »... aber es wird auf jeden Fall etwas mit Apfelwein zu tun haben.«

»Also jetzt bin ich wirklich überrascht, denn das hätte ich nun gar nicht vermutet«, murmelte Schwarzhoff amüsiert.

Tareks Kopf erschien zwischen den zwei Vordersitzen. Kritisch fixierte er Julian von der Seite und fragte misstrauisch: »WAS hast du gerade gesagt?«

Der Kommissar verkniff sich ein Grinsen und erwiderte: »Gar nichts – ich habe nur laut überlegt, dass wir uns jetzt wirklich beeilen sollten.«

Der Kobold ließ sich mit einem leisen *Pah* in den Fond zurückfallen und meinte skeptisch: »Das sollten wir, aber ich habe trotzdem etwas anderes verstanden.«

Schwarzhoff zuckte, innerlich schmunzelnd, mit den Schultern, bog in die Adickesallee ein und gab Gas in Richtung Bornheim/Nordend.

Entgegen den normalen Verhältnissen auf der Bergerstrasse, fanden sie nach ein paar Minuten des Suchens, direkt gegenüber dem Eingang des Bethmannparks, einen Parkplatz. Das schmiedeeiserne Tor stand weit offen und lud vorbeikommende Passanten förmlich dazu ein, näherzutreten, um die Gartenanlage zu genießen. Schwarzhoff stellte den Motor ab, als hinter ihm das Geräusch einer sich öffnenden Autotür ertönte. Er vernahm noch die Worte *Ich warte am Wasserpavillon auf dich!* und schon war Tarek auf und davon. Automatisch vergewisserte sich

Julian nach allen Seiten, ob irgendein Fußgänger eine seltsame Reaktion zeigte, weil er etwas ungewöhnliches gesehen hatte, doch Fehlanzeige. Die Kobolde verstanden ihr Handwerk ausgezeichnet, sich ungesehen unter den Menschen zu bewegen. Er stieg nachdenklich aus, verriegelte den Wagen und überquerte die Bergerstrasse, um den Park zu betreten. Als er durch das Tor lief, empfing ihn die bunte Farbenpalette des Herbstes. Überall trugen die Bäume ockerfarbene oder zinnoberrote Kleider und ihre Farben kamen aufgrund der Nachmittagssonne gerade jetzt besonders zur Geltung. In der Luft lag ein schwacher Hauch von verwelkendem Laub und feuchtem Moos, der in Schwarzhoff unvermutet alte Kindheitserinnerungen weckte. Damals hatten sie sich oft in großen Laubhaufen versteckt oder sich gegenseitig mit den Blättern beworfen. Dadurch ein wenig melancholisch geworden, lief er durch die Parkanlage in Richtung des großen Holztores, das mit seinen zwei steinernen Löwen den Eingang zum chinesischen Garten markierte. Doch schon beim Betreten der asiatischen Anlage lösten sich seine angenehmen Erinnerungen buchstäblich in Rauch auf. Es empfing ihn ein stechender Brandgeruch, der von den verkohlten Überresten das Wasserpavillons herrührte. Vor etwas mehr als sechs Wochen hatten sich hier zwei Gottheiten ein Duell mit Feuerbällen geliefert und dabei das Holzgebäude abfackelt. Jetzt, nachdem er die traurigen Überreste genauer betrachtete, war Schwarzhoff eigentlich ganz froh, bei diesem Aufeinandertreffen zwischen Selket und Seschmet nicht dabei gewesen zu sein. Im Garten selbst befanden sich momentan wenige Menschen, da die Anlage nur eingeschränkt begehbar war. Die Stadt hatte das abgebrannte Areal mit mehreren Bauzäunen abgesperrt, um die Besucher vor dieser Gefahrenquelle zu schützen. Er blieb stehen und wartete bis ein Pärchen die Umgebung des Pavillons verließ, dann hielt er Ausschau nach Tarek. Er entdeckte ihn unter der ausladenden Krone eines Baumes, gut verborgen im Schatten der Zweige. Auch der Kobold hatte anscheinend auf den Abzug der zwei Menschen gewartet und winkte ihm nun zu. Schwarzhoff eilte zu dem Baum und musterte Tarek skeptisch. »Und wie kommen wir jetzt in die Tiefenschmiede? Es ist bereits weit nach Mittag und sie kann nur in der Morgen -und Abenddämmerung betreten werden.«

Der Kleine machte eine lässige Handbewegung und sagte augenzwinkernd: »Das ist natürlich richtig, aber wie immer gibt es auch ein Hintertürchen. Daniel und Alli kennen es bereits und nachdem Zenodot mir aufgetragen hat, dich zu holen, hat er somit indirekt sein Einverständnis gegeben, es dir auch zu zeigen.«

»Aha!«, meinte Schwarzhoff lapidar.

Tarek führte ihn in die winzige Grotte am Fuße eines Hügels. Schwarzhoff kannte diese Stelle natürlich, denn hier befand sich der eigentliche Zugang in die Tiefenschmiede.

»Der gleiche Türe?«, fragte er überrascht.

Der Kobold nickte und legte seine Hand auf einen kleinen hervorstehenden Stein. Bis jetzt glich alles dem gleichen Procedere wie während den Dämmerungsstunden.

»Könntest du dich bitte nochmals vergewissern, dass niemand in der Nähe ist? Außerdem ist es hier zu dunkel und zu eng für uns beide. Es muss Tageslicht auf den Stein fallen – das ist entscheidend«, bat Tarek.

Der Kommissar stellte sich vor die kleine Höhle, sah sich kurz um und meinte schließlich, »Alles klar – außer uns ist keine Menschenseele im Garten.« Er beobachtete wie Tarek mit seinem Zeigefinger ein fiktives Zeichen auf den Stein malte und dabei die Worte *Carpe diem – in altituto veritas!* murmelte. Das altbekannte Knirschen ertönte, die schwere Steintüre schwang nach innen und gab den Blick auf die blauschimmernde Kristalltreppe frei.

»Das ist alles?«, staunte er.

»Ja – *carpe diem*, wenn du am Tag eintreten möchtest, *carpe noctem* für die Nacht. Danach das Losungswort – das du ja bereits kennst und mit dem Finger das Zeichen für die Unendlichkeit auf den Vorsprung schreiben. Und natürlich darauf achten, dass es entweder hell oder ganz dunkel ist«, erklärte der Kleine und schlüpfte durch die Pforte.

Schwarzhoff warf einen letzten Blick auf seine Umgebung, dann folgte er dem Kobold die Treppe hinunter. Als sie Zenodots Arbeitszimmer erreichten, stand die Tür, die zur obersten Galerie der Tiefenschmiede führte, weit offen. Der Kommissar vernahm aus dieser Richtung ein weit entferntes, aber ungewohntes Geräusch – es hörte sich wie ein Raunen von vielen Stimmen an. Als sie auf die Empore hinaustraten, klappte ihm der Mund auf. Unter sich, sieben Stockwerke tiefer, wimmelte es von Menschen – nein, er musste sich selbst korrigieren, es handelte sich natürlich um Kobolde. Überall standen sie, im ersten Stock, im zweiten Stock, im dritten Stock. Nie hätte er gedacht, dass die Tiefenschmiede so viele dieser Wesen beherbergte. Bei all seinen Besuchen hatte er lediglich sechs oder sieben dieser liebenswerten Gesellen auf einmal gesehen. Schwarzhoff war sofort klar, dass es sich um etwas sehr Bedeutsames handeln musste, wenn sich so viele Kreaturen der anderen Welt hier versammelt hatten. Tarek war schon vorausgeeilt und begrüßte lautstark den einen oder anderen bekannten Kobold. Das erregte die Aufmerksamkeit von Zenodot, der sich gerade angeregt mit einer älteren Frau unterhielt. Er blickte nach oben und erkannte den Kommissar. Sofort winkte er freundlich und rief: »Kommissar Schwarzhoff – endlich!«

Er grüßte mit einer Handbewegung zurück und stieg eilig die letzten Stufen der wuchtigen Wendeltreppe hinab. Als er die letzten Absätze erreichte, bemerkten auch viele der Kobolde seine Anwesenheit und ein raunendes Gemurmel stellte sich ein. Endlich erreichte er das unterste Stockwerk, das Zenodot als Wohn -und Aufenthaltsraum diente. Schwarzhoff wandte sich in Richtung der großen Tafel, denn dort stand Zenodot. Vorsicht durchquerte er die Masse der Kobolde und hoffte inständig, dass er über keinen der kleinen Kerlchen stolperte. Trotzdem musste er sich ab und an ein Schmunzeln verkneifen. Er wusste, dass Kobolde einen ausgeprägten Hang zu buntgemischter Kleidung hatten, aber was er nun zu Gesicht bekam, war gelinde gesagt abenteuerlich. Er sah auf Cowboyhüte, Melonen, Baseball Caps oder Pudelmützen – natürlich in keiner Weise farblich zur übrigen Garderobe passend. Als er jedoch einen Kobold erspähte, der einen pink-lila gepunkteten Strampelanzug für Babys trug, dazu grüne Schaftstiefel und einen schwarzen Zylinder, wurde seine Selbstbeherrschung auf eine wirklich harte Probe gestellt. Zu seinem Glück tauchte plötzlich eine schwerfällige Gestalt vor ihm auf und breitete lachend die Arme aus. Schwarzhoff wusste sofort, wer da vor ihm stand, denn die riesige und sehr bedenklich wackelnde Kochmütze war fraglos nicht zu übersehen. Schweratmend rief Tobias Trüffel, Koch der Tiefenschmiede: »Kommissar Schwarzhoff! Welche Freude Sie hier zu sehen. Ich hörte schon, dass Sie ebenfalls in die Tiefenschmiede geholt wurden – haben Sie Hunger mitgebracht?« Mit einem diebischen Grinsen setzte er hinzu, »Ich habe Ihnen extra ein paar besondere Häppchen gemacht.« Und mit einem missmutigen Seitenblick ergänzte er: »Kulinarische Köstlichkeiten, die diese Banausen hier keinesfalls zu schätzen wissen!«

Der liebe Tobias Trüffel, dachte der Kommissar, *ein wahrer Meister seines Faches, aber leider von seinesgleichen nicht gewürdigt.* Denn in den vielen Besuchen der Tiefenschmiede hatte ihm der Koch immer wieder sein Leid geklagt, dass es den Kobolden herzlich egal war, was er auf den Tisch stellte. Hauptsache es war viel und reichlich. Daniel hatte es einmal so erklärt: *Stelle dir einen Sternekoch vor, der in einer Kantine von Bergarbeitern, die gerade von ihrer fünf Stunden Schicht kommen, ein Sieben-Gänge-Menü servieren möchte. Beste Zutaten, sorgfältig ausgewählt, mit Liebe und Verstand zubereitet. Der erste Gang besteht aus einer zartgebratenen Jakobsmuschel mit einem kleinen Klecks Selleriepüree. Was glaubst du, Julian, wird passieren?*

Aus diesem Grunde war Tobias immer erfreut, wenn er, Daniel oder Alli zu Besuch kamen, denn dann wurden seine Künste auch entsprechend gewürdigt. Und wenn man eines mit Fug und Recht behaupten konnte, dann dieses: dieser kleine übergewichtige Kobold war eine absolute Koryphäe in der Küche.

»Hallo Tobias, sehr gerne, doch du hast sicherlich Verständnis, dass ich erst später auf dein Angebot zurückkommen kann. Ich muss zuerst mit Zenodot sprechen.«

»Natürlich, das dachte ich mir schon. Sage mir einfach Bescheid – du findest mich in der Küche«, strahlte der Koch und huschte mit schwankender Kochmütze davon.

Endlich erreichte Schwarzhoff den Bibliothekar, der ihn zwar freundlich begrüßte, jedoch war ein ernster Unterton in der Stimme des Alten nicht zu überhören.

Bevor Zenodot weitersprechen konnte, drängte sich die ältere Frau dazwischen und streckte dem Beamten die Hand hin. »Sie müssen der vielgerühmte Kommissar und Freund der Tiefenschmiede, Julian Schwarzhoff, sein. Freut mich, Sie endlich kennenzulernen – ich bin Dr. Iuridae Malik.«

Schwarzhoff nahm ihre Hand, schüttelte sie und sagte: »Zu viel der Ehre, aber ja, der bin ich. Und ich gehe davon aus, bitte entschuldigen Sie meine Direktheit, dass Dr. Malik nicht Ihr richtiger Name ist?«

Sie stemmte laut lachend die Arme in die Hüften. »Wie ich sehe eilt auch mir mein Ruf voraus.« Mit einem Seitenblick zum Bibliothekar meinte sie anerkennend. »Er gefällt mir, Zenodot, er gefällt mir wirklich.« Doch sofort wandte sich Dr. Malik wieder Schwarzhoff zu. »Sie

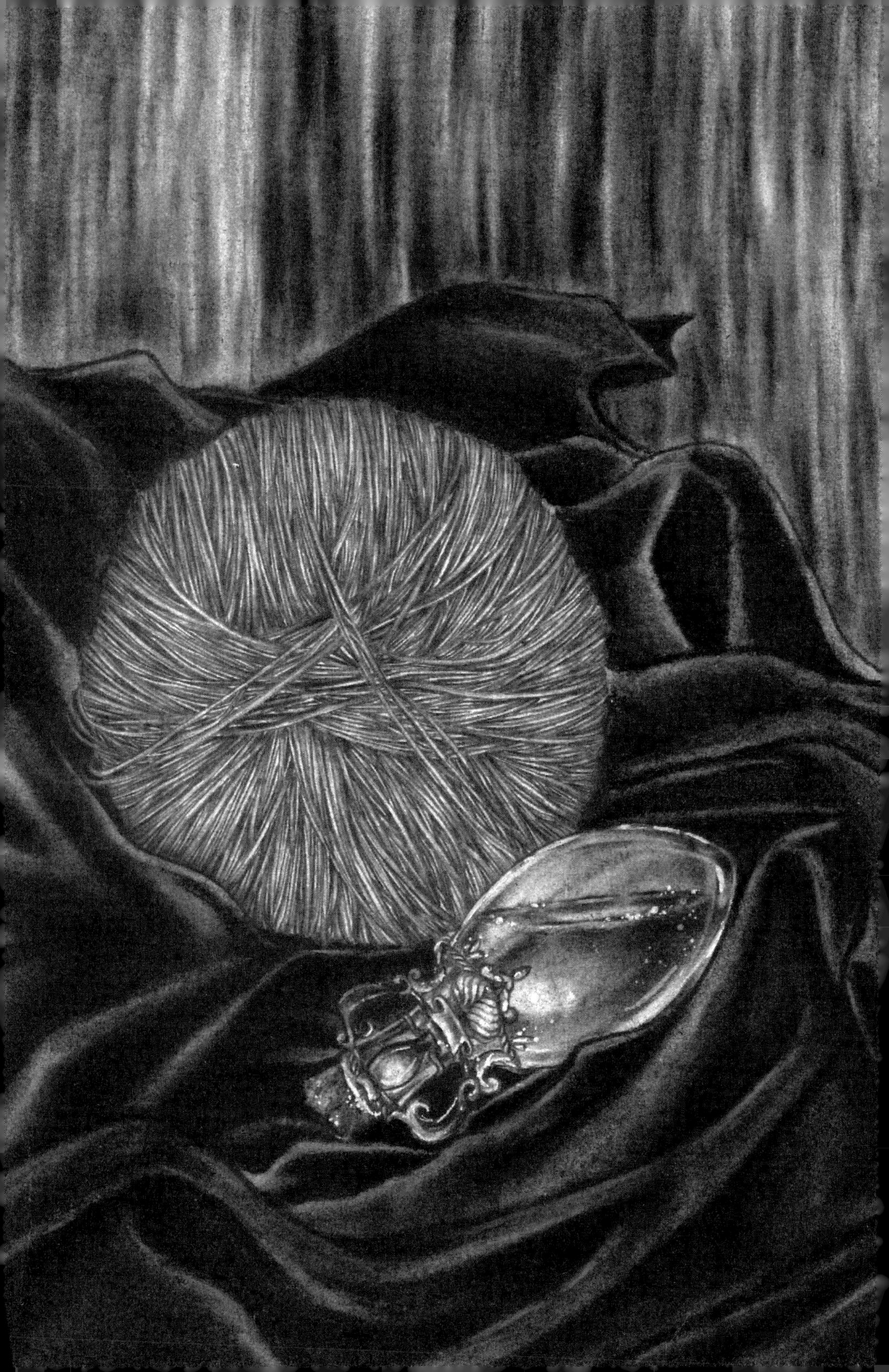

haben natürlich recht. Nennen Sie mich Selket, aber das gilt natürlich nur, wenn wir unter uns sind. Und jetzt genug der Höflichkeiten! Zenodot?«

Der Bibliothekar nickte kurz und gab Garm Grünblatt, der in unmittelbarer Nähe stand, ein Zeichen. Schwarzhoff beobachtete, wie das Oberhaupt der Waldkobolde eine Art Muschel zum Mund hob und hineinblies. Sofort breitete sich ein fahler, dunkler Ton in der ganzen Tiefenschmiede aus und jegliche Unterhaltung erstarb augenblicklich. Alle Augenpaare richteten sich auf den Anführer, der nun seinerseits dem Bibliothekar mit einer Geste zu verstehen gab, dass er anfangen könne.

»Warum habe ich euch rufen lassen? Und noch dazu in aller Eile …«, begann Zenodot und berichtete im weiteren Verlauf über den Hintergrund zu Daniels Entführung, den Angriff auf den Dämonenkerker in Stonehenge und über die Sonderabteilung für magische Aktivitäten – S.M.A. Garm musste die Kobolde mehrfach zur Ruhe mahnen, denn verständlicherweise waren diese Neuigkeiten für die meisten Anwesenden neu und klangen sehr beunruhigend. Der Bibliothekar nahm zwei Gegenstände vom Tisch und Schwarzhoff meinte ein Wollknäuel, sowie ein kleines Behältnis mit einer schimmernden Flüssigkeit erkennen zu können.

Zenodot sprach indes weiter. »Hier seht ihr ein *Obscurum* und das sogenannte *Wasser des Ratio*.«

Alle Köpfe reckten sich nach vorne und Schwarzhoff konnte nicht nur eine Stecknadel fallen hören, sondern er blickte auch ausnahmslos in fragende Gesichter. Natürlich erging es ihm geradewegs wie den Kobolden, denn der Zweck der gezeigten Gegenstände lag völlig im Dunkeln.

Zenodot machte es, egal ob bewusst oder unbewusst, ziemlich spannend, denn er legte eine kleine Pause ein, um seinen nächsten Worten mehr Nachdruck zu verleihen. »Diese unscheinbaren Dinge werden uns helfen den Weltengänger Daniel aufzuspüren. Aber sicher fragt ihr euch, warum ihr ALLE hier seid?« Leises und bestätigendes Gemurmel brandete auf und der Alte hielt demonstrativ das Gefäß mit der Flüssigkeit in die Höhe. »Das ist der Grund! Diese Phiole enthält eine Essenz, deren Herstellung Jahrhunderte gebraucht hat. Einmal zerbrochen, verteilt sich das Elixier in winzig feine Tröpfchen und dringt in jede noch so kleine Öffnung. Jeder der es einatmet, verspürt den unwiderstehlichen Drang nach Hause zu gehen oder sich einen stillen Ort zu suchen, um zu ruhen. Für die Dauer von vierundzwanzig Stunden wird Frankfurt menschenleer sein. Einzig die Tiefenschmiede ist gegen diesen Zauber geschützt und genau deswegen habe ich euch rufen lassen.«

Rufe des Erstaunens und der Verblüffung hallten durch die Tiefenschmiede und Garm Grünblatt mahnte erneut zur Ruhe, damit Zenodot seine Ansprache fortsetzen konnte.

»Sobald die Phiole über Frankfurt zerbrochen wurde, benötigt das Elixier etwa zwei Stunden, um seine volle Wirkung zu entfalten. Ist dies geschehen, so wird sich langsam eine nie gekannte Stille über die Stadt legen.« Jetzt streckte der Bibliothekar den runden Gegenstand in die Luft. »Dann kommt dieses hier zum Einsatz – das Obscurum! Es handelt sich hierbei um eine Art Sucher! Ein aufgewickelter dünner Faden, der sich, wenn er aktiviert ist, selbstständig den Weg zu seinem Ziel, in unserem Falle den Weltengänger Daniel, sucht. Das Wasser des Ratio ermöglicht es uns, der gelegten Spur des Obscurum ungehindert und ungesehen in der Stadt zu folgen.«

Innerlich schüttelte Schwarzhoff nur mit dem Kopf, als er den Erklärungen des Bibliothekars wie gebannt folgte. Seine Gedanken kreisten sofort um die Möglichkeiten, die diese zwei magischen Gegenstände für die Polizeiarbeit bedeuten würden. Untergetauchte Tatverdächtige oder vermisste Personen könnten ohne größere Probleme aufgespürt werden. Ganz abgesehen davon, was dieses Wasser des Ratio bei zum Beispiel Geiselnahmen an Untaten verhindern würde. Das wäre eine kriminalistische Revolution, wenn, ja wenn nur diese kleine Zutat *Magie* keine Rolle spielen würde.

»Wie gehen wir nun also vor?«, fragte Zenodot eben und gab natürlich gleich die Antwort auf seine gestellte Frage. »Mit einem Schwebezauber werden wir das Wasser über der Stadt positionieren. Sobald der Behälter zerstört wurde, warten wir die Frist ab, die die Essenz benötigt, um sich zu entfalten. Dann entsenden wir das Obscurum und eine ausgewählte Gruppe folgt seiner Spur. Die Mitglieder dieser Gruppe werde ich später bekannt geben.« Er legte beide Objekte wieder auf den Tisch und plötzlich nahm sein Gesicht finstere Züge an. Unversehens wurde auch seine Stimme um ein

Vielfaches lauter und sein Blick schweifte dabei tadelnd über die anwesenden Kobolde. Drohend hob er den Finger. »Die Einzigen, die ab diesem Zeitpunkt die Tiefenschmiede verlassen werden, sind diejenigen, die sich auf die Suche nach Daniel begeben. ALLE anderen bleiben hier! Ich weiß wie groß die Versuchung ist, wenn sich der Schlaf über Frankfurt legt. Deshalb sage ich es nun in aller Deutlichkeit: Die Apfelweinvorräte der Menschen bleiben unangetastet! Und jeder Kobold, der sich nicht an diese Anweisung hält, wird persönlich von mir zur Rechenschaft gezogen. Habe ich mich klar und deutlich ausgedrückt?«

Zenodots Worte hingen wie ein fahler Nebel im Raum und die Gesichter der Kobolde sprachen nach seiner Ermahnung Bände. Schwarzhoff fixierte stoisch eine unbestimmte Stelle am Boden und versuchte seine aufkeimende Belustigung in den Griff zu bekommen. Dem Mienenspiel der kleinen Kerlchen zu urteilen, hatten sie sich schon auf diverse Apfelweinraubzüge gefreut und wurden jetzt bitter enttäuscht. Vermutlich hätten sie während der Abwesenheit der Gruppe, zu der sicherlich auch der Bibliothekar gehören würde, eine regelrechte Äpplerparty vom Stapel gelassen. Und solche Feiern, das wusste Schwarzhoff aus Erfahrung, liefen bei den Kobolden ziemlich schnell aus dem Ruder. Mit hängenden Ohren und tieftraurigen Augen nickten die ersten zögerlich.

Der Alte machte eine zufriedene Geste. »Gut – nachdem das nun geklärt wäre, kommen wir zu denjenigen, die sich an der Suche beteiligen werden. Tarek Tollkirsche, Ronar Rotbuche und Wilbur Waldmeister?«

Die drei Angesprochenen bahnten sich mit stolzgeschwellter Brust den Weg durch ihre Kameraden.

»Ihr werdet mich begleiten! Gerne würde ich Kommissar Schwarzhoff und Dr. Malik ebenfalls an meiner Seite wissen, natürlich nur, wenn sie damit einverstanden sind.«

Schwarzhoff bestätigte mit einem kurzen *Selbstverständlich*, doch im Stillen wunderte er sich, dass Zenodot Selket mit Dr. Malik angesprochen hatte. Anscheinend wussten nicht alle Kobolde der Tiefenschmiede über die wahre Identität dieser Frau Bescheid. Auch Selket hatte unterdessen mit einem Lächeln zugesagt.

Der Bibliothekar nahm beide Gegenstände erneut vom Tisch.

»Sehr schön. Dann lasst uns jetzt beginnen und Frankfurt in einen tiefen Schlaf versetzen.«

Daniel Debrien

Deprimiert saß ich in dem verwahrlosten Kellerloch und fragte mich zum x-ten Male, wie viel Zeit wohl schon vergangen war. *Sechs Stunden* hämmerte es wieder und wieder durch meinen Kopf und langsam schwand die Hoffnung, dass tatsächlich etwas passieren würde. Mir schien, als wären bereits Tage vergangen, seit ich die Stimme von Osiris in meinem Kopf vernommen hatte. In der Zwischenzeit hatte sich mein Körper fast vollständig regeneriert, lediglich in der linken Schulter verspürte ich noch einen leichten Schmerz. Ich nahm mir fest vor, Osiris, sollte ich irgendwann wieder auf ihn treffen, für dieses unglaubliche Geschenk zu danken. Doch trotz diesem, durchaus positiven Gesichtspunkt machte mir die quälende Ungewissheit zu schaffen. Die Ungewissheit, wann der Jüngere erneut den Raum betreten würde und die Tortur von vorne losging. Dieses Arschloch hatte sichtlich Spaß daran, Menschen zu quälen und ich war mir fast sicher, dass er diesen Umstand, trotz der Ermahnung seiner Kollegen, weiter auskosten wollte. Und als hätte ich es heraufbeschworen, vernahm ich genau in diesem Moment das Klicken des Schlosses und die massive Türe wurde aufgestoßen. Breit grinsend stand *ER* im Türrahmen und warf sofort theatralisch die Hände in die Höhe. »Ich bitte vielmals um Entschuldigung. Habe ich mich doch tatsächlich um eine ganze Stunde verspätet, denn eigentlich wollte ich ja *jede* Stunde vorbeischauen. Aber ich hoffe, du siehst es mir nach.«

Zwei Stunden, schoss es mir unwillkürlich durch den Kopf. Nur noch vier Stunden, bis dieser Winkelmann wiederauftauchte und es wirklich ernst wurde.

Der Mann schlenderte gemächlich durch den Raum, bis er vor mir zum Stehen kam. Ich saß auf der am Boden liegenden Matratze und eine lähmende Angst stieg wie ein Gewitter in mir auf. Mit verächtlichem Blick stieß er mich mit seinem Fuß an und zischte: »Was ist los? Freust du dich gar nicht mich zu sehen?«

Ich blickte widerstrebend zu ihm hoch – blieb jedoch stumm. Jedes gesprochene Wort, egal was, würde er ohnehin als Affront betrachten. Was hätte es auch gebracht, außer, dass ich ihn damit weiter reizen würde? Doch wie ich gleich feststellen konnte, hatte er anscheinend keine Antwort erwartet. Mit einer schnellen Bewegung packte er mich am Hemd, zerrte mich auf die Beine und verpasste mir einen derart heftigen Magenschwinger, dass ich sofort wieder zusammensackte. Auf allen Vieren kniend rang ich nach Atem, während ein heftiger Brechreiz durch meinen Körper flutete und ich bittere Galle schmeckte. Zu guter Letzt holte er mit dem Fuß aus, der einen Wimpernschlag später krachend gegen meinen Brustkorb donnerte. Ich wurde zur Seite geschleudert und blieb benommen auf dem Boden liegen. Er ging neben mir auf die Knie und riss meinen Kopf an den Haaren nach oben. Teuflisch grinsend sah er mir geradewegs in die Augen. »Nachschlag gibt es in einer Stunde. Und diesmal bin ich pünktlich – versprochen!« Er stieß mich angewidert zur Seite, stand auf und schlenderte genauso gemütlich, wie er gekommen war zurück zum Ausgang.

Ich lag am Boden, rang immer noch nach Luft und hörte nur mit unendlicher Erleichterung das Einrasten des Türschlosses. Ich ballte unter großer Anstrengung die Hände zu Fäusten. Sollte mir dieser Mann je in Freiheit unter die Finger kommen, dann würde ich für mich und meine Moral keinerlei Garantie übernehmen. Ich kroch unter heftigen Schmerzen zurück auf die Matratze und versuchte eine möglichst schmerzarme Stellung zu finden. So verharrte ich die folgenden Minuten bewegungslos und versuchte, den Schmerz so gut wie möglich auszublenden, was mir leider nicht wirklich gelang. Der einzige Gedanke, der mich halbwegs ablenkte, war das Ausmalen der Rache, die ich an diesem Mann nehmen wollte. Doch mit dem Abklingen meiner Beschwerden, wurde auch der Kopf wieder klarer. *Nein – ich wollte nicht so sein wie er, denn dann wäre ich keinen Deut besser.*

Aber irgendwann bekommt jeder das, was er verdient – und in diesem Gedanken lag etwas sehr Beruhigendes.

So verstrich die Zeit unendlich langsam, während sich die Gabe von Osiris erneut ans Werk machte, um meinen verletzten Körper zu heilen. Doch je länger ich da lag, umso mehr machte sich wieder die Angst breit, dass mein Peiniger erneut den Raum betrat. Irgendwann dämmerte ich weg und versank langsam in eine Traumwelt. Leider war diese Welt noch schlimmer als die Realität, denn dort huschte ich durch unterirdische Gewölbe und wurde von Ausgeburten der Hölle gejagt. Jede der bösartigen Kreaturen trug das Gesicht des Jüngeren, nur dass der Mund mit nadelspitzen Reißzähnen gespickt war. Sie alle hatten nur ein Ziel – mir weh zu tun, mich zu foltern und zu quälen. Ich rannte um mein Leben, schrie in Todesangst und kam doch nicht von der Stelle. Immer näher kamen sie und ihr mordlüsternes Brüllen drang mir bis ins Mark. Als das erste Monster seine Klauenhand nach mir ausstreckte, schreckte ich schweißgebadet aus dem Schlaf – nur um festzustellen, dass ich auch in der realen Welt gepackt wurde. Jemand hatte meinen Arm umklammert und zerrte mich auf die Beine. Doch es war nicht derjenige, den ich erwartet hatte! Dankbar blickte ich in das finstere Gesicht des Älteren. Ich war also nicht allein mit dem Jüngeren und somit würde dieser vielleicht zurückhaltender sein. *Na gut, das hoffte ich zumindest.*

»Hast du Hunger oder Durst?«, fragte der Ältere ohne Umschweife.

Ich nickte matt. »Ein Glas Wasser, bitte.«

Wie aus dem Nichts flog mir eine kleine Plastikflasche vor die Füße.

»Von mir hättest du etwas anderes bekommen!«, zischte eine nur allzu bekannte Stimme in meinem Rücken und sofort jagte ein eiskalter Schauer über meinen Körper.

»Stefan, halt doch einfach mal die Klappe. Ich …«, brummte der Ältere leicht entnervt, doch er stockte unversehens und schluckte schwer. Anscheinend war ihm gerade bewusst geworden, dass er offenbar einen folgenschweren Fehler begangen hatte: Er hatte seiner Geisel einen Namen genannt. Natürlich hatten sie keine

Ahnung, dass ich an der Tür gelauscht hatte und zumindest ihre Vornamen bereits kannte.

Die Reaktion folgte prompt. »Möchtest du ihm auch gleich meinen Pass geben, du blödes Arschloch!«

Die Unterkiefer des Älteren mahlten, denn ihm war klar, dass sein Kollege recht hatte. Doch für den Moment wollte er sich gegenüber dem Jüngeren keine Blöße geben und einen Disput lostreten – und zweifelsohne erst recht nicht vor mir. »Ja, ja – schon gut«, lenkte er deshalb sofort ein.

Aufgrund dieses Vorfalles wurden mir die Knie weich, denn jetzt war der kleine Sadist vermutlich stinksauer – und an wem würde er das auslassen? *Natürlich an mir!*

Doch bevor mich das schreckliche Gefühl der Angst erneut zu lähmen drohte, trat eine fremdartige Veränderung ein. Wie aus dem Nichts keimte plötzlich der überwältigende Wunsch in mir auf, einfach nach Hause zu gehen, meinen Kopf in weiche Kissen zu betten und zu schlafen. Verwirrt blickte ich dem älteren S.M.A. Mann in die Augen und erkannte dort ebenfalls einen völlig irritierten Ausdruck.

»Was zum …«, murmelte er leise.

Zeitgleich vernahm ich hinter mir eine bleierne Stimme. »Mann, bin ich müde. Am liebsten würde ich jetzt nach Hause gehen und eine Runde schlafen.«

Ich drehte mich verstohlen dem Jüngeren zu und tatsächlich – an die Mauer gelehnt flatterten seine Augenlider bereits und er schien kurz davor zu sein, im Stehen einzuschlafen.

Was ist hier los? dachte ich verblüfft, als er auch schon zusammenklappte, an der Wand hinunterrutschte und schnarchend liegen blieb. Ich drehte mich wieder zu seinem Kollegen, der im gleichen Moment an mir vorübereilte und noch entschuldigend rief: »Sorry, muss nach Hause …«

Leider kam ich nicht mehr dazu mich darüber zu wundern oder gar zu freuen, denn meine Augen schlossen sich plötzlich wie von selbst. Ich schaffte es gerade noch, mich so positionieren, dass ich auf die Matratze sackte. Ein allerletzter panischer Gedanke taumelte durch meinen Kopf – *Fliehen, ich muss fliehen* – dann übermannte mich ein tiefer traumloser Schlaf.

Reichsstadt Frankfurt – 1550 a.D.

Bereits seit fünf Tagen saß Hans Winkelsee festgesetzt in seiner Kerkerzelle, und noch immer hatte der Rat der Stadt kein Urteil über ihn gefällt. Diese nagende Ungewissheit hing wie ein schwerer Mühlstein an ihm: Nicht zu wissen, ob er nun sein Leben verwirkt hatte oder der Rat vielleicht einen gnädigeren Richtspruch fällen würde. Doch noch ein Umstand brachte ihn um den Verstand! Nein, es machte ihn fast wahnsinnig und glich einer schlimmen Folter: die Wetterfahne über seinem Kopf. Im Stockwerk über ihm befand sich das runde Dach des Turms, an dessen Spitze die metallene Fahne angebracht worden war. Dieser Anzeiger drehte sich wenn der Wind blies, was in dieser Höhe natürlich fast immer der Fall war. Jedoch waren zu seinem Leidwesen die Scharniere nicht geölt worden und so ertönte bei jeder noch so kleinen Bewegung der Windfahne ein hässliches Quietschen. Mittlerweile hatte er kaum eine Nacht durchgeschlafen und sein ständiger Begleiter war das laute Ächzen des Metalls, das ihm durch Mark und Bein fuhr. Und so hatte der Schlafmangel inzwischen auch körperliche Auswirkungen zur Folge. Winkelsee fühlte sich schwach und die Kälte der Nacht schnitt ihm ungewöhnlich scharf in die Glieder. Zudem fingen seine Beine bei der kleinsten Belastung an zu zittern. Alles in allem – er fühlte sich wie ein uralter Mann, der sich wünschte, endlich seine Ruhe zu finden. Während er lethargisch auf den Strohsäcken vor sich hindämmerte, vernahm er mit einem Male zaghafte Schritte. Jemand kam die Stufen der engen Wendeltreppe hinauf. Vermutlich wurde ihm nun eine karge Mahlzeit, sowie der von Amts wegen festgelegte Krug Wasser gebracht und dies war in der Tat die einzige Ablenkung des Tages. Wenn ihm das Essen mit Worten, und waren es auch nur boshafte, gereicht wurde, dann vergaß er für einen winzigen Moment das Geräusch über ihm. Schon wurde der Riegel zurückgeschoben und die Türe geöffnet. Ungelenk richtete er sich von seinem Lager auf und blickte erwartungsvoll zum Eingang. Sogleich glaubte er einer Täuschung zu erliegen, denn eine wunderschöne Frau war in die Zelle getreten. In der Hand hielt sie einen kleinen Korb, der mit einem weißen Leinentuch abgedeckt war und blickte verlegen auf ihn herab. Winkelsee erkannte dieses zauberhafte Wesen sofort, denn es handelte sich um dieselbe Frau, die er bereits auf der Alten Brücke gesehen hatte. Augenblicklich stieg ihm ein Duft von Rosen und Lavendel in die Nase, derselbe Geruch, den er auch damals, bei ihrem ersten Aufeinandertreffen, bemerkt hatte. Sie wurde zunehmend nervöser und erst jetzt wurde ihm bewusst, wie durchdringend er sie anstarrte. Sofort senkte er schuldbewusst den Blick und murmelte kleinlaut: »Ich bitte um Entschuldigung, ich wollte nicht unhöflich wirken. Es ist nur so – ich hatte nicht mit so einer angenehmen Überraschung gerechnet.«

Sie wischte sich mit einer scheuen Geste eine blonde Strähne aus dem Gesicht und lächelte ihn versöhnlich an. »Seid versichert, ich habe es nicht als unhöflich betrachtet. Zumal wir uns schon einmal begegnet sind.«

Winkelsee erhob sich schwerfällig von den Strohsäcken und merkte erst jetzt, wie eingerostet seine Glieder waren. Als er endlich stand, fragte er erstaunt: »Ihr … ihr erinnert Euch?«

Für einen kurzen Moment verdunkelte sich ihr Gesicht. »Natürlich! Sie haben Euch wie ein Stück Vieh über die Brücke getrieben.«

Er seufzte leise auf. »Nun, das habe ich wohl verdient, denn schließlich haben sie mich auf frischer Tat beim Wildern eines Rehs ertappt.«

»Ja, ich bin über Euren Fehltritt im Bilde, doch es ändert nichts daran, wie man mit Menschen umgehen sollte. Dieser Tannenspiel ist ein Widerling und diese Meinung hege ich nicht erst seit unserer Begegnung auf der Alten Brücke.«

»Ihr habt ja keine Ahnung! Er und sein Vater sind an finsteren Machenschaften beteiligt, die sicherlich nicht nur mich an den Galgen bringen werden«, brummte er voller Missachtung.

»Und doch habt IHR das Wild erlegt und somit Euren Kopf eigenhändig in die Schlinge gesteckt«, meinte sie zwar ernst, doch es schwang keinerlei Vorwurf in ihrer Stimme.

»Ja und deshalb sitze ich zurecht in diesem Turm und warte auf das Urteil des Rates«, flüsterte er beschämt. Er schüttelte sich kurz, als wolle er alle schlechten Gedanken abstreifen und blickte sie neugierig an. »Darf ich fragen wer Ihr seid? Zumal Ihr diesen bedrohlichen Ort anscheinend ungehindert betreten und wieder verlassen könnt?«

Jetzt warf sie ihre Haare zurück und begann zu lachen. »Es kommt immer darauf an, wie man einen Ort betrachtet, Hans Winkelsee. Für einen Gefangenen mag der Turm bedrohlich wirken, doch ich nenne ihn Heimat, denn schließlich lebe ich in seinen Mauern. Ich bin Maria Leinweber, die Tochter des Turmwächters.«

Jetzt klappte sein Mund wie eine große Schiffsluke auf. »Maria Leinweber? Ich habe das Schild in den unteren Stockwerken gesehen, doch ich vermutete ...«

Sie fiel ihm ins Wort. »Meine Mutter ist bereits vor langer Zeit verstorben und so stehen eben Vater und Tochter auf der Namenstafel. Ich gebe zu, dass ist nicht üblich, aber mein Vater hat über so manche Sitten und Gebräuche seine eigenen Ansichten. Und dafür bin ich ihm sehr dankbar!« Sie stellte den Korb ab und zog das Tuch weg. »Ich bringe Euch etwas zu essen. Nicht das übliche, da noch etwas vom Mittagstisch übrig war. Ich dachte mir, dass Ihr vielleicht die eintönige Kost satthabt und eine kleine Abwechslung benötigt.« Zeitgleich hob sie mahnend den Finger. »Die Wache, die draußen wartet, weiß Bescheid, doch kein Wort zu meinem Vater!«

»Versprochen!«

In diesem Moment fuhr ein starker Windstoß um das Gebäude und ein markerschütternder Ton ächzte durch das Gewölbe. Es war gerade so als wolle der Turm ihm mitteilen, dass er nun lange genug die Zeit der Stille genossen hatte.

Maria indes, war ob des durchdringenden Tons erschrocken zusammengefahren. »Bei allen Heiligen, was war das für ein schrecklicher Schrei?«

»Kein Schrei, Maria Leinweber, dass ist die Wetterfahne über uns. So geht es nun schon seit fünf langen Tagen – Tag und Nacht. Ich bin mit meinen Kräften am Ende, denn das Geräusch raubt mir jeden Schlaf.« Dann ballte er die Fäuste und rief lauter als er es wollte, »Sollte ich jemals diesen Raum in Freiheit verlassen, dann nehme ich meine Flinte und durchlöchere diese Fahne. Für jede Nacht, die sie mich um den Schlaf gebracht hat, schenke ich ihr eine Kugel aus Blei.«

Maria blickte ihn entsetzt an. »Das ist ja schrecklich, seit fünf Nächten ohne Schlaf? Es ist uns noch nie aufgefallen, denn in den unteren Stockwerken ist nichts davon zu hören. Das sind unhaltbare Zustände. Das werde ich sofort meinem Vater berichten!«

»Tut das bitte nicht, denn er wird Euch sicherlich sofort fragen, was Ihr hier oben zu suchen hattet. Also hüllt Euch in Schweigen, vor allem da ich nicht möchte, dass Ihr meinetwegen in Schwierigkeiten geratet. Ich stehe ohnehin schon in Eurer Schuld, da Ihr mir verbotenerweise Eure eigenen Speisen brachtet.«

Sie sah ihn mit wissender Miene an. »Mein erster Eindruck von Euch hat mich nicht getäuscht – Ihr seid kein schlechter Mensch.«

»Ich war und bin ein Wilderer, das ist richtig. Doch niemand fragt, warum ich dieser unredlichen Arbeit nachgehe. Ich tue es einzig allein um zu überleben, um meinem Vater und meine Mutter in diesen schweren Zeiten durchzubringen – um ihnen einen, wenn auch bescheidenen, aber zumindest halbwegs glücklichen Lebensabend zu bescheren. Den einfachen Leuten geht es nicht gut – das Land ist vom Krieg zerfressen, marodierende Banden plündern, wo es nur geht, die Landbesitzer wollen ihre Steuern und die Kirche presst den Zehnten aus den Bauern, wie Saft aus den Weinreben. Also wirst du gezwungen, Wege zu beschreiten, die möglicherweise strafbar sind, wohlwissend, dass man schlimmstenfalls am Strick enden könnte.« Er hatte die letzten Sätze ungewöhnlich harsch gesprochen. Sie entsprachen zwar der Wahrheit, doch jetzt bedauerte er sie. Maria hatte ihm eigentlich ein Kompliment gemacht, doch er hatte sie im Gegenzug mit seiner Situation konfrontiert, für die das Mädchen nichts konnte, geschweige denn etwas damit zu tun hatte. »Ich bitte um Entschuldigung für meine harten Worte – sie waren nicht gegen Euch gerichtet. Das Schicksal war in der Vergangenheit nicht immer gut zu mir und so spricht nun eine gewisse Verbitterung aus meinem Mund.«

Sie hingegen blieb wortlos und schaute ihn lange und tiefgründig an. Er wagte nicht, diese Stille zu durchbrechen, zumal die verfluchte Fahne über ihm ausnahmsweise einmal keinen Laut von sich gab. Seltsamerweise hatte er Angst – Angst vor dem was sie vielleicht als nächstes sagen oder tun würde. Er wollte nicht, dass sie ging und sofort schalt er sich wegen diesem Gedanken innerlich einen Narren! Sie, die Tochter eines angesehenen Bürgers und ihr gegenüber Hans Winkelsee, der Wilddieb und Taugenichts. Sie hatte es nur gut mit ihm gemeint, das war alles – und in seiner Situation schon mehr als genug.

Endlich ergriff sie das Wort. »Es spricht viel Zorn aus Eurer Stimme, doch wer bin ich, dass ich darüber zu urteilen vermag. Ihr seid ein Fremder, der zufällig meinen Lebensweg kreuzte und dessen Leben ich nicht kenne. Ihr müsst Euch nicht entschuldigen, genauso wenig wie ich mich dafür rechtfertigen müsste, in ein vielleicht besseres Dasein hineingeboren zu sein. Aber seid versichert, dass auch unser Leben, bevor mein Vater die Stelle als oberster Turmwächter angeboten bekam, hart und entbehrungsreich gewesen ist. Euch erwartet, aller Voraussicht nach, der Tod. Deshalb gebe ich Euch nun einen Rat – lasst die Vergangenheit ruhen, denn daran könnt Ihr nichts mehr ändern. Doch wenn das Urteil überbracht wird und es fällt milder als gedacht aus, dann seht nach vorne und betrachtet diesen Tag als den Ersten Eures neuen Lebens. Wollt Ihr es so halten?«

Er starrte sie nur an.

»Hans Winkelsee! Wollt Ihr es so halten?«

Abgehackt begann er zu nicken und meinte voller Ehrfurcht: »Eure Worte strafen Euer Alter Lügen. Ihr sprecht so weise wie … bitte verzeiht mir den Ausdruck … wie eine alte Frau, die das Leben schon gesehen hat. Euer Vater kann stolz auf seine Tochter sein.«

Jetzt lachte sie lauthals los. »Oh, das sieht der alte Griesgram sicherlich ganz anders. Sätze wie: *Maria, sei leise, nicht dass dich noch jemand hört* oder *Gott im Himmel, das kann nicht meine Tochter sein* sind bei ihm an der Tagesordnung. Aber ich danke Euch für diese wohlgemeinten Worte. Doch sollte ich jetzt gehen, denn die Wache wird gewiss schon ungeduldig.«

»Kommt Ihr mich wieder besuchen …«, fragte Winkelsee, einem plötzlichen Impuls folgend, »… und sei es nur um mir einen Kanten Brot zu bringen? In Eurer Gegenwart würde es sicherlich vortrefflich schmecken.«

Ihre Wangen bekamen einen zartrosa Anstrich und während sie auf die Kerkertüre zulief, meinte sie verlegen: »Man wird sehen

Hans Winkelsee, man wird sehen!« Dann klopfte sie zweimal gegen das schwere Holz und rief: »Heinrich!«

Prompt wurde der Kerker geöffnet und sie trat aus der Zelle.

»Das hat ja ewig gedauert, Maria. Ist alles in Ordnung? Dein Vater bringt mich um, wenn dir etwas zustößt«, schnarrte die Wache mit Namen Heinrich in sorgenvollen Ton, während er den Schlüssel wieder umdrehte.

»Ich habe mich mit dem Gefangenen nur kurz unterhalten, schließlich will ich wissen, wer über mir sein Dasein fristet.«

Als Maria mit Heinrich die Treppe hinunterlief, fragte dieser: »Hat er das wirklich ernst gemeint, dass er auf die Wetterfahne schießen will?«

Abrupt wirbelte sie auf dem Treppenabsatz herum. Und da sie die Stufen als erstes betreten hatte, stand Heinrich nun zwei Tritte höher und überragte sie um ein Vielfaches. Sie funkelte ihn von unten grimmig an. »Hast du etwa gelauscht?«

Er zuckte mit den Schultern. »Natürlich! Ich kann doch nicht zulassen, dass dir etwas passiert. Ich, für meinen Teil, möchte den Zorn deines Vaters jedenfalls nicht im Nacken spüren. Schlimm genug, dass ich mich von dir überreden ließ, dies überhaupt zuzulassen.«

»Ja, Heinrich und morgen bringen wir ihm erneut das Essen«, meinte sie bestimmt und setzte dabei ihr liebenswertestes Lächeln auf.

Die Wache riss die Augen auf. »Maria Leinweber, nie und nimmer! Das war nicht unsere Abmachung!«

Sie blickte ihn betont unschuldig an. »Vereinbart war, dass ich ihm die übriggebliebenen Speisen bringe. Richtig?«

Heinrich überlegte kurz und nickte schließlich, allerdings sehr vorsichtig und zögerlich.

»Siehst du – unser Handel betraf also die *übriggebliebenen Speisen*. Mehrzahl! Du verstehst?«

Die Wache knickte ein und sandte flehentliche Blicke in ihre Richtung. »Maria, bitte!!«

»Hör auf zu lamentieren Heinrich! Ob es nun ein zweites oder drittes Mal passiert, ist jetzt ohnehin einerlei – sollte Vater von unserem kleinen Geheimnis erfahren.« Ohne eine weitere Antwort abzuwarten, drehte sich um und eilte die Stufen hinab.

Zurück blieb ein zutiefst verunsicherter Heinrich, der sich wieder einmal fragte, wie er diese Winzigkeit in ihrer Wortwahl übersehen konnte. Er sollte es doch mittlerweile besser wissen, denn die Vergangenheit hatte ihn schon mehrfach gelehrt, dass Maria eine willensstarke Frau war, die, um ihr Ziel zu erreichen, auch ausgesprochen listig werden konnte. Und immer kam sie mit solchen Anliegen zu ihm – warum nur?

Doch noch ein Gedanke ging der Wache Heinrich nicht mehr aus dem Kopf – war der Wilderer wirklich in der Lage, vom Boden aus, die Wetterfahne mit seiner Flinte zu treffen und das gleich fünfmal?

Julian Schwarzhoff

Gespannt wartete Julian, was nun folgen würde. Zenodot hatte alle Kobolde in ihre eignen Wohnbereiche innerhalb der Tiefenschmiede geschickt und so stand nur noch die ausgewählte Gruppe in der Bibliothek.

Der Alte musterte die kleine Schar und räusperte sich. »Ich werde jetzt nach oben gehen und das Wasser des Ratio in die Luft entlassen. Nach zwei Stunden können wir dann unsere Suche beginnen. In der Zwischenzeit wirst du, Tarek …«

Der Kleine zuckte beim Nennen seines Namens unwillkürlich zusammen. »Ja??«

»… etwas Persönliches aus dem Gästezimmer von Daniel holen. Damit können wir später das *Obscurum* aktivieren.«

Julian schaltete sich ein und etwas unsicher fragte er: »Zenodot, wäre es vielleicht möglich dich nach oben zu begleiten? Als *normaler* Mensch bekommt man nicht alle Tage die Gelegenheit, einem Zauberkundigen bei der Arbeit über die Schulter zu schauen.«

Bevor der Bibliothekar antworten konnte, ging von Selket ein leises Kichern aus. Glucksend meinte sie: »Ein echter Kommissar – wissbegierig und mit einer gesunden Portion Neugier ausgestattet. Nimm ihn mit, Zenodot.«

Kaum hatte Selket es ausgesprochen, als auch schon Tarek, Ronar Rotbuche und Wilbur Waldmeister im Chor riefen: »Wir auch!«

Zenodot stöhnte theatralisch auf. »Nein, ihr bleibt hier!«

Tarek verschränkte unwirsch die Arme und ließ ein leises *Pah* hören.

Der Alte zog die Augenbrauen zusammen und entgegnete überrascht: »Hast du Einwände Tarek Tollkirsche?«

Sofort schüttelte der Kleine heftig mit dem Kopf und hob abwehrend die Hände. »Nein, nein – natürlich nicht!«

»Aber??«, hakte Zenodot gereizt nach. Der Bibliothekar stemmte die Arme in die Hüften und fixierte Tarek bühnengerecht mit funkelndem Blick. Vorher jedoch zwinkerte der Alte dem Kommissar und Selket kurz zu.

Tarek indes wandte sich wie eine Schlange, doch es war zu spät und das wusste er.

»Nun?«, fragte Zenodot abermals mit gespielt gestrenger Stimme.

Stockend begann Tarek: »Sind wir nicht auch neugierig und wissensdurstig? Also warum dürfen wir nicht mit?«

»Wenn du mit neugierig oder wissensdurstig meinst – *stetig seine Nase in Angelegenheiten zu stecken, die einen nichts angehen* oder *Zenodot hat zwar nein gesagt, aber wir schauen trotzdem mal nach* – ja, dann Tarek, dann gebe ich dir tatsächlich recht. Neugier, gepaart mit Leichtsinn und Unvorsichtigkeit ist etwas anderes als das, was Dr. Malik meinte. Deshalb bitte ich euch hier zu bleiben und seid versichert, dass euch ganz sicher kein Abenteuer entgehen wird. Ganz im Gegenteil, es beginnt erst, denn schließlich begebt ihr euch mit uns auf die Suche nach Daniel«, erklärte der Bibliothekar mit einem weiteren Zwinkern in Richtung Schwarzhoff.

Alle drei Kobolde sahen sich erst fragend an und begannen schließlich breit zu grinsen.

»Einverstanden!«, meinte Tarek huldvoll.

Zenodot deutete eine gespielte Verbeugung an. »Verbindlichsten Dank für eure weise Einsicht. Und jetzt Julian – wenn du mir bitte folgen würdest.«

Nachdem der Bibliothekar sich vergewissert hatte, dass niemand in der Nähe der Pforte umherstreifte, traten sie hinaus ins Freie. Bei der anschließenden kurzen Erkundung des Chinesischen Gartens entdecken sie nur einen einzelnen Besucher. Der ältere Mann saß auf einer Bank, die auf der anderen Seite des kleinen Sees stand und blätterte versunken in einer Zeitschrift. Überdies nahm ihm der Wasserpavillon die direkte Sicht auf den kleinen Hügel, vor dem Zenodot und Schwarzhoff momentan standen. Der Mann stellte also kein Problem dar, doch da es mittlerweile später Nachmittag geworden war, konnten jederzeit weitere Personen auftauchen.

Das wusste natürlich auch Zenodot. »Wir sollten anfangen!«, meinte er nachdenklich.

»Kann ich irgendwie helfen?«, erkundigte sich Schwarzhoff unsicher.

»Ja, wenn du bitte den Eingang des Gartens im Auge behältst. Ich möchte keine unliebsame Überraschung erleben.«

»Alles klar«, antwortete der Kommissar, positionierte sich aber so, dass er das Tor überwachen, aber auch gleichzeitig den Bibliothekar beobachten konnte.

Dieser zog nun das gläserne Behältnis unter seiner Kutte hervor und legte es auf seine linke Handfläche. Die grünliche Flüssigkeit schwappte unruhig in der Phiole hin und her, während der Alte die Augen schloss und mit einer Art Rezitation begann. Er wiederholte immer wieder die gleichen, für Schwarzhoff unverständlichen Worte, bis schließlich das Gefäß in seiner Hand zu schweben begann. Das Wasser änderte seine Farbe von grün hin zu einem kräftigen, satt leuchtenden Rosa. Wie gebannt verfolgte der Kommissar den Ritus und hätte darüber fast vergessen, den Eingang im Auge zu behalten. Immer noch schwebte das Glas etwa dreißig Zentimeter über Zenodots linker Hand. Schließlich verstummte er unversehens und schnippte zwei Mal mit den Fingern der rechten Hand. Wie eine Rakete schoss die Phiole in die Höhe und war innerhalb eines Wimpernschlages außer Sichtweite. Der Alte atmete tief durch und meinte: »So, der schwierige Teil wäre geschafft.«

»Und was kommt jetzt?«, fragte Schwarzhoff ganz automatisch, während er nach oben blickte und versuchte das Behältnis auszumachen.

Ein schelmisches Grinsen erschien auf Zenodots Gesicht. »Das hier!« Ohne Vorwarnung klatschte er beide Handflächen zusammen und augenblicklich rollte ein leiser Donner durch die Luft.

Gleich darauf vernahm Schwarzhoff das Geräusch einer weit entfernten Explosion und der Himmel über Frankfurt färbte sich für einen kleinen Moment zartrosa ein. Das seltsame Phänomen erlosch so schnell wie es gekommen war – das Firmament wurde wieder blau und wolkenlos.

»Das *Wasser* wird sich nun seinen Weg bahnen. Wir sollten wieder hineingehen, damit wir vor seinen Folgen geschützt sind«, drängte der Alte und machte bereits kehrt in Richtung des kleinen Hügels.

Während sie die große Wendeltreppe in den Wohnraum der Tiefenschmiede hinunterstiegen, fragte Schwarzhoff den Bibliothekar: »Zenodot, aus was besteht eigentlich dieses seltsame Wasser?«

Der Alte blieb stehen und drehte sich zum Kommissar. »Ich kenne nicht alle Bestandteile des Elixiers und kann dir auch nichts Genaues über seine Herstellung sagen. Die Hauptzutat ist mir allerdings bekannt – es handelt sich um Schlafmohn, der über eine lange Zeit fermentiert, eingelagert und später arkan behandelt wird. Die Schöpfung dieser Flüssigkeit ist nur sehr wenigen Eingeweihten vorbehalten, denn in den falschen Händen könnte man damit die Welt über Jahrhunderte lahmlegen.«

»Dann wollen wir hoffen, dass diese sogenannten Eingeweihten über ein entsprechend großes Verantwortungsbewusstsein verfügen«, erwiderte Schwarzhoff nachdenklich. Unwillkürlich fröstelte es ihn, denn je mehr er über diese Welt der Magie erfuhr, desto deutlicher wurde ihm bewusst, wie fragil das Gleichgewicht zwischen Gut und Böse war. Andererseits – verhielt es sich in der Menschenwelt wirklich anders? Selbstverständlich konnte er diese Frage sofort mit einem klaren *Nein* beantworten! Eine narzisstische Person mit genügend Machthunger, zusätzlich in der richtigen Position, drückte den berühmten roten Knopf – dann wäre es mit der Welt ebenfalls vorbei. Also stand die Erde irgendwie immer am Abgrund, ob es sich nun um die Bedrohung durch einen Dämon, ein gefährliches Elixier oder ein Arsenal an Atomsprengköpfen handelte, war letzten Endes egal. Er war für einen Moment so in diesen Gedanken gefangen, dass er Zenodots Antwort *Ja, das haben sie!* wie durch Watte hörte. Er nickte nur grüblerisch und folgte dem Bibliothekar, der bereits weitergelaufen war.

Im Wohnraum angekommen, bestürmten ihn die drei Kobolde sofort mit Fragen, was denn nun im Park passiert sei. Anschließend zeigten sie sich sichtlich enttäuscht, als er ihnen erklärte, dass es ziemlich unspektakulär abgelaufen war. Eines hatten die Jungs jedoch erreicht, seine trüben Gedanken waren fortgespült.

Auch Tarek hatte seine Aufgabe bereits erfüllt und ein T-Shirt, dass Daniel gehörte, auf die große Tafel gelegt. Jetzt beäugte er ungeduldig Zenodot, der sich momentan mit Selket unterhielt. Schwarzhoff vermutete, dass auch sie sich gerade nach dem Stand der Dinge erkundigte. Als die beiden ihr kurzes Gespräch beendet hatten, wandte sich Zenodot, mit Blick auf das Kleidungsstück, an Tarek: »Das gehört Daniel?«

Der Kobold nickte.

»Gut, dann werden wir jetzt das Obscurum aktivieren. Selket, könntest du das bitte erledigen, denn ich bin mit der genauen Handhabung nur unzureichend bewandert«, meinte der Bibliothekar etwas verlegen und legte das arkane Wollknäuel neben das Shirt.

»Selbstverständlich Zenodot«, bejahte die altägyptische Göttin und lief zum Tisch. Sie bedachte Tarek, der sofort, um auch ja nichts zu verpassen, an die Tafel geeilt war, mit einem eindringlichen Blick. »Und es gehört wirklich dem Weltengänger? Ich habe nur diesen einen Versuch, deshalb musst du dir absolut sicher sein!«

Wieder nickte Tarek. »Ich bin mir ganz sicher! Daniel hat es mehrfach getragen!«

»Dann können wir anfangen.« Selket faltete das Kleidungsstück auf und strich es auf dem Tisch glatt. Vorsichtig legte sie das Obscurum auf den Brustbereich, während Tarek jede ihrer Bewegungen mit Argusaugen verfolgte. Anschließend schlug sie Hals-, Taillen- und Armbereich nach innen ein, so dass die magische Kugel ganz vom Stoff des T-Shirts bedeckt war. Selket hielt für einen Moment inne, betrachtete ihr Werk und nickte zufrieden. Es begann nun eine Phase der höchsten Konzentration und Schwarzhoff vernahm plötzlich ein schwaches Leuchten, das von Selkets Händen auszugehen schien.

Schon legte sie ihre Handflächen über das Stoffbündel auf dem Tisch. Das Leuchten wurde stärker und stärker und ging schließlich in ein rhythmisches Pulsieren über. Dem Kommissar blieb der Mund offenstehen, als das Gewebe des Shirts langsam in sich zusammenfiel und unvermittelt flüssig wurde. Auf der Tischplatte bildete sich die Lache einer durchsichtigen Tinktur, in deren Mitte die seltsame Kugel – das Obscurum, ruhte. Dr. Malik zog beide Hände weg und flüsterte ein einziges, seltsam klingendes Wort, dass Schwarzhoff als *Ptah* interpretierte. Die Flüssigkeit auf dem Tisch geriet in Bewegung und wurde wie von Zauberhand von der Kugel absorbiert. Als der letzte Tropfen aufgesogen war, änderte sich die Farbe des Obscurum von einem matten Silber in ein leuchtendes Orange.

Mit einem wohlwollenden Gesichtsausdruck meinte Selket: »Das Obscurum ist jetzt aktiviert. Wir können jederzeit mit der Suche beginnen. Zenodot?«

Anstatt des Bibliothekars antwortete Schwarzhoff: »Es ist jetzt kurz vor achtzehn Uhr. Wir haben noch gut eineinhalb Stunden Zeit …«

Plötzlich schwang hinter ihnen die Drehtüre auf und Tobias Trüffel erschien mit breitem Grinsen und wackelnder Kochmütze. »… Zeit, die für eine kleine Stärkung reicht. Wer weiß wann ihr alle wieder zurückkommt!« Mit zwei Tabletts jonglierend wankte er auf die große Tafel zu. »Werter Kommissar, könnten Sie mir kurz behilflich sein. Vielen Dank«, japste Tobias mit hochrotem Kopf.

Schwarzhoff eilte zu ihm, erlöste ihn von den zwei Servierbrettern und stellte sie behutsam auf den Tisch.

»Es sind nur ein paar kleine Häppchen …«, meinte der Koch der Tiefenschmiede und warf zeitgleich einen finsteren Blick in Richtung Tarek, Ronar und Wilbur, die schon mit schmachtenden Blicken am Imbiss hingen. »… und ihr drei … dies ist nicht nur für euch!! Also reißt euch am Riemen. Sollte ich etwas Gegenteiliges hören, dann kommt die nächsten zwei Wochen nichts als Haferschleim auf den Tisch.«

Tarek verzog angewidert das Gesicht und brummte: »Ja, ja schon gut.«

Der Koch stemmte die Arme in die Hüften und blickte ihn finster an. »Ich behalte dich im Auge Tarek Tollkirsche!«

Zenodot, Julian und Selket mussten angesichts des kurzen Schlagabtausches schmunzeln, bemühten sich aber, dies so gut wie möglich zu verbergen.

Schwarzhoff versuchte die Situation zu entschärfen und fragte Tobias: »Nun, was hast du uns denn alles mitgebracht?«

Sofort breitete sich ein Lächeln auf dem Gesicht des Kochs aus. »Es sind natürlich nur Kleinigkeiten – nichts Besonderes. Selbstgebackenes Sauerteigbrot, Wildschweinschinken, geräucherte Waldpilze, Honig aus dem chinesischen Garten und gut gereifter Käse aus der Muttermilch von schwangeren Bergelfen.«

»Wie bitte??«, platzte es aus Schwarzhoff heraus.

»Eine sehr leckere Delikatesse, dieser Käse. Solltest du unbedingt probieren«, meinte Zenodot lachend.

Als sich die zwei Stunden ihrem Ende zuneigten, mahnte Schwarzhoff zum Aufbruch. Nachdem sich die kleine Gruppe vergewissert hatte, dass vom *Wasser des Ratio* keine Gefahr mehr ausging, verließen sie ihr unterirdisches Domizil. Die Nacht war bereits hereingebrochen und die drei Kobolde waren kaum mehr zu halten. Vor allem war es Tarek, der nicht abwarten konnte, die Suche nach Daniel endlich zu beginnen.

Selket hielt das *Obscurum* in Händen und legte es nun vorsichtig auf dem Boden. Sie blickte von einem zum anderen. »Seid ihr bereit?«

Einträchtiges Nicken.

»Dann los.« Sie zeigte mit der rechten Hand auf die Knäuel und rief: »*Venari!*«

Sofort erhob sich die Kugel in die Höhe, schwebte einen Moment lang direkt vor Selkets Gesicht und schoss dann in Richtung Ausgang des Parks. Zurück blieb ein flackernder Schleier, der sich hinter dem Obscurum herzog wie ein in der Luft hängendes, schmales Band aus orangefarbenem Nebel.

»Folgen wir seiner Spur – sie wird uns zum Weltengänger führen!«, forderte Dr. Malik die Gruppe sofort auf und lief bereits los.

»Kobolde! Ihr bleibt innerhalb der Gruppe – keine Alleingänge!«, schnarrte Zenodot, doch für diese Ermahnung war es bereits zu spät. Als Selket den magischen Gegenstand losgeschickte, hatten die drei bereits ihren Wächterblick aktiviert und verschwanden aus dem Sichtfeld der Gefährten. Der Alte warf die Hände in die Höhe und fluchte lauthals.

»Los jetzt Zenodot, wir müssen dem Obscurum folgen. Du kannst ihnen später die Hammelbeine langziehen«, rief Schwarzhoff, der der Ägypterin bereits hinterhereilte.

Gemeinsam liefen sie dem Ausgang entgegen und als die Bergerstrasse in Sichtweite kam, blieb der Kommissar abrupt stehen. Verwirrt blickte er einmal rechts und einmal links und wiederholte das Ganze, damit er sich auch ja nicht täuschte. Vor ihm lag eine vollkommen tote Straße, keine Menschenseele – nichts, ja nicht einmal irgendein Tier war zu sehen. Unwillkürlich lief ihm ein kalter Schauer über den Rücken, denn so hatte er die belebte und sonst so quirlige Gegend noch nie gesehen. Es herrschte eine vollkommen unnatürliche und gespenstische Stille, die sich wie ein dunkles Omen auf das Gemüt zu legen schien.

Jetzt war es Selket, die ihn aus seinen Gedanken riss. »Was ist los, Kommissar? Wir müssen weiter, bevor der Schleier verfliegt!«

Sofort eilte Schwarzhoff den beiden hinterher, die bereits die Bergerstrasse in Richtung eines kleinen Parks mit Namen *Friedberger Anlage* unterwegs waren. Sie überquerten den normalerweise starkbefahrenen Anlagenring und folgten der Spur des Obscurum. Da der orangefarbene Schweif im Dunkeln gut zu erkennen war, bereitete ihnen das Aufspüren keine Probleme. Sie durchquerten den Park, als sich langsam rechterhand ein altes Gebäude aus dem Dunkeln schälte. Dieses klassizistische Haus, erbaut von Simon Moritz von Bethmann im Jahre 1807, diente dem Bankier und Philanthropen als Unterbringung seiner Antikensammlung. 1812 wurde es das erste öffentlich zugängliche Museum in Frankfurt, unter dem Namen Ariadneum. Schwarzhoff kannte es allerdings nur unter dem Namen der jüngsten Vergangenheit. An diesem geschichtsträchtigen Ort befand sich lange Jahre ein Tanztempel, der als *Odeon* stadtbekannt wurde. In dieser Diskothek hatte sich einst der junge Schwarzhoff so manche Nacht um die Ohren geschlagen hatte. Sie hetzten über die nächste Hauptstraße und die magische Kugel führte sie in die Klapperfeldstraße. Diese kannte der Kommissar zur Genüge, denn dort befand sich schließlich das Amts -und Oberlandesgericht, mit denen er im Rahmen seiner Tätigkeit oft genug zu tun hatte. Als sie die Justizgebäude hinter sich gelassen hatten, bog das Obscurum in die Zeil ein. Nach wenigen Minuten erreichten sie die Konstablerwache und jetzt offenbarte sich Schwarzhoff das ganze Ausmaß ihres Tuns. Die große Einkaufsstraße im Herzen von Frankfurt war wie leergefegt. Alle Geschäfte hatten geöffnet und im Inneren erkannte Schwarzhoff hier und da vereinzelte Personen, die mitten in den Gängen lagen und schliefen. Auch auf den Ruhebänken der Fußgängerzone schlummerten die Menschen, die keine Möglichkeit gefunden hatten nach Hause zu kommen und deshalb an Ort und Stelle von dem magischen Schlaf heimgesucht worden waren. Beim Überblicken dieser surrealen Szenerie überkam dem Kommissar erneut ein kaltes Frösteln. So oder so ähnlich würde es vermutlich aussehen, wenn ein gefährlicher Virus in Form einer Pandemie ganze Landstriche befallen würde. Das öffentliche und private Leben käme zum Stillstand und die Folge zeigte sich ihm gerade sehr anschaulich – leere Straßen in Frankfurt! War nur zu hoffen, dass es niemals dazu kommen würde. Allein der gegenwärtige Anblick, auch mit dem Wissen, dass dieser Zustand nur vierundzwanzig Stunden andauerte, brannte sich tief in das Gedächtnis des Kommissars ein. Doch es blieb keine Zeit sich deswegen Gedanken zu machen – sie mussten weiter, um den Anschluss an das Obscurum nicht zu verlieren. Schnurgerade zog sich der Schleier weiter die Fußgängerzone entlang und wohin Schwarzhoff unterwegs auch blickte – er schaute auf menschenleere Geschäfte und schlafende Personen. Er kam sich wie in einem Albtraum vor und hoffte er möge endlich aufwachen. Dann hatten sie die Hauptwache erreicht und die Kugel stoppte urplötzlich vor einem Bekleidungsgeschäft. Still verharrte sie in der Luft, ganz so, als müsse sie erst überlegen, wohin es nun gehen sollte. Nach einem kleinen Moment setzte sie sich mit einem Ruck erneut in Bewegung und bog rasant in eine Seitengasse ein. Der Kommissar erfasste sofort, dass es nun direkt in Richtung Römer, dem Frankfurter Rathaus und dem Bartholomäus Dom gehen würde. Nach einer winzigen Verschnaufpause, die vor allem Zenodot benötigt hatte, eilten sie der magischen Sphäre hinterher. Vorbei an der Liebfrauenkirche querten sie Momente später die Berliner Straße, während rechterhand die Paulskirche in den Nachthimmel ragte.

Mitte des 19. Jahrhunderts tagten an diesem geschichtsträchtigen Ort die Delegierten der Frankfurter Nationalversammlung – die erste Volksvertretung für ganz Deutschland. Seitdem ist dieses Bauwerk ein Symbol für die deutsche Demokratie und untrennbar mit ihr verbunden. Schwarzhoff fragte sich mittlerweile ernsthaft, an welchem Ort die Entführer Daniel wohl verschleppt hatten? Er hätte instinktiv vermutet, dass sie ein abseits gelegenes Gebäude gewählt hatten, doch anscheinend täuschte er sich grundlegend. Das Obscurum hatte sie mitten ins Herz der Stadt geführt und schwebte nun direkt auf dem großen Platz vor dem Frankfurter Römer.

»Es fängt an zu pulsieren! Der Weltengänger muss ganz in der Nähe sein«, stellte Selket sachlich fest. Trotz ihres vermeintlichen Alters zeigte sie keine Spur von Anstrengung, während Schwarzhoff und Zenodot gehörig ins Schwitzen gekommen waren. Endlich entdeckten sie auch die Kobolde, die neben dem großen Brunnen, der mitten auf dem Römer stand, in Wartestellung gegangen waren. Beim Anblick der drei verfinsterte sich die Miene des Alten schlagartig. Er eilte zu ihnen und fauchte wütend: »Ihr verwünschten kleinen Halunken! Was fällt euch ein – sich einfach aus dem Staub zu machen? Das hat Konsequenzen, verlasst euch darauf!«

Völlig erschrocken und leicht verwirrt blickten sie den funkelnden Bibliothekar an.

»Aber wir ...«, stotterte Ronar Rotbuche, doch Zenodot schnitt ihm barsch das Wort ab. »Nichts aber!« Zornig zeigte er auf Tarek. »Zumindest von dir, Tarek Tollkirsche, hätte ich mehr erwartet! Gerade du solltest es doch, nach allen Ereignissen der Vergangenheit, besser wissen, dass unsere Widersacher brandgefährlich sind. Die Menschen mögen zwar schlafen, doch wer sagt uns, dass die schwarze Seite dies ebenfalls tut? Einfach loszurennen, wie ein Haufen verrückter Schafe – das ist sträflicher Leichtsinn und bringt alle in Gefahr!«

Tarek fiel regelrecht in sich zusammen und stammelte leise: »Ich will doch nur Daniel finden und ihm helfen.«

»Und das ist mehr als verständlich, ändert aber nichts an der Tatsache, dass ihr äußerst sorglos und unbedacht gehandelt habt. Wir werden später in der Tiefenschmiede weiterreden, doch bis dahin weicht ihr mir nicht mehr von der Seite!«

»Es geht weiter Zenodot!«, rief Selket. »Die Strahlung wird immer stärker!«

In der Tat setzte sich das Obscurum wieder in Bewegung und die Intensität seines Blinkens erinnerte Schwarzhoff nun an das Signalfeuer eines Leuchtturms. Zweimal umkreiste die Kugel den sogenannten Justitiabrunnen, der bereits Mitte des 16. Jahrhunderts auf dem Platz vor dem Frankfurter Römer erbaut worden war. Namensgeber war die Göttin der Gerechtigkeit – Justitia. Sie blickt bereits seit Jahrhunderten, stehend auf einer Säule inmitten des Brunnens, in den Händen Richtschwert und Waage, wachsam in Richtung Römer. Schwarzhoff dachte noch *Im Brunnen? Das kann doch nicht sein!* als das arkane Instrument schon wieder davonschoss. Direkt in Sichtweite, gegenüber dem Römer, befand sich eine Zeile von Fachwerkhäusern, die sich lückenlos aneinanderschmiegten – und genau dorthin zog es die Kugel. Diese Gebäudereihe zierte den Römerplatz als märchenhafte Kulisse, die vermutlich schon von unzähligen Touristen millionenfach abgelichtet wurde. Doch zum jetzigen Zeitpunkt wirkte das malerische Postkartenmotiv trostlos, einsam und verlassen. Schwarzhoff kannte speziell diese Fachwerkbauten wie seine Westentasche, denn vor etwa sieben Monaten hatte in der kleinen Gasse auf der Rückseite der Häuserzeile ein Mordversuch stattgefunden. Im Zuge der späteren Befragung des Geschädigten, sowie diverser Zeugen stellte sich heraus, dass mehrere in Frage kommende Personen häufiger in der Gegend gesehen wurden. Es lag also nahe, dass der Täter rund um den Römer einer beruflichen Tätigkeit nachging oder vielleicht sogar hier wohnhaft war. Es wurde eine Großfahndung eingeleitet, an der auch Schwarzhoff teilnahm. Ihm war die Aufgabe zugefallen, die Bewohner und Ladeninhaber der Fachwerkhäuser genauer unter die Lupe zu nehmen. Bei seinen Recherchen hatte er völlig überrascht festgestellt, dass die alten Bauwerke tatsächlich eigene Bezeichnungen trugen. In früheren Zeiten kannte man die Häuser unter den Namen *kleiner und großer Engel, Goldener Greif, Wilder Mann, Dachsberg* und *Laubenburg*. Der Kommissar ahnte, dass wohl den wenigsten Besuchern des Frankfurter Römers diese Ausdrücke überhaupt bekannt waren, obwohl die Namen auf den Frontseiten der Häuser deutlich sichtbar eingraviert waren. Immerhin wurde der Täter später gefasst. Es stellte sich heraus, dass er zwar nicht vor Ort wohnte, aber in einem kleinen Restaurant, ganz in der Nähe des Doms, seine Brötchen verdiente.

Das Obscurum bewegte sich zwischenzeitlich in Richtung Eckhaus der Fachwerkzeile, dem kleinen Engel. Im Erdgeschoß des Bauwerkes befanden sich ein kleines Café, sowie eine Wechselstube. Genau dort, direkt vor dem Eingang, stoppte die Kugel erneut und Schwarzhoff traute seinen Augen nicht. Wie von Zauberhand schob sich das Obscurum durch das Glas des Schaufensters, als wäre die feste Substanz gar nicht vorhanden. Als die Gruppe den Zugangsbereich des Cafés erreicht hatte, spähten sie angestrengt durch die Fenster und bekamen gerade noch mit, wie das pulsierende Licht langsam im Fußboden des Ladens versank. Schlagartig versank die Umgebung wieder in tiefe Dunkelheit und die Inneneinrichtung wurde von der Finsternis verschluckt.

Schwarzhoff stieß einen leisen Fluch aus. »Los, wir müssen zur Rückseite. Dort befindet sich eine Treppe, die in den Keller führt.«

»Und woher weißt du das?«, fragte Tarek sofort.

»Weil ich vor ein paar Monaten beruflich hier zu tun hatte«, gab er knapp zur Antwort und hoffte, dass sich der Kobold damit zufriedengeben würde.

»Gut, dann führe uns dorthin«, raunte Zenodot und gab somit Tarek keine Möglichkeit weiter zu fragen.

Sie eilten um das Haus und bogen in eine schmale enge Gasse ein, die den seltsamen Namen Rapunzelgässchen trug. Schwarzhoff war im Zuge seiner damaligen Recherchen eher zufällig auf die Herkunft dieser Bezeichnung gestoßen: Im Mittelalter hieß der schmale Weg Seilergasse, doch Anfang bis Mitte des 18. Jahrhunderts befand sich in der Gasse ein kleiner Kräutermarkt – daher rührte auch ihr jetziger Name. Vor ihnen schälte sich eine braune Eingangstüre aus der Dunkelheit.

»Und jetzt – aufbrechen?«, fragte der Kommissar unsicher.

Es war Tarek, der sich sofort an ihm vorbeischob. »Lass mich das machen!« Der Kobold förderte aus den Tiefen seiner Kleidung einen kleinen silbernen Gegenstand zu Tage, der eine gewisse Ähnlichkeit mit einem Kugelschreiber besaß. Mit schelmischem Grinsen wandte er sich dem Eingang zu, doch Selket war schneller. Sie legte kurzerhand ihre Hand auf den Knauf, es machte *Klick* und schon schwang die Türe lautlos nach innen auf. »Es birgt gewisse Vorteile, von göttlichem Blut zu sein«, meinte sie achselzuckend, während Tarek eine enttäuschte Schnute zog.

Schwarzhoff trat in den dunklen und engen Hausflur und suchte nach einem Lichtschalter. Als er ihn gefunden hatte, flammte das warmgelbe Licht einer einzelnen Glühbirne auf. Ihr schwacher Schein tauchte den schmalen Gang in ein diffuses Halbdunkel. Zwei Türen gingen vom Flur ab. Eine aus Glas direkt gegenüber dem Eingang – sie führte direkt in das kleine Café, mit der Wechselstube. Es war also nicht schwer zu erraten, dass die andere zu einem Treppenhaus führte. Vorsichtig drückte er die Klinke nach unten – die Zwischentüre war unverschlossen und öffnete sich mit einem leisen Knirschen. Sofort schlüpfte Tarek, der direkt hinter ihm den Flur betreten hatte, durch den Zugang, was einen scharfen Ausruf von Zenodot zur Folge hatte. Wie angewurzelt blieb der Kobold stehen. Im Vorbeigehen raunte Schwarzhoff: »Ich gebe dir jetzt einen gutgemeinten Rat, Tarek. Zenodot ist momentan nicht wirklich gut auf dich zu sprechen! Du sollest also den Bogen nicht überspannen und in seiner Nähe bleiben.«

Der Kobold gab einen undefinierbaren Laut von sich und lief zurück an die Seite des Bibliothekars, der ihm nur einen gereizten Blick zuwarf.

Schmale Stufen führten in die Tiefe und der Kommissar erkannte im schwachen Licht rötlich braune Ziegelsteine. Ein Zeichen dafür, dass dieser Bau auf den Fundamenten stand, die die Jahrhunderte überdauert hatten. Die Häuserzeile hingegen war neu aufgebaut worden, nachdem sie im zweiten Weltkrieg dem Bombenhagel über Frankfurt zum Opfer gefallen war. Nachdem er auf der ersten Stufe stand und die Tiefe blicke, war nichts außer Dunkelheit zu sehen. Irritiert wandte er sich zu den anderen: »Ich sehe keinen Schimmer, nicht einen einzigen Lichtstrahl der Kugel?«

Tarek zupfte Zenodot ganz vorsichtig an seiner Kutte. Fast ängstlich meinte er,: »Vielleicht, werter Bibliothekar, dürfte ich einmal nachsehen? Natürlich nur mit deinem Einverständnis. Kobolde sehen sehr gut und außerdem bin ich klein, so dass ich wirklich in allen Ecken suchen könnte. Bitte …!«

Zenodot seufzte leise und gequält auf.

Unerwartete Hilfe kam von Selket. »Lass ihn nachsehen!«
»Wir wollen auch mit!«, riefen Ronar und Wilbur zeitgleich.
»Nichts da – ihr bleibt hier!«, schnarrte der Alte entnervt.
»Das heißt, ich darf ...?«, fragte Tarek zaghaft.
»Ja, geh. Aber ...«, weiter kam Zenodot allerdings nicht, denn Tarek Tollkirsche war wie der Blitz in den Kellerabgang geschossen. Verzweifelt reckte der Bibliothekar seine Arme in die Himmel.
»Bei allen Höllen der Duat!«
»Er hat doch nur Angst um seinen Freund Daniel, Zenodot! Wie wir alle«, versuchte Schwarzhoff die Situation zu entschärfen und den Alten zu beruhigen.
»Ja, ja – das ist mit durchaus bekannt, aber ich weiß auch um die Leichtfertigkeit dieses kleinen Narren!«
»Gebt ihm einen Augenblick. Er wird sicher gleich wiederauftauchen«, meinte Selket, als plötzlich Wilbur Waldmeister ein leiser Ausruf entfuhr. »Seht! Dort auf der Gasse!«
Die beiden anderen Kobolde, hatten sich, nachdem ihnen Zenodot untersagt hatte Tarek zu begleiten, missbilligend aus dem Hausflur zurückgezogen.
Selket streckte sofort den Kopf durch die Eingangstüre und blickte nach draußen. Schwarzhoff folgte ihrem Bespiel, trat ins Freie und erfasste sofort was Wilbur gemeint hatte. In den Häuserwänden waren kleine vergitterte Fenster eingelassen. Und durch eines dieser kleinen Fenster drang ein schwacher Schein nach außen und warf pulsierendes Licht auf das dunkle Kopfsteinpflaster.
»Mist!«, entfuhr es ihm automatisch, denn die vergitterte Öffnung war definitiv dem Nebenhaus zuzuordnen. Er informierte Zenodot über Wilburs Entdeckung, der wiederum sofort nach Tarek rief. Wenige Augenblicke später schälte sich die Silhouette des Kobolds aus der Dunkelheit. Fragend ruhten seine Augen auf Zenodot.
»Das Obscurum ist bereits im Nachbarhaus. Komm, wir sind hier fertig!«, erklärte der Alte kurz und bündig.
Tarek machte ein enttäuschtes Gesicht und folgte Zenodot nach draußen. Selket hatte mittlerweile auch am Nebengebäude den Eingang geöffnet und stand gemeinsam mit dem Kommissar bereits im Inneren. Das Treppenhaus war vom Boden bis zur Decke weiß gefliest und mehrere leere Stahlgestelle standen links und rechts im Gang.

Zwei Neonröhren tauchten den Flur in kaltes Licht und Schwarzhoff konnte sich des Eindrucks nicht erwehren, im Sezierungsraum der Frankfurter Pathologie zu stehen. In den Regalen fehlten eigentlich nur noch die Utensilien zum Öffnen der Leichen und natürlich sein geschätzter Kollege und Freund, der Forensiker Dr. Bredenstein. Die Türe zum Keller stand offen und von unten drang ein rhythmisches Leuchten nach oben.

»Hier muss es sein!«, raunte Selket und setzte einen Fuß auf die erste Stufe.

Vorsichtig stiegen sie, einer nach dem anderen, in die Tiefe. Unten angekommen, gingen die weißen Fließen in rohen Ziegelstein über – auch hier zeigten sich die uralten Fundamente der Häuser. Die Treppe endete in einem länglichen Gang, von dem jeweils rechts und links eine Türe abging. Beide standen offen und gaben den Blick auf diverse Lagerbestände des darüber befindlichen Souvenirladens frei. Schwarzhoff schaute auf Apfelweinkrüge in den verschiedensten Größen, stapelweise Postkarten, Schneekugeln mit Römermotiv, Eintracht Frankfurt Flaggen und jede Menge weiteren Krimskrams. Das Ende des Flurs bildete eine massive Eisentüre, die halb geöffnet war – und genau aus dem dahinterliegenden Raum drang das Leuchten des Obscurums.

»Daniel!«, rief Tarek und wollte schon losrennen, doch der Bibliothekar erwischte ihn gerade noch am Kragen seiner buntkarierten Weste.

»Nichts da – du bleibst hier!«, fauchte Zenodot.

Der Kobold versuchte sich aus Griff zu winden, doch der Alte hielt ihn mit eiserner Hand fest. Mit hochrotem Kopf funkelte er den Kleinen an. »Wenn du nicht sofort stillhältst, werde ich einen lang vergessenen Zauber über dich legen und *DANN* sei dir sicher, dass du für die nächsten zwei Jahrhunderte als Statue den Wohnraum der Tiefenschmiede schmücken wirst.«

Augenblicklich erlahmte Tareks Widerstand und selbst bei Schwarzhoff stellten sich, angesichts der schneidenden Stimme von Zenodot, die Nackenhaare auf.

»Ich gehe zuerst, das ist sicherer! Bleibt hier, bis ich Entwarnung gebe«, entschied Selket und ging, ohne eine Antwort abzuwarten, den Gang in Richtung Metalltüre. Sie erreichte die Türe und schob sie behutsam ganz auf. Ein leises metallisches Schleifen ertönte, dass sich jedoch in der Stille des Kellers anhörte, als würde gerade ein ganzer Schrank über den Fußboden gezogen. Selket verschwand durch den Eingang, während die anderen die Luft anhielten und angespannt das Ende des Ganges im Blick behielten. Nach einer gefühlten Ewigkeit, die sicherlich nur ein paar Sekunden gedauert hatte, tauchte sie wieder im Türrahmen auf und signalisierte ihnen mit einer Geste, dass alles Ordnung war. Jetzt war es mit Tareks Beherrschung endgültig vorbei. Ehe irgendjemand ihn daran hindern konnte, schoss er wie ein Pfeil zwischen den Anwesenden hindurch und rannte den Gang entlang. Alle anderen eilten ihm hinterher und sogar Zenodot blieb stumm und richtete keine neuerliche Ermahnung gegen den Kobold.

Schwarzhoff war der dritte, der nach Selket und Tarek den Raum betrat. Sofort schaltete sich sein Tatortmodus ein – er blieb stehen, ließ den Raum auf sich wirken und seine Augen tasteten die Umgebung wie ein Scanner ab. Instinktiv versuchte er sich Gegenstände und ihre Lage zu merken, achtete auf ungewöhnliche und herausstechende Merkmale und schätzte das Gefahrenpotential ein. Der Kellerraum war trist, schmucklos, fensterlos und die Wände bestanden aus rohen Backsteinen. Er war sich sicher, dass dieser unterirdische Ort wenig Geräusche von innen nach außen ließ. Das Mobiliar war überschaubar und bestand aus einem armseligen Tisch, zwei wackligen Stühlen und einer versifften Matratze. Und genau auf dieser schmutzigen Unterlage entdeckte er Daniel. Tarek kniete vor ihm und streichelte ihm sanft über die Wange. Selket erklärte ihm gerade, dass der Weltengänger nur schlief und er sich keine Sorgen zu machen brauchte. Dann verfinsterte sich Schwarzhoffs Miene, denn sein Blick erfasste eine Person, die in der Nähe der Türe lag und eine weitere, die schlafend an der Wand gegenüber lehnte. Die beiden waren Schwarzhoff nicht unbekannt, denn es handelte sich um dieselben Männer, die vor mehreren Wochen im Büro seines Chefs aufgekreuzt waren und sich als Mitarbeiter der S.M.A. vorgestellt hatten. Somit war klar, dass diese Abteilung definitiv nichts Gutes im Schilde führte. Er lief zu Daniel, der mittlerweile umringt von den anderen war. Der Weltengänger wirkte zwar etwas blass, hatte aber ansonsten keine sichtbaren Verletzungen davongetragen. »Wie geht es ihm?«, fragte er Selket, die wie Tarek, neben Daniel kniete.

»Ich denke ganz gut, zumindest oberflächlich gesehen – er atmet normal und hat keine Wunden.«

Einer der Kobolde, es war Wilbur, sah sich überrascht um. »Wo ist eigentlich das Obscurum?«

Die Göttin hob wortlos den rechten Arm – in ihrer Handfläche ruhte das magische Artefakt. Kein Leuchten war mehr zu sehen, denn die Sphäre hatte wieder ihre ursprüngliche silberne Farbe angenommen. »Wenn das Obscurum sein Ziel gefunden hat, erlischt das Licht und es nimmt wieder den Zustand der Neutralität an«, erklärte sie.

Als sie gerade darüber diskutierten, was nun weiter geschehen sollte, hielt Selket plötzlich inne und zischte warnend: »Ruhe! Sofort!«

Alle Gespräche verstummten augenblicklich und auch Schwarzhoff nahm jetzt eine seltsame Veränderung im Raum wahr. Es wurde, allerdings kaum merklich, etwas dunkler, gerade so, als würde jemand unendlich langsam das Licht dimmen. Die Luft schien sich allmählich zu verdichten und vibrierte leicht, wie man es bei einem aufziehenden Gewitter kannte. Dann, in der rechten hinteren Ecke des Raumes, bildete sich nach und nach eine Art schwarzer Nebel.

»Nehmt Daniel und bringt ihn von hier weg – schnell!«, rief Selket.

Doch ihre Aufforderung kam zu spät. Der Wolke, die mittlerweile zu der Größe einer aufgefalteten Bettdecke angewachsen war, entstieg eine Gestalt. Intuitiv stellten sich alle drei Kobolde schützend vor Daniel. Ein wallender Umhang aus tiefschwarzem Stoff umgab eine dem Nebel entstiegene mannsgroße Kreatur. Als sich der Dunst langsam zurückzog und das Wesen endgültig freigab, stutzte dieses plötzlich, als hätte es nicht erwartet jemanden anzutreffen. Es blickte sich suchend um, wobei das Antlitz der Person, oder was auch immer es sein mochte, völlig im dunklen einer Kapuze verborgen war. Mit einem Ruck fuhr der Kopf in Richtung der kleinen Gruppe, die sich um Daniel geschart hatte und unversehens füllte ein ohrenbetäubendes Fauchen die Umgebung.

Eine Stimme, so tief und kratzend, als wäre sie direkt der Hölle entsprungen, brüllte ein einziges Wort, das gleichzeitig Frage und Feststellung war: »DU?!«

Frankfurt, Hotel Steigenberger – Frankfurter Hof

Bernd Winkelmann hatte dem Gefangenen Debrien sechs Stunden Bedenkzeit zugestanden, davon waren mittlerweile mehr als vier ins Land gezogen. Draußen war bereits die Dunkelheit heraufgezogen und so wurde es langsam Zeit dem Jungen auf den Zahn zu fühlen. Trotz seines Weggangs aus Frankfurt, war Winkelmann immer noch gut vernetzt und so war es ihm ein Leichtes gewesen, einen geeigneten Ort für die *Aufbewahrung verdächtiger Subjekte* zu finden. Ein guter Freund aus vergangenen Tagen hatte ihm einen Keller unter der Fachwerkhauszeile am Römer besorgt. Diese glückliche Fügung zauberte ihm ein schelmisches Grinsen ins Gesicht, denn er hatte das kleine Verlies in der Tat schon häufiger benutzen müssen. Und WER würde die Entführten schon mitten in der Stadt und dazu noch direkt unter den Augen des Ratshauses vermuten? Die vergangenen Stunden war er nicht untätig gewesen und hatte den Leerlauf genutzt, um weiter auf das unmittelbar bevorstehende Ereignis hinzuarbeiten. In der Nacht vom 31. Oktober auf den 1. November würde es endlich so weit sein. Viele Menschen feierten zu diesem Termin Allerheiligen oder Halloween, aber diese Nacht hatte schon lange vor der Christianisierung eine große Bedeutung. Die Iren, die Kelten, die Goten – alle kannten diese Nacht unter dem Namen Samhain. Im Zentrum dieses Festes stand der Tod und Winkelmann konnte sich ein Grinsen nicht verkneifen, denn die herannahende Begebenheit war nicht treffender zu beschreiben. Den Überlieferungen zufolge hatten die Menschen an Samhain einen Zugang zu den Wesen der Anderen Welt. Und mit dieser Annahme lagen sie gar nicht so falsch, denn an Samhain wirkten bedeutende magische Kräfte – insbesondere die schwarzen. *Und diese armseligen Wichte ahnten nicht wie nahe ihre mythischen Überlieferungen der*

Realität in ein paar Tagen kommen würde! Seine ganzen Bemühungen würden in Stonehenge endlich ihr Ende finden, während gleichzeitig ein neuer Anfang geboren wurde. Natürlich war in dieser Nacht, gerade an dem alten Steinmonument, sehr viel Umtrieb. Selbsternannte Druiden, Hexen, Heiler, Wahrsagerinnen oder einfach nur Träumer oder Neugierige versammelten sich an diesem Ort, um vermeintlich althergebrachten Riten zu frönen. Das alles würde außerhalb der Umzäunung passieren, denn den Steinkreis einfach zu betreten, war schon sehr lange verboten: *wichtige und bedeutende archäologische Kultstätte* hieß es im korrekten wissenschaftlichen Fachjargon. Zudem hatte die UNESCO die Anlage im Jahre 1986 zum Weltkulturerbe ernannt. Dieser Umstand kam Winkelmann äußerst gelegen, denn so konnten sie ihr Vorhaben an den Sarsensteinen in Ruhe verwirklichen. Der entscheidende Test hatte erst vor ein paar Tagen stattgefunden. Sein Mentor, der sich nur *der Bote* nannte, hatte ein *Nigrum Oculus*, eine Art schwarzmagischer Speicher in Kugelform, in den Steinkreis geschickt und die darin enthaltene dunkle Kraft freigelassen. Die Reaktion des Ortes auf die plötzlich austretende schwarze Magie hatte nicht lange auf sich warten lassen und ihnen somit aufgezeigt, welche Schutzmechanismen in Stonehenge wirkten. Mittlerweile hatten sich, auf seinen Befehl hin, alle Eingeweihten, mit Ausnahme von Grube und Bauer, die den Gefangenen Debrien bewachten, in Amesbury eingefunden. Sie alle warteten nur auf seine weiteren Anweisungen. Ein Blick auf die Uhr sagte ihm, dass es nun Zeit wurde Debrien erneut aufzusuchen, denn ein einziges Puzzleteil fehlte noch – Zenodot von Ephesos. Dieser Mann wusste um die geheimen Zugänge in den unterirdischen Kerker, in dem ihr eigentliches Ziel festsaß. Er hob sich schwerfällig aus dem wuchtigen Lehnstuhl, als sich der Raum überraschend verfinsterte. Leise seufzte er auf, zeigte aber keinerlei erschrockene oder gar angstvolle Reaktionen. Dieses Phänomen hatte er schon zu oft, auch zu den ungewöhnlichsten Zeiten und an den seltsamsten Orten, erlebt! Das Zeichen verhieß lediglich – sein Prinzipal, *der Bote*, war im Anmarsch. Schon entstieg das Wesen der aufkommenden Dunkelheit und verharrte regungslos im Raum.

»Fortschritte?«, schnarrte die dunkle Stimme ohne weitere Begrüßung.

»Wir haben einen engen Vertrauten von Zenodot festgesetzt – er heißt Daniel Debrien. Ich wollte ihn gerade aufsuchen, um … «, erwiderte Winkelmann mit ruhiger Stimme, konnte aber den Satz nicht vollenden.

»Ich komme mit, dann werden wir die Antwort, die wir suchen, schnell erhalten«, fiel das Wesen ihm barsch ins Wort.

»Wie du wünscht«, meinte der Leiter der S.M.A. lapidar, denn die Erfahrung hatte ihn gelehrt, das sein Gegenüber nur wenig Widerspruch duldete. »Lass mich noch meine Jacke holen, dann können wir los.« Noch während er die Worte sprach, bemerkte Winkelmann eine langsame Veränderung in seinem Inneren. Er spürte eine aufkeimende Müdigkeit und den unwiderstehlichen Drang, sein Bett aufzusuchen.

Der Bote schien ebenfalls etwas wahrzunehmen, denn nervös reckte er schnuppernd seinen Kopf nach allen Seiten. Schließlich zischte er angespannt: »Eine Niedertracht ist hier im Gange! Ich rieche äußerst mächtige und uralte Magie. Wo befindet sich der Gefangene? Eile ist geboten!«

Ehe der Beamte von Interpol etwas erwidern konnte, schnellte das Wesen nach vorne und legte ihm seine eiskalte Hand auf das Gesicht. Wie eine Klammer umschloss etwas sein Gehirn und Winkelmann spürte fast körperlich, wie etwas in seinem Kopf suchend umhertastete. Projektionen der letzten Stunden zogen vor seinem inneren Auge vorbei und die Bilder erstarrten plötzlich, als der Römer, das Fachwerkhaus und der Keller mit den Gefangenen Debrien, auftauchten.

»Ah, das ist es«, schnarrte *der Bote* zufrieden und ließ den Mann wieder los.

Winkelmann hingegen fühlte sich wie betäubt, wankte durch die Hotelsuite in Richtung Bett, ließ sich fallen und schlief auf der Stelle ein.

Einen kleinen Moment betrachtete das Wesen emotionslos seinen schlafenden Helfer und vollzog dann eine schnelle Handbewegung. Sofort bildete sich eine schwarze Finsternis im Zimmer und *der Bote* trat zurück in die Dunkelheit, aus der er gekommen war. *Es wurde Zeit diesen Menschen namens Debrien aufzusuchen, um endlich des verfluchten Bibliothekars habhaft zu werden …*

Reichsstadt Frankfurt – 1550 a.D.

Die Wachen des Eschenheimer Turmes saßen draußen vor dem Eingang und nahmen ihr Mittagsmahl zu sich. Maria Leinweber, Tochter des obersten Turmwärters Berthold Leinweber, hatte ihnen gerade eine große Schüssel Linseneintopf gebracht, aus der sich jetzt alle großzügig bedienten. Der auf den klobigen Holztisch liegende Brotlaib wurde in vier gerechte Stücke geteilt und so ließen es sich die Wachen schmecken.

»Und wenn ich es euch doch sage ...«, begann Heinrich, einer der Wachen, verschwörerisch, »... ich habe es mit eigenen Ohren gehört. Er schwor beim Teufel, dass er für jede schlaflose Nacht eine Kugel durch die Wetterfahne des Turmes schießen würde!«

»Rede keinen Unsinn, Heinrich! Der Turm ist achtundachtzig Ellen hoch. Selbst mit einer guten Büchse ...«, und zum Unterstreichen seiner Aussage hob der Sprecher den Zeigefinger, »... und davon gibt wenige, könnte ein vortrefflicher Schütze ein unbewegliches Ziel vielleicht aus einer Entfernung von fünfundzwanzig, vielleicht sogar dreißig Ellen, genau treffen. Aber eine Wetterfahne, die sich im Wind dreht, aus dieser Entfernung, mit einer schlechten Waffe – und das gleich fünf Mal? Nie und nimmer! Da würde ich glatt meinen Sold für die nächsten zehn Jahre verwetten.«

Heinrich verzog missmutig sein Gesicht. »Ich habe auch nicht behauptet, dass er es kann – sondern nur, dass er es mir gegenüber erwähnt hat.«

»Was hat wer gegenüber wem erwähnt?«, fragte eine Stimme in Heinrichs Rücken und ließ diesen erschrocken zusammenzucken.

Die zwei Wachen, die gegenüber Heinrich saßen, grinsten unverhohlen, denn sie hatten ihren Vorgesetzten, Bertold Leinweber, kommen sehen, aber den Kameraden nicht gewarnt. Heinrich warf den beiden finstere Blicke zu, während der oberste Turmwächter an der Stirnseite des Tisches Platz nahm.

»Nun?«, fragte dieser und schöpfte mit einer Kelle eine Portion Linseneintopf in den letzten verbliebenen Teller.

Stockend berichtete Heinrich von dem eben Erzählten.

»Aha, und was hat dich veranlasst den Gefangenen aufzusuchen? Den Eimer Wasser hat er doch bereits in den Morgenstunden erhalten«, fragte sein Dienstherr, jetzt misstrauisch geworden.

Der Wache Heinrich wurde heiß und kalt, denn alle Augen am Tisch ruhten nun auf ihm. »Er ... er brüllte wie am Spieß und rüttelte an der Türe. Schrie, dass er wegen der verdammten Wetterfahne kein Auge zu machen könne. Also eilte ich nach oben und mahnte ihn mit strengen Worten zur Mäßigung.«

Zwei Wachen fingen an zu glucksen.

Heinrichs Kopf schnellte wie eine Schlange herum. Wütend funkelte er die beiden an.

Leinweber hingegen griff den Faden wieder auf. »So, so – und dann hat er sich, *nach deinen strengen Worten*, wieder beruhigt?«

Wortloses Nicken.

Lange ruhte Leinwebers Blick auf seinem Untergebenen. Heinrich war schon lange als Wache im Turm – länger als er selbst. Der Junge wirkte zwar etwas einfältig, aber er war verlässlich und trug keine Flausen im Kopf, wie so manch anderer in seinem Alter. Aber er hatte einen Schwachpunkt – und bei dem Gedanken an diesen seufzte Leinweber innerlich auf. Der Junge war vernarrt in seine Tochter und machte ihr, wenn auch sehr zurückhaltend, den Hof. Doch er kannte sein Mädchen gut genug, wenn sie nicht ab und zu einen Vorteil daraus ziehen würde. Maria war gewitzt und selbstbewusst und es wäre beileibe nicht das erst Mal, dass sie Heinrich für ihre Zwecke eingespannt hätte. Aber das war natürlich nur ein Verdacht, weshalb er beiläufig fragte: »Und meine Tochter hielt sich nicht zufällig in deiner Nähe auf?«

Augenblicklich fiel der Junge regelrecht in sich zusammen und stammelte mit hochrotem Kopf: »Herr, Maria wollte unbedingt den Gefangenen besuchen. Sie hatte wohl Speisen von den letzten Tagen übrig und bevor diese verdarben, bat sie mich um Erlaubnis ihm das Essen übergeben zu dürfen. Ich fragte sofort, ob sie Euer

Einverständnis eingeholt hätte, doch da eilte sie schon die Treppen hinauf.«

Am Tisch wurde es mucksmäuschenstill und die anwesenden Wachleute zogen, angesichts des zu erwarteten Donnerwetters, unwillkürlich die Köpfe ein.

Das war fraglos seine Tochter, dachte Leinweber belustigt, weil er sich Heinrichs Hilflosigkeit, angesichts der forsch auftretenden Maria, bildlich vorstellen konnte. Zwar hatte er sich also in seiner ersten Vermutung nicht getäuscht, doch gerade das verärgerte ihn auch etwas. Es wurde Zeit mit seiner Tochter ein ernstes Wort zu reden, denn einfach Gefangene zu besuchen, war nicht nur leichtsinnig, sondern auch gefährlich.

Er nahm Heinrich mit einem ernsten Blick ins Visier. »Ich halte dir zugute, dass du geständig warst. Doch du hast deine Pflichten als Wache verletzt! Du hast einen unbedarften Bürger, und dabei ist es egal, um wen es sich gehandelt hat, in unnötige Gefahr gebracht.«

»Aber, Herr …«, stotterte Heinrich verzweifelt.

»Ja, ja, ich weiß! Meine Tochter kann fürwahr sehr überzeugend sein und deswegen belasse ich es bei dieser Verwarnung. Maria wird mir ebenfalls noch Rede und Antwort stehen. Doch sei gewarnt – sollte es erneut vorkommen, dann sei dir gewiss, dass es eine harte Strafe nach sich ziehen wird. Und das gilt übrigens für euch ALLE!«

Leinweber hatte die Worte ruhig und ohne Emotionen gesprochen. Aus diesem Grund zeigte das eben Gesagte bei allen Anwesenden die entsprechende Wirkung: betreten starrten sie auf die Tischplatte.

»Habt ihr nichts zu tun?«, blaffte Leinweber.

Wie von der Tarantel gestochen fuhren alle vier von ihren Sitzen – froh sich den finstern Blicken ihres Befehlshabers nun entziehen zu können.

»Heinrich, du bleibst bitte hier – auf ein Wort unter vier Augen!«

Verunsichert ließ sich der Angesprochene zurück auf seinen Platz plumpsen und schaute beklommen zu Leinweber.

Als die anderen Wachen außer Sicht waren, lächelte der oberste Turmwächter und meinte, »Keine Angst, ich reiße dir schon nicht den Kopf von den Schultern.« Dann legte er dem Jungen fast väterlich seine Hand auf den Arm. »Ich weiß, Heinrich, dass du meiner Tochter mehr zugetan bist, als gut für dich ist. Deswegen gebe ich dir einen gutgemeinten Rat: Maria hat ihren eigenen Kopf und weiß ihn auch zu benutzen. Und ich möchte nicht, dass du letzten Endes etwas tust, was dich die Stellung kosten könnte. Also sei stark und wenn meine Tochter etwas wünscht, dann schicke sie umgehend zu mir und lass dich auf keinen Handel ein.«

Heinrich nickte nur stockend.

»Gut – und jetzt erzähle mir nochmals, was der Gefangene genau gesagt hat.«

Wenig später saß Leinweber allein am Tisch vor dem Eschenheimer Turm und sinnierte über das nach, was ihm sein Untergebener berichtet hatte. Wie es der Zufall wollte, lief in diesem Moment eine Gestalt an dem Tisch vorbei, blieb stehen und meinte mit freundlicher Stimme: »Meister Leinweber, was veranlasst Euch an so einem herrlichen Tag Trübsal zu blasen?«

Erschrocken zuckte der Turmwärter zusammen und hob seinen Blick. Vor ihm stand der *Jüngere Bürgermeister* Philipp Uffsteiner, wobei sich der Ausdruck *Jünger* natürlich nicht auf das Alter des Mannes bezog. Es handelte sich vielmehr um einen verliehenen Titel, denn Philipp Uffsteiner war der Stellvertreter des *Älteren Bürgermeister* Justinian von Holzhausen. »Kein Trübsal, werter Bürgermeister, vielmehr ein Nachdenken über meinen derzeitigen Gefangenen.«

»Ach ja, der Wilderer!«, erwiderte Uffsteiner und wandte sich, nun neugierig geworden, dem obersten Turmwächter zu.

Leinweber nickte indes.

»Und welchen Anlass hat er Euch dazu gegeben? Und hoffentlich sitzt er noch in seinem Kerker?« Eine leichte Besorgnis schlich sich in die Stimme des Bürgermeisters.

»Natürlich ist Winkelsee hinter Schloss und Riegel – sonst säße ich wohl nicht hier im Sonnenschein«, antwortete Leinweber auf die zweite Frage leicht gereizt. »Aber setzt Euch zu mir, dann erzähle ich Euch eine kurze Geschichte. Natürlich nur, wenn es Eure kostbare Zeit zulässt.«

Uffsteiner schien den leicht spöttischen Unterton in Leinwebers Stimme entweder zu ignorieren oder es war ihm schlicht und einfach entgangen. »Ich kann einen Moment entbehren und wenn ich Euch vielleicht helfen kann, dann umso besser!« meinte er stattdessen und setzte sich an den Tisch.

»Hat der Rat schon ein Urteil über Winkelsee gefällt?«, begann der Turmwächter.

Der Bürgermeister schüttelte verneinend den Kopf. »Wir haben momentan mehrere Angelegenheiten, die dem Rat schwer auf der Seele lasten, weswegen wir uns mit dem Wilderer noch nicht befasst haben. Warum fragt ihr?«

»Winkelsee befindet sich bereits seit fünf Tagen im Turm und in seinem Fall ist der Sachverhalt wohl eindeutig. Er hat ein Reh gewildert und ist auf frischer Tat ertappt worden! Ihr wisst so gut wie ich, dass dieses Vergehen nur einen Schuldspruch zulässt.«

Uffsteiner verengte die Augen zu Schlitzen. »Unterstellt Ihr dem Rat etwa Nachlässigkeit?«

Leinweber hob abwehrend die Hände. »Gott nein – natürlich nicht. Es wundert mich nur.«

Das Ratsmitglied entspannte sich wieder und wechselte kommentarlos das Thema. »Was wolltet Ihr mir denn eigentlich erzählen?«

Der Turmwächter berichtete jetzt von Winkelsees Schwur, die Wetterfahne des Eschenheimer Turmes mit seiner Büchse zu durchlöchern. Damit setzte Leinweber unwissend ein zukünftiges und durchaus folgenschweres Ereignis in Gang, denn je mehr er erzählte, desto nachdenklicher wirkte der Bürgermeister. Als er schließlich endete, stand Uffsteiner unversehens auf und meinte gedankenvoll: »Interessante Geschichte, eine wirklich interessante Geschichte! Ich hatte während Eurer Erzählung eine unerwartete Eingebung, weshalb Ihr mich bitte jetzt entschuldigen wollt – es ruft sozusagen die Pflicht!«

Und ehe Leinweber etwas erwidern konnte, eilte der Jüngere Bürgermeister Philipp Uffsteiner von dannen und ließ den Turmwächter ratlos zurück.

Noch während sich Turmwächter und Bürgermeister unterhielten, ereignete sich an anderer Stelle eine ebenfalls folgenreiche Begebenheit.

Nachdem Winkelsee die von Maria mitgebrachten Speisen verzehrt hatte, verfiel er wieder in seinen trübsinnigen Gemütszustand. Die einzige Abwechslung war das unregelmäßige Klappern der Wetterfahne über ihm und das trug natürlich nicht zur Verbesserung seines Wohlbefindens bei. Missmutig lag er auf den stinkenden Strohsäcken, blickte abwesend an die Decke und zählte die Spinnennetze zwischen den massiven Holzbalken.

»Nun, ich habe schon schlechtere Orte gesehen«, meinte eine krächzende Stimme direkt neben ihm.

Wie vom Blitz getroffen, schnellte Winkelsee nach oben und sprang auf die Beine. »Was zum ...«, rief er erschrocken, doch das Wort blieb ihm im Hals stecken. Vor ihm stand, auf seinen Holzstab gestützt, der fremdartige Kuttenträger, der sich selbst *der Bote* nannte. »... Ihr??« entfuhr es seinem Mund.

»Warum so überrascht? Hatte ich Euch nicht gesagt, dass ich auf einen Besuch vorbeikommen würde?«

»Ja, ja, das habt Ihr. Aber ... aber, wie seid Ihr hereingekommen? Die Tür ist verschlossen!«, stotterte Winkelsee immer noch fassungslos.

»Das ist nicht von Belang. Es gibt Wichtigeres zu besprechen, denn mit einer unbedachten Äußerung habt Ihr unfreiwillig etwas in Gang gesetzt, dass Euch möglicherweise aus dieser misslichen Situation befreien könnte.«

Der Wilddieb starrte sein Gegenüber mehrere Augenblicke fragend an, bevor er seine Sprache wiederfand. »Ich habe wirklich keine Ahnung, wovon Ihr sprecht!«

Der Bote verlagerte sein Gewicht, nahm den Stab in die andere Hand und stützte sich erneut auf das Holz. »So habt Ihr nicht getönt, die Wetterfahne des Turms herunterzuschießen?«

Winkelsee prallte instinktiv einen Schritt zurück, als er seine eigenen Worte aus dem Munde des Mannes vernahm. »Wie ...«, krächzte er heißer, »... wie könnt Ihr das wissen? Es war niemand hier – außer ...«

»... außer der Tochter des Turmwärters *und* ...«, fiel ihm die Gestalt ins Wort.

»... Heinrich, der Wachmann«, vollendete Winkelsee verblüfft den Satz.

Es folgte ein zustimmendes Nicken. »Richtig. Dieser erzählt seinen Kameraden und seinem Herrn, dem Turmwächter von Eurer

Behauptung. Meister Leinweber berichtet die Ankündigung in einer Zufallsbegegnung dem Bürgermeister und schon hat Eure achtlose Bemerkung die Runde gemacht.«

»Das erklärt nicht, wie Ihr zu dieser Botschaft gekommen seid!« Es folgte ein gelangweiltes Schulterzucken. »Ich bin viel in der Stadt unterwegs – so hört und sieht man das eine oder andere.«

Winkelsee merkte, dass *der Bote* nicht gewillt war, ihm dazu weitere Auskünfte zu erteilen. »Und wie sollte meine Äußerung mich vor dem Galgen bewahren?«

Es folgte ein leises Kichern. »Gerüchte und Behauptungen sind wie Samenkörner. Zuerst sind sie klein und unscheinbar, doch je mehr man sie gießt, desto größer wachsen sie und irgendwann ist die Pflanze nicht mehr zu übersehen. Euer achtloses Dahingesagte hat längst Nahrung erhalten und wuchert bereits.«

»Das beantwortet nicht meine Frage!«

Wieder dieses unheilvolle Kichern. »Nun, vielleicht kommt Ihr in absehbarer Zeit in den erfreulichen Genuss Eure Behauptung unter Beweis zu stellen.«

Winkelsee glaubt sich verhört zu haben. »Wie bitte? Ihr wisst so gut wie ich, dass dieses Vorhaben unmöglich ist. Kein Schütze der Welt und sei er noch so gut, trifft, selbst mit der besten Büchse, solch ein Ziel auf diese Entfernung.«

»Da gebe ich Euch sicherlich recht, doch es gibt einen entscheidenden Unterschied! Ihr habt mich an Eurer Seite!«

»Aha!«, lachte Winkelsee sarkastisch. »Was wollt Ihr denn tun? Die Bleikugel höchstpersönlich nach oben tragen?«

Schlagartig verdunkelte sich die Umgebung und eine Eiseskälte durchflutete den Kerker. *Der Bote* stand nun kerzengerade da und zeigte mit seinem Stab direkt auf Winkelsee. Wie ein Donner grollte seine dunkle Stimme durch den Raum. »Halte mich nicht zum Narren, Mensch!«

Der Wilderer bekam es mit der Angst zu tun und ein Gedanke verdrängte alle anderen: *War dies etwa der leibhaftige Teufel?* »Wer … wer seid Ihr? Was führt Ihr im Schilde?«

Die seltsamen Erscheinungen verschwanden so schnell, wie sie gekommen waren. Der Raum wurde wieder hell und die Kälte verschwand.

»Jemand, der Euch helfen will! Wäre es nicht schön, wenn Ihr die verantwortlichen Personen zur Rechenschaft ziehen könntet?«

»An meiner Misere bin ich selbst schuld – schließlich hätte ich zu dem Angebot auch nein sagen können«, murmelte Winkelsee stockend und immer noch am ganzen Körper frierend.

Der Bote machte eine unwirsche Handbewegung. »Nun, geht nicht so hart mit Euch ins Gericht. Es liegt in der Natur des Menschen habgierig zu sein. Hätte man Euch nicht mit finsteren Absichten in diese Verlegenheit gebracht, so wäre es nie so weit gekommen. Also sagt mir nun – wer trägt die eigentliche Schuld?«

»So habe ich das noch nicht betrachtet«, meinte der Wilderer überrascht und zischte sogleich mit grimmiger Miene: »Tannenspiel – der Vater, wie der Sohn!«

Zustimmendes Nicken.

»Und wie könntet Ihr mir helfen?«, fragte er nun vorsichtig.

»Geben wir Eurer Behauptung noch ein wenig Zeit, sich zu entfalten. Wenn es so weit ist, sehen wir uns wieder. Meine Hilfe wird nicht umsonst sein, aber das hat ein schlauer Kopf wie Ihr es seid, bestimmt schon vermutet.«

»Was könnte ich Euch schon geben?«, erwiderte Winkelsee niedergeschlagen.

»Die Zukunft, Hans Winkelsee, die Zukunft!«, lachte *der Bote* lauthals.

Dann wurde es schlagartig dunkel und als sich die Finsternis nach einigen Augenblicken wieder auflöste, war der merkwürdige Kuttenträger verschwunden.

Winkelsee ließ sich seufzend auf das Stroh fallen. *War es wirklich klug sich mit diesem seltsamen Mann einzulassen? Und was bedeutete – die Zukunft herzugeben? Andererseits, was hatte er schon zu verlieren?* Und diese Frage konnte er sich natürlich selbst beantworten: *Wenn er keinen Handel schloss, dann war sein Leben endgültig verwirkt!*

Und so traf Hans Winkelsee, einsam und verlassen im Kerker sitzend, eine bedeutungsvolle Entscheidung: *Was auch immer der Bote verlangen würde, es konnte sicherlich nicht schlimmer sein als der Tod!*

Julian Schwarzhoff

Die schwarzgewandete Gestalt war direkt gegenüber von ihnen aus der Dunkelheit aufgetaucht. Für einen winzigen Augenblick wirkte das seltsame Individuum sichtlich verwundert und erstarrte mitten in seiner Bewegung. Schwarzhoff vermutete deswegen, dass dieses Ding keine, und sicherlich schon gar nicht *ihre* Anwesenheit, erwartet hatte. Doch der Moment der Überraschung währte nur kurz – schon streckte das Wesen seine knochigen Finger nach ihnen aus und brüllte: »DU!?«

Irritiert blickten sich alle fragend an, wer mit dieser Ansprache wohl gemeint sein konnte. Selket nickte jedoch bejahend und meinte mit abfälliger Stimme: »Sieh an, sieh an, wenn das nicht mein alter Freund, *der Bote* ist!«

»Was tust DU an diesem Ort?«, schnarrte die Gestalt ungehalten.

Die ägyptische Göttin ließ ein spöttisches Lachen hören. »Nun – ICH habe lediglich den hier Anwesenden dabei geholfen ihren Freund, der übrigens auf offener Straße entführt worden ist, wiederzufinden. Es war eine sehr lange Suche, von der wir nicht wussten, wo sie uns hinführt.« Selkets Stimme hatte nun eine unbarmherzige Kälte angenommen, die Schwarzhoff regelrecht frösteln ließ. Schneidend fuhr die Gottheit fort: »Und jetzt kannst du dir sicherlich *MEIN* großes Erstaunen vorstellen, ausgerechnet *DICH* hier anzutreffen. Und nachdem es offensichtlich ist, dass du Kenntnis vom Aufenthaltsort des Entführten hast, bist du also auch unmittelbar daran beteiligt! Erkläre mir das!«

Der sogenannte Bote gab einen undefinierbaren verächtlichen Laut von sich und sein Körper spannte sich unmerklich an. Offenkundig führte das Wesen etwas im Schilde – was für den guten Tarek jetzt eindeutig zu viel war. Bevor irgendjemand der

Anwesenden etwas unternehmen konnte, handelten, wie auf ein geheimes Kommando, alle drei Kobolde gleichzeitig. Alles was nun passierte, geschah innerhalb einer Zeitspanne von weniger als zwei Wimpernschlägen. Alle drei waren mehr als vier Meter von dem Wesen entfernt. Ronar und Wilbur stürmten los, während Tarek einen winzigen Moment später startete. Kurz bevor sie den Boten erreichten, stoppten sie, drehten sich einander zu und reichten sich die Hände zu einer Art kleiner Brücke. Tarek, der sich direkt hinter ihnen befand, setzte zu einem Sprung an und landete zielgenau auf den Armen seiner beiden Freunde. Ronar und Wilbur drückten ihn ab und verliehen ihm so einen zusätzlichen Schwung. Der Kleine schoss nun wie Pfeil durch die Luft, während plötzlich etwas Silbernes aufblitzte. *Der Bote* wurde völlig überrascht, denn ehe er zu einer Reaktion fähig war, erreichte Tarek seine Brust und krallte sich am Stoff der Kutte fest. Jetzt erkannte Schwarzhoff einen kleinen silbernen Dolch in Tareks rechter Hand.

Sich mit der Linken festhaltend, brüllte Tarek: »DU ...«, und rammte dabei das Stilett in die Brust des Boten. »... WIRST ...« Nächster Stich. »... MEINEN FREUND DANIEL ...« Erneutes Zustoßen. »... NICHT BEKOMMEN!«

Alle drei Hiebe erfolgten in so schneller Reihenfolge, dass dem Wesen keine Zeit blieb, seine Arme schützend hochzureißen. Als dann endlich ein Reflex erfolgte, hatte sich Tarek bereits vom Oberkörper abgestoßen und landete geschickt auf seinen kleinen Beinchen. Schnell brachte er sich in Sicherheit, während das Geschöpf ein verblüfftes Gurgeln von sich gab und leicht zu schwanken begann. Hinter dem Boten bildete sich augenblicklich schwarzer Rauch, der sich sogleich schützend um dessen verletzten Körper legte. Wabernd wurde der Dunst dichter und dichter, bis schließlich eine undurchdringliche schwarze Wand entstand. Nun reagierte auch Selket und eine Art kleiner Sturm verließ ihre ausgestreckten Arme. Der herauf beschworene Wind erreichte die Mauer aus Rauch und fuhr mitten in sie hinein. Heftige Wirbel entstanden und trieben die dunklen Schwaden auseinander. Sekundenspäter hatte sich der schwarze Qualm komplett aufgelöst und *der Bote* war verschwunden.

»TAREK!«, fauchte Zenodot, doch Selket unterband mit einer schnellen Handbewegung die herannahende Gardinenpredigt.

Sie stemmte die Arme in beide Hüften und fixierte alle drei Kobolde mit staunenden Augen. Instinktiv duckten sich die Kleinen in Erwartung eines aufziehenden Donnerwetters oder vielleicht sogar Schlimmerem. Dann drehte sich die Göttin zu Zenodot und Schwarzhoff und begann zu grinsen. »Unbesonnen – aber ohne Frage sehr effektiv!«

Allerdings trug diese unverhoffte Aussage nicht zur Entspannung von Tarek, Ronar und Wilbur bei, denn das Gesicht von Zenodot verhieß weiterhin nichts Gutes. Finster blickte er auf sie herab.

Schwarzhoff blickte die Ägypterin zweifelnd an. »Ist das Wesen …«

»… tot?«, fiel ihm Selket ins Wort und schüttelte zeitgleich missmutig den Kopf. »Dazu, lieber Kommissar, benötigt es erheblich mehr als eine kleine silberne Nadel! Tarek hat dem Boten nur ein paar kleine Kratzer zugefügt und die werden schneller heilen, als uns lieb ist.« Dann hob sie den Finger und lachte ironisch auf. »*ABER* … von einem Kobold überrumpelt worden zu sein … *DAS* … wird sicherlich schwer an seinem Ego nagen. Sehen wir also zu, dass wir wegkommen, denn wenn er nochmal vorbeischaut, wird seine Laune offenkundig nicht zum Besten stehen.«

»Wer ist dieser *Bote* eigentlich?«, fragte Schwarzhoff immer noch aufgekratzt, von dem gerade Erlebten.

»Später Kommissar, später! Wir sollten jetzt wirklich gehen«, mahnte Dr. Malik. Sie schnippte mit den Fingern und wie von Zauberhand hob sich der schlafende Körper von Daniel Debrien in die Luft. »So können wir ihn leichter abtransportieren«, meinte sie lächelnd.

Schwarzhoffs Augen durchwanderten den Raum und sein Blick fiel auf die zwei am Boden liegenden Mitarbeiter der S.M.A. »Wir sollten die beiden mitnehmen! Sie könnten im Hinblick auf das, was diese Organisation plant, noch sehr nützlich werden. Schließlich haben sie es doch eigentlich auf Dich, Zenodot, abgesehen.«

Der Bibliothekar nickte bestätigend. »Eine ausgezeichnete Idee.«

Selket schnippte nochmals mit den Fingern und beide Körper

begannen ebenfalls zu schweben. »Jetzt aber los – wir haben keine Zeit zu verlieren.«

Ohne größere Mühen, denn es reichte in der Tat nur ein Finger, bewegten sie die drei Körper aus dem Raum und gelangten schließlich über die Treppe wieder ins Freie. Sie verließen das Rapunzelgässchen, überquerten den großen Platz vor dem Frankfurter Römer und suchten sich einen fahrbaren Untersatz. Nach wenigen Minuten fanden sie schließlich ein Großraumtaxi, in dessen Inneren der Fahrer selig schlummerte. Behutsam zogen sie ihn aus dem Wagen, legten den Mann vorsichtig auf eine in der Nähe stehende Parkbank und verfrachteten im Anschluss die drei Schläfer in den Kofferraum. Kopfschüttelnd betrachtete der Kommissar ihre übereinandergestapelten Körper, die, ohne sich zu berühren, frei im hinteren Raum des Autos sanft hin und her wiegten. *Was hatte sich doch alles verändert, seit ihm das Wissen über diese andere Welt zuteilgeworden war.* Zenodot und Selket nahmen auf der Rückbank Platz, während die drei Kobolde darum stritten, wer den Vordersitz in Beschlag nehmen durfte. Ein kurzes Machtwort des Bibliothekars sorgte für Ruhe und ein grinsender Wilbur stürzte sich nach vorne, unterdessen verzogen sich die beiden anderen murrend nach hinten. Schwarzhoff startete den Motor und steuerte das Taxi gemächlich durch die Innenstand von Frankfurt.

Während der Fahrt kniete Tarek auf dem Rücksitz, seinen Blick zur Heckscheibe des Fahrzeugs gerichtet. Er überwachte mit Argusaugen die schwebenden Körper, wobei sich natürlich sein Augenmerk auf Daniel richtete. Mit einem argwöhnischen Blick in Richtung Selket fragte er besorgt: »Wird er wieder ganz gesund?«
»Er ist doch nicht krank, Tarek. Er schläft nur«, versicherte ihm Selket in fast mütterlichem Ton.
Tarek schluckte schwermütig und sah schüchtern zu Zenodot, der noch kein Wort gesagt hatte. »Bist du noch böse, Bibliothekar? Ich weiß, dass ich unbesonnen gehandelt habe, aber ich konnte doch nicht zulassen, dass dieses Scheusal Daniel etwas antut.«
Die Gesichtszüge des Alten entspannten sich und wurden milder. Leise meinte er: »Das weiß ich Tarek. Aber durch eure Leichther-

zigkeit bringt ihr uns ein ums andere Mal in Gefahr. Heute ist es glimpflich ausgegangen, doch das muss nicht immer so sein. Ich will Daniel genauso wieder zurück wie du, nur mache ich mir über die Konsequenzen meines Tuns mehr Gedanken. Doch ich gebe gerne zu – dein schnelles Handeln heute hat uns alle wahrscheinlich vor größerem Schaden bewahrt. Und dafür danke ich dir!«

Selket warf dem Bibliothekar, ohne dass Tarek es mitbekam, einen bestätigenden Blick zu und nickte anerkennend.

»Danke«, murmelte der Kobold, hob seinen Kopf und seine niedergeschlagene Mimik verwandelte sich zu einem verschmitzten Grinsen. »Ich werde versuchen, mich zu bessern ... aber ich kann natürlich nichts versprechen.«

Zenodot zog die Augenbrauen zusammen und seufzte theatralisch. »Du bist gerade dabei alle Sympathien wieder zu verspielen.«

Selket kicherte leise im Hintergrund.

Schwarzhoff fuhr gedankenversunken durch die leeren Straßen und betrachtete die einsam und verlassen vorbeifliegenden Häuserzeilen. *Gott, lass niemals eine ansteckende Krankheit oder Ähnliches über uns kommen*, dachte er insgeheim. Nicht auszudenken, wenn so ein Zustand nicht nur vierundzwanzig Stunden andauern, sondern sich über Wochen oder gar Monate hinziehen würde. Was wäre, wenn alles Leben zum Erliegen kommen würde? Keine Restaurantbesuche, kein Fitnessstudio, kein Einkaufen, keine ärztliche Versorgung, keine Lebensmittel, vielleicht sogar kein Strom und Wasser? Es wäre einfach unvorstellbar. Mit aller Kraft versuchte er diese düsteren Gedanken aus seinem Kopf zu verbannen und konzentrierte sich wieder auf die Straßen. Endlich erreichten sie den Bethmannpark und er war dankbar, dass sie ihr Ziel aufgrund des fehlenden Verkehrs innerhalb kürzester Zeit erreicht hatten.

Und so zog Augenblicke später eine äußerst seltsame Karawane durch die Frankfurter Parkanlage in Richtung Chinesischer Garten. Vorneweg die Kobolde Wilbur und Ronar. Ihnen folgten drei in der Luft schwebende Männer, begleitet von einem Kommissar, einem Bibliothekar, der wie Gandalf aus dem Film *Herr der Ringe* aussah und einer altägyptischen Göttin. Diese schoben die waagrecht liegenden Körper mit nur einem Finger vorwärts, während die Nachhut ein weiterer Kobold bildete. Für diesen Anblick oder besser gesagt ein Foto davon, würde sich wahrscheinlich die Mehrheit aller Paparazzi die rechte Hand abhacken, dachte Schwarzhoff insgeheim. Schließlich erreichten sie den Eingang der Tiefenschmiede und einer nach dem anderen verschwand in der kleinen Grotte, die den Zugang zur unterirdischen Bibliothek verbarg.

Als Schwarzhoff die Höhle betreten wollte, fiel ihm etwas ein.

»Zenodot!«

»Ja?«

»Geh bitte schon vor. Ich bleibe noch einen Moment hier, denn Alli wird wissen wollen, ob unsere Bemühungen von Erfolg gekrönt wurden. Ich rufe sie nur kurz an, um sie über die neuesten Entwicklungen zu informieren und natürlich, dass Daniel in Sicherheit ist.«

Der Bibliothekar nickte beipflichtend. »Stimmt, das haben wir in der Aufregung ganz vergessen. Richte ihr herzliche Grüße aus.«

»Selbstverständlich.«

Als der Alte im Eingang der Tiefenschmiede verschwand, legte sich plötzlich eine gespenstische Stille über den Garten. Der Kommissar zog sein Handy aus der Tasche, rief seine Kontakte auf und wählte Allis Nummer. Nach dem dritten Klingeln nahm sie ab.

»Hi Alli – Julian hier.«

Es folgte ein Knistern in der Leitung, dann sprach eine tiefe Männerstimme. »Kommissar Schwarzhoff. Julian Schwarzhoff?«

Schwarzhoff erstarrte und benötigte einen Moment, um sich zu sammeln, dann zischte er: »Wer spricht da? Und wo ist die Inhaberin dieses Telefons?«

»Bleiben Sie ruhig und hören Sie jetzt genau zu. Miss Allington geht es gut und das wird auch so bleiben, wenn Sie unseren Anweisungen folgen.«

»Und die wären?«, knurrte der Kommissar.

»Morgen, pünktlich um Mitternacht, erscheint dieser Zenodot, begleitet von Herrn Debrien, am Steinmonument in Stonehenge. Nur diese beiden – und sonst niemand! Sollten wir etwas anderes hören, sehen oder entdecken – nun ja – Sie haben genug Fantasie, um sich auszumalen, dass dieser Umstand Miss Allingtons Gesundheit nicht zuträglich wäre. Also – morgen!« Dann machte es *Klick* und die Leitung war tot.

Schwarzhoff schaute wie in Trance auf das schwarze Display seines Telefons. »Scheiße, verdammte Scheiße!«, murmelte er fassungslos.

Pia Allington

Als Alli durch Julian erfahren hatte, dass Daniel entführt worden war, blieb die Welt um sie herum für einen Augenblick stehen. Wie vom Donner gerührt hatte sie die Mitteilung aufgenommen und selbst als das Telefonat mit Julian Schwarzhoff lange vorbei war, hallte die schlimme Nachricht wie ein dröhnendes Echo nach. Natürlich wusste sie, dass der Kommissar, Zenodot und die Kobolde alles daransetzen würden, Daniel zu finden. Aber die Erkenntnis, dass sie momentan nicht helfen konnte, verursachte auch das schreckliche Gefühl, Daniel einfach im Stich zu lassen. Sie versuchte diese lähmenden Gedanken zu verdrängen, denn schließlich hatte sie ebenfalls ihre Probleme mit dieser ominösen Organisation S.M.A. Die zwei Männer, die sie am Steinmonument entdeckt hatte, waren sicherlich nicht ohne Grund dort gewesen. Alli vermutete, dass es sich vielleicht um eine Vorhut handelte, die die Lage vor Ort ausgekundschaftet hatte. Verfolgte man diesen Gedanken jedoch weiter, dann bedeutete dies, dass wahrscheinlich auch sie über kurz oder lang im Mittelpunkt von kommenden Ereignissen stehen würde. Diese Vorstellung verursachte ihr ziemliche Bauchschmerzen, denn momentan war Alli der einzige Weltengänger im südlichen England. Es wurde also Zeit, sich mit den anderen in Verbindung zu setzen. Sollte es tatsächlich zum Äußersten kommen, dann musste der Orden bereit sein, Stonehenge mit allen Mitteln zu verteidigen.

Beruhigt und zufrieden blickte Alli auf die vor ihr liegende Liste. Anhand dieser Übersicht kontaktierte sie im Laufe des Nachmittags verschiedenste Weltengänger und alle sagten unverzüglich ihre Hilfe zu. Fünfzehn Anrufe hatte Alli getätigt – fünfzehn Weltengänger würden kommen und sicherlich noch weitere ihres Geschlechts mitbringen. Der erste Schritt zur Verteidigung des Dämonenkerkers war also getan, doch sie musste mehr über die bereits anwesenden S.M.A. Agenten erfahren. *Was hatten sie vor – welche Pläne verfolgten sie?* Das hatte jetzt oberste Priorität, denn je mehr Informationen Alli sammelte, desto genauer konnten die Weltengänger ihre spätere Abwehrstrategie abstimmen. Und eines war klar: die Agenten würden sicherlich nicht am Steinmonument in einem Zeltlager campen. Sie mussten schlafen und essen und das bedeutete, sie hatten sich hier in Amesbury einquartiert. Diese Hypothese war nur logisch, denn schließlich war es der Ort, der am nächsten zu Stonehenge lag und die meiste Auswahl an Unterkünften bot. Infolgedessen würde sie heute Abend also einen ausgedehnten Kneipenbummel machen. *Doch natürlich nicht um Alkohol zu trinken,* dachte sie sarkastisch und verzog bissig die Mundwinkel. Sie öffnete auf ihrem Computer die Fotodatei und scrollte schnell zu den letzten drei gespeicherten Aufnahmen. Zwei dieser Bilder zeigten die beiden Männer, die sich am Steinkreis als Scotland Yard Beamte ausgegeben hatten. Beim letzten Foto handelte es sich um eine Vergrößerung des Scotland Yard Ausweises, worauf man außerdem das rechte Handgelenk eines der Männer sah. Das wäre nicht weiter ungewöhnlich gewesen, doch an der Innenseite der Handwurzel prangte eine seltsame Tätowierung in Form einer Wellenlinie. Alli druckte alle drei Bilder in Farbe aus und begutachtete nochmals beide Gesichter der Agenten, um sie sich einzuprägen. Zum Schluss vergrößerte sie alle Aufnahmen am PC, um nach sichtbaren Auffälligkeiten zu suchen. Besondere Uhr am Handgelenk? Markanter Leberfleck? Charakteristische Narbe? Außergewöhnliche Schuhe? Ring am Finger? Im Grunde also alles, was es später leichter machte, die beiden Männer, losgelöst von ihren Gesichtszügen, möglichst eindeutig zu identifizieren.

Da es Ende Oktober war, kroch die Dämmerung schon früh über die Dächer von Amesbury. Gegen neunzehn Uhr zog sich Alli eine warme Jacke über und verließ ihre Wohnung. Sie hatte sich schon am Nachmittag Gedanken darüber gemacht, in welchen Lokalitäten sie am Abend nach den Männern suchen wollte. Selbstverständlich stand das *The Bell* an erster Stelle, denn diese Kneipe war quasi der Platzhirsch. Ebenfalls standen das *The New Inn* und das *King Arms* auf ihrer Liste. Und zum Schluss, denn mehr würde sie im Laufe des Abends ohnehin nicht schaffen, noch *The George Hotel*. Dieser Pub blickte auf eine lange Tradition, die nachweislich bis ins 13. Jahrhundert zurückreichte. An dem Pub war, wie der Name schon vermuten ließ, eine Zimmervermietung angeschlossen. Dieser Umstand barg für Auswärtige oder Fremde einen unschätzbaren Vorteil! Man konnte sich gleich im Erdgeschoss ein Guinness genehmigen, doch sollten es drei, vier oder mehr werden, musste man nur die Treppen zum ersten Stock absolvieren. *Und selbst das war wahrscheinlich für manche schon zu viel!* dachte die Weltengängerin innerlich belustigt. Aber genau an diesem Ort, vom *The Bell* einmal abgesehen, waren die Chancen wohl am größten – so zumindest ihre Hoffnung. Sie sperrte die Wohnungstüre zu und lief die Abbey Lane in Richtung The Bell, das nur etwa zehn Minuten von ihrer Haustüre entfernt lag. Alle für diesen Abend auserkorenen Ziele waren fußläufig innerhalb einer Viertelstunde erreichbar. Sie blickte in den aufziehenden Nachthimmel und keine Wolke trübte die Sicht auf die bereits schwach funkelnden Sterne. Auf den Straßen hingegen war ungewöhnlich viel los, was dem herannahenden Monatsende geschuldet war. Viele Besucher überschwemmten Ende Oktober Amesbury, denn die Nacht vom 31. Oktober auf den 1. November stand vor der Tür. In dieser besonderen Nacht, im keltischen Kulturkreis *Samhain* genannt oder in vielen Teilen der Welt auch *Halloween*, hatten die Menschen – so zumindest der Glaube – Zugang zur *Anderen Welt*. Da sich um Stonehenge viele Legenden und Sagen rankten, fühlten sich die Menschen, speziell an Samhain, der *Anderen* Welt näher verbunden, als an irgendeinem anderen Ort. Aus diesem Grunde war der Steinkreis seit Jahrtausenden eine der wichtigsten Pilgerstätten im alten und neuen England. Exakt an diesem Ort liefen magische Erdlinien zusammen, die den Platz zu etwas ganz Besonderem machten. Dieser Umstand war den echten Druiden und Heilkundigen schon lange vor Christi Geburt bekannt.

Die Magie war stärker und intensiver und das wirkte sich natürlich auf Schutzzauber, Segenssprüche oder Rituale aus. Gegenwärtig hatten, da die Kirchen von ihrem mittelalterlichen Denken nicht abrückten, die alten Naturreligionen wieder Hochkonjunktur. Und so umschwärmten Esoteriker, Möchtegerndruiden, Rutengänger, selbsternannte Hexen oder Schamanen den Steinkreis wie Motten das Licht. Tatsächlich ahnten sie nicht, dass die Andere Welt direkt Tür an Tür mit ihrem eigenen Universum existierte. Doch eben in dieser einen Nacht waren die elementaren Mächte so groß, dass selbst die Menschen mit ihren verkümmerten Sinnen diese Kräfte, wenn auch sehr abgeschwächt, wahrnehmen konnten. Eine Erklärung für diese eigenartige Empfindung hatten sie natürlich nicht. So tummelten sich allerlei seltsame und eigenartige Gestalten in den Straßen von Amesbury. Alli hatte schon einige dieser Nächte in den vergangenen Jahren mitgemacht und war gespannt, auf welche kuriose Persönlichkeiten sie diesmal treffen würde. Schnell verwarf sie diese Gedanken, denn entgegen den Vorjahren war sie heute nicht unterwegs, um sich zu amüsieren, sondern um ein mögliches Unheil zu verhindern.

Sie erreichte das *The Bell* und hörte schon von weitem, dass der Pub gut gefüllt war. Sie stieß die Eingangstüre auf und lief Molly, eine der Bedienungen, direkt in die Arme.

»Hey Alli!«, begrüßte Molly sie herzlich.

Instinktiv schweifte der Blick der Weltengängerin einmal durch den Raum. »Hi Molly – ist ja ganz schön was los hier.«

Die Bedienung verzog genervt das Gesicht. »Ja – und ich habe das Gefühl es wird von Jahr zu Jahr schlimmer! Stell dir nur vor, es ist keine halbe Stunde her, da wollte einer von diesen selbsternannten Medizinmännern doch tatsächlich hier ein Lagerfeuer entzünden.«

Alli riss die Augen auf. »Wie – direkt im The Bell?«

Molly nickte. »Ja! Er hatte bereits zwei Stühle auseinandergeschraubt, bevor ich den Trottel erwischt habe.«

»Und die anderen Gäste?«

»Fanden es wohl reizvoll herauszufinden, ob er es tatsächlich tun würde. Sie haben sich so gestellt, dass ich nicht gleich mitbekommen habe, was da läuft. Roger hat sie vorhin alle rausgeschmissen«, wetterte die Bedienung.

Die Weltengängerin schüttelte nur dem Kopf. »Was für Vollposten.« Entgegen ihrer Stimmung musste Molly lachen. »Das kannst du laut sagen. Also – was soll ich dir bringen?«

»Danke Molly – erst mal nichts. Ich möchte mich nur kurz umsehen.«

»Suchst du jemanden?«, hakte die Bedienung sofort neugierig nach.

»Ehrlich gesagt ja. Zwei Typen, beide etwa Mitte Dreißig.«

»Okay, das trifft jetzt ungefähr auf die Hälfte der Gäste zu. Geht es auch etwas genauer?«

Alli zog die ausgedruckten Bilder aus der Jackentasche und zeigte sie Molly.

»Ja, die waren hier. Haben ein Ale an der Bar getrunken und sind vor zirka einer Viertelstunde wieder gegangen. Frag doch mal Roger, vielleicht weiß er mehr.« Dann sah Molly Alli tief in die Augen. »Warum suchst du sie denn?«

Mit dieser Frage hatte die Weltengängerin gerechnet und sich schon im Vorfeld eine glaubhafte und plausible Erklärung zurechtgelegt. Alli setzte ein möglichst wütendes Gesicht auf. »Diese Mistkerle waren heute am Steinkreis und hatten ihren Wagen neben meinem Golf abgestellt. Beim Ausparken haben sie meine Karre angefahren und sind dann einfach abgehauen. Du weißt ja, dass ich ziemlich oft in Stonehenge bin, deswegen habe ich die Leute vom Visitor Center gefragt, ob ihre Parkplatzkameras den Vorfall vielleicht aufgenommen haben. Haben sie – zwei Männer waren zu sehen, doch leider nicht das Kennzeichen ihres Autos. Und eines kann ich dir sagen – ich bin mit einer Stinkwut im Bauch nach Hause gefahren.«

»Die hätte ich auch gehabt. Wenn sie wenigstens den Arsch in der Hose gehabt hätten einen Zettel hinter die Windschutzscheibe zu klemmen, aber so! Wahrscheinlich zwei Londoner Yuppies, die meinen sich auf dem Land alles erlauben zu können«, zischte die Bedienung erbost.

Alli nickte zornig. »Als ich dann zu Hause meine Aufnahmen auf den Laptop überspielt habe, kannst du dir sicherlich meine Überraschung vorstellen, dass ich die zwei Typen rein zufällig fotografiert habe. Ich erkannte sie sofort an ihren Klamotten. Ich hoffte, dass sie vielleicht Touristen oder welche von diesen Spinnern sind und hier übernachten. Und das Molly – hast du gerade halbwegs bestätigt.«

»Und jetzt – willst du sie etwa zur Rede stellen?«, fragte die Kellnerin erstaunt.

»Natürlich nicht! Sobald ich sie gefunden habe, rufe ich die Polizei und erstatte Anzeige wegen Fahrerflucht. Ich freu mich jetzt schon auf ihre Gesichter!«

»Ok, dann geh jetzt zu Roger, der hat seine Ohren überall. Ich muss jetzt weitermachen!« Während sie Alli zum Abschied noch kurz umarmte, flüsterte sie: »Schnapp sie dir, Tiger!«

Grinsend nickte die Weltengängerin und bahnte sich einen Weg durch die Gäste in Richtung des Tresens, hinter dem der Barkeeper arbeitete.

Als sie an der Theke ankam, nickte Roger ihr bereits freundlich zu. »Hallo Alli, was darf es denn sein?«

»Hi Roger. Nichts trinken, aber ich bräuchte kurz deine Hilfe!«

Skeptisch zogen sich seine Augenbrauen zusammen und er gab Alli mit einer unauffälligen Geste zu verstehen, dass sie ans Ende des Tresens kommen sollte. Mit mehreren Entschuldigungen schlängelte sie sich durch die dichtgedrängten Gäste und erreichte schließlich den Barkeeper, der schon auf sie wartete.

»Was gibt es denn?«, fragte er leicht argwöhnisch.

Alli zog nochmals die kopierten Fotos aus der Tasche und gab sie Roger. »Molly meinte, diese zwei Typen waren heute hier bei dir an der Bar.«

Er warf einen kurzen Blick auf die Bilder und nickte sofort. »Stimmt, das ist keine halbe Stunde her.«

»Ich muss sie finden, hast du vielleicht irgendwas aufgeschnappt, wo sie hinwollten?«

»Was willst du von ihnen? Das sind Fremde, die habe ich heute das erst Mal hier gesehen.«

»Die haben mein Auto angefahren. Ich habe es Molly bereits ausführlich erklärt – sie kann dir ja später mehr dazu sagen. Also?«

Roger schien angestrengt zu nachzudenken und kratzte sich am Kinn. »Wenn ich mich recht erinnerte, erwähnte einer von beiden das *The George´s*. Ob sie da allerdings untergekommen sind oder nur den nächsten Drink nehmen wollten, weiß ich nicht.«

»Super! Du bist der Beste!«, meinte die Weltengängerin erfreut.

»Alli ...« Die Stimme von Roger klang jetzt ehrlich besorgt.

»Ja?«

»Ich arbeite schon ziemlich lang hinter den Theken von Pubs. Und meine Erfahrung sagt mir – das sind keine Typen, die viel Spaß verstehen. Also sei bitte auf der Hut und mach nichts Dummes!«, mahnte der Barkeeper eindringlich.

Unwillkürlich musste Alli schlucken. »Danke für den Hinweis und du kannst beruhigt sein – sobald ich sie gefunden habe, rufe ich die Polizei.«

Er nickte und hob den Daumen nach oben. Anschließend, wandte er sich sofort wieder seinen Gästen zu, von denen sich bereits mehrere lautstark beschwerten, dass es hier nichts mehr zu trinken gab.

Kurz vor zwanzig Uhr verließ Alli das *The Bell* und machte sich auf den Weg zum *The George Hotel*, das nur etwa zwei, drei Minuten zu Fuß entfernt lag. Während sie auf der *Salisbury Street* in Richtung *High Street* lief, ging ihr die eindringliche Mahnung von Roger nicht mehr aus dem Kopf. Aus der Vergangenheit wusste sie, dass Barkeeper wirklich gute Menschenkenner und Beobachter waren. Schließlich hatten sie jeden Tag die unterschiedlichsten Exemplare der Gattung Mensch vor der Nase und je später der Abend, desto leutseliger wurden ihre Gäste am Tresen. Wenn also Roger eine Warnung aussprach, dann sollte sie diesen Wink im Hinterkopf behalten und möglichst vorsichtig agieren. Nach weniger als zwei Minuten hatte sie die Kreuzung erreicht und bog nun rechts in die *High Street* ein. Dort erblickte sie auf der anderen Straßenseite, direkt neben der Amesbury Methodist Church, ein altes, liebevoll restauriertes Gebäude mit schwarzumrahmten Fenstern. In Höhe des ersten Stockes baumelte ein großes Metallschild – darauf zu sehen das Konterfei eines Mannes, der eine weiße Allongeperücke trug. Es war unschwer zu erraten, wer auf diesem Porträt dargestellt wurde, denn die Aufschrift der angeleuchteten Tafel war nicht zu übersehen – *The George Hotel*. Alli atmete tief durch und setzte ihren Weg fort – das Ziehen in der Magengrube wurde stärker.

Schließlich hatte sie den Eingang zum Pub des *The George Hotel* erreicht – ein dunkelbraune, ja fast schwarze Türe mit der Aufschrift *Entrance*. Sie drückte die Türklinke aus Messing herunter und betrat das Lokal. Im Gegensatz zum *The Bell* ging es hier deutlich ruhiger und distinguierter zu. Weniger als die Hälfte aller Tische waren belegt und auch an der Theke standen nur eine Handvoll Gäste. Die Einrichtung war exakt so, wie man sich als Ausländer eine typisch englische Kneipe oder Bar vorstellte – gemütlich und heimelig. Den Raum durchzogen dunkelbraune Deckenbalken, die sich sanft in Fachwerkwände einfügten. Die Tische und Stühle waren aus Holz und durchweg sehr schlicht gehalten. Einfache Barhocker, überzogen mit braunem Leder, standen vor einem vielleicht drei Meter langen Bartresen. Der Blickfang jedoch, waren eindeutig zwei weinrote Chesterfield Ohrensessel, die direkt vor einem großen Kamin standen. Leises Stimmengemurmel hallte Alli entgegen und nur einige Wenige drehten sich nach ihr um und musterten den Neuankömmling. Natürlich hatte sie schon sehr oft hier gesessen, vor allem im Winter waren die Plätze vor dem Kamin heißbegehrt. In der Zeit bis die Bedienung auf sie aufmerksam wurde, ließ sie ihren Blick durch den Raum schweifen und studierte die anwesenden Gäste. Beim fünften Tisch, der direkt unter einem Fenster stand, das zur Hauptstraße ausgerichtet war, stockte ihr der Atem. Dort saßen genau die zwei Männer, die sie bereits in Stonehenge entdeckt und jetzt gesucht hatte. Die beiden aßen gemütlich Fish and Chips und unterhielten sich so angeregt, dass sie von Alli bisher keine Notiz nahmen.

Schnell steuerte sie auf einen freien Tisch zu, der sich am anderen Ende des Raumes, direkt gegenüber den beiden Gesuchten, befand. Sie versuchte möglichst desinteressiert und teilnahmslos zu wirken, um die Aufmerksamkeit der beiden nicht unnötig zu erregen.
    Kaum hatte sie sich gesetzt, kam auch schon eine Kellnerin. »Hi Alli – sorry, ich hatte noch zwei Gäste abzukassieren. Ich bringe dir gleich die Karte.«
    »Ähm – ja, kein Problem«, entgegnete Alli stockend, da sie sich vergeblich versuchte an den Namen der Bedienung zu erinnern.
    Ihren Sitzplatz hatte sie auf die Schnelle nur semiprofessionell gewählt, denn sie saß, ganz entgegen ihren sonstigen Gewohnheiten, mit dem Rücken zur Eingangstüre. Von diesem Platz hatte sie die zwei S.M.A. Beamten gut im Blick, während von ihr nur ein Halbprofil, dass außerdem ihre langen Haare fast verdeckte, zu sehen

war. Der Nachteil – sie konnte nicht beobachten was sich in ihrem Rücken abspielte und ob neue Gäste den Pub betraten. Und genau das rächte sich wenige Minuten später bitterlich.

Reichsstadt Frankfurt – 1550 a.D.

Der Bote sollte recht behalten! Winkelsees unbedachte Äußerung, aufgeschnappt von der Wache Heinrich und weitererzählt an seine Kameraden, verbreitete sich wie ein Lauffeuer in den Gassen von Frankfurt. Der Jüngere Bürgermeister Philipp Uffinger tat sein Übriges, denn er gab die Geschichte am nächsten Tag, während einer Ratssitzung, zum Besten und sorgte mit einer Idee für Aufsehen. Nachdem er diese vorgebracht hatte, erntete Uffinger im ganzen Rat der Stadt unverständliche Blicke.

Gleichwohl kratzte sich der Ältere Bürgermeister Justinian von Holzhausen grübelnd am Kopf. Nachdenklich ruhten seine Augen auf seinem Stellvertreter, bis er schließlich meinte: »In der Tat eine ungewöhnliche Idee, werter Uffinger, aber sie gefällt mir – vor allem im Hinblick auf den Ausgang!«

Ungläubiges Gemurmel brandete unter den anwesenden Ratsmitgliedern auf.

»Das könnt Ihr doch nicht ernst meinen, Bürgermeister!«, rief einer der Ratsherren bestürzt.

Beschwichtigend hob von Holzhausen die Hände und mahnte zur Ruhe. Als er sich wieder der nötigen Aufmerksamkeit gewiss war, stand er auf, stellte sich hinter seinen Stuhl und legte beide Hände auf die mit Intarsien verzierte Lehne. Diese Handlung war typisch für den Älteren Bürgermeister und zeigte allen an, dass er innerlich aufgewühlt war, obwohl er nach außen sehr beherrscht wirkte. Er räuspert sich kurz und begann seine Gedanken mitzuteilen. »Geschätzte Ratsmitglieder – ich gebe Ihnen vollkommen recht, dass sich der Vorschlag des Jüngeren Bürgermeisters ... nun ja ... sehr gewagt anhört.«

»Und das ist noch untertrieben«, erfolgte ein Zwischenruf.

Holzhausen nickte ernst, hob aber gleichzeitig einen Finger. »Dann lasst uns die Idee unseres Amtsbruders Philipp Uffinger einmal zu Ende denken. Wir haben ein verdorbenes Subjekt im Kerker des Eschenheimer Turms sitzen – auf frischer Tat ertappt beim Wildern eines Rehs. Auf dieses Vergehen und das ist sicherlich unstrittig, steht der Tod. Ich denke da sind wir uns alle einig?«

Nachdem alle einträchtig nickten, fuhr der Ältere Bürgermeister fort. »Dieser Mann – sein Name lautet Hans Winkelsee, ist bisher, im Hinblick auf Wilderei oder andere Verbrechen, nicht in Erscheinung getreten. Er ist sozusagen für die Stadtwache ein unbeschriebenes Blatt.«

Von Holzhausen machte eine Kunstpause und sah die Ratsmitglieder bedeutungsvoll an. Die Anwesenden wiederum bedrängten ihn mit fragenden Blicken, da sie nicht wussten, worauf er eigentlich hinauswollte und das belustigte ihn insgeheim. »Die Bewohner und Bürger von Frankfurt haben es dieser Tage nicht leicht. Missernten, marodierende Soldaten vor den Toren der Stadt, schwere Krankheiten und nicht zuletzt der unsägliche Krieg, der hohe Abgaben und noch mehr Blut fordert.«

Bestätigende Rufe drangen durch den Saal und der Bürgermeister musste erneut um Ruhe bitten.

»Warum sollten wir, der Rat der Stadt, nicht für ein wenig Zerstreuung sorgen und bieten der Bevölkerung ein paar kurzweilige Stunden, in denen sie ihre Sorgen vergessen können? Ich denke, genau dies steckt hinter der Idee des Jüngeren Bürgermeisters.«

Uffinger nickte eifrig.

»Zudem würden wir gleich mehrere Fliegen mit einer Klappe schlagen«, betonte von Holzhausen.

»Und die wären, Justinian?«, stellte jemand die Frage. Es handelt sich um den Syndicus Johann von Fichard, ein guter Freund der Familie Holzhausen.

»Das Winkelsee sterben muss, das steht außer Frage ...«, erwiderte der Bürgermeister. »Der Galgen wird gerade in der Nähe des Turms errichtet. Also warum nicht, wie von unserem Jüngeren Bürgermeister vorgeschlagen, eine Unterhaltung für die Bürger daraus machen. Lassen wir doch diesen Wilderer auf die Wetterfahne schießen – für jede Nacht, die er im Turm gesessen hat, geben wir ihm eine Kugel, dass sind, einschließlich heute, schon sieben. Wenn wir das Spektakel für Mittwoch, also in zwei Tagen, anberaumen, dann wären es neun Nächte. Trifft er die Turmspitze in besagter Anzahl, lassen wir ihn frei, wenn nicht …«, Holzhausen zuckte mit den Schultern, »… passiert das ohnehin unvermeidliche.«

»Aber, wenn er tatsächlich …«, meinte Wolfram Fürstenberger, Ratsmitglied und gleichzeitig Schatzmeister der Stadt.

Von Holzhausen brach in schallendes Gelächter aus. »… treffen sollte? Gegenfrage in das Plenum. Wer, werte Mitglieder, geht bisweilen zur Jagd oder hat zumindest Erfahrung mit Büchsen?«

Da fast alle der Anwesenden die Hand hoben, zeigte der Ältere Bürgermeister auf den Syndicus. »Nun, Johann, wie groß ist die Wahrscheinlichkeit, dass dieser Mann mit einer alten Flinte, neun Mal hintereinander, eine sich bewegende Wetterfahne in etwa neunzig Ellen Höhe trifft?«

Der Angesprochene ließ ein verächtliches Schnauben hören. »Gleich Null. Selbst der zielsicherste Schütze der Stadtwache, ausgestattet mit der besten Büchse, wird vielleicht ein einziges Mal, mit ganz großem Glück zwei Mal treffen – aber neun Mal in Folge? Völlig unmöglich!«

Holzhausen klatschte in die Hände. »Genau!« Dann zeigte er wieder auf von Fichard. »Soll ihm doch die Gelegenheit geboten werden, seine Behauptung zu beweisen und dieses Kunststück zu vollbringen. Wir stimmen wohlwollend zu …«, und mit einem Lächeln auf den Lippen sprach der Bürgermeister weiter, »… denn schließlich sind wir ja keine Unmenschen, oder? Die Bürger jedenfalls, werden es als noble Geste der Ratsherren verstehen und gespannt diesem Ereignis entgegenblicken. Hängen wird er so oder so, denn er wird es natürlich niemals schaffen. So bekommen die Menschen eine willkommene Ablenkung, der Rat der Stadt steht großmütig da und der Wilderer baumelt am Galgen!«

Die Ratsmitglieder schauten sich gegenseitig an. Fürstenberger wiegte den Kopf hin und her, dann fragte er vorsichtig: »Was wird es den Stadtsäckel kosten?«

Wieder lachte von Holzhausen auf. »Nichts Schatzmeister – nichts! Das Holz und die Arbeit für den Galgen haben wir ohnehin schon bezahlt. Doch was glaubt Ihr? Die Nachricht wird sich wie ein Lauffeuer unter den Menschen verbreiten. Die Händler werden wie Bluthunde gute Geschäfte wittern und versuchen erstklassige Plätze rund um den Eschenheimer Turm zu ergattern. So wird jeder Kaufmann, der in der Nähe des Turms seinen Stand stellen möchte, eine Sonderabgabe für diesen Tag entrichten. Musikanten werden aufspielen und wir haben eine willkommene Zerstreuung. Der Höhepunkt wird nicht der Galgen sein, sondern die Schüsse auf die Wetterfahne und jedermann wird sich insgeheim fragen – schafft es dieser Wilderer oder nicht? Natürlich wird er das Kunststück nicht vollbringen und hängen, aber die Leute werden sagen: Er bekam seine Gelegenheit. Die Händler verdienen Geld und die Stadt profitiert von der Sonderabgabe und den Steuern. Also – wie entscheidet der Rat in dieser Sache?«

Und so erging folgendes Urteil:

Der Landsmann Hans Winkelsee wurde der Wilderei überführt und hiermit für schuldig befunden. Er wird zum Tode durch den Strang verurteilt, erhält jedoch durch den Rat der Stadt Frankfurt die Möglichkeit am Mittwoch zur Mittagszeit sein Können unter Beweis zu stellen. Für jede Nacht, die der Verurteilte im Kerker des Eschenheimer Turmes verbracht hat, möge er mit seiner Flinte eine Kugel auf die Wetterfahne des Turms abfeuern. Treffen alle neun Kugeln das erklärte Ziel, so kommt der Verurteilte frei und kann gehen, wohin es ihm beliebt. Verfehlt jedoch auch nur ein Geschoss die Wetterfahne, so ist sein Leben verwirkt und das verhängte Urteil wird sofort vollstreckt.

Justinian von Holzhausen,
Älterer Bürgermeister, im Namen des Rates der Stadt Frankfurt

Die Stadtschreiber brachten den Schuldspruch zu Papier und am nächsten Tag hing die Bekanntmachung an allen belebten Plätzen der Stadt. Innerhalb kürzester Zeit wurde die Verkündigung des Urteils zum Stadtgespräch, denn so etwas war in Frankfurt noch nie passiert.

Maria Leinweber eilte die Treppen des Turms hinauf zum Kerker. Eben hatte sie eine Verkündigung des Rates der Stadt gelesen und glaubte ihren Augen nicht zu trauen. Hans Winkelsee musste das sofort erfahren. Als sie schweratmend im vorletzten Geschoss ankam, schreckte sie Heinrich aus seinen Gedanken, der an einem kleinen Holztisch vor sich hingedöst hatte.

»Ich muss sofort den Gefangenen sprechen!«, keuchte sie nach Luft ringend.

»Nichts da«, blaffte Heinrich barsch. »Dein Vater hat mir strikt untersagt, dich zu Winkelsee vorzulassen.«

Nun war Maria ehrlich verblüfft, denn so hatte der junge Mann noch nie mit ihr gesprochen. Als sie sich von ihrer Verwunderung erholt hatte, stemmte sie beide Arme in die Hüften und funkelte ihr Gegenüber gereizt an. »Falls du es nicht bemerkt hast, trage ich keine Speisen bei mir. Es gibt Neuigkeiten, die der Gefangene wissen muss. Der Rat der Stadt hat ein Urteil gefällt!«

Jetzt war es an Heinrich überrascht zu sein. »Was wurde verkündet?«, fragte er neugierig.

»Bring mich zu ihm und du erfährst es!«, lächelte Maria schalkhaft.

»Pah – ich erfahre es doch so oder so!«

»Nun mach schon, Heinrich! Ich will doch nicht zu Winkelsee in die Zelle. Es reicht, wenn ich es ihm durch die Tür zurufe. Was soll da schon passieren? Außerdem stehst du direkt neben mir.«

Abermals kam die Wache Heinrich ins Wanken, aber heute hatte er außerdem noch die mahnenden Worte seines Dienstherrn im Ohr. Fieberhaft wägte er ab: Maria wollte dem Gefangenen keine Speisen bringen, die Zellentüre musste nicht aufgeschlossen werden und es war nur recht und billig, wenn Winkelsee sein Urteil erfuhr. Und wer weiß, vielleicht war es im Grunde sogar gut, wenn die Botschaft seines herannahenden Todes von einer Frau überbracht wurde. So fuhr ein unmerklicher Ruck durch Heinrichs Körper, als er seine Entscheidung traf. »Du bleibst drei Schritte vor der Zellentüre stehen und überbringst ihm nur die Nachricht!«

Maria Leinweber nickte stumm.

Heinrich nickte zufrieden, packte einen Schlüsselbund, der auf dem Tisch vor ihm lag und nahm die brennende Laterne vom Haken. Seufzend meinte er: »Wenn Ihr mir also bitte folgen wollt.«

»Hör auf so gestelzt zu reden. Du weißt genau, dass ich das nicht mag«, schimpfte Maria halbherzig.

Er brummelte eine kleinlaute Entschuldigung und stieg wortlos die Treppe nach oben. Als sie das Stockwerk mit der Zelle erreichten, gab Heinrich ihr zu verstehen, dass sie am Treppenabsatz warten sollte. Er lief zur Kerkertüre und hieb mit der Faust zweimal dagegen. Seine Schläge hallten wie Donnergrollen durch die Räume. »Winkelsee! Du hast Besuch!«, brüllte er so laut, dass es Maria in den Ohren weh tat.

In dem schweren Holz der Türe war eine kleine Klappe eingelassen. Er zog den Riegel zur Seite und öffnete das winzige Fenster, in dessen Ausschnitt nun das Gesicht des Gefangenen auftauchte.

»Was ist?«, brummte Winkelsee mürrisch, doch seine Mimik hellte sich schlagartig auf, als er Maria im Hintergrund erblickte.

Zögerlich trat die Tochter des obersten Turmwächters zwei Schritte nach vorne und Heinrich schnarrte sofort: »Halt, das ist ausreichend Maria!«

Sie blieb stehen und warf der Wache einen finsteren Blick zu, rührte sich aber nicht mehr vom Fleck.

»Was verschafft mir Ehre, Maria Leinweber?«, fragte Winkelsee freundlich.

Sie holte tief Luft. »Der Rat hat sein Urteil über Euch gefällt. Ich habe es vor wenigen Augenblicken am Platz vor dem Römer gelesen.«

Der Wilderer seufzte gequält auf und fragte niedergeschlagen: »Wann soll es passieren?«

Maria wollte ein Schritt vorwärts gehen, doch Heinrich streckte seinen Arm aus. »Bitte Maria – ich sagte die Nähe reicht aus«, raunte er.

Murrend blieb sie an Ort und Stelle. Sie fixierte die wachen Augen hinter der kleinen Luke und rief zur Zellentür: »Morgen, am Mittwoch, Hans Winkelsee – zur Mittagszeit sollt Ihr hängen. Doch zur Überraschung aller Leute, bietet Euch der Rat eine Gelegenheit den Kopf aus der Schlinge zu ziehen.«

Heinrich gab einen entsetzten Laut von sich und schüttelte ungläubig mit dem Kopf.

Winkelsee glaubte sich verhört zu haben. »Was sagt Ihr da? Wie …?«

»Ja, Ihr habt richtig gehört. Sie gewähren Euch neun Kugeln mit Eurer Flinte – mit dieser müsst Ihr neun Mal auf die Wetterfahne des Turms zielen und treffen, dann seid Ihr frei und könnt gehen! Seht Ihr, Eure Gebete sind erhört worden! Erzähltet Ihr nicht, dass Euch die Wetterfahne um den Schlaf bringt und Ihr sie mit Euren Kugeln durchlöchern wolltet? Jetzt habt Ihr die Möglichkeit – das ist Euer Weg in die Freiheit!«, strahlte die Tochter des Turmwärters.

Winkelsee sackte, nachdem er Marias Worte vernommen hatte, regelrecht in sich zusammen. Stöhnend ließ er sich gegen die Tür fallen, rutschte langsam an ihr zu Boden. *Hatte er wirklich so gesündigt, dass selbst Gott sich mit ihm einen schlechten Scherz erlaubte?*

»Hans Winkelsee?«, hörte er wie durch einen dichten Nebel die fragende Stimme der Frau.

Plötzlich durchfuhr ihn eine Welle des Zorns. »Geht Ihr Närrin! GEHT einfach!«, schrie er lauthals.

Als Maria die brüllenden Worte des Wilderers vernahm, blickte sie bleich und entsetzt zu Heinrich. »Was hat er? Habe ich etwas falsch gemacht?«

»Nein Maria, du hast nichts Falsches getan, doch sollten wir jetzt gehen!«, meinte Heinrich und zog sie sanft, aber bestimmt in Richtung der Treppe.

Widerstandslos folgte sie ihm und gewann erst, nachdem sie das Untergeschoß erreicht hatten, ihre Fassung zurück. »Ich ... ich ... verstehe nicht ...«, brach es stockend aus ihr heraus.

Heinrich nahm all seinen Mut zusammen und legte schützend seinen Arm um die Tochter des Dienstherrn. »Maria!«, begann er mit ruhiger Stimme. »Kein Mensch ist in der Lage neun Mal hintereinander eine vom Wind bewegte Metallfahne zu treffen. Da können sie ihn auch gleich aufknüpfen. Doch jetzt bietet der Rat den Leuten ein Spektakel, mit dem Wilderer als Gaukler – und alle wissen, dass er letzten Endes doch am Galgen baumeln wird. Und genau das weiß auch Winkelsee und deshalb ist er so zornig – sie benutzen ihn zur Unterhaltung, als Spielzeug. Hattest du das nicht erkannt?«

Entgeistert riss sie sich los und schüttelte heftig mit dem Kopf. »Das können sie doch nicht tun!«

Heinrich hingegen trauerte dem kurzen Moment der Zweisamkeit nach, den er gerade mit Maria erlebt hatte und der ihm doch so schnell wie Sand zwischen den Fingern entronnen war. »Doch Maria, das können sie!«, entgegnete er deshalb enttäuscht.

Ihre Lippen bebten, ob aus Wut oder ihrem Gerechtigkeitssinn, vermochte er nicht zu sagen. Jedenfalls strich sie mit zitternden Händen ihr Kleid glatt, machte auf dem Absatz kehrt und eilte die Stufen hinunter zur Wohnung des Turmwächters.

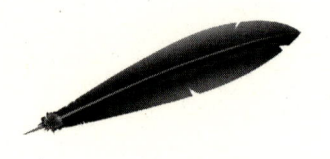

Pia Allington

Jetzt, da Alli einen Platz hatte, studierte sie ihre Umgebung genauer. Nacheinander nahm sie die besetzten Tische ins Visier und besah sich die dort sitzenden Personen genauer. Insgesamt zählte sie dreizehn Personen, die saßen und vier die sich stehend an der Theke unterhielten. Doch irgendetwas irritierte sie, irgendetwas fühlte sich falsch an, aber Alli vermochte nicht zu sagen was es war.

»Hier die Karte. Willst du etwas essen?«

Die Weltengängerin zuckte heftig zusammen. Vor lauter nachdenken, hatte sie die Bedienung gar nicht bemerkt. Sie schüttelte schnell mit dem Kopf. »Nein danke. Nur einen Tee bitte – am besten einen milden Earl Grey.«

»Okay, kommt sofort«, antwortete die Frau und verschwand wieder aus Allis Sichtfeld.

Indessen hatte es, als Alli nach dem Tee verlangte, plötzlich *Klick* gemacht und es fiel ihr wie Schuppen von den Augen, was hier nicht stimmte. Die Anwesenden waren durchweg männlich und alle waren schätzungsweise im Alter von Dreißig bis Vierzig. Das konnte man durchaus als Zufall durchgehen lassen, aber das was Alli nicht gleich bemerkt hatte – keiner von ihnen trank auch nur einen Schluck Alkohol. Ja, sie entdeckte auf keinem der Tische *irgendein* alkoholisches Getränk! Wo sie auch hin sah, blickte sie auf Cola, Kaffee, Tee, Saft oder Wasser.

In den Unterhaltungen konnte sie wenig bis keine Emotionen ausmachen. Es fehlte jegliches kurzes Auflachen oder vereinzelte hitzige Worte, wie es eigentlich in allen Pubs oder Bars der Welt üblich wäre. Zudem könnte man doch erwarten, wenn eine Frau allein in einem Pub auftauchte, in dem sich nur Männer befanden, dass zumindest einer von ihnen anfing zu flirten oder wenigstens einen Seitenblick riskierte, doch nichts dergleichen geschah. Alle wirkten durch die Bank kühl, ernst und diszipliniert. Jeder dieser Punkte für sich wäre nicht weiter auffällig gewesen, aber alle Punkte zusammen? Nach dieser jähen Erkenntnis meldete sich das Ziehen in der Magengegend mit eindrucksvoller Wucht zurück. Plötzlich hatte sie das Gefühl, ein Schaf mitten unter Wölfen zu sein. Sie musste raus hier – sofort.

»Pia? Pia Allington?«, rief es auf einmal fröhlich hinter ihr und ließ sie wie unter einer Eisdusche zusammenfahren.

Schlagartig fuhren fast alle Köpfe im Gastraum herum, doch sie suchten nicht nach dem Sprecher der Begrüßung. Alle Blicke richteten sich auf ihre Person und es war unschwer zu erkennen, dass den meisten der anwesenden Gäste der Name Pia Allington nicht unbekannt war.

Alli hingegen hatte die Stimme sofort erkannt – sie gehörte Mitchell Foster, dem Studenten, der aushilfsweise im Visitor Center in Stonehenge arbeitete. Er hatte ihr heute einen kostenlosen Zutritt zum Steinmonument ermöglicht. Und genau bei diesem Besuch hatte sie die Fotos von den beiden Männern geschossen, die ihr nun schräg gegenübersaßen und sie anstarrten.

Mitchell war zwischenzeitlich an ihren Tisch gekommen und setzte sich, ohne zu fragen, ihr gegenüber. »Hey Alli, was machst du denn hier und noch dazu allein?«

Die Weltengängerin war noch immer wie in Trance – ihre Gedanken rasten und sie nahm die Frage wie durch Watte wahr. *Diese Männer kannten ihren Namen und das ließ nur einen einzigen Schluss zu. Sie alle gehörten derselben Organisation an – der S.M.A. Doch welche Absichten hatte die S.M.A.? Sicherlich waren sie nicht, oder zumindest nicht ausschließlich, wegen ihr in Amesbury. Hier war etwas Größeres im Gange!* Sie versuchte sich wieder auf den Studenten zu konzentrieren. »Hi Mitchell – ja, das ist wirklich Zufall. Ich war vorher im Bell, aber es war mir eindeutig zu viel Trubel!«

»Echt? Da komme ich auch gerade her und es ging mir ganz ähnlich. Ich habe mich mit einem Bekannten dort getroffen, der dann aber bleiben wollte. Für mich jedenfalls waren eindeutig zu viel von diesen Esoterikern unterwegs, aber das ist ja um diese Zeit immer so.«

Mit einem verstohlenen Seitenblick beobachtete Alli die umstehenden Tische. So viel stand fest – sie wurde beobachtet und die zwei Männer am Tisch unter dem Fenster diskutierten aufgeregt, was man auch an den Gesten ihrer Hände deutlich sehen konnte. Mittlerweile hatte die Bedienung den Tee gebracht und Mitchell bestellte ein Guinness.

Unvermittelt stand der Student auf und meinte grinsend, »Wenn Du mich kurz entschuldigst. Ich muss Platz für das Bier machen.«

Alli nickte nur, während ihre innerliche Anspannung in ungeahnte Höhen schnellte. Denn eines war sicher – sobald Mitchell in der Durchgangstüre verschwand, würde irgendeine Reaktion seitens den S.M.A. Leuten erfolgen. Und genauso war es. Kaum hatte der Junge den Gastraum verlassen, erhoben sich zwei Männer und Alli hielt unwillkürlich die Luft an. Doch eigenartigerweise würdigten sie die Weltengängerin keines Blickes und liefen stattdessen – das Herz von Alli setzte einen Schlag aus – direkt in Richtung der Türe, die zu den Toiletten führte. Die Durchgangstüre hatte sich gerade geschlossen, als die zwei Männer, die sie in Stonehenge fotografiert hatte, an ihren Tisch traten. Alli war so auf Mitchell fixiert gewesen, dass sie gar nicht bemerkt hatte, dass diese beiden ebenfalls aufgestanden waren.

»Sie können sich sicherlich unsere Überraschung vorstellen, als wir gerade ihren Namen hörten, Miss Allington«, begann einer der beiden ohne größere Umschweife. Er war über ein Meter achtzig groß, schlank und durchtrainiert. Während er sprach, zeigte sein bartloses Gesicht keinerlei Regung und seine kalten dunkelgrünen Augen ruhten unerbittlich auf Alli.

Der andere hatte mittellanges blondes Haar, trug eine randlose Brille und war zwar deutlich kleiner als sein Partner, aber nicht weniger muskulös. Deutlich erkannte sie die wellenähnliche Tätowierung an seinem Handgelenk und sofort glitt ihr Blick zu seinem Kameraden, der ebenfalls die gleiche Zeichnung an derselben Stelle aufwies.

Damit wären wohl jegliche Zweifel beseitigt, dachte sie bitter. »Mein Name war ja vorhin nicht zu überhören. Insoweit ist das, entgegen

Ihrer Aussage, keine Überraschung. Und lassen Sie sich gesagt sein, dass ich für Flirts oder neue Bekanntschaften momentan nicht offen bin«, erwiderte Alli bestimmt und warf einen Blick in Richtung Toilettentüre.

Der Typ war ihren Augen gefolgt und meinte nur lakonisch: »Ihr Bekannter wird nicht zurückkommen! Deshalb lassen sie es mich so formulieren: *Ihre* Reaktionen auf *meine* Fragen werden einen direkten Einfluss seine körperliche Unversehrtheit haben. Daher liegt es nun allein an Ihnen, wie es in den nächsten Minuten um seinen Gesundheitszustand bestellt ist. Also lassen wir jetzt einfach die Spielchen, Miss Allington. Ich bitte Sie aufzustehen, um uns nach draußen zu folgen ... und tun Sie sich selbst einen Gefallen ... vermeiden Sie jedes Aufsehen gegenüber den Angestellten dieses Etablissements.«

Um Allis Kehle legte sich ein unsichtbares Band, dass sich imaginär langsam zuzog. Sie schluckte schwer und überlegt welche Möglichkeiten ihr blieben, ohne Mitchell Foster unnötig einer Gefahr auszusetzen. Schließlich flüsterte sie leise: »Was wollen Sie eigentlich von mir?«

»Nicht hier und nicht jetzt!«, gab ihr der Mann zu verstehen und zeigte mit der Hand höflich zur Eingangstüre.

»Alles in Ordnung, Alli?«, fragte plötzlich eine Stimme hinter den zwei Männern.

Die Bedienung blickte, auf ihrem Tablett Mitchells bestelltes Guinness, misstrauisch zwischen den beiden S.M.A. Mitarbeitern hindurch, in Richtung der Weltengängerin.

Ehe Alli antworten konnten, zog der Typ mit den dunkelgrünen Augen einen Ausweis aus der Innentasche seines Tweed Jacketts und hielt ihn der Kellnerin unter die Nase. »Scotland Yard! Wir wollen lediglich ein paar Fragen an Miss Allington richten, die wir natürlich, um ihren Betriebsablauf nicht zu stören, draußen stellen werden. Insoweit brauchen Sie sich nicht um Miss Allington sorgen – sie ist in guten Händen.«

»Aber ...«, stotterte die Kellnerin perplex und sofort fiel ihr der Mann ins Wort.

»Und selbstverständlich übernimmt Scotland Yard die Rechnung. Zeitgleich bitte ich Sie um Entschuldigung für die entstandenen Unannehmlichkeiten.« Er kramte einen zehn Pfundschein aus der

Hosentasche und legte ihn auf das Tablett. »Der Rest ist für Sie!«, meinte er knapp.

Wie angewurzelt und noch immer sprachlos, stand die Bedienung da und ihr überraschter Blick ruhte fragend auf Alli. Alli hingegen konnte die Gedanken der Frau förmlich spüren. *Mädchen, was hast du ausgefressen?* Schließlich zuckte sie mit den Schultern, stellte wortlos das Bier auf den Tisch, nahm den Geldschein und zog sich zurück.

Zufrieden wandte sich der Brillenträger erneut der Weltengängerin zu. »Also Miss Allington, wenn Sie uns bitte folgen möchten!«

Alli stand wortlos auf und streifte sich ihre Jacke über. In der Zwischenzeit hatte sie ihre Situation fieberhaft überdacht und sah keine mögliche Option ohne Mitchell in Gefahr zu bringen. Und eines wollte sie um jeden Preis vermeiden, nämlich dass ein Unbeteiligter ausgerechnet wegen ihr zu Schaden kam.

»Eine weise Entscheidung!«, stellte der Grünäugige anerkennend fest.

Im Gänsemarsch, mit Alli in der Mitte, verließen sie das *The George*. Doch kaum waren sie im Freien, blieb die Weltengängerin abrupt stehen. »Ich werde keinen weiteren Schritt tun und anfangen lauthals zu schreien, wenn sie mir nicht unverzüglich beweisen, dass der Junge unversehrt ist«, herrschte sie die beiden an.

Grünauge zog ein Handy hervor, wählte eine Nummer und brummte nur: »Lasst ihn gehen!« Dann packte er Alli grob am Arm und zog sie mit Gewalt auf die gegenüberliegende Straßenseite. Dort parkte ein unscheinbarer weißer Lieferwagen, hinter den sie sich zurückzogen. Durch die Seitenscheiben der Fahrerkabine konnte Alli auf die Eingangstüre des Pubs sehen, während herauskommende Personen nur den Lieferwagen wahrnahmen. Nach etwa zwei Minuten verließ ein sichtlich verstörter junger Mann das Lokal und eilte mit schnellen Schritten die High Street in Richtung der Kreuzung Salisbury Street hinunter. Es war niemand anderer als Mitchell Foster und Alli atmete erleichtert auf – zumindest *er* war jetzt in Sicherheit.

»Zufrieden?«, schnarrte der Untersetzte.

»Allein diese Frage ist in meiner Situation eine Frechheit!«, erwiderte Alli aufgebracht und handelte sich damit einen Hieb gegen ihre Schulter ein.

Als sie auf den Kleineren losgehen wollte, schob sich Grünauge zwischen die beiden. »Lass sie in Ruhe Markus und zeig mir lieber, wo der Wagen steht.«

Mit funkelnden Augen trat der Angesprochene einen Schritt zurück. »Auf dem Parkplatz des Hotels natürlich«, zischte er.

Grünauge gab einen undefinierbaren Laut von sich und meinte: »Dann zurück auf die andere Straßenseite.«

Direkt durch das Gebäude des *The George Hotels* führte eine schmale Einfahrt. Der kaum drei Meter breite Durchlass, gebaut wie ein Tunnel, führte hinter das Anwesen, denn dort konnten die Gäste ihre Autos auf dem hoteleigenen Parkplatz abstellen. Der Mann, von dem Alli nun wusste, dass er mit Vornamen Markus hieß, lief voraus. Grünauge packte die Weltengängerin mit eisernem Griff und so überquerten sie alle gemeinsam erneut die High Street. Gerade war die kleine Gruppe vor der Durchfahrt zum Parkplatz angekommen, als ein Taxi vor dem Hoteleingang hielt und eine elegant gekleidete Frau den Wagen verließ. Alli riss erschrocken die Augen auf, denn die Dame, die sich jetzt ihren Trolley aus dem Kofferraum geben ließ, war ihr mehr als bekannt. Die schwarzen langen Haare, durchzogen von einer dicken silbernen Strähne, gehörten zu niemand anderem als … Cornelia Lombardi! Sie war eine der fünfzehn Weltengänger, die Alli am Nachmittag kontaktiert hatte. Vor etwa zwei Jahren hatte die Italienerin entscheidenden Anteil an der Ergreifung von Nicolas Vigoris, den sie, gemeinsam mit Alli, Zenodot und Daniel, in Frankfurt unschädlich machen konnte. Das lief allerdings nicht ohne Blessuren ab, denn durch einen von Vigoris gewirkten Zauber, alterte sie innerhalb von Minuten um viele Jahre. Zenodot konnte dies zwar später rückgängig machen, doch ein Andenken war zurückgeblieben – eine silberne Strähne, die sich mit keinem Haarfärbemittel der Welt retuschieren ließ. Sie schien tatsächlich unverzüglich nach Allis Anruf aufgebrochen zu sein, um den nächsten Flieger nach London zu erreichen. Auch Lombardi musste sie jetzt entdeckt haben, denn ihre Mimik veränderte sich schlagartig. Alli gab sofort ein verneinendes Zeichen mit der linken Hand, denn diese war abgewandt von ihrem Bewacher. Dabei hoffte sie inständig, dass beide Männer die Geste nicht bemerkten, jedoch die Italienerin den Wink verstehen würde. Das heraufziehende Lachen im Gesicht der Italienerin erstarb augenblicklich und als wäre nichts geschehen, schnappte sie sich ihren Koffer, wechselte noch ein paar Worte mit dem Taxifahrer und verschwand dann im Eingang des Hotels. Alli atmete innerlich auf – das Ganze hatte nur ein paar Augenblicke gedauert, doch Cornelia schien die Situation sofort erfasst zu haben. Zumindest wussten jetzt alle anderen Weltengänger, dass sich eine der ihren in den Händen der Gegenspieler befand. Sie wurde weiter vorwärts gestoßen und schon hörte man ein leises Piepen, gefolgt von dem kurzen Aufleuchten eines Warnblinkers. Dieser gehörte zu einem großen schwarzen SUV, der in etwa zwanzig Metern Entfernung geparkt worden war und nun wie dunkles Mahnmal auf sie zu warten schien.

»Haben wir ein Safe House?«, fragte Grünauge plötzlich.

»Ja. Winkelmann hat es bereits vor Monaten angemietet und entsprechend gesichert. Es liegt am Stadtrand, direkt an der Straße, die zum Steinmonument führt«, bestätigte der Mann namens Markus und Alli hatte vermutlich gerade den Namen erfahren, bei dem alle Fäden zusammenliefen – ein gewisser *Winkelmann*. Sie platzierten Alli auf der Rückbank des Wagens. Der Grünäugige setzte sich direkt neben sie, um jeglichen Fluchtgedanken im Keim zu ersticken. Der Untersetzte steuerte den Wagen, da er, im Gegensatz zu seinem Kollegen, vermutlich wusste, wo sich das gesicherte Anwesen genau befand. Als sie das Hotel durch die Tunnelzufahrt verließen, bogen sie links in die High Street ein. Als sie an dem Hoteleingang vorbeifuhren, bemerkte Alli erstaunt, dass das Taxi noch immer vor dem Haus parkte.

Als Cornelia Lombardi Alli entdeckte, war im ersten Schritt die Freude groß. Doch nur durch puren Zufall hatte sie im Halbdunkel die verneinende Geste der englischen Weltengängerin erkannt, da die kleine Gruppe genau zu diesem Zeitpunkt den hellen Schein einer Straßenlaterne durchquerte. Pia Allington wurde von zwei Männern unbekannter Herkunft begleitet und somit zählte Lombardi eins und eins zusammen. Alli hatte sie heute angerufen, da in Stonehenge etwas vor sich ging, dass etwas mit einer ominösen Organisation namens S.M.A. zu tun hatte. Und wenn es um den Steinkreis ging, dann hatte es unmittelbar mit dem Dämonenkerker zu tun. Sie hatte sofort mit dem Taxifahrer gesprochen und ihn inständig gebeten zu warten. Danach war sie ins Foyer des Hotels geeilt und stellte, zum Erstaunen der Rezeptionistin, ihren Trolley auf den Empfangstresen, teilte ihren Namen mit und dass sie gleich wiederkommen würde. Ohne die Antwort abzuwarten, hetzte sie nach draußen und rannte zur Hotelzufahrt. Dort angekommen, schaute sie um die Ecke in Richtung Parkplatz und sah gerade noch, wie Alli in einen dunklen SUV geschoben wurde. Sofort eilte sie zum wartenden Taxi, als Sekunden später der schwarze Van auf die Hauptstraße abbog. Lombardi zeigte auf den SUV, steckte dem Fahrer eine zwanzig Pfundnote zu und zischte: »Folgen sie diesem Wagen, aber bitte in gebührendem Abstand, so dass er uns nicht entdeckt!«

Kaum das der schwarze Wagen die High Street hinunterfuhr, konnte sich Alli nicht mehr zurückhalten. »Jetzt sagen sie mir verdammt nochmal. was Sie von mir wollen! Ist es nicht schon genug, dass Sie in Frankfurt Daniel Debrien entführt haben?«

Ein breites Grinsen erschien auf dem Gesicht ihres Sitznachbarn. »Das war gewissermaßen eine zwingende Notwendigkeit, denn ihr Bekannter Zenodot entzog sich unglücklicherweise unserem Zugriff. Bei unserer Recherche zu Daniel Debrien sind wir auch auf ihre Person gestoßen. Und nachdem wir vorhin ihren Namen vernommen hatten, packten wir die Gelegenheit beim Schopf. Nehmen Sie es also nicht persönlich, wenn wir sie als weiteres Druckmittel einsetzen.«

Angesichts einer solchen Aussage fehlten Alli – was in der Tat wirklich selten vorkam – die passenden Worte. Erst nach mehreren Momenten der Stille brachte sie eine weitere Frage über die Lippen. »Was veranlasst eine Abteilung, die dem deutschen Innenministerium unterstellt ist, Menschen zu entführen oder sich als englische Scotland Yard Beamte auszugeben?«

Die Frage hatte einen heftigen Hustenanfall des Fahrers zur Folge. Auch der Grünäugige neben ihr gluckste sichtlich amüsiert. »Wissen Sie eigentlich, wie viele Organisationen genau das tun? Menschen verschwinden zu lassen, sie zu entführen und zu foltern. Und ich möchte ausdrücklich betonen, dass eben diese Handlungen mit Einverständnis der zuständigen Regierungen einhergehen. Willkommen in der Welt der Geheimdienste, Miss Allington!«

»Für wie blöd hältst du mich eigentlich, Arschloch?«, blaffte Alli ihn wütend an. »Außerdem fragte ich nach dem Grund, warum ihr hinter Zenodot her seid und nicht nach einem Vortrag über Geheimdienste!«

»Schalten Sie einen Gang zurück, Miss Allington – wir können auch anders, seien Sie sich dessen sicher!«, meinte Grünauge ruhig, doch in seiner Stimme lag nun ein äußerst gefährlicher Unterton.

Alli ignorierte die warnenden Vorzeichen und hakte ein weiteres Mal nach. »Was haben Sie in Stonehenge vor?«

Jetzt drehte sich der Fahrer kurz um. »Das geht dich einen Scheiß an, Mädchen! Und jetzt halt die Klappe, bevor ich anhalte und dich in den Kofferraum verfrachte.«

Die Weltengängerin ließ sich in den Sitz fallen und verstummte, denn plötzlich kamen ihr die mahnenden Worte von Roger, dem Barkeeper in den Sinn: *Meine Erfahrung sagt mir – das sind keine Typen, die viel Spaß verstehen. Also sei bitte auf der Hut und mach nichts Dummes!*

Vielleicht war es tatsächlich besser den Mund zu halten und es nicht auf die Spitze zu treiben. Immerhin wussten die Weltengänger über ihre Entführung Bescheid und möglicherweise kam sie so an weitere Informationen, die weiterhelfen konnten, wenn sie sich still verhielt.

Als der Wagen die nächste Kreuzung erreichte, bog er links in die Countness Road ein. Wenige Augenblicke später überquerten sie den Fluss Avon und erreichten einen Straßenkreisel, der sie auf die große Hauptstraße, dem Amesbury Bypass leitete. Diese Verkehrsader führte direkt am Steinmonument vorbei. Doch sie waren kaum mehr als fünf Minuten auf dem Amesbury Bypass unterwegs, als der Mann, den man Markus rief, rechts den Blinker setzte und in eine kleine Seitenstraße einbog. Ein holpriger Schotterweg führte sie zunächst entlang eines kleinen Waldes und endete schließlich vor einem großen Anwesen mit mehreren alten Häusern. Diese Gegend war unter dem Namen *King Barrow Ridge* bekannt, denn hinter den Gehöften befand sich eine örtliche Sehenswürdigkeit – ein Grabhügel aus der Bronzezeit. Die freistehenden Gebäude waren umringt von dicht bewachsenen Laubbäumen, die wie eine natürliche Mauer gegen äußerliche Einflüsse wirkten. Nichts drang nach innen und man war gut geschützt vor Lärm und den neugierigen Blicken des Verkehrs auf der Hauptstraße. Natürlich kannte Alli die Gegend und war deshalb sichtlich erstaunt, dass dieser vorhin erwähnte Chef

Winkelmann genau hier etwas anmieten konnte. Zumal man von diesem Ort fußläufig und dass nur ein paar Minuten querfeldein, das Steinmonument erreichen konnte. Der Wagen fuhr auf ein kleines Haus aus roten Backziegeln zu. An der rechten Seite des Gebäudes lehnte eine wenig vertrauenserweckende und windschiefe Scheune, deren Holztor weit offenstand. Zwei weitere große Höfe standen in einiger Entfernung, aber doch so nah, dass man Licht hinter den Fenstern sehen konnte. Alli wusste, dass diese landwirtschaftlich genutzten Gebäude bewohnt waren, auch wenn sie die dort lebenden Menschen nicht persönlich kannte. Der Wagen kam vor der Scheune zu stehen. Vermutlich war das Haus in früheren Zeiten als Unterkunft für die Bediensteten des Anwesens genutzt und vielleicht später als Ferienhaus umgebaut worden. Nur so konnte sie es sich erklären, wie die Organisation an diese Immobilie gekommen war. Der Lichtkegel der Scheinwerfer erfasste einen weiteren SUV, der im Schober geparkt worden war.

Sehr mutig, dachte Alli unwillkürlich, denn der Anbau sah von Nahem noch viel baufälliger aus, als es zuerst den Anschein gehabt hatte.

»Steigen Sie aus und verhalten Sie sich ruhig!«, befahl der Fahrer scharf und öffnete seine Wagentüre. Da Alli direkt hinter ihm gesessen hatte, stand er, als sie ihre Türe ebenfalls öffnete, bereits vor ihr. Mit einer schnellen Bewegung packte er sie am Arm und zog sie grob aus dem Inneren.

»Aua!«, entfuhr es der Weltengängerin unwillkürlich.

»Schnauze!«, zischte der Fahrer genervt.

Mittlerweile war Grünauge ebenfalls ausgestiegen und um das Auto gelaufen. Ein Geräusch aus Richtung des Hauses ließ ihn jedoch herumschnellen. Die Eingangstüre war geöffnet worden und weiterer Mann erschien auf der Bildfläche. »Gab es Probleme?«, fragte er ohne jegliche Begrüßung.

Markus der Fahrer schüttelte den Kopf und erwiderte nur kurz und knapp: »Nein!« Dann zog er Alli mit sich in Richtung Hauseingang. Der Grünäugige folgte ihnen wortlos. Als sie an einem kleinen Treppenabsatz, der aus zwei Stufen bestand, ankamen, stand der Mann noch immer im Türrahmen.

Markus stutzte – irgendetwas stimmte nicht. »Was ist los, George?«

»Wir haben Besuch! Der Schwarze ist vorhin aufgetaucht«, kam es flüsternd zurück und Alli konnte deutlich die Angst in der Stimme des Mannes hören.

Ihre beiden Begleiter stoppten abrupt und Grünauge raunte: »Echt jetzt? Was will der denn schon hier?«

»Es gab anscheinend Probleme in Frankfurt. Winkelmann meldet sich nicht, genauso wie Grube und Bauer, außerdem wurde Debrien befreit. Mehr hat er nicht erzählt – und kommt erstmal rein.«

»Verdammte Scheiße!«, fluchten beide Männern gleichzeitig.

Alli fiel, als sie diese Neuigkeiten hörte, eine riesige Last von den Schultern. *Daniel war frei!* Zenodot hatte es also tatsächlich geschafft. Spontan erschien ein breites Lächeln auf ihrem Gesicht, das dem Mann namens Markus sofort sauer aufstieß.

»Wenn du weiterhin so grinst, prügle ich dir dein Lachen aus deinem hübschen Gesicht!«

Und damit Alli es ja auch nicht vergaß, rammte er seinen Ellenbogen in ihre linke Seite. Stöhnend sackte sie zusammen, doch sofort zog er sie wieder nach oben. Dann verpasste er der Weltengängerin einen so heftigen Stoß, dass sie mit dem Mann im Türrahmen zusammenprallte und regelrecht ins Haus fiel. Nach Luft ringend blieb Alli auf dem rauen Dielenboden liegen. Als sie noch etwas benommen den Kopf hob, sah sie als erstes einen völlig schwarz gekleideten Mann, der im hinteren Bereich des Zimmers vor einem Fenster stand. Wobei der Ausdruck *gekleidet*, nicht ganz korrekt war, denn er trug eine mönchsähnliche Kutte. Das Gesicht war verborgen unter einer Kapuze, aber dennoch spürte Alli, wie die seltsame Gestalt sie jetzt aufmerksam betrachtete. Sofort war ihr klar, dass es sich hier um ein Wesen aus der *Anderen Welt* handelte.

Indes lief Grünauge achtlos an ihr vorbei und richtete sofort das Wort an den wartenden Mann. »Darf ich fragen was in Frankfurt passiert ist?«

Alli richtete sich inzwischen schwerfällig auf und beobachtete nun ihrerseits das schwarze Wesen. Die Luft um den Mann schien regelrecht zu flimmern und er verströmte eine Eiseskälte. Als ihr Blick über seinen Körper wanderte, bemerkte sie plötzlich in Brusthöhe des Mannes etwas Silbernes. Vielleicht eine Brosche oder ein Abzeichen, doch aufgrund der Entfernung und ihrer noch immer anhaltenden Benommenheit, war es Alli nicht möglich den Gegenstand genauer zu verifizieren.

Es folgte ein leises Zischen und die Gestalt antwortete mit dunkler und kratzender Tonlage auf die gerade gestellte Frage. »Nichts, was unseren Plan beeinträchtigen würde!«

»Aber ...«, begann der Grünäugige, doch das unheimliche Ding hob nur die Hand und sofort verstummte er.

»Wer ist das?«, kam die Frage vom Fenster.

»Pia Allington. Eine enge Vertraute dieses Debrien«, erklärte nun Markus, der mittlerweile ebenfalls eingetreten war.

»So, so – das trifft sich ja ausgesprochen gut. Ein Fisch entwischt, ein anderer geht ins Netz.« stellte das Wesen mit boshafter Stimme, aber sichtlich erfreut, fest.

Langsam setzte sich *der Bote* in Bewegung und kam vor Alli zum Stehen. Selbst aus dieser Nähe konnte die Weltengängerin keinerlei Gesichtszüge oder gar die Augen erkennen. Sie blickte einfach in ein schwarzes Loch, doch die Kälte, die von diesem Wesen ausging, fuhr Alli durch Mark und Bein.

»Pia Allington, also! Ich bin wahrhaft erfreut dich kennenzulernen.«

Alli musste alle Kraft aufbieten, um ihrer Stimme einen festen Klang zu geben. »Tut mir leid, dass ich dieses Kompliment nicht erwidern kann. Wer sind Sie überhaupt?«

»Wer ich bin tut nichts zur Sache, doch in dieser Welt nennt man mich *den Boten*.«

»Der Bote? Nie gehört«, erwiderte sie schnippisch, denn ihre Antwort entsprach natürlich der Wahrheit.

»Das macht nichts, doch ich verspreche dir, dass du mich besser kennenlernen wirst, als dir lieb ist.«

Alli lief es, angesichts der Drohung, eiskalt den Rücken hinunter, denn ihr war klar, dass dieses Wesen seinen Worten auch Taten folgen lassen würde.

Inzwischen hatte sich *der Bote* an die Männer gewandt. »Habt ihr sie durchsucht? Hatte sie eines von diesen Mobiltelefonen dabei?«

»Ja, das hatte sie – hier«, sagte Grünauge und hielt es der schwarzen Gestalt entgegen.

»Nein, behalte es. In den nächsten Stunden wird sich zweifellos jemand aus Frankfurt melden, denn sie werden Miss Allington gewiss die frohe Botschaft von Debriens Befreiung überbringen wollen.«

»Und dann?«, kam sofort die Frage.

Unbeabsichtigt entfuhr Alli ein leises Kichern. Alle Anwesenden richteten ihre Augen auf sie. Dem Boten zugewandt schnaubte sie bissig: »Dein Mitarbeiter ist nicht gerade eine große Leuchte, oder?«

Grünauge funkelte sie wütend an, während das Wesen Allis Bemerkung einfach ignorierte und weitersprach. »Wenn sie ihre Freundin in einem Stück wiedersehen wollen, dann haben sich dieser Zenodot und Debrien in der Nacht zu Samhain im Steinkreis einzufinden. Das vereinfacht unsere Sache erheblich!«

»In Ordnung«, meinte der Mann und schob einen weiteren Satz nach, bei dem er sich jedoch ziemlich unwohl zu fühlen schien. »Ähm...ihr habt da etwas ...«, stotterte er verlegen und tippte sich selbst auf die Brust.

Der Bote sah an sich hinunter und griff nach dem silbernen Gegenstand, den Alli schon vorhin entdeckt hatte. »Nichts von Bedeutung«, meinte er lapidar und zog einen kleinen Dolch aus seiner Brust. Achtlos warf er ihn zu Boden, wo er klirrend aufschlug.

Alli hielt die Luft an, als sie das Stilett genauer betrachtete, denn es handelte sich um eine Klinge der Waldkobolde. Das konnte nur eines bedeuten – die Befreiung von Daniel war nicht kampflos erfolgt. *Hoffentlich geht es allen gut*, dachte sie bestürzt.

»Wir sehen uns morgen zu Samhain!«, sprach das Wesen in den Raum und meinte damit die S.M.A Leute, denn an die Weltengängerin gewandt, fügte *der Bote* hinzu: »Und für dich Mädchen, hoffe ich, dass deine Freunde unserer Aufforderung Folge leisten werden.« Unvermittelt hob er die Hand und zeigte auf Grünauge. »Bis dahin wird ihr kein Haar gekrümmt! Du stehst mit deinem Leben dafür gerade.«

Alli sah, wie der Mann schwer schluckte und zögernd mit einem Nicken bestätigte.

»Gut!«, klang es zufrieden unter der Kapuze.

Dann stieg hinter dem *Boten* dichter Rauch empor und hüllte das Wesen langsam ein. Immer mehr verschmolz seine Silhouette mit den schwarzen Schwaden und jegliche Konturen lösten sich auf. Der dunkle Nebel zerfaserte in tausend kleine Wölkchen, die sich allmählich verflüchtigten, bis nichts mehr übrigblieb.

»Bin ich froh, dass dieser Typ auf unserer Seite steht«, meinte der Mann namens George sichtlich erleichtert.

»Sperr sie in die Abstellkammer, falls es hier so etwas gibt«, bestimmte Grünauge, der seine Unterwürfigkeit sofort abgelegt hatte, als das Wesen verschwand. »Und lege ihr straffe Fesseln an, damit sie es so unbequem wie möglich hat!« Dabei funkelte er Alli triumphierend an. Dieser Befehl fiel seiner Meinung nach, anscheinend nicht unter die eben erhaltene Weisung des *Boten*.

George packte sie gerade, als plötzlich die Titelmelodie der Serie *Big Bang Theory* leise durch das Zimmer schwebte.

Grünauge blickte zuerst verwirrt auf das Display von Allis Handy, dass er noch immer in der Hand hielt, doch dann verzog sich sein Gesicht zu einer hässlichen Fratze. »Das ging ja schneller als gedacht!«

Mit klopfendem Herzen hörte Alli, wie er fragte: »Kommissar Schwarzhoff. Julian Schwarzhoff?« Einen Moment lang Stille, dann der nächste Satz: »Bleiben Sie ruhig und hören Sie jetzt genau zu. Miss Allington geht es gut und das wird auch so bleiben, wenn Sie unseren Anweisungen folgen.«

Julian schien nur eine knappe Frage gestellt zu haben, denn der Mann sprach fast übergangslos weiter: »Morgen, pünktlich um Mitternacht, erscheint dieser Zenodot, begleitet von Debrien am Steinmonument in Stonehenge. Nur diese beiden – und sonst niemand! Sollten wir etwas anderes hören, sehen oder entdecken – nun ja – Sie haben genug Fantasie, um sich auszumalen, dass dieser Umstand Miss Allingtons Gesundheit nicht zuträglich wäre. Also dann – wir erwarten die beiden morgen!«

Ohne eine Antwort abzuwarten, kappte er die Verbindung, reichte Alli das Handy und befahl: »Ausschalten sofort!«

Widerwillig schaltete sie das Mobiltelefon aus. Damit konnte das Telefon nicht mehr geortet werden und es blieb nur zu hoffen, dass wenigstens Cornelia Lombardi einen Weg finden würde, ihren Aufenthaltsort zu ermitteln.

Das Taxi war dem dunklen SUV bis zu einem kleinen Weiler, bestehend aus mehreren Gehöften, gefolgt. Nun standen sie seitlich auf einem holprigen Schotterweg, doch durch die eng zusammenstehenden Bäume konnte Cornelia Lombardi nichts erkennen.

»Sind die Anwesen bewohnt?«, fragte sie deshalb den Taxifahrer.
»Die Gegend heißt King Barrow Ridge. Die Höfe werden von mehreren Familien bewirtschaftet und sind, bis auf ein kleines Ferienhaus, dass ab und zu vermietet wird, alle bewohnt.«
»Also wahrscheinlich das Ferienhaus!«, murmelte Cornelia nachdenklich. »Bitte warten Sie hier, ich will mich etwas umsehen.«
Der Fahrer nickte nur. »Sie sind der Boss, Lady.«
Cornelia stieg aus und huschte geduckt durch das Unterholz. Kaum vier Meter weiter erreichte sie die andere Seite des Grüngürtels. Sie blickte auf einen gepflegten Vorplatz, dessen Kies vom Mond hell erleuchtet wurde. Gegenüber von ihr ragten zwei große Gebäude, hinter deren Fenstern vereinzelte Lichter brannten, schemenhaft aus der Dunkelheit. Dann entdeckte sie linkerhand im Halbdunkel ein kleines spärlich beleuchtetes Backsteinhaus, vor dem der gesuchte schwarze SUV stand. Sie hatte Alli gefunden!

Zurück beim wartenden Taxi zückte sie sofort ihr Mobiltelefon und wählte die Nummer von Julian Schwarzhoff. Laut ihrem letzten Telefonat mit Alli war auch Daniel entführt worden, weshalb sie jetzt die Tiefenschmiede über Allis Schicksal informieren musste.

Daniel Debrien

Ich sah noch verwundert zu, wie einer der beiden S.M.A. Leute an der Wand zusammensackte, als auch der andere Typ neben mir auf den Boden knallte. Doch ich kam nicht weiter dazu mich zu wundern, denn auch mir wurde plötzlich das Licht ausgeknipst. Ich begann in eine bodenlose Schwärze zu stürzen, doch wie lange der Fall dauerte konnte ich nicht bestimmen, denn jegliches Zeitgefühl war abhandengekommen. Nach einer gefühlten Unendlichkeit des Fallens nahm ich endlich ein näherkommendes Licht wahr, dass rasend schnell auf mich zukam. Ich schloss die Augen in Erwartung eines ungebremsten Aufschlags, doch stattdessen fand ich mich unverhofft und auf beiden Beinen, an der Frankfurter Hauptwache wieder. Überrascht blickte ich mich um und erschrak im selben Augenblick zu Tode. Rings um den großen Platz standen sämtliche Gebäude lichterloh in Flammen und jäh schlug mir die ungeheure Hitze des Feuers entgegen. Die Katharinenkirche, die großen Einkaufsgebäude, ja sogar die im Hintergrund aufragende Silhouette des Jumeirah Hotels – alles brannte. Ich sah wie Menschen als brennende Fackeln aus den Gebäuden stürzten oder bereits völlig verkohlt auf den Straßen lagen. All das glich einem grauenhaften Albtraum, doch seltsamerweise vernahm ich keinerlei Geräusche – kein Knistern von Flammen, keine Schreie der Verletzten, keine Feuerwehrsirenen. Ich hörte – einfach nichts. Schützend riss ich beide Hände vors Gesicht, doch die Glut war so stark, dass ich glaubte meine Kleidung, Haare und Haut hätten bereits Feuer gefangen. Ich schrie instinktiv auf und ein ungeheuerlicher Gedanke peitschte durch mein Hirn: *Das also ist die Hölle!*

Übergangslos tauchte neben mir eine Gestalt aus dem Flammeninferno auf und packte mich am Arm. Im selben Moment baute sich eine blauschimmernde Haube auf, die sich schützend um mich und den Unbekannten legte. Augenblicklich verflüchtigte sich die Hitze und meine Schmerzen verschwanden wie von Zauberhand. Panisch sah ich an mir herab, ob irgendetwas in Flammen stand, doch keines meiner Kleidungsstücke, genauso wenig meine Hände, zeigten irgendwelche Anzeichen von Verbrennungen. Außerhalb der kleinen Kuppel war alles in züngelnden Feuerschein getaucht und zu meinem Entsetzen stürzte eben der Glockenturm der Katharinenkirche lautlos in sich zusammen. *Lautlos?* Erst jetzt wandte ich mich meinem vermeintlichen Retter zu, der sich bisher völlig still verhalten hatte. Es genügte nur ein Blick und es platzte aus mir heraus. »*Osiris??*«

Doch anstatt zu antworten, blickte er nur wortlos auf das Hölleninferno, das noch immer rings um uns tobte. Auf einmal fühlte ich mich, jetzt da er, der mich unter seinen persönlichen Schutz gestellt hatte, an meiner Seite stand, überraschenderweise völlig sicher.

»Sieh dich um Daniel!«, sagte er traurig. »Das ist das Werk des Dämons.«

Meine Knie wurden weich und ich glaubte mich verhört zu haben. »Er ... er ... ist entkommen?«, stotterte ich fassungslos.

»In dieser Zukunft – ja!«, antwortete er kryptisch und verwirrte mich damit vollends.

»In dieser Zukunft? Das verstehe ich nicht.«

Erst jetzt wandte sich Osiris mir zu und sah mich direkt an. »Die Zukunft hat viele Facetten Daniel, und jede einzelne hängt von unserem Tun in der Gegenwart ab. Ich zeige dir hier die Facette einer *möglichen* Zukunft, damit du verstehst, was für eine Macht dieses Wesen hat.«

»Das heißt also, es ist noch nicht passiert, aber es wäre *genauso* möglich?«

Die Gottheit nickte. »Ja, so ist es.«

Mir fiel zwar innerlich ein Stein vom Herzen, jedoch zeigte dieses Szenario deutlich, was geschehen würde, wenn wir Weltengänger versagten und dieses Monstrum freikam. »Was ist mir überhaupt zugestoßen? Und wo bin ich?«, fragte ich abrupt, denn irgendwie musste ich ja an diesen seltsamen Ort gekommen sein.

»Zenodot, der Kommissar und die Kobolde, haben dich unter Mithilfe von Selket, ausfindig gemacht und befreit. Dazu haben sie die ganze Stadt Frankfurt in einen tiefen Schlummer versetzt. Dein Geist ist derzeit auf Reisen, doch dein Körper schläft sicher in der Tiefenschmiede. Du befindest dich also in einer Art Wachtraum, denn nur so konnte ich dich erreichen«, erklärte Osiris mit ruhiger Stimme.

Eine zweite Welle der Erleichterung durchflutete mich. Jedoch währte dieses Hochgefühl nur einen kleinen Augenblick, bevor es langsam in Misstrauen umschlug. »Und aus welchem Grund stehst du jetzt vor mir und zeigst mir eine Apokalypse, die vielleicht niemals passieren wird? Doch sicherlich nicht, weil es dir einfach Spaß macht einen unbedeutenden Menschen in Angst und Schrecken zu versetzen!«

»Nein, natürlich nicht!«, erwiderte er sofort und schien fast ein wenig gekränkt, dass ich so einen Standpunkt überhaupt in Erwägung gezogen hatte. »Mir war wichtig, dass du den Ernst der Lage erkennst, denn die nächsten zwei Tage sind entscheidend.«

Bei diesen Worten fiel mir etwas ein. »Die beiden Männer, die mich entführt haben, sprachen von einem Ereignis, dass bei Stonehenge in genau drei Tagen stattfinden soll.«

»Und was ist in drei, beziehungsweise jetzt nur noch zwei Tagen?«, fragte Osiris betont gelassen.

Ich überlegte einen Augenblick. »Nun, dann haben wir den einunddreißigsten Oktober und das ist natürlich ...« Ich brach den Satz abrupt ab, denn plötzlich fiel es mir wie Schuppen von den Augen. »... *Halloween!* Doch ist das nur ein neumodischer Abklatsch des viel, viel älteren keltischen Festes Samhain! Angeblich sollen in dieser Nacht magische Kräfte besonders stark wirken. Verdammt, sie werden versuchen den Dämon genau in dieser Nacht zu befreien! Und der Angriff auf den Steinkreis vor ein paar Tagen war vermutlich nur ein erster Test.«

»Das war auch unsere Vermutung und leider hat sich diese These jetzt weitgehend bestätigt, da sie deine Freundin Pia Allington in Stonehenge entführt haben«, stimmte Osiris zu.

Ich schaute ihn völlig entsetzt und sprachlos an.

»Ja, es entspricht leider der Wahrheit!«, setzte er mit leiser Stimme hinzu.

Ich wandte mein bestürztes Gesicht von ihm ab, blickte durch die schimmernde Haube. Gerade fiel der riesige Komplex des Jumeirah Hotels brennend in sich zusammen und eine gigantische Glutwolke rollte durch die Straße, direkt auf uns zu. »Osiris!«, brüllte ich erschrocken auf, als uns die heiße Asche auch schon einhüllte. Die Kuppel, bestehend aus einem feinen Gespinst leuchtender Fäden, begann heftig zu vibrieren, aber dann war der Spuk schon wieder vorbei. Doch von unserer Umgebung war nichts mehr zu erkennen, abgesehen von einem orangeroten Feuerschein, der schemenhaft durch die dichte Aschewolke geisterte.

»Keine Angst! Hier kann dir nichts zustoßen!«, beruhigte mich Osiris und fuhr, als wäre nichts gewesen, fort. »Sie wollen, dass ihr, also Zenodot und du, an Samhain, genau um Mitternacht am Steinkreis erscheint, dann wird der Weltengängerin nichts geschehen. Die Absicht dahinter ist eindeutig – sie brauchen Zenodot, um den Dämonenkerker endgültig zu öffnen.«

»Dann müssen wir Alli vorher befreien!«, platzte es aus mir heraus.

Osiris blieb still und schaute mich durchdringend an.

»Was?«, blaffte ich ihn gereizt an, denn die Wut auf diese verdammte Organisation hatte mittlerweile jede Faser meines Körpers in Besitz genommen.

»Ich kann verstehen, dass dich diese Nachricht innerlich aufwühlt und wir werden alles in unserer Macht stehende tun, um die Weltengängerin aus den Klauen unserer Gegner zu befreien. Aber sieh dich um, die Zerstörungswut des Dämons kennt keine Grenzen, denn er ist nicht irgendein drittklassiges Schattenwesen! *ER* ist der Sohn von Apophis.«

Angesichts dieser Offenbarung verrauchte mein Zorn schlagartig. »Apophis – die weltenverschlingende Schlange des ägyptischen Pantheons?«

Osiris nickte ernst. »Mein Gegenspieler, wenn du so willst und mir an Macht und Kraft ebenbürtig. Deshalb versucht Apophis, da er und ich uns aufgrund bindender Verträge nicht direkt gegenübertreten können, über seinen Sohn und dessen Vasallen die Machtverhältnisse zu seinen Gunsten zu verändern. Seitdem wir den Sohn gefasst haben, setzt der Vater alles daran seinen mächtigen Sprössling zu befreien. Doch wie bereits gesagt – ohne direkt selbst einzugreifen. Ich hingegen versuche dies mit allen Mitteln zu verhindern, gleichwohl auch ich mich im Schatten bewegen muss und nur indirekt Einfluss nehmen kann.«

Unbewusst fuhr ich mir nachdenklich durch die Haare. »Langsam beginne ich zu verstehen. Nicolas Vigoris, der jahrhundertelang nach den Gussformen der Kerkerschlüssel gesucht hat. Seschmet, die mit Hilfe von Thots Buch versuchte in die Zeit vor der Errichtung des Kerkers zu reisen – alles Knechte von Sohn und Vater.«

»Ja und jedes Mal agierte auch ich im Hintergrund. Nie trat ich offiziell in Erscheinung, aber ich unterstützte Zenodot, Selket oder die Weltengänger, um der Bedrohung Herr zu werden oder sie auszuschalten«, erklärte der Herrscher der Duat. »Und genauso verhält es sich auch diesmal, denn erneut zieht ein Sklave des Apophis im Hintergrund die Fäden. Er nennt sich nur *der Bote*, doch er verfügt über enorme Macht und ist ein äußerst gefährlicher Gegner. Wir müssen deshalb größtmögliche Vorsicht walten lassen und mit Bedacht vorgehen – nur dann werden wir ihn aufhalten können. Und genau deswegen dürfen wir Alli nicht sofort befreien. Zenodot und du werdet nach Stonehenge reisen und zu Mitternacht an Samhain in den Steinkreis treten.«

Wie vom Donner gerührt starrte ich ihn an. »Das ist der Plan?? Du willst uns alle drei den Löwen zum Fraß vorwerfen?«

»Du musst mir vertrauen – es sind bereits Vorkehrungen getroffen worden. Jedoch müssen sich alle Beteiligten strikt an den Ablauf halten. Greift nur ein winziges Rädchen daneben, so steht das ganze Uhrwerk still.«

»Pah und wie sollen wir uns an einen Plan halten, den wir nicht kennen?«, zischte ich aufgebracht.

Osiris legte mir väterlich die Hand auf die Schulter. »Ich weiß Daniel, das ist schwer zu ertragen und noch weniger zu verstehen. Deshalb kann ich nur darauf hoffen, dass du mir dein Vertrauen schenkst. Kannst du dies tun – mit Zuversicht an mich zu glauben?«

Bitte stellen Sie sich vor – ich stehe unter einer kleinen Glocke, während rings um mich die Apokalypse ausgebrochen ist und gerade alles, was ich kenne und liebe den Bach runtergeht. Neben mir steht eine ägyptische Gottheit, die mich um ihr Vertrauen bittet und gleichzeitig verlangt, an dem Tag, an dem die stärksten magischen Kräfte wirken, vor ein Wesen zu treten, dass schon ohne Samhain eine ungeheure Macht besitzt. Jede Faser in meinem Körper schrie Osiris das kleine Wort NEIN entgegen, doch was hörte ich mich stattdessen sagen:

»Ich vertraue dir, Osiris.«

»Danke!«, sagte er leise. »Und nun trete zurück in deinen Körper – du wirst bereits erwartet.«

Bevor ich noch etwas erwidern konnte, denn verständlicherweise lagen mir noch jede Menge Fragen auf der Zunge, wischte er mir mit einer schnellen Bewegung über die Augen und ich stürzte erneut in eine bodenlose Schwärze.

Immer schneller fiel ich einem winzigen Lichtpunkt entgegen, der irgendwann größer und größer wurde. Als ich das gleißende Licht beinahe erreicht hatte, hörte ich von sehr weit entfernt

ein helles Stimmchen. »Seht, seine Augenlider beginnen zu flattern – er wacht auf!«

Während ich noch überlegte, wer das sein könnte, durchzuckte mich ein heftiger Schlag. Erschrocken riss ich die Augen auf ... und blickte ... direkt in das Koboldgesicht von Tarek Tollkirsche.

Er hatte sich auf mich geworfen und schlang beide Arme um meinen Hals, während dicke Tränen aus seinen grünen Augen kullerten. »Daniel! Du lebst und bist gesund«, schluchzte er erleichtert.

Ächzend stöhnte ich: »Das wird aber nicht lange so bleiben, wenn du nicht sofort von mir runtergehst.«

»Oh – ähm – Entschuldigung«, stotterte er betroffen und ließ hastig von mir ab.

Ich versuchte mich aufzusetzen, doch prompt erfasste mich ein heftiger Schwindel.

»Helft ihm!«, hörte ich eine Stimme neben mir.

Zeitgleich griffen mehrere Hände nach mir und ich wurde behutsam aufgerichtet. Immer noch etwas desorientiert blickte ich mich um. Ich saß auf einem Bett, dass ich sofort meinem Zimmer in der Tiefenschmiede zuordnen konnte. Die Kobolde Tarek und Ronar Rotbuche hatten mir aufgeholfen und am Bettende blickte ich in die erleichterten Gesichter von Zenodot und Julian. Eine ältere, etwas pummelige Dame stand im Türrahmen und lächelte mich fast mütterlich milde an. Es handelte sich um niemand anderen als Dr. Malik, alias Selket – also war auch sie in die aktuellen Ereignisse involviert.

»Hallo zusammen«, begrüßte ich alle noch etwas matt.

»Der Schläfer ist erwacht!«, meinte Zenodot grinsend.

»Das ist aus Dune – der Wüstenplanet!«, gab ich schmunzelnd zurück.

Der Bibliothekar sah mich verwirrt an. »Wie bitte?«

Aber auch Julian und Selket sahen mich an, als ob ich nicht ganz dicht wäre. Ich winkte lachend ab. »Vergesst es! Das ist ein Science Ficton Film und der Satz *Der Schläfer ist erwacht!* ist ein Zitat des Hauptdarstellers Paul Atreides, gespielt von Kyle MacLachlan.«

»Sein Kopf hat anscheinend keinen größeren Schaden genommen, denn allzu schlecht kann es ihm nicht gehen, wenn er bereits Scherze macht!«, stellte der Kommissar sichtlich amüsiert fest.

»Ich fühle mich noch etwas ausgelaugt, aber ansonsten geht es mir gut.«

Der Alte sah mich skeptisch an. »Willst du dich noch etwas ausruhen oder möchtest du bereits aufstehen?«

»Gebt mir ein paar Minuten, dann bin ich wie neu.« Ich blickte die Umstehenden mit ernster Miene an. »Wir müssen reden und das schnell.«

Julian nickte. »Ja, das müssen wir in der Tat. Alli …«

Ich schnitt ihm sofort das Wort ab. »Ich weiß, dass Alli entführt worden ist …«

Zenodot und Julian rissen die Augen auf, während Selket im Hintergrund zu schmunzeln anfing.

»Aber woher …?«, fragte der Kommissar.

»Natürlich von Osiris, nicht wahr Daniel?«, kam es kichernd vom Türrahmen.

Ich bestätigte ihr Annahme kurz und meinte anschließend: »Wie gesagt, gebt mir ein paar Minuten.«

Reichsstadt Frankfurt – 1550 a.D.

Winkelsee kauerte immer noch mit dem Rücken an der Türe und hatte den Kopf auf die Knie gelegt. Neun Schüsse bis zur Freiheit und trotzdem war sie genauso unerreichbar, wie eine Frau aus dem Adelsstand für den Sohn eines Bauern. Nie und nimmer war dies möglich. Dafür war er zu lange im Wald unterwegs, hatte er zu lange den Wildtieren nachgestellt und zu viele Kugeln verbraucht.

»Seht Ihr, Hans Winkelsee, ich hatte doch gesagt, dass es seine Zeit braucht. Trotzdem muss ich mich bei Euch entschuldigen – ich hatte nicht damit gerechnet, dass es so schnell vonstattengeht!«, sprach eine krächzende Stimme aus dem hinteren Teil des Raumes.

Der Wilderer fuhr erschrocken zusammen und hob den Kopf. *Der Bote* stand, auf seinen Stock gestützt, in einer Ecke des Kerkers und beobachtete ihn aufmerksam.

»Mit was habt Ihr nicht gerechnet? Dass ich so schnell am Galgen lande?«, zischte er aufgebracht und vergaß dabei völlig seine Verwunderung, wie es dieser Mann so plötzlich in seine Zelle geschafft hatte.

Ein fürchterliches Kichern erfolgte, das Winkelsee an ein altes und nicht geöltes Türscharnier erinnerte. »Ich sagte Euch gestern bereits, dass es sein könnte, dass die Zeit kommt, da Ihr Eure Behauptung vielleicht unter Beweis stellen müsst.«

»Ihr wisst so gut wie ich, dass dies völlig unmöglich ist. Neun Kugeln, neun Treffer auf ein bewegliches Ziel, noch dazu in luftiger Höhe? Vergesst es einfach! Ich bin schon tot – nur will der Rat noch etwas Unterhaltung, bevor ich hänge.«

Jetzt hob der seltsame Mann seinen Stock und schlug das Ende krachend auch auf den Boden. »Womit wir bei unserem Handel wären! Ich werde mich für Euch einsetzen, wenn Ihr Euch im Gegenzug verpflichtet Beistand zu leisten, wenn Eure Hilfe gefordert wird.«

»Erzählt mir wie und ich gebe Euch mein Wort, den Handel in Betracht zu ziehen.«

Wieder dieses krächzende Glucksen, das Winkelsee bis ins Mark fuhr. »So, so, Ihr wollt es also in Erwägung ziehen? In Anbetracht Eures unmittelbar bevorstehenden Todes eine sehr gewagte These, meint Ihr nicht?«

Der Wilderer blieb stumm.

»Nun gut, Meister Winkelsee, ich werde Euch sagen, wie ein Handel mit meinem Herrn üblicherweise abläuft!«

»Eurem Herrn? *IHR* dient jemandem?«, fragte Winkelsee ungläubig.

»Natürlich! Ich sagte Euch bereits an der Alten Brücke, dass ich seine Botschaften überbringe. Aber lassen wir das, denn es tut momentan nichts zur Sache.«

»Tut es doch! Ich würde schon gerne wissen, mit wem ich ein Abkommen vereinbare!«, widersprach der Wilderer energisch.

Statt einer Antwort, wurde Winkelsee plötzlich wie von Zauberhand emporgehoben und mit einer solchen Wucht gegen die Kerkermauer geschleudert, dass er benommen liegenblieb. *Der Bote* trat näher und beugte sich über ihn. Winkelsee erschauerte, denn die Luft um ihn herum nahm schlagartig eine Eiseskälte an.

Über ihm zischte *der Bote* und diesmal sprach er ihn ganz direkt an: »Hans Winkelsee du bist nicht in der Position *irgendetwas* zu verhandeln. Ich biete dir Hilfe an und verlange etwas dafür, doch die Entscheidung dazu liegt allein an bei dir! Also triff deine Wahl – der Tod oder das Leben?«

Immer noch halb betäubt flüsterte der Wilderer leise: »Leben – ich will leben!«

Der Bote entfernte sich wieder ein Stück und sofort flaute die Kälte in der Zelle merklich ab. Schweratmend setzte sich Winkelsee auf und lehnte sich mit schmerzverzerrtem Gesicht an die kalte Backsteinwand.

Mit einer Mischung aus Abscheu und Zufriedenheit beobachtete *der Bote*, gestützt auf seinen Stock, den vor ihm sitzenden Wilderer und nickte schließlich. »Dann lebt, Hans Winkelsee.«

Nur stockend kamen die Worte über seinen Mund, als Winkelsee die entscheidende Frage stellte. »Was muss ich für Euch tun?«

»Nicht für mich, sondern für meinen Herren«, stellte das Wesen sofort richtig. »Er, der in den Schatten lebt, wird Euch irgendwann in seine Dienste rufen. Das gegebene Versprechen wird bei Euch oder denjenigen die nach Euch kommen, eingefordert. Dieser Kontrakt ist bindend und gilt auch lange nach Eurem Tod. Erst wenn diese Pflicht getan ist, wird die Schuld getilgt sein und Eure Sippschaft von Eurem heute geleisteten Eid entbunden.«

Trotz seiner Schmerzen drangen die Worte des *Boten* klar und deutlich zu Winkelsee durch. »Wie sieht diese Schuld aus?«

»Das weiß ich nicht. Ihr werdet es zu gegebener Zeit erfahren …« Dann setzte *der Bote* noch hinzu: »… oder Eure Nachfahren.«

Winkelsee nickte schwerfällig und dachte insgeheim: *Wenn ich diese Schuld im Gegenzug für mein Leben auf mich nehmen muss, dann sei es so. Sicherlich ist die Pflichterfüllung weniger verhängnisvoll als der Tod.* Und dann fragte er, einer jähen Eingebung folgend, vorsichtig, »Was, wenn mich ein plötzlicher Tod ereilen sollte, mich die Pest dahinrafft und ich keine Abkömmlinge gezeugt habe?«

Es folgte ein nichtssagendes Schulterzucken. »Mein Herr hat seine Möglichkeiten über den Tod hinaus. Aber ich möchte Euch einen kostenlosen Rat geben: Wenn Ihr frei seid, lebt Euer Leben, wie Ihr es für richtig haltet, doch spielt nicht mit den Gedanken, dieser Verpflichtung zu entkommen. Er oder ich finden Euch – wo immer Ihr auch seid!«

Nach diesen Worten hing eine bleierne Stille über dem Kerker und es dauerte eine geraume Zeit, bis *der Bote* schließlich fragte: »Seid Ihr also bereit?«

»Erzählt mir wenigstens, wie Ihr mich retten wollt. Wenn ich schon einen Schwur leisten muss, so sollte ich doch zumindest genau das wissen!«, brummte Winkelsee gereizt.

Ohne Kommentar fuhr *der Bote* mit der rechten Hand unter seine weitausladende Kutte und zog sie wieder hervor. Dann warf er etwas auf den Boden. Es folgte ein mehrfaches Aufschlagen von kleinen Gegenständen, die nun langsam über die grauen Steine rollten.

Winkelsee hob eines dieser Objekte auf und betrachtete es genauer. »Eine Bleikugel?«, fragte er verwirrt.

»Nein – nicht eine, sondern deren neun!«, erwiderte *der Bote* gelassen.

Ungelenk, und immer noch unter leichten Schmerzen, ging der Wilderer auf die Knie und kroch suchend über den Boden. Als er alle Kugeln eingesammelt hatte, lehnte er sich wieder mit dem Rücken an die Wand und öffnete seine Finger. Neun Bleikugeln, alle mit einem zarten Muster, ähnlich einer Wellenlinie überzogen, ruhten auf seiner Handfläche. Allerdings entdeckte man die feinen Verzierungen erst, wenn man auch wirklich ganz genau hinsah. Aber noch immer konnte sich Winkelsee keinen Reim darauf machen, wie ihm diese Gegenstände helfen sollten. Fragend blickte er auf. »Ich … ich verstehe nicht?«

»Ladet diese Bleikugeln in Eure oder jede andere Flinte und Ihr werdet Euer Ziel niemals verfehlen«, erklärte der Kuttenträger.

»Aha, und wie sollte ich das bewerkstelligen? Außerdem bin ich, als ich hier festgesetzt wurde, durchsucht worden! Wie sollte ich erklären, plötzlich an Bleikugeln gekommen zu sein? Der Turmwächter Leinweber wird die Büchse und zudem die Kugeln stellen, mit denen ich auf die Wetterfahne zielen soll. Wie in Gottes Namen sollte das gelingen?«

»Diesen Herrn mit Namen *Gott* könnt Ihr getrost außenvorlassen – wir benötigen seine Hilfe nicht!«, zischte *der Bote* ungehalten.

Winkelsee zog instinktiv den Kopf ein, doch nach einem kurzen Moment sprach dieser mit ruhiger Stimme weiter: »Lasst Euch etwas einfallen Wilderer. Denkt nach, denn manchmal fällt einem die Lösung direkt vor die Füße – man muss nur zugreifen! Wer also könnte Euch helfen, Leinwebers Geschosse gegen die Euren auszutauschen?«

»Ihr?«

Sein Gegenüber gluckste amüsiert. »In der Tat eine naheliegende Vermutung, doch nein – für Euer Leben müsst Ihr Euch ein bisschen mehr anstrengen. Ich werde Euch lediglich die Türe zeigen, hindurchtreten solltet Ihr schon selbst!«

»Aber wer sollte diese Person sein und was kann ich von diesem Ort ausrichten, um sie zu finden? Und sollte ich, entgegen aller Vernunft, tatsächlich bis morgen jemanden gefunden haben – wie könnte ich ihn davon überzeugen, mir zu helfen? Erfährt der Rat von seiner Hilfe, dann steckt des Helfers Kopf ebenfalls in der Schlinge. Wer würde so ein Risiko eingehen?«, meinte Winkelsee ratlos.

Der Bote tippte sich mit seinem knochigen Fingern ans Kinn und tat so als würde er angestrengt überlegen. »Ja, wer könnte das wohl sein. Aber halt! Höre ich da etwa die Rettung nahen?«

Ehe Winkelsee antworten konnte, quoll aus dem hinteren Winkel des Kerkers eine dichte und schwarze Rauchwolke hervor. Unter höhnischem Lachen wurde der seltsame Mann von dem dunklen Dunst verschluckt und als sich die Nebel verzogen hatten, saß Hans Winkelsee, mit offenem Mund, allein in seiner Zelle. Aber ehe er sich von seinem Schreck erholen konnte, klopfte es zaghaft an die Kerkertüre. »Hans Winkelsee?«, drang eine gedämpfte Stimme zu ihm durch und plötzlich fiel es ihm wie Schuppen von den Augen was *der Bote* gemeint hatte: *Maria Leinweber, die Tochter des Turmwächters!*

Maria ließ sich nachdenklich auf den Stuhl am Esstisch fallen und dachte über die eben gehörten Worte von Heinrich nach. Noch war sie fassungslos, wie herzlos dieser Rat der Stadt war. Hans Winkelsee hatte eine unter Strafe stehende Tat begangen, das wollte sie gar nicht bestreiten. *Aber war es wirklich den Tod wert, wenn man seine Familie ernähren und unterstützen wollte?* Natürlich nicht mit unlauteren Mitteln und genau da hatte Hans Winkelsee einen großen Fehler begangen, für den er jetzt bitter bezahlen musste. Doch seine Hinrichtung zur Volkbelustigung machen? Das war für Maria eindeutig zu viel, vor allem, da sich der Bürgermeister, unter dem Vorwand, dem Delinquenten seine Freiheit in Aussicht zu stellen, obendrein noch als edelmütig und barmherzig darstellte. Und das wohlwissend, dass der Gefangene an der verlangten Aufgabe unwiderruflich scheitern und trotzdem hängen würde. Das brachte Marias Blut zum kochen. Sie stand ärgerlich auf und lief an einer der Scharten vorbei, von denen man den Vorplatz zum Turm im Blick hatte. Ruckartig blieb sie stehen und glaubte ihren Augen nicht zu trauen. Unter ihr wurden bereits die ersten Stände aufgebaut! *Wahrscheinlich wird Schatzmeister Fürstenberger ein beträchtliches Entgelt von den Kaufleuten fordern, denn umsonst gibt es den Stellplatz für ihre Auslagen gewiss nicht. So wird mit dem Tod des Wilderers noch ordentlich Geschäft gemacht, damit Händlern und Rat auch ja keine Münzen entgehen!* dachte Maria sichtlich aufgewühlt. Jetzt verstand sie auch die Reaktion des Wilderers, als sie ihm die vermeintlich ehrenvolle Absicht des Rates freudestrahlend überbracht hatte. Er hingegen hatte das Machwerk sofort durchschaut und war schlichtweg verbittert, welch schlechtes Spiel der Rat mit ihm trieb. Und schließlich hatte sie ihm frohgemut sein Todesurteil überbracht und sich auch noch darüber gefreut, dass er auf die Wetterfahne schießen dürfe. Kopfschüttelnd schlug sie die Hände vors Gesicht. *Gott, für wie einfältig muss dieser Mann mich halten …,* schoss es ihr durch Kopf, *…und er hat in diesem Falle sogar recht!* Sie atmete tief ein, um sich wieder zu beruhigen und ihre Gedanken, ob der gerade gewonnenen Erkenntnis, zu ordnen. Am Ende fasste sie einen schicksalhaften Entschluss: Egal was für ein Mensch dieser Hans Winkelsee auch war – sie konnte es keinesfalls stehen lassen, dass er sie für dumm hielt. Sie musste diesen Vorfall richtigstellen, schon allein um ihr Seelenheil zu gewährleisten. Doch dazu musste sie sich etwas einfallen lassen, denn der Wachposten Heinrich würde sie kein weiteres Mal vorlassen.

Sie wurde abrupt aus ihren Gedanken gerissen, als der Riegel der Wohnungstüre zurückgezogen wurde und ihr Vater eintrat. Er begrüßte sie mit einem Nicken und ein gequältes Lächeln huschte über sein Gesicht. Ein untrügliches Zeichen dafür, dass es mit seiner Laune nicht zum Besten stand. Natürlich war ihr das nicht entgangen und sie vermutete auch den Grund zu kennen.

»Hallo Vater«, sagte sie und schob behutsam eine Frage hinter den Gruß. »Was ist passiert? Du machst ein Gesicht wie zehn Tage Regen. Ist es wegen Winkelsees Urteil? Ich habe es am Römer gelesen.«

»Dieser vermaledeite Rat!«, platzte es aus ihm heraus. »Wollen ein Volksfest aus dieser Hinrichtung machen. Ich weiß nicht, was sich die Bürgermeister nur dabei gedacht haben!« Er schüttelte verwundert seinen Kopf. »Den Wilderer neun Mal auf die Wetterfahne unseres Turms schießen zu lassen. So ein Unsinn! Er baumelt doch so oder so, denn niemand ist zu solch einem Meisterstück in der Lage und das weiß auch der Rat! Also warum führen sie Winkelsee auch noch vor?«

Mit sanfter Gewalt zog sie ihren Vater vor die Fensteröffnung des Turms und zeigte mit dem Finger auf den Vorplatz. »Deswegen! Sie wollen den Stadtsäckel füllen oder glaubst du, die Händler dürfen morgen umsonst ihre Geschäfte machen?«

Unwirsch befreite er sich aus ihrem Griff. »Natürlich ist mir das klar. Was meinst du was am morgigen Tage hier los ist? Die ganze Stadt wird auf den Beinen sein und keiner wird sich dieses Spektakel entgehen lassen wollen. Stell dir nur einmal vor, es kommt zu einer Panik – etwa, weil ein Feuer ausbricht oder eine Mauer, vielleicht auch ein Dach, dem Gewicht der Zuschauer nicht standhält. Wie viele Verletzte oder gar Tote wird es geben? Ich kann dem Rat der Stadt nicht vorschreiben wie er zu entscheiden hat, aber dieses Vorhaben halte ich für leichtsinnig und fahrlässig. Und genau aus diesem Grund bleibst du morgen im Turm!«

»Pah!«, winkte Maria ab. »Das hättest du mir nicht extra sagen müssen! Hinausgehen und mich an diesem grässlichen Schauspiel zu ergötzen? Nein, danke, das muss ich mir bestimmt nicht ansehen. Mir hat schon sein Gefühlsausbruch gereicht, der …«, schlagartig stockte sie, als sie bemerkte welche Worte ihrem Mund gerade entschlüpft waren.

»Wessen Gefühlsausbruch? Winkelsees? Warst du schon wieder bei ihm?«, fragte Leinweber in gefährlichem Unterton.

»Ja, als ich das Urteil gelesen habe, bin ich hinauf gegangen und habe ihm die schlechte Nachricht überbracht.«

Die Augen zu Schlitzen verengt, fragte ihr Vater: »Du warst in seiner Zelle?«

Sie schüttelte heftig mit dem Kopf. »Nein, ich stand drei Schritte vor der Zellentüre – mehr hat Heinrich nicht erlaubt. Als er hörte, dass das Urteil gefallen ist, wollte er es Winkelsee überbringen, doch ich bestand darauf es selbst zu tun.«

Leinweber entspannte sich wieder. »Wie hat es der Gefangene aufgenommen?«

Maria lief leicht rötlich an und flüsterte leise: »Er war sehr aufgebracht und hat gebrüllt wir sollten sofort gehen.« Gleichzeitig schickte sie ein Stoßgebet nach oben und hoffte, dass ihr Vater nicht weiterfragen würde, damit sie ihre Arglosigkeit mit der Auslegung des Urteils nicht preisgeben musste.

»Verständlich«, kam die lapidare Antwort und sie atmete innerlich erleichtert auf. »Vielleicht war es sogar besser, denn du hast den Schuldspruch sicherlich anders übermittelt, als es Heinrich oder ich gekonnt hätten.«

Du ahnst gar nicht wie recht du damit hast, Vater! dachte Maria zerknirscht, während sie nur wortlos nickte.

»Gut, dann sollten wir Winkelsee fragen, was er als Henkersmahlzeit haben möchte«, überlegte Leinweber laut.

»Das könnte ich machen, Vater, schließlich muss ich die Speisen auch zubereiten«, meinte Maria schnell.

»Tu das, aber einer der Wachen geht mit – und die Zellentüre *bleibt* verschlossen!«

»Natürlich!«, antwortete die Tochter leise, doch sofort kreisten ihre Gedanken, um die entstandene Möglichkeit ihre Aussage von vorhin zu erklären. Vielleicht konnte sie Winkelsee zeigen, dass sie nicht so einfältig war, wie er vermutlich nun glaubte. Trotzdem wunderte sie sich über sich selbst, warum ihr diese Klarstellung so wichtig war – schließlich wurde der Gefangene morgen ohnehin gehängt.

Ihr Vater hingegen, schien sie aufmerksam beobachtet zu haben und hatte ihre geistige Abwesenheit zweifellos bemerkt. Besorgt fragte er deshalb nach: »Ist alles in Ordnung mein Kind?«

Ertappt entgegnete sie fahrig: »Ja, ja es ist alles gut. Ich bin nur in Gedanken unsere Vorräte durchgegangen, denn sollte er einen Wunsch äußern, kann ich ihm sagen, ob er in der Kürze der Zeit erfüllbar ist.«

Der Turmwächter nickte beipflichtend. »Sehr vorrausschauend Maria«, lobte er seine Tochter und meinte weiter: »Gut, dann gehe ich jetzt nach unten und sehe nach den Händlern. Diesen gewitzten Bauernfängern wäre doch tatsächlich zuzutrauen, dass sie auch noch den Galgen als Verkaufsfläche vereinnahmen.«

Maria kicherte leise auf und gluckste mit gespielter Entrüstung: »Vater! Wenn dich jemand hört!«

Ebenfalls lachend winkte er ab. »Also, dann sei bitte so gut und verrate mich nicht. Wir sehen uns später.« Immer noch grinsend öffnete er die Eingangstüre und betrat die Wendeltreppe nach unten.

Maria lief zu der Scharte, die direkt über dem Tor lag und sah nach unten. Nur Augenblicke später erschien ihr Vater auf dem Vorplatz. Unverzüglich eilte er einem Händler entgegen, der seinen Karren vermutlich zu nah am Wachhäuschen des Turms abgestellt hatte. Sofort entstand ein heftiger Disput, den der Turmwächter mit fliegenden Fahnen gewann und infolgedessen der Händler mit hochrotem Kopf seinen Platz räumen musste. Belustigt und mit einem leichten Kopfschütteln wandte sie sich ab – jetzt war ihr alter Herr in seinem Element. Und solange ihr Vater unten die Leute auf Trapp hielt, konnte sie oben Hans Winkelsee aufsuchen. Maria beabsichtigte, die Anweisung des Vaters zu ignorieren und den Zellentrakt allein zu betreten. Die Kerkertüre war ohnehin fest verschlossen und natürlich besaß sie keinen Schlüssel. Was sollte schon passieren, außer dass Worte durch schweres Holz gesprochen wurden? Wieder versetzte sie sich selbst in Erstaunen, als sie sich erneut fragte, warum ihr die Meinung des Wilderers so wichtig war? Ein befremdlicher Gedanke huschte durch ihren Kopf: *Liegt es daran, dass ich mich offenbar zu ihm hingezogen fühlen könnte?* Erschrocken zuckte sie zusammen und raunte sofort ein missbilligendes *Nein* in den Raum, doch für Außenstehende hätte sich diese Ablehnung durchaus halbherzig angehört. Mit klopfendem Herzen öffnete sie die Wohnungstüre und betrat die steinerne Wendeltreppe nach oben. Leise und vorsichtig setzte sie ihre Schritte, denn es war zu erwarten, dass sich eine Wache im Geschoß unter dem Kerker aufhielt. Kurz bevor sie die letzte Rundung der Wendeltreppe erreichte, blieb sie stehen und lauschte angestrengt nach oben. Tatsächlich vernahm sie nach einigen Augenblicken ein schwaches, jedoch stetig wiederkehrendes Geräusch – Schnarchen. Behutsam lief sie bis zum Ende der Stufen und blickte in Richtung der kleinen Kammer in der sich die gerade diensthabenden Wachen zurückziehen konnten. Die Tür der Stube stand offen und Maria erfasste eine Wache, bei der es sich jedoch nicht um Heinrich handelte. Der Mann hatte sich auf einem klapprigen Holzschemel vor dem Tisch der Wachstube niedergelassen. Sein Kopf ruhte auf den Armen, die er auf die Tischplatte gelegt hatte und er schlief tief und fest. Zögernd betrat Maria den Vorraum, von dem gegenüberliegend, die Treppe weiter nach oben in den Zellentrakt führte. Sie schlich an der schlafenden Wache vorbei und hastete auf Zehenspitzen weiter nach oben. Als sie endlich vor der Kerkertüre stand, klopfte sie sachte an das schwere Holz und fragte leise: »Hans Winkelsee?«

»Maria? Maria Leinweber?«, fragte es gedämpft durch die Tür.

»Ja, ich bin es!«

Sie vernahm einen Seufzer der Erleichterung. »Euch schickt der Himmel!«, erwiderte der Wilderer, sichtlich erfreut.

Von seiner Reaktion völlig überrascht, fragte sie erstaunt: »Und warum?«

»Bitte verzeiht mir meinen Ausbruch von vorhin – das war natürlich nicht gegen Euch gerichtet. Ich …«

Maria fiel ihm ins Wort. »Nein, ich muss mich bei Euch entschuldigen – dafür das ich Euch die düstere Botschaft des herannahenden Todes so frohgemut überbracht habe. Ich dachte wirklich, dass der Rat Euch eine echte Gelegenheit bieten würde Euer Leben zu verschonen. Jedoch musste ich mich eines Besseren belehren lassen. Bitte haltet mich nicht für einfältig, da ich die Absicht hinter diesem Handeln nicht sofort erkannt habe.«

Es folgte ein unangenehmer Moment der Stille, bevor Winkelsee antwortete: »Ihr denkt ich halte Euch für einfältig? Bei allem, was mir heilig ist – nicht im Geringsten. Ich war sehr zornig auf den Rat und sein Urteil, aber keinesfalls auf Euch.«

»Danke!«, flüsterte Maria beruhigt.

»Doch hatte ich Zeit mir Gedanken über das Urteil zu machen und glaube inzwischen eine Möglichkeit zu sehen. Es ist vielleicht *und* natürlich mit sehr viel Glück machbar!«

Sie sah entgeistert auf die Zellentüre und fragte verblüfft, »Wie sollte Euch dieses Kunststück gelingen?«

»Tragt Ihr etwas bei Euch, dass Glück bringen oder vor Ungemach schützen soll?«

Erstaunt, ob dieser Frage, fuhr Marias Hand instinktiv zum Hals. »Ja, wer tut das in diesen Zeiten nicht? Ich trage einen Drudenfuß am Hals, um böse Geister und Dämonen fernzuhalten. Doch was hat mein Anhänger mit Eurem Urteil zu tun?«

»Nun, ich trage ebenfalls etwas bei mir, dass mir bisher immer Glück gebracht hatte«, sprach es hinter der Kerkertüre.

Unwillkürlich musste Maria laut auflachen. »Nun ja, offensichtlich hat es nicht viel genützt!«, sagte sie, schob aber sofort eine leise Entschuldigung für ihre spöttische Bemerkung hinterher. »Was ist es?«, fragte sie dann neugierig.

»Bleikugeln!«

»Eine Gewehrkugel?«

»Ja und nicht nur eine, sondern deren neun.«

Misstrauisch geworden musterte die Frau den Zelleneingang. »Hat man Euch nicht durchsucht?«

»Natürlich, doch sie waren eingenäht im Futter meiner Stiefel – so trage ich sie immer bei mir.«

»Und warum ausgerechnet Geschosse für eine Büchse?«

»Es sind Kugeln, die genau das Herz der Tiere gefunden haben, aber dennoch unbeschädigt blieben. Ihr müsst wissen, dass es sehr selten vorkommt, dass sich eine Bleikugel beim Aufprall *nicht* verformt. Genau deswegen betrachte ich sie als besondere Glücksbringer«, log der Wilderer hinter der Türe.

»Aha – und wie sollten sie Euch helfen?«

»Diese Kugeln haben fehlerlos ihr Ziel getroffen und blieben intakt. Das muss einen Grund haben – und dieser Grund kann nur meine derzeitige missliche Lage sein. Findet Ihr es nicht äußerst seltsam, dass ich morgen neun Nächte hier bin, ich neun Mal auf die Wetterfahne schießen soll und sich im Futter meines Stiefels genau neun Kugeln befanden? Versteht Ihr? Das ist kein Zufall! Es ist ein Zeichen!«

»Aber Gewehr, Pulver und Kugeln wird der Rat – oder in diesem Fall – der oberste Turmwächter stellen. Eure Kugeln sind damit wertlos, da Ihr sie nicht benutzen könnt«, meinte Maria bekümmert.

»Ja – Ihr habt natürlich recht.« erklang es kleinlaut hinter der Kerkertüre. »Und doch … es gäbe vielleicht eine Möglichkeit!«

»Und welche sollte dies sein?« Nach ihrer Frage entstand eine endlos lange Pause, bis Maria es nicht mehr aushielt und nochmals fragte: »Welche? Bitte sprecht!«

»Ihr müsstet die Kugeln austauschen«, ließ Winkelsee die Katze aus dem Sack.

»I.i.ich?«, stotterte die Tochter des Turmwächters.

»Verzeiht – ich würde diese Bitte niemals an Euch richten, wenn ich einen anderen Weg gesehen hätte.«

Marias Gedanken rasten und fieberhaft überlegte sie, ob es wirklich gut für sie wäre, wenn sie jetzt seinem Ersuchen nachgab.

Winkelsee indes schien den Kampf, den Maria mit sich selbst ausfocht, zu spüren und versuchte seiner Stimme einen möglichst weichen Ausdruck zu verleihen. »Wollt Ihr, Maria Leinweber, diesen letzten Wunsch einem sterbenden Mann gewähren?«

In der Tat war die Frau sein einziger Ausweg aus dieser Misere. Verweigerte sie jetzt ihre Hilfe, wurde er morgen unweigerlich gehängt. Alles hing also an einem dünnen Wollfaden – er konnte nur hoffen, dass die Frau sich dazu bereit erklärte die Bleikugeln auszutauschen und diese dann tatsächlich, wie vom Boten vorhergesagt, ihr Ziel trafen. Hätte der seltsame schwarze Mann allerdings die Unwahrheit gesagt, dann hatten sicherlich alle ihren Spaß an seiner Hinrichtung. Angespannt wartete er auf die Entscheidung der Frau, die auf der anderen Seite der Türe stand.

Maria rang noch einen Augenblick mit sich selbst, bevor sie vorsichtig antwortete: »Nehmen wir einmal an, ich würde Eurer Bitte nachkommen. Ich wüsste nicht, wie ich das bewerkstelligen sollte! Ihr könnt mir Eure Glücksbringer nicht übergeben, da ich keinen Kerkerschlüssel habe und die Wachen um diesen Gefallen zu bitten, ist vollkommen ausgeschlossen. Ihr seht also – ich kann Euch leider nicht helfen.«

Es folgte erneut eine längere Pause, bis der Wilderer sich meldete. »Haben Gefangene nicht das Anrecht auf eine allerletzte Mahlzeit?«

»Natürlich. Unteranderem stehe ich genau deswegen vor dieser Türe. Was wünscht Ihr Euch für morgen?«

»Ich bitte lediglich um ein Stück frischgebackenes Brot, etwas Honig und Käse. Vielleicht noch einen kleinen Krug Milch.«

»Ist das alles?«, fragte Maria überrascht.

»Ja, doch mein Wunsch ist es, dass Ihr die Speise persönlich überbringt. So ergibt sich vielleicht eine Möglichkeit die Bleikugeln Eurer Obhut zu überlassen.«

Wie vom Donner gerührt erstarrte die Frau. »Und dann …?«, meinte sie stockend.

»… dann liegt mein Leben in Euren Händen und ich bete, dass Ihr einen Weg findet!«

Daniel Debrien

Glücklicherweise hatte ich im Gästezimmer der Tiefenschmiede immer Kleidung zum Wechseln vorrätig. Somit machte ich zuerst ausgiebigen Gebrauch von Seife und Wasser, um mir anschließend neue Klamotten überzustreifen. Eine große Auswahl hatte ich ohnehin nicht und so entschied ich mich kurzerhand für blaue Jeans, in Kombination mit einem weißen Hemd. Meine Energielosigkeit hatte sich mittlerweile verflüchtigt und so betrat ich nachdenklich den Wohnraum der Tiefenschmiede. Ich wurde bereits von allen erwartet – Zenodot, Julian, Selket, Tarek, Garm Grünblatt und Ronar Rotbuche. Jedoch besonders von einem, der nun mit gefährlich schwankender Kochmütze auf mich zugeeilt kam.

»Daniel! Es ist so schön, dich gesund und wohlbehalten wiederzusehen.«, rief Tobias Trüffel völlig außer sich.

Ehe ich reagieren konnte, schnappte er meine Hand, um sie so heftig und ausgiebig zu schütteln, dass ich mit sanfter Gewalt einschreiten musste, damit er mir aus Versehen nichts abriss. »Und es ist schön wieder hier zu sein!«, gab ich lächelnd zurück.

»Nachdem du so lange geschlafen hast, bist du bestimmt hungrig? Ich habe deswegen auf dem Tisch eine Kleinigkeit angerichtet«, strahlte er mich an.

Das war das Stichwort und ich blickte fragend zu Zenodot. »Wie lange war ich denn weg? Ich habe jegliches Zeitgefühl verloren.«

Der Bibliothekar zeigte auf die Tafel. »Setzen wir uns erst einmal, dann können wir alles weitere besprechen.«

Tobias zupfte mich an der Hose und ich blickte zu ihm herunter.

»Ich habe dir einen Honigbackschinken zubereitet! Den magst du doch so gerne, dazu frischgebackenes knuspriges Kartoffelbrot.«

»Wirklich? Tobias – du bist der Beste! Vielen Dank!« Und das war keinesfalls gelogen, denn ich hatte wirklich einen Mordshunger und dieser Schinken war in der Tat eine echte Delikatesse.

»Lass es dir schmecken!«, meinte der dicke Koboldkoch überglücklich und setzte dann ein dienstbeflissenes Gesicht auf. »Und jetzt lasse ich euch allein. Ihr habt bestimmt viel zu bereden, außerdem habe ich in der Küche noch jede Menge zu tun. Du entschuldigst mich?«

»Selbstverständlich Tobias – und nochmals lieben Dank!«

Er lächelte mich versonnen an und eilte dann wackelnd von dannen.

Ich hingegen setzte mich an den Tisch, schnitt mir sofort ein großes Stück des Schinkens ab und legte zusätzlich zwei Brotscheiben auf den Teller. Entschuldigend blickte ich in die Runde. »Ich hoffe ihr habt nichts dagegen, wenn ich während unseres Gespräches etwas esse?«

Alle schüttelten den Kopf und Zenodot begann: »Lass uns deine Eingangsfrage etwas zurückstellen. Während ich berichten werde, was in der Zwischenzeit alles vorgefallen ist, bekommst du automatisch deine Antwort.«

Ich nickte nur und nahm einen großen Bissen Schinken, dessen wunderbarer Geschmack mir augenblicklich ein Lächeln ins Gesicht zauberte. Nie hatte ich etwas Besseres gekostet – wobei dies wahrscheinlich dem Umstand geschuldet war, dass ich seit einer gefühlten Ewigkeit nichts mehr gegessen hatte. Ich versuchte die Aromen im Mund auszublenden und meine ganze Aufmerksamkeit auf den Bibliothekar zu richten, der nun erzählte, was während meiner Gefangenschaft passiert war. Doch schon nach wenigen Minuten vergaß ich jegliche Nahrungsaufnahme, denn was Zenodot schilderte, raubte mir schlicht weg den Atem. Wie in Trance hing ich an seinen Lippen, als ich erfuhr, wie sie mich mit Hilfe des *Obscurums* und dem

Wasser des Ratio gefunden und befreit hatten. Und dafür hatten sie tatsächlich ganz Frankfurt in einen Ruhezustand versetzt. Entsprechend wurde auch meine Anfangsfrage beantwortet, da der Schlaf genau vierundzwanzig Stunden andauerte. Richtig hellhörig wurde ich allerdings, als die Sprache auf ein seltsames Wesen kam, dass während meiner Befreiungsaktion plötzlich in dem Keller aufgetaucht war. Von Selket erfuhr ich, dass diese schwarzmagische Kreatur *der Bote* genannt wurde. Diese Tatsache deckte sich mit der Information, die mir Osiris in meinem Traum bereits mitgeteilt hatte. Im weiteren Verlauf der Berichterstattung vernahm ich mit aufgerissenen Augen, wie die Kobolde die Initiative ergriffen und Tarek der Kreatur seinen Silberdolch mehrmals in die Brust gerammt hatte. Voller Hochachtung vor diesem Mut bedankte ich mich überschwänglich bei ihm, jedoch fiel mir auf, dass Zenodot ziemlich schmale Lippen bekam, während Selket und Julian verschmitzt lächelten. Tarek hingegen wurde ganz verlegen und seine Augenfarbe nahm einen zartrosa Ton an. Zum guten Schluss stellte noch Julian die Ereignisse aus seiner Sicht dar und endete mit dem Hinweis auf zwei Telefonate. Einmal handelte es sich um seinen Anruf bei Alli – hier waren die Entführer der Engländerin an Telefon. Bedeutungsvoll war für mich aber das zweite Gespräch, denn überraschenderweise war eine liebgewonnene Bekannte aus Rom in Erscheinung getreten – Cornelia Lombardi. Alli musste einen sechsten Sinn gehabt haben! Sie hatte bereits im Vorfeld mehrere Weltengänger, darunter auch die Italienerin, kontaktiert und nach Amesbury beordert. Nur diesem vorausschauenden Umstand war es zu verdanken, dass Cornelia, als sie gerade im Hotel einchecken wollte, Alli zufällig entdeckte. Jedoch wurde ihre Freundin, flankiert von zwei Unbekannten, gerade auf den Parkplatz hinter dem Hotel geleitet. Die Italienerin zählte eins und eins zusammen und war der Gruppe sofort heimlich gefolgt. So konnte sie den Ort ausfindig machen, an dem die S.M.A. Alli gebracht hatte. Unverzüglich informierte sie Julian, den sie schon vor zwei Jahren in Frankfurt kennengelernt hatte. Damals arbeiteten wir, gemeinsam mit Cornelia, Hand in Hand, um dem schwarzmagischen Schurken Nicolas Vigoris das Handwerk zu legen.

Immerhin waren diese Nachrichten ermutigend, wenn auch gleichzeitig sehr beunruhigend. Wir wussten, wo man Alli festhielt und dass sich bereits mehr als zehn Weltengänger in unmittelbarer Nähe zu Stonehenge befanden. Allerdings hatten wir keine Ahnung wie und mit welchen Mitteln die gegnerische Seite zuschlagen würde. Nur das WANN war seit dem Telefonat mit Allis Entführern bekannt – Samhain um Mitternacht.

Nachdem Julian seine Schilderung beendet hatte, lag es nun an mir, das Gesamtbild zu vervollständigen. Ich berichtete also von meiner Entführung und den spärlichen Informationen, die ich während meines Aufenthaltes in dem Kellerloch sammeln konnte. Als ich jedoch die Folter erwähnte, waren alle Anwesenden fassungslos und bestürzt, denn es offenbarte, wie ernst es diese Organisation meinte. Anschließend beschrieb ich meinen Traum, in dem mir Osiris eine mögliche Zukunft, in allen Einzelheiten geschildert hatte. Danach war es mit der Ruhe endgültig vorbei, denn allen war klar, dass die Vision eines brennenden Frankfurts gleichbedeutend mit einer brennenden Welt war. Und so dauerte eine geraume Weile, bis sich alle wieder beruhigt hatten. Zenodot jedoch hatte sich ungewöhnlich still und verschlossen gezeigt. Ja, ich glaubte sogar ein flüchtiges Lächeln auf seinen Lippen entdeckt zu haben, tat es jedoch als Streich meiner Sinne ab.

»Das ist noch nicht alles!«, fuhr ich fort und erneut richteten sich alle Augen auf mich. »Osiris riet mir davon ab, Alli *vor* Samhain zu befreien. Er verfolgt anscheinend einen bestimmten Plan, ließ mich jedoch über dessen Einzelheiten völlig im Dunkeln. Allerdings meinte er, es seien bereits Maßnahmen getroffen worden, weshalb ich ihm, hinsichtlich der kommenden Ereignisse, vertrauen solle.«

Es war Julian, der als erster seine Sprache wiederfand. »Das kann doch nicht sein Ernst sein. Er will dich, Alli und Zenodot ins offene Messer laufen lassen? Du hast ihm hoffentlich eine gesalzene Antwort auf diesen *selbstlosen* Rat gegeben?«

Ich seufzte leise auf. »Nein, ich habe ihm mein Vertrauen geschenkt.«

Nun war es Garm Grünblatt, der sich das erste Mal zu Wort meldete. Er rief aufgebracht: »Und was hat dich zu dieser unbesonnenen Aussage verleitet, Weltengänger?«

»Mäßige deinen Ton, Garm!«, fuhr Zenodot barsch dazwischen und Garm zuckte erschrocken zusammen.

»Schon gut Zenodot. In gewisser Weise hat er nicht ganz unrecht, aber lasst mich meine Entscheidung erklären. Wir wissen das Apophis und Osiris Gegenspieler sind. Während Apophis das Böse verbreiten will, ist Osiris der ausgleichende Faktor, der versucht, alles im Gleichgewicht zu halten. Beide sind sich an Kraft und Macht ebenbürtig. Nach unserem Kenntnisstand dürfen, wollen oder können sie nicht direkt auf Konfrontation gehen, weshalb sie nur im Hintergrund agieren. Wenn mir also eine der mächtigsten Gottheiten des ägyptischen Pantheons mitteilt, dass er Vorkehrungen zu unserer Sicherheit getroffen hat, dann wäre es töricht dies in Frage zu stellen. Nicht zu vergessen, dass Osiris mich unter seinen persönlichen Schutz gestellt hat und deshalb bin ich mir sicher, dass er uns nicht als notwendiges Bauernopfer betrachtet. Und ja, ich glaube, dass er uns tatsächlich als eine Art Köder benutzen will, aber ich vertraue darauf, dass er weiß, was er tut.«

»Gut gesprochen, Daniel«, stellte Selket fest.

Ich blickte sie scharf an. »Es sei denn, du weißt mehr als wir! Immerhin bist du ebenfalls göttlichen Ursprungs!«

Sie schüttelte den Kopf und sagte leise: »Leider nein – auch ich werde nicht in alles eingeweiht!«

»Zenodot?«, wandte ich mich an den Bibliothekar.

Er zuckte mit den Schultern. »Nicht mehr und nicht weniger als alle Anwesenden.«

Ich verengte die Augen zu Schlitzen, denn das war zweifellos eine seltsam vage Antwort. Irgendetwas war anders an dem Alten, doch ich kam nicht dahinter. Wiederum schalt ich mich imaginär einen Narren. Vermutlich lag es an meiner Person, da ich, aufgrund der hinter mir liegenden Gefangenschaft, gegenwärtig aus jeder Mücke einen Elefanten machte. Also atmete ich innerlich einmal tief durch und versuchte, mich zu sammeln. Analysierend blickte ich dann in die Runde. »Gut, dann hätte ich folgenden Vorschlag: Lasst uns zuerst die zwei gefangenen S.M.A. Leute befragen und ihnen auf den Zahn fühlen. Vielleicht erfahren wir etwas mehr über das Vorhaben in Stonehenge!« Und zischend setzte ich hinzu: »... außerdem habe ich noch ein Hühnchen mit den Beiden zu rupfen.«

Julian nickte. »Das wäre sicherlich klug, jedoch sollten Zenodot und Selket der Befragung fernbleiben. Daniel kennen sie bereits, mich ebenfalls, denn einer von diesen Typen war bereits in meinem Büro. Zudem wissen die beiden nicht, wo sie sich befinden und das sollte auch so bleiben. Aus diesem Grund sollten ...«, und jetzt sah er zu Tarek und Garm, »... sich ebenfalls auch die Kobolde zurückhalten. Nichts für ungut, Jungs!«

Es war selbstredend, dass diese Herangehensweise, zumindest Herrn Tollkirsche, überhaupt nicht gefiel. »Aber wir könnten helfen! Wir haben nämlich auch unsere Methoden und die sind ziemlich erfolgversprechend. Zudem möchte ich dieses Hühnchen auch rupfen – immerhin haben sie dir wehgetan!«, versuchte Tarek zu intervenieren.

»Tarek – sei dir sicher, wenn wir nicht weiterkommen, dann holen wir euch unverzüglich dazu. Und danke, dass du so besorgt um mich warst und auch noch bist.«

Ich hoffte, dass ihn meine Aussage zumindest vorläufig beruhigen würde, doch eine gewisse Enttäuschung war deutlich in seinem Gesicht erkennbar. Trotzdem nickte er mit zusammengekniffenen Lippen.

»Danke!«, sagte ich leise.

»Na, dann wollen wir uns die Herren einmal zur Brust nehmen!«, meinte Julian und wollte sich schon erheben, doch ich bat ihn, sich wieder zu setzen.

»Können wir das noch zehn Minuten rausschieben? Ich würde gerne noch etwas essen.«

»Natürlich!«, grinste er keck und griff ebenfalls zu Brot und Schinken.

Zehn Minuten später führte uns Garm in den hinteren Bereich der Tiefenschmiede. Vom Wohnraum ging es durch die Schwingtüre in einen langen Wandelgang. Der erste Raum rechts war mir gut bekannt, denn es handelte sich um das Gästezimmer, dass mir überlassen worden war. Schräg gegenüber befand sich das Reich von Tobias Trüffel – die Küche. An den Kochbereich grenzte ein großer Aufenthaltsraum mit langer Tafel und vielen kleinen Stühlchen. Hier aßen und tranken die Spitzohren und heckten vermutlich ihre Apfelweintouren aus. Jetzt liefen wir an Zenodots Quartier vorbei, das er, außer wenn er schlief, kaum nutzte. Er war entweder in seinem

Arbeitszimmer ganz oben oder im Wohnraum der Tiefenschmiede zu finden. Anschließend reihte sich Tür an Tür – diese führten zu den Wohnräumen und Waschgelegenheiten der Kobolde. Leider kann ich Ihnen über diese Räumlichkeiten nichts berichten, denn ich habe sie, übrigens ebenso wenig wie Zenodot, noch nie betreten. In dieser Hinsicht sind Waldkobolde ziemlich eigen und selbstverständlich respektieren wir ihre gewünschte Privatsphäre. Wir erreichten das Ende des Ganges. Von dort führten drei Türen in unterschiedliche Räume. Rechterhand lag die Waffenkammer, hier durfte ich mir, als ich vor mehr als zwei Jahren meine Aufgabe als Weltengänger antrat, eine Waffe aussuchen. Ich entschied mich damals für ein Yatagan, eine einschneidige Klinge aus Silber, die leicht s-förmig geschwungen war. Der Raum an der Stirnseite war mir fremd – ja, ich wusste nicht einmal, was sich dahinter befand. Die Türe links war unser eigentliches Ziel, denn sie führte in einen kahlen Raum ohne Inventar und genau dort waren die zwei S.M.A. Leute untergebracht. Sie lagen, an Händen und Füssen gefesselt, auf dem kalten Steinboden und mit Genugtuung bemerkte ich, dass man es ihnen nicht gerade bequem gemacht hatte.

Als wir eintraten, flogen ihre Köpfe augenblicklich in Richtung Türe. Sofort machte sich Julian bereit das Verhör zu beginnen, denn in dieser Hinsicht war er als Kommissar natürlich prädestiniert.

Ich hingegen grinste beide Männer unverhohlen an und ehe Julian anfangen konnte, ergriff ich das Wort. »So schnell wendet sich das Blatt meine Herren. Aber wie Sie sehen, geht es bei uns zivilisierter zu, denn wie Sie bereits bemerkt haben dürften, habe *ich* keine Zigarette zwischen den Fingern und keinen Holzstab in der Hand. Seien Sie sich jedoch gewiss, dass auch wir unsere Methoden haben. Und so darf ich Ihnen den gleichen Wortlaut an die Hand geben, den Sie mir an den Kopf geworfen haben: *Wir werden das, was wir wissen wollen so oder so erfahren. Es liegt allein an Ihnen, ob es mit Schmerzen verbunden ist oder nicht!*«

Werte Leser, Sie ahnen gar nicht, wie gut mir diese Worte taten. Julian blitzte mich jedoch von der Seite wütend an. Ich flüsterte ihm deshalb leise zu: »Sorry, aber das musste gerade sein. Ab jetzt halte ich meinen Mund!«

Er machte eine unwirsche Handbewegung, trat vor die am Boden liegenden Männer und ging in die Hocke. Stirnrunzelnd sah er den Älteren der beiden an. »Fabian Grube, wenn ich mich recht erinnere. Richtig?«

Grube blickte ihn nur stumm und mit zusammengepressten Lippen an, weshalb Julian einfach fortfuhr. »Ich erinnere mich noch sehr gut daran, wie Sie mit einem Ihrer Kollegen im Büro meines Chefs auftauchten. Schon damals war mir ihr Auftritt irgendwie suspekt und wenn ich die zurückliegenden Tage betrachte, hat mich meine Intuition nicht getrogen. Mir ist klar, dass ich jetzt, als Beamter des deutschen Staates, in einem ziemlichen Dilemma stecke. Sollte ich der Staatsanwaltschaft einen Bericht über die Entführung vorlegen, dann würde ich die darauffolgenden Fragen gar nicht und nur unzureichend beantworten können. Die Gründe dafür sind mir und Ihnen hinlänglich bekannt. Wie soll ich also mit Ihnen weiter verfahren? Das ist die große Frage.« Er machte eine Pause, um zu sehen, ob eine Reaktion erfolgte, doch die gefesselten Männer blickten ihn nur stoisch an und blieben stumm. Schwarzhoff erhob sich aus der Hocke und streckte sich kurz. »Gut, dann werde ich Ihnen jetzt einen Vorschlag machen. Sie werden die nächsten Tage hier in Gewahrsam bleiben. Sie erzählen uns, was Ihre Abteilung in der Nacht vom 31. Oktober auf den 1. November in Stonehenge geplant hat und wer daran beteiligt ist.« Auf die überraschten Blicke der beiden antwortete er nur: »Ja, wir wissen davon! Und da Sie hierbleiben, können Sie in England schon mal keinen Unfug anstellen und sind an den sicherlich noch folgenden Straftaten nicht beteiligt. Ihnen ist schon klar, dass ihre Organisation versucht die Büchse der Pandora zu öffnen und dabei keinen blassen Schimmer hat, was für ein Unheil heraufbeschworen wird? Ich verstehe einfach nicht, wie Ihr Vorgesetzter solche Aktionen gutheißen konnte.«

Plötzlich begann der Jüngere zu kichern. »Lobinger? Der hat doch keine Ahnung.«

»Du blöder Volltrottel!«, schnauzte Grube seinen Kollegen an und trat ihm mit voller Wucht gegen das Schienbein, so dass dieser unter heftigen Schmerzen aufstöhnte.

Julian schaute mich verwirrt an. Er wurde, genauso wie ich, von dieser Aussage in dreifacher Hinsicht überrascht. Erstens hatten wir gedacht, dass der Vorgesetzte Winkelmann hieß, denn dieser Name war gefallen, als ich die Beiden belauschte. Zweitens war der echte Leiter namens Lobinger anscheinend völlig unwissend, was die Aktivitäten seiner Untergebenen betraf. Und drittens, dass einem trainierten Agenten, für den Verschwiegenheit an oberster Stelle stehen sollte, solch eine übereilte Äußerung entschlüpfen konnte. Oder war er tatsächlich so abgebrüht, dass er uns auf eine falsche Fährte locken wollte? Ich jedenfalls glaubte das nicht, denn ich hatte den Jüngeren während meiner Gefangenschaft als ziemlich aufbrausend erlebt.

Julian wandte sich ab und kam auf mich zu. »Was meinst du?«, fragte er leise.

»Seine Äußerung kam sehr spontan und unbedacht. Zudem hat der Jüngere enorme Probleme seine Gefühle und Emotionen unter Kontrolle zu halten. Glaub mir, das habe ich während meiner Einkerkerung schmerzhaft zu spüren bekommen. Ich bezweifle stark, dass er uns aufs Glatteis führen wollte. Sieh nur, wie Grube jetzt auf seinen Partner einredet. Das sieht mir nicht nach einem vorher einstudierten Spiel aus«, erwiderte ich flüsternd.

Julian stand, als er mir die Frage stellte, mit dem Rücken zu den Gefangenen. Jetzt warf er einen Seitenblick über seine Schulter und sah, wie der Ältere dem Jüngeren eine leise Standpauke verpasste. Das Gesicht von Grube sprach jedenfalls Bände. Außer seinem hochroten Kopf, feuerte er jede Menge wütender und hasserfüllte Blicke auf seinen Kollegen, der gerade ziemlich kleinlaut wirkte.

»Wir trennen die beiden und knöpfen uns den Jüngeren vor«, entschied Julian daraufhin. »Mit ihm werden wir es vermutlich einfacher haben.«

Plötzlich klopfte es an die Türe. Ich drückte die Klinke hinunter und öffnete sie einen kleinen Spalt. Im Flur standen Tarek, Ronar und Garm. Alle drei blickten mich erwartungsvoll an.

Bevor ich überhaupt fragen konnte, was er wollte, legte Tarek auch schon los. »Überlasst uns den Jüngeren. Wir brauchen nur eine halbe Stunde und er wird euch alles sagen, was er weiß!«

Im ersten Moment fehlten mir die Worte, doch dann zischte ich leise: »Wie jetzt? Hattet ihr eure Spitzohren etwa die ganze Zeit an der Türe?«

»Na klar! Was glaubst du denn«, gab der Kleine wie selbstverständlich zurück.

»Wartet einen Moment.« Ich schloss die Türe und winkte Julian heran. »Bitte entschuldige mich kurz. Tarek, Garm und Ronar stehen draußen. Sie wollen uns irgendwas vorschlagen und deshalb mit mir reden.«

Der Kommissar konnte sich ein Grinsen nicht verkneifen. »Sie haben gelauscht, nicht wahr?«

Seufzend nickte ich.

»Okay, ich werde mich in der Zwischenzeit weiter mit den beiden beschäftigen.«

»Danke – es dauert hoffentlich nur einen Augenblick.«

Ich wandte mich erneut dem Eingang zu und öffnete ihn wieder einen kleinen Schlitz. »Ich komme jetzt raus. Geht vom Eingang weg, damit sie euch nicht sehen können.« Sofort verschwanden die drei im vorderen Teil des Gangs. Ich öffnete den Eingang ganz und trat auf den langen Korridor. Nachdem ich mich vergewissert hatte, dass die Türe wieder geschlossen war, gab ich den Kobolden ein Zeichen.

»Also, was ist los?«, fragte ich scharf, als alle vor mir standen.

»Gib uns eine halbe Stunde mit dem Jüngeren und ihr bekommt eure Antworten«, antwortete Tarek und seine Augen leuchteten bereits voll diebischer Vorfreude.

»Und wie wollt ihr das anstellen? Solltet ihr irgendwas mit Folter im Sinn haben, dann vergesst es gleich wieder.«

Jetzt war es tatsächlich Garm, das Oberhaupt der Waldkobolde, der fast beleidigt erwiderte: »Für wen hältst du uns Daniel? Wir sind keine Henkersbande!«

»So war es auch nicht gemeint!«, entschuldigte ich mich sofort.

Garm sprach weiter. »Du kennst mich, Weltengänger und du weißt, dass ich, genauso wie Zenodot, die Leichtsinnigkeit von Tarek ein ums andere Mal verurteilt habe. Doch so schwer es mir auch fällt, das jetzt zu sagen: Die Idee von Tarek wird uns schneller ans Ziel bringen, und zwar ohne jemanden zu gefährden. Also höre sie dir bitte an.«

In der Tat wurde ich jetzt ein wenig neugierig, denn wenn mich Garm schon darum bat, den Einfall von Tarek in Erwägung zu ziehen, dann konnte es nicht schaden ihn anzuhören. Ich nahm den kleinen Schelm ins Visier. »Schieß los ... *aber bitte* ... fasse dich kurz!«

Tarek grinste mich an und antwortete mit nur einem einzigen Wort. »William!«

»Wie ... bitte?«, stotterte ich perplex.

Sofort machte sich herbe Enttäuschung auf seinem Gesicht breit, denn er hatte wohl vorausgesetzt, dass ich seinen Gedanken ohne weiteres folgen konnte. »Na, *William* eben!«, betonte er nochmals – wohl in der Hoffnung, dass der Groschen nun endgültig fallen würde.

Doch mein weiterhin fragender Gesichtsausdruck spiegelte ein klares *Ich habe keinen blassen Dunst, was du meinst* wider. Als immer noch keine Antwort von mir kam, seufzte er theatralisch und verdrehte kunstvoll die Augen. »Wir schnappen uns den Jüngeren und verfrachten ihn in die Kanalisation. Kanalisation – William! Naaaa? Klingelt da was bei dir?«

»William, der Satyr?«, fragte ich verwirrt.

Er riss begeistert die Arme nach oben. »Wow, das hat ja jetzt echt lange gedauert. Ja, genau den meine ich!«

Ich bedachte ihn für diese kleine Spöttelei mit einem funkelnden Blick, obwohl ich wusste, dass solche Signale von Tarek abperlten wie Wasser an einer Windschutzscheibe.

Aber zurück zu William – auf unserer Suche nach einem Schemen, der vor mehreren Wochen in der Frankfurter Kanalisation sein Unwesen trieb, waren wir auf diese seltsame Kreatur gestoßen. Sie können sich sicherlich vorstellen, wie überrascht ich damals war, denn einen Satyr kannte ich eigentlich nur aus Sagen und Legenden. William ist über zwei Meter groß, hässlich wie die Nacht und aus seinem Mund ragen jede Menge abgebrochener, windschiefer und gelber Zähne. Er steht auf zwei stämmigen, dicht behaarten Beinen, die in klobigen Hufen enden, während sein Oberkörper haarlos, etwas unförmig, aber trotzdem sehr muskulös ist. Der Kopf wirkt menschlich, wenn man von den zwei nach hinten gedrehten Hörnern, die ihm rechts und links aus der Stirn wuchsen, einmal absieht. Alles in allem kann man einen Satyr am ehesten als eine Art Zwitterwesen in Form einer Verschmelzung von Mensch und Ziege beschreiben. Unser William durchwanderte die Unterwelt der Stadt Frankfurt und sammelte Dinge, die die Menschen verloren, vergessen oder einfach weggeworfen hatten. Seine Fundstücke tauschte er mit Kobolden und vielen anderen Geschöpfen. Wobei Tausch eigentlich nicht richtig ist, denn William akzeptierte als Bezahlung nur eine einzige Sache – und das sind Sardinenbüchsen, selbstverständlich gefüllt und verschlossen.

Aber noch immer wusste ich nicht, worauf das kleine Schlitzohr hinauswollte. »Und wie sollte uns William helfen?«

»Denke an seine Eigenart und stell es dir bildlich vor! Ein Mann, einsam und verlassen, im Dunkel der Kanalisation und dann – kommt William aus der Finsternis auf ihn zu!«

Schlagartig machte es *Klick!* Kommen Lebewesen in eine für sie gefährliche Situation, dann reagieren sie mit entsprechenden Abwehrmechanismen. Doch so verschieden die Geschöpfe, so unterschiedlich ihre Reaktion auf solch einen Kontext. Das Impala flüchtet mit halsbrecherischer Geschwindigkeit, das Chamäleon verändert seine Farbe, damit es mit der Umgebung verschmilzt und der Kugelfisch bläst sich auf, um größer und gefährlicher zu wirken. Tja, und dann gab es da noch William. Er besaß in der Tat eine ungewöhnliche Gabe, wobei *ich* sie eher als Fluch bezeichnen würde. So abstoßend und wild William auch aussehen mochte, er war und ist das genaue Gegenteil seiner äußeren Natur, nämlich ausgesprochen freundlich und bemerkenswert gutmütig. Und – er ist ängstlich! Sehr ängstlich! Wenn er auf etwas stößt, das er nicht kennt oder ihn eine Situation heimsucht, bei der er sich fürchtet, dann tritt seine seltsame Eigenschaft zu Tage. Seine sonst sanften und blauen Augen verwandeln sich. Sie werden augenblicklich dunkelrot, blutunterlaufen und leuchten von innen heraus zutiefst dämonisch. Diese diabolischen Augen, im Zusammenspiel mit seinem abstoßenden Äußeren, spiegelten jedem Anwesenden eine Kreatur vor, die direkt der Hölle entsprungen sein konnte. Doch dabei handelt es sich nur um einen Abwehrreflex, der auftritt, wenn William sich beinahe in die Hosen macht. Seine Gabe stellt ihn als absolut böse und gefährlich hin und seine vermeintlichen Gegner nehmen in der Regel schlagartig Reißaus. Und das war der Plan von Tarek: Man lege den jüngeren der S.M.A. Agenten in die Dunkelheit der Kanalisation und lockt William an diese Stelle. Beide treffen unvermutet aufeinander und während dem Satyr vor Schreck das Herz in die Hose rutscht, wird der Gefangene, der wiederum ein Höllenwesen mit dämonischen Augen erblickt, panisch mit seinem Leben abschließen. Der Satyr wird vermutlich die Flucht ergreifen und wir befragen, unter Androhung, dass die Kreatur zurückkommt, den Gefangenen.

Tarek schien meine Gedanken erraten zu haben, denn mit einem boshaften Lächeln im Gesicht meinte er: »Glaub mir, der Dreckskerl wird reden wie Wasserfall!«

»Ja, ich gebe zu, die Idee ist super, doch wie wollen wir ihn in die Abflussanlagen schaffen? William wird sicherlich nicht in die Tiefenschmiede kommen.«

Dem kleinen Schlawiner platzte vor stolz die Brust, als er vernahm, dass sein Einfall in Erwägung gezogen wurde. Er zeigte auf die Tür am Ende des Ganges von der ich bis jetzt nicht wusste welches Ziel sie hatte. »Da durch und in drei Minuten sind wir mittendrin – was glaubst du denn, wie die Kobolde sonst ein und aus gehen können?«

Ich schüttelte den Kopf und brummte, »Wie sollte ich das bitte wissen? Du hast mich …« Ich stockte abrupt und versuchte mich wieder auf das Wesentliche zu konzentrieren. »… ach vergiss es einfach. Also – ihr besorgt zwei blickdichte Stofftaschen, die wir den beiden über den Kopf ziehen. Sobald dies passiert ist, schaffen wir den Jüngeren in die Katakomben, während einer von euch William holt.«

Alle drei nickten voller Vorfreude auf die nun beginnende List. »Gut, dann los und ich informiere inzwischen Julian.«

Als die drei verschwunden waren, öffnete ich erneut die Türe, hinter der sich Julian und die Gefangenen befanden. Alle Augen ruhten sofort auf mir. Ich gab dem Kommissar ein kurzes Zeichen, dass er mir nach draußen folgen sollte und wartete, bis er ebenfalls im Gang stand. Ich ließ die Türe wieder ins Schloss fallen.

»Was ist los?«, fragte er sofort.

Ich ignorierte erst einmal seine Frage und erkundigte mich stattdessen: »Hast du etwas neues erfahren?«

Mürrisch verzog er seinen Mund. »Nein. Nachdem Grube seinen Partner zurechtgestutzt hat, geben sie keinen Pieps mehr von sich. Also – was wollten die Kobolde?«

»Tarek hatte eine Idee, die ziemlich vielversprechend ist, wenig Aufwand erfordert und keine Misshandlungen in Betracht zieht. Gut, vielleicht nimmt das Seelenheil des Jüngeren ein klein wenig Schaden, denn immerhin wird er es mit einem ziemlich besonderen Satyr zu tun bekommen.«

Als seine Kinnlade nach unten klappte, musste ich mich zusammenreißen, um nicht laut loszulachen.

»Wie bitte? Ein Satyr – die aus der griechischen Mythologie?«

»Yep – und genau so einer lebt in der Kanalisation unter Frankfurt. Er heißt übrigens William.«

Jetzt fing er an zu grinsen. »William? Du verarschst mich doch!« Doch als ich keine Miene verzog und dann den Kopf schüttelte, flüsterte er ungläubig: »Echt jetzt?«

Ich nickte ernst. »Lass es mich erklären ...« Dann erläuterte ich dem Kommissar den Plan von Tarek. Während ich sprach, spiegelte die Mimik von Julian seine innere Gefühlswelt wider. Die Bandbreite seiner so sichtbaren Emotionen war in der Tat enorm – von Ungläubigkeit, Belustigung, Furcht und Zweifel war so ziemlich alles dabei. Ich glaube, dass war einer jener Tage, bei dem am Weltbild unseres Kommissars wieder einmal gehörig gerüttelt wurde. Fast tat er mir leid, aber nur eben nur fast, denn mir erging es schließlich nicht anders – auch ich hatte diese Augenblicke, in denen du erbarmungslos mit den verwunderlichen Fakten der anderen Welt konfrontiert wirst.

Reichsstadt Frankfurt – 1550 a.D. – Tag der Hinrichtung

Hans Winkelsee hatte schlecht geschlafen. Schuld war jedoch nur zum Teil die quietschende Wetterfahne über ihm, denn die Aussicht auf seinen bevorstehenden Tod gab natürlich keinen Anlass sorgenfrei einzuschlummern. Müde kauerte er mit den Rücken zur Wand auf seinem Strohsack, und beobachtete das einfallende Lichtspiel der eben aufgehenden Sonne. Als er ihren goldenen Strahlen zu den kleinen Scharten in der Turmmauer folgte, erblickten seine matten Augen einen wolkenlosen Himmel. Also versprach das Wetter einen schönen Tag – zu schade, dass es womöglich sein letzter war! Trotz der Höhe seines Kerkers vernahm er unter sich dumpfe Hammerschläge, die gewiss von den letzten Arbeiten am Galgen herrührten. Niedergeschlagen ließ er den Kopf auf die Knie sinken und schluckte schwer.

Nach einer gefühlten Ewigkeit vernahm er plötzlich leise Geräusche hinter der Kerkertüre. Instinktiv griff er zu den Bleikugeln, die ihm *der Bote* am Vortag ausgehändigt hatte und umschloss sie mit zitternder Hand. Ein Schlüssel wurde ins Schloss gesteckt und unter leisem Knirschen zweimal herumgedreht. Langsam öffnete sich die Türe und zu seiner maßlosen Enttäuschung betrat nicht Maria Leinweber den Raum, sondern einer der Wächter.

»Die letzten Stunden sind angebrochen, Wilderer!«, meinte er ohne jede Begrüßung und stellte einen Krug Wasser, den er in der Hand hielt, vor Winkelsee auf den Boden.

Schwerfällig richtete sich Winkelsee auf und musste sich dabei an der Mauer abstützen, da sich die Muskeln durch das lange Sitzen steif und unbeweglich anfühlten. Als er endlich stand, entdeckte er hinter der Wache eine weitere Person, die ihm vorher verborgen geblieben war. Mit unbeschreiblicher Erleichterung blickte er in das freundliche, jedoch unsicher lächelnde Gesicht von Maria, der Tochter des Turmwärters. Während der Wächter seiner Pflicht nachkam und die Zelle inspizierte, wartete sie draußen im Gang vor der Zelle. Schließlich wandte sich der Mann, Winkelsee glaubte sich daran erinnern zu können, dass er Heinrich gerufen wurde, zu Maria und gab ihr ein Zeichen mit der Hand. Sie nickte und bückte sich nach einem großen Flechtkorb, der zu ihren Füßen stand.

»Verhalte dich ruhig und bleib, wo du bist!«, herrschte ihn der Wächter an. »Und du Maria, stell das Essen hierhin.« Er zeigte auf eine Stelle neben dem Wasserkrug.

Sofort funkelte die Frau den Aufseher wütend an. »Und jetzt? Soll er seine letzte Mahlzeit vom Boden essen? Heinrich – ich habe wirklich gedacht, dass zumindest *DU* so viel Anstand aufbringst und dem Gefangenen einen Schemel hinstellst!«

Ihr Appell an die Menschlichkeit zeigte schlagartig Wirkung. Die eben noch so dienstbeflissene Wache blickte Maria betroffen an und stotternd meinte Heinrich: »Maria, ich ...«

»Ja?«, schnaubte sie. »Was wolltest du gerade sagen? Maria, ich ... hole sofort Stuhl und Tisch?« Demonstrativ stellte sie den Korb ab, stemmte die Arme in die Hüften und ließ ihre Augen finster auf ihrem Gegenüber ruhen.

Heinrich fiel in sich zusammen. »Du musst mitgehen, denn ich kann und darf dich nicht allein mit dem Gefangenen lassen«, antwortete er kleinlaut.

»Hättest du früher darüber nachgedacht und halbwegs barmherzig gehandelt, dann müssten wir jetzt dieses unleidige Gespräch nicht führen. Am Ende soll ich dir wahrscheinlich auch noch beim Tragen helfen?«, fauchte sie aufgebracht.

Er hob sofort abwehrend beide Hände. »Nein, nein – natürlich nicht. Aber …«

»Nichts aber! Außerdem, was soll schon passieren – ich war schon vor zwei Tagen alleine mit dem Gefangenen und es nichts passiert. Und jetzt geh schon und hole zwei Hocker!«

»Dein Vater …«, startete Heinrich hilflos einen letzten Versuch.

»… wird nichts davon erfahren, wenn du Stillschweigen bewahrst!«, fiel ihm Maria erneut ins Wort.

Mit einem tiefen Seufzer gab er sich geschlagen. »Du bleibst im Türrahmen stehen, bis ich wieder hier bin!« Dann wandte er sich Winkelsee zu. »Und du rührst dich ebenfalls nicht vom Fleck oder die Hinrichtung wird ausfallen, weil ich dich nämlich vorher vom Turm schmeiße.«

Der Wilderer nickte stumm.

Als Heinrich an Maria vorbeilief, um den Schemel zu holen, flüsterte er ihr leise zu: »Du bringst mich noch ins Grab, Frau!«

Sie blickte ihn nur unschuldig an und hob die Schultern. Doch als Heinrich die ersten Stufen der gewundenen Treppe hinunterstieg, veränderte sich schlagartig ihr Gesichtsausdruck. Sie warf einen gehetzten Blick in Richtung des Abgangs, dann flog ihr Kopf zu Winkelsee herum. »Schnell, gebt mir die Kugeln – wir haben nicht viel Zeit!«

Der Wilderer eilte zu ihr und drückte ihr die neun Bleikugeln in die Hand. Sie verstaute die Gegenstände sofort in der kleinen Seitentasche ihrer Weste und blickte dann nervös in Richtung Treppe.

Winkelsee nahm beide Hände von Maria und drückte sie zärtlich. »Danke, das werde ich Euch nie vergessen.« Dann ließ er sie los und stellte sich wieder auf seinen Platz.

Doch Maria eilte ihm nach und fiel ihm um den Hals. »Ich hoffe,

Eure Kugeln sind wirklich die Glücksbringer, für die Ihr sie haltet!«
Sie hauchte ihm noch einen flüchtigen Kuss auf die Wange und rannte zurück zur Zellentüre. Keinen Augenblick zu früh, denn eben erschien Heinrich, bewaffnet mit zwei kleinen Hockern, auf der letzten Treppenwendung. Gedankenverloren fuhr Winkelsee über seine Wange und berührte die Stelle, wo er noch vor einem Augenblick die Lippen von Maria gespürt hatte.

Mit finsterem Blick stellte die Wache Heinrich die zwei Holzschemel in der Mitte der Zelle ab. Maria nickte zufrieden, nahm behutsam den Korb und griff nach dem grünen Stoffdeckchen, mit dem sie die Speisen abgedeckt hatte. Der Wächter zog sich derweil an den Eingang zurück, lehnte sich an den Türrahmen und beobachtete mit Argusaugen seinen Gefangenen. Die Tochter des Turmwächters stellte die beiden hölzernen Sitze direkt gegenüber und deckte einen der Hocker mit dem grünen Tuch ab. Dann kniete sie auf den Boden, rückte das Behältnis zurecht, während ihre Augen über den Inhalt wanderten. Nacheinander platzierte sie ein halbes Brot mit dunkelbrauner Kruste, ein kleines Honigtöpfchen, ein Stück Butter und einen kleinen runden Käse auf der Decke. Sofort erfüllte die Zelle ein angenehmer Duft, der an die Verkaufsstände der Bäcker erinnerte, wenn sie ihre frisch gebackene Ware feilboten. Zu guter Letzt holte sie eine kleine, mit Wachs verschlossene Karaffe hervor und stellte sie genauso auf den provisorischen Tisch. Vorsichtig brach sie den weichen Verschluss und schüttete die frische Milch in einen ebenfalls mitgebrachten Becher. Mit einem letzten prüfenden Blick überflog Maria das Arrangement und stand dann zufrieden auf. Unsicher lächelte sie Winkelsee an, zeigte auf den zweiten Hocker und sagte: »So wie Ihr es Euch gewünscht habt. Bitte setzt Euch!«

»Vielen Dank!«, gab Winkelsee zurück, obwohl ihm nach Essen nun wirklich nicht zumute war, aber das musste sie ja nicht wissen.

Jetzt trat Heinrich vom Türrahmen weg und meinte aus dem Hintergrund. »Es wird Zeit zu gehen, Maria! Du hast ihm alles gebracht, was er wollte.«

Sie nickte zögernd und schenkte dem Wilderer ein gequältes Lächeln. »Nun gut, Hans Winkelsee – ich wünsche Euch alles erdenklich Gute für den bevorstehenden Tag und hoffe, dass Euch Gott gewogen ist. Mögen die Kugeln des Eschenheimer Turms Euch Glück bringen.« Dann wandte sie sich um, griff nach dem Flechtkorb und verließ die Zelle. Insgeheim hoffte sie, dass der Wilderer ihren Wink verstanden hatte.

Die Wache Heinrich brummte noch ein *Lasst es Euch schmecken* in den Raum, bevor er der Frau nach draußen folgte. Im Vorraum angekommen, schob er den Riegel vor und verschloss sorgfältig die schwere Zellentüre. Als er den Schlüsselbund an seinem Gürtel befestigt hatte, schaute er fragend zu Maria. »Was war denn das geradeeben? *Mögen die Kugeln des Eschenheimer Turms Euch Glück bringen?*«

Maria lief leicht rötlich an. »Ich wünsche ihm Glück, das ist alles. Außerdem stellt doch Vater die Bleigeschosse für Winkelsee her?«

Heinrich nickte. »Ja, es würde auch zu lange dauern, wenn der Wilderer sie an der Hinrichtungsstätte erst selbst gießen müsste, oder?«

Bei der Vorstellung, dass der Gefangene das Gewehr anhob, auf die Wetterfahne schoss, aber schon beim ersten Schuss versagte, lief es Maria eiskalt den Rücken hinunter. Kaum, dass Winkelsee seine Flinte abgesetzt hätte, würden ihn die Wachen auch schon zum Galgen führen und aufknüpfen. Unbewusst krallten sich ihre Finger so fest um den Henkel des Korbes, dass die Knöchel weiß hervortraten. Im tiefsten Inneren konnte auch sie nicht daran glauben, dass er neun Mal die Wetterfahne treffen würde. Doch sie würde alles daransetzen, die Kugeln auszutauschen und sei es nur dafür, dem letzten Wunsch eines sterbenden Mannes nachzukommen. So konnte sie Winkelsee bestenfalls bis zuletzt ein klein wenig Hoffnung geben. *Nach dir, Maria!* hörte sie Heinrich plötzlich sagen, der sie somit aus ihren Gedanken riss.

Der Wärter stand bereits am Treppenabgang und wartete. Sie lief an ihm vorbei, die ersten Stufen hinunter und stoppte erst, als sie im Zwischengeschoß mit der Wachunterkunft angekommen war. Sie drehte sich, einer Eingebung folgend, zu Heinrich und fragte ihn: »Hat mein Vater die Kugeln schon hergestellt?«

Er schaute sie überrascht an. »Warum willst du das wissen?«

»Nur so – es interessiert mich eben, schließlich bin ich die Tochter des obersten Turmwächters«, gab sie etwas halbherzig zurück.

Heinrich legte den Kopf schief. »Maria – führst du etwas im Schilde? Du hast dich noch nie für derlei Dinge interessiert!«

»Dann ist es wohl an der Zeit, dies zu tun!«, erwiderte Maria trotzig. Erneut fragte sie sich, warum ihr ausgerechnet das Schicksal von Hans Winkelsee so am Herzen lag. Sie hatte schon viele Gefangene im Turm erlebt, von denen einige später hingerichtet wurden. An deren Schicksal hatte sie jedoch kaum Anteil genommen, also warum hier? Nur widerwillig akzeptierte ihr Verstand die naheliegende Antwort – sie fühlte sich zu dem Wilderer hingezogen. Eigentlich hatte Winkelsee mit seiner Tat nur die Eltern unterstützen wollen. Er hatte keinen Menschen verletzt oder umgebracht und den Verlust eines Rehbocks würde der König sicherlich verschmerzen können. Doch genau das stand nun einmal unter Strafe und deswegen saß er verurteilt im Turm. Maria war jedoch felsenfest davon überzeugt, dass dieser Mann ein achtbarer Mensch war und darüber hinaus – er sah auch noch gut aus.

»Und warum ausgerechnet jetzt?«, fragte Heinrich misstrauisch nach.

Sie zuckte mit den Schultern. »Irgendwann muss ich ja einmal anfangen. So und jetzt entschuldige mich bitte, ich muss hinunter. Vater wird sicherlich vor dem Beginn dieses schrecklichen Spektakels noch die eine oder andere Aufgabe erledigt wissen.«

Heinrich machte den Mund auf und wollte etwas erwidern, doch Maria ließ ihn einfach stehen, machte auf dem Absatz kehrt und lief die Treppe weiter hinunter.

Als sie die Türe der Turmwächterwohnung erreichte, wurde diese gerade geöffnet und ihr Vater trat heraus. »Ah, Maria – hast du Winkelsee die letzte Mahlzeit gebracht?«

Sie nickte. »Ja und bevor du nachfragst – Heinrich war die gesamte Zeit bei mir und hat mit Argusaugen über mich gewacht. Du kannst also beruhigt sein.«

Der Turmwächter schnitt eine unwirsche Grimasse, denn natürlich war ihm der schnippische Unterton seiner Tochter nicht entgangen.

»Was hast du vor? Und kann ich dir vielleicht helfen?«, fragte Maria, bevor ihr Vater noch missgelaunter wurde.

Er hob die Augenbrauen und blickte nachdenklich zu ihr. »In der Tat, du könntest etwas für mich tun. Geh hinunter in die Waffenkammer, dort müsste Benedikt zu finden sein. Er gießt gerade die Bleikugeln für den Wilderer und sollte eigentlich bereits fertig sein.

Sag ihm Bescheid, dass ich an der Richtstätte auf ihn warte. In der Zwischenzeit versuche ich den Priester zu finden, damit er Winkelsee die letzte Beichte abnehmen kann. Sobald ich alles erledigt habe, schaue ich nochmal bei dir vorbei.«

Maria glaubte sich verhört zu haben. Hatte Gott tatsächlich ein Einsehen mit ihrem Vorhaben? Warum sollte er ihr sonst diese einmalige Gelegenheit bieten? Sie versuchte ihre Aufregung so gut es ging zu verbergen und antwortete: »Natürlich, das mache ich. Soll ich die Kugeln mit in die Wohnung nehmen?«

Berthold Leinweber schüttelte den Kopf. »Nein, Benedikt soll sie zu den Pulversäckchen, die neben der Flinte des Wilderers stehen, legen. Er weiß schon wo. Vor der Vollstreckung des Urteils wird sicherlich ein Beauftragter des Rates, wahrscheinlich der Syndikus, vorbeischauen und prüfen, ob alles mit rechten Dingen zugeht.«

»Ich stelle nur noch den Korb in die Wohnung, dann suche ich die Waffenkammer auf.«

»Danke Liebes!« Ihr Vater verzog erneut mürrisch das Gesicht. »Und ich werde mich jetzt auf die Suche nach unserem Diener Gottes begeben. Wahrscheinlich wird er wieder irgendwo in einer Gaststube sitzen, denn schließlich muss er den Messwein probieren, ob er auch gottgefällig ist. Tja, Pfaffe müsste man sein.«

»Vater!«, rief Maria mit gespielter Empörung.

Leinweber machte eine wegwerfende Handbewegung. »Ist doch wahr!«

Dann eilte er die Treppe hinunter, während ihm Maria kopfschüttelnd hinterher sah. Gedankenverloren fuhr ihre Hand über die Westentasche und deutlich fühlte sie die kleinen Ausbuchtungen der neun Kugeln. Schnell stellte sie den Korb in die Wohnung und machte sich mit klopfendem Herzen auf zur Waffenkammer.

Sie lief über die gewundene Treppe bis hinunter ins Erdgeschoß. Genau hier, am Fundament des Bergfrieds führte ein großer Durchgang direkt durch den Turm. Dieses Portal, die sogenannte Eschenheimer Pforte, war eines von mehreren Toren, über die man die freie Reichsstadt Frankfurt betreten oder verlassen konnte. An diesen Engstellen standen die WAchsoldaten und kontrollierten Händler, Reisende oder Bürger. Maria öffnete die Tür, die innerhalb des Torbogens lag und schlagartig veränderte sich die Szenerie. War es durch die dicken Mauern des Turms im Inneren fast still, so empfing sie nun lautes Stimmgewirr der Besucher, gemischt mit den barschen Befehlen der WAch soldaten. Natürlich hatte sich das Urteil des Rates wie ein Lauffeuer verbreitet, weswegen sich die Menschen dieses Spektakel nicht entgehen lassen wollten. Von nah und fern strömten sie nach Frankfurt und drängten nun durch die Pforte. Die Wachen hatten alle Hände voll zu tun, um den einen oder anderen, dem es nicht schnell genug ging, zur Räson zu bringen. Auf der gegenüberliegenden Seite der Pforte befand sich ein weiterer Zugang. Unter großen Anstrengungen und erst nach mehreren Anläufen, gelang es Maria sich durch das dichte Gedränge im Durchgang zu quetschen. Schließlich stand sie schweratmend auf der anderen Seite der Pforte. Mit mehreren Faustschlägen hämmerte sie an eine in die Mauer eingelassene Türe und legte ein Ohr an das Holz. Augenblicke später vernahm sie eine sonore Männerstimme, die ein lautes *Tretet ein* rief. Mit beiden Händen umfasste die Frau den Griff der wuchtigen Türe, die sich erst nach mehrmaligem Ziehen und unter lautem Ächzen schwerfällig bewegte. Dieser zweite Eingang führte in einen einzigen Raum – die Waffenkammer des Eschenheimer Turms!

Das freundliche Gesicht von Benedikt empfing sie mit einem Lächeln. Er war zwar einer der ältesten Soldaten im Turm, aber sicherlich auch einer der wichtigsten. Im Gegensatz zu allen anderen Wachen beherrschte Benedikt die Kunst des Schmiedens, die ihn somit unverzichtbar machte.

»Maria?«, fragte er überrascht. »Was führt dich denn zu mir?«

Benedikt stand schweißgebadet vor einer kleinen Esse. Mit einer Hand betätigte er einen kleinen Blasebalg, während er mit der anderen ein seltsames *Ding* über die heftig züngelnden Flammen hielt. Der Gegenstand erinnerte Maria entfernt an ein Utensil aus ihrer Küche – es ähnelte einer Schöpfkelle, nur sehr viel kleiner.

Interessiert trat sie näher und meinte, ohne auf die Frage des Mannes näher einzugehen, neugierig: »Was tust du da, Benedikt?«

Der WAch soldat konnte bereits auf mehr als fünfzig Jahre Lebenserfahrung zurückblicken. Kein einziges Haar schmückte seinen Kopf und um die Augen hatten sich im Laufe der Jahre tiefe Falten gebildet. Trotzdem hatte sich Benedikt eine gewisse Jugend bewahrt, denn er war fast immer gut aufgelegt, lachte viel und gerne. Doch sollte man nie den Fehler machen, ihn zu unterschätzen, denn seine dicken und muskulösen Oberarme zeugten davon, dass er noch lange nicht zum alten Eisen gehörte. »Ich gieße gerade die letzte Kugel für heute Mittag. Du kommst gerade recht – sieh her!«

Maria trat näher an das Schmiedefeuer. In der kleinen Kelle schwappte flüssiges Metall, das leicht silbrig schimmerte.

In diesem Moment hörte der Mann auf, den Blasebalg zu betätigen und meinte: »Hol mir doch bitte diese Zange dort.« Er zeigte auf einen kleinen Amboss.

Sie holte den Gegenstand und war zeitgleich erstaunt, wie schwer er in der Hand lag. Sie reichte Benedikt das Werkzeug.

»Das ist ein Gusszange. Sie besteht aus zwei eisernen Teilen, in denen jeweils eine Halbkugel graviert ist«, erklärte er. »Siehst du die kleine Einfüllöffnung?«

Maria nickte.

»Das flüssige Blei …«, zeitgleich hob er die Kelle, »… wird nun in diesen Stutzen gefüllt.« Vorsichtig und sehr langsam schüttete er das Metall in die Gusszange, bis die Öffnung bedeckt war und bereits ein wenig des Bleis überlief.

Es rauchte und dampfte so heftig, dass Maria zu husten anfing.

Benedikt lachte amüsiert und meinte anschließend: »Das ist wahrlich nichts für Zartbesaitete! Doch nun sieh genau hin.« Er legte die Kelle beiseite und tauchte die Zange kurz in einen Eimer Wasser, der neben der Esse stand. Durch die schlagartige Abkühlung zischte und dampfte es erneut. Anschließend zog er die Zange wieder aus dem Wasser. »Jetzt streck deine Hand aus.« forderte er sie auf. Zögernd folgte Maria seiner Aufforderung, während der alte Wachmann ihre Gedanken zu erraten schien. »Nur zu und hab keine Angst, das Metall ist bereits erkaltet.«

Er öffnete das Werkzeug langsam und eine genau geformte Kugel, an der noch ein kleiner länglicher Stift hing, fiel auf Marias Handfläche.

»Dieses hervorstehende Teil nennt man Gießzapfen.« Er holte zwei neue Gerätschaften – eine weitere Zange und eine kleine Feile. »Ich knipse jetzt den Zapfen ab und schleife mit der Feile den noch hervorstehenden Grat ab.«

Er fischte das gegossene Stück aus Marias Hand. Fasziniert sah sie zu, wie er mit geschickten Händen, das Geschoss vollendete.

Grinsend reichte er ihr erneut das Stück Blei. »Und fertig ist die letzte Gewehrkugel.« Plötzlich stutzte er und bedachte Maria mit einem skeptischen Blick. »Du hast meine Frage von vorhin noch nicht beantwortet. Weswegen bist du hier?«

»Ich soll dir von Vater ausrichten, dass du die Kugeln zu den kleinen Pulversäckchen, die neben Winkelsees Flinte stehen, legen sollst. Er meinte außerdem, dass sicherlich noch ein Beauftragter des Rates vorbeikommt, um sich zu vergewissern, dass alles in Ordnung ist.«

Benedikt zeigte auf eine hintere Ecke des Raumes. Überall standen Regale, Waffenständer oder Schränke – alle voll mit Schilden, Helmen, Armbrüsten, Bögen, Pfeilen und was man sonst noch in einer Waffenkammer vermuten würde. »Siehst du die Flinte? Sie lehnt an dem Regal mit den Helmen. Direkt darüber liegt das Schießpulver und die Kugeln. Bitte lege deine dazu.«

Augenblicklich fing Marias Herz an zu hämmern, denn plötzlich war sie da – die ersehnte Gelegenheit. Langsam drehte sie sich zu dem besagten Regal und ging darauf zu. Nachdem sie nun mit dem Rücken zu Benedikt gewandt war, griff sie zitternd in ihre Weste, um sich zu vergewissern das die Glückskugeln von Winkelsee noch an Ort und Stelle waren. Vor dem Wandgestell angekommen, erblickte sie sofort die kleinen Säckchen mit Schießpulver. Sie alle waren gerade so groß wie ihr Daumen und direkt daneben, auf einen fleckigen Stück Stoff, lagen acht Bleikugeln. Sie zitterte wie Espenlaub, als sie die eben Gegossene dazu legte und dann die Hand um alle neun schloss. Schnell ließ sie die Geschosse in der linken Westentasche verschwinden, während sie aus der rechten Tasche Winkelsees Kugeln hervorzog und vorsichtig auf dem Stofffetzen ablegte. Nach einer gefühlten Ewigkeit und mit der Angst, dass der alte Wachmann jederzeit rufen könnte *Halt, was machst du da?* atmete sie tief durch. Es war getan – sie hatte es tatsächlich geschafft, die Kugeln auszutauschen. Im Stillen dankte sie Gott, drehte sich wieder zu Benedikt und lächelte ihn unbeholfen an.

Er schien ihre Nervosität jedoch nicht zu bemerken und meinte: »Ich bin wirklich gespannt, ob der Wilderer die Wetterfahne auch nur ein einziges Mal treffen wird.«

Maria hingegen wollte nur noch weg. Sie wandte sich Richtung

Türe und erwiderte: »Ich finde das Urteil schändlich. Dass der Rat dem Gefangenen eine Aufgabe stellt, die er ohnehin nicht bewältigen kann und das nur, um den Menschen mehr Unterhaltung zu bieten – ist mehr als grausam.«

Benedikt blickte sie überrascht an und zuckte mit den Schultern. »Ja, die Welt ist, war und wird immer ihre grausamen Seiten haben. Aber immerhin hat der Wilderer eine Möglichkeit bekommen, seinen Kopf aus der Schlinge zu ziehen. Das wurde bis jetzt noch keinem, zum Tode Verurteilten, gewährt. Richte deinem Vater aus, dass alles bereit ist.«

»Natürlich! Und danke Benedikt – für die kurze Einführung in dein Handwerk«, meinte Maria freundlich und drückte den Riegel nach unten.

»Keine Ursache – du kannst jederzeit vorbeikommen«, rief ihr der alte Wachmann noch nach, bevor die Tür zurück ins Schloss fiel.

Draußen herrschte das blanke Chaos. Immer mehr Menschen drängten sich auf dem Platz vor dem Eschenheimer Turm. Eben schlug der Turmwächter des Frankfurter Doms die Glocke. Maria zählte zehn Schläge – also noch zwei Stunden, dann war es soweit. Wieder quetschte sie sich durch das dichte Gedränge der Pforte und war froh, als sie die Ruhe des Turms umschloss. Natürlich musste sie jetzt so schnell wie möglich den Wilderer aufsuchen, um ihm die frohe Botschaft zu überbringen. Denn für Winkelsee bedeutete diese Nachricht Hoffnung – Hoffnung auf Leben – und je mehr er davon hatte, desto besser!

Was Maria jedoch nicht ahnen konnte:
Benedikt holte, als Maria die Waffenkammer verlassen hatte, aus dem Regal neben der Flinte, einen schweren Eisenbolzen, den er zur Reparatur eines gebrochenen Türscharniers benötigte. Dabei stieß er so unglücklich mit der Schulter gegen das Nachbargestell, das eines der Geschosse über den Rand kullerte und zu Boden fiel. Als er die Kugel wieder aufhob und durch die Finger gleiten ließ, bemerkte er eine kleine, aber tiefe Kerbe, die vom Aufschlag auf den Boden herrührte. Das würde der Beauftragte des Rates sicherlich missbilligen. Fluchend schmolz er die Kugel mit einem weiteren Bleiklumpen wieder ein, goss ein neues Geschoss und legte es wieder ins Regal zu den anderen ...

Daniel Debrien

Nachdem ich Julian Tareks Plan erklärt hatte, suchten wir natürlich auch Zenodot auf, um ihn ebenfalls einzuweihen.

»Gibt es vielleicht eine andere Möglichkeit, um die beiden schneller zum Reden zu bewegen?«, fragte ich den Alten, als ich mit meinen Ausführungen fertig war. »Vielleicht einen Zaubertrank oder so was. Du weißt schon! Etwas, das einen zwingt die Wahrheit zu sagen.«

Der Bibliothekar nickte. »Ja, es gibt eine Essenz der Wahrhaftigkeit, doch es benötigt Zeit sie herzustellen und die haben wir leider nicht. Außerdem ist die Einnahme mit erheblichen Risiken verbunden.«

»Und welche wären das?«, fragte Julian neugierig geworden.

»Die Person kann zwar nicht mehr lügen und wird alle Fragen wahrheitsgemäß beantworten, doch die Essenz greift große Teile des Gehirns an. Es kann im schlimmsten Falle zu einer totalen Amnesie führen und von den körperlichen Nebenwirkungen will ich erst gar nicht sprechen. Dieser Absud ist unberechenbar und tückisch.«

Bei der Vorstellung, dass mir jemand diesen Trank gewaltsam einflößte, schüttelte es mich unwillkürlich. »Gut, dann also Tareks Plan!«

Zenodot nickte beipflichtend. »Achtet bitte darauf, dass der Satyr keinen allzu großen Schaden nimmt.«

Ich schaute ihn verblüfft an. »Du kennst William?«

»Natürlich, er bringt mir hin und wieder etwas vorbei«, meinte der Alte wie selbstverständlich.

Ich grinste ihn schelmisch an. »Lass mich raten! Das eine oder andere Kleidungsstück aus deiner Garderobe stammt aus Williams Fundbüro?«

Der Alte nickte zustimmend.

Zenodot hatte den ausgesprochen merkwürdigen Hang, sich

ungewöhnlich zu kleiden. Keine Farbkombination war vor ihm sicher, was in der Vergangenheit schon zu heftigen Diskussionen geführt hatte. Einmal musste ich all meine Redekünste aufbringen, um ihn davon zu überzeugen, dass orangefarbene Gummistiefel in Verbindung mit lila karierten Hosen und rotem Hemd definitiv nicht unter die Rubrik *unauffällige Bekleidung für die Menschenwelt* fiel. Vor diesem Hintergrund hatte ich mich schon mehrfach gefragt, woher er diese schrillen Klamotten überhaupt hatte. »Tja, dann haben wir den Übertäter jetzt also eindeutig identifiziert«, sagte ich lachend.

»Und wie darf ich das jetzt verstehen?«, brummte er leicht misstrauisch.

»Schon gut, Zenodot. Du erinnerst dich sicherlich an die eine oder andere Unterredung hinsichtlich öffentlicher Auftritte außerhalb der Tiefenschmiede. Ich hatte mich nur immer gewundert, wie du an die außergewöhnlichen Teile gekommen bist. Aber lassen wir das. Wir müssen den Jüngeren jetzt in die Kanalisation verfrachten. Tarek ist bereits weg, um William zu holen.«

»Braucht ihr mich? Ich muss nämlich noch einige Vorkehrungen treffen, die unseren bevorstehenden Besuch in Stonehenge betreffen.«

»Nein, wir informieren dich dann, wenn es neue Erkenntnisse gibt«, erwiderte ich und der Bibliothekar schien über meine Antwort durchaus erleichtert zu sein.

Als wir wieder vor dem Zimmer ankamen, in dem die beiden S.M.A. Agenten festsaßen, wurden wir von Ronar Rotbuche und Garm Grünblatt schon ungeduldig erwartet.

»Wo seid ihr denn? Tarek dürfte William bereits gefunden haben«, bemerkte Ronar mit sichtlicher Aufregung in der Stimme.

»Wir haben Zenodot informiert. Habt ihr zwei Tüten oder etwas ähnliches aufgetrieben?«, entgegnete ich.

Garm zog zwei zusammengeknüllte Plastikbündel hinter seinem Rücken hervor und strahlte mich an. »Natürlich – hier bitte!«

Julian erkannte zuerst, um was es sich handelte, denn er drehte sich sofort lachend weg. Ich nahm die zwei seltsamen Gegenstände und hob sie hoch, damit ich sie genauer betrachten konnte. Als auch ich begriff, was mir Garm da überreicht hatte, verschlug es mir im ersten Moment die Sprache. Dann konnte ich mir ein breites Grinsen nicht verkneifen. »Woher, in aller Welt, habt ihr die denn?« Staunend hielt ich zwei Latexmasken in die Höhe. Aber nicht irgendwelche, denn auf der einen strahlte mir das Konterfei von Donald Trump entgegen, auf der anderen Prinz Charles. Die Kobolde hatten die Löcher in den Augen feinsäuberlich mit schwarzem Klebeband abgedeckt, was den ohnehin schon schrägen Ausdruck der Maskerade noch verstärkte.

Nicht ohne eine gewisse Skepsis im Ton, meinte Schwarzhoff lachend: »Egal wer welche Maske trägt – sollte dieser William wirklich so schreckhaft sein, wie ihr behauptet, dann erliegt er spätestens beim ersten Blick darauf einem Herzinfarkt.«

»Natürlich muss sie vorher abgenommen werden! Schließlich soll der Gefangene William doch sehen können«, brummte Garm, dem die Zweideutigkeit von Julians Aussage offenbar entgangen war. »Tarek hat sie einmal von einem seiner Streifzüge mitgebracht. Es gibt bei euch Menschen eine Zeit, in der ihr wirklich seltsame Kleidung tragt, farbige Papierschnipsel in die Luft werft und bunt bemalt durch die Straßen zieht.«

Ich stutze einen Moment und überlegte scharf, doch dann ahnte ich, was er meinte. »Das nennt man Karneval, Fastnacht oder Fasching«, erklärte ich.

Ronar drängte sich in den Vordergrund. »Für uns die beste Zeit des Jahres! Nur schade, dass sie so kurz ist«, strahlte er mich an.

Ich zog überrascht die Augenbrauen zusammen. »Und warum?«

»Da können wir uns frei unter den Menschen bewegen, denn sie glauben, wir sind Kinder, die sich verkleidet haben. Und da die Menschen in dieser Zeit ziemlich viel Apfelwein trinken, fällt reichlich für uns ab. Meistens sind sie so berauscht, dass sie gar nicht merken, wenn plötzlich ein Krug auf dem Tisch fehlt.« erwiderte Ronar mit leuchtenden Augen.

Der Kommissar und ich sahen uns grinsend an, dann zuckte Julian mit den Schultern. »Das macht natürlich Sinn, zumindest wenn man es aus Koboldsicht betrachtet!«, entgegnete er belustigt.

»Wir sollten loslegen«, mahnte Garm vorsichtig zum Aufbruch.

Ich schwenkte beide Masken hin und her. »Welche soll der Jüngere bekommen? Trump oder Prinz Charles?«

»Natürlich Trump! Wenn einer in die Abwasserkanäle passt, dann Donald!«, meinte der Kommissar sarkastisch.

»Okay.« Mit Blick auf die beiden Kobolde fügte ich hinzu: »Haltet Euch bitte von der Türe fern, solange sie die Masken noch nicht aufhaben. Wir rufen Euch dann.«

Beide stellen sich an die Wand und hoben grinsend den Daumen. Ich drückte die Klinke hinunter. Beide Agenten erstarrten in der Bewegung und funkelten mich hasserfüllt an.

Julian, der direkt hinter mir eingetreten war, begrüßte sie sofort: »So die Herren, wir haben uns entschlossen etwas Fastnacht zu feiern. Die Utensilien dafür hat Herr Debrien bereits dabei. Daniel?«

Ohne Kommentar ging ich auf den Älteren, namens Grube, zu und ehe er auch nur einen Mucks von sich geben konnte, stülpte ich ihm Prinz Charles über den Kopf. Dumpf brüllte es hinter der Maske: »Wehe, ich bekomme dich zwischen die Finger, Debrien!«

»Die S.M.A. hatte ihre Chance!«, zischte ich zurück und stellte mich vor seinen Nachbarn. »So, und wir drei – Du, ich und unser Kommissar – werden jetzt einen kleinen Ausflug machen.« Ohne eine Antwort abzuwarten, setzte ich ihm Donald auf. Grube erging sich in der Zwischenzeit in einer regelrechten Fluchorgie, die aber wirkungslos an uns abprallte. Als er meine, an seinen Kollegen gerichtete, Worte vernahm, brüllte er: »Wenn du denen auch nur ein Wort sagst, bringe ich dich um, Bauer!«

Julian und ich sahen uns an – der Jüngere hieß also mit Nachnamen Bauer. Ich konnte es mir nicht verkneifen und erwiderte barsch: »Grube, warum glauben Sie eigentlich, dass Sie Ihren Kollegen lebend wiedersehen werden?«

Dieser Punkt ging eindeutig an mich, denn daraufhin blieb Grube still und enthielt sich jeglichen Kommentars. Ich gab Julian unterdessen ein Zeichen, dass er die Kobolde holen sollte.

Bauer war inzwischen sichtlich nervös geworden, denn er hatte keinen blassen Schimmer, was nun auf ihn zukam. Doch ein Mann wie er, der vermutlich mehrere militärische Ausbildungen durchlaufen hatte, war mit einem solchen Szenario sicherlich vertraut gemacht worden. Wir hingegen bauten darauf, dass er umfallen würde, denn bereits mehrfach hatte er gezeigt, dass es mit seiner emotionalen Stabilität nicht weit her war. Am richtigen Punkt angesetzt, würde er womöglich vollkommen ausflippen und wir hofften, dass mit dem Satyr genau diese Triebfeder in Gang gesetzt wurde.

Ehrlich gesagt war ich wirklich auf beide Reaktionen gespannt, die von Bauer, genauso wie auf die von William. Garm und Ronar waren inzwischen eingetreten und musterten die vor ihnen sitzenden S.M.A. Agenten.

Ronar lief zu Trump und gab ihm mit den Fuß einen leichten Stoß. »Der hier?«, fragte er gespielt grollend.

Die beiden Gefangenen horchten auf – natürlich war ihnen nicht entgangen, dass sich jetzt eine weitere Person im Raum aufhalten musste.

»Ja, genau der!«, bestätigte ich.

»Gut, dann schnappt ihn Euch und bringt ihn in die Kanalisation. Ich bin echt gespannt, wie er sich da unten schlagen wird«, fauchte der Kleine boshaft und grinste anschließend wie ein Honigkuchenpferd.

Julian und ich traten zu Bauer und zogen ihn nach oben. Ein mehrmaliges Knacken seiner Knochen ertönte, als er endgültig in die aufrechte Position gehoben wurde. Stöhnend streckte er sich kurz.

»Kein Wort, Bauer!«, zischte Grube seinem Partner in scharfem Befehlston zu.

Garm beugte sich über Prinz Charles. »Bete du lieber, dass er lebend zurückkommt. Anstatt ihm Befehle zu erteilen, solltest du ihm lieber viel Glück wünschen – denn das wird er brauchen!«

Prinz Charles stutzte kurz, denn sofort war klar, dass nicht drei, sondern vier Personen anwesend waren.

Der jüngere Mann alias Donald Trump hatte sich bei Garms Worten unwillkürlich versteift. Das war zumindest ein guter Anfang, denn es zeigte eine gewisse Betroffenheit. Auch Julian schien die Reaktion nicht entgangen zu sein, denn er nickte mir unter hämischem Grinsen stumm zu. Wir führten Bauer hinaus auf den Gang. In diesem Moment öffnete sich die Türe zur Kanalisation und Tarek erschien. Ein strenger Hauch von Abwasser und Kloake schwappte in den Flur, was mich zu einem spontanen Naserümpfen veranlasste. Der Kleine wollte schon loslegen, doch ich legte einen Finger auf die Lippen und sein Mund klappte wieder zu. Ich zeigte Julian an, dass er Bauer in das Abwassersystem führen sollte, während ich mit Tarek kurz hierblieb.

Garm hatte gleich verstanden und sagte laut: »In zwanzig Metern

Entfernung stoßt ihr auf eine Gabelung, dort warten wir auf euch.« Dann gab er Ronar, sowie Julian ein Zeichen und sie stiegen in die Kanäle ein.

Kaum waren die vier im Dunkel des Abgangs verschwunden, legte Tarek auch schon los. »Ich habe William gefunden und konnte ihn davon überzeugen, dass ein lukratives Geschäft auf ihn wartet. Er ist bereits hierher unterwegs.«

»Super!«, lobte ich ihn. »Und wie soll es ablaufen?«

»An der von Garm angesprochenen Gabelung, müssen wir links. Von dort führt ein Tunnel weiter in Richtung der Innenstadt. Nach weiteren dreißig Metern macht der Kanal einen rechtwinkligen Knick und genau dort lassen wir den Typen warten. Wenn William um die Ecke kommt, stehen sie sich augenblicklich von Angesicht zu Angesicht gegenüber«, grinste das Schlitzohr in diebischer Vorfreude.

»Guter Plan! Also los, die anderen erwarten uns sicher schon«, meinte ich kopfschüttelnd, denn für Tarek war das alles hier ein Mordsspaß. Dass wir uns auf diese Aktion nur eingelassen hatten, um mehr über die bevorstehende Operation der S.M.A. in Stonehenge zu erfahren, hatte er schlicht und einfach verdrängt. Und letztendlich ging es natürlich auch darum Alli zu retten. Ich hoffte inständig, dass Osiris Wort halten würde, als er mir mitteilte, dass auch von seiner Seite Vorkehrungen getroffen wurden.

Der Boden war glatt und schmierig – ganz so, wie man es von Abwasserkanälen erwarten konnte. Die bogenförmigen Wände bestanden aus rohen Ziegeln, was darauf hinwies, dass der Abgang älteren Ursprungs war. Außerdem drang so gut wie kein Licht ein, wenn man von der offenen Türe zur Tiefenschmiede einmal absah. Also musste ich mich langsam an der rauen Wand vorwärtstasten. Das konnte zu einem Problem werden, denn wenn unser Plan funktionieren sollte, dann mussten sich Bauer und William auch wahrnehmen können. Kobolde sahen im Dunkeln ausgesprochen gut, aber ob das auch für einen Satyr galt, wusste ich nicht, während es für Bauer definitiv nicht zutraf. Ich machte Tarek auf diese Tatsache aufmerksam.

»Kein Problem Daniel«, raunte er leise neben mir und fuhr sichtlich vergnügt fort: »Wir nutzen deshalb den kleinen Kniff, den wir schon in den U-Bahnschächten angewendet haben. Erinnerst du dich? Wir waren damals auf der Jagd nach Nicolas Vigoris.«

Verdammt, ich vergaß immer wieder, dass diese kleinen Geschöpfe ebenfalls magischer Natur waren. Sie konnten Pflanzen, und sei es auch die winzigste Flechte, ein phosphoreszierendes Strahlen einhauchen. Damals hatten sie einen Teilabschnitt eines U-Bahntunnels unter der Konstablerwache zum Leuchten gebracht. Und da wir uns in einem älteren Teil des Abwassersystems, das noch aus Ziegelsteinen bestand, befanden, wucherten hier jede Menge Moose und Flechten.

Wir erreichen nach einigen Augenblicken die Gabelung, wo wir von den anderen schon erwartet wurden. Der Gang links von uns wurde bereits von einem blauen Schimmer ausgeleuchtet, also hatten die Kobolde ihre spezielle Gabe schon eingesetzt. Ein weiteres Vorwärtskommen stellte somit kein Problem mehr dar. Auch dieser Tunnel war bogenförmig aus gebrannten Ziegeln gebaut worden. Mittig am Boden befand sich eine Vertiefung, in der das Abwasser langsam und träge dahinfloss. Die Tritte rechts und links der Rinne waren ausreichend breit, um darauf laufen zu können, ohne seinen Fuß in die stinkende Brühe zu tauchen. Wobei *stinkend* leicht untertrieben war, denn der Gestank war infernalisch. Schon nach wenigen Schritten, musste ich mehrfach einen starken Würgereflex unterdrücken. Julian schien es ähnlich zu ergehen, denn seine Gesichtsfarbe war deutlich blasser als vorhin in der Tiefenschmiede. Selbst Donald Trump verhielt sich ausgesprochen still und kooperativ. Der fürchterliche Geruch der Kloake war sicherlich auch ihm in die Nase gestiegen, zumal er oberdrein noch blind durch die Gegend geschupst wurde. Im Gänsemarsch wanderten wir ohne Worte durch den Kanal, bis Tarek, der vorausgegangen war, die Hand hob. Er gestikulierte, dass wir uns ruhig verhalten sollten und hob dann eine Hand zum Ohr. Angespannt lauschten wir in die Dunkelheit. Tatsächlich – von weit her hallte ein leises *Klack – Klack – Klack* durch unterirdische Anlage. Dieses Geräusch kannte ich nur allzu gut, denn es handelte sich um die stampfenden Schritte behufter Beine. William war auf dem Weg – Zeit zu handeln.

»Wir sind da! Da vorne ist die Abzweigung«, flüsterte mir Ronar leise zu.

Ich stieß Bauer nach vorne, so dass er kurz aus dem Gleichgewicht geriet und mit einem Bein im wahrsten Sinne des Wortes in die Scheiße trat. Fluchend zog er den Fuß aus dem Abwasser und ließ eine Schimpfkanonade los.

Garm trat ihm gegen das Schienbein. »Je lauter du bist, desto eher holt dich dein Schicksal ein. Hier unten gibt es Wesen, die dich schneller umbringen können, als du *Piep* sagen kannst. Also, halt deinen Mund, sonst lassen wir dich so blind wie du bist, allein durch diese Tunnel laufen.«

Trump verstummte und es war nicht zu übersehen, wie nervös er inzwischen geworden war. Tarek gab mir von vorne ein Zeichen, dass ich zu ihm kommen sollte. Ich machte einen großen Schritt über die Abwasserrinne, damit ich an Bauer und Julian vorbeikam und wechselte so auf die andere Seite. Als ich auf gleicher Höhe mit dem Kobold war, querte ich erneut den Kanal und ging dann vor ihm auf die Knie. »Was ist?«

Er überreichte mir wortlos eine kleine Kugel, die augenscheinlich aus Wachs geformt war. Auf meine fragende Blicke hin flüsterte er, »In dem Wachsball sind einige Tropfen einer Flüssigkeit eingeschlossen. Du ziehst ihm von hinten mit einer Hand die Maske hoch, während du mit der anderen die Kugel vor seinem Gesicht zerdrückst. Er wird, sobald die Hülle weg ist, tief einatmen. Die Tinktur bewirkt für ein paar Minuten die sofortige Lähmung aller Gliedermaßen. So kann er nicht weglaufen, wenn William gleich um die Ecke kommt. Aber achte darauf, dass du während des Vorgangs die Luft anhältst.«

»Woher, zum Teufel, hast du das?«, raunte ich überrascht zurück.

Ich hatte die Frage noch nicht richtig ausgesprochen, als sich über die Gesichtszüge des Schlawiners sein berühmtes unverschämt wissendes Grinsen ausbreitete. »Zenodot hat irgendwann ein kleines Fläschchen davon im Wohnbereich liegen lassen. Auf der Flasche stand geschrieben, was es ist, wie es wirkt und wie lange der Effekt anhält. Ich dachte mir, das könnte später einmal nützlich sein, weswegen ich ein paar Tropfen davon abgezweigt habe. Und voilà – ich hatte wieder einmal so was von recht!«

»Ehrlich Tarek, so gerne ich dich auch mag, aber irgendwann nimmt es ein echt schlimmes Ende mit dir!«, seufzte ich.

Er tat meine Aussage schulterzuckend ab. »Ja, ja schon gut. Aber jetzt sollten wir uns sputen. Er kommt näher!«

Tatsächlich wurde das Klacken der Hufe immer lauter. Ich winkte Julian, dass er den Gefangenen zur Ecke des Tunnels bringen sollte. Er nickte und schob Donald Trump, der immer noch sein Fuß schüttelte, um die Nässe aus dem Schuh zu bekommen, mit sanfter Gewalt vorwärts. Tarek und ich sprangen auf die andere Seite, um den beiden nicht im Weg zu stehen. Als Bauer an der richtigen Stelle stand, verdrückte sich der Kommissar wieder nach hinten, um mir Platz zu machen. Ich wechselte hinter dem S.M.A. Mann erneut die Seite und positionierte mich genau hinter ihm.

Klack – Klack – Klack.

Noch wenige Augenblicke und William würde um die Ecke kommen. Ich riss dem Agenten von hinten Donald Trump vom Kopf und zerdrückte, während ich die Luft anhielt, Tareks Kugel vor seinem Gesicht. Wie erwartet hörte ich ihn tief einatmen, als im selben Moment ein kaum spürbarer Ruck durch seinen Körper lief. Ich konnte mir, obwohl ich ihn von vorne nicht sah, die Panik in seinen Augen regelrecht vorstellen, zumal das Klacken nun bedrohlich dröhnend durch den Tunnel hallte. Und genau in diesem Moment bog eine riesenhafte Gestalt um die Kurve. Jetzt endlich fand Bauer seine Sprache wieder und fing an, wie am Spieß zu brüllen. Wenn ein zweieinhalb Meter großer Satyr, mit roten Augen, die so boshaft funkeln, dass du meinst dieses Wesen sei direkt der Hölle entsprungen, in einer Kanalisation plötzlich vor dir steht, dann ist es mit der Selbstbeherrschung schlagartig vorbei. Bei Bauer setzte sofort der automatische und instinktive Fluchtreflex ein. Doch zu seinem Entsetzen musste er feststellen, dass seine Beine wie festgenagelt an Ort und Stelle blieben. Diese Erkenntnis steigerte seine Schreie gleich um mehrere Oktaven nach oben. William hingegen ließ ein so heftiges Brüllen los, dass die Wände des Tunnels erbebten. Ich presste mir die Hände auf beide Ohren, bevor mein Trommelfell ernsthaften Schaden nehmen konnte. Dann warf der Satyr die Arme panisch nach oben und traf dabei den vor ihm stehenden Bauer so unglücklich am Kinn, dass dieser wie ein dürrer Zweig durch die Luft gewirbelt wurde und an die gegenüberliegende Mauer klatschte. *Und schwupp* – war William wieder weg. Seine rasenden Huftritte klapperten so schnell durch den Tunnel, als wäre der Teufel höchstpersönlich hinter ihm her. Als ich um die Ecke blickte, sah ich zwischen den Hufen noch eine weitere Spur. Da brat mir doch einer einen Storch! William war tatsächlich so verängstigt, dass sich der arme Kerl buchstäblich ins Fell gemacht hatte.

Hinter mir kam nun auch Tarek um die Ecke. »Oh, oh …«, meinte er mit skeptischem Blick auf die nasse Spur. »Ich werde besser mal nach ihm sehen.« Dann sah er mich abwägend an. »Dir ist schon klar, dass uns das wirklich viele Sardinenbüchsen kosten wird?«

»Wenn die Aktion ihren Zweck erfüllt hat, bekommt er meinetwegen einen ganz Schubkarren voll!«

Tarek nickte beipflichtend und rannte tiefer in den Tunnel, um nach William zu suchen. Ich blickte ihm nach, bevor mich ein lautes Stöhnen veranlasste, nach hinten zu sehen. Eben half Schwarzhoff dem benommenen Bauer auf die Beine. Ich war sichtlich erleichtert zu sehen, dass seine kurzzeitige Lähmung bereits wieder vorbei war. Gleichwohl schien der S.M.A. Mann völlig durch den Wind zu sein. Er zitterte am ganzen Körper und brabbelte unverständliches Zeug vor sich hin. Tja, man begegnet ja auch nicht alle Tage einem Satyr im Abwasserkanal.

Ronar und Garm hatten sich anscheinend zurückgezogen, wohl damit Bauer die beiden nicht zu Gesicht bekam. Als ich bei unserem Kommissar eintraf, war er schon mittendrin den Gefangenen zu verhören. Und siehe da – der Jüngere hatte sich wieder gefangen und zwitscherte nun wie eine Amsel im Morgengrauen. Anhand der finsteren Blicke, die mir Schwarzhoff zuwarf, waren die bereits erhaltenen Informationen wohl ziemlich besorgniserregend. Gerade hörte ich Julian fragen: »Also Bauer, nochmal! Was soll morgen in Stonehenge passieren? Und überlegen Sie gut, bevor Sie antworten, ansonsten hole ich dieses Ding zurück!«

»In Einzelheiten wurden nur die allerwenigsten eingeweiht. Alle die, die Winkelmann treu ergeben sind, wurden nach England beordert. Wir hingegen hatten den Auftrag Debrien zu schnappen, um an diesen Zenodot heranzukommen. Laut unserem Boss weiß er anscheinend Bescheid, wie irgendein Tor, dass sich unter dem Steinkreis befindet, geöffnet werden kann. Winkelmann hat, gemeinsam mit einer seltsamen Gestalt, die er selbst *den Boten* nennt, alles bis ins Detail geplant.«

Wer Winkelmann genau war, hatte Schwarzhoff anscheinend schon in Erfahrung gebracht, deshalb hakte ich zu diesem Namen nicht weiter nach. Aber eines wollte ich unbedingt wissen. »Was bedeutet *Die, die Winkelmann treu ergeben sind*? Hat es etwas damit zu tun?« Wie ein Pfeil schoss meine Hand nach vorne und packte sein rechtes Handgelenk. Ruckartig drehte ich es nach oben, so dass eine wellenförmige Tätowierung sichtbar wurde.

Bauer blickte mich überrascht an und nickte dann zögerlich. »Ja, jeder der Winkelmann die Treue schwor, musste sich, als Ausdruck des absoluten Gehorsams und seiner unbedingten Loyalität, dieses Tattoo stechen lassen. Der Boss hat es selbst am Arm, behauptet aber, er sei damit geboren worden und das Zeichen sei Ausdruck einer unerledigten Schuld. Keine Ahnung, was er damit meinen könnte. Wir fühlten uns jedenfalls einer Art Bruderschaft zugehörig, was in unserem Job gleichbedeutend mit Familie ist.«

Der Kommissar gab ein sarkastisches Lachen von sich und sah mich wütend an. »Kommt dir das nicht bekannt vor, Daniel? Bruderschaft – Absoluter Gehorsam – Unbedingte Loyalität?«

Ich nickte traurig. Es war einfach unfassbar, dass die Menschheit immer wieder oder besser gesagt immer noch, solchen Dogmen blind hinterherrannte. Der zweite Weltkrieg sollte uns allen eigentlich lehrreich genug gewesen sein.

»Und keiner von euch Hirnis ist auf die Idee gekommen, einmal zu hinterfragen was Winkelmann da so treibt oder ob das alles rechtens ist?«, schnaubte Schwarzhoff.

»Natürlich es gab welche. Lobinger, Leiter der Sektion Deutschland, zum Beispiel. Aber die wurden dann bei vielen Entscheidungen übergangen, nicht befördert oder einfach nicht eingeweiht. Winkelmann ist schließlich der oberste Boss der S.M.A. und einer der führenden Köpfe von Interpol – da stellt man möglichst wenig Fragen!«, meinte Bauer mit offenkundiger Entrüstung.

»Interpol?«, platzte es aus mir heraus.

»Später Daniel!«, erwiderte Julian und wandte sich kopfschüttelnd wieder zu Bauer. »Na klar, das hat schon bei Hitler und vielen anderen funktioniert. Man muss nur genug Trottel finden, die einem das abkaufen, was man als *qualifizierte* Führungskraft von sich gibt. Wohin das führt, haben wir in der Vergangenheit gesehen und es geschieht genauso in der Gegenwart.« Er bückte sich, hob die Maske von Trump auf und schmiss sie angewidert zu Bauer. »Hier bitte schön! Das ist ebenfalls so ein Kandidat, nur waren bei den letzten Wahlen gottseidank mehr vernünftige Menschen unterwegs. Ein Hoch auf die Demokratie!« Ohne weitere Worte packte er den S.M.A. Mann und stieß ihn in Richtung der Gabelung. »Los, dein anderer *Bruder* wartet bestimmt schon sehnsüchtig auf dich.«

Zurück in der Tiefenschmiede verfrachteten wir Bauer wieder in das Zimmer, denn sicherlich hatten er und Grube nun ordentlichen Gesprächsbedarf. Auch im Mienenspiel des Kommissars war deutlich zu erkennen, dass ihm einige Dinge auf der Seele brannten. Kein Wunder, denn schließlich hatte er heute das erste Mal einen *verängstigten* Satyr zu Gesicht bekommen. Als wir durch die Schwingtüre in den Wohnraum traten, sahen wir Zenodot, der, vertieft in einem dicken Wälzer, am Tisch saß. Er hob den Kopf, begrüßte uns erfreut und erkundigte sich natürlich sofort, wie es gelaufen war.

Bevor ich antworten konnte, tauchten auch Ronar und Garm hinter uns auf und gesellten sich zu mir.

Zenodot nahm unsere Gruppe in Augenschein und runzelte die Stirn. »Wo ist Tarek?«

»Ist hinter William her, um ihn zu beruhigen«, erwiderte ich.

Der Bibliothekar legte sein Buch beiseite und winkte uns heran. »Bitte nehmt Platz und berichtet.«

Wir setzten uns und ich begann unsere Aktion detailgenau zu schildern. Die Sache mit der Wachskugel sparte ich jedoch aus, denn ich wollte Tarek nicht noch tiefer reinreiten, da Zenodot zurzeit ohnehin nicht gut auf ihn zu sprechen war. Die Kobolde hatten bei meiner Befreiung in mehrfacher Hinsicht leichtfertig gehandelt und das war dem Alten ziemlich sauer aufgestoßen. Als ich schließlich bei Williams Flucht angekommen war, richtete ich meinen Blick auf den Kommissar: »Jetzt mach du weiter Julian, denn ich habe den ersten Teil von Bauers Aussagen nicht gehört.«

Er nahm den Faden auf. »Der Leiter der *Sonderabteilung für magische Aktivitäten* ist ein gewisser Bernd Winkelmann. Er ist einer der führenden Köpfe von Interpol und führt die S.M.A., die übrigens in fast jedem Land eine Niederlassung hat, europaweit. Bauer hat ihn als sehr autoritär charakterisiert, der, wenn es sein muss, mit eiserner Hand durchgreift. Winkelmann hat die S.M.A. mit vielen, ihm treu ergebenen ehemaligen Polizisten oder Militärs, unterwandert. Er hat quasi eine Organisation innerhalb der Organisation geschaffen, die er für seine eigenen Zwecke missbraucht. Kritiker und Leute die Fragen stellen, werden sofort mundtot gemacht und aufs Abstellgleis geschoben. Ihm zur Seite steht ein geheimnisvoller Mann, den man nur *den Boten* nennt.«

Ronar meldete sich zu Wort. »Den kennen wir doch, oder? Er ist im Keller, in dem Daniel festgehalten wurde, aufgetaucht und Tarek hat ihm seinen Dolch in Schulter gerammt.«

Julian nickte zustimmend. »Richtig und wenn ich mich recht erinnere, hatte ihn Dr. Malik – Verzeihung, natürlich Selket – sogar mit eben diesem Namen angesprochen. Winkelmann und *der Bote* haben den Plan zur Befreiung des Dämons ausgearbeitet. Wobei Bauer keine Ahnung hat, dass es sich hier um einen Dämon handelt! Er faselte von einer Befreiungsaktion, die die Welt verändern wird. So zumindest hat es Winkelmann seinen Anhängern verkauft.«

Ich schnaubte verächtlich. »Und er hat recht! Wenn die Bestie freikommt, wird sie die Welt verändern – allerdings anders, als es sich Bauer, Grube und Konsorten vorstellen.«

Schwarzhoff nickte und fuhr fort: »Als Zeichen dieser Bruderschaft mussten sich alle von Winkelmanns Getreuen die bekannte Wellenlinie, das Symbol von Apophis, auf das Handgelenk tätowieren lassen. Bauer erinnerte sich jedoch, wie Winkelmann einmal erwähnte, dass *sein* Zeichen ein Geburtsmal wäre und eine Art Schuld aus der Vergangenheit repräsentiert.«

Der Bibliothekar strich sich mit der Hand nachdenklich über das Kinn. »Ich habe schon von Fällen gehört, in denen ein Pakt mit Dämonen geschlossen wurde, der über mehrere Generationen hinweg gegolten hat. Aber das sei nur am Rande erwähnt.« Er richtete seine Aufmerksamkeit wieder auf den Kommissar. »Hat der Gefangene etwas über das Vorhaben in Stonehenge erzählt?«

»In dieser Hinsicht tappen wir ehrlich gesagt noch im Dunkeln. Bauer wusste nicht viel, und das, was er berichtet hat, ist uns größtenteils schon bekannt. Für die Nacht am 31. Oktober sind die meisten von Winkelmanns Leuten zum Steinkreis beordert worden. Laut Bauer sind es höchstwahrscheinlich dreizehn – er und Grube nicht mitgerechnet. *Der Bote* wird ebenfalls in Stonehenge erwartet. Was dort jedoch passieren soll und welche Aufgaben Winkelmann für seine Truppe vorgesehen hat – Fehlanzeige. Das sollte wohl aus Gründen der Geheimhaltung erst an Ort und Stelle passieren. Klar ist, sie werden, besser gesagt, haben sie ja schon, Alli als Druckmittel einsetzen, damit ihr beide nach England kommt. Vor allem auf dich, Zenodot, hat Winkelmann es abgesehen, denn du scheinst etwas darüber zu wissen, wie man in den Kerker kommt.«

Jetzt schaltete ich mich ein, denn erneut kroch eine ganz bestimmte Frage durch mein Gehirn, die mich schon seit längerem beschäftigte. »Genau über diesen Punkt würde ich gerne mit dir sprechen Zenodot.«

Er blickte mich argwöhnisch an. »Ja?«

Deswegen schob ich zur Sicherheit gleich nach: »Natürlich nur, wenn es dir möglich ist. Ich stelle mir seit geraumer Zeit die immer wieder gleiche Frage: Ich habe noch gut in Erinnerung, dass du immer wieder betonst, wie gut das unterirdische Verlies magisch geschützt ist. Zudem kann man den Kerker nur mit fünf speziellen Schlüsseln öffnen, die es aber nicht gibt, da sie erst gegossen werden müssen. Dazu benötigt man jedoch zehn Gussformen. Nicolas Vigoris hätte es beinahe geschafft, denn er hatte über mehrere Jahrhunderte acht dieser zehn Gravurplatten zusammengetragen. Die neunte befindet sich in meinem Besitz und die zehnte Gussform liegt an einem Platz, der nur mir bekannt ist. Nachdem wir Vigoris dingfest gemacht hatten, wurden die Gravurplatten den Weltengängern zurückgegeben, die sie auch zukünftig mit ihrem Leben beschützen werden. Ich gehe davon aus, dass du den Weg in die Katakomben unter Stonehenge öffnen kannst. Aber den eigentlichen Kerker kannst du nicht entriegeln, da dir die Schlüssel fehlen! Das ist einerseits natürlich gut, andererseits schweben durch diese Tatsache nicht nur Alli, sondern auch wir beide in akuter Lebensgefahr. Ich kann mir nicht vorstellen, dass dieser Winkelmann oder gar der ominöse Bote, sollten sie von diesem Kontext erfahren, einfach sagen *Tut uns leid, dann lassen wir euch natürlich sofort gehen!*«

Und da tauchte es wieder auf – dieses seltsam beschlagene Lächeln, dass ich die letzten Tage schon mehrfach bei Zenodot bemerkt hatte. Und dementsprechend fiel auch seine Antwort aus.

»Stimmt! Natürlich habe ich die Schlüssel nicht, aber das ist auch Selket und Osiris bekannt und sicherlich werden sie dies in Betracht ziehen.«

Ich starrte ihn verständnislos an. »Was ist denn das für eine Antwort auf meine Frage?«

»Oh, hattest du denn eine Frage gestellt?«, erwiderte Zenodot sanftmütig.

Stimmt! Hatte ich tatsächlich nicht, dachte ich leicht verärgert über mich selbst. Doch bevor ich das Thema nochmal aufgreifen konnte, platzte Tarek in den Wohnraum der Tiefenschmiede. Als er sich grinsend zu uns an den Tisch setzte, umwehte ihn ein Hauch von Kanalisation. Was mich daran erinnerte, dass wir wahrscheinlich auch nicht besser rochen. Zenodot war jedoch so höflich gewesen und hatte diesen Umstand geflissentlich ignoriert.

»Hat mein Plan funktioniert?«, fragte das Schlitzohr sofort neugierig.

»Teilweise!«, gab Schwarzhoff zur Antwort. »Die meisten Informationen im Hinblick auf deren Vorhaben in Stonehenge waren uns schon bekannt. Lediglich die Fragen zur Organisation der S.M.A. brachten etwas Licht ins Dunkel. Aber dieser Satyr – Himmel, ihn zu sehen war ein echter Albtraum!«

Leichte Enttäuschung machte sich auf Tareks Gesicht breit.

Julians Äußerung veranlasste mich, gleich nachzufragen: »Und wie geht es William?«

Der Kobold gluckste leise. »Den Umständen entsprechend gut. Ich fand ihn im nächsten Quertunnel hyperventilierend am Boden. Er hat sich wirklich zu Tode erschrocken und es dauerte eine ganze Weile, bis der Arme halbwegs ansprechbar war. Aber als ich ihn dann aufklärte und mich für unseren kleinen Streich entschuldigt habe, brach er in Tränen aus.«

»Er brach in Tränen aus?«, fragte ich überrascht. Doch als ich in Tareks Gesicht sah, wurde er unruhig. Ich setzte nach. »Und das war wirklich der einzige Grund? Du hast vielleicht nicht noch etwas erwähnt?«

Verlegen rutschte der Kleine auf seinem Platz hin und her.

»Tarek?«

»Na ja, ich habe ihn noch gefragt, ob er vielleicht Blasenprobleme hätte.«, meinte er kleinlaut.

Ich schlug stöhnend die Hände vors Gesicht.

Ronar fing an zu kichern, was Tarek veranlasste gleich weiter zu erzählen. »Trotzdem war er schrecklich unglücklich darüber, dass wir ihn als Lockvogel benutzt haben. Ihr könnt euch das gar nicht vorstellen – dieser riesige Satyr sitzt mit den Hufen in der Kacke und heult Rotz und Wasser. Ich musste echt alles aufbieten, um ihn wieder aufzupäppeln. Erst bei der Erwähnung von Sardinenbüchsen beruhigte er sich schließlich. Wir begannen also um die Höhe einer angemessenen Entschädigung zu feilschen und ab da war er fast wieder der Alte.«

Sofort hegte ich den starken Verdacht, dass mich mein unbedachter Spruch mit der Schubkarre voller Fischbüchsen jetzt einholen würde. In unguter Vorahnung argwöhnte ich deshalb: »Und?«

Tarek zuckte mit den Schultern und grinste unverhohlen. »Er hat zäh verhandelt und ich habe mein Bestes gegeben. Doch wie ihr sicherlich nachvollziehen könnt, hatte ich nicht viele Argumente auf meiner Seite.«

»Tarek! Wie viel?«, stöhnte ich laut.

»Neunundreißig Büchsen Jahrgangssardinen von Pollastrini und Daniel, sowie Zenodot, müssen einmal im Monat bei William etwas kaufen«, erläuterte er mit ernster Miene.

Der Bibliothekar blickte abwägend in meine Richtung. »Ich finde, das ist angemessen, oder? Schließlich stand er kurz vor einem Herzinfarkt!«

»Jahrgangssardinen?«

»Eine wahre Delikatesse. Diese Sardinen sind besonders fett und werden ausschließlich im September und November gefischt«, erklärte der Alte.

Ich seufzte. »Aha, und daher wahrscheinlich ziemlich teuer, oder?«

Zenodot schmunzelte bestätigend, während Julian lauthals und ungeniert loslachte. »Das glaubt mir wirklich kein Mensch!« prustete der Kommissar.

Reichsstadt Frankfurt – 1550 a.D. – Tag der Hinrichtung

Maria eilte die Treppen des Turms hinauf und prallte im zweiten Stock beinahe mit ihrem Vater zusammen. Berthold Leinweber hatte zwischenzeitlich Bruder Johannes, den zuständigen Geistlichen, gefunden und ihn zur Zelle gebracht, damit er Winkelsee die letzte Beichte abnehmen konnte. Alle Vorbereitungen waren somit abgeschlossen und das Schauspiel rund um das Urteil des Rates konnte beginnen.

»Vorsicht, Maria«, meinte der Vater etwas überrumpelt.

»Entschuldigung!«, stammelte Maria verlegen. »Bei der Enge der Treppen sieht man keine fünf Stufen weit. Ich habe dich …«, jetzt stockte sie kurz, denn hinter ihrem Vater stand eine weitere Person. »… Verzeihung … *euch* nicht gehört. Gott zum Grüße, Bruder Johannes.«

Der Kirchenmann nickte ihr freundlich zu.

»Winkelsee wurde gerade die Beichte abgenommen. Sobald der Rat auf dem Platz eintrifft, können wir beginnen. Hat Benedikt alles vorbereitet?«, fragte Leinweber sichtlich angespannt.

»Ja, die Kugeln sind gegossen. Alles liegt bereit, ganz so, wie du es mir aufgetragen hattest. Ich durfte sogar zugesehen, wie Benedikt die letzte Kugel hergestellt hat.«

»Sehr schön und ich hoffe du hast dabei auch etwas gelernt?«

»Ja – nämlich, dass das Gießen von Kugeln und das Schmiedehandwerk im Allgemeinen sicherlich nichts für mich ist!«

Der Geistliche gluckste amüsiert und meinte anschließend: »Eine gegenwärtige Erkenntnis bewahrt in der Regel vor zukünftigem Schaden!«

Leinweber grinste seine Tochter ebenfalls an. »Nun, ich hatte auch nicht erwartet, dass du dich gleich hinter den Amboss stellen wirst.«

Maria lachte leise auf und presste sich an die Wand, um die beiden vorbeizulassen.

Sofort winkte Bruder Johannes ab. »Nein, nein. Kommt Leinweber, wir gehen wieder hinauf in den oberen Stock – dort ist mehr Platz. Es ziemt sich nicht, sich so eng an einer Frau vorbeizudrücken. Ihr als Vater könntet das natürlich tun, doch ich als Geistlicher?« Er drehte auf den Stufen um und stapfte wieder nach oben.

Vater und Tochter folgten ihm, bis sie das nächste Stockwerk erreicht hatte.

Leinweber ergriff Maria sanft am Oberarm. »Du bleibst, wie

gestern besprochen, bitte im Turm. Draußen auf dem Platz drängen sich die Menschen und ich möchte nicht, dass du dort unten bist, falls es zu einer Panik kommt.«

»Und ich sagte dir bereits, dass ich kein Verlangen nach diesem schändlichen Spektakel habe. Natürlich bleibe ich hier!«, gab Maria leicht gereizt zurück.

Ihr Vater lächelte sie verständnisvoll an und erwiderte ein leises *Danke*. Dann forderte er Bruder Johannes auf: »Nach Euch – und achtet auf die Stufen!« Nochmals wandte er sich an seine Tochter. »Wenn Winkelsee später von der Stadtwache abgeholt wird, dann schaue ich noch einmal kurz bei dir vorbei.«

»Ja, mach das. Soll ich dir noch etwas zu essen vorbereiten?«

Ihr Vater schüttelte verneinend mit dem Kopf. »Ich esse später, wenn alles vorbei ist.«

Beide Männer machten sich wieder auf den Weg nach unten, während Maria ihren Weg ins Dachgeschoss fortsetzte, um Winkelsee davon zu unterrichten, dass der Austausch gelungen war. Zu ihrer Verwunderung war keiner der Aufseher vor dem Kerker – wahrscheinlich benötigte ihr Vater alle Wachen unten an der Pforte.

Hans Winkelsee saß niedergeschlagen auf dem Holzschemel und starrte gedankenverloren auf die dicke Mauer des Turms. Vor wenigen Augenblicken hatte der Priester die Zelle wieder verlassen. Er war zwar froh, vor Gott ein letztes Geständnis abgelegt zu haben, hatte aber über die Abmachung mit dem seltsamen schwarzgewandeten Mann Stillschweigen bewahrt. Hätte er dies im Sakrament erwähnt, dann wäre er zum Schluss noch der Ketzerei bezichtigt worden. Seine Gedanken wanderten wieder zurück zu dem *Boten*. Noch immer hatte er keine Ahnung, was das für ein Mann war, der so plötzlich auftauchen und wieder verschwinden konnte. Hatte er vielleicht tatsächlich einen Pakt mit dem Teufel geschlossen und seine Seele verkauft? Er wusste es nicht – und wollte es, ehrlich gesagt, auch gar nicht wissen. Obwohl er nur widerstrebend an das glauben mochte, was ihm dieser Bote versprochen hatte – so hoffte er trotzdem, dass es der Frau gelungen war, die Bleikugeln auszutauschen. Ein Klopfen riss ihn aus seiner geistigen Abwesenheit.

»Hans Winkelsee?«, klang es dumpf durch das Holz.

Er schnellte wie eine Schlange vom Hocker und eilte an die Zellentüre. »Ja, ich bin hier!«

»Hier ist Maria. Ich wollte Euch nur mitteilen, dass ich die Kugeln austauschen konnte. Aber ich kann nur kurz bleiben, da vermutlich gleich die Wärter oder die Stadtwache erscheinen werden. Ich wünsche Euch viel Glück und hoffe, dass die Glücksbringer ihren Zweck erfüllen.«

Als Winkelsee dies hörte fiel ihm ein Stein vom Herzen. »Maria Leinweber, ich kann Euch nicht genug danken. Und ich finde es ausgesprochen traurig, dass wir uns nicht früher kennengelernt haben.«

»Dann trefft diese verfluchte Wetterfahne und wir können dieses Versäumnis in Freiheit nachholen. Aber jetzt muss ich wirklich gehen. Gott sei mit Euch.«

Dann vernahm er schnelle, sich entfernende Schritte und Ruhe kehrte wieder ein. Er atmete tief und fest durch – in kaum mehr als einer Stunde würde er feststellen, ob *der Bote* die Wahrheit gesprochen hatte oder nicht. Und ja, er würde Maria wirklich gerne näherkommen.

Die Mittagszeit brach an und Winkelsee, der ohnehin schon mehr als nervös war, hielt es vor Anspannung kaum noch aus. Die Wände seiner Zelle schienen sich immer mehr zusammenzuziehen, bis die Enge zuletzt so bedrückend wurde, dass sie ihm förmlich die Luft zum Atmen nahm. Als er schließlich die ersten Geräusche klappernder Rüstungsteile hörte, durchströmte ihn eine regelrechte Welle der Erleichterung. Endlich konnte er diesen fürchterlichen Mauern entfliehen und wenn es sich nur um den kurzen Weg zu seiner eigenen Hinrichtung handelte.

Das Schloss wurde entsperrt, der Riegel zurückgeschoben und die Tür geöffnet. Berthold Leinweber, der oberster Turmwächter, trat ein. »Es soweit, Winkelsee! Hände nach vorne, damit ich sie sehen kann«, befahl er in dienstlichem Ton.

Der Wilderer tat wie ihm geheißen und Leinweber trat beiseite. Hinter ihm drängten zwei Soldaten der Stadtwache in voller Montur in die Zelle. Sie trugen metallene Brustharnische, die ziemlich schwer sein mussten, zumindest zeugten ihre schweißgebadeten

Gesichter davon. Unter diesem Gewicht auf den engen Stufen bis zur Spitze des Turms emporzusteigen, hatte sie sichtlich Kraft und Ausdauer gekostet. Schweratmend hob einer der Stadtwache eine Eisenschelle und trat einen Schritt auf den Gefangenen zu.

»Halt! Keine Fesseln – es sei denn, er soll sich bereits beim Treppenabstieg den Hals brechen.« ging Leinweber barsch dazwischen.

Die beiden Stadtwachen sahen sich im ersten Moment unschlüssig an, nickten aber sofort einvernehmlich, denn schließlich hatten sie die engen Stufen gerade eben selbst erlebt.

»Wir nehmen ihn in die Mitte. Geh du voraus, Jakob. Meister Leinweber? Ihr bildet den Schluss, so habt Ihr genug Platz um die Kerkertüre abzuschließen, während wir bereits auf dem Weg nach unten sind. Seid Ihr einverstanden?«

»Natürlich Soldat!«, erwiderte der Turmwächter.

Grob wurde Winkelsee zwischen die beiden Stadtwachen gezerrt und vorwärts gestoßen. Im Gänsemarsch verließen sie den Kerker und als es die Stufen hinunter ging, raunte die Stadtwache hinter ihm: »Solltest du auch nur auf die Idee kommen, einen Fluchtversuch zu unternehmen, dann ramme ich dir meinen Dolch zwischen die Rippen. Verstanden?«

»Verstanden!«, gab der Wilderer stockend zurück. Wobei er sich ernsthaft fragte, wohin er denn hätte fliehen sollen? Rechts und links dicke Mauern, vor und hinter ihm die Stadtwache.

Endlich erreichten sie das Erdgeschoß und die Stadtwache namens Jakob öffnete den Ausgang, der sie in den großen Torbogen führte. Sofort vernahm Winkelsee das dumpfe Stimmengemurmel einer großen Menschenansammlung. Im gleichen Moment eilte eine der Turmwachen an ihnen vorbei und verschwand im Aufgang zum Turm. Der Mann trug zwei, etwa drei Ellen lange Fahnen bei sich, von denen eine blau und die andere rot eingefärbt war. Sie betraten die Eschenheimer Pforte und warteten, bis der oberste Turmwächter ebenfalls zu ihnen stieß. Im Durchgang hielten sich weitere Soldaten auf. Insgesamt, die beiden, die ihn abgeholt hatten mitgerechnet, waren es nun acht Stadtwachen, die sich soeben rechts und links in Vierergruppen aufteilten. Und ehe Winkelsee darüber nachdenken konnte, befand er sich, gemeinsam mit Berthold Leinweber, in der

Mitte der beiden Gruppen, die auf ein lautes Kommando enger zusammenrückten und so eine Art Spalier bildeten.

»Achtung!«, brüllte eine laute Stimme plötzlich von hinten und die Stadtwache nahm Haltung an. Die Stimme fuhr fort: »Achtet auf eine saubere Formation – wir wollen dem Rat gegenüber ein gutes Bild abgeben! Und du, Wilderer – du bleibst da, wo du wohin gehörst – in der Mitte der Kolonne!«

Winkelsee konnte den Sprecher nicht sehen, da er sich in seinem Rücken befand.

Leinweber drehte den Kopf zu Winkelsee. »Ich weiß nicht, ob ich Euch nun Glück wünschen soll oder dass es möglichst schnell und ohne Schmerzen vonstattengeht. Ihr habt eine Tat begangen, die laut Gesetz unter Strafe steht, deshalb, egal wie es ausgeht, möge Gott mit Euch sein.«

Winkelsee blickte Marias Vater an. »Ich weiß, dass es falsch war, aber es steckt vielmehr dahinter als Ihr vermutet. Es gab einen arglistigen Plan, dem ich zum Opfer fiel – glaubt es oder lasst es – wobei das jetzt nicht mehr wichtig ist.«

Leinweber zog die Augenbrauen hoch. »Einen Plan? Warum habt Ihr das nicht vorgebracht?«

Winkelsee lachte sarkastisch auf. »Was hätte das gebracht? Ich habe keine Beweise, bekam keine Gelegenheit mich zu äußern und ich bin kein rechtmäßiger Bürger dieser Stadt. So ist es nun mal bei Menschen von niederer Geburt – es wird kein großes Federlesen gemacht!«

Der Turmwächter wollte noch etwas erwidern, doch erneut brüllte die Stimme aus dem Hintergrund. »Und jetzt – Vorwärts marsch!«

Die Kolonne setzte sich in Bewegung und als sie den Schatten der Pforte verließen, stockte Winkelsee der Atem. Viele hunderte Augenpaare starrten ihn argwöhnisch an und jeder reckte seinen Kopf nach vorne, um einen genauen Blick auf ihn zu erhaschen. Auf der gegenüberliegenden Seite des Turmes war ein großes Podest errichtet worden – dort saß der Rat der Stadt, gemeinsam mit angesehenen Bürgern und Geistlichen. Auch sie richteten, jetzt, da die Gruppe ins Sonnenlicht getreten war, ihr Augenmerk auf die kleine Soldatenschar. Rechts neben dem Turm ragte wie ein Mahnmal der Galgen empor. Die geflochtene Schlinge baumelte leicht im Wind, als riefe sie ihm voller Spott zu *Nun komm endlich, ich bin schon ganz ungeduldig.* Überall, eng an die umstehenden Häuser gepresst, standen Händler jeglicher Art. Die einen boten ihre Waren auf Karren feil, andere wiederum hatten gleich einen ganzen Stand aufgebaut. Und da jede Menge Zuschauer anwesend waren, machten die Kaufleute sicherlich gute Geschäfte mit Winkelsees Hinrichtung.

Unter den wüsten Drohungen der Stadtwache bahnte sich der kleine Verband einen Weg durch die sensationslüsterne Menschenmenge. Schließlich, nach einer gefühlten Ewigkeit, erreichten sie die Mitte des Platzes. Dort hatte die Turmwache einen kleinen Tisch aus Metall aufgestellt und darauf lagen eine Flinte, neun Pulversäckchen und, auf einem ausgebreiteten weißen Tuch, neun Bleikugeln. Winkelsee schluckte schwer. Sein ohnehin schon stark beanspruchtes Herz fing so heftig an zu klopfen, dass ihn das Gefühl überkam, es zerspringe gleich in seiner Brust. Inzwischen hatte sich die Stadtwache rings um die kleine Anrichte postiert und trieb die Leute auseinander. Es entstand ein Ring, mit dem Eisentisch in der Mitte. Jetzt, da etwas Ruhe einkehrte, ließ der Wilderer seinen Blick über die Zuschauer schweifen und entdeckte seine Eltern. Seine Mutter winkte ihm mit verweinten Augen zu, während sein Vater ihm mit einem gequälten Lächeln versuchte Mut zu machen. Als er die beiden in ihrem erbärmlichen Zustand erblickte, zerriss es ihm förmlich die Seele. Er zwang sich mit aller Gewalt zu einem Lächeln und nickte ihnen stumm zu, damit sie sahen, dass auch er sie bemerkt hatte. Plötzlich fiel sein Blick auf zwei Menschen, die in unmittelbarer Nachbarschaft seiner Eltern standen und alle Trauer wich schlagartig einem brennenden Zorn. Er schaute in die höhnisch grinsenden Gesichter von Albrecht und Ansgar Tannenspiel! Selbstgefällig und voller Vorfreude auf Winkelsees Tod hatten sie sich in vorderster Reihe platziert, um auch ja keine Einzelheit zu verpassen. Winkelsees Hände ballten sich zu Fäusten, doch bevor er seine Beherrschung verlor, ertönte von irgendwoher ein Trommelwirbel und sämtliche Unterhaltungen erstarben. Leinweber knuffte ihn in die Seite und zeigte mit dem Kopf in Richtung des Podestes. Ein einzelner Mann, gekleidet in eine lange, weite Robe aus rotem und schwarzem Samt, hatte sich aus seinem Lehnstuhl erhoben. Mit einer gestelzten Bewegung richtete er seinen Chaperon, eine Art Kappe mit langer, herabhängender Spitze, gerade.

»Der Ältere Bürgermeister Justinian von Holzhausen!«, flüstere Leinweber Winkelsee zu, als er den fragenden Gesichtsausdruck des Wilderers bemerkt hatte.

Um sich die Aufmerksamkeit aller zu sichern, richtete der Bürgermeister nun das Wort an die Öffentlichkeit. »Werte Bürger …« Und sofort machte er eine Kunstpause, um sich zu vergewissern, dass sich auch alles auf ihn konzentrierte. Schließlich nickte er zufrieden und fuhr fort. »Werte Bürger, hier steht …«, dann zeigte er auf die Mitte des Platzes, »… Hans Winkelsee, angeklagt und verurteilt der Wilderei. Darauf steht der Tod durch den Strang. Doch Hans Winkelsee ist allzeit als ehrbar in Erscheinung getreten und hat sich in der Vergangenheit nichts zuschulden kommen lassen. Daher hat sich der Rat dazu entschlossen, diesem Manne die Gelegenheit einzuräumen, seine Kunst unter Beweis zu stellen.« Von Holzhausen wies mit seinem Arm in Richtung des Tisches. »Sollte er mit den dort liegenden neun Kugeln die eiserne Wetterfahne des Turms neun Mal treffen, so ist er frei und kann seiner Wege ziehen. Fehlt auch nur eine Kugel, so ist sein Leben verwirkt. Ein Beauftragter des Rates, sowie die Wachen des Turms haben sich vorschriftsgemäß davon überzeugt, dass Pulver, Kugeln und Flinte in tadellosem und fehlerfreiem Zustand sind. Da wir das Ziel von hier unten nur undeutlich erkennen können, steht auf den Zinnen des Turms, direkt unter dem Dach, eine Turmwache. Sie wird über zwei Flaggen Erfolg oder Misserfolg anzeigen. Wird das blaue Banner geschwungen, zeigt es einen Treffer an. Bei Rot, nun ja, das erklärt sich somit von selbst.« Der Bürgermeister trat vornehm einen Schritt zurück und rief, bevor er wieder seinen Platz einnahm: »Meister Leinweber – bitte!«

Der Angesprochene nickte, lief an den Tisch und reichte Winkelsee die Büchse.

Aufgeregte Unterhaltungen keimten wieder auf und es wurde heftig über Sinn und Unsinn dieses Urteils gestritten. Doch in einem waren sich alle einig – der Wilderer Winkelsee würde heute hängen, denn neun Treffer auf diese Entfernung waren völlig unmöglich.

Daniel Debrien – der Tag Samhain

Ich war nicht allzu spät zu Bett gegangen und am Morgen, des 31. Oktobers entsprechend früh aufgewacht. Gestern hatten wir noch lange über die nun kommenden Ereignisse philosophiert, wobei sich auch hier Zenodot auffällig zurückgehalten hatte. Irgendetwas stimmte nicht oder schien ihn zu beschäftigen. Auf meine Frage hin, wie wir denn nach Stonehenge kommen würden – immerhin hatten wir keinen Zug, Flug oder Leihwagen gebucht, erwiderte der Alte, als wäre es das normalste der Welt, dass Selket ein Übergangsportal schaffen würde. Dieses Tor sollte uns in die Nähe des Steinmonumentes führen und das fast ohne zeitliche Verzögerung. Natürlich hatte ich ihn sofort darauf angesprochen, ob denn jeder in der Lage wäre, solche Portale zu erschaffen. Das verneinte er allerdings vehement! Diese Fähigkeit besaßen nur Individuen, die göttlichen Ursprungs waren. Schade eigentlich, denn das wäre die Urlaubs -und Tourismusinnovation schlechthin gewesen. Julian hatte mich dann gestern noch nach Hause gebracht, denn schließlich war ich mehrere Tage nicht daheim gewesen und ich wollte unbedingt nach dem Rechten sehen. Zu meiner Freude und unter vielen Entschuldigungen, dass er es aufgrund der ganzen Ereignisse völlig vergessen hatte, gab mir der Kommissar mein verloren geglaubtes Handy zurück. Als wir die Tiefenschmiede verließen, schlug das Telefon eine regelrechte Piep-Orgie an, doch war ich eindeutig zu müde, um mich jetzt damit zu beschäftigen. Das konnte noch bis Morgen warten.

Diese Zeilen mögen sich jetzt unbedarft und furchtlos anhören, doch ich kann Ihnen versichern, dass das genaue Gegenteil der Fall ist. Ich bin nervös, fühle mich einer nicht kontrollierbaren Situation hilflos ausgeliefert und warte angespannt auf eine Nacht, von der ich nicht weiß, wie sie enden wird. Wie bereitet man sich auf so etwas vor? Ich weiß es nicht, zumindest habe ich noch kein sachdienliches Rezept dafür gefunden.

Überraschenderweise hatte der Kommissar gestern Abend noch bekanntgegeben, dass er in Frankfurt bleiben würde. Und dafür hatte er triftige und nachvollziehbare Gründe! Er wollte sich mit dem Leiter der deutschen Sektion der S.M.A. Karl Lobinger, in Verbindung setzen, um ihn über die Machenschaften seines Vorgesetzten Winkelmann zu informieren. Da wir von dem Gefangenen wussten, dass dieser Lobinger scheinbar ein integrer Mann war, der von seinem Chef hintergangen wurde, konnte sich diese Tatsache vielleicht als nützlich erweisen. Also würde Schwarzhoff ihm auf den Zahn fühlen. Außerdem blieb noch die Frage, was mit den beiden Gefangenen passieren würde. Verständlicherweise konnte Schwarzhoff nicht den offiziellen Dienstweg beschreiten. Was für einen Grund hätte er dem Staatsanwalt bei der Bitte zur Ausstellung des Haftbefehls liefern können? *Versuchter Einbruch in einen magischen Kerker? Beteiligung am Befreiungsversuch eines Dämons? Entführung eines Weltengängers, um einen Zweitausendjahre alten Bibliothekar, der unter dem Bethmannpark lebte, zu erpressen?* Zumindest war es eine amüsante Vorstellung, wie dem Anklagevertreter beim Lesen der Gründe die Gesichtszüge entgleisen würden. Aber Spaß beiseite – da unsere Gefangenen eigentlich Lobinger unterstellt waren, hoffte Julian, gemeinsam mit ihm eine Lösung für dieses Problem zu finden. Und wer weiß – vielleicht ergab sich daraus eine Win-Win-Situation. Schwarzhoff war Bauer und Grube los, und Lobinger würde das Problem sicherlich intern und ohne großes Aufsehen regeln. Aber diese Möglichkeiten galten logischerweise nur, wenn Winkelmann und seine Schergen in Stonehenge scheiterten.

Ich war also folglich mit unguten Gefühlen aufgestanden, da ich nicht wusste, was mich am Ende dieses Tages erwarten würde. Doch ich musste kein Prophet sein, um folgendes als Realität vorauszusehen: Sollten wir versagen, dann wäre die Welt morgen eine andere, denn ein Dämon der höchsten Kategorie, hätte sein Werk zur Vernichtung unseres Universums bereits begonnen. Und diese Vorstellung verursachte mir ziemliche Magenschmerzen! Nach einem ersten Kaffee schaute ich mir endlich die Nachrichten, Mails und entgangenen Anrufe auf meinem Handy an. Von den meisten hatte ich bereits Kenntnis: Pia Allington, die angerufen hatte, als ich in Gefangenschaft war. Damals war Julian ans Telefon gegangen, ebenso bei den Nachrichten und Anrufen von Cornelia Lombardi. Gleich fünf Anrufe waren vom archäologischen Museum, die einhergingen mit mehreren E-Mails, warum ich mich nicht melden würde. Das schien also dringend zu sein. Zum Schluss noch drei Nachrichten von Freunden und zwei Anrufe von Verwandten.

Ich wählte die Nummer des Museums, besser gesagt die der Sekretärin des Kurators.

»Archäologisches Museum – Penelope Beier.«

»Hallo Penny, hier ist Daniel. Sorry, dass ich erst jetzt zurückrufe. Ich hatte einen Magen-Darm-Infekt und stand mehrere Tage völlig neben mir.«

Als freiberuflicher Berater musste ich mich ohnehin nicht abmelden oder krankschreiben lassen. Trotzdem ging mir, auch nach all den Jahren, das ständige Lügen in den unterschiedlichsten Situationen, echt gegen den Strich. Damit würde ich mich wohl nie abfinden können, aber das war einer der Preise, die man zu zahlen hat, wenn man in die andere Welt eingeweiht wurde. Jeder Weltengänger kannte das nur allzu gut.

»Hallo Daniel, wir hatten uns schon Sorgen gemacht, wussten aber nicht, bei wem wir uns noch erkundigen könnten. Vielleicht solltest du uns mal eine weitere Person benennen, die wir im Notfall kontaktieren können«, meinte Penny sachlich, setzte aber freundlich hinzu: »Ich hoffe dir geht es wieder gut?«

»Ja, ist alles wieder okay. Was wolltet ihr denn eigentlich?«

»Kann ich dir leider nicht sagen. Dr. Wezel gab mir nur den Auftrag dich anzurufen. Ich stelle dich gleich durch. Schön, dass du wieder auf dem Damm bist und lass dich hier mal wieder sehen!«

Nach meiner Versicherung, dass ich das bei allernächster Gelegenheit nachholen würde, erklang die Melodie der Warteschleife – *Right here waiting* von Richard Marx.

»Dr. Wezel!«, ertönte die sonore Stimme des Kurators aus dem Lautsprecher.

Wie sich nun herausstellte, hätte der Kurator einen eiligen Auftrag für mich gehabt, der aber, aufgrund meiner Abwesenheit, an einen Kollegen vergeben worden war. Ich entschuldigte mich gefühlte hundert Mal, denn ich wollte es mir auf keinen Fall mit Wezel verscherzen, denn immerhin war er derjenige, der meine Rechnungen abzeichnete. Jedoch stellte sich während unseres Telefonates heraus, dass er noch ein weiteres Projekt in petto hatte. Man hatte wohl bei Bauarbeiten in Bergen-Enkheim einen alten Brunnen entdeckt, in dessen unmittelbarer Nähe sich ein Kindergrab, das vermutlich um das elfte Jahrhundert datierte, befand. Er wollte, dass ich mir das genauer ansah und meine Expertise dazu abgab. Ich sagte selbstverständlich zu und versprach ihm innerhalb der nächsten zwei Tage eine Rückmeldung zu geben. Jedoch setzte ich gedanklich die Fußnote hinzu: *Falls ich noch lebe und die Welt nicht in Schutt und Asche liegt!*

Der Tag zog sich unendlich in die Länge – ein Phänomen, das seltsamerweise immer dann auftrat, wenn man wusste, dass ziemlich unangenehme Dinge ihre Schatten vorauswarfen. Nachdem ich die restlichen Telefonate erledigt hatte, drückte ich mich mehr oder weniger planlos in der Wohnung rum und spielte gedanklich die verschiedensten Szenarien durch.

Eine solche Vorgehensweise ist ausgesprochen hilfreich, vor allem dann, wenn man schon vor Beginn der eigentlichen Ereignisse die Fassung verlieren will.

Um sechzehn Uhr hielt ich es nicht mehr aus und machte mich auf den Weg zurück in die Tiefenschmiede. Es war ein herrlicher Herbsttag, mit Sonnenschein und, bemerkenswert für diese Jahreszeit, einer durchaus angenehmen Temperatur. Gedankenverloren wanderte ich die Berger Straße hinunter und beobachtete meine Mitmenschen, wie sie das schöne Wetter genossen. Sie hatten keine Ahnung, dass ihr bekanntes Leben möglicherweise ab morgen eine tragische Wendung erfahren würde. Fast beneidete ich sie um ihre Unwissenheit, aber das stellte natürlich nur eine Seite der Medaille dar. Die andere war das Wissen, um eine heraufziehende Gefahr und die Möglichkeit ihr etwas entgegenzusetzen. Ich grinste zynisch in mich hinein, denn genau auf diese Konstellation bauten die meisten Actionfilme auf. Nur mit dem Unterschied, dass ich kein Hauptdarsteller in irgendeinem Film war, sondern in einem realen Ereignis und noch dazu in Echtzeit mitspielte. Und im Gegensatz zum Blockbuster hatte ich keine Ahnung, ob es am Ende auch gut ausgehen würde. Mit Gewalt versuchte ich die trüben Gedanken zu verscheuchen und versuchte, mich wieder auf etwas Schönes zu konzentrieren.

Ehrlich gestanden, war ich ziemlich froh, als der Bethmann Park in Sichtweite kam und ich schließlich die Gartenanlage betrat. Der Park war voll mit Menschen, die auf den Ruhebänken ihre Gesichter in die Sonne streckten, an kleinen Tischen Schach spielten oder einfach die herbstlichen Farben der Bäume bewunderten. Bewusst langsam schlenderte ich durch die Grünanlage in Richtung des Eingangs des Chinesischen Gartens. Als in auf Höhe der beiden Löwenskulpturen war, wurde ich auch schon von der rauen Stimme der rechten Statue begrüßt: »*Sieh an, sieh an – die Graustimme beehrt uns. Und? Hatten wir nicht recht?*«

Ich blieb erstaunt stehen. »Womit?«

»*Als du das letzte Mal hier standest, spüren wir eine gewaltige magische Entladung. Ich hatte dir kundgetan, dass stürmische Zeiten kommen werden!*«

Augenblicklich erinnerte ich mich. »Stimmt, das hattet ihr, doch es ist leider kein Sturm, sondern eher ein Orkan.«

Jetzt schallte die hellere Stimme des linken Löwen durch meinen Kopf. »*Mein Nachbar meinte damit nur, dass die kommenden Tage nichts Gutes bringen werden. Ob Sturm oder Orkan war dabei nicht von Belang.*«

»Danke, aber ich habe die Metapher durchaus verstanden. Die Ereignisse der vergangenen Woche waren in der Tat nur Vorboten eines bösen Plans, den wir versuchen werden, heute Abend zu vereiteln.«

»*So wünschen wir dir Glück bei eurem Vorhaben und hoffen, dass wir dich eines Tages lebend wiedersehen werden!*«

Das war exakt die richtige Aufmunterung, die ich gebraucht hatte, dachte ich frustriert. Ich enthielt mich jedoch einer bissigen Erwiderung und sagte stattdessen: »Vielen Dank, das hoffe ich natürlich auch.«

»Einen Rat gebe ich dir noch mit auf den Weg: Höre auf das, was dir die Steine sagen!«, raunte die raue Stimme von rechts.

»Danke, ich werde versuchen es zu beherzigen«, antwortete ich höflich, obwohl ich keine Ahnung hatte, wie mir dieser Ratschlag auch nur ansatzweise helfen sollte. Aber da ich wusste, dass die beiden Statuen einen ausgeprägten Hang zu verbalen Reibereien besaßen, wollte ich das Ganze nicht weiter vertiefen. Ich lief weiter durch das große Holztor und betrat das Innere des chinesischen Gartens. Meine Stimmung hatte sich durch das kurze Gespräch nicht eben verbessert.

Ich musste geschlagene zehn Minuten warten, bis sich in der Umgebung der kleinen Höhle, sowie in der Nähe das Wasserpavillons keine Besucher mehr aufhielten und ich die Tiefenschmiede gefahrlos betreten konnte. Als ich die blauschimmernden kristallinen Treppen zum Arbeitszimmer des Bibliothekars hinunterstieg, traf ich dort auch gleich auf Zenodot – und er war nicht allein. Dr. Malik, besser gesagt Selket, stand, über eine Landkarte gebeugt, neben ihm. Gemeinsam studierten sie den vor ihnen ausgebreiteten Plan und unterhielten sich angeregt.

»Hallo zusammen!«, begrüßte ich sie und beide sahen in meine Richtung.

»Ah, Daniel – schön, dass du hier bist. Wir sind gerade dabei einen geeigneten Platz für die Öffnung des Portals zu finden«, meinte der Alte.

Auch Selket begrüßte mich mit einem freundlichen Lächeln. Wie immer trug sie ihre dicke Hornbrille, außerdem ein etwas zu enges mausgraues Kleid, dass ihre rundliche Figur noch mehr betonte als sonst. »Komm zu uns!« forderte mich die Göttin des ägyptischen Pantheons auf.

Ich trat vor Zenodots Schreibtisch und blickte auf eine Landkarte, die den Süden Englands abbildete.

»Hier ist Stonehenge«, erklärte Zenodot und tippte mit dem Finger auf ein Piktogramm in Form eines Schleifenquadrats, das üblicherweise auf eine Sehenswürdigkeit oder historisch bedeutsame Stätte hinwies.

Doch dann zog er eine imaginäre Linie zu einem anderen Punkt, der in direkter Nachbarschaft zum Monument zu liegen schien. Ich beugte mich näher und las *King Barrow Ridge*. »King Barrow Ridge?«, wiederholte ich laut.

»Ja, es handelt sich um einen Grabhügel aus der Bronzezeit. Ganz in der Nähe befindet sich ein Anwesen mit Ferienhaus und genau dort wird Alli zurzeit festgehalten. Das hat uns Cornelia Lombardi bestätigt, denn sie war zufällig anwesend, als die S.M.A. Alli verschleppte und ist ihnen in einem Taxi bis zu diesem Haus gefolgt«, antwortete der Bibliothekar.

Jetzt tippte Selket mit dem Zeigefinger auf eine Stelle, die sich genau zwischen den beiden Orten befand. »Hier werden wir, besser gesagt Osiris, das Portal öffnen. Der Ort liegt auf einer flachen Grasebene, in direkter Sichtweite zum Steinmonument und Allis Aufenthaltsort.«

»Aber so wird man uns schon von weitem erkennen!«, gab ich zu bedenken.

»Wenn wir ankommen, ist es bereits tiefe Nacht. Niemand wird uns sehen!«, konterte Selket sofort und sie hatte natürlich recht. Laut Anweisung der Entführer sollten wir erst um Mitternacht in den Steinkreis treten.

Zenodot schaltete sich wieder ein. »Wir haben Cornelia bereits informiert. Es sind fünfzehn Weltengänger vor Ort, die sich rund um Stonehenge positionieren werden. Genau das wird dieser Winkelmann sicherlich auch seinen Leuten als Befehl geben – Absicherung der Anlage.«

»Aber die Weltengänger haben einen entscheidenden Vorteil: unser Wächterblick! Sie könnten sich ungesehen anschleichen und die S.M.A. Leute ausschalten. Wir wissen von dem Gefangenen, dass Winkelmann dreizehn von ihnen nach Stonehenge beordert hat, somit wären wir zudem in der Überzahl«, schlussfolgerte ich nachdenklich, während beide, Zenodot und Selket, zustimmend nickten.

»Osiris hat uns mehrere Tränke zur Verfügung gestellt, darunter einen der es uns ermöglicht, auch in absoluter Finsternis zu sehen. Das wird es den Weltengängern erleichtern unsere Gegner in der Dunkelheit auszuspüren. Wie gesagt, er darf zwar offiziell nicht in Erscheinung treten, wohl aber Hilfe angedeihen lassen«, fuhr die Gottheit fort.

»Und was sind die anderen Essenzen?«, fragte ich neugierig.

»Heiltränke für offene Wunden und Verletzungen, sowie für Knochenbrüche. Außerdem ein Pulver, dass beim Einatmen zur sofortigen Bewusstlosigkeit führt.«

Ich überlegte einen Moment. »Sehr gut! Und wie kommen die Weltengänger an die Tränke und das Pulver? Wenn wir erst kurz vor Mitternacht das Portal öffnen, ist das Zeitfenster ziemlich klein, die S.M.A. Leute auszuschalten!«

»Das stimmt natürlich und deshalb wird Selket nach unserem Gespräch nach Amesbury wechseln. Dort wird sie sich mit Cornelia Lombardi treffen, um die Stoffe an die Weltengänger zu übergeben. Die Italienerin wird mit Hilfe von Selket alles vor Ort koordinieren«, meinte Zenodot.

»Die werden sicherlich ebenfalls Hilfsmittel wie Nachtsichtgeräte oder Ähnliches haben!«

Die Augen des Alten verdunkelten sich. »Das ist auch unsere Vermutung, doch wir hoffen auf den Überraschungsmoment, den Wächterblick und die Mittel von Osiris.«

Ich hatte einen dicken Kloß im Hals. Die Uhr tickte und die Stunde der Wahrheit rückte unerbittlich näher. »Und was ist unsere Aufgabe? Besser gesagt, wie verhalten wir uns? Damit meine ich selbstverständlich dich und mich«, fragte ich in Richtung des Bibliothekars.

»Wir werden etwa eine halbe Stunde vor Ablauf des Ultimatums wechseln und um Mitternacht in den Steinkreis treten, genauso wie es gefordert wurde. Sollte alles glatt laufen, sind die S.M.A. Leute bereits unschädlich gemacht. Innerhalb des Monumentes erwarte ich eigentlich nur Winkelmann, den Boten und selbstverständlich Alli. Die wirkliche Absicht hinter ihrem Plan kennen nur diese beiden, weshalb es mich ernsthaft wundern würde, wenn noch weitere Personen anwesend wären.«

Überrascht zog ich die Stirn in Falten. »Das heißt also, wir machen nichts und warten nur ab?«

Zenodot nickte. »Da wir nicht wissen, was die beiden genau vorhaben, bleibt uns wenig Spielraum für andere Optionen. Und das, was wir im Vorfeld tun können, nämlich die Umgebung sicher zu machen, übernehmen Selket und Cornelia. Im Ernstfall können die Weltengänger somit von außen eingreifen.«

Ich ächzte leise auf. »Irgendwie fühle ich mich gerade wie ein Lamm, dass zur Schlachtbank geführt wird.

»Das wird schon, Daniel!«, wollte mich Zenodot aufmuntern.

Und wieder vermittelte er den Eindruck, als wäre diese Unternehmung ein Spaziergang. Ich weiß ehrlich gesagt nicht genau, wie ich es Ihnen, liebe Leser, am besten erklären soll – im Gegensatz zu all den vorangegangen Unternehmungen der letzten Jahre, wirkte er auf mich einfach zu sorglos, ja fast unbedarft. Beinahe so, als ginge ihn das alles nur indirekt etwas an. »Das wird schon? Dir ist schon klar, dass, wenn wir versagen, alles den Bach runter geht?«, fauchte ich deshalb angriffslustig.

Und jetzt grinste er auch noch! »Du solltest tatsächlich ein wenig mehr Optimismus an den Tag legen, junger Mann.«

»Ich kann Daniels Bedenken durchaus nachvollziehen Zenodot!«, ergriff Selket plötzlich Partei für mich. »Immerhin handelt es sich um keinen zweitklassigen Möchtegerndämon, der befreit werden soll. Und *der Bote* – das weiß ich aus eigener Erfahrung – ist mächtig und brandgefährlich. Diese Unternehmung sollte man nicht auf die leichte Schulter nehmen!«

Beruhigt, dass mich mein Eindruck also nicht getäuscht hatte, lächelte ich sie an und flüsterte: »Danke Selket!«

»Ich nehme es keinesfalls auf die leichte Schulter. Ich will damit nur sagen, dass das, was getan werden konnte, getan wurde. Selbstverständlich müssen wir äußerst wachsam und konzentriert sein, denn Leichtfertigkeit könnte uns das Leben kosten. Aber nochmal – wir wissen nicht genau, was sie geplant haben. Somit sind wir dazu verdammt, im ersten Schritt auf die Handlungen von Winkelmann und dem Boten nur reagieren zu können.« verteidigte sich der Alte.

Nach diesen Worten kehrte eine unangenehme Stille ein und jeder von uns starrte auf die Landkarte, als ob dort die Lösung stünde. Schließlich hielt ich es nicht mehr aus und meinte, »Was ist mit den Kobolden?«

»Die bleiben hier ...«, brummte der Bibliothekar, »... denn das, was wir dort am allerwenigsten brauchen können, sind ihre Alleingänge.«

Selket sah auf ihre Uhr. »Wir haben gleich neunzehn Uhr. In Amesbury ist es zwar erst achtzehn Uhr, doch die Sonne ist dort

bereits seit einer Stunde untergegangen. Ich sollte also langsam aufbrechen. Osiris wird für mich ein Portal oben im Garten öffnen.«
Ich schluckte schwer – also kamen die Steine langsam ins Rollen.

Reichsstadt Frankfurt – 1550 a.D. – Tag der Hinrichtung

Winkelsee versuchte inzwischen alle Umgebungsgeräusche soweit als möglich auszublenden, damit er sich ganz auf die bevorstehende Aufgabe konzentrieren konnte. Sorgfältig untersuchte er die Flinte und überzeugte sich gewissenhaft davon, dass mit dem Gewehr alles in Ordnung war. Er zog den Ladestock, der direkt unter dem Gewehrlauf befestigt war, ab und legte ihn auf den Tisch. Dann griff er nach dem ersten Pulversäckchen, riss es mit den Zähnen auf und schüttete das Material vorsichtig in den Lauf. Behutsam ließ er die erste Kugel ins Rohr gleiten, jedoch nicht ohne sich zu vergewissern, dass das Geschoss die kaum sichtbaren Gravuren des Boten aufwies. Maria hatte die Wahrheit gesprochen und tatsächlich die Munition ausgetauscht. Zum Schluss stopfte er die Kugel mit dem Ladestock fest und legte diesen wieder beiseite. Langsam hob er die Flinte an, schüttete einen kleinen Rest Schwarzpulver auf die Zündpfanne und spannte den Hahn. Ohne weiter nachzudenken, nahm er einen tiefen Atemzug und begann die Spitze des Turms anzuvisieren. Jetzt drangen keine Geräusche mehr zu ihm durch – es gab nur noch ihn, die Flinte und den Turm. Die Wetterfahne war so weit weg, dass sie nur schemenhaft und völlig undeutlich vor seinen Augen hin und her flackerte. Unvermittelt begriff er die Aussichtslosigkeit seines Unterfanges und diese Erkenntnis traf ihn wie ein Hammerschlag – alle Konzentration war mit einem Schlag dahin. Mit zitternden Händen setzte er die Flinte wieder ab, während ein überraschtes Raunen durch die Menge ging.

Leinweber, der ein paar Schritte neben ihm stand, flüsterte: »Was ist los? Warum schießt Ihr nicht?«

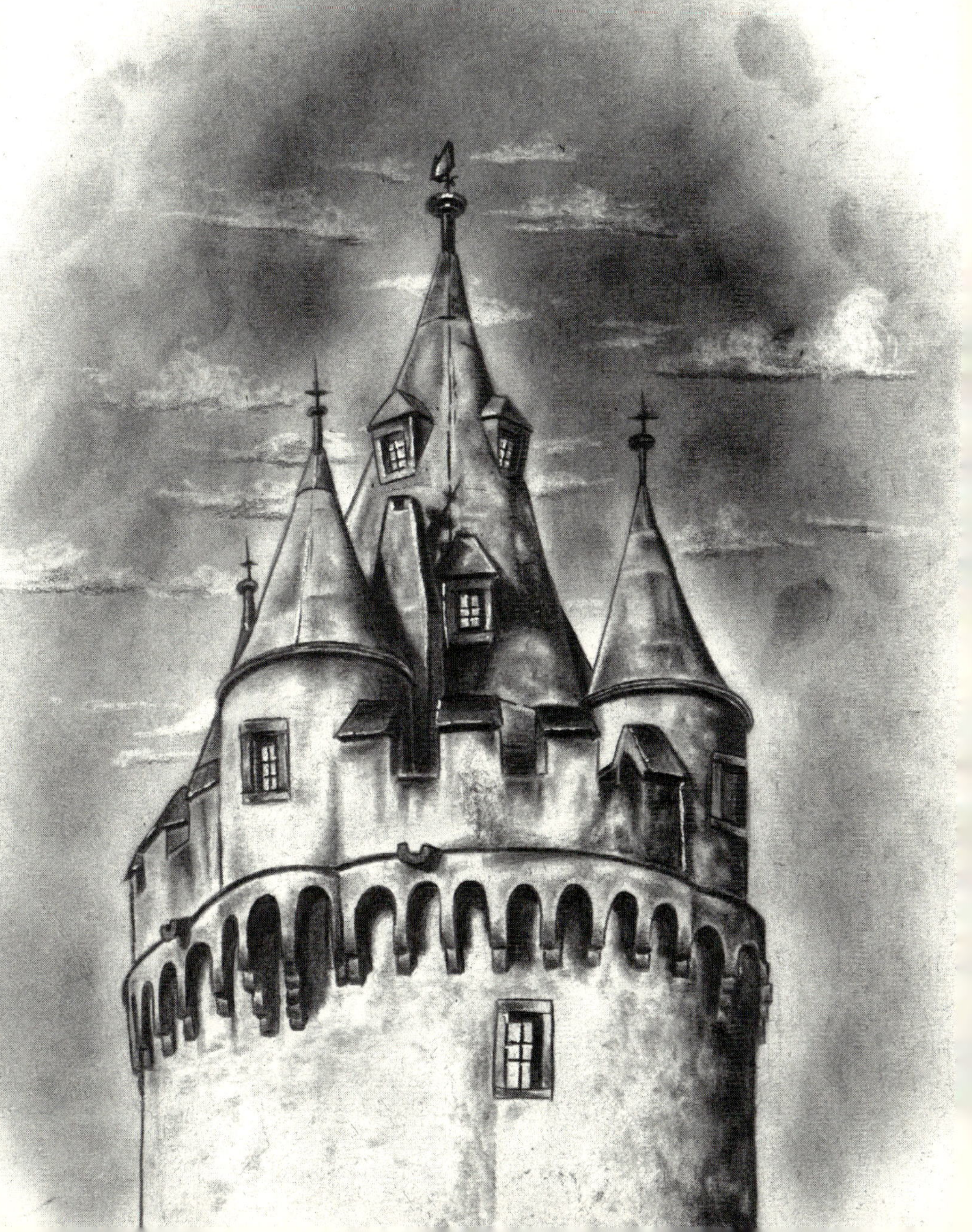

Dieser kleine Satz brachte Winkelsee zur Besinnung. Wütend zischte er: »Geht es Euch nicht schnell genug, mich hängen zu sehen?« Und mit diesem Zorn im Bauch riss er das Gewehr nach oben, zielte, ohne sich Zeit dafür zu nehmen, und drückte den Abzug einfach durch. Der Knall des Schusses peitschte über die Hinrichtungsstätte und nicht wenige zuckten erschrocken zusammen. Winkelsee stellte völlig ruhig das Gewehr ab und erwartete die Vollstreckung des Urteils.

Plötzlich schrie eine überraschte Stimme über den Platz: »Seht nur! Die blaue Flagge – der Wilderer hat getroffen!«

Winkelsee wirbelte um seine eigene Achse und seine Augen suchten ungläubig die Zinnen ab. Tatsächlich! Die Turmwache schwenkte eindeutig einen blauen Wimpel. *War das möglich? Hatte der Bote, entgegen jeglicher Vernunft, wirklich die Wahrheit gesprochen?* Als hätte eine verdurstende Pflanze gerade die ersten Regentropfen verspürt, begann eine leise Hoffnung in seinem Inneren zu keimen. Seine Gedanken rasten und mit zitternden Händen riss er den zweiten Pulverbeutel auf. Unter aller gebotenen Vorsicht machte er sich zum Abfeuern der Büchse fertig. Anlegen – zielen – Abzug drücken! Das Echo des zweiten Schusses dröhnte über den Platz und alle starrten wie gebannt auf die Zinnen. Selbst Händler und Kunden vergaßen für einen Augenblick ihre Geschäfte und wandten sich ebenfalls dem Turm zu. Es folgten Augenblicke gespannter Erwartung, dann erfolgte ein kollektiver ungläubiger Aufschrei der Massen. Gut sichtbar für alle, erschien über den Mauern der Zinnen erneut die blaue Flagge. Winkelsee hatte das zweite Mal getroffen!

Der Wilderer selbst war fassungslos. Einem Gefühl nachgebend, drehte er sich langsam im Kreis und suchte nach einem Mann mit schwarzer Kapuze, doch *der Bote* war nicht zu sehen. Wohl aber seine Eltern, die beide kreidebleich zwischen Hoffen und Bangen reichlich Tränen vergossen. Dann wanderte sein Blick zu den Tannenspiels. Vater und Sohn durchbohrten ihn förmlich mit Dolchen, wobei Winkelsee deutlich eine aufflackernde Unsicherheit in ihren Augen erkennen konnte. Und genau diese Erkenntnis gab ihm die Ruhe für den nächsten Schuss. Als das dritte Mal die blaue Fahne geschwenkt wurde, kam es zum ersten verhaltenen Applaus, untermalt von einigen Bravorufen. Außerdem griff eine gewisse Unruhe um sich, denn die Zuschauer spürten, dass möglicherweise eine Sensation in der Luft lag.

Von all dem bekam Maria nichts mit. Sie befand sich in der Wohnung und versuchte ihre Nervosität mit der Zubereitung von Sauerteigbrot zu bekämpfen – was zugegebenermaßen nicht funktionierte. Bereits drei Mal hatte sie das Geräusch eines Schusses gehört und war jedes Mal erschrocken zusammengefahren. Irgendwann hielt sie es nicht mehr aus und lief zu einer der kleinen Scharten, von der aus man den Vorplatz des Turms überblicken konnte. Unter sich sah sie Hans Winkelsee, der, zusammen mit ihrem Vater, inmitten einer Menschenmenge stand und gerade seine Büchse für den nächsten Schuss vorbereitete. Er war immer noch am Leben, also hatten alle seine Kugeln bisher ihr Ziel gefunden. Allein das grenzte schon an ein Wunder und stumm schickte sie ein Stoßgebet gen Himmel, damit auch die restlichen Geschosse ihr Ziel fanden. Plötzlich vernahm sie laute Geräusche, die von der engen Turmtreppe zu kommen schienen. Schnell eilte sie zur Tür und als sie diese öffnete, huschte gerade Heinrich, als letzter von drei Turmwachen, an ihr vorbei.

»Was ist los Heinrich?«, rief sie ihm hinterher, was ihn veranlasste zu stoppen.

»Der Wilderer – er hat schon drei Mal getroffen. Er …«

Weiter kam er nicht, denn in diesem Moment ertönte über ihnen ein dumpfer metallener Aufschlag, gleich gefolgt von dem Dröhnen eines Schusses.

»Herr im Himmel – das war der vierte Treffer!«, stöhnte er entgeistert.

Maria starrte ihn einen Moment lang an und dachte erschüttert *Bleiben immer noch fünf Kugeln!* Dann traf sie eine spontane Entscheidung. »Warte, ich komme mit nach oben!«

Da kein Widerspruch erfolgte, zog sie die Türe zu und folgte Heinrich. Gerade, als sie den sechsten Stock erreichten, erfolgte das gleiche Geräusch wie vor wenigen Augenblicken. Heinrich drehte sich zu ihr und ihre Blicke trafen sich. Stumm hob er die rechte Hand und spreizte alle Finger – Treffer fünf! Sie eilten zum siebten Stock, dort wo sich Winkelsee die letzten neun Tage aufgehalten hatte. Auf diesem Stock befand sich nicht nur der Kerker, sondern es führten auch zwei Türen direkt hinaus auf die Zinnen. Vor dem Ausgang, der den Blick auf den Vorplatz freigab, drängten sich bereits vier der Turmwachen. Ein einzelner Wächter stand, mit einer blauen und einer roten Flagge in den Händen, direkt im Auslauf der Zinne.

»Was macht Johannes da?«, fragte Maria Heinrich.

»Er hat von diesem Punkt freien Blick zur Wetterfahne. Trifft der Wilderer, signalisiert Johannes mit Blau den Menschen unten auf dem Platz den Erfolg. Hebt er nur einmal die Rote, dann ist es vorbei«, erklärte Heinrich.

Schon schlug es erneut über ihnen ein, während das Echo des Gewehrschusses einen winzigen Augenblick später zu vernehmen war.

»Nummer sechs! Dieser Mann ist wahrlich ein Meisterschütze!«, raunte einer der Wachen voller Anerkennung und Ehrfurcht.

Der Wärter Johannes inspizierte die Spitze des Turms und hob anschließend die blaue Fahne. Augenblicklich ertönte von unten lauter Jubel. Anscheinend hatte es Winkelsee geschafft, mit seinen Treffern die Menschen auf seine Seite zu ziehen. Maria musste unwillkürlich grinsen, denn der Rat hatte sich den Verlauf der Hinrichtung sicherlich ganz anders vorgestellt.

Augenblicke später ein weiterer Treffer, der sogleich mit der Farbe Blau angezeigt wurde.

Nur noch zwei Kugeln! dachte Maria insgeheim und mochte sich kaum ausmalen, wie es Winkelsee dort unten erging. So kurz vor dem Ziel, so kurz vor dem Leben – wenn er jetzt fehlging, waren alle Erfolge vorher nutzlos und umsonst.

Einer der Wachen sprach das aus, was Maria dachte. »Ich möchte wahrlich nicht in der Haut des Wilderers stecken. Stellt euch nur vor, er versagt bei einer der nächsten beiden Kugeln! Mit seinen sieben Treffern hat er bereits jetzt ein kleines Wunder vollbracht und trotzdem sollte er dann hängen? Das wäre mehr als unmenschlich!«

Dann schlug die achte Kugel in der Wetterfahne ein. Gleich im Anschluss wurde erneut der blaue Wimpel geschwenkt, doch im Gegensatz zu vorher, vernahm man überraschenderweise keinen Laut von unten.

Sofort fragte Heinrich den Soldaten auf der Zinne: »Was ist los, Johannes?«

Johannes lehnte sich über die Brüstung. »Die Leute sind wie erstarrt und alle scheinen die Luft anzuhalten, denn eben lädt Winkelsee das letzte Mal!«

Winkelsee riss das letzte Säckchen auf und entleerte das Pulver für den letzten Schuss in den Lauf. Als er anschließend behutsam die neunte Kugel in das Rohr gleiten ließ, legte sich eine unnatürliche Ruhe über den ganzen Platz. Sämtliche Gespräche und sonstige Geräusche kamen zum Erliegen, denn alle Zuschauer verfolgten jetzt jede, auch noch so kleine Bewegung des Wilderers. Vorsichtig stopfte er das Projektil fest und zog den Ladestock langsam wieder heraus. Nachdem er sich drei Mal vergewissert hatte, dass alles in Ordnung war, schüttete er das restliche Pulver auf die Zündpfanne und spannte den Hahn nach hinten. Der Gedanke, dass auch der allerletzte Schuss treffen und er somit ein freier Mann sei würde, ließ ihm das Herz bis zum Hals klopfen. Winkelsee warf einen kurzen Blick in die Zuschauermenge und erkannte in vielen Gesichtern Ungläubigkeit und Hoffnung, aber auch Fassungslosigkeit und Entsetzen. Kein Wunder, denn sicherlich wollten viele ihn hängen sehen – allen voran die Tannenspiels. Er ließ seinen Blick kurz umherschweifen und suchte die beiden. Er entdeckte die Männer erneut inmitten eines Menschenpulks, doch sie standen nicht mehr in vorderster Linie. Sie hatten sich bereits aus dem unmittelbaren Umfeld des Wilderers zurückgezogen. Das Gesicht von Ansgar Tannenspiel wirkte völlig versteinert und abwesend. Auch der Vater zeigte keinerlei Regung und starrte ihn, Winkelsee, nur ungläubig an. Keinesfalls hatten die beiden damit gerechnet, dass er treffen würde, geschweige denn acht Mal hintereinander. Und sicherlich hatte der Sohn dem Vater von Winkelsees Schwur berichtet, dass dieser, sollte er jemals freikommen, Genugtuung verlangen würde. Dieser Gedanken, gepaart mit der Aussicht auf Rache für den perfiden Plan, ihn an den Galgen zu bringen, ließen seine zitternden Hände auf einmal ganz ruhig werden. Mit einem tiefen Atemzug hob er seine Flinte und legte das letzte Mal auf die Wetterfahne des Turms an. Er suchte das Ziel durch Kimme und Korn, fand es, verweilte einen winzigen Moment, atmete dann langsam aus und drückte den Abzug durch. Der Feuerstein schnellte auf die Zündpfanne, ein kleiner Funken entzündete das Pulver und der Schuss löste sich mit einem lauten Knall. Und da der Wind in diesem Moment genau richtig stand, vernahmen alle einen Wimpernschlag später ein dumpfes und metallisches *Klonk*.

Das Publikum benötigte einen Augenblick, um das eben Gesehene und Gehörte zu begreifen, doch dann brach rings umher frenetischer Jubel aus. Auch ohne die blaue Fahne, die jetzt hektisch über der Zinne geschwenkt wurde, war allen klar – das Undenkbare, das Unmögliche war geschehen! Der Wilderer Hans Winkelsee hatte neun Mal die Wetterfahne des Eschenheimer Turms getroffen. Und nicht nur das – wenig später wurde festgestellt, dass die Anordnung seiner Einschlusslöcher die Zahl 9 bildete. Als dieses Faktum bekannt gegeben wurde, sprachen die meisten Anwesenden von einem Wunder, das nur Gott selbst gewirkt haben konnte.

Als Winkelsee realisierte, dass auch die letzte Kugel ihr Ziel gefunden hatte, blieb er trotz des Erfolges nach außen erstaunlich ruhig. Innerlich jedoch schrie seine Seele das Gefühl der Erleichterung und des Triumphes hinaus in die Welt. Nur sehr wenige Menschen bemerkten das kleine äußerliche Anzeichen, dass erahnen ließ, in welchem Aufruhr sich sein Innerstes befand! Eine winzige Träne rollte langsam über die Wange des Wilderers.

Die Ratsmitglieder der Stadt Frankfurt, die fast vollzählig zur Hinrichtung erschienen waren und auf einem kleinen, dafür extra errichteten, Podium saßen, blickten sich gegenseitig hilflos an. Natürlich hatte keiner von ihnen mit diesem Ausgang gerechnet, geschweige denn Überlegungen dazu angestellt, wie man in diesem Falle verfahren sollte. Also ruhten nun alle Augen fragend auf dem Älteren Bürgermeister Justinian von Holzhausen, der mit finsterer Miene den unbändigen Jubel der Menge zur Kenntnis nahm. Links hinter dem Älteren Bürgermeister, saßen mehrere geistliche Würdenträger. Einer der Kleriker, es handelte sich um den Theologen und Prädikanten Hartmann Beyer beugte sich nach vorne und flüsterte Holzhausen ins Ohr, »Wählt Eure nächsten Worte mit Bedacht. Solch eine Tat, wie wir sie gerade gesehen haben, kann kein Mensch vollbringen, ohne dass der Herr mit ihm gewesen ist.«

»… oder Teufel!«, brummte der Ältere Bürgermeister.

»Derlei Einschätzungen …«, zischte Beyer gefährlich, »… solltet Ihr der Kirche überlassen! Ich habe daher Eure Worte nicht gehört.«

Von Holzhausen ließ den Kopf hängen, denn wenn er eines in der Vergangenheit gelernt hatte, dann, dass man mit der Kirche keinen Streit anfangen sollte. »Was schlagt Ihr vor?«, raunte er deshalb leise.

»Lasst ihn frei, so wie Ihr es versprochen habt und gebt ihm eine Aufgabe, die gut bezahlt wird.

So kann er seine Familie ernähren, denn das war schließlich, wenn ich mich recht entsinne, der Grund für seinen Fehltritt. Und Ihr werdet sehen, dass Winkelsee in den Schoß der Redlichkeit zurückkehrt und somit wieder auf den rechten Pfad des Herrn findet.«

Justinian von Holzhausen beugte sich nach vorne und überlegte fieberhaft. Die Unterhaltung mit dem Kirchenmann hatte zwar nur wenige Augenblicke gedauert, doch es reichte aus, dass die umstehenden Zuschauer langsam ungeduldig wurden. Schwerfällig erhob er sich aus seinem Lehnstuhl, doch er hatte das Gefühl, das zentnerschwere Gewichte versuchten, ihn niederzudrücken. Indes überschlugen sich seine Gedanken und als er sich endlich aufgerichtet hatte, kehrte augenblicklich Stille ein. Alle Augen waren auf ihn gerichtet, doch sein Blick suchte den Mann, der in der Mitte des Platzes mit versteinertem Gesicht wartete. Zu Winkelsee und Leinweber hatten sich zwei ältere Personen gesellt. Holzhausen vermutete, dass es sich um die Eltern des Wilderers handelte, denn die Frau hatte sich liebevoll bei Winkelsee untergehakt und schaute ihn, den Älteren Bürgermeister, nun voller Hoffnung an. Mit einem tiefen Seufzer hob von Holzhausen die Hand und mahnte zur Ruhe, doch seine unbewusste Geste war völlig überflüssig – denn es war bereits totenstill!

»Geschätzte Bürger von Frankfurt – heute sind wir Zeuge einer wirklich ausgewöhnlichen Leistung geworden, bei welcher sicherlich niemand dachte, dass ein solches Kunststück überhaupt möglich wäre.«

Beipflichtendes Stimmengemurmel der Zuschauer.

»Hans Winkelsee – tretet bitte vor!«

Unwillkürlich zuckte der Wilderer bei der Nennung seines Namens zusammen und nur zögerlich setzte er sich in Bewegung.

Vor ihm teilte sich langsam die Menge, so dass eine kleine Gasse entstand, die ihn direkt vor die kleine Bühne führte, von der der Bürgermeister seine Ansprache hielt. Schließlich stand Winkelsee vor dem Podest und blickte nach oben zu Holzhausen.

»Hans Winkelsee, Ihr habt uns heute bewiesen was für ein außergewöhnlicher Schütze Ihr seid. Sicherlich kann keiner der hier Anwesenden behaupten, jemals etwas Vergleichbares gesehen zu haben. Und selbstverständlich werden wir, der Rat der Stadt Frankfurt, unser Wort halten! Ihr seid frei und könnt gehen!«

Die letzte Silbe von Holzhausens Worten war noch nicht verklungen, als die Menschen in lautes Geschrei ausbrachen und ein Beifallssturm die Umgebung des Eschenheimer Turms erschütterte. Vergeblich mahnte der Bürgermeister zur Ruhe und wusste sich schließlich nicht mehr anderes zu helfen, als den Tambouren der Stadtwache ein Zeichen zu geben. Der anschließende Trommelwirbel ließ die Menschen langsam verstummen. Alle Augen richteten sich wieder auf den Älteren Bürgermeister, der nun seine Unsicherheit abgelegt hatte und wie gewohnt ein staatsmännisches Auftreten an den Tag legte.

»Natürlich haben wir uns schon im Vorfeld Gedanken gemacht, sollte es zu einer Begnadigung des Wilderers Winkelsee kommen. Als Rat der Stadt müssen wir weitsichtig handeln und haben es auch in diesem Falle getan.«

Wieder konnte man auf dem Platz eine Stecknadel fallen hören, denn alle waren neugierig, was nun kommen würde. Alle außer Winkelsee! Als er die ersten Worte des Bürgermeisters vernahm, schnürte es ihm unwillkürlich die Kehle zu. *Sollte sich der Rat eine Hintertüre offengelassen haben, um ihn zu guter Letzt doch noch zu aufzuknüpfen?*

Holzhausen sprach weiter: »Der Standpunkt der Obersten war in dieser Hinsicht einhellig! Sollte es dem Verurteilten gelingen, auf diese Entfernung neun Mal die Wetterfahne des Turms zu treffen, so sollten wir uns seiner Gunst versichern. Eine Kunstfertigkeit solcher Art kann man nicht einfach ziehen lassen. Deshalb, Hans Winkelsee, unterbreiten wir, der Rat der freien Stadt Frankfurt, Euch folgendes Angebot: Wir bieten Euch die Stelle als oberster Forstmeister an und ernennen Euch zum Bürger der Stadt Frankfurt – mit allen Rechten und Pflichten. Stellt Euch auf die Seite Gesetzes und werdet ein angesehenes Mitglied der Gesellschaft!«

Wie vom Donner gerührt starrte Winkelsee den Bürgermeister an, während rings um ihn lauter Applaus ausbrach und seine Mutter lautstark Freudentränen vergoss. Auch Leinweber, der ihm zum Podest gefolgt war und nun neben ihn trat, nickte ihm freundlich zu und meinte: »Wenn das keine außergewöhnliche Wendung einer Hinrichtung ist, dann weiß ich auch nicht!«

Daniel Debrien – der Tag Samhain

Selket war bereits seit drei Stunden in Amesbury, um gemeinsam mit Cornelia Lombardi nicht nur alle Vorbereitungen zu treffen, sondern vor allem die anwesenden S.M.A. Leute zu lokalisieren und, wenn möglich, auszuschalten. Ich hoffte inständig, dass ihnen ihr Vorhaben ohne großes Blutvergießen gelingen würde. Trotzdem bereitete ich mich innerlich auf das Schlimmste vor. Die nächsten Stunden verliefen wie in Zeitlupe und zogen sich wie ein alter Kaugummi auf warmen Asphalt. Über eines wunderte ich mich allerdings – von Tarek und Ronar war weder etwas zu sehen, noch etwas zu hören. Ich wusste, dass Zenodot Garm Grünblatt instruiert und gebeten hatte, seine Anweisungen an die Kobolde zu übermitteln. Und diese waren eindeutig! Alle Kobolde hatten in der Tiefenschmiede zu bleiben, bis er und ich wieder zurückkehrten. Da ich jedoch Tareks Gemüt gut genug kannte, hätte ich zumindest erwartet, dass er einen Versuch unternehmen würde, mich oder den Bibliothekar umzustimmen. Doch nichts dergleichen war geschehen. Vielleicht hatte das Schlitzohr widererwarten verstanden, die Geduld von Zenodot nicht weiter zu strapazieren, ohne dass ihm größeres Ungemach drohte. Möglicherweise war er auch einfach nur beleidigt, dass er und die anderen von dieser Unternehmung, in Koboldsprache Abenteuer, ausgeschlossen worden war. Oder aber – und bei diesem Gedanken musste ich unwillkürlich grinsen – er gab einen feuchten Kehricht auf irgendwelche Anweisungen und zog sein eigenes Ding durch. Das würde in der Tat zu ihm passen.

Ich bereitete mich jedenfalls vor, indem ich mein Yatagan, das Silberschwert mit der leicht geschwungenen Klinge, solange mit dem Schleifstein bearbeitete, bis es rasiermesserscharf war. Dieser immer wiederkehrende Bewegungsablauf hatte durchaus etwas Meditatives an sich, wofür ich ehrlich gesagt dankbar war. Dann war es so weit – die Zeiger der Uhr rückten auf Viertel nach zwölf, also noch fünfundvierzig Minuten bis es in Großbritannien Mitternacht schlug. Ich stellte meinen Chronometer auf die englische Zeitrechnung um, damit ich nicht mehr hin und her rechnen musste. Zenodot betrat in seiner gewohnt grauen Kutte erneut den Wohnbereich der Tiefenschmiede. Im Gegensatz zur mir hielt er als Waffe seinen langen, knorrigen Holzstab in der Hand. Wobei dieser Stab vielmehr war, als ein reines Schlaginstrument.

»Es wird Zeit Daniel! Wir müssen nach oben«, sagte er ernst.

»Warum öffnet Osiris das Portal nicht hier unten? Das hat er doch schon einmal gemacht.« Diese Frage wollte ich eigentlich schon bei Selkets Abreise stellen, doch im Laufe ihrer Verabschiedung hatte ich sie schlicht und einfach vergessen.

Während wir die Stufen nach oben stiegen, beantwortete er meine Frage. »Weil *ich* es ihm untersagt habe. Er hat beim ersten Mal einfach sämtliche Schutzzauber, die über der Bibliothek liegen, übergangen. Wenn sie durchdrungen werden, werden sie schwächer oder lösen sich im schlimmsten Falle ganz auf. Das heißt Osiris hat mit seinem unbedachten Vorgehen die Tiefenschmiede stark geschwächt. Sollte er also nochmal …«

»… klar, hab´s verstanden«, fuhr ich dazwischen.

Er schüttelte den Kopf und schnaubte: »Das wird mich eine Menge Arbeit, viele Stunden des Lesens und einiges an Gehirnschmalz kosten. Die Zauber müssen wieder verstärkt und sogar Neue in das Schutzgeflecht eingewoben werden. Das darf auf keinen Fall noch einmal passieren.«

Ich warf einen Seitenblick auf ihn. Sein Gesicht sprach Bände und ich war mir ziemlich sicher – Gottheit hin oder her, dass er

Osiris gehörig die Meinung gesagt hatte. Ob das im Zweifelsfalle den Herrn des ägyptischen Gefilde wirklich interessiert hatte, lasse ich dahingestellt. Als wir Zenodots Arbeitszimmer erreichten, stand auf seinem Schreibtisch eine mittelgroße Umhängetasche, die aus demselben Material wie seine Kutte bestand. Er hängte sie sich quer über die Schulter und klopfte mit dem Stab auf den Boden. »Also dann los. Osiris wird sicherlich schon im Garten auf uns warten.«

Unbewusst blickte ich auf meine Armbanduhr: Fünf Minuten vor halb Zwölf. Ich nickte schwer und folgte ihm die blauen Kristallstufen hinauf in die Oberwelt.

Eine wolkenlose Nacht empfing uns. Vor dem Pavillon des schimmernden Grüns zeichneten sich die Schattenumrisse der Frankfurter Skyline ab. Hinter vielen Fenstern der Hochhäuser waren noch Lichter zu sehen und unwillkürlich dachte ich an die Menschen hinter diesen Scheiben, wie sie an ihren Schreibtischen saßen und arbeiteten. Der Markt schläft nie! Das ist einer der Preise unserer Globalisierung – es wird zu jeder Zeit Handel getrieben, denn schließlich steht immer irgendwo auf der Welt die Sonne am Himmel.

In der Nähe des Wasserpavillons schälte sich eine Silhouette langsam aus der Dunkelheit und trat ins helle Mondlicht. Ein junger Mann mit Jeans, weißem T-Shirt und den unverkennbar aristokratischen Gesichtszügen – Osiris! Er begrüßte uns mit einem kurzen Kopfnicken und sprach nur ein einziges Wort. »Bereit?«

»So bereit wie man es nur sein kann, wenn man nicht weiß, was auf einen zukommt!«, flüsterte ich leise zu mir selbst.

Zenodot sagte nur: »Es kann losgehen.«

Osiris hob beide Arme und vollführte eine Abfolge von einstudierten Bewegungen. Mitten in der Luft entstand plötzlich ein winziger violetter Punkt, der aus einer Art Nebel zu bestehen schien. Die Dunstschwaden rotierten im Kreis und breiteten sich immer weiter aus, sodass der kleine Fleck langsam und stetig größer wurde. Die kreisenden Schleier zogen sich mehr und mehr auseinander, bis sie schließlich abrupt erstarrten. Fasziniert starrte ich nun auf eine wabernde Oberfläche, die auf mich wie eine Art flüssiger Spiegel wirkte. Das Gebilde schwebte etwa zwanzig Zentimeter über dem

Boden und betrug im Durchmesser etwa anderthalb Meter. Groß genug also, um eine erwachsene Person in sich aufzunehmen.

Osiris blickte uns fragend an. »Das Portal ist bereit. Ihr könnt gehen.«

Verwundert sprach ich ihn an. »Wie? Kein Rat? Keine guten Wünsche? Immerhin steht heute viel auf dem Spiel.«

Mit einem Lächeln ruhten seine Augen auf mir. »Wer zu sehr die Folgen bedenkt, kann nicht mutig sein! Und nun geht, es wird Zeit!«, erfolgte wieder einmal eine kryptische Antwort.

Kopfschüttelnd wandte ich mich dem Gebilde zu. Warum mussten Gottheiten immer in Rätseln sprechen? Warum konnten sie nicht einfach sagen: *Hey, viel Glück und dass ihr mir ja wieder gesund nach Hause kommt!* Irgend so etwas in der Art. Aber nein, stattdessen bekommt man einen mysteriösen Satz zugeworfen, der einen ratlos in der Landschaft stehen lässt.

Zenodot war bereits zur Hälfte im Portal verschwunden, was zugegebenermaßen ziemlich bizarr und skurril wirkte. Eben trat er komplett hindurch, also schickte ich mich an, ihm rasch zu folgen.

Als ich meinen ersten Fuß in die Barriere gesetzt hatte, rief Osiris: »Weltengänger!«

Ich drehte mich um. »Ja?«

Mit einem Lächeln im Gesicht hob er den Finger. »Achte auf die Steine!« Dann drehte er sich um und schlenderte in die Dunkelheit.

Und wieder stand ich mit ratlosem Gesicht da und hatte nicht die leiseste Ahnung, was er damit gemeint haben konnte. Ich seufzte leise und betrat endgültig das Portal.

Alles, was ich erwartet hatte, trat natürlich nicht ein. Die Fantasy oder Science-Fiction Filme wollen uns immer weismachen, dass der Protagonist durch einen langen Tunnel fällt oder fliegt. Alles um ihn herum wirkt verzerrt oder in die Länge gezogen. Entweder ist der Tunnel schwarz, mit einem Licht am Ende oder er schillert in tausend verschiedenen Farben. Doch nichts dergleichen! Als ich mit dem ganzen Körper in der geöffneten Pforte verschwand, passierte rein gar nichts – außer, dass ich mich plötzlich auf einer Wiese wiederfand und direkt auf die Silhouette von Stonehenge blickte. Keine Reise, kein Gefühl des Fallens oder Fliegens, vielmehr ein direkter Übergang von einem Zimmer ins andere. Ein leichter Hauch von Enttäuschung machte sich für einen Moment breit, bevor mich die Umgebung in ihren Bann schlug. Majestätisch ragten die Umrisse der Monolithen in den sternklaren Nachthimmel. Mehrere der Sarsensteine wurden von im Boden verankerten Scheinwerfern ausgeleuchtet und tauchten den Steinkreis in ein geheimnisvolles Licht. Spontan versuchte ich mir vorzustellen, welche Rituale oder Feste die Menschen wohl hier im Laufe der Jahrhunderte abgehalten hatten.

Doch Zenodots leise Stimme holte mich zurück in die Wirklichkeit. »Alles in Ordnung, Daniel?«

Instinktiv hob ich den Daumen. »Ja, es geht mir gut.«

Beim genauerem Hinsehen entdeckte ich über dem Monument einen schwach orange glühenden Schirm, der den ganzen Felsenring in weitem Umfang überspannte.

Ich machte den Bibliothekar darauf aufmerksam. »Was ist das?«

»Ein Illusionszauber. Du kannst ihn erkennen, weil du als Weltengänger den Wächterblick besitzt. Für die *normalen* Menschen ist er gänzlich unsichtbar. Stelle dir einfach eine Kamera vor, die Stonehenge als Standbild zeigt. Die Menschen schauen quasi auf einen Bildschirm, und das, was unter der Kuppel passiert, bleibt ihnen verborgen. Selket hat wirklich gute Arbeit geleistet.«

Ich wandte mich von Stonehenge ab und entdeckte in weiterer Entfernung viele Lichter, von denen sich die meisten bewegten oder unruhig hin und her flackerten.

Zenodot, der meinem Blick gefolgt war, meinte: »Das sind Menschen außerhalb des Zauns, der das Monument umgibt. Sie feiern die Nacht an Samhain und wollen deshalb dem Steinkreis möglichst nah sein. In früheren Zeiten konnten sie das direkt zwischen den Steinen tun, bis das Department of Culture einen Riegel vorschob, um das Bauwerk zu schützen. Gut für uns, denn diese Vorsichtsmaßnahme kommt uns jetzt sehr gelegen.«

Als ich mich wieder auf den Steinkreis konzentrierte, fiel mir plötzlich ein leises Summen auf. Es hörte sich in etwa wie das Surren eines entfernten Bienenstocks an. »Hörst du dieses seltsame Geräusch auch.«

»Ja, das Knistern entstammt der gespeicherten Magie in den

Steinen. Stonehenge ist ein Ort großer Macht und das zeigt sich an besonderen Tagen, wie Samhain, besonders eindringlich.«

Unwillkürlich musste ich schlucken. *Magie, die man hören konnte?* Schon oft hatte ich mir ausgemalt, was ich wohl erfahren würde, wenn ich meine Hand an die Monolithen von Stonehenge legen würde. Doch jetzt, nachdem ich diesen Ort das erste Mal sah und seine Stärke fast körperlich spüren konnte, stellte sich mir unweigerlich eine ganz bestimmte Frage. Wäre es wirklich eine gute Idee, die Steine zu berühren? Wahrscheinlich hätten sie viel zu erzählen, doch was, wenn ich ihre angesammelte Energie einfach nicht verkraften würde?

»Auf den Boden – schnell!«, raunte mir der Alte plötzlich besorgt zu.

Intuitiv warf ich mich ins weiche Gras und hielt die Luft an. Als ich den Kopf hob und zu Zenodot sah, lag er ebenfalls auf der Erde und schaute in die entgegengesetzte Richtung zu Stonehenge. Ich folge seinem Blick und sah – nichts! Verdammt, in der Aufregung hatte ich ganz vergessen, den Trank der Nachtsicht zu mir zu nehmen. Selket hatte mir vor ihrer Abreise ein kleines Fläschchen ausgehändigt und eingeschärft, es bei meiner Ankunft am Steinkreis sofort zu leeren. Umständlich versuchte ich in die Innentasche meiner Jacke zu greifen, was sicher als schwierig erwies, da ich mit dem Bauch auf dem Boden lag und mich möglichst wenig bewegen wollte. Außerdem war der Ledergurt der Schwertscheide, die ich unter der Jacke auf dem Rücken trug, im Weg. Endlich fingerte ich das Gebräu aus der Tasche, entkorkte die Phiole und trank sie in einem Zug aus. Ich schmeckte etwas Bitteres, dass entfernt an Anis erinnerte. Einen Augenblick später änderte sich meine Sichtweise. Ich sah deutlich weiter als bisher und sämtliche Umrisse, die ich vorher nicht wahrgenommen hatte, zeichneten sich klar und deutlich ab. Sofort begriff ich, warum mich der Alte zu Boden geschickt hatte. Keine fünfzig Meter entfernt von uns befand sich mitten in der Wiese eine kleine Insel aus niederen Büschen. Und genau dort kauerte eine gebückte Gestalt im Gras und schien auf etwas zu warten. Für einen kurzen Moment sah ich etwas an dessen Kopf aufblitzen, das sich in der Tat als Nachtsichtgerät bestätigte. Ich schluckte unwillkürlich – also hatten die Weltengänger nicht alle S.M.A. Agenten dingfest machen können. Und der Typ hatte nur deshalb nicht angegriffen, weil er sicherlich den entsprechenden Befehl dazu bekommen hatte. Vermutlich sollte er uns im Auge behalten und nur dann eingreifen, wenn wir uns vom Steinkreis wegbewegten. Während ich noch überlegte, wie wir nun vorgehen sollten, kippte der Mann plötzlich vornüber und blieb regungslos liegen. Ein zweite Person tauchte neben den Büschen auf. Erleichtert atmete ich auf, denn die langen Haare mit der unverkennbar schneeweißen Strähne erkannte ich augenblicklich – Cornelia Lombardi. Langsam erhob ich mich. Auch der Bibliothekar hatte jetzt erkannt, um wen es sich handelte und stand ebenfalls auf. Lombardi gab ein Zeichen, dass alles in Ordnung war und huschte in gebückter Haltung in unsere Richtung. Bei uns angekommen flüsterte sie: »Endlich, das war der Letzte. Bei euch alles ok?«

»Hallo Conny!«, begrüßte ich sie.

»Ja, ja, schon gut. Freuen und begrüßen können wir uns später«, sagte sie scharf. »Ihr müsst los, wir haben bereits drei Minuten vor Mitternacht! Die Umgebung des Steinrings ist jetzt sicher. Mit dem dahinten haben wir alle dreizehn erwischt.«

»Ausgezeichnet!«, meinte Zenodot. »Wurde irgendjemand verletzt?«

»Auf unserer Seite zwei Schnittwunden und ein Kieferbruch. Aber das können wir später besprechen. Alli steht mit diesem Winkelmann bereits im Kreis. Er zeigt bisher keine nervösen Anzeichen, scheint sich also ziemlich sicher zu fühlen. Dieses Arschloch hat keine Ahnung, das seine Leute ausgeschaltet wurden, denn dann würde er ein anderes Verhalten an den Tag legen. Von dem Boten ist bisher nichts zu sehen. Und jetzt los – geht endlich!«, mahnte die Italienerin zum wiederholten Male.

Der Alte nickte beipflichtend. »Also Daniel – sputen wir uns.«

Gemeinsam liefen wir dem Steinkreis entgegen, während sich Cornelia wieder in die Dunkelheit zurückzog. Je näher wir den Steinen kamen, desto stärker spürte ich die Last des Ungewissen. Ich versuchte gerade mit tiefen und gleichmäßigen Atemzügen meinen Puls etwas nach unten zu drücken, als eine gewaltige magische Erschütterung über uns hinwegfegte. Schlagartig wurden Zenodot und ich von den Beinen geholt und blieben benommen im Gras liegen. Diese Entladung hatte ich schon einmal, nur in abgeschwächter Form, erlebt – vor etwa einer Woche im Bethmannpark.

Der Alte stöhnte neben mir: »Das war ein Nigrum Oculus. Ich hatte recht, sie wollen die magischen Sicherungen des Kerkers überladen.«

Ich hob den Kopf und sah unter der orangefarbenen Kuppel der Illusion einen zweiten, blauen Schirm heftig flackern, als im gleichen Moment eine zweite Entladung erfolgte. Ich hatte das Gefühl, dass sämtliche Organe in meinem Körper verrücktspielten. Herzrasen, Atemnot, Magenkrämpfe, Kopfschmerzen und all das auf ein Mal. Trotz aller körperlichen Einschränkungen riss ich hektisch meinen Kopf herum und schaute zu Zenodot. Mein Herz setzte einen Schlag aus, denn der Bibliothekar lag leblos im Gras und rührte sich nicht mehr. Mühsam versuchte ich, mich zu bewegen und robbte schließlich langsam in seine Richtung. Mittlerweile hatte sich die Farbe des blauen Schirms verändert – er leuchtete gegenwärtig in einem kräftigen Rot! Ich hatte noch die erleichterte Stimme des Alten im Kopf, als er beim ersten Angriff vor etwa einer Woche Alli nach der Farbe fragte. Sie antwortete *blau*, worauf er meinte: *Dem Himmel sei Dank, die magischen Sicherungen haben gehalten*. Ich musste also jetzt kein großer Prophet sein, um zu wissen, dass die Abwehrmechanismen von Stonehenge nun außer Kraft gesetzt waren. Ich hatte Zenodot fast erreicht, als er plötzlich zu schweben anfing und sein Körper in Richtung Steinkreis driftete.

»Was zum …«, fluchte ich leise auf und drehte mich unter Schmerzen. Durch die paar Meter, die ich mich kriechend fortbewegt hatte, konnte ich nun durch eine entstandene Lücke zwischen den Monolithen ins Innere des Steinrings sehen. Dort erkannte ich zwei aufrechtstehende Männer, sowie einen Körper, der direkt zu ihren Füßen im Gras lag. Das waren unzweifelhaft Winkelmann und dieser seltsame Bote. Bei dem reglosen Körper handelte es sich mit Sicherheit um Alli, die wahrscheinlich, ebenso wie wir, von der magischen Erschütterung erfasst und zu Boden geschickt worden war. *Der Bote* war völlig in schwarz gehüllt, wobei ich auf die Entfernung nicht erkennen konnte, ob es sich um einen dunklen Umhang oder eine Art Mönchskutte handelte. Jedenfalls stand er mit ausgestreckten Händen da und starrte konzentriert auf den schwebenden Bibliothekar. Und Winkelmann? Er beobachtete selbstgefällig und mit einem zynischen Grinsen im Gesicht, das Wirken des schwarzen Wesens. Bei diesem Anblick kochte in mir eine nie gekannte Wut auf. Ob es nun am Hassgefühl oder vielleicht an den verstärkten Heilkräften, die mir Osiris verliehen hatte, lag, weiß ich nicht, jedenfalls stand ich plötzlich wieder auf den Beinen und wankte vorwärts. Jetzt entdeckte mich auch der Chef der S.M.A. und winkte mir freudestrahlend zu. Mein Zorn erreichte schlagartig einen neuen Höhepunkt.

»Herr Debrien? Seien Sie uns willkommen!«, hörte ich ihn rufen, während, zwei Meter vor mir, Zenodot in der waagrechten vorwärts schwebte.

Ich stolperte immer noch etwas benommen auf die Mitte des Monuments zu und hatte keine Ahnung wie ich mich jetzt verhalten sollte. Ich war mir ziemlich sicher, dass es den in der Nähe lauernden Weltengängern ebenso ergangen war, wie mir, Zenodot und Alli. So hatten sie zwar die S.M.A. Leute ausgeschaltet, doch *der Bote* hatte uns diesen vermeintlichen Vorteil völlig überraschend und unerwartet wieder genommen. Dabei hatten wir alle gewusst, was diese magischen Entladungen anrichten können, denn jeder Weltengänger hatte den ersten Angriff vor einer Woche gespürt. Welch fataler Leichtsinn unsererseits! Mittlerweile hatte ich den äußeren Gürtel der Steine passiert und ich begann, mich besser zu fühlen, denn die körperlichen Beschwerden klangen langsam ab. Zenodot lag mittlerweile direkt vor dem *Boten*, und zwar gleich neben Alli, im Gras. Deshalb nahm das schwarze Wesen jetzt auch mich ins Visier. Unter seiner Kapuze blitzten für einen winzigen Moment blauschimmernde Augen auf, die mit kaltem Blick auf mir ruhten.

»Kommen Sie! Nur keine Scheu!«, forderte mich Winkelmann lachend auf und holte zeitgleich ein Funkgerät aus seiner Jackentasche. »An alle – Ziel ist gesichert. Ich wiederhole – die Ziele sind gesichert! Kommt zum Steinkreis. Bitte bestätigen.« Ein paar Augenblicke später verfinsterte sich sein Gesicht und er starrte mit versteinerter Mimik auf das Walkie Talkie in seiner Hand. Niemand meldete sich, er bekam keinerlei Antwort. Verwirrt blickte er zu seinem schwarzen Begleiter, der jedoch keinerlei Regung erkennen ließ.

Zu meiner Überraschung tauchte plötzlich einer von Winkelmanns Leuten aus der Dunkelheit auf. Er zog sein linkes Bein nach und der Grund dafür war offensichtlich – ein querliegender Schnitt am rechten Oberschenkel, der zudem stark blutete. Der Mann blieb am Rande des Steinrings stehen und wartete anscheinend auf eine Einladung seines Chefs weiter gehen zu dürfen, doch nichts dergleichen passierte. Stattdessen rief ihm Winkelmann zu: »Was ist passiert? Wo sind die anderen?«

»Ich weiß es nicht. Ich wurde aus dem Nichts angegriffen, niedergeschlagen und betäubt. Doch das Narkosemittel hat anscheinend bei mir nur teilweise gewirkt. Als ich erwachte, konnte ich mich zwar befreien, doch niemand von unseren Leuten war oder ist erreichbar«, erwiderte der Mann mit schmerzverzerrter Stimme.

Der Leiter der S.M.A. drehte sich zu mir und belegte mich mit einem durchdringenden Blick. Ich sah es ihm an, dass diverse Fragen auf seinen Lippen lagen. Er öffnete den Mund, doch dann überschlugen sich die Ereignisse in rasender Geschwindigkeit.

Aus den Augenwinkeln bemerkte ich zwei herannahende Schatten. Ich wirbelte herum, als der verletzte Mann plötzlich aufbrüllte und vornüberkippte. Schreiend wälzte er sich im Gras und versuchte verzweifelt mit den Armen nach seinen Waden zu greifen. Ich riss verblüfft die Augen auf, denn sowohl im rechten, wie auch dem linken Unterschenkel steckten – zwei kleine silberne Dolche! Mein neuer Name sollte Mickey Mouse sein, wenn das nicht – und dann erblickte ich die beiden nahe einem der aufgestellten Monolithen. Natürlich – Tarek und Ronar! *Der Bote* hatte sie nun ebenfalls erspäht und wollte schon eingreifen, als aus der anderen Richtung etwas Leuchtendes durch die Luft schnellte. Ehe die schwarze Gestalt herumwirbeln konnte, legte sich ein goldenes Seil wie eine Schlange um seinen Körper. Die Berührung der Schnur schien erhebliche Schmerzen zu verursachen, denn er heulte im selben Moment jaulend auf. Mit brutaler Gewalt wurde *der Bote* nach hinten gerissen und krachte in etwa zwei Metern Höhe mit dem Rücken gegen eine der Steinstelen. Sofort wickelte sich das leuchtende Tau auch um den Stein. Wie festgenagelt hing das schwarze Wesen jetzt an dem Monolithen und kämpfte mit aller Macht gegen seine Fesseln an. Mit einer Hand vollführte er noch eine schnelle Bewegung, bevor ihm die Arme endgültig gegen den Leib gepresst wurden. Seine magische

Geste verursachte eine kleine, sich rasch ausbreitende, Druckwelle, die mich zwar nicht umwarf, jedoch gehörig ins Taumeln brachte. Mit rudernden Armen versuchte ich mein Gleichgewicht zu halten. Und da ich mich relativ nah an einer der Steinsäulen befand, streckte ich instinktiv die Hand aus, um mich abzustützen. Als ich den kalten Felsen berührte, explodierte mein Geist in einem Meer aus Farben. Augenblicklich erstarrte alles in meinem Umfeld mitten in der Bewegung. Winkelmann hatte gerade seine Arme himmelwärts gerissen und stand nun wie eine Statue im Inneren des Kreises. Auch Tarek und Ronar hatte die Druckwelle erfasst. Beide wurden wie Spielzeuge durch die Luft gewirbelt, bevor sie mitten im Flug einfach eine Vollbremsung hinlegten und wie am Nachthimmel festgetackert wirkten. Mein Kopf war kurz davor in tausend Teile zu zerspringen, als die Farben unvermittelt wieder verschwanden. Sofort konnte ich klar denken und versuchte verzweifelt meine Hand von der Steinsäule zu lösen, was trotz aller Anstrengungen nicht gelingen wollte. Stattdessen begann die Landschaft vor meinem Augen in kleine Puzzlestücke zu zerfallen, während sich zeitgleich neue Bilder zusammensetzten. Stonehenge war zwar immer noch da, dennoch erkannte ich sofort, dass manche Säulen, die im Laufe der Jahrhunderte umgefallen waren, in den neuen Bildern noch standen. In schneller Abfolge rasten nun Szenerien an mir vorbei. Ich erblickte Menschen, die in Felle gehüllt waren, Kelten, Pikten, Soldaten des römischen Reiches, Bauern, Edelleute und Druiden. Ganze Jahrtausende zogen an meinen Augen vorbei und alle Menschen, die mir gezeigt wurden, huldigten dem Steinkreis mit den verschiedensten Ritualen oder Opferzeremonien. Dann stoppte die Aufeinanderfolge bei einer einzelnen Sequenz: Viele Personen schachteten eine riesige und unglaublich tiefe Grube aus. Während dies geschah, wurden die Steinsäulen mit Baumstämmen abgestützt, damit nicht sie nicht absackten. Plötzlich machte ich völlig verblüfft inmitten der Menschen ein sehr vertrautes Gesicht aus – Zenodot. Er lief ruhelos zwischen den Arbeitern hin und her und lenkte die Handwerker, wie ein Dirigent sein Orchester. Und jetzt wurde mir auch klar, was man mir gerade zeigte – die Entstehung des Dämonenkerkers. Wie gebannt verfolgte ich die Tätigkeiten, die in der vielfachen Geschwindigkeit eines normalen Films an mir vorbeirauschten. Zeitgleich begann ein

Geräusch anzuschwellen. Es hörte sich wie das Geraune einer großen Menschenmenge an – viele Stimmen, jedoch keine eindeutig zuordenbar. Als ich mich darauf konzentrierte, hörte ich erste Wortfetzen in einer andersartigen Sprache. Ich verstand zwar kein Wort, doch die Phonetik erinnerte mich stark an die nordische Ausdrucksweise der heutigen Zeit. Vielleicht hörte ich gerade einen uralten Dialekt der Kelten oder der Nordmänner. Wollte man mir etwas mitteilen oder war es nur zusammenhangloses Geschwafel aus einer längst vergangenen Zeit? Das Getuschel verdichtete sich mehr und mehr, als plötzlich ein einzelnes Wort durch meinen Kopf geisterte. Und zu meiner großen Überraschung konnte ich es deutlich verstehen. *Willkommen!* Jedoch hatte keine einzelne Stimme gesprochen, sondern viele gleichzeitig im Chor. Mir blieb die Spucke weg – hatte mich etwa Stonehenge gerade persönlich begrüßt? Was sollte ich antworten? Manchmal ist kurz und einfach der bessere Weg – vor allem bei Steinen. »Seid gegrüßt!«, sagte ich deshalb laut und fügte hinzu: »Eingang Gefängnis?«

Als Erwiderung kam erneut nur ein Wort. *Leer!*

Jetzt war ich vollends verwirrt. Was sollte denn das bedeuten? Während ich noch darüber nachgrübelte, geschah etwas anderes in unmittelbarer Nähe. Im inneren Kreis des Monumentes standen zehn kolossale Steinsäulen. Jeweils immer zwei dieser Monolithen waren oben mit einem waagrecht liegenden tonnenschweren Quader verbunden, so dass diese zu einer Einheit verschmolzen und wie ein gewaltiges Tor wirkten. Diese fünf Tore bildeten ebenfalls einen Ring – jedenfalls in früheren Zeiten. Irgendwann in der Vergangenheit waren zwei der Pforten zerstört worden oder den Naturgewalten zum Opfer gefallen. Von einem dieser Tore stand heute nur noch eine Säule, unterdessen die andere umgestürzt auf der Erde lag. Dadurch hatte der Abschlussstein keinen Halt mehr gefunden und war ebenfalls herabgefallen. Seine zerbrochenen Teile lagen noch immer verstreut am Boden. Doch eines von den noch drei intakten Steingebilden veränderte allmählich seine Farbe. War der behauene Fels eben noch grau und von Flechten überzogen, so schillerte er jetzt in einem in einem matten Silberton. Ich verstand sofort – dort befand sich der eigentliche Eingang zum Kerker. Zeitgleich hallte nochmals das Wort *Leer* durch meinen Kopf. Aber diesmal, in Verbindung mit dem schimmernden Steinen, ahnte ich die Bedeutung und mir sackten die Knie weg. *Das Gefängnis sollte leer sein? Der Dämon also auf freiem Fuß? Nein, nein – das konnte, nein, das durfte einfach nicht sein!* schrie meine innere Stimme völlig panisch. Verzweifelt versuchte ich mich von dem Stein zu lösen, doch noch immer konnte ich meine Hand keinen Millimeter bewegen. Hilfesuchend blickte ich mich um, doch die Zeit stand immer noch still. Die Welt um mich war eingefroren und leblos. Doch dann – wie von selbst lösten sich meine Finger langsam, einer nach dem anderen, von dem Findling. Endlich konnte ich mich wieder frei bewegen, doch der Zustand meiner Umgebung änderte sich dadurch nicht. Die nächste Stufe der Angst ergriff Besitz von mir. *Für ewig gefangen in einer Zeitschleife?* So absurd es auch klingen mag, aber mein nächster Gedanke galt verrückterweise dem Film *Und täglich grüßt das Murmeltier*. Aber trotz aller Angst und Verzweiflung – ich musste Gewissheit haben! Ich zog mein Schwert vom Rücken und ging langsam auf die silberglänzenden Steine zu. Als ich vor dem imaginären Tor zum Stehen kam, klappte zwischen den Steinen eine Art Falltür auf und gab den Blick in einen bodenlosen schwarzen Schlund frei. Mit klopfendem Herzen starrte ich auf das dunkle Loch im Boden. *Und nun? Sollte ich dort etwa einfach hineinspringen?* Ich hatte diesen alptraumhaften Gedanken noch nicht richtig zu Ende gesponnen, als sich plötzlich ein Gegenstand mit lautem Knirschen aus der Tiefe nach oben schob. Ich vernahm das deutliche Einrasten eines Riegels, dann verstummte jegliches Geräusch. Vorsichtig trat ich einen Schritt näher an die Öffnung und entdeckte zwei Enden von Metallstangen, die den Anfang einer Leiter bildeten. Mein Körper entspannte sich nur unwesentlich, doch zumindest blieb mir den Sprung in die Dunkelheit erspart. Wie ein Ertrinkender holte ich tief Luft, drehte mich anschließend mit dem Rücken zur Grube und setzte behutsam einen Fuß auf die erste Sprosse. Ich stampfte ein paarmal fest gegen den Querstreben, ob das Eisen rostig oder brüchig war, doch widererwarten machte es einen stabilen Eindruck. Das Schwert schnallte ich wieder auf den Rücken, denn die Waffe wäre beim Abstieg nur im Weg. Alle Sinne zum Zerreißen gespannt, ging es nun Schritt für Schritt in die Tiefe. Nach wenigen Metern verschluckte mich die Finsternis und nur dank der Nachtsichtessenz von Osiris konnte ich noch etwas erkennen. Ich kletterte eine gefühlte Ewigkeit nach unten, bis ich nach der dreiundneunzigsten Stufe endlich den Boden des Schachtes erreichte. Froh, dass mich die feste Erde wiederhatte, untersuchte ich den rechtwinkligen Raum und entdeckte, das von dem senkrechten Schacht ein Stollen abzweigte. Der Tunnel führte zwar weiter in die Tiefe, doch ich erkannte ein in der Ferne schimmerndes schwaches Licht. Ich betrat den gemauerten Stollen und war vielleicht gerade mal vier, fünf Meter weit gekommen, als an den Wänden langsam seltsame Schriftzeichen aufflackerten. Instinktiv ging ich in Deckung, legte mich flach auf die Erde und wartete, ob etwas passieren würde, doch alles blieb ruhig. Vielleicht lag es daran, dass *der Bote* die magischen Schutzmechanismen durch die Nigrum Occuli überladen und somit außer Kraft gesetzt hatte. Vorsichtig stand ich wieder auf und lief, mittlerweile schweißgebadet, weiter. Der Stress, die Angst, die Anspannung – all das setzte mir zwischenzeitlich so zu, dass ich mehr und mehr an meine körperlichen Grenzen kam. Der am Anfang gesehene Schimmer kam jetzt näher und näher. Durch die sanft leuchtenden Symbole an den Mauern konnte ich unterdessen auch ohne die Unterstützung des eingenommenen Elixiers alles gut erkennen. Und so erblickte ich nun das Ende des Stollens, der gleichzeitig im rechten Winkel abknickte. Ich zog mein Schwert und schlich langsam auf die Seitenabzweigung zu. Als ich die Ecke schließlich erreichte, schob ich meinen Kopf etwas nach vorne, um in den weiterführenden Gang spähen zu können. Etwa drei Meter vor mir führte eine Treppe, bestehend aus fünf Stufen, in eine gewaltige Kammer aus aufgeschichteten Steinen. Meiner Schätzung nach war sie bestimmt dreißig Meter lang, zehn Meter breit und annähernd vier Meter hoch. Genau in der Mitte des Raumes war ein großes Viereck im Boden eingelassen – ein Karree aus massiven Eisenstäben. An der Decke über dem

Quadrat hing ein außergewöhnlich großer Kristall in Form einer Raute. Er strahlte von innen heraus ein sanftes Licht in den Raum – dass war also das schwache Glühen, dass ich bereits an der Leiter bemerkt hatte. Heftig keuchend zog ich meinen Kopf zurück und versuchte mich zu beruhigen, denn die jetzt aufkeimende Panik drohte mich niederzuringen. Ich hatte also mein Ziel erreicht, denn direkt vor mir ruhte in der Erde, der so viel zitierte Dämonenkerker!

Die sichtbaren Metallstangen waren armdick geschmiedet und der Abstand zwischen ihnen betrug keine zehn Zentimeter. Ich schaute erneut um die Ecke, konnte aber leider von meinem aktuellen Standort keine Einzelheiten erkennen. Die Stäbe lagen so dicht nebeneinander, dass man nicht in den, im Boden verankerten, Kerker hinabsehen konnte. Doch ich war gezwungen herauszufinden, ob sich etwas in dem Verließ aufhielt oder ob ich mit meiner schrecklichen Vermutung richtig lag und er tatsächlich leer war. Also musste ich wohl oder übel noch näher heran. Mit gezücktem Schwert umrundete ich die Ecke und betrat den kleinen Gang, der zur Treppe führte. Dort angekommen bemerkte ich zwei Dinge gleichzeitig. An jeder Ecke des Quadrats bildete ein kunstvoll geschmiedetes Schloss den Abschluss, sowie eines genau in der Mitte. Das waren also die berühmten fünf Schlösser zu denen fünf Schlüssel gehörten. Jeder einzelne Schlüssel musste erst gegossen werden und dazu waren jeweils zwei Gussformen notwendig. Fünf Schlüssel – zehn Gussformen! Und genau diese Gussformen hatten die Weltengänger mit ihrem Leben zu beschützen. Vor ein paar Jahren hatte ein Mann namens Nicolas Vigoris bereits acht dieser Gravurplatten in seinen Besitz gebracht. Nur die, die sich in meinem Besitz befand und eine weitere, die unter dem Eschenheimer Turm ruhte, hatten zu seinem endgültigen Erfolg gefehlt. Von der Gussform unter dem Turm wusste allerdings nur ich und sonst keine Menschenseele, nicht einmal Zenodot. Unwillkürlich schluckte ich schwer, als ich nun feststellen musste, wie knapp wir damals der Katastrophe entgangen waren. Es zu wissen war eine Sache, aber es mit eigenen Augen zu sehen, etwas ganz anderes. Doch außer dem Visuellen, vernahm ich auch etwas Akustisches. Ein leises Brummen lag in der Luft, dass mich sofort an das leise Knistern von Hochspannungsleitungen erinnerte. Möglicherweise handelte es sich um die Magie, die den Kerker durchströmte. Ich entdeckte seltsamerweise keinerlei Gegenstände oder Hinweise, die auf einen möglichen Ausbruch des Dämons hindeuteten. Was also hatten die Steine von Stonehenge mit *Leer* gemeint? Ich sollte es jedenfalls nicht auf die leichte Schulter nehmen, denn in den vergangenen vierundzwanzig Stunden wurde ich zweimal gewarnt. Was hatte der Steinlöwe am Eingang des Chinesischen Gartens gesagt? *Höre auf das, was dir die Steine sagen!* Und Osiris? Er riet mir zum Abschied: *Achte auf die Steine!* Zögernd lief ich Stufe für Stufe die Treppe hinunter, jederzeit irgendeinen Angriff erwartend. Doch auch als ich den gemauerten Boden der Kammer betrat blieb alles ruhig. Nach vielen Sekunden der nackten Angst erreichte ich schließlich die in der Erde verankerten Eisenstäbe und konnte in das unterirdische Gefängnis hinabblicken. Und was ich dort zu sehen bekam, ließ mir den Atem stocken. Ungläubig und völlig erschüttert versagten die Muskeln ihren Dienst und ich erstarrte förmlich an Ort und Stelle. Alles hatte ich erwartet, nur das nicht ...

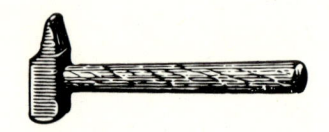

Reichsstadt Frankfurt – 1550 a.D. – Tag der Hinrichtung

Im gleichen Moment versuchte eine Frau lautstark die Stadtwache davon zu überzeugen in den Kreis zu Winkelsee und Leinweber zu treten. Als es zu einem kleinen Tumult kam, wurde auch der oberste Turmwächter auf die Frau aufmerksam und zog bestürzt die Augenbrauen zusammen. Seine Tochter diskutierte, unter Einsatz aller Gliedmaßen und wütenden Augen, mit einem Soldaten der Stadtwache.

»Lasst sie durch!«, rief er dem Mann zu, der ihn zwar erstaunt anblickte, dann aber zur Seite trat.

Zum Entsetzen von Leinweber rannte seine eigene Tochter direkt auf den Wilderer zu und fiel Winkelsee um den Hals. Fassungslos sah er zu, wie die beiden sich innig umarmten, während seiner Tochter dicke Tränen über die Wangen liefen. »Was zum Teufel ist denn hier los?«, stotterte er völlig verwirrt.

Auch Vater und Mutter von Winkelsee schauten ratlos, denn von einer Frau hatte ihr Sohn in der Vergangenheit nichts erzählt.

Endlich löste sich Maria von Hans Winkelsee und machte verlegen einen Schritt auf ihren Vater zu. »Ich denke, ich bin dir eine Erklärung schuldig ...«, meinte sie kleinlaut.

»In der Tat wirft dein Verhalten sehr viele Fragen auf!«, blitzte sie ihr Vater an.

Doch weiter kam er nicht, denn der Bürgermeister wurde langsam ungeduldig, da er von Winkelsee noch keine Antwort erhalten hatte. »Hans Winkelsee, wie steht es um Eure Entscheidung?«

Der Wilderer löste seinen Blick von Maria und Berthold Leinweber und sah zum Podium auf. Der Rat der Stadt war mittlerweile geschlossen aufgestanden und wartete. Eigentlich hatte Winkelsee vorgehabt, um ein oder zwei Tage Bedenkzeit zu bitten, da er vorher mit der schwarzen Gestalt reden wollte. Immerhin hatte sich *der Bote*, hinsichtlich der zu erbringenden Gegenleistung stets kryptisch und geheimnisvoll ausgedrückt. Er hatte deshalb keine Ahnung was ihn erwartete. Doch als er in die einzelnen Gesichter auf dem Podium blickte, wurde ihm schlagartig klar – der Rat hatte niemals damit gerechnet, dass er dieses Kunststück vollbringen würde. Einige der dort obenstehenden Würdenträger waren mit dem Angebot des Bürgermeisters ganz und gar nicht einverstanden, das sah er mehr als deutlich in ihren düsteren Mienen. Also hatte der Ältere Bürgermeister, möglicherweise aus Angst, vor den Bürgern sein Gesicht zu verlieren, aus dem Bauch heraus diesen Vorschlag gemacht. Würde Winkelsee sich jetzt Bedenkzeit ausbitten, käme es hinter verschlossenen Türen sicherlich zu eindringlichen Unterredungen mit Holzhausen! Und wer weiß, ob sein Vorschlag dann noch Gültigkeit besaß.

Sollte er jedoch das Angebot des Bürgermeisters jetzt sofort annehmen dann wäre die ganze Stadt Zeuge! Keiner der Ratsmitglieder würde es dann wagen, den Vorschlag im Nachhinein in Frage zu stellen. Blieb allerdings noch das Risiko in Bezug auf den *Boten*, doch Winkelsees Entschluss stand bereits fest.

Unter einer angedeuteten Verbeugung antwortete er mit so lauter Stimme, dass es auch jeder deutlich hören konnte. »Werter Bürgermeister, mit Freuden nehme ich das Angebot des Rates an. An dieser Stelle bitte ich für meine Tat um Verzeihung und verspreche gleichzeitig, von nun an Wald und Wild mit meinem Leben zu schützen!«

Applaus brandete auf und von Holzhausen lächelte gequält, während ihm der geistliche Würdenträger Hartmann Beyer von hinten anerkennend auf die Schulter klopfte.

Was später passierte ...

Am Abend nach den Ereignissen saß Winkelsee müde und erschöpft vor dem Eschenheimer Turm und wartete auf Maria, die gerade ihrem Vater Rede und Antwort stehen musste. Er hatte auf einem kleinen Mauervorsprung Platz genommen und betrachtete nachdenklich den nun fast menschenleeren Ort. Alle Marktstände waren abgebaut, die Händlerkarren verschwunden und lediglich der Galgen erinnerte als stummer Zeuge an die vergangenen Stunden.

Plötzlich fragte eine dunkle und krächzende Stimme hinter ihm: »Sieh an – sehe ich da etwa einen freien Mann?«

Erschrocken fuhr Winkelsee zusammen und drehte sich ruckartig nach dem Sprecher um. Auf seinen Stab gestützt stand *der Bote* im Halbdunkel eines Häuserschattens und schien ihn aufmerksam zu studieren.

»Ja, dank Euch!«, meinte er. »Nie hätte ich es für möglich gehalten!«

Es folgte ein schrilles Lachen, dass Winkelsee durch Mark und Bein fuhr. Sichtlich erheitert erwiderte der Mann unter seiner schwarzen Kapuze: »Ich auch nicht!«

Winkelsee wurde angesichts dieser unerwarteten Antwort leichenblass. »Wie meint Ihr das?«

»Nun, ich gab Euch neun gravierte Kugeln, doch nur acht davon fanden ihr Ziel. Aus irgendeinem Grunde wurde ein Geschoß wieder ausgewechselt. Ihr seid also entweder der größte Glückpilz oder in der Tat ein ausgezeichneter Schütze – in dieser Hinsicht habe ich mich noch nicht festgelegt.«

Als er das hörte, drehte sich Winkelsee der Magen um und ein plötzlicher Schwindel befiel ihn. Maria hatte ihm mitgeteilt, dass sie alle Kugeln ausgetauscht hatte, also schien irgendetwas nach der Auswechslung passiert zu sein. Er konnte es deshalb kaum fassen, dass er tatsächlich mit dieser einen Kugel und ohne Unterstützung des Boten getroffen hatte.

»Aber lassen wir das jetzt. Es ist müßig, sich darüber den Kopf zu zerbrechen ...«, raunte der schwarzgewandete Mann, während jegliche Heiterkeit aus seiner Stimme wich. »Schließlich steht Ihr gesund und munter vor mir. Reden wir also über das Geschäft!«

Jetzt gesellte sich bei Winkelsee zu dem ohnehin schon starken

Schwindel schlagartig ein heftiges Herzklopfen, doch er blieb stumm und wartete auf das, was *der Bote* zu sagen hatte.

»Ich erwähnte bereits mehrfach, dass im Gegenzug für meine Hilfe, eine Gegenleistung für meinen Herrn erbracht werden muss. Dazu habt Ihr Euer Einverständnis gegeben.«

Wortlos nickte der Wilderer und schluckte dabei schwer.

»Gut! Die Schuld wird irgendwann eingefordert werden. Da ich nicht weiß, wann mein Herr dies zu tun gedenkt, wird Eure Verpflichtung zu einer Erbschuld. Wenn Ihr sie in diesem Leben nicht einlösen könnt, so werden sich Eure Nachkommen dafür verantworten müssen.«

Mit zugeschnürter Kehle fragte Winkelsee stockend: »Und wie sieht die Gegenleistung aus?«

»Und ich gebe Euch die gleiche Antwort wie beim letzten Mal! Ich weiß es nicht, doch egal welche Forderung gestellt wird, die Schuld muss beglichen werden! So ist es verhandelt, so muss und wird es passieren.« *Der Bote* zog sich in eine kleine Gasse zurück und seine Umrisse verschmolzen mit dem dunklen Hintergrund. »Kommt zu mir!«, forderte er Winkelsee schroff auf.

Wie unter zentnerschweren Gewichten erhob sich der Wilderer von dem Mauervorsprung und folgte dem Boten, von Angst fast gelähmt, in die Gasse.

Kaum war er vor den schwarzen Mann getreten, schnellte dessen Hand nach vorne, die sein rechtes Handgelenk wie einen Schraubstock umschloss. Unter heftigen Schmerzen stöhnte der Wilderer auf, doch der Griff war unbarmherzig und duldete keinen Widerspruch. Jetzt, zum allerersten Mal, gewährte ihm der seltsame Mann einen Blick auf seine Augen und Winkelsee prallte entsetzt zurück. Die Iris des Fremden leuchtete in einen schwachen Orange, während tief in der Pupille ein wahres Höllenfeuer zu lodern schien. Doch dieser Eindruck währte nur einen winzigen Moment und verschwand so schnell wie er gekommen war.

Die Stimme des Boten war gnadenlos und eiskalt, als er zischte: »Hans Winkelsee – jeder Pakt mit meinem Herrn muss besiegelt werden, damit die Schuld nie in Vergessenheit gerät!« Mit einem schnellen Ruck drehte er Winkelsees Handgelenk nach oben. Ein stechender Schmerz durchzuckte ihn und sein kehliger Schrei hallte durch die dunkle Gasse.

»Und damit Euch dies allzeit bewusst ist …« *Der Bote* drückte nun seinen linken Daumen auf die innere Seite von Winkelsees Handgelenk.

Augenblicklich hatte der Wilderer das Gefühl, seine ganze Hand wurde über glühende Kohlen geschleift. Instinktiv versuchte er sich loszureißen, doch die Kraft des Kuttenträgers war zu übermächtig. Der Schmerz fing an zu wandern, als würde geschmolzenes Blei durch seine Adern hinauf in seinen Arm fließen. Immer unerträglicher wurde die Folter, bis sein ganzer Körper von Krämpfen geschüttelt wurde. Und als Winkelsee bereits dachte, dass sein Leben nun doch, und ausgerechnet in einem dunklen Hinterhof, enden würde – war es unversehens vorbei.

Zufrieden ließ *der Bote* seine Hand los. »Dieser Schmerz ist nichts im Vergleich zu dem, was Euch widerfahren wird, wenn der Pakt gebrochen wird. Schaut auf Eure Hand!«

Winkelsee hatte Schwierigkeiten sich auf den Beinen zu halten. Das Leiden war zwar vorbei, doch die Erinnerung an die gerade erlebte Qual hallte wie ein Glockenschlag in seinem Körper nach. Zitternd hob er den rechten Arm und betrachtete sein Handgelenk. An der Stelle, wo eben noch der Daumen des Kuttenträgers gelegen hatte, prangte nun ein seltsames Zeichen auf seiner Haut. Stark gerötet, aber doch gut erkennbar, handelte es sich um eine kleine, geschwungene Wellenlinie.

»Dies ist das Zeichen meines Herrn. Es wird Euch nun für alle Zeit begleiten. Eure Kinder und Kindeskinder werden so lange mit diesem Mal geboren werden, bis die Schuld getilgt ist. Damit ist der Handel endgültig geschlossen und der Pakt besiegelt«, erklärte *der Bote*. Die Eiseskälte in seiner Stimme war wieder verschwunden und er klang nun durchaus freundschaftlich. »Lasst mich Euch noch einen gutgemeinten Rat geben. Versucht Euer Leben zu leben und nicht ständig an das, was Ihr ohnehin nicht ändern könnt, zu denken. Ja, es ist eine Bürde, doch sollte sie nicht über Euer Dasein bestimmen! Wisst Ihr, Hans Winkelsee, im Laufe der Zeit seid Ihr mir fast ein wenig ans Herz gewachsen. Zu schade, dass sich unsere Wege nun wieder trennen werden.«

Als der Wilderer diese Worte hörte, durchströmte ihn eine unverhoffte Erleichterung. Ja, er war froh, dass diese unheimliche Gestalt, die kommen und gehen konnte, wie es Ihr beliebte, aus seinem Leben verschwinden würde. Dieser Mann hatte ihm zwar das Leben gerettet, doch noch hatte er keine Ahnung welchen Preis er dafür zahlen musste.

Unvermittelt legte ihm *der Bote* die Hand auf die Schulter und sofort zuckte Winkelsee, in Erwartung des nächsten Schmerzes, krampfartig zusammen.

Der Mann lachte glucksend auf. »Keine Angst Wilderer. Das Geschäftliche ist nun vorbei – keine weiteren Schmerzen – versprochen! Jedoch habe ich mir noch eine kleine Überraschung bis zum Schluss aufgehoben, gewissermaßen als Entschädigung oder Belohnung!«

Misstrauisch geworden, trat Winkelsee einen Schritt zurück. »Belohnung? Für was?«

»Nun, Ihr habt mit einer gewöhnlichen Kugel die Wetterfahne getroffen. Erst dadurch habt Ihr Euer Leben endgültig gerettet. Das hatte natürlich keinen Einfluss auf unseren Handel, ist aber einer kleinen Belohnung würdig. Meint Ihr nicht?«

»Und was sollte das sein?«

»Wenn man es genau nimmt, ist es eine Belohnung für uns beide, schließlich habe ich einen nicht unerheblichen Teil dazu beigetragen. Reden war also über *Rache*!«

»Ich verstehe immer noch nicht!«, gab Winkelsee unumwunden zu.

Der Bote seufzte theatralisch auf. »Also manchmal seid Ihr Menschen wirklich schwer von Begriff. Ansgar und Albrecht Tannenspiel! Habt Ihr da nicht eine kleine Rechnung offen?«

Augenblicklich war sie da! Eine unbändige Wut durchströmte Winkelsee und ergoss sich in seinem Geist, wie eine Woge am Ufer. »Die Tannenspiels!«, fauchte er ungehalten. »Oh ja – und es ist beileibe keine kleine Rechnung, Bote!«

Der Kapuzenmann machte eine zufriedene Geste. »Das dachte ich mir und Ihr sollt Eure Rache bekommen. Sucht es Euch aus – der Vater oder der Sohn?«

»Wie? Vater oder Sohn?«

»An einem von beiden könnt Ihr Vergeltung üben, der andere ist für mich. Ihr habt die Wahl!«

Winkelsee zögerte keinen Augenblick. »Für mich den Sohn!«, schnaubte er gepresst.

»So sei es!« Dann griff *der Bote* in eine versteckte Tasche seiner Kutte, zog ein kleines Behältnis hervor und reichte es Winkelsee.

Prüfend hielt es der Wilderer vor die Augen und erinnerte sich plötzlich diese kleine Phiole schon einmal gesehen zu haben. Es war vor neun Tagen, als er von Tannenspiel über die Alte Brücke zur der dort ansässigen Wachstube geleitet wurde. Seinerzeit, Winkelsee kam es bereits wie eine Ewigkeit, vor, war *der Bote* unvermutet in der Nähe dieser Wachstube aufgetaucht. Die kleine Karaffe mit der violetten Flüssigkeit hing an der Kordel, die die Kutte zusammenhielt. Winkelsee hatte sich damals noch gewundert, wie man etwas, dass offensichtlich wertvoll war, so offen mit sich herumtragen konnte. »Was ist das? Ihr trugt es bereits an der Alten Brücke bei Euch.«

Anerkennend meinte der Mann: »Gut beobachtet!« Und dann erklärte er: »Mit dieser Flüssigkeit könnt Ihr Menschen aufspüren. Es reichen wenige Tropfen, die Ihr Eurem Ziel auf die Kleidung schüttet. Dann träufelt Euch selbst je einen Tropfen in jedes Auge und vor Euch erscheint ein imaginäres Band, das Euch mit dem Gesuchten verbindet. So könnt Ihr ihn zu jeder Zeit aufspüren. Habt Ihr ihn gefunden, wascht Euch anschließend die Augen aus und der Faden verschwindet. Wenn also ein Wildhüter wie Tannenspiel allein im Wald umherzieht ...« *Der Bote* machte eine kleine Pause und setzte sarkastisch hinzu: »... nun ja, da wird Euch sicherlich etwas passendes einfallen!«

»Und der Vater?«, fragte der Winkelsee.

Die Gestalt hob ausdruckslos die Schultern. »Das lasst meine Sorge sein. Ich verspreche Euch, Ihr werdet es erfahren, wenn ich bei ihm gewesen bin!«

Plötzlich fuhr ein Ruck durch den Körper des *Boten*. »Es ist Zeit, Abschied zu nehmen, Hans Winkelsee. Lebt Euer Leben und hofft, dass Ihr mich nie wiedersehen werdet, denn sollte es geschehen, dann werde ich die Schuld bei Euch einfordern. Lebt wohl!«

In diesem Moment trat Maria aus dem Turm und rief nach Winkelsee. Einen kurzen Augenblick ruhten seine Augen auf der Tochter des obersten Turmwächters, doch als er seinen Blick erneut dem Boten zuwandte, war dieser bereits spurlos verschwunden.

Maria stand auf dem Vorplatz und suchte den Wilderer. Da die Dämmerung bereits eingetreten war, hatte sich Zwielicht über die

Stadt gelegt und die Konturen der Häuser begannen langsam zu verschwimmen. Sie entdeckte ihn, als er aus einer kleinen Seitengasse hinaus auf Platz trat und winkte. Freudenstrahlend rannte sie auf ihn zu und fiel ihm wortlos in die Arme ...

In den folgenden Wochen erschütterte ein schreckliches Familiendrama die Stadt Frankfurt. Der Wildhüter Ansgar Tannenspiel wurde von drei Holzfällern im Stadtwald tot aufgefunden. Seine Leiche war bereits von Wölfen angefressen worden und Tannenspiel konnte nur noch aufgrund eines Ringes am Finger, sowie seiner Kleidung identifiziert werden. Er schien über eine Bodenwurzel gestolpert und bedauerlicherweise mit dem Kopf gegen ein Felsenstück geschlagen zu sein. Es ergab sich, zumindest bei den Teilen, die von seinem Körper übrig waren, kein Hinweis auf irgendeine weitere Fremdeinwirkung. Als wäre das noch nicht genug, wurde eine Woche später der Koch des Schwarzen Sterns, Albrecht Tannenspiel, in den Morgenstunden von einer Küchenmagd kopfüber in einem kupfernen Suppenkessel gefunden. Es war bekannt, dass Tannenspiel sein Tagwerk in der Küche weit vor Sonnenaufgang begann, um die Zutaten entsprechend vorzubereiten. Anschließende Untersuchungen ergaben, dass der Koch höchstwahrscheinlich auf einer Fettlache am Boden ausgerutscht war. Dabei schien er so unglücklich gestolpert zu sein, dass er in einem großen Sudkessel, der bereits über der brennenden Feuerstelle hing, mit den Schultern stecken blieb und sich nicht mehr befreien konnte. Bei der Entdeckung seiner Leiche waren Kopf und Hals in der heißen Fleischbrühe bereits durchgegart. Weitere Nachforschungen wurden eingestellt, da man, aufgrund der vorliegenden Erkenntnisse, von einem tragischen Unfall ausgehen musste. Nachdem Hans Winkelsee niemandem, auch nicht Maria, von dem Komplott der Tannenspiels erzählt hatte, wurde er in keiner Weise mit den Unglücksfällen in Verbindung gebracht.

Ein Jahr nach diesen Ereignissen ehelichte er Maria Leinweber. Berthold Leinweber hatte, nachdem sich Winkelsee als ausgezeichneter Forstmeister erwiesen hatte und in kurzer Zeit ein angesehener Bürger der Stadt wurde, sein Einverständnis zur Vermählung gegeben. Hans und Maria bekamen drei Söhne, die alle mit dem gleichen

Mal geboren wurden, das auch Winkelsees rechtes Handgelenk zierte. Im Laufe der nachfolgenden Generationen veränderte sich der Name Winkelsee langsam, aber stetig und wurde schließlich zu Winkelmann. Den seltsamen Mann, der sich selbst *der Bote* nannte, sah Hans Winkelsee nie wieder ...

Daniel Debrien – der Tag Samhain

Als mein Blick durch die Gitterstäbe nach unten fiel, erkannte ich eine einzelne Gestalt. Doch ich hatte wirklich alles erwartet – nur nicht Nicolas Vigoris, in seinem Rollstuhl sitzend. Mein Verstand verabschiedete sich für einen kurzen Moment und drehte sich ratlos im Kreis. Wie ein steingewordenes Abbild meiner selbst starrte ich fassungslos auf den Mann, den wir vor mehr als zwei Jahren in den U-Bahnschächten der Konstablerwache gestellt und dingfest gemacht hatten. Langsam erholte sich mein Geist von dem Schock und die Rädchen begannen sich wieder zu drehen. War es vielleicht doch der Dämon, der mir ein Trugbild vorgaukelte? Oder handelte es sich tatsächlich um den echten Vigoris? In diesem Falle drängten sich unwillkürlich zwei Fragen auf: Wie kam er hierher? Und wo war dann der echte Dämon? Der Mann unter mir bewegte sich nicht – was vermutlich an der noch immer stillstehenden Zeit lag oder trat dieses Phänomen hier unten vielleicht nicht auf? Immerhin flackerten überall die leuchtenden Zeichen an den Wänden. Während ich darüber nachgrübelte, spürte ich plötzlich ein Ziehen in der Magengegend. Ich schob es zuerst auf meine Anspannung, doch es wurde zusehends stärker. Dann, mit einer Urgewalt, wurde mein kompletter Körper in einer einzigen Bewegung nach hinten gerissen. Ich wurde rückwärts durch die Kammer, die Treppen hinauf und weiter durch den Gang geschleift, bis ich schließlich stöhnend vor der Leiter, die an zurück an die Oberfläche führte, liegenblieb. Und als wäre das noch nicht genug, wurde ich jetzt an den Schultern nach oben gerissen. Mein Rücken prallte an jede einzelne Sprosse und nach vielen schmerzhaften Schlägen katapultierte man mich regelrecht aus dem Schacht hinaus. Hart schlug ich auf dem weichen Rasen auf und blieb mit schmerzverzerrtem Gesicht liegen. Schon schleifte mich etwas weiter, bis ich vor dem Monolithen, an den ich zuvor meine Hand gelegt hatte, zum Halten kam.

Wieder zwei Worte, gleichzeitig von vielen Stimmen gesprochen. »*Hand – Stein!*«

Mit zitternden Fingern berührte ich erneut den behauenen Felsbrocken und schlagartig wandelte sich abermals die Umgebung. Ich sah Tarek und Ronar, weggeschleudert von der Druckwelle, an mir vorüberfliegen. Winkelmann warf beide Arme in die Luft, als er sah, wie *der Bote* von dem leuchtenden Seil umschlungen und an eine der Steinsäulen gepresst wurde. Vor Schmerzen stöhnend richtete ich mich auf, denn sofort war klar, dass die Zeit wieder normal lief. Als Winkelmann in meine Richtung blickte, loderten seine Augen vor Wut. Brüllend tastete er in seinen Rücken und hatte plötzlich eine Pistole in der Hand. Hektisch suchte ich nach Deckung, doch auf diese Entfernung würde er mich auf jeden Fall erwischen. Zenodot und Alli lagen noch immer im Gras, die Kobolde stöhnten außerhalb meines Sichtfeldes und von Selket, Cornelia oder den Weltengängern war weit und breit nichts zu sehen. Ich war chancenlos und natürlich wusste er das!

Unter hämischen Grinsen entsicherte er die Waffe und legte auf mich an. »Ich werde heute mein Ziel erreichen und niemand wird mich daran hindern!«

»Der Kerker ist leer! Der Dämon ist nicht mehr da!«, brüllte ich zurück.

Das zeigte für einen kleinen Moment tatsächlich Wirkung, denn er sah mich überrascht an. Aber eben nur einen Augenblick. »Netter Versuch, Debrien. Zuerst erledige ich Sie, dann die Kleine, worauf der Alte ganz bestimmt wie ein Wasserfall plappern wird. Ich …«

Er wurde unterbrochen von einem lauten Knirschen, jedoch war es in diesem Moment auch schon zu spät. Der einzelne, hinter ihm stehende Steinobelisk, fiel wie ein gefällter Baum in seine Richtung. Es ging so schnell, dass Winkelmann nicht den Hauch einer Chance hatte. Die tonnenschwere Last krachte mit so großer Wucht auf den Boden, dass eine Welle der Erschütterung durch die Erde raste, die ich trotz meiner Entfernung deutlich spürte. Von dem Leiter der S.M.A. war nichts mehr zu sehen, wenn man von den Blutspritzern rechts und links der Steinsäule einmal absah. Winkelmann war Geschichte – Stonehenge hatte sich selbst verteidigt.

Als der immer noch an den Stein gefesselte *Bote* das Ende seines Gefährten oder was immer ihre Beziehung ausgemacht haben mochte, sah, heulte er wie am Spieß auf. Mit aller Macht stemmte er sich gegen seine Fesseln, doch sie hielten ihn unbarmherzig an Ort und Stelle. Plötzlich trat eine weitere Gestalt in den Steinkreis. Zu meiner unendlichen Erleichterung war es kein weiterer S.M.A. Mann, sondern eine ältere pummelige Dame in einem grauen Kostüm. Selket hielt das Ende des leuchtenden Seils in ihren Händen und lächelte mich freundlich an. Unvermittelt entwich meine ungeheure Anspannung und ich sackte erschöpft zu Boden. Ich benötigte ein paar Augenblicke, um mich wieder zu beruhigen. Mein ganzer Körper tat weh, dennoch spürte ich bereits die stetige Linderung der Schmerzen, was sicherlich dem Segen von Osiris geschuldet war. Ein lautes Stöhnen ließ mich den Kopf heben und zu meiner großen Freude bemerkte ich, dass Alli und Zenodot langsam zu sich kamen. Mühsam drückte ich mich wieder in die Senkrechte. Selket hatte inzwischen *den Boten* vom Felsen gelöst und ihn mit dem glühenden Tau endgültig ruhiggestellt. Ich sah mich nach den beiden Kobolden um und entdeckte sie, angelehnt an ein herumliegendes Trümmerstück.

Ich humpelte langsam auf die Beiden zu. »Alles klar, Jungs?«

Beide grinsten mich wie Honigkuchenpferde an und nickten.

»Wie zum Teufel seid ihr hergekommen?«

Tarek schaute mich mit einem gewissen Unbehagen an. »Da wir wussten, dass du oder Zenodot, zu unserem Vorschlag, mitzukommen, sicherlich nein gesagt hättet, haben wir uns an Selket gewandt. Sie willigte ein, unter der Bedingung, dass wir uns im Hintergrund halten und nur dann in Erscheinung treten, wenn es wirklich notwendig wäre.«

»Was ihr natürlich selbstverständlich getan habt!«, lachte ich, setzte aber ernst hinzu: »Trotzdem bin ich zu euch Dank verpflichtet, auch wenn wir wieder am Anfang stehen.«

Jetzt blickten mich beide irritiert an. »Wie meinst du das?«, fragte Ronar.

»Der Kerker ist leer. Nun ja, nicht ganz. Jemand ist zwar dort eingesperrt, aber es ist nicht der Dämon. Und diese Person kennen wir alle nur zu gut – es handelt sich um niemand anderen als Nicolas Vigoris.«

Schlagartig verdunkelte sich die Miene von Tarek und ich konnte mir auch denken, warum. »Dieser Bastard – er hat Einar auf dem Gewissen!«, zischte er grimmig und aufgebracht.

Einar Eisenkraut und Tarek Tollkirsche waren ein unzertrennliche Gespann gewesen. Als es zum Kampf unter der Konstablerwache kam, wurde Einar von Vigoris Schergen getötet. Es war also nicht verwunderlich, dass der Kleine bei dieser Neuigkeit mehr als wütend reagierte. Ronar blieb jedoch erstaunlich ruhig und erhob sich langsam. »Und wo ist der Dämon?« Angst schwang in seiner Frage mit und ich konnte es ihm nicht verdenken.

»Ich weiß es nicht!«, erwiderte ich leise.

»Und woher weißt du, dass der Kerker leer ist? Du warst die ganze Zeit hier! Wir hatten dich immer genau im Blick, zumindest bis wir durch die Luft gewirbelt wurden«, hakte jetzt Tarek argwöhnisch nach.

»Lange Geschichte. Erkläre ich euch später. Jetzt muss ich unbedingt mit Zenodot sprechen.«

Nachdem *der Bote* hinreichend *versorgt* war, hatte sich Selket dem Bibliothekar und Alli zugewandt. Die Weltengängerin stand bereits wieder, während der Alte noch leicht desorientiert im Gras saß. Als er mich erblickte, huschte ein erleichtertes Lächeln über sein Gesicht, während sich meines zusehends verdüsterte. Es wurde Zeit mit dem Bibliothekar ein ernstes Wörtchen zu reden, denn ich war mir nun ziemlich sicher, dass er mehr wusste als er zugab. Dafür sprach auch sein ungewöhnlich seltsames Verhalten während der letzten Tage.

Alli fiel mir sofort um den Hals. »Geht es dir gut?«, flüsterte sie.

»Ja, ich denke schon – von einigen schmerzhaften Prellungen einmal abgesehen. Aber dazu später. Und du?«, antwortete ich, während ich mich sanft aus ihrer Umarmung löste.

»Soweit alles klar. Die schwarzen Kugeln …«

»Nigrum Occulus!«, ergänzte ich.

»Ja, ist ja auch egal. Als diese Scheißdinger im Steinkreis explodierten, riss es mich einfach von den Beinen. Wie wenn dir einer einfach das Licht ausknipst. Ich habe nicht einmal gemerkt, wie ich auf dem Boden aufschlug. Die magische Kraft in unmittelbarer Nähe war so außerordentlich stark, dass ich erst vor ein paar Minuten wieder zu mir kam. Was ist denn in der Zwischenzeit eigentlich passiert?«

»Später Alli!«, meinte ich und wandte mich nun Zenodot zu. Er stand, unter tatkräftiger Mithilfe von Selket, ebenfalls wieder auf den Beinen. »Geht es wieder?«, erkundigte ich mich beim ihm, doch mein Ton ließ keinen Zweifel an meiner momentanen Gefühlslage aufkommen. Ich war ziemlich geladen. Selket blickte mich zwar etwas irritiert an, sagte aber nichts.

»Danke – noch etwas Nasenbluten, aber sonst alles in Ordnung«, meinte der Alte matt, während er sich mit einem Tuch die Nase abtupfte.

»So, so – sonst ist also alles in Ordnung. Ist das so, Bibliothekar?«, zischte ich schneidend.

»Daniel!«, meldete sich Selket, doch ich gebot ihr mit einer Handbewegung zu schweigen. Göttin hin oder her, das war mir gerade ziemlich egal.

Der Bibliothekar blickte mich misstrauisch an, blieb aber stumm.

»Du hast mir, besser gesagt uns, nichts mitzuteilen? Zum Beispiel, dass sich in dem unterirdischen Kerker gar kein Dämon befindet! Oh, natürlich befindet sich dort etwas. Nur eben nicht der Sohn von Apophis, sondern unser alter Bekannter Nicolas Vigoris. Aber sonst ist alles in Ordnung? Ehrlich jetzt, Zenodot?«, fauchte ich erbost.

An seiner Reaktion konnte ich ablesen, dass er darüber Bescheid gewusst hatte. Alli riss den Mund auf und ihre Augen suchten den Alten. Zu erfahren, dass man etwas bewacht hatte, was gar nicht da war, hinterließ sicherlich ein mehr als schales Gefühl. Am meisten überraschte mich jedoch Selket, denn ihre Mimik sprach Bände. Sie hatte nicht die geringste Ahnung, wovon ich sprach. Das war in der Tat erstaunlich, denn es warf einige Fragen auf.

Die Gesichtszüge der Gottheit verhärteten sich zusehends. Gefährlich leise flüsterte sie: »Zenodot? Stimmt das?«

Der Alte war weiß wie die Wand, als er schließlich, wenn auch sehr zögerlich, zustimmend nickte.

Als Zenodot Selkets Frage bestätigte, ballten sich ihre Hände zu Fäusten. Es begann zu knistern und knacken, während ihre Finger langsam zu glühen anfingen. Unwillkürlich gingen Alli und ich in Deckung, denn wir hatten keinen Schimmer was passieren würde, wenn ein göttliches Wesen einen Tobsuchtsanfall bekam. Ihre Augen nahmen eine goldene Farbe an und die Lippen fingen an zu zittern.

Das ist nicht gut, gar nicht gut! dachte ich fieberhaft und zog Alli intuitiv von Selket weg.

Plötzlich hallte Selkets eisige Stimme donnernd durch den Steinkreis. »Wo ... ist ... der ... Sohn von Apophis, Bibliothekar?«

Zenodot krümmte sich wie unter einem Peitschenschlag und hob schützend seine Hände. »In Sicherheit. Er ist in Sicherheit! An einem geheimen Ort«, antwortete er leise und stockend. »Doch Osiris nahm mir den Eid ab, mit niemanden darüber sprechen.«

So schnell wie der Ausbruch kam, so schnell ging er vorüber als Selket den Namen von Osiris hörte. Völlig normal, als wäre nichts passiert, fragte sie mit ruhiger Stimme erstaunt: »Osiris wusste es?«

Der Alte nickte heftig, während ich kurz schlucken musste. Sollte Selket wirklich einmal ihre Beherrschung verlieren, dann wollte ich definitiv nicht in der Nähe sein. Diese Gottheiten waren einfach unberechenbar.

Jetzt drehte sie sich zu mir und hob ihre Augenbrauen. »Und woher, Weltengänger, war dir bekannt, dass der Kerker leer, nun ja, fast leer war?«

Ich erzählte nun in schnellen Worten, was ich vor ein paar Minuten erlebt hatte. Doch ich musste die Antworten auf ihre anschließenden Fragen schuldig bleiben, denn im gleichen Moment tauchte Cornelia Lombardi, zusammen mit einer Vielzahl von Personen im Steinkreis auf. Es waren die Weltengänger, die insgesamt zwölf gefesselte S.M.A. Agenten im Schlepptau hatten. Der Mann, den Tarek und Ronar niedergestreckt hatten, lag noch immer mit schmerzverzerrtem Gesicht am Boden. An Flucht war bei ihm ohnehin nicht zu denken. Also befanden sich alle der dreizehn hierher beorderten Männer in unserer Gewalt. Cornelia und Alli begrüßten sich zwar überglücklich, doch als hätten wir uns vorher abgestimmt, erwähnte keiner von uns den leeren Kerker. Und da auch Selket, zumindest gegenüber den anderen Weltengängern, nicht ihre wahre Natur offenbaren wollte, stellte sie sich als Dr. Malik vor. Es entbrannten aller Orts aufgeregte Gespräche, bis schließlich Alli zur Ruhe mahnte und fragte, wie wir nun weiter vorgehen wollten. Nach kurzer Diskussion wurde entschieden, dass die Gefangenen vorerst in das angemietete Ferienhaus, in das Alli entführt worden war, gebracht wurden. Cornelia sollte mit zwei Weltengängern zurückbleiben und die Agenten bewachen, bis wir eine Lösung für dieses Problem gefunden hatten. Alle anderen würden morgen in ihre Heimatländer fliegen. Wir, dass hieß die Kobolde, Zenodot, Alli und ich, reisten zurück in die Tiefenschmiede. Selket hingegen würde, nachdem sie uns das Portal in den Chinesischen Garten geöffnet hatte, *den Boten* in das altägyptische Pantheon verfrachten. Sicherlich geschah dies aus einem gewissen Eigennutz, denn ich war mir ziemlich sicher, dass sie unverzüglich Osiris aufsuchen würde, um ihn zur Rede zu stellen. Fraglos war es dem Ego einer Gottheit nicht zuträglich, wenn sie feststellt, nur als Spielfigur auf einem Schachbrett benutzt worden zu sein. Natürlich hoffte ich ebenfalls, dem Herrscher der Duat baldmöglichst zu begegnen, denn selbstverständlich sehnte ich mich ebenfalls nach Antworten auf meine Fragen.

Auf die Erkundigung, was mit Winkelmann, der zerquetscht unter dem tonnenschweren Monolithen lag, passieren würde, schlug ich folgendes vor: »Lasst ihn liegen. Wenn er gefunden wird, kann man ihn wahrscheinlich nur anhand seiner DNA identifizieren. Sobald das geschehen ist, wird sicherlich nachgeprüft, was ein hochrangiger Interpol Beamter hier zu suchen hatte. Aus diesem Grund werden einige der oberen Herrn in ziemliche Erklärungsnot geraten, weshalb es logischerweise eine interne Ermittlung geben wird. Damit sind sie erst mal mit sich selbst beschäftigt und wir sind aus der Schusslinie.«

Dieser Vorschlag fand allgemeine Zustimmung und so machten sich die Weltengänger auf in Richtung King Barrow Ridge, während Selket die Öffnung einer Pforte vorbereitete. Der gefesselte *Bote* stemmte sich noch immer vehement gegen seine Fesseln. Immer wieder versuchte er sich in Rauch aufzulösen, doch das Seil besaß offenkundig eine überaus große magische Kraft, denn keine seiner Anstrengungen war von Erfolg gekrönt.

Als wir endlich in die Tiefenschmiede zurückkamen, war Zenodot von den hinter uns liegenden Ereignissen offenkundig angeschlagen.

Er gab sich zwar reumütig, zog sich aber, nachdem wir ihn natürlich sofort mit Fragen bombardiert hatten, wortkarg in sein Arbeitszimmer zurück. Er hatte alle seine Freunde hintergangen. Sicherlich war das auf Druck von Osiris passiert, doch jetzt, da diese Tatsache ans Licht gekommen war, schien es ihm mehr auszumachen, als er zugeben wollte. Dennoch hatte er einen Eid geschworen und war an diesen gebunden – ob er wollte oder nicht. Es war also einzig und allein an Osiris, Licht ins Dunkel ihrer Taten zu bringen. Und verständlicherweise hatte ich da so meine Zweifel, ob Osiris sich dazu herablassen würde, Sterblichen gegenüber seine Taten, Pläne und Absichten zu erklären oder gar zu rechtfertigen. Doch eine Frage nagte wirklich schwer an mir, wie waren sie in der Lage gewesen den Kerker zu öffnen? Von der zehnten Gussform, nämlich die, die unter dem Eschenheimer Turm ruhte, hatte nur ich Kenntnis. Aufgrund der Fähigkeit als Graustimme hatte mir damals eine kleine Skulptur des Baumeisters Madern Gerthener – er vollendete den Turm um 1426 –ihre Lage verraten. Doch ich hatte zu keinem Zeitpunkt und mit niemanden dieses Wissen geteilt. Das war und blieb im Augenblick ein echtes Rätsel für mich. Doch trotz aller Gedanken machte sich mittlerweile, es war immerhin schon vier Uhr nachts, eine bleierne Müdigkeit breit. Als ich in die Gesichter von Alli und den Kobolden blickte erging es ihnen keinen Deut besser. Und so wurde mein Vorschlag, uns erst einmal auszuruhen, dankbar aufgenommen.

Daniel Debrien – der Tag nach Samhain

Zu meiner Überraschung war ich, trotz der aufwühlenden Ereignisse der vorangegangenen Stunden, erstaunlich schnell eingeschlafen. Als ich erwachte, zeigte die Uhr bereits elf Uhr an, also hatte ich sieben Stunden tief und fest geschlummert. Von den Prellungen und Schürfwunden war nichts mehr zu sehen oder zu spüren und ich fühlte mich eigentlich ganz gut. Schnell stand ich auf, erledigte die Morgentoilette und suchte, nachdem ich mich angezogen hatte, den Wohnbereich der Tiefenschmiede auf. Als ich die Schwingtüre öffnete und die riesige Bibliothek erfasste, blieb mein Blick automatisch im ersten Stock hängen und mein Gesicht wurde düster. Dort standen, in ein Gespräch vertieft, Zenodot – und Osiris! An der großen Tafel im Erdgeschoß sah ich zudem Alli und Selket, die sich ebenfalls unterhielten. Ich atmete tief durch, denn jetzt würden hoffentlich Antworten auf all meine Fragen folgen! Alle vier hatten mich nun ebenfalls bemerkt und begrüßten mich. Das Gespräch im ersten Stock wurde abgebrochen und die beiden machten sich auf zur großen Wendeltreppe, um nach unten zu kommen. Tobias Trüffel hatte bereits viele Köstlichkeiten in seiner Küche zubereitet und sie mittig auf die Tafel drapiert. Ich setzte mich schnell und griff hungrig zu Backschinken und knusprigem Brot. Bis Zenodot und Osiris an den Tisch kamen, hatte ich bereits die Hälfte meiner Brotscheibe verspeist, während mich die beiden Frauen verständnisvoll angrinsten.

Als sich die beiden niederließen nickte mir Osiris zu. »Weltengänger!«

Ich legte mein Essen zur Seite und erwiderte knapp: »Osiris.«

Er lehnte sich zurück und betrachtete mich für aufmerksam. Ich hingegen blieb stumm und hielt seinem durchdringenden Blick stand.

Schließlich beugte er sich seufzend nach vorne. »Manche Dinge müssen getan werden und mitunter ist es besser, nicht alle einzuweihen, damit eine Illusion für längere Zeit aufrechterhalten werden kann«, begann er mit ruhiger Stimme. »Aus diesem Grund verstehe ich euren Unmut nur allzu gut. Keiner wird gern hintergangen und noch dazu von Freunden. Doch manchmal müssen Entscheidungen zum Wohle vieler getroffen werden, wohlwissend, dass man möglicherweise einige wenige damit verletzt. Insoweit werdet ihr keine Entschuldigung zu dieser Entscheidung von mir erfahren. Gleichwohl kann ich euch, jetzt da die Illusion zumindest teilweise gefallen ist, einige Hintergründe, die uns zu dieser Täuschung bewogen haben, erklären.«

Mit seinen Worten nahm er mir jeglichen Wind aus den Segeln. Ich würde also tatsächlich Antworten bekommen, doch ob sie mir gefielen, stand auf einem völlig anderen Blatt. Alli erging es anscheinend ähnlich wie mir, denn auch sie blieb vorerst stumm und wartete ab. Selket hingegen lächelte wissend, was wohl daran lag, dass ihr Osiris diese Hintergründe vermutlich schon erklärt hatte.

Der Herrscher fuhr fort. »Die Personen, die hier am Tisch sitzen, wissen nun über das Geheimnis Bescheid und dabei sollte es auch bleiben.«

»Nicht ganz, Osiris«, unterbrach ich ihn.

»Natürlich, die zwei Kobolde. Mit ihnen wurde bereits gesprochen. Sie wurden zu absolutem Stillschweigen gegenüber ihren Artgenossen und jeglichen anderen Wesen, menschlich oder nicht menschlich, verpflichtet. Das Brechen dieser Vereinbarung hätte die sofortige Verbannung aller Kobolde aus der Tiefenschmiede zur Folge. Ich denke, sie haben unsere eindringliche Warnung verstanden.«

Zenodot nickte bestätigend. »Diesen Eindruck hatte ich ebenfalls. Tarek und Ronar werden sich daranhalten.«

Da bin ich gespannt. Mal sehen, wenn sie auf ihrer nächsten Apfelweintour angetrunken im Kreis der Kobolde feiern ... schoss es mir spontan durch den Kopf. Aber gut, vielleicht täuschte ich mich ja auch.

Osiris sprach indes weiter: »Der Dämon ruhte schon viel zu lange unter Stonehenge. Zwar kam es über die Jahrhunderte immer wieder zu Befreiungsversuchen, doch keiner war so knapp wie das Geschehen vor etwa zwei Jahren. Nicolas Vigoris stand kurz davor, alle Gussformen in seinen Besitz zubringen. Was uns zeigte, dass der Kerker nicht mehr sicher war, da viel zu viele unserer Gegner über Stonehenge Bescheid wussten. Deshalb waren Zenodot und ich gezwungen etwas zu unternehmen.«

Jetzt hielt ich es nicht mehr aus. »Und wie, beziehungsweise wann, habt ihr gehandelt? Die Gussformen waren in den Händen der Weltengänger und zudem nicht vollzählig! Also wie konntet ihr die Schlösser am Kerker öffnen.«

»Das habe ich mir in der Tat auch gerade überlegt!«, pflichtete mir Alli bei.

Osiris nickte und warf einen Seitenblick auf den Bibliothekar. »Zenodot?«

»Äh, ja natürlich!«, meinte der Alte sofort. »Doch zuerst möchte ich mich vor allem bei dir Alli und dir Daniel entschuldigen. Es ist mir nicht leichtgefallen, euch etwas vorzuspielen, aber wie Osiris schon erklärte – manchmal fallen Entscheidungen, die einige verletzen. Umso mehr bin ich erleichtert, dass diese Last von meinen Schultern genommen wurde.«

Bevor er weitersprach, ging ich dazwischen, denn ich wollte gleich hier einen weiteren Punkt richtigstellen. »Die Entschuldigung betrifft den Kommissar gleichermaßen. Und damit hier gleich Klarheit herrscht – wenn ihr von mir verlangt, Julian gegenüber diese Lüge weiter aufrecht zu erhalten, könnt ihr das gleich vergessen. Ich bin froh, wenigstens ein paar Menschen gegenüber offen sein zu können und Julian ist mir mittlerweile ein guter Freund geworden. Keine Chance also!«

Zenodot lächelte wissend in Richtung Osiris. »Hatte ich es dir nicht gesagt!«

Der Herrscher warf mir einen prüfenden Blick zu, schürzte für einen winzigen Moment die Lippen und antwortete dann mit einem gereizten Unterton. »Gut, so sei es!«

Ich nickte ihm nur zu, denn ich sah keinen Anlass, ihm auch noch dafür zu danken.

Der Bibliothekar nahm unterdessen den Faden wieder auf. »Deine Frage Daniel, nach dem wann. Du erinnerst dich, als wir Vigoris festgesetzt hatten? Kurz darauf habe ich mich für etwa drei Wochen auf die Suche nach einem geeigneten Ort begeben, damit wir den Schwarzmagier sicher unterbringen konnten. Zumindest habe ich mich euch gegenüber so erklärt.«

»Ich erinnere mich«, bestätigte ich.

»Das war der Zeitraum, in dem wir den Tausch vorgenommen haben. Nun zu deiner Frage nachdem wie. Genau zu diesem Moment befanden sich die Gussformen wo?«

Ich riss perplex die Augen auf. Natürlich – jetzt ergab es plötzlich Sinn.

Auch Alli hatte die Situation augenblicklich erfasst und atmete laut und für alle hörbar aus. »Nachdem wir das Geheimversteck von Vigoris in den U-Bahnschächten entdeckt hatten, brachten wir die Gussformen hierher – in die Tiefenschmiede«, rekapitulierte die Engländerin betroffen.

»Richtig Alli, alle neun Gravurplatten befanden sich zu diesem Zeitpunkt genau hier in der Bibliothek.«

»Was aber nicht erklärt, wie ihr fünf Schlüssel herstellen konntet, denn immerhin fehlte eine Form, von der nur ich wusste, wo sie lag.«

»Glaubst du, dass du die einzige Graustimme im Universum bist?«, fragte Osiris amüsiert dazwischen.

Wie vom Donner gerührt starrte ich ihn an. »Wie meinst du das?«

»Ist das nicht offensichtlich? Zenodot wusste, dass du von der kleinen Büste des Baumeisters erfahren hast, wo die zehnte Gussform liegt. Noch an Ort und Stelle untersagte er dir, ihm die Lage mitzuteilen, denn somit war gewährleistet, dass niemand den Satz vervollständigen konnte.«

Schlagartig wurde mir klar, wie sie es angestellt hatten. Die Lösung war eine zweite Graustimme! Meine Stimme geriet zu einem Flüstern. »Ihr habt jemand anderen, der ebenfalls mit Steinen sprechen kann, zum Turm geschickt, denn Zenodot wusste ja, dass die Skulptur die Lage der Gussform kannte.«

Der Herrscher lächelte mich wissend an und bestätigte meine Annahme mit einer kurzen Geste. »Wie ich anschließend an die Gravurplatte gekommen bin, bleibt mein Geheimnis. Nur so viel sei gesagt, sie ruht wieder an Ort und Stelle, als wäre sie nie weg gewesen. Und um es vorwegzunehmen, der Bibliothekar hat auch weiterhin keine Kenntnis von ihrem Aufenthaltsort. Davon wissen nur du, ich und natürlich die andere Graustimme. Da dieser jemand allerdings aus einem anderen Gefilde stammt und die Erde nur auf meine ausdrückliche Einladung betreten kann, ist es also unerheblich. Zudem kannte er zu keinem Zeitpunkt die Zusammenhänge – er erwies mir damit lediglich eine kleine Gefälligkeit.«

Ich verzog missmutig mein Gesicht. »Also ob das jetzt noch eine Rolle spielen würde. Es sind fünf Schlüssel gegossen worden, der Kerker ist leer und der Dämon weg.«

Osiris zog die Augenbrauen nach oben und bedachte mit einem strengen Blick. »Ich sehe das nicht so.« Er stand auf und schob seine Hand in die hintere Tasche seiner Jeans. Als er sie wieder herauszog, hielt etwas in den Händen und legte fünf kleine Schlüssel vor sich auf den Tisch. »Du, Weltengänger, bist mir persönlich dafür verantwortlich, dass sie erneut vernichtet werden. Wir haben die Schlüssel in den letzten Stunden noch einmal verwenden müssen.«

»Ihr habt Vigoris freigelassen?«, platzte es aus mir heraus.

Alli ließ einen ebenfalls entsetzten Ausruf vernehmen, während Zenodot völlig ruhig und gelassen blieb. Ich vermutete deshalb, dass er diese Neuigkeit bereits vorhin im ersten Stock erfahren hatte.

Schnell schüttelte Osiris lächelnd den Kopf und warf einen Seitenblick zu Selket. Sie fasste es als Aufforderung auf. »Wir ihr wisst, habe ich *den Boten* mit in unser Gefilde genommen. Nach langer Überlegung einigten Osiris und ich uns schließlich darauf, dass er am sichersten unter Stonehenge verwahrt wäre. Also hat Vigoris jetzt einen Mitinsassen bekommen.«

Osiris übernahm das Zepter wieder. »Ich konnte natürlich nicht direkt eingreifen, weshalb ich Selket die Schlüssel aushändigte und ihr den Zugang zum Kerker erklärte. Apophis wird von den vergangenen Ereignissen wahrlich nicht begeistert sein. Nicht nur, dass sein Sohn an einem unbekannten Ort gebracht worden ist, sondern, dass sich auch noch einer seiner mächtigsten Schergen in unserem Gewahrsam befindet. Mit anderen Worten – er wird außer sich sein und toben vor Wut. Jetzt sitzen im Kerker unter dem Steinmonument zwei äußerst gefährliche und machtvolle Wesen. Allein aus diesem Grund ist es unabdinglich, dass die Schlüssel wieder vernichtet werden und …«, nun nahm er Alli ins Visier, »… das unterirdische Verließ weiter sehr aufmerksam bewacht wird. Apophis wird nicht nur weiter nach dem Sohn suchen, sondern sicherlich auch danach trachten seine beiden Diener zu befreien.«

Alli schluckte schwer und nickte verstehend.

Ich hingegen konnte nicht anders – ich musste einfach nochmals fragen. »Und der Dämon? Wo befindet er sich? Drei Wochen waren nicht viel Zeit, um ein wirklich sicheres Gefängnis zu finden.«

Wieder so ein mildes Lächeln von Osiris. »Was veranlasst dich zu dieser Annahme – nur drei Wochen?«

Ich zuckte mit den Schultern. »Nun ja, nachdem wir Vigoris festgesetzt hatten, war Zenodot drei Wochen weg und wie er vorhin selbst gesagt hatte, wurde in dieser Zeit der Tausch vorgenommen.«

Der Herrscher erwiderte: »Das ist natürlich richtig, doch es wurden schon sehr lange vorher mögliche Alternativen in Betracht gezogen. Denn sollte es je notwendig werden, das Verlies in Stonehenge aufzugeben, dann hätten wir … wie sagt ihr Menschen noch dazu? … ach ja, dann hätten wir einen Plan B. Was dann tatsächlich auch so gekommen ist. Aber bitte versteht, wenn wir über den neuen Ort Stillschweigen bewahren – es ist sicherer für alle.«

Ich für meinen Teil fragte jetzt nichts mehr, denn mehr würden wir ohnehin nicht erfahren. Das war zwar unbefriedigend, aber leider nicht zu ändern, da ich es nicht auf einen Zwist mit Selket oder Osiris ankommen lassen wollte. Alli sah das wohl ganz ähnlich, denn auch sie blieb stumm.

»So hat das Ganze noch eine gute Wendung erfahren, bei der keiner ernsthaft zu Schaden gekommen ist«, meinte der Herrscher sichtlich zufrieden.

»Wenn man von Winkelmann einmal absieht«, ergänzte ich.

Plötzlich zuckte Selket zusammen. »Ach ja – Winkelmann. Das hatte ich ganz vergessen. Ich fragte *den Boten*, welche Schuld er bei Winkelmann für seinen Herrn eingefordert habe. Er blieb zuerst stumm, doch nachdem ich ein bisschen nachgeholfen habe, gab er zumindest einige wenige Einzelheiten preis. Ein Vorfahre von Winkelmann, dieser hieß Hans Winkelsee, wurde wohl vor dem Galgen bewahrt. Diese Schuld wurde über Generationen weitergegeben, bis *der Bote* schließlich den Auftrag bekam diese einzufordern.«

Als ich das hörte, klappte mir der Mund auf. »Hans Winkelsee? Diesen Namen hat er genannt?«

Selket nickte. »Warum?«

»Es gibt eine alte Frankfurter Legende aus dem 16. Jahrhundert. Ein Wilderer wurde erwischt und zum Tod durch den Strang verurteilt. Der Rat der Stadt gewährte dem Mann jedoch eine Gelegenheit, seinen Kopf aus der Schlinge zu ziehen. Er sollte neun Mal auf die Wetterfahne des Eschenheimer Turmes schießen. Treffen alle neun Kugeln, so kommt er frei. Der Wilddieb hat es der Sage nach tatsächlich geschafft und erhielt daraufhin die Freiheit. Und quasi als Erinnerung an diese Geschichte, sieht man bis zum heutigen Tage auf der Wetterfahne des Turms neun Einschusslöcher, die die Zahl neun bilden. Und der Wilderer, um den sich diese Legende rankt, trägt den Namen Hans Winkelsee! Sollte es sich um die gleiche Person handeln, die *der Bote* erwähnte, so würde dies bedeuten, dass das Ereignis tatsächlich stattgefunden hat!«, erklärte ich verwundert.

»Aber das wirst du wohl nie endgültig in Erfahrung bringen.

Trotzdem eine schöne Geschichte«, bemerkte Selket und lehnte sich entspannt zurück.

»Ist das bei Legenden nicht immer so?«, schmunzelte ich.

Epilog

In den nachfolgenden Wochen ereigneten sich jede Menge Begebenheiten in deren Mittelpunkt größtenteils unser Kommissar stand. Gerne fasse ich diese Vorkommnisse zusammen, denn sie hatten auch unmittelbare Auswirkungen auf mein Leben, sowie die zukünftige Bedeutung der Tiefenschmiede.

Julian Schwarzhoff hatte sich, wie versprochen, in den folgenden Tagen an den Leiter der S.M.A. Sektion Deutschland, Karl Lobinger, gewandt, um ihn über die Machenschaften seines Vorgesetzten Winkelmann zu informieren. Damit brachte er eine ganze Lawine ins Rollen, denn Lobinger reagierte sofort und informierte das Büro für interne Ermittlungen bei Interpol.

Als Selket den Illusionsschirm in Stonehenge aufhob, entdeckte man den umgestürzten Monolithen. Die englischen Behörden handelten umgehend und veranlassten seine unverzügliche Aufstellung. Sicherlich können Sie sich die Überraschung vorstellen, als man unter dem tonnenschweren Stein eine völlig zerquetschte Leiche entdeckte. Englische Boulevard Blätter titelten sofort einen Anschlag auf das Steinmonument, bei dessen Ausführung einer der Aktivisten ums Leben gekommen war. Spätere Blutproben förderten, wenn auch erst nach längeren Recherchen, die eigentliche Identität des Mannes zu Tage. Interpol wurde umgehend informiert und kam in Erklärungsnot, was einer ihrer hochrangigen Beamten dort zu suchen hatte. Nun kam die bereits laufende interne Ermittlung gegen Winkelmann erst richtig in Fahrt. Nach wenigen Wochen stellte sich das ganze

Ausmaß von Winkelmanns Alleingang dar. Man war schlichtweg entsetzt darüber, dass dieser Mann eine Organisation innerhalb der Organisation ins Leben gerufen und sämtliche Kodizes von Interpol mit Füßen getreten hatte. Anhand von Julians Informationen, die natürlich sorgfältig gestreut wurden, konnte man sämtliche Mitwisser ausfindig machen. Somit waren wir unser Problem, wie mit den gefangenen S.M.A. Leuten verfahren werden sollte, auf einen Schlag los. Alle fünfzehn wurden unverzüglich in Gewahrsam genommen und in mehreren Punkten angeklagt. Verletzung der Dienstaufsicht, Missbrauch von Staatseigentum, Korrumpierung einer europäischen Behörde, Amtsmissbrauch, Beteiligung an einer Verschwörung, um nur einige der vorgeworfenen Tatbestände zu nennen. Doch trotz alledem musste man die Lücke, die durch Winkelmanns Tod entstanden war, rasch schließen. Im Laufe der Ermittlungen stellte sich schnell heraus, dass Lobinger ein völlig integrer und loyaler Mann war. Und da er nichts mit dem vorliegenden Komplott zu tun gehabt hatte, bot man ihm die Stelle als neuer, und oberster S.M.A. Chef an. Der Kommissar und Lobinger verstanden sich widererwarten außergewöhnlich gut, denn sie schwammen auf derselben Wellenlänge. Deshalb trat im Laufe der folgenden Wochen Julian mit einer erstaunlichen Bitte an uns heran. Nach langen Überlegungen und schließlich mit einvernehmlicher Zustimmung von Zenodot, wurde Lobinger in die Tiefenschmiede eingeladen, um ihm zu zeigen, dass es in der anderen Welt zwar durchaus Gefahren gab, aber nicht alles so schlecht war, wie es Winkelmann allen weisgemacht hatte. Der neue S.M.A. Chef nahm es erstaunlich gelassen hin, doch sein Besuch zeigte an anderer Stelle eine überraschende Wirkung. Keine zwei Tage später bat er Julian, seine nun freigewordene Stelle als Leiter der deutschen Sektion, zu übernehmen. Jetzt, da sein neuer Vorgesetzter ebenfalls Bescheid wusste, sagte unser Kommissar nach reiflicher Überlegung zu. Allerdings stellte er drei Bedingungen, die nach einigen Meetings und entsprechenden Recherchen erfüllt wurden. Die erste Bedingung lautete, dass Julian in seiner Eigenschaft als neuer Leiter, mich und damit indirekt auch Zenodot, jederzeit als Berater, natürlich unter Zahlung eines erstklassigen Honorars, hinzuziehen konnte. Seine zweite Bedingung handelte von einer Person, die ich nur vom Hörensagen kannte – Dr. Matthias Bredenstein, ein Forensiker und Pathologe der Kriminalpolizei Frankfurt. Schwarzhoff und dieser Bredenstein waren nicht nur langjährige Kollegen, sondern auch gute Freunde – und ich wusste nur zu gut, wie wichtig ein Vertrauter war. Nach kurzer interner Überprüfung der Person Dr. Bredenstein, nickte Lobinger ab und forderte Bredenstein als neuen Forensiker für die S.M.A. an. Die dritte Bedingung, die Julian stellte, war schon etwas diffiziler. Die neue Hauptstelle der S.M.A. Sektion Deutschland sollte zukünftig in Frankfurt sein. Er begründete dies mit der Nähe zur Tiefenschmiede, um so schnelle Nachforschungen in der Bibliothek betreiben zu können. Außerdem lag Frankfurt zentral, fast in der Mitte von Deutschland. Auch für diese Argumente zeigte sich Lobinger offen und nach Rücksprache mit dem Ministerium des Inneren, wurde der Sitz von Potsdam an die Mainmetropole verlegt. Julians ehemaliger Chef Schouten rastete komplett aus, als er erfuhr, dass Julian im Polizeipräsidium fünf nagelneue Büros bezog. Und als wäre dem noch nicht genug, konnte Schouten, egal wenn er auch anrief, nicht in Erfahrung bringen, für welche Aufgaben diese neue Abteilung, die sein ehemaliger Mitarbeiter jetzt leitete, im Detail zuständig war. Alle Antworten, die er bekam, waren im Grunde identisch: *Wir können Ihnen keine Auskunft geben, bitte wenden Sie sich an das Innenministerium.* Aber da er sich von oberster Stelle keinen Schiefer einziehen wollte, unterließ er diese Nachfrage, obwohl es ihn fast um den Verstand brachte.

So kam es, dass ich, Daniel Debrien, Berater der S.M.A. wurde. Ich bekam sogar eine eigene Visitenkarte, wobei hier natürlich nicht *Sonderabteilung für magische Aktivitäten* eingedruckt war, denn das hätte verständlicherweise zu vielen Fragen geführt. Der Begriff Sonderabteilung für magische Aktivitäten wurde ausschließlich innerhalb der Abteilung verwendet. Auf Anraten von Julian, druckte man hingegen auf sämtliche Visitenkarten die Angabe *S.M.A. Sonderabteilung für multikulturelle Angelegenheiten*. Diese Bezeichnung traf ja im weitesten Sinne auch zu. Und da Julian nun für ganz Deutschland zuständig war, konnte ich auch jederzeit zu Fällen außerhalb von Frankfurt abberufen werden. Und die Tiefenschmiede? Sie wurde zum Zentrum von Rechercheangelegenheiten mit Zenodot an der Spitze. Die Anfragen kamen von Julians Büro und dann wurde, unter eifriger Mithilfe der Waldkobolde, entsprechend nachgeforscht. Tja, so ändern sich die Zeiten!

Als sich die Wogen etwas beruhigt hatten, musste unser Kommissar ein widerwillig gegebenes Versprechen einlösen. Vor einiger Zeit hatte er Tarek mit dem Elfen Dobby aus Harry Potter verglichen und in diesem Kontext das Wort hässlich verwendet. Das war dem Kobold ausgesprochen sauer aufstoßen, obwohl es nur der aktuellen Situation geschuldet war und es der Kommissar in keiner Weise so gemeint hatte. Tarek verlangte eine Entschuldigung, die aber selbstverständlich etwas mit Apfelwein tun haben musste und um des lieben Friedens Willens hatte Julian eingewilligt. Er buchte ein separates Zimmer im Gasthof *Zur Sonne* in Bornheim und lud Tarek, Ronar, sowie einige weitere Kobolde dorthin ein. Ich war leider verhindert, da ich mich um die, dem Kurator des archäologischen Museums, zugesagte Untersuchung des in Bergen-Enkheim entdeckten Brunnens, sowie dem in der Nähe liegenden Kindergrabes kümmern musste. Späteren Äußerungen von Tarek entnahm ich, dass es wohl ein denkwürdiger Abend gewesen sein musste. Die Bedienung hatte wohl Julian mehrfach ungläubig gefragt hatte, wie denn ein einzelner Mann so viel Apfelwein trinken konnte. Unser Kommissar hüllte sich in Schweigen, meinte aber nur, dass es ihm am nächsten Tag nicht allzu gut gegangen war.

Ein letztes, aber entscheidendes Gespräch ...

Bevor ich zum Schluss meiner Geschichte komme, möchte ich Ihnen ein wichtiges Gespräch nicht vorenthalten, denn es legte entscheidende Weichen für mein zukünftiges Leben.

Ich war doch einigermaßen erstaunt, als vielleicht zwei, drei Wochen nach den ganzen Ereignissen in Stonehenge, plötzlich Osiris in der Tiefenschmiede auftauchte und mich um ein Gespräch unter vier Augen bat.

»Lass uns nach oben an die frische Luft gehen, dann können wir uns ein wenig die Beine vertreten«, meinte er mit ernster Miene.

Allein sein unbewegter Gesichtsausdruck trieb meinen Puls nach oben denn zum Plaudern war er bestimmt nicht gekommen. »Klar, gerne! Um was geht es denn?«, fragte ich möglichst unbedarft.

»Gedulde dich noch einen Moment, dann reden wir«, erwiderte er freundlich, aber bestimmt.

Also dackelte ich mit ungutem Gefühl hinter ihm die Wendeltreppe der Bibliothek hinauf. Wohl oder übel musste ich mich in Geduld üben, bis der göttliche Herrscher sich dazu herabließ, mich über sein Ansinnen zu informieren.

Als wir in den Chinesischen Garten traten, regnete es Bindfäden. Das Sauwetter hatte erfreulicherweise die Folge, dass sich keine Menschenseele in der Anlage befand. Wir huschten aus der kleinen Grotte hinüber zum abgebrannten Wasserpavillon. Wir öffneten den Bauzaun, liefen durch die Ruine, denn auf der anderen Seite begann ein kleiner Gang der uns zum sogenannten Spiegelpavillon führte. Dieser hatte, wie alle Gebäude im Park, die Form einer Pagode und befand sich inmitten eines kleines Teiches. In der Pagode, die nach allen Seiten offen war, befanden sich Ruhebänke, von denen man die Wasseroberfläche beobachten konnte. Und von der Spieglung im Wasser hatte das Gartenhaus seinen Namen – eben Spiegelpavillon. Da der Gang zur Gänze überdacht war, kamen wir auch trockenen Fußes zu unserem Ziel.

»Setzen wir uns«, meinte Osiris, der wieder seine Standardklamotten anhatte – dunkelblaue Jeans, weißes T-Shirt und weiße Turnschuhe,

Ich nahm auf einer der Ruhebänke Platz und wartete auf das, was nun kommen würde. Er hingegen blieb stehen und musterte den vor ihm ruhenden Teich. In sich versunken beobachtete er die winzigen Regentropfen, die wie kleine Steine auf der Wasseroberfläche einschlugen. Gedanklich schien er meilenweit weg zu sein, doch dann, wie aus dem Nichts, begann er unvermittelt. »Ich muss mit dir über deine Zukunft reden.«

Augenblicklich verkrampfte sich mein Magen und ich brachte nur ein einziges Wort heraus. »Warum?«

Er drehte sich langsam zu mir, blickte mich lange an und meinte schließlich mit ruhiger Stimme: »Die Zeit von Zenodot geht langsam zu Ende und damit wird es Zeit zu handeln.«

Ich glaubte mich verhört zu haben. »Wie bitte?«

»Zenodots Zeit geht zu Ende«, wiederholte er.

Es dauerte eine ganze Weile, bis ich die Tragweite seiner Worte verstand. »Er ... er wird sterben? Ist er denn krank?«

»Nein, deshalb lass mich es dir erklären. Der Bibliothekar ist nicht, auch wenn du das bisher immer geglaubt hast, unsterblich. Das ist nur den göttlichen Wesen vorbehalten. Wir sind zwar in der Lage, Sterblichen ein verlängertes Leben zu schenken, aber irgendwann läuft auch diese Zeit ab. Nicht, dass du es falsch verstehst, der Zeitpunkt ist nicht heute oder morgen, nicht in einem Jahr oder in zehn Jahren, aber er rückt unvermeidlich näher. Deshalb ist es jetzt an der Zeit Vorbereitungen zu treffen, wenn der Bibliothekar nicht mehr ist.«

Seine Worte trafen mich wie Hammerschläge. In der Tat war ich immer davon ausgegangen, dass Zenodot nicht sterben konnte, obwohl ich natürlich wusste, dass er früher ein Mensch wie du und ich gewesen war. »Weiß er es?«, fragte ich bestürzt.

»Den genauen Tag seines Todes? Nein, und ich kenne ihn auch nicht. Jedoch spürt er es, denn er fühlt wie sich seine Kraft langsam dem Ende zuneigt. Wie gesagt, es kann noch zwanzig, dreißig oder vierzig Jahre dauern, aber der Prozess des Verfalls hat bereits begonnen.«

Ich wusste nicht mehr, was ich sagen sollte – mir fehlten einfach die Worte. Ich blickte stumm, in einer Art Schockstarre, hinaus auf den Teich. Auch Osiris blieb still, denn augenscheinlich wollte er mir Zeit geben, das eben Gehörte zu verarbeiten. Ich hingegen spürte nichts als eine tiefe Leere in mir. Der Gedanke, dass der Alte irgendwann nicht mehr da sein sollte, schien einfach unvorstellbar. Gut, bis dahin zogen noch viele Jahre ins Land, doch ich wünschte, dass Osiris Stillschweigen bewahrt und mich nicht ins Vertrauen gezogen hätte. So hatte ich das Gefühl, mit Zenodot nie wieder einen unbeschwerten Tag erleben zu können, da dieses Wissen wie eine tiefschwarze Wolke über uns schweben würde. Ich atmete tief ein und versuchte mich wieder zu konzentrieren. »Du sprachst davon, dass es an der Zeit wäre zu handeln. Was hast du damit gemeint?«

»In Absprache mit Zenodot wirst du nach und nach in die Geheimnisse der Tiefenschmiede eingeweiht werden. Ich möchte, dass du, wenn er nicht mehr ist, der neue Verwalter der Bibliothek wirst.«

Ich glotzte ihn nur sprachlos und mit offenem Mund an, als seine Ankündigung in meinem Gehirn ankam.

Ein geistreiches Gesicht machte ich wohl nicht, denn Osiris begann unvermittelt laut zu lachen. »Sagte ich dir nicht bereits in der Vergangenheit, dass noch einige Prüfungen auf dich warten?«

Langsam kehrte mein normales Denkvermögen wieder zurück. Einer Intuition folgend, stotterte ich: »Und … und wer sagt dir, dass ich das überhaupt möchte?«

»Möchtest du es denn nicht?«, fragte er sofort zurück.

»Ich weiß es nicht. Es sind ziemlich viele Neuigkeiten, die du mir gerade offenbart hast. Das muss man erst einmal verdauen.«

Er nickte zustimmend. »Das verstehe ich natürlich. Also denke darüber nach und sprich auch mit dem Bibliothekar.«

»Eine Frage noch.«

»Ja?«

»Ich weiß, dass du es schon mehrfach verneint hast, aber jetzt, wo wir beide allein sind – kannst du wirklich nicht sagen, wohin ihr den Dämon gebracht habt?« Auch auf die Gefahr hin, dass ich Osiris mit meiner neuerlichen Frage nach dem Aufenthaltsort nervte – ich musste es einfach noch einmal probieren.

Sein Augen wanderten auf den See hinaus und suchten einen Punkt in der Ferne. »Wir haben ihn hierher nach Frankfurt gebracht. Mehr kann und werde ich dir nicht sagen!«

Wumms – der nächste Kinnhaken! Ein Gespräch, drei Neuigkeiten, die mich in meinen Grundfesten erschütterten. Zenodots Zeit ging zu Ende, ich war als sein Nachfolger vorgesehen und der Dämon befand sich in unmittelbarer Nähe – in meiner Stadt. Das war ziemlich viel für Osiris lapidares Angebot – *Lass uns doch nach oben an die frische Luft gehen, dann können wir uns ein wenig die Beine vertreten!*

Welche Überraschungen warteten in der Zukunft wohl noch auf mich?

Es grüßt Sie herzlich
Ihr Daniel Debrien

JÖRG ERLEBACH

SCHWARZE SCHATTEN ÜBER FRANKFURT

»EIN FLÜSTERN AUS LÄNGST VERGANGENEN ZEITEN...«

SadWolf Roman

Ebenfalls von Jörg Erlebach:
Band 1 – Schwarze Schatten über Frankfurt
(ISBN: 978-3-96478-017-1)

Kurz nach seinem 30. Geburtstag erfährt der in Frankfurt lebende Historiker Daniel Debrien, dass er ein »Weltengänger« ist. Ab diesem Zeitpunkt ist in seinem Leben nichts mehr, wie es mal war. In der real existierenden Welt ermittelt die Polizei wegen eines bestialischen Mordes an einem Notar gegen ihn. In der »anderen« Welt jagen ihn schwarze Mächte.

Hilfe bekommt Daniel von Zenodot von Ephesos, dem über 2.000 Jahre alten Verwalter der vermeintlich verbrannten Bibliothek von Alexandria, die sich nunmehr in der »Tiefenschmiede« unter dem Frankfurter Bethmannpark befindet. Bei seinen gefährlichen Reisen zwischen den beiden Welten stößt Daniel immer wieder auf einen Namen: Madern Gerthener. Jener war im 14. Jahrhundert ein bedeutender Baumeister der Freien Reichsstadt Frankfurt am Main und die Zeugnisse seines Wirkens sind bis heute Wahrzeichen der Metropole.

Es offenbart sich, dass es beim Kampf zwischen Gut und Böse schon immer zu Welten übergreifenden Koalitionen gekommen ist.

Viele Mythen und Sagen ranken sich um alte Städte – und Frankfurt ist alt, sehr alt. Sind diese Legenden nur ein geheimnisvolles Flüstern aus längst vergangenen Tagen oder steckt viel mehr Wahrheit dahinter, als wir vermuten?

Als sich der Historiker Daniel Debrien darüber Gedanken macht, ahnt er noch nicht, dass eine dieser Sagen um die Stadt Frankfurt bald sein ganzes Leben auf den Kopf stellen wird.

Welches jahrhundertealte Rätsel verbirgt diese Stadt?

Ebenfalls von Jörg Erlebach:
Band 2 – Graue Nebel unter Frankfurt
(ISBN: 978-3-96478-014-0)

Im Jahre 1772 a.D. wird die Dienstmagd Susanna Margaretha Brandt an der Frankfurter Hauptwache wegen Kindstötung durch das Schwert gerichtet. Doch was hat dieser Vorfall mit der seltsam nebelhaften Gestalt zu tun, die hier und heute reihenweise Menschen in den U-Bahnschächten, sowie der Frankfurter Kanalisation meuchelt? Unversehens findet sich der Historiker und Weltengänger Daniel Debrien im Strudel von Ereignissen wieder, die vor sehr langer Zeit ihren Anfang nahmen. Denn wenn sogar ägyptische Gottheiten in diesem Spiel mitmischen, sollte man sich besser vorsehen …

Es gibt eine Welt, die neben unserer menschlichen existiert. Eine Welt, in der Magie und vermeintliche Fabelwesen sehr real sind. Die Menschen können disen Kosmos jedoch nicht mehr wahrnehmen, da sie vor langer Zeit die Fähigkeit verloren haben, an jene Dinge zu glauben. Heute ist die neue Magie Logik, Wissenschaft, Technik – und Fabelwesen existieren nur auf der Leinwand. Die Wesen der anderen Welt hingegen haben über die Jahrtausende Möglichkeiten gefunden, sich vor den Menschen zu verstecken – sich quasi unsichtbar zu machen, obwohl sie da sind. Über Generationen hinweg hat die Menschheit einfach nur verlernt, genauer hinzusehen. Wir Weltengänger sind in der Lage diese unterschiedlichen Universen wahrzunehmen, doch diese andere Welt bringt nicht nur Gutes hervor …

JÖRG ERLEBACH

GRAUE NEBEL UNTER FRANKFURT

»VERGANGENHEIT TRIFFT GEGENWART«

SadWolf Roman

SadWolf
The Noir Side Of Life